余云叶 著

长篇历史小说

晚清第一相

李鸿章

群众出版社
·北京·

图书在版编目（CIP）数据

晚清第一相李鸿章／余云叶著．—北京：群众出版社，2012.11

ISBN 978－7－5014－5044－2

Ⅰ.①晚…　Ⅱ.①余…　Ⅲ.①长篇历史小说—中国—当代　Ⅳ.①I247.5

中国版本图书馆 CIP 数据核字（2012）第 246628 号

晚清第一相李鸿章

余云叶　著

责任编辑：易孟林

装帧设计：章　雪

出版发行：群众出版社

地　　址：北京市西城区木樨地南里

邮政编码：100038

经　　销：新华书店

印　　刷：北京蓝空印刷厂

版　　次：2011 年 4 月第 1 版　　2012 年 11 月第 2 版

印　　次：2012 年 11 月第 2 次

印　　张：22.50

开　　本：787 毫米×1092 毫米　1/16

字　　数：430 千字

书　　号：ISBN 978－7－5014－5044－2

定　　价：49.00 元

网　　址：www.qzcbs.com

电子邮箱：qzcbs@163.com

营销中心电话：010－83903254

读者服务部电话（门市）：010－83903257

警官读者俱乐部电话（网购、邮购）：010－83903253

文艺分社电话：010－83901330

题记：

吾敬李鸿章之才

吾惜李鸿章之识

吾悲李鸿章之遇

——梁启超

目 录

中。这可说是一石二鸟。

怎样在短时间内招到一支大军呢？李鸿章动开了脑筋：要充分利用天时地利与人和，要打曾大帅的牌子，要举父亲和自己的旗子，当然，还要以功名利禄来吸引人。

一旦离沪，则上海的军政大权和饷银怎能遥相控制？一离开上海，自己就将成为无根之木，无水之源。自立也难，怎能施展身手，一展鸿鹄之志？

就在虹桥初仗胜利之时，李鸿章双管齐下，把扩军与控制政权作为头等大事来抓。他深知，军队是立足之本，因此拼命扩军，他采取了多种形式。

事情既然出了，就应找到最佳的应变方案。他想，我多年来出生入死为朝廷出力，才有了眼前这地位，决不能为这么一件事就把好端端的前程丢掉，纵有千难万险，我决不辞职！

她曾对此人作过一番研究，知道李鸿章的原配周氏，出身于一般家庭，虽知书达理是个淑女，但跟出身名门、满腹诗书的自己，相差很远。她坚信，只要有人牵线搭桥，此门亲事便十拿九稳。

李鸿章正在抚衙，看王韬献给忠王李秀成的《与清军较量十策》。其中有对付湘军十策，对付淮军八策，还有对付僧格林沁亲王蒙古骑兵的战策。

这个俞樾，可不是等闲之辈。他二十三岁中举，二十九岁中进士，历任翰林院编修、国史馆协修，三十八岁即出任河南学政，可谓春风得意。不料，在任乡试主考时，栽了个大跟斗。

慈禧想起在清朝大臣中，只有李鸿章具有与洋人打交道的丰富经验，于是，刚革职的李鸿章又被开复一切职衔，被任命为全权大臣，重新赏戴三眼花翎与黄马褂这一清国贵族最高荣誉。

……………………………………………………

日方代表，尤其那外相顿时惊得目瞪口呆。他们惊叹年逾古稀的李大人，还有如此敏捷的动作，更惊叹他居然有如此聪慧的头脑。首相伊藤连声道："李中堂不愧为翰林出身，果然聪慧非凡!"

他随即用左手拇指和食指，尽力撑开那只仅剩下一条缝的右眼，然后抖抖索索地提起笔，气喘呼呼地在面前的一张小茶几上，一字一停，十分艰难地书写着给伊藤博文的照会。

为勘察黄河鞠躬尽瘁的李鸿章回京后，仍未受到重用，又在贤良寺闲居了。这种生活，对于不甘平庸的李鸿章来说，确实是一种痛苦的折磨。他蛰伏贤良寺，在等待复出的机会。

……………………………………………………

李鸿章沉吟了一下，心里盘算道：废立皇帝，是个异常敏感的话题，牵涉其中，凶险莫测。我应该趁此机会，要求外放。这样，既可重新掌权，又可远离京城是非之地。

序幕

翁大学士的预言，令房师孙锵鸣转悲为喜

清朝道光二十七年（公元一八四七年）五月初一，全国最高一级科举考试——丁未科殿试隆重揭榜：状元张之万，榜眼袁绩懋，探花庞钟璐……看着这一个个熟悉无比的名字，本科会试大主考，官居礼部尚书、体仁阁大学士的潘世恩老先生，当年的状元郎，不禁心花怒放。

他捋捋胡须暗暗得意：皇帝亲自笔试并钦点的头名状元，就是自己选拔的第一名会元，而会试中的第二、三名，在殿试中，又名列三鼎甲；而且在本科进士中，大多是全国各地的著名才子，可谓人才济济。于是朝野齐声赞扬本届会试主考的公正无私和眼光超群。

为褒奖本届会试有功官员，皇上赐宴御花园。

“老中堂选材真是火眼金睛，堪称当代伯乐！”同治皇帝的老师、大学士翁心存，高举酒杯，恭敬地向潘世恩祝贺。

面对有“当朝学问第一人”之称的翁心存的夸奖，潘相虽表面上谦逊道：“哪里，哪里，我潘某眼光再尖，哪能比得上皇帝老师啊！”但得意之情溢于言表。

他想起数月前，皇上钦点自己为大主考时，有的大臣说他七老八十，老眼昏花，不宜出任大主考的议论，心里轻蔑地哼了一声，不无得意地说：“哼，谁说我年老糊涂了？我像当年的廉颇老将一般宝刀不老，我的眼光还像隼鹰一般犀利呢！”

他指着张之万，对翁心存道：“翁相，今年的状元郎，我相信他今后有入阁拜相的远大前程；榜眼和探花，也能做到侍郎、尚书一级高官哩，您说呢？”

翁心存点头称是。他瞥了一眼袁绩懋，说了一句意味深长的话：“我相信老中堂的眼力，只要都能活到花甲以上的话。”因为他看出榜眼袁绩懋有早夭的象征。

此时不单潘相兴奋，副主考高兴，各房师也因自己房下出了状元，出了

榜眼，出了探花，出了传胪，或是进士数量占优，而春风满面、得意洋洋。

“潘相，您是慧眼识英才的伯乐啊。”他们纷纷向大主考潘世恩祝贺，潘大学士也向拥有三鼎甲等杰出人才，或人才济济、群星灿烂的各房师祝贺，感谢他们的出色劳作：“我潘某感谢你们，没有你们的辛勤劳作，卓越贡献，就没有本届会试的圆满成功！”

于是，主考、房师的相互祝贺声，朝中文武大臣向大主考的祝贺声，与频频碰杯声交织成一片，整个御花园成了一个欢乐的海洋。

此刻，只有一个人躲在一个角落里暗自伤情，他，就是甲房房师孙锵鸣。

他两眼无光，满面羞愧。

他满腹牢骚地说：“倒霉，这一科就数我倒霉！你们各房都是大丰收，只有我这房是大歉收——只有可怜的两粒种子，两个普通的进士。我脸上无光呀！看来，以后要想沾这科门生的光，是难以指望的了。”

说着不禁神色黯然，差点儿掉下眼泪来。他这话是明着说的，还有一半埋藏在心里没有说出来：想我孙锵鸣，也是声震朝野的名士，堂堂翰林学士，在各房房师中位列前茅，何以运气如此之差，只中了区区两个！耻辱，真是耻辱啊！

看到眼前这位垂头丧气的房师，翁心存大学士既同情又有些瞧不起，他对当年乡试的门生道：“你先不要发牢骚，把你房下中进士的两个门生，带来让我瞧瞧！”

第二天，孙锵鸣勉强如约带着本房仅有的两名新进士，心情沮丧地来到恩师翁大学士府第拜访。

此时，翁大学士正在书房里草拟一份东西，听说门生孙锵鸣带着两名新进士前来拜谒，便吩咐先带一人进书房相见。

第一个领到书房的，是孙学士最钟爱的门生沈葆桢。“太老师在上，请受晚辈一拜，祝翁相福如东海，寿比南山！”

翁相受了三拜后，仔细打量起面前这个门生的高足。只见他中等身材，眉目清秀，眉宇间隐含着无限秀气，而且举止庄重，言语清晰，心中大喜道：“此人将来必是一个名臣！”

当第二个新进士踏入书房之门时，翁大学士猛然从太师椅上站了起来。

因为他见到一个二十四五岁的青年，身材颀长俊伟，足有六尺之高（相当于现在的一米八二），一进门如一只白鹤飞翔云中。

他脑里立刻跳出三个字：云中鹤！

只听此人用铜钟般铿锵的声音道：“翁相大名如雷贯耳，尤其是提携后进、点石成金，更是朝野赞颂。晚辈一直无缘拜识，今幸得见，真乃三生有幸。请师公今后对李鸿章传道解惑，指点迷津！”

说完这番话，正想行叩拜大礼，却被翁相一把扯住了：“不必如此拘礼，你只行揖拜之礼便可。”

“太老师，那我就恭敬不如从命。”于是新进士李鸿章便大大方方地作了三个长揖。

“来来来，让我好好看看!”翁相上下仔细打量一番，不禁暗暗吃惊。

此人面目英俊，身材伟岸；两颊丰满，如一轮满月；鼻梁挺直，像一道俊秀的冈峦。前额仿佛大地一般广阔，两道卧蚕眉下，是一双大而明亮、熠熠发光、具有无限穿透力的眼睛。间或一眨眼，如同划过一道闪电。看到他，会令人情不自禁地联想起天上飞翔的隼鹰，地上称王称霸的老虎和雄狮。

拜见完毕，翁大学士立即吩咐去客厅用茶，随后又摆了一桌宴席。

孙锵鸣感到奇怪：自己在翁师门下已有十多年，虽然也在翁府吃过几次宴席，但都是翁府遇到喜事或是借东风吃便饭，像今天这种平常日子设专席招待，倒是从来没有的事。待一会儿宴会结束后，我要好好问问恩师，他心里说。

宴会在一片欢乐亲密的气氛中结束。

临别前，翁相又把孙锵鸣叫到楼上书房，作了一番恳谈。

“恩师，沈葆桢这人今后前途如何?”没等翁相坐稳，心直口快的孙锵鸣便迫不及待地问。因为此人是他最钟爱最看好的学生。

“你估量估量看。”恩师笑眯眯地问。

孙学士道：“我看此人做知府、道台一级，完全能胜任，说不定还能做到布政使哩!”这布政使，是一省中仅次于巡抚的高官，人的一生能达到如此高位亦可心满意足，尤其门生能做到如此高官，做老师还有什么不满意的呢?

“你的估计保守了一点儿。”翁相微微一笑。

随后的话，令孙学士吃了一惊，“此人日后可位居封疆，任巡抚、总督一级高官。只可惜——寿命不长，活不过花甲。”

“老师，您从哪里看出?”孙学士心里颇感稀奇地问。

“此人身体柔弱，说话底气不足，岂是长寿之相?”

说完，又问孙锵鸣：你再估估“云中鹤”官运如何，可到哪一级?

“什么，云中鹤?”

看到门生眨眨眼不解的样子，翁相笑道：“喏，就是另外那个李大个子?”

“哦，他——”孙学士想了想，说：“看他样子，也可做到按察使一级官。”看到翁相不表态的神色，又加上一句，“也许能做到学政、巡抚一级哩，但总不会高过沈葆桢，因为恩师说沈进士前程辉煌，能当总督哩!”

“你错了——你的眼力太差了!”翁相此言一出，把孙锵鸣吓了一跳。

看到门生十分惶惑的神态，翁相娓娓而谈：“此人身材颀长，如同排云一鹤；英俊伟岸，仿佛安徽天柱山一柱擎天。你看他动如风，坐如松，其人前程不可限量！而且此人还高寿，没有特大事件摧折，可活到八十以上。”

孙学士大着胆子问：“难道此人日后能入阁，充任协办大学士?”

“岂止是协办大学士！此人功名决不在我之下，很可能超越我哩!”

翁大学士一番话，将孙学士惊得目瞪口呆。

过了好一会儿，他才清醒过来。平时妙语连珠的他，此刻说话竟有些结巴了：“恩师说的，也太玄乎了，您老位居……武英殿大学士，要……超过您，岂非是大学士之首——文华殿大学士了吗？这是首相的位置，除了皇帝就数他大，这可能吗?”

他头摇得如拨浪鼓一般。

恩师没有回答他的话，只是说：“你这一房，有这两棵参天大树，盖过状元、榜眼、探花三鼎甲，还有什么可以遗憾的呢？你以后可以背靠大树乘凉呢，你要让我这个老师羡慕死了，要让别的房师嫉妒死了！你这小子，赶快摆酒宴请客吧!”

孙学士虽不相信恩师对李大个子的这番估计，但他知道，翁老师精通“风鉴之术”，相人最准，凡经他看的人，八九不离十，预言从未落空。

走出翁府，孙学士的抑郁之情一扫而光。

是啊，一房出一个巡抚就可无憾，出一个总督更是锦上添花，若能出两个督抚，更在本届各房中名列前茅。若真如翁相所预言，出一个总督，再出一个宰相级的大学士，足可在各房中独占鳌头，这是何等的荣耀何等的开心?

他抬头望了望天。天空是那么地湛蓝高远，云彩是那么地雪白美丽。

“恩师，请上轿。”听到两个门生的声音，孙学士忽然感到局促起来。

他眼前顿时展现出两个穿一品朝服的高官，走在自己身边，顿时觉得自己矮了半截，于是说：“两位请——”

这话把两个门生搞得莫名其妙。官居翰林学士的老师，为何对我们这些新进士如此客气?

两人不禁怔在原地。

待孙学士明白过来，连忙道：“牛犊在前，我这老牛要在后面保护你们呀!”

于是两个新进士只得恭敬不如从命，打轿走在前头了。

第一章　初涉军旅难展翅

一、荣归故里的李翰林，在爷爷坟前立下一桩宏愿

清道光二十七年（公元一八四七年）五月中旬，从北京往山东的大路上，奔驰着两匹骏马，马上坐着一主一仆老少两个男子。只听马蹄嘚嘚，铃声叮当，声音十分清脆悦耳。

那骑在前面的主人，二十多岁，身材颀长，号称云中鹤。他满面春风，时而急驰，时而缓行，不时还唱起几句庐剧小调：

三河镇十字路口，开了门面，
东边卖的是瓜子，西边卖的是香烟，
中间卖的酒和面，针脑线头样样全。

他的嗓音虽不算好，有点儿沙哑，但因为心中高兴，动了感情，因此显得歌声粗犷，很是动人心弦：

到春天，茶叶子六安瓜片，
到夏天，绸缎客杭州乌眉，
到秋天，骡马客湖广福建，
到冬天，皮货客西口北边……

若看到奇花异树，名胜古迹，他还不时地停下来观看一番，闻闻花的香味。

他，就是新点的翰林院庶吉士李鸿章，他此番是回家乡安徽省庐州（今合肥）探亲。

傍晚，两人在山东省东昌府的东阿县城停了下来。

“叔，我先去‘南来顺’客栈一趟。”

听了李鸿章的话，老仆李福不解道：“少爷，你如今有关防（相当于今天的介绍信），明明可以住官府的好馆驿，为啥反而要掏钱去住没名气的私人客栈？”

李鸿章微微一笑，便道：“我同这家客栈有缘呢。”说着，便打开包袱，取出一套青衣小帽换上，把身上这套漂亮体面的翰林服，叠起放进包袱。

老仆感到奇怪："少爷为何这副打扮？"

"叔，你甭问，我自有主张。"李鸿章说着急急往"南来顺"而去。

是啊，他跟这家客栈有缘。去年秋天赴北京会试时，他路过此地，就在这家客栈住宿，还发生了一件令人气恼的事呢。

那是深秋的一个傍晚，他投宿在"南来顺"客栈，要了个洁净的单间。谁知等他到街上吃了晚饭回来，这个单间已被人所占，他被调换到与别人同住一间。原来，他这个单间被一个做生意的客商，花一两银子一夜抢走了。

他随即找客栈老板评理，谁知麻脸老板却道："李书生，你住一宿就走，那个客商要住七八天。我想，你也不富裕，省点儿钱也好，便给你换了个房间，两人一间住宿费更省。"

李鸿章一听此言立时气得变了脸色："住店总得讲个先来后到吧，你怎么可以光认钱呢？"

老板笑笑道："李书生，南来北往，都是为利。你上京科考，还不是为了升官发财？"

一句话说得他目瞪口呆，他愤愤地道："照你这么说，就不讲信义道德了？"

老板轻蔑地哼了一声，振振有词地说："信义道德多少钱一斤？屁钱不值！你见过天下有卖信义道德的吗？如果都讲信义道德，天下还有强盗窃贼、奸夫婊子吗？"

正争吵间，只见走过来一个大姑娘，她就是老板的闺女。她名叫冬梅，十九岁，健康色的红扑扑的苹果脸，煞是招人喜爱。

"爹，这就是你的不对。我们店家应遵守先来后到的规矩，先来的人既已住下客房，后到的人哪怕出再多的钱，我们也不能接收。"

老板一听骂道："你在帮谁说话？竟然胳膊肘往外拐！"

"我凭道理说话，谁有理，我就帮谁！"女儿也不服气地分辩道，一双流光溢彩的大眼睛，也因生气显得更有精神，更加传神，"李相公的话有道理，我就向着他！"

她对这个身材颀长如云中鹤，学问渊博的后生很有好感，于是就为他辩护。

不料她的话竟引来父亲的一顿羞辱："你真不知害臊，竟为一个陌生后生说话，他又不是你男人，竟如此向着他，还相公相公叫得如此亲热肉麻！"

一番话如冰雹一般砸得冬梅无处招架躲藏，她又气又羞，满脸通红，双手蒙住脸，哭着跑回内屋去了……

想起去年这件事，李鸿章有一种既恼火、又温馨的感觉。

因此，他想再去去原先住宿的"南来顺"客栈，也想再看看客栈里自己题的那首诗。

到了“南来顺”客栈门口，李鸿章吩咐老仆李福：“叔，你就在门口等候，待我先进去看看。”

当他踏进客栈时，正是下午三点多钟的样子。客栈里没见到什么客人，老板也没在店里，只有冬梅在院子里筛玉米粉。

李鸿章知道，冬梅母亲早早去世，弟妹又小，家里活靠她一个人操持。

见到去年的李举人来到，冬梅立刻放下筛子，迎他进屋。先倒上一杯茶，然后便要烧点心给他吃。

李鸿章忙道：“冬梅小姐，你还是先领我，参观一下我去年住过的那间屋，再看看题在墙壁上的那首诗——不知那首诗还在不在?”

“在，还在。”冬梅连声应道，她怎能不记得呢?为了这首诗，她还和父亲吵了一架呢。

李鸿章走后，老板看到墙壁上那首诗，说干干净净的墙壁搞得一塌糊涂，客人来了不好看，坚持要涂掉。

冬梅说：“李相公这手字写得好，是墨宝，出钱买都买不来呢。以后他成了名人，这字在我们客栈就成金字招牌了。”

谁知道她的一席话，又招来父亲的一顿臭骂：“我看你是鬼迷心窍了!看他连四钱银子一夜也住不起的穷酸相，还想成贵人当名人?你还想他成贵人娶你做小老婆啊!”

想到这些，冬梅至今仍有怨气，但这些，怎能与眼前这个自己敬重的李相公说啊!

冬梅带李鸿章走进他原来住的房间。

墙壁上那首诗果然还在，这是浑厚的颜体字。

山东旅舍题壁

黄河东抱乱石流，迢递征途又暮秋。

愧我年年同邓禹，飘零书剑未封侯。

“李相公，您进京会试结果怎样?”冬梅看到“愧我年年同邓禹”一句，当时曾问李相公意思，说是落榜之意，不禁问道。

李鸿章决定暂时不告诉她，看看她的反应如何。

于是摇了摇头：“又是名落孙山啊!”

“李相公，您莫要灰心。我看您志远才高，一定有飞黄腾达的一天!走，您走了好多天，一定饥了累了，让我做好吃东西给您补补身子。您在这里多住几天，好好将息将息。有了好体格，才有科考的本钱呢。”

正说着，谁知客栈老板踱了进来。

一看女儿跟一个后生在一起，立刻喝问：“你是谁?为啥来勾引我女儿?”

冬梅道：“爹，你胡说些啥呀!这位就是去年秋天，在我们客栈住过的李相公呢。”

“哈，就是你说的那个安徽的李贵人呀。”他乜斜了一眼面前这位依旧穿着青衫的落魄书生，又看了看墙壁上那首诗，挖苦道：“冬梅，你不是说这墙壁上题的诗是墨宝吗？现在既然没中进士，就算不得贵人，他题的诗也就不能算墨宝，只能算臭字！它脏了客栈的墙壁！”他哈哈冷笑了几声，“现在，我总可以把它刷掉了吧。”

说着，拿起一把石灰刷，蘸了石灰水就要往墙壁上涂刷。

冬梅一把拖住父亲，带着哭腔恳求道：“爹，李相公这字，我真的很喜欢，你就留着它吧。”

老板吼道：“你既然这么喜欢这个安徽佬，你就跟他走吧，我就当没养你这个女儿！”

“跟他走就跟他走！”女儿决绝地说。她目视李鸿章，但不知李相公会不会要她这样的女子？

李鸿章摇摇头：“小姐，可惜我家中有妻子，不然，我真会娶你这样贤惠的女子为妻的。”

冬梅听了这话，坚决地说：“只要跟你在一起，我即使做妾，做佣人也愿意!"

这话如同火上浇油，更惹恼了老板。他气得脖子粗了，连麻子都红了。他随手操起院子里一根马鞭，高高举起，正要揍女儿，突然，从外面跑进来一个老仆模样的人，高叫：“李翰林，翰林大人，你怎么到现在还不走？天都快要黑了！”

“啥，翰林？”老板以为自己耳朵听错了，不禁问老仆，“老伯，你叫谁翰林？”

“我叫我家李相公呀，”李福指着站在房间里，正在安闲地吟诵着墙壁上诗句的李鸿章，解释道，“他刚点了翰林，这次是回安徽老家祭祖探亲呢！”

高高抡到头顶的马鞭，啪的一声掉到地上。

麻脸老板知道，这翰林可是了不得的功名，比进士厉害得多。一点了翰林，今后就能青云直上，做个知府、道台、按察使，是很容易的事。

他顿时慌得手足无措，连忙奔到李鸿章面前，扑通一声跪倒在地，连连磕头道：“小人有眼不识泰山，请大人恕罪！”

冬梅也被眼前突如其来的情况搞懵了，好一会儿，才上前道个万福，绯红着脸对李鸿章道：“李相公，恭喜您钦点翰林。奴家刚才不知自量的话，请你莫计较。”

李鸿章真诚地说：“谢谢小姐的一片深情，我说过家中已有妻子，若你肯做妾，我非常愿意娶你！”

老板此刻也一个劲地劝冬梅道：“好女儿，你快去服侍李翰林洗漱、吃饭。”

可冬梅道：“李翰林才高八斗，我哪配得上呀！”

她看了一眼李鸿章，又故意将了父亲一军：“爹，李相公可不富有，他哪有银子娶我呀！”

“还要啥银子，翰林就是块金字招牌哩！”麻脸老板满头冒汗，极力怂恿：“只要李翰林肯要，你肯去，我情愿倒贴银子！”

“爹，闲话少说，还是先把李相公写的臭字涂刷掉，免得脏了旅舍墙壁，旅客来了不好看！”女儿不依不饶。

“不不不，李翰林题的诗，果然是龙飞凤舞，称为墨宝一点儿没错！我还要特意留着这个房间，为我们客栈增光添彩呢。”老板把李翰林恭维了一番，然后自我解嘲说：“你爹南来北往的举子见多了，哪能这么没眼力，连墨宝都不认识？我刚才是故意考考我的女儿，看看你的眼力。我是想把字周围旧墙壁粉刷得白一些，好让李翰林的墨宝更加显眼呢！”

李鸿章不屑与这等人交往，于是换上老仆送来的翰林官服，就要走，却被老板死死拉住：“李大人，您可是亲口许愿要娶我闺女为妾的，你现在怎么可以走？大丈夫一言既出，驷马难追！你若不娶我闺女，就等于毁了她一生——要知道，翰林要娶的姑娘哪个敢娶呀。”

可冬梅却道：“爹，你快放手，让李相公走。孩儿年纪还轻，还不想嫁人——”

可她的话被父亲粗暴地打断：“轻，十九岁还轻？许多姑娘十九岁都生儿育女了！”

李鸿章爱怜地看了看那脸颊胭脂色，两颗大眼睛溢彩流光的冬梅，怜惜地说：“我说话算数，我现在写个字据给你们，等我探亲回京时，再到这里带冬梅小姐同赴京师。”

老板大喜，冬梅心里也乐开了花。为怕夜长梦多，日后变卦，老板定要留李鸿章在客栈住两宿，让女儿和李翰林生米做成熟饭，造成既成事实。

于是，在冬梅柔情蜜意织成的温柔乡中，李翰林度过了令人难忘的销魂的两夜，然后告别起程。

李鸿章在此地买了几盒妇女滋补佳品阿胶，就上路了，不几天，就到了济宁城。

他这回，走进了官方驿馆——临河驿馆。

其实，古代的驿、站和馆，是有很大区别的。驿，设置在全国各州府的交通要道上，内地三十里一个，人少的边疆地区五十、八十甚至百里一驿。其任务，既传递公文，又接待使臣宾客，是清代主要的交通网络。站，负责传递军事情报。而馆，即是馆舍，主要负责接待过往旅客。驿馆，就是国家和地方政府的宾馆。

临河驿馆，就是济宁府的公馆。他去年深秋赴京时，想在这里住宿遭到拒绝，驿丞说他不够格不让住。他今天特意去，就是为了住宿和交马匹，换船去徐州。

李鸿章来到建筑雄伟、环境幽雅的临河驿馆，找到韩驿丞，问，“我想在这里住一宿，不知是否可以？”

驿丞看了他一眼，见他穿的仍是青布衣衫，便道：“我们不接待你这样的人。”

李鸿章笑道：“我可是有证明文书呀！”

“有证明也不行！”驿丞斩钉截铁地说。

“真的吗？”李鸿章仍是笑笑，接着从行囊中亮出一张东西：“长官，你看看，凭这个，今晚可以在此住宿吗？”

驿丞一看，顿时变了脸色，只见上面写着：

今有翰林院庶吉士李鸿章，经批准，给假一个月，回原籍安徽庐州府祭祖省亲。望沿途府县给予接待……

驿丞大惊。他没想到眼前这个年纪轻轻的后生，竟是新点翰林！这庶吉士，虽品级低微，只有从七品，比县令还低一级，但作为皇帝的文学侍从，仪制同于大臣，以后的升迁未可限量。这样的人岂可怠慢？于是，连声道：“足下有此证明，当然可以住宿。”于是连忙安排他一个雅致的套间，供他和仆人住宿。李福见住上这么好的房间，不禁高兴得手舞足蹈。

济宁府驿馆气派漂亮。有亭台楼阁，回廊环绕，既能登高望远，又可漫步幽径。庭院中绿树成荫，花草飘香。茉莉花香阵阵沁人心脾。门外有甬道，与池相通，上架浮桥，建一坊，池中有亭，便于宾客眺望。北面的后门外，凿一行水池，遍植荷花，池边是柳树。

李鸿章吃过晚饭，在荷花池看明月赏荷花，眺望绸缎般飘舞的古运河，觉得开心极了。

“今宵难作凉州梦，月色河声共一楼。”他不禁吟唱道。

第二天，他换了船，经数天到达应天（今南京）。他又在驿馆换了两匹驿马，迫不及待地往庐州赶。十五这天傍晚，他回到了老家磨店乡群治村祠堂郢。

母亲李氏安人见二小子李鸿章回来，很是高兴。她早已从报喜捷报得知老二高中进士，这回又从在京师刑部任职的丈夫李文安的快信中，知道儿子钦点翰林，更是高兴得合不拢嘴。

当儿子踏进家门，即取出山东阿胶孝敬她，对她说：“娘，这阿胶是妇女的滋补佳品，我从山东东阿县特地给你带了两斤。据说每年冬天吃一斤，健如龙虎呢！”

“是吗，是吗。”李氏安人双手紧紧地捧着沉甸甸的阿胶，就像抱着个金宝贝，心里乐开了花：“好小子，为娘没有白疼你，想当初生你的时节，恰

逢正月初五，我连个年也没过好。”然后又对着众人夸道：“你看我家二小子，学问又高又会疼爱人，真是个孝子！”说着，竟牵起衣角抹起了眼泪。

儿媳周氏忙道：“娘，今天是大喜日子，你应该高兴才是啊！”

李氏安人连忙破涕为笑：“我，我没哭，我这是高兴呢！”

她抹去眼泪，又对儿子说：“这么好的东西，你也应该给你岳母和媳妇带点儿呀。”

李鸿章连忙答道：“我岳母和媳妇，也各带了一斤。”接着又补充说：“我还给周师母、大伯母、舅妈、姑妈和大嫂各带了一斤。”周老师，是他启蒙老师；大伯，是他少年时教师。父亲李文安因科场不顺，多年奔波赴考，没时间管教二子，就由大伯管教他。大嫂就是长他两岁的哥哥李翰章的媳妇。

听说带了这么多，李氏安人吃了一惊，又欣慰又心疼：“你带了这么多斤，得花多少银子呀，路途遥远，路上还不把你累垮？”

“娘，孩儿一路骑马，坐轿，乘船，带几斤阿胶累不着。”李鸿章连忙解释：“一斤阿胶所花银子倒是不贵。就是这东西稀缺，不好买。我还是拿着‘翰林’的名刺，直接找东阿的县太爷，才买到呢。”

一番话，又让李氏安人感动了一回，也让兄弟姐妹和叔伯妯娌们羡慕了好长时间。

李氏安人接着叹了一口气，略带伤感地说：“可惜你爷不在了，要是他还在，得知你点了翰林，不知道要高兴成啥模样呢，恐怕会高兴得手舞足蹈呢！”说到这里，李氏安人不禁又抹起了眼泪。

李鸿章忙说：“娘，我明天一早就去爷爷那里报喜，让他老人家也高兴高兴，分享一下喜悦。”

李氏安人点点头，随后说：“你一路辛苦，早点儿休息。近日，你也该去舅、姑几家亲戚走走，他们早就来打听，问你啥时回来？叫你一回来，就去他们家作客。”

他连忙点头应允。

夫人周氏，见丈夫回来，虽掩饰不住笑意，但因家中兄弟姐妹众多，众目睽睽不好过分与丈夫亲热，所以很少说话。直到婆婆一说，夫妻俩回到卧室，才有了谈情说爱的机会。三岁的女儿已经睡去，李鸿章推开南面的窗户，顿时楼上洒入如水如银的柔和月光。如鼓的蛙声不绝地传了进来，和风轻拂，令人无比惬意。他俩没点灯，就在这诗情画意中说开了悄悄话。

“芍药，”他亲昵地抚摸着妻子如云的秀发，“我已经完成千万读书人梦寐以求的全部举业，从此可以抛掉科举这块敲门砖，不必再殚精竭虑为求功名浪费时间了。”他踌躇满志地说，“往下便是编修，翰林学士，侍郎，尚书一级级往上升。我今生，一定要让你当上诰命夫人，好好享福！”他看着妻子那鲜艳如同红牡丹的脸，发出宏愿。

“我门第低福禄浅，哪能享到那么高的荣华富贵？我只要你健健康康就高兴，只要能当上学士夫人就心满意足了。”

李鸿章道：“门第低跟福禄有啥关系？刘邦区区一亭长，后来还做了皇帝哩！你名字芍药，这身材和脸，就像芍药一样漂亮，”他侃侃而谈，“再说这芍药素有‘草牡丹’美称呢！”

“草牡丹，毕竟不是真牡丹呀。真牡丹国色天香，高贵无比，草牡丹虚假低贱哩！”可她的话后半截却被丈夫的嘴唇封住了。

他边吻边说：“让我看看白牡丹，整整一年没看了，现在让我好好看看。”说着忘情地一把抱起妻子，直往床上奔，把周氏羞得嗔道：“馋鬼……”

第二天一早，李鸿章在几个弟妹陪同下，来到于湾村李氏祖坟爷爷的墓前。

震耳欲聋的大鞭炮，噼里啪啦地响了起来。他在爷爷墓前排上肉、馍、果等祭品。

他恭恭敬敬地一连磕了三个响头，然后默默地说：“爷爷，孙子鸿章今天来向您老人家报告一个大喜讯：我考中进士了，还被钦点为翰林院庶吉士！”

此时此刻，他不禁想起和爷爷的一幕幕往事。自己年少时，爷爷就常对人讲：“我孙子鸿章生在正月初五财神爷生日这天，是财神爷亲自送来的，是天上的星宿，将来必定是个大贵人！”他知道，由于父亲忙于科举，家中兄弟姐妹多，自己的童年几乎是在爷爷的脊背肩膀上度过的。

他清楚地记得，自己八九岁时，父亲出了个上联：“风吹马尾千条线。”爷爷见他竟答出：“日照龙鳞万点金”，不禁捋捋胡须，赞不绝口：“我孙子小小年纪就有如此妙对，将来必定大有出息！”

特别难忘的是三年前那个深秋，自己中了举与周氏完婚不久，赴京参加第二年的会试。年已古稀的爷爷，拄着拐棒，忍着膝盖严重的风湿痛，冒着寒风，把自己送了一程又一程，从村口一直送到乡里，足足送了六七里。看到身体瘦削单薄，说话不时被连声咳嗽打断，在秋风中颤颤巍巍的爷爷，他劝爷爷不要再送了，可爷爷却坚持要送。爷爷说：“你这一去，我们爷俩不知还能不能再见面。爷爷年已古稀，风烛残年，今天不知明天事，就盼着你早传捷报——让我在有生之日，听到你中进士的消息。我相信你一定会比你爹更有出息！”自己也当即向爷爷表态：“一定让爷爷早日听到佳音！”谁知，这一年竟没考中。不久，爷爷就去世了。很可能爷爷是受不了我落榜遭人耻笑的残酷打击而离世的吧。

想到这里，他不禁哭出声来：“爷爷，我来迟了，没用的孙子让您老人家失望了！我怎么这样没用啊，竟不能实现自己许下的诺言！这都是孙子的过错呀！”

此刻，他呼天抢地，泪流满面。

弟弟妹妹惊得不知所措，一齐围过来陪着他流泪。他意识到自己的失态，连忙克制住感情，擦去眼泪。

旭日东升，初夏的大地庄稼葱绿，草木繁茂，露珠闪烁，到处呈现出一派生机勃勃的景象。

望着平展展一望无际的江淮大地，一股豪情从胸中涌出。他虔诚地在爷爷坟前立下一桩宏愿：愿得玻璃大厅七间，四面窗户敞开明亮，我在总堂正厅办公事——换言之，我将来要当巡抚、总督，甚至尚书、大学士！一定要让您老人家死后被追封为高位！若不实现，誓不为人！

微风在墓地的绿竹间轻吟，鸟雀在枝头草莽中鸣啭。在爷爷的墓前，在故乡的土地上，他禁不住心潮澎湃。

一个月假期很快满了。

临走，周氏因为要侍奉婆婆抚养小孩，不能远离。母亲担心他一个人在京无人照顾，他连忙把在山东东阿旅店巧遇冬梅的故事一说，母亲大喜：有这么贤惠的姑娘作妾，你和你爹在京师都可以得到照顾，我也就放心无忧了。

二、李鸿章捉刀的奏折，把自己和同乡高官送进险地

三年庶吉士散馆，李鸿章以优异成绩，被授以翰林院编修之职。就在他踌躇满志地准备向“翰林学士”进军时，一场突如其来的变故，把他推上了另一条人生之路。

翰林院是个清闲机构，作为编修的李鸿章，经常来到位于海王村的书市淘宝。

他知道自己的职业就是写文章、编书，他总相信中国那句老话：“读万卷书，行万里路”；“读书破万卷，下笔如有神。”要读书破万卷，光读朝廷正统藏书，是远远不够的，还要读那些不正统的民间流传的书。他知道，清兵入关后，文字狱频起，销毁了大量好书，到了现在这晚清时期，那些捕风捉影、无限上纲的事儿少了，于是在书市里可发现不少好书。他知道，要写出惊天地泣鬼神的文章，除读书外，还要“行万里路”，了解各地的名胜古迹，风俗民情。目前身在京师翰林院，不能广行天下，只能多接触民间。而这海王村的众多书店，便是接触社会的一个个极佳窗口。

这里书店众多，旁边又是古玩旧货市场，因此南来北往的人极多，三教

九流无所不有，因此消息来源也多。在这里，可以听到各种各样的消息：宫廷逸闻，官场丑闻，民间奇闻，这对于写作大有用处。

咸丰三年（公元一八五三年）正月二十一日，李鸿章又像往常一样来到海王村书市淘宝。在这里，他听到了一个重大消息。

他没想到这个消息将影响他的一生，把他从清闲的翰林院，送到硝烟弥漫的战场；从政治权力中心的皇城，送到崎岖偏僻的乡间；从一个握笔的书生，变成一个每天面对死亡、出生入死的军人。一直到晚年，他还清晰地记得这个在他头脑中不可磨灭的日子。

这是个阳光灿烂的下午。他兴冲冲地走进海王村书市，由于经常光顾，这里不少书店老板都认识他。

忽然，他背后响起一个热情而略带沙哑的声音："李编修，我这里又搜集到不少好书，请您进来看看。"

他回头一看，不禁吓了一跳。原来是"庐山书店"中年老板陶经文，躺在一条藤椅上，右手吊着一根绷带，眼窝下紫黑一片，右腮破了一块皮，一片醒目的鲜红。

"陶老板，你这是怎么搞的？"李鸿章吃惊地问。

"他是半夜爬楼窗偷女人，被人推下楼跌折的。"隔壁店里绰号小麻皮（少时患天花脸上坑坑洼洼）揶揄他道，激起周围一片笑声。

"别听他乱嚼舌头——我遭了难，你还嘲笑我，你，你，下辈子还得麻皮！"由于生气着急，陶老板一挣扎，碰到了右手，痛得哎唷唷直呻吟。

"陶老板，到底是怎么回事？"李鸿章问。

于是陶老板有气无力地讲起了这次受伤的经过。

"我的老家——江西省九江府被长毛占领了。我连夜爬墙头逃出九江，不想摔断了胳膊。"说着，他龇牙咧嘴地呻吟起来。

李鸿章知道，陶老板所说的"长毛"，就是指从广西金田举旗造反的洪秀全、杨秀清为首的太平天国军队。清军入关，颁布剃发令：将汉族等中国各族百姓都按满族装束，剃去前面头发，留起长辫。而太平天国军队则割去长辫留头发，故清朝官府将太平军蔑称为"长毛"。

"啥，你说啥？长毛已攻占军事重镇九江？"这的确是令人震惊的消息。李鸿章急不可耐地问，"啥时失陷？"陶老板凄然答道："正月十一。"

李鸿章知道，太平军于去年冬天十二月初四，攻占长江上游号称"九省通衢"的武昌后，老师曾国藩的湘军分三路进军武昌。原以为长毛军队会止步武昌，谁料想狡猾的太平军会挥师东下，一举攻占城防坚固的九江城。这九江离安徽省城安庆只有三百多里，长毛必然会顺江而下，攻打安庆。若是安庆有失，我的家乡庐州就要遭殃了。

李鸿章明白，自己和父亲都是清朝命官，安庆失陷对自己将意味着什么。

他无心再在书市淘书，再听那些娓娓动听的逸闻轶事了，他当即决定，要把这火烧眉毛的消息，报告同乡高官、工部侍郎吕贤基，叫吕侍郎撰写奏折报告皇帝，要求派兵安徽阻止长毛进攻安庆，拯救故乡父老乡亲！

“吕大人，长毛攻占九江，下一步目标很明显，必然沿江东下，夺取皖省省城安庆。安庆一失，安徽全省就将玉石俱焚，生灵涂炭了。”当李鸿章用六国纵横家苏秦、张仪般的口才一陈说，吕贤基也感到事态的严重。“安庆一失，长毛必然兵分水陆两路，陆路夺取庐州，兵锋指向古都江宁；再纠合水师沿长江而下，夺取铜陵、芜湖、马鞍山，与陆路呼应进攻江宁。若江宁再失，大清半壁江山就付与洪秀全所谓太平天国了。”

李鸿章一番话，说得吕贤基毛骨悚然。“吕大人，您德高望重，应该写份奏折，分析时局，陈说利害关系，提出剿灭长毛的方略，请皇上迅速派兵保卫安庆阻止长毛，拯救家乡百姓于水火之中！”

李鸿章侃侃而谈。“这从私处是保卫家乡，从公处是保卫大清江山，”他看了一眼吕贤基，抛出一块香喷喷的诱饵：“而且对您吕大人加官晋爵，也大有好处呀！”

一番话击中了吕贤基的要害，吕贤基果然坐不住了，他决定写这份奏折。一是为家乡免遭涂炭，二为江山社稷大计，第三嘛，向皇上显露才华，表达忠心，引起皇上注目，好让自己官升一级。

他想起自己当侍郎已有些年头。有背景的同年，投机取巧的同僚，都爬上尚书、总督高位，有的还升上大学士；甚至有的部下也跟自己平起平坐了，只有自己这没有背景的老实人，至今还窝在侍郎的位置上。这太不公平了！究其原因，就是没有得到朝中权贵的支持，没得到皇上的赏识！若是这次能引起皇上的重视，升尚书还不是很容易的事！

想到此，他看了看眼前这个机智的极有头脑的年轻同乡——写文章行家里手的编修，亲切地说：“我手头事务多，近日腾不出时间写这奏折。而此类事又火烧眉毛，迟缓不得，你就代我草拟一份吧。”

此刻的吕侍郎根本没往深处想，只考虑到，写文章，是编修的专长，自己必然不如李鸿章。这奏折交给他写，十有八九能引起皇上的重视，皇上一重视，我就时来运转，升迁有望了。他没考虑到世上事情的复杂性，没进一步细想这份奏折引起皇上重视后，还会有另一种可能另一种结果，没想到这份奏折会让他走进深渊甚至走向死亡，便贸然把这重要差使托付给李鸿章。

“既然大人信任，我就试写一份。”李鸿章大喜。

他庆幸这天赐良机。我要趁此机会，撰写一份不同凡响、最好能引起轰动，像唐朝骆宾王《讨武瞾檄文》一样流传千古的文章。皇上一重视，必然会查问撰写人，吕侍郎不敢隐瞒，必然会据实奏明是出自我的手，这样，我就会受到皇上赏识，一赏识“翰林学士”的顶戴就到手了！我要让这奏折，为我日后做大官铺平道路！这么一想，他便来了劲。

这天傍晚，他回到住处，吩咐侍妾冬梅：“我今夜有重要奏折要起草，若有客人来访，就说我不在家，一律回绝！”

一吃过饭，他便一头扎进书房，再也不见出来。

半夜时分，冬梅端来一盏热气腾腾的荔枝茶，柔声地说：“老爷，已到后半夜了，快吃盏点心充充饥。”

“我不饿，你吃吧。”李鸿章头也不抬道，“你先睡，我还要再过一会儿，等把这份稿子写好再睡。”

“不，我要等你写好一起睡！”

李鸿章道：“我今夜大概要熬通宵。”

“那我就陪伴老爷身边，直到你写成。”冬梅说着，拿小杯子，往丈夫写字台上的砚里加了几滴水，然后便为丈夫磨起墨来。磨墨声沙沙地轻柔地响着，火炉生得旺旺的，屋里温暖如春。冬梅早已脱去臃肿的棉衣，挽袖捋臂，露出丰满雪白的腕臂，还散发出一股淡淡的清香。头上的刘海和鬓发，随着她循环往复的研墨动作，轻轻地飘拂着；一双乌黑发亮的大眼睛，随着丈夫那支笔，那张纸而移动。再配上白皙而带胭脂色的俏丽脸庞，令李鸿章更加动情。

他脑子里忽然跳出几句古诗词：“炉边人似月，皓腕凝霜雪”，“小山重叠金明火，鬓云欲度香腮雪。”看到红袖添香，李鸿章更加文思泉涌，豪情冲天。

待到写成，已是三更。

冬梅把那盏荔枝茶热了热，又端了上来。看到丈夫吃完，冬梅很是高兴惬意。“老爷，现在稿子已经写好，我们可以睡觉了吧。”她柔声而深情地说。她知道老爷渴望她。前些日子自己身体不爽，怕传染没和丈夫同房，接着月经一来四五天，直到今天才干净。她很内疚，真把丈夫熬得够呛！因此今晚，她早早地烧汤洗了个澡，准备供丈夫好好温存一番。

她知道自己是个侍妾，身份低微，能服侍大贵人李编修，做他的侍妾，是自己天大的福分。供他温存，能与他同床共枕，是他对自己的恩赐。她巴不得这个如同云中鹤的英俊伟岸的丈夫，能经常多要她，若能怀上翰林的种子，生个一男半女，那该多好啊，那就下半辈有靠了，就能光宗耀祖了。

因此，当自己十来天不得供丈夫温存，她感到十分对不住丈夫。当丈夫写好稿，吃了点心，她尽管困意浓浓，但仍是端来热水，供丈夫洗脸，接着又服侍他洗脚，等一切都完成，丈夫拿起长烟筒吸了一袋烟，过了烟瘾，冬梅已经钻进被里，早把被窝捂得暖暖的。被子白天已被冬梅晒过，用熏香草熏过，一打开便散发出一股淡淡的清香，沁人心脾。

“老爷，您过来闻闻，这被窝又暖又香哩。”冬梅在招呼丈夫，也在诱惑丈夫。

为了引起丈夫的欲望，她已脱去小布衫，只穿一个红兜肚，露出两支玉笋般的粉臂，露出胸前腋下雪白粉嫩的肉。尤其那两个被小兜肚松松掩住的丰满高耸的乳房，在灯光下更显得晃人眼目。李鸿章远远地看了一眼，便情不自禁地扑上来，把嘴伏在她的乳沟间亲吻起来。

李鸿章身上涌起一股热血，正要脱衣钻进被窝，突然，他停止了行动。我岂可因儿女情长耽误大事！想到此，他对冬梅说：“贤妻，现在不能！我还要去办一件大事——把这份奏稿送到吕府，若迟了，今天就不能送到皇上案头了。”

他翻身起床，急匆匆穿上大衣走了，把满怀渴望、已被撩拨得心旌摇荡的冬梅，晾在温柔乡里好久好久。冬梅口咬被角嘤嘤嗡嗡地哭了起来：“你这个狠心的男人！”她一直在被窝里足足等了两个钟点，丈夫仍没回来；等了一个上午，还是没回来。她迷迷糊糊地睡了一会儿，直到下午肚子饿得咕咕叫，才百无聊赖地起来烧饭吃。

原来，丈夫把奏稿送给吕侍郎后，又去翰林院当班了。

当吕侍郎看到这份代拟的奏折，不禁拍案叫绝，于是没改动一个字，便签上自己的官衔和大名，精神焕发地上朝面圣去了。

正月二十二日，咸丰皇帝接到工部左侍郎吕贤基的一份奏折：《江防吃紧请饬择要安置折》，立刻引起了注意。

咸丰帝连日来，正为洪秀全太平军近期连克武昌、九江两座长江上游的军事重镇而苦恼不已。一接到这份奏折，顿时如饥似渴地看下去：

……洪秀全贼寇攻占武昌、九江后，下一步必然是夺取安庆、庐州，接下目标将是六朝古都江宁。若其水陆并进攻江宁，则江宁危矣。江宁失，大清半壁江山将失，祸患大矣……

奏折在论述了一番太平军的战略目标和扼守安庆、江宁的重要性后，提出了数点应对之策：

“其一，陆路应加强庐州、巢湖的防御。江北以庐州府最为紧要。庐州府系安徽省都会，地势雄阔，城池险固。江苏、安徽水陆皆凭借此地为屏障。应派重臣在此驻守，镇压附近土匪并招募其党羽作一队劲旅，作为苏皖的援应。而庐州以东五十里的巢湖，跨合（肥）、舒（城）、庐（江）、巢县四县境，方圆五百里，系棍匪藏身之所。由东关裕溪口出江，计一百二十里，刚挡住梁山上游。向来江北用兵，多于巢湖练习水师，可由地方绅士招募巢湖内盗船，作为抵御洪杨贼寇的力量。”

咸丰帝边看边连连点头称是。此刻有妃嫔，请他去看平时他很喜欢的一出戏，他也一口回绝。他迫不及待地看下去。

“其二，策划江宁上游江防。两江总督陆建瀛，退守江宁，毫无布置，实属鼠目寸光，愚蠢之极。臣以为：必须在九江、安庆之间的小孤山、贵池的拦江矶、罗刹矶，当涂的东梁山、和州的西梁山、采石矶等要隘，修建工事，并征集民船，建造木筏，以抵御洪杨贼寇水师，确保江宁的安全。”

“其三，周天爵足智多谋，宝刀不老。请派其进驻庐州，并选择地方绅士协助其招抚团练。定远知县、署寿州知州金光筋年富力强，可协助周督师防剿……”

看了这份内容详尽、分析透彻、论证严密的奏折，咸丰帝不禁两眼为之一亮，心头为之一振，萎靡不振的情绪一扫而光。

他心里说：“没想到一向文绉绉的吕贤基，竟有如此武略！原来他对皖苏一带的作战方略，已深思熟虑胸有成竹，具有总揽全局的能力。这将是剿灭洪杨贼寇中一个不可多得的人才！”

于是拿起笔，连下两道圣旨，第一道是：

工部左侍郎吕贤基，着即驰驿前往安徽，会同皖抚蒋文庆、周天爵办理防剿事宜。

第二道是：前任漕运总督周天爵，着赏加兵部侍郎衔，会同蒋文庆、吕贤基办理防剿事宜。

接到圣旨，吕贤基如同晴天打下一个霹雳，不禁呆了懵了傻了。他没想到自己这个从未上过战场指挥过打仗的一介书生，竟然要领兵上前线杀敌！

一听到谕旨，他差点儿跌坐在地，他真想叩头恳求皇上收回成命，哪怕把自己官降一级仍留在京师。但他知道这是绝不可能的事，于是只得奏请懂军事的袁甲三，做自己的助手，随同前往安徽剿寇。皇上立即批准了他的要求。

他脸如死灰，拖着灌铅般沉重的两腿，打轿往家走。虽然还是寒冷的正月，但他却是浑身冒汗，像发疟疾一般全身索索发抖。一路上，他恼恨不已也懊悔不已：都是李鸿章那浑小子闯的祸！也怪自己太无主张，叫这李大个子代拟奏折，以至搞成现在这个局面！如今，驴已被拉上磨道，要想卸套不拉也已晚了。

回到家里，当吕贤基把皇上下给自己的圣旨一说，家里妻妾儿女顿时哭成一团。

“你怎么这样倒霉呀，你一个书生，却去炮火连天的战场，凶多吉少呀！这不是白白送死吗？”夫人哭得头发散乱，玉容失色，接着又道：“都是你自己作的孽找的祸，好端端京官放着不做，却偏要逞能，写些乌七八糟的奏折！别人的奏折，都能给自己带来福音，带来好处，可你的奏折却把自己送进火坑，送进泥潭。你真是昏了头！”

吕贤基招架不了夫人的枪林弹雨，刚说了一句：“也怪怂恿我写奏折的李鸿章，”便被妻子顶了回来：“你是米粉头啊，耳朵长在你头上，却听别人，堂堂侍郎却听小编修怂恿！人家叫你吃屎，叫你去死，你也去吗？”

吕贤基痛苦得一手揪住自己的头发，另一只手握拳直擂脑袋。

这天傍晚，李鸿章一下班，立即奔往吕府探听消息。

一路上，他兴高采烈，他对自己拟的这份奏折很得意。皇上看到这奏折一定会褒奖吕侍郎，吕侍郎一定会赞赏自己，器重自己，说不定皇上也知道这份杰作，是我李鸿章写的哩！想到这里，他哼着庐州小曲来到吕府。

谁知刚走到吕府大门，便听到一片凄切的哭声。

不好，难道吕家死了人？他一惊，随即三步并作两步往里奔。

一走进客厅，便见吕侍郎呆若木鸡地靠在太师椅上。原先不显眼的鬓边白发，如今竟两鬓如霜了。

“吕大人，吕大人，奏章上奏后，皇上有啥评价？”李鸿章关心的是皇帝对这份奏折是否欣赏。

谁知吕侍郎一见李鸿章来到，不禁哈哈冷笑了几声，说：“你这份奏折写得太好太绝了！皇上对这份奏折很欣赏也很重视，结果一重视，便把我派往安徽战场去剿寇了。”

听到这话，李鸿章不禁呆了：这个结果倒出乎意料。

吕夫人正在哭泣，见到李鸿章，生气地冲上前骂道：“你这祸害精！我们跟你无冤无仇，吕侍郎一向待你不薄，你为啥要设计害我们？”

李鸿章百口难辩，立刻连退带奔逃出吕府。

第二天，他正在翰林院办公事，忽然吕侍郎踱进来，对他说：“小同乡，我们既然同写奏折，理应有福同享有难同当。我已向皇上保奏你一同前往安徽战场，你做好准备。”

这一下，轮到李鸿章目瞪口呆了。

转日，果然谕旨下达，说李鸿章编修“精通文墨，胸藏韬略”，要他协同吕贤基侍郎同往安徽剿寇。

李鸿章摇头叹息，冬梅不禁伤心得流泪了。

临走前的这个夜里，冬梅这个平日生活规矩古板，连丈夫跟她亲吻温存都感到脸红的女子，竟破天荒地死死地抱住丈夫，缠住丈夫，亲着他，吻着他……

三、书生从戎，首战告捷

二月初二，李鸿章随吕贤基侍郎一行离京。

此刻的形势，比以前所想的更为严峻恶劣。其实当李鸿章在海王村书市

听到九江失陷时，太平军已于正月十七日攻占安徽省城安庆；当他们一行二月中旬到达安徽宿州时，太平军水陆并进，又攻占六朝都会江宁（即南京），改此地为天京，把它作为太平天国的都城。安徽巡抚蒋文庆、两江总督陆建瀛、江宁将军祥厚等相继被杀，清朝在东南的半壁江山土崩瓦解。

清政府将庐州设为新省会。新任安徽巡抚李嘉端驻守在此防御，周天爵等在淮北镇压当地起义，并防太平军北上；吕贤基前往庐州周围的庐江、舒城一带组织团练，李鸿章则进入周天爵幕中帮办事务。他在刚愎自用、株守淮北、不敢越雷池一步的周天爵幕中，待了一段时间，不久因战事紧急，被李巡抚调往别处。

四月初一，太平天国天官副丞相林凤祥，地官正丞相李开芳率北伐军从扬州出发，会同自天京出发的副丞相吉文远，连下滁州、临淮关，于四月二十一日，攻占凤阳府城、县城。此时，阻止北伐军继续北上是清军当务之急。

李鸿章应命选募乡勇，前往助剿。

一波未平一波又起，四月二十七日，太平军西征军在太平府乌江一带，击败清朝向荣水师，李鸿章又受命带团练兵赶赴巢县一带防堵。李鸿章深知，裕溪河，是新省会庐州的门户，南北之咽喉，必须在此处堵住太平军船只。李受命将所带千余勇丁驻扎运漕镇，以堵截太平军。

这天深夜，李鸿章放下攻读了几十遍的《孙子兵法》，打开从京师带来的“乾隆内府图”，仔细地研究起来，最后把目光落在巢湖以东四十里的乡点——东关。

这东关，古称濡须口，夹山带河形势险固，系巢湖出长江第一要隘。它上扼庐州、巢县门户，下通无为、和州、含山，是江北用兵必争之地。想到此，李鸿章传令立即拔营起身，务必于拂晓前抢占东关。

睡梦中被叫醒的勇丁们个个牢骚满腹，有人竟骂骂咧咧起来：“弄妈，没有敌情，移鸡巴营盘？这是当官的吃饱了撑得慌没事干了啊！移营盘等吃过早饭也不迟呀，为啥这么猴急？”

但这些声音立即被一道严令吓得无影无踪：“夜里行军，不许点火，不许发出声音，不许拖延迟缓！违者，轻则打四十军棍；重者，发配三千里充军甚至斩首示众！”

有一个愣头青，凭着是李编修的亲戚关系，硬是不听号令，借上茅房为名，拖拖拉拉，队伍集合完毕才歪戴着帽子赶过来，腋下胡乱夹着一把刀。官长训了他两句，他还不服气地嘟囔个不休。于是马上因明知故犯，被施以五十军棍的“奖赏”。因为有李编修亲自监督，棍棍货真价实，被打得鬼哭狼嚎，血肉横飞，等行刑完毕，已经出不来声，奄奄一息了。看到此人死猪般被两人架着，两脚痛得不能沾地，一条雪白的裤子被染得鲜红，再也没有人吭声了。

当李鸿章率领的这支千人队伍，到达东关扎下营盘，并在各处山头要隘布下伏兵时，太平军大队人马也急如星火地赶了过来。

这时，李鸿章手下的各队兵勇，个个咧开嘴笑了，他们暗暗骂道：“弄妈，李翰林真是神机妙算，未卜先知，我们服了！”

太平军队伍大摇大摆地向东关运动，准备占领东关，封锁轮船码头。一路上，他们太顺利了，兵锋指处，清军望风披靡。因此他们毫无戒备，根本没想到这里早有清兵做好圈套在等着他们。他们高唱着“有田同耕，有饭同食，有衣同穿，有钱同使，无处不均匀，无人不饱暖”的太平天国战歌，有的队伍押着金银珠宝等战利品，在讨论如何均分；有的队伍押着俘虏的清朝官员的家属，侮辱他们，朝他们脸上吐口水，还鞭打他们；还有的队伍甚至为抢来的漂亮女人争风吃醋。

队伍刚踏入关口，便被一阵突如其来的猛烈的枪炮，打了个措手不及，上百名将士顷刻丧生。太平军恼羞成怒，迅速组织反攻，但激战两天组织了四次冲锋，除了留下数百具尸体，毫无所获，始终占不了要隘，只得仓皇而退。

过了数天，太平军发现清军兵力不多，只有一千余人，因此又组织了一场更大规模的反扑，发狠要夺取东关要隘。

太平军如蝼蚁如潮水般涌了上来，李鸿章指挥兵勇，凭借险要居高临下狠狠打，打退了太平军一次又一次进攻，坚守了四天四夜，伤亡了不少人。眼看火药将尽，李鸿章命令部队用长矛短刀与太平军短兵相接，进行肉搏。

太平军越来越多，眼看快要顶不住了，李鸿章一边派人领数百人，偷袭驻守运漕镇的太平军，一边仔细观察太平军阵势。

忽然，他发现有个身穿红马褂的敌军少年，举着一面令旗，太平军都跟着这面令旗行动。

“擒贼先擒王”。他立即一马当先冲向敌队，拔出短铳瞄准那名旗手，乒地一枪，那穿红马褂的少年倒下了，敌阵顿时慌乱起来，纷纷退却逃避。紧接着，他又吩咐兵勇中神枪手，专门朝敌军穿红马褂的少年开枪，霎时，敌军中旗手纷纷倒地，阵脚大乱。原来穿红马褂的少年，是各队的旗手，旗手一死，如群鸟无头，众人纷逃。

此时，派去偷袭的清军奇袭成功，回师东关，首尾夹攻，太平军抵挡不住便逃走了。

初战告捷，李嘉端巡抚为李鸿章请功，被朝廷赏给六品顶戴蓝翎，还赏假三天，准他回家探亲一次。

正当他收拾好包裹准备动身时，忽然李巡抚派将官送来一封信。

拆信一看，原来是吕贤基侍郎的求援信。

信中说："舒城危急，望速率部援救。"原来，驻守舒城的吕贤基侍郎，自来安徽以来，已有数月之久，但毫无战绩。其实这也难怪，他学问渊博，品行端正，是做学问当文官的料，领兵打仗非他所长，更是他之短。因此要求李巡抚将在东关防守得法，打了胜仗的李鸿章调到身边当高参。

"李编修，巡抚大人说过，去不去由你自己定。"差官对他说。

"吕侍郎求援我岂可不去？"李鸿章应道，"他来前线，全是我怂恿写奏折造成，现在他有急难，我于理于情都不能袖手旁观！"

于是，他托将官转告巡抚，便迅速领着原班人马，急急往舒城进发。

正当吕侍郎眼巴巴地等待援兵之际，太平军翼王石达开来到安庆。他是个极能打仗的将领，在皖北，他改守为攻，派兵进取集贤关、桐城，势如摧枯拉朽，所向披靡。

太平军见守城的都是老弱残兵，便在一天深夜，出动五千精兵，分四路架起云梯攻城，另有一支掘地而进。火把通明、战鼓咚咚，太平军将士一手执盾牌一手拿刀枪，吼声如雷直往城头冲。他们边冲边往城头发射枪弹，本来就疲惫不堪的二百多名团练守军，虽勉强抵挡了一阵，但看到来势凶猛，很快各自逃窜。

吕侍郎见东门危急，连忙命身边一队亲兵火速赶往救援。这支亲兵虽与敌军展开激战，怎奈敌兵越来越多，数十名亲兵寡不敌众，纷纷被杀。

突然，轰隆隆几声天崩地裂的声音响起，城墙轰开一个大缺口。

此刻的吕侍郎身边已无一兵一卒，他望着城墙外如潮水般涌进来的敌兵，耳听着"活捉清朝妖头吕贤基者，赏白银三千两"的吼声震天动地，不禁长叹了一口气，道："李大个子，是你误我！"

他奔到城墙口上，高喊了一声："皇上皇上，兵败城破，我有何面目苟活于世？只好以身殉国了！"说着，往下一纵，投进那道宽阔深绿的护城河。其实，他有一句话还没来得及说出口，当他往下跳时，他最后含泪说的一句话便是："我的白发亲娘，忠孝不能两全，儿，不能为你老人家尽孝了！"

此刻，李鸿章率领千余援军已赶到舒城城门口。

吕侍郎只要再坚持半个钟点，就可以等到李鸿章的援兵，就可以不死。可惜他耐心不够，他还以为李大个子不来相救了呢。

当李鸿章率兵进入北门，正准备与吕侍郎会合，忽见一个将官匆匆跑来禀报："吕侍郎已投河自尽！"

李鸿章顿时惊呆在原地。

他心里无比沉痛，满含着热泪，声嘶力竭地说："吕侍郎，我对不起你，是我害了你！看我逞的啥能呢？我怎么不早点儿赶到呢？"虽然他率兵风雨兼程，但他还是捶胸顿足，责备自己来迟了。

"你在生，我有负于你；你死后，我决不能再负你，你的尸首决不能落入长毛之手!"他两眼通红如同大虫，吼叫着，指挥部队就要往东门冲，去夺回护城河里的吕侍郎尸首。

老仆刘斗斋死死抱住他的腿，声泪俱下道："老爷，去不得呀，长毛势大，我们这支人马前去如羊入虎口，白白送死呀!"

一句话提醒了他。此刻冲上去，不但抢不出吕侍郎，相反会全军覆没。

他看了看从四周潮水般涌来的敌军，抹去眼泪，立即传令后队变前队，一鼓作气杀退敌兵，冲出包围圈。

过了一日，听说吕侍郎尸首被太平军斩首，将首级挂在旗杆上示众，李鸿章咬牙道："吕侍郎，我一定要为你报仇雪恨!"

形势越来越残酷。太平军随后猛攻庐州，湘军悍将、继任巡抚江忠源顽强死守，但兵力单薄，不久便被攻破，江忠源投水自尽。

此时，李鸿章的父亲、任刑部缉捕司郎中的李文安，也被朝廷派到安徽办团练，协助袁甲三钦差，在临淮关一带防剿太平军。李鸿章则在庐州附近协助福济。父子俩忙于战事，很少有机会见面，只靠书信联络。

不久，李文安接到儿子一封信：

"腊月，儿通过策动含山城内长毛易长发父子做内应，里应外合，率部攻占含山，杀敌近两千人，并缴获大批武器物资。"儿子在信中以军事家的口吻，不无骄傲地写道："含山系长毛在庐州的外围据点，与庐州、巢县、和州、无为等互为掎角，它的失守，对长毛在庐州及皖北的防御，构成极大威胁。因此功，儿被朝廷加赏知府衔。"

"好小子，官衔跟你老子一般大了。"李文安拿着书信，遍示同僚和部属，"看样子，这个老二一定会像我爹所说那样，比我更有出息呢!"

儿子的信顿时引来一片赞叹，有个爱搞恶作剧的同僚对他说："李郎中，现在你儿子的官跟你平起平坐，你笑得合不拢嘴，若是以后他官做得比你大，他当上巡抚，你位居同省按察使，你要向他叩头请安怎么办?"

一席话，真把李文安问住了。"我有个好办法，你儿子即使当上最大的官，哪怕是大学士，你也不用向他请安。"同僚说。

"啥好办法?"同僚见李文安问，便招呼他到身边，对他耳语了一句，马上被李文安"呸!"的一声骂了回去。原来告诉他的好办法，就是："在儿子超越你之前，死去!"这本是句玩笑话，不料竟很快被言中。

不久，李鸿章与忠泰率军攻下舒城，找到吕贤基侍郎的尸体和头颅，将其安葬，才了却一桩心愿。

四、黑色的五月

正当李鸿章军事上很是顺手，官衔步步上升时，咸丰五年五月二十三日，一个噩耗突然传来：父亲李文安因积劳成疾，病故军中，享年仅五十五岁。

父亲猝死军中，家乡庐州沦陷，家人不能前来，大哥李瀚章远在江西，随同老师曾国藩的湘军与太平军对峙。作为唯一离父亲最近的亲人，却在父亲临终前没有见上一面；父亲临死，做儿子的不能送终，甚至没有听到父亲的一句遗言，这令李鸿章痛不欲生。

"爹，你为啥不等我见上一面就匆匆走了？你为啥不给我留一句遗言？"他泪如雨下，伏在父亲的灵柩上，拍打着棺材哭喊着。

这时巡抚福济的中军来到面前，对他道："李编修，令尊大人临终时，曾给你留了一封信，巡抚大人叫我交给你。"

李鸿章连忙接过，急急地拆开，擦去眼泪，仔细地看了起来：

"吾病急，恐不久于人世，特匆草一书，告知巢县军中儿子李鸿章：贼势猖獗，民不聊生。吾父子世受国恩，长毛不灭，何以家为？你等当努力以成吾志。"

看到父亲遗言，李鸿章的眼泪又抑制不住地流了下来。

是啊，父子两代皆为进士，父亲官居郎中，自己年纪轻轻就点翰林授编修衔居知府，从此李家一跃成为庐州的名门望族，可谓皇恩浩荡！父亲说得对，长毛不灭，国不安宁，何以家为？

他立即扑通一声跪倒在父亲灵柩前，发下誓言："父亲大人，孩儿牢记您老的谆谆教诲，精忠报国，誓灭长毛！纵有千难万险，即使肝脑涂地，也在所不辞！"

于是，他向福济巡抚表示："军情紧急，我不能在此紧要关头回家守制。我要墨绖从戎，等以后军情缓和，再扶父亲灵柩回籍安葬！"

巡抚大喜，连忙安排他带兵出击。

然而，他这番带兵没有往常那么幸运了，一出击便遭到大挫折。

七月十九日，近万名太平军救援庐州，分四路猛扑柘皋营盘。李鸿章率兵冲在最前面，见敌军势大如急风暴雨般疾卷而来，他知道自己区区千人不是对手，连忙下令撤退。

结果这一退不要紧，造成清军数十座营垒被破，兵勇死伤无数。游击伊林布、千总杨万杰当场阵亡，仅存河州镇总兵吉顺一营。亏得江南提督和春率部前来救援，才解了清军之围，未遭覆灭的悲剧。

福济气得大吼："我要参劾李鸿章这浑小子，是他葬送了我的大军！"

李鸿章进帐拜见和春提督，感激他救援之恩，赞誉道："声威大振，当以军门为最。"

和春提督笑着反唇相讥："畏缩溃逃，当以阁下为先。"

一句话窘得李鸿章满面羞愧而退。

李鸿章十分不安。此次惨败，巡抚福济暴跳如雷，口口声声要参劾我，若和春提督向皇上据实奏报，自己非遭黜降不可！若参我一个“临阵脱逃，酿成全军大败”的罪名，我的前途就完了，不但几年征战的辛劳化为流水，所得的封赏变成烟尘，而且还将面临牢狱之灾，充军之险！甚至连杀头也有可能。这岂不是给已故的父亲丢脸！想到此，他在睡梦中也吓出一身冷汗。

这时，清军大营中，两个高官正在进行一场唇枪舌剑的辩论。福济拍着案桌怒吼道：“李鸿章这小子临阵脱逃，使我大军精锐全丧，罪不容诛，我非要将他革职充军不可！”

“书生从军，胆魄不足，情有可原。”和春竭力为李鸿章开脱，“他手下只有千人的团练队伍，面对身经百战、穷凶极恶的上万长毛，他身后的兵士都吓破了胆纷纷逃窜，他不逃，岂不被碾为齑粉？再说，他身负丧父之痛，不离军营险地，一心报效朝廷，其忠心可嘉，精神可嘉；他能身先士卒不避艰险冲在前头，勇气亦可嘉。再说战场上无常胜将军，湘军名将江忠源如此英勇善战，也战败自杀，我们岂能苛求新出茅庐的李编修次次打胜仗，一次不败？”

和春求情道：“你就原谅他这一次吧！”

“既然军门求情，我就饶他死罪，饶他充军、革职，但非得将他降级不可！不然，以后将领都以他为榜样，临阵脱逃，岂不坏我号令，毁了朝廷剿匪大业？”

和春微笑道：“巡抚大人，你就别如此大动干戈了。李鸿章是你的门生，你就不念师生之情，忍心将他推向泥潭？”

福顺不为所动：“军法无情，岂可假公济私？他是我门生，我也不能姑息养奸！”

这回和春生气了：“李鸿章是奸贼吗？他若是奸贼，就不会墨经从戎，留在生死未卜的险地；也不会身先士卒，冒着炮火弹雨，冲锋在前；更不会深更半夜手不释卷，苦读精研兵书战策，殚精竭虑如何杀敌打胜仗！”

此刻，他看到福济惊得张开嘴，脸色变成猪肝色，大帐里的幕僚将领都惊得面面相觑，意识到自己的口气严厉了一些，便平缓了一下口气，劝道：“你若给他这一次将功补过的机会，我想他会珍惜的。若是把他打落陷阱，不给他机会，你巡抚大人就少了一个出类拔萃的学生。”

他顿了一顿，感到口干舌燥，便端起杯子，将一杯水一饮而尽：“不过，只要你不把他处死——实际上即使你想杀他拿他祭旗，皇上也不会杀他，因为如今正是国难当头的用人之际，他还会东山再起的。此人学问渊博，悟性极高，胆略超群，满腹计谋，所缺的只是实战经验。若假以时日，多经历练，并让他带一支精兵，他很快便会鹤立鸡群，成为一员不可多得的名将！”

此刻，他撇开战事，谈起另一桩轶事：“你没听说当初翁心存大学士对他的预言吗？说他身如云中一鹤，有如天上二郎神下凡，前途无量，有出将入相、超越自己的可能哩!”

福济巡抚内心十分矛盾。

自己曾当众宣布要参劾李鸿章，以震慑众将官，如今即使不撤职，起码也得给他一个处分，不然，自己说出的话如同放屁一点儿不起作用，自己的脸面何在？尊严何在？

想到此，他坚持道：“军门老弟，不将他治罪，至少也得给一个‘停职反省’的处分吧，不然，将士群起模仿，我的威信何在？你叫我这个巡抚如何当得下去?”

和春提督火了：“好，既然你如此固执己见，那我也不和你联名上奏了，我们各写各的奏章!”于是立即站起身，吩咐中军：“送客!”便要将福济推出军营。

福济见提督发火，心里慌了。提督官衔居他之上，跟他完全平起平坐，况且手掌兵权。如今长毛猖獗，还得靠他抵挡贼寇保全省平安，怎可得罪？

于是，只好息事宁人道：“军门何须动怒，跟我斗气，我依你就是了。”

和春道：“我非是和你斗气，我是为国家惜人才啊，培养一个人才不容易，培养一个大才更不容易！我们应该做发现人才的伯乐，培植人才的园丁，做杰出人才的保护伞。”

一席话说得福济面红耳赤。

说完，和春拿起笔，在给皇上的奏折中写上一笔：“编修李鸿章面对丧父之痛，墨绖从戎，忠心可嘉；身先士卒，率军积极配合大军剿寇，勇气可嘉……”

于是，即将降临到李鸿章头上的一场暴风骤雨，消失了。

当李鸿章得知奏报的内容，全身紧张的情绪，顿时松弛下来。“我一定要将功补过，重立新功!”

他听说大军将攻打庐州省城，便秘密派人混进城内，去联络亲朋故友作为内应。

十月初二，清军向庐州发起总攻，李鸿章策动的监生鲁云鹏和绅士王南金做内应，在紧要关头打开城门。李鸿章又率领一支兵马奋勇当先冲进城门，因此，庐州攻克，他被升任记名道台。

咸丰六年七月，对太平天国来说，是个大灾大难的月份：太平天国发生了惊人的“洪杨内讧”——天京事变。

东王杨秀清逼洪秀全封他为“万岁”。北王韦昌辉在洪秀全指使和默许下，残杀杨秀清及其部属两万余人。石达开起兵讨伐，后遭忌，又带领二十万部队离京出走。这场内讧，使太平天国元气大伤。

清军乘机在安徽腹地反击，先后克三河、庐州、无为、和州，太平天国

在安徽版图，仅限于安庆一带狭小范围。

李鸿章也借此良机，连打数场胜仗：进攻巢县，先后歼敌四五百人，与友军一起打死太平军七百余人，攻占炮台七座，卡垒十处；随后，又自告奋勇率兵勇千余人，经数日血战，攻克三年来一直被太平军占据的东关，活捉敌军指挥吴逆、旅帅陈大有，斩首四百余级，夺得五百斤大炮三尊，枪械无数，焚烧、淹死及截杀敌人二千余人；接着，又率兵随巡抚福济，再次攻破巢县县城，歼敌七千余人，活捉四百余，斩首三千余级，缴获大批物资装备。由于上述数功，李鸿章被加赏按察使衔。

十一月，由于皖北战场暂趋稳定，李鸿章扶柩回籍，葬父亲于合肥东南的葛洲新坟，开始守孝。

李鸿章这次守孝，纯属无奈之举。但是，却帮了他一个大忙，使他避免了一场大劫难。事后有人说，是他父亲的亡灵护卫着他，家乡人则盛传是：死老子救了活儿子。

原来，此时太平天国组成了新的军事核心，陈玉成、李秀成被提拔为王。局面很快打开：十二月，陈玉成相继收复无为州、庐州，第二年二月初一，陈玉成、李秀成合力大破清朝大军，连克桐城、舒城、六安，并与捻军首领张乐行部会合，很快攻占正阳关、霍丘、含山。清军兵败如山倒，将领连连丧生。

可以想见，若李鸿章不守孝，不可避免地要成为牺牲品了。

守孝的日子，心境是悲凉的。

然而这年秋天守孝将结束时，他接到了一个更悲凉的消息。巡抚福济已奏报：李鸿章丁忧已满，待结束团练经手事务后，给咨文回京供职。朝廷下旨："李鸿章数次剿匪出力，交军机处记名，遇有道员缺出，请旨简放。"

李鸿章明白，自己四年的团练生涯已经结束。现在，既回不了京城翰林院，又失去了领兵打仗的机会。自己是赋闲被挂起来了。心中十分忧郁。

他不明白为何会如此？现今正逢剿寇时期，自己怎会被挂在半天？这对渴望求取功名的李鸿章来说，真比死还难受——它让你半死不活哩！

原来，这是李鸿章功高盖主，遭到嫉妒。妒忌他的不是别人，正是老师兼上司福济巡抚。

"若是再让他待在军营带兵，会嗖嗖地往上蹿，用不了多久，就要爬到我前头去了。"福济这么一想，便让他离开军营，官职从此止步。

当李鸿章得知是老师压制、排挤他时，气得目瞪口呆。

然而更糟糕的事情还在后头。

咸丰八年（公元一八五八年）七月十五日，陈玉成率部攻克庐州，专门找到"父子两代三人均为清妖头目"的重点户李鸿章家，一把火把李氏祖宅焚毁一空。

太平军席卷而来，李鸿章背着母亲破窗匆匆逃命。

面对火光中轰然倒塌的故居，李鸿章两眼冒火，牙齿咬得格格响，恨声不绝道："长毛，你毁我家园，掳我妻小，我与你势不两立！"

一路上，他带着老母和九岁的小女儿，风餐露宿、惶惶如丧家之犬，避开太平军，一直狂奔了三百多里，逃到巢县明光镇，方才停下脚步。

此时，他的身边，只有母亲和小女儿。夫人周氏和侍妾冬梅，因为要带大女儿和收拾家中细软逃难，稍迟了一步，结果没逃出来，被掳走了。

一家三口，祖孙三代，住在明光镇破旧的客栈里。

"娘，我要娘——"九岁的小女儿边哭边蹦，连声叫唤。

"我的小宝贝，你娘过几天就会见到的。"李氏安人将孙女紧抱在怀里，一边用手给她擦眼泪、鼻涕，一边哄着，然后叫李鸿章到客栈对面买来一个甜饼，才好不容易把她哄住。小孩吃着饼，在奶奶温暖的怀抱和甜蜜的儿歌声中，渐渐睡去。

可是李鸿章躺到床上，却怎么也睡不着。

兄弟姐妹为避难，四散奔逃，不知他们是死是活？妻妾和大女儿被长毛掳掠，不知吉凶。据说长毛奸淫掳掠样样都来，尤其对我们这个清朝两代官员家属，更是不会留情。看来落到长毛手里，不是奸淫便是杀头，甚至剖腹挖肝。

想到此，他不禁毛发直竖，痛苦得牙齿紧咬嘴唇，连唇破鲜血流到下巴颏也没发觉。

想到四年多来回乡组织团练抗击长毛，至今长毛依然猖獗，想到如今山河破碎家园被毁，想到父亲的遗言，一种孤独凄凉的感觉蓦地袭上心头，他伤心地吟诵道：

巢湖看尽又洪湖，乐土东南此一隅。
我是无家失群雁，谁能有屋隐栖乌。
袖携淮海新诗本，归访烟波旧钓徒。
遍地槁苗待霖雨，闲云欲去尚踟蹰。

秋雨淅淅沥沥地下着。虽然已是半夜，但他仍辗转反侧难以入睡。

他觉得心潮澎湃，有许多话要向人倾诉。

他干脆披衣起来，拿出笔墨，挥毫在墙壁上写下一首七律：

四年牛马走风尘，浩劫茫茫剩此身。
杯酒难浇胸磊块，枕戈试放瞻轮囷。
悉弹短鲜成何事，力挽狂澜定有人。
丝鬓渐凋旌节落，吴河徙倚独伤神。

鸡啼二遍了，已是三更天气，镇上击柝声，声声入耳。

家人何时能团聚？我李鸿章何时能有出头之日？哥哥在江西曾国藩老师

处情况如何？他想着一件件心事，直到连日奔波的困苦疲劳压倒了他，使他慢慢沉入了梦乡。

其实此刻，李鸿章的妻妾和弟弟鹤章，正在家门口，经历着一场生死考验。

当陈玉成所部太平军攻破庐州府，立即派一支队伍到磨店乡，来抓李鸿章和他家人。因为李鸿章一家是他们名单上的挂号人物。李文安、李鸿章，是陈玉成的眼中钉肉中刺，是与太平军作对的死硬人物。不但如此，这李家几个兄弟，除了一个瞎子外，个个都与太平军作对。老大李瀚章，追随清妖大头目、凶恶的湘军统帅曾国藩，围剿太平军。其他都参加地方团练，领兵勇与太平军对抗。这李家父子，不知屠杀了太平军多少将士，欠下了多少血债！因此一攻下庐州府，在向周边地区扩大战果时，便派了一名副将，带着一支兵，气势汹汹，怒火万丈地扑向磨店乡群治村祠堂郢。

这天下午，副将领兵很快来到磨店乡。

听说李鸿章在家守孝还没有归营，他更是喜出望外。心想抓住李鸿章可立大功，获二千赏银，便雄赳赳气昂昂地朝群治村进发。

群治村不大，离乡里七八里，中途有好几条岔道，不大好找。村庄狭长弯曲，绵延近二里，形如草原上一把马头琴。庄上人家零零散散，如同一捧松果散落在平坦的原野上。而李鸿章住的祠堂郢，又在离村口很远的村尾。因此，太平军不太好找。

他们一边行军一边驻足打听群治村，打听祠堂郢，要向李家父子讨还血债。

他们在磨店乡找人带路，但人人都说不知道。副将火了，用明晃晃的刀硬逼着一个中年男子带路。

谁知此人磨磨蹭蹭，一会儿说脚歪了，一会儿说眼里进了沙尘。他知道，这带路抓人可不能马虎，如果李家遭了殃，自己不但要和李家结仇，而且一生一世都要被乡人骂作叛贼。再说以后官府回来还要找自己算账，麻烦大着呢！于是，就在中途装作拉屎，从一望无际的青纱帐——高高密密的玉米地里溜走了。

太平军骂了一阵，朝玉米地里开了几枪，只得沿路寻找。这样，太平军就在离群治村约三里路的地方，停留了大约二十分钟。

等他们找找停停沿路打听，靠近群治村时，消息早已传到祠堂郢李家。

听说大队长毛已靠近群治村，李鸿章立刻寻找到母亲，带着小女儿，正在寻找妻妾和另外一双儿女时，猛听得弟弟鹤章喊叫："二哥，你带娘快跑，长毛已到村口，再不跑就来不及啦！嫂子他们，由我去找！"说完，立即喊："大嫂二嫂，你们在哪里？"

原来，周氏正在楼上房间里，因为怀着孕，行动不便，听说大队长毛赶来找丈夫，知道凶多吉少，连忙挺着大肚子，手牵十一岁的大女儿往下奔。

正在井台边洗衣裳的冬梅，听到小叔子叫唤，连忙丢了衣服，见小叔子已抱了自己已经五岁的儿子，于是紧跟着跑了出来。

谁知刚奔到大门口的开阔地上，便被迎面而来的太平军堵住了。于是立即被扣住。

副将喝令兵马将李宅围得水泄不通，然后冲进房子仔细搜查。但发现宅子里空无一人，于是便对叔嫂三人进行审问。

“你是什么人？往哪里跑？”副将杀气腾腾地对周氏喝道。

周氏的心呼呼直跳。她知道，这队长毛是冲自己丈夫而来，冲李家而来，若是一说出是李家的人，自己就完蛋了，死无葬身之地了。于是极力镇定下来，硬压住快要跳出喉咙口的心，牙齿有点儿打战地回答：“我，我是李家的佣人。”说完，两颊飞上两朵红云。

“你姓啥？”

周氏答：“我姓张。”

副将大笑：“你和我还是同姓哩。”但一下子又变了脸：“我看你标致斯文的模样，恐怕是李家媳妇吧，说不定还是李鸿章的媳妇呢。”

周氏大吃一惊，差点儿喊出声来，但考虑到敌将没有确实根据，不过是吓唬，便又镇定下来：“将军，可不能胡猜哩，你看我这副样子，哪像大户人家的媳妇？”

副将看了看她的穿着打扮，衣服很素很旧，是廉价品；身上没有金银首饰，脸上没有胭脂口红，是地道的小户人家女子，于是把目光转向李鹤章，喝问：“你是不是李家人？”

这个高大男子摇摇头：“我是李家长工。”

他临跑时真找了一件长工的旧衣裳穿上，下楼时，因匆忙，挂在一处钉子上撕烂了，真像一个长工。

不料副将嗖的一声拔出宝剑，一下子架到他的脖颈上，吼道：“你骗人！说，快说实话，不然，我就一剑劈了你！”

鹤章怀里的小孩，听到吼声，又见白晃晃的剑架到叔叔脖颈上，吓得哇的一声哭了起来，并拼命往叔叔的怀里钻。

冬梅连忙说道：“将军，不要吓着伢儿。”便把小孩接过来紧紧抱在怀里，对瑟瑟发抖的小孩哄道：“小宝贝，不哭，别怕，将军是跟你闹着玩的。”

“对，我是跟你玩的。”副将随即和颜悦色地对小孩说：“小官人，不要怕，我这里有糖，叔叔给你。”说着果真从身上摸出一块用纸包着的麦芽糖。

小孩子听说有糖，便从冬梅的怀抱里把头伸出来看，两只黑晶晶的瞳仁紧盯着。

副将轻轻剥开了糖纸，一股诱人的甜香袅袅而来，小孩从娘怀里伸出一只小手，就想抓那糖块。

“小官人，你爹是谁？叫啥名字？说出来，我马上把这一大块又甜又香的糖都给你。”

小孩咂吧着嘴，直流口水：“叫，叫——”

他正想说出爹爹名字，周氏和鹤章急得心如油煎，冬梅慌得整个心已经跳到喉咙口。

忽然，她急中生智，狠了狠心，在儿子的屁股蛋上狠狠地拧了一把，孩子痛得哇的一声哭了起来。

副将导演的一幕好戏砸锅了。

“怎么回事？”脸膛黑黑、绰号乌皮的副将拧起眉毛问。

“孩子大概是要撒尿了。”

冬梅说着连忙从怀抱里放下孩子：“儿子，快拉屎。”

当孩子真的蹲在地上准备拉屎时，冬梅便说了句：“小鬼头，不能拉在这里。”随即把他抱到几十步以外的玉米地旁边去拉。她盘算着：若是紧急，就抱儿子钻玉米地溜走。

副将盘问了半天没有结果，忽然看到躲在周氏身后的十一岁的女儿，一把将她拉到面前：“你叫啥名字？是谁家的伢儿？是不是李家的？”

周氏连忙上前道：“将军，这孩子是哑巴，本来就怪可怜的，你就不要再吓唬她了。”小姑娘已经懂事了，看到今天这阵势，知道若是一说出来，不但自己性命不保，就连娘、婶、叔叔全都性命难保，便咬紧牙关不说话，还模仿哑巴的样子指指戳戳，打起了哑语。

副将相信了。

抓不到李家的人，副将乌皮暴跳如雷，乌黑的脸膛变成了紫绛色。

他原想抓住李鸿章鞭打一顿，羞辱一番，然后押往王府领赏。至于李家其他人，或开膛破肚，或碎尸数段，抓住李文安老婆——那个老妖婆，起码拿根绳子，将她挂在村口那棵大槐树上吊死；抓住李鸿章老婆，自己就先强奸了她，再叫弟兄们轮奸；以替那些死去的将士们报仇雪恨。谁知现在，李家人跑了个精光，发泄没有了对象，于是，在翻箱倒柜，搜寻去为数不多的几十两银子和绸缎细软后，恼羞成怒，指挥手下见东西就砸，把锅、灶、水缸、床、窗户，统统砸了个稀巴烂。

李鸿章大女儿镜蓉站在周氏身边索索发抖，五岁的小儿子吓得一边哭一边钻进冬梅的怀抱里，一动也不敢动。

冬梅对儿子说：“别怕，将军不会打你更不会杀你。”然后对着小儿轻声地哼起一支庐州小曲：“铁拐李先生道行高，张果老骑驴过赵桥，何国舅手执云阳板，韩湘子丹阳吹玉箫。”

唱着唱着，她似乎已经融入了《八仙过海》这出戏中的情节，嗓音不哆嗦了，唱得更加动情：

吕洞宾本是清风客，蓝采和花扇手中摇；

何仙姑捧来长生面，汉钟离辞职去汉朝……

她的嗓音甜软而悠扬，如同八月桂花的袅袅香气，又如山涧清泉潺潺流淌，把一介武夫的乌皮听得迷住了。

这时，他忽然对面前这个女子注目起来：清秀的眉毛，白中透红、丰满而标致的脸庞。他发现面前这个年近三十岁的女子很美，如同黄梅戏传说中的七仙女那样美。他在安庆看过当家花旦演的这出戏，还神魂颠倒地跟了这个女戏子好一段路呢。要是将这个女子收为妻子，不是太妙了吗？

于是说："我的夫人刚死不久，你做我的夫人可愿意？"副将说着，便用手去抚摸冬梅那如花似玉的脸。

冬梅轻轻推开副将的手，羞红了脸说："将军放持重些，你们忠王有禁令，不许调戏妇女哩！"

副将哈哈笑道："忠王有纪律，可洪天王没有这条禁令呀。你看王府将军府哪个没有三妻四妾？洪天王后妃多得数不清。"然后道："你若跟我，贵封夫人，吃香喝辣，骑马坐轿，有享不尽的福，何必做个佣人？"因他听她说是李家带小孩的佣人。

冬梅道："我福薄，哪有做将军夫人的福气？"

"有——有！"副将连声道，"只要你答应一声，我马上可以请旨封你为正式将军夫人。"

冬梅摇摇头："我不愿意，我家中有丈夫。"

副将火了："真是不识抬举，带走！"

几个官兵将冬梅硬要拖走，冬梅不肯道："你若强抢，奴家誓死不从，今天就撞死在门口石柱前！若将军不动粗，过三天，你找个媒人，备齐银子绸缎等一应彩礼来娶。"

副将看到女子已将小孩交给那"长工"，随时准备撞柱，只得说："好，你告诉我你的姓名和住的村名，三天后，我一定吹吹打打前来迎娶。"冬梅点点头，胡编了一个村名和名字。

副将一把火将李宅烧着后，便率兵去找李文安的坟墓，他要把它挖掉泄愤。

三天后，副将果然带齐丰厚的彩礼来娶新娘，可他到处找不到"天下村"这个村庄，不过附近村落倒找到好几个"桂花"，一个是跛子、一个是老太婆，再也找不到仙女般的桂花，气得他直瞪眼。

不久，当一个被他俘虏，投到太平军的群治村团练兵丁告诉他：当天那个唱小曲的女子，就是李鸿章的小老婆时，他气得连抽了自己两个嘴巴，懊悔不迭道："我真是瞎了眼，小户人家哪有如此出色的女子？要是当时抢过来就好了。"他发誓，"若再找到这个女子，不管三七二十一，先奸了她再说！"

周氏一行趁副将放火忙乱之际，拖儿带女，逃往娘家。

周氏一到娘家便小产了，是个儿子。她连连摇头："好不容易怀上个儿子，又掉了！"

冬梅五岁的儿子，一连数天啼哭不止。兵荒马乱，长毛出没，她不敢外出求医，只在房前屋后拔了点儿草药煎服，没多少效果。到了第五天深夜，儿子一阵惊悸，手舞足蹈后便死了。

冬梅扑在尸首上，只哭了一声："我的儿，你怎么这样短命呀！"便昏厥了过去。众人七手八脚，又是掐人中，又是灌姜汤，好不容易才把她救回过来。她又呼天抢地，放悲声大哭："我的心肝宝贝呀，你走了叫娘怎么活呀？"她紧抱住儿子，一边在儿子的额上，脸上，不住地亲吻，一边使劲地用头砰砰地猛撞板壁。

众人拉住她，抱住她不让她撞，周氏也含泪劝道："好妹子，别哭坏了身子。你年轻，以后可以再养一个。"

冬梅道："大娘，我们养一个儿子容易吗？这个儿子，虽说是我生的，但也有你大娘一半的功劳。你把他当亲生骨肉看待，为他操了多少心吃了多少苦啊。这儿子是我的也是你的，有这个儿子，以后长大了，可以为我们姐妹俩养老送终。"

冬梅边哭边诉："俗话说，嫁出去的姑娘泼出去的水，当今世道，女儿是算不得数的。"

一句话，触动了周氏的心事，她只养了两个女儿，近几年，好不容易怀上一个又流了产，不知以后还能不能怀上？不知今生还能不能有儿子？老爷没儿子，必然得再娶，自己没儿子，在这家中有啥地位？这么一想，也伤心地抱住冬梅哭成一团。

"姐，你就别再跟着添乱了。"弟弟的一句话提醒了周氏。

她擦去泪水，劝冬梅道："妹子，既然他不想跟我们，就让他早点儿去阴间投胎转世吧。"说着，叫弟弟抱走小孩，可冬梅死不松手。

这时，她又边哭边骂起太平军："你这伤天害理的黑炭贼，你这祸国殃民的长毛，你们谋害了我的儿子，总不得好死，要遭天打雷劈，要断子绝孙！"她披头散发，两眼通红，活像一只狮子。

小孩的尸体已经僵了，硬了，冬梅仍一直不肯让人抱走。她哭着说："别抱走，他身体还温着热着呢，你们快烧碗姜汤，待我把他灌还。"

当周氏弟弟和鹤章，把小孩的尸体装进竹篾编的小棺材抬走时，冬梅一见儿子真的死了，今生今世再也回不来了，便喊了声："我的儿呀，让娘跟你一块去吧，地狱里黑得要命，你要跌倒呀。那里有奈何桥，有牛鬼蛇神，我怎放心呀！”

她猛地站起身子，发疯般地追了上去。

但她的脚步踉踉跄跄，像踩棉花一般，没追上几步，便扑的一声倒在地上，软蚕一般起不来了。她又昏厥了过去。

第二章　曾国藩幕府的一只鸿鹄

一、兴冲冲而来，被当头泼了一盆冷水

李鸿章兴冲冲地往江西建昌府（今永修县）曾国藩总督的大营赶。此时的曾国藩，已被朝廷任命为两江总督，节制江苏、安徽、江西、浙江四省军务。

自从庐州被太平军攻破，李鸿章在逃难中一直为何去何从而苦恼。原安徽巡抚福济已被免职离任，新任巡抚翁同书又与自己毫不相知。自己卸任在即，又无地方可以简放。举目环视中国大地，他觉得能与太平军抗衡的真正力量，便是老师曾国藩率领的湘军。于是，还在庐州城破之际，他已投石问路，致信曾老师，表达了对老师的由衷钦佩之情，对自己五年多来办团练无成就，表示惭愧……而曾老师赠三百两银子给他作安家费用，不久，又致信部下亲信李元度，对他投奔曾营表示欢迎。

于是，他借到南昌大哥李瀚章处探望母亲之机，满怀热情也满怀憧憬地赶到建昌，拜访曾国藩老师。他估计，昔日的老师，向来注重学问的曾大帅，一定会热烈欢迎自己这个翰林出身的学生，加以重用，很可能会叫自己领一支精兵，独当一面开创事业呢！

腊月初一，是个滴水成冰的日子。李鸿章满怀热情地来到吴城镇曾国藩水师大营。

他递出一张名刺，叫旗牌官进去通报："翰林院编修、记名提督、按察使衔、门生李鸿章求见。"他想，一听说自己前来拜访，老师一定会像当年父亲带着他到曾府拜师时那样，亲自前来迎接，再不济，也得派一个总兵或副将前来迎自己进营。

可是他想错了。

不一会儿，旗牌官传令："曾大帅正召开军事会议，部署军事方略，请先回，等过几天曾大帅有空再召见。"

他怏怏而回。

他窝在小旅店里一连等了五天，毫无动静；等了十天，依然没有消息。

投师不纳受到冷遇的李鸿章，心情十分郁闷。

他真想一走了之，但又不甘心。他觉得再闷在小旅店里，自己非要生病不可，于是问旅店老板："你们这吴城镇，有啥名胜古迹？"

"有个望夫亭，景致不错。那里还能看到鸿鹄哩。"老板热情地告诉他。

他心里蓦地一动：望夫亭，准有一个动人的故事；鸿鹄，虽少年时便知道"燕雀安知鸿鹄之志"的成语，但还从来没看到过呢。

于是欣然前往。

这吴城镇，与著名陶都景德镇及樟树镇、河口镇，一起列为江西四大名镇。镇上离望夫亭不远，约有三里地。李鸿章经人指点很快来到。

进了门，跨上数十级台阶，一幢高大巍峨的三层亭子耸立在眼前，浑厚的"望夫亭"三个大字赫然入目。

"为啥叫望夫亭？"李鸿章迫不及待地问庭院看守人。

"这里有一个娄妃和陈友谅的故事呢！"守亭人接着打开了话盒。

陈友谅夫人娄妃，从小熟读兵书，深通谋略。她深知江河用兵关键在于水战，于是亲自设计战舰图，监督造齐了战船，率水军日夜操演阵法。陈友谅见阵法严整，变化无穷，心中大喜，决心同朱元璋争夺天下。

娄妃提出了一整套严密的作战计划，陈友谅虽觉得有道理，却不乐意采纳。

娄妃觉察到丈夫刚愎自用，深恐有失，再三恳请陈友谅依其计出战。最后夫妻相约打赌：如依娄妃计策不能取胜，从此娄妃不问军国大事；如依计取胜，今后水军帅印交娄妃执掌，拜为水军都督。

临行，娄妃对丈夫说："这望湖亭可望百里之遥，大王如得胜，可令战船张旗扬幡，击鼓奏乐，妾备得胜酒在亭上迎接大王。"

陈友谅点头应允，率精兵猛将登上战船，出鄱阳湖入长江，杀向金陵。

从此，娄妃每日在望湖亭向东北眺望。一天中午，娄妃遥见一队战船向吴城驶来，船上旗倒幡落，主将船上还降下了"陈"字帅旗。军中降下帅旗是主将阵亡的标志。娄妃一声长叹："君既遇难，妾有何面目偷生于世，受贼兵欺辱？"当即撩起衣裙紧走几步，从望湖亭跳入湍急的修河。河水顷刻间便淹没了一代才貌双全的佳人。

其实陈友谅不但没有死，还依娄妃计策打了胜仗。他从内心钦佩娄妃，却又不愿轻易交出水军帅印。于是搞了个恶作剧，他下令：全军偃旗息鼓，降下"陈"字帅旗。不料娄妃信以为真酿成大祸。陈友谅后悔莫及。为了纪念娄妃，当即将望湖亭改名为"望夫亭"。但从此，失去了足智多谋的娄妃辅佐的陈友谅，连遭败绩，很快灭亡。

李鸿章为这悲剧嗟叹不已。

他和护亭人登上三层楼。这是一个寒冬的下午，阳光灿烂，晴空万里。

李鸿章纵目远眺。只见远处鄱阳湖银光闪闪烟波浩渺，近处赣江和修河，环着吴城镇成一个巨大的钝角，浩荡地奔流。钝角内是大片大片汀渚地，地上是丰茂的水草。

他正睁大眼睛寻找飞鸟，忽然守亭人用手一指天空，高兴地喊道："大人，您看您看，鸿鹄来了！"

李鸿章一抬头，果然天空上出现了成行成排成片的飞鸟。这飞鸟越聚越多，成千上万，不，足足有数万之多，简直遮天蔽日！它们忽而在江河上飞翔、表演，忽而落到面前这数百亩宽阔的汀渚上觅食、嬉戏，真可谓"飞时遮尽云和日，落地不见湖边草"！

李鸿章不禁看得呆了。

"哪是鸿鹄？"听到李大人问，守亭人扑哧一笑："大人，这鸿鹄不是一种鸟，而是两种。"

素称学识渊博的李翰林不禁红了脸，连忙道："快说给我听听。"

守亭人道："'鸿'指'鸿雁'，"他一边解释一边手指天空，"就是羽毛棕灰色，形如家鹅，身姿矫健的大鸟。"他又指着头颈很长、羽毛雪白的那种鸟，解释说："鹄，就是天鹅。它很好辨认，俗名白天鹅，体型特别长，差不多是鸿雁的两倍。飞起来气概豪迈又特别漂亮，就像王子和公主。"

"原来是这样。"李鸿章为第一次认识鸿鹄而高兴。

"这里除鸿雁、天鹅这些大型游禽外，还有珍稀的白鹤、白头鹤、大鸨、白鹳、黑鹳等十多种鸟类，总共有六七十种。据说来这里过冬的候鸟，占世界总数一半以上呢！"守亭人语气十分骄傲。

"这么多！"李鸿章吃惊了。

"来这里的鸿雁和白额雁，数量都达到三万只，占世界总数百分之五十五以上，东方白鹤两千只，占世界总数百分之八十呢！"守亭人还在兴致勃勃地介绍着，但李鸿章却一句也没听进去。

此刻，他正目不转睛地盯着翻飞的鸿鹄，心中涌起一股难言的痛苦：做鸿鹄多好多幸福！可以自由自在展翅飞翔。可目标远大、立志成为鸿鹄的自己，却困守此地不能动弹，无处可去！

傍晚，鸟群飞走了——鸿鹄远走高飞了。看着尽情高飞嘹亮欢鸣的鸿鹄在视野中逐渐消失，李鸿章不禁怅然若失。

他摇头叹息：要是能像鸿鹄一样，自由飞翔，想到哪里就到哪里，那该多好！

守亭人微笑道："鸿鹄也不能想到哪就到哪呀！"他指着已经消失在天边的鸟群，说："其实它们并没有飞远，只是在不远处鄱阳湖一带的湖边和沼泽地栖息。它们要在这里整整待上三个月哩！"

"这是为啥呀？"他不解地问。

“它们是来南方过冬呀，不来南方就要冻饿而死。”守亭人解释说，“这鄱阳湖一带水草丰茂，鱼虾贝类遍布，是鸟类栖息的福地。它们一直要等到明年三月春暖花开，才离开这里，回到北方的新疆、东北和蒙古一带，繁殖后代。”

“原来是这样！”李鸿章内心十分震动。

被人们羡慕的天之骄子——大自然的美丽精灵鸿鹄，尚且要在严冬时节飞到温暖湿润的南方来过冬，人类何尝不应如此？眼下正是自己人生中的严冬，我也应像鸿鹄一样，找个理想的栖息地，以求得生存。只有严冬下的生存，才能求得开春后的繁殖和翱翔蓝天！

想到此，他心中的怨气和烦恼一扫而光：为了今后像鸿鹄一样远走高飞，我必须先找个理想的栖息地。恩师曾国藩的湘军大营，就是我越冬的地方！

他，信心十足地回到了破旧的小旅舍。

再等了十天，已是腊月二十，天上下起了漫天大雪，仍不见老师召见。

他身上的盘缠本来就带得不多，住了二十天，拿出包裹一看，只有几两碎银，即使节衣缩食，也只能熬五六天了。

已是农历小年。听到街上鞭炮一阵阵地炸响，过年的气氛越来越浓，他更是心乱如麻。他又一次来到军营打听：“曾总督外出视察军旅了吗？”

回答是：“曾大帅在营中。”

既然在，为何不接见我？难道是瞧不起我？一股热血直冲他的脑门。你说欢迎我来，可我来了你又不见，这葫芦里到底卖的啥药？他一气之下真想一走了之，但仔细一想便又冷静下来。夜深了，他仍在思索其中的原因。

想了好久，也没想明白，突然，他一拍脑门：对，问题就出在我递交的那张求见名刺上：门生见老师递啥名片？还打翰林的招牌，你是在老师面前摆资格吗？

想到此，他懊悔不迭。他决心等下去，要投就投英雄豪杰，否则宁可在家赋闲！再说曾老师一向不喜欢做事不专一，见异思迁的人。我现在一走，再回来就难了。至于遭冷遇，三国刘皇叔还三顾茅庐，北宋杨时为求老师指点程门立雪，我做门生拜见老师有何委屈可言？

想到此，他决心一心一意毫不动摇地等下去。

于是，他立刻出门买了最便宜的食品——一筐红薯回来，准备万一年前还不被召见，就不回家，一直在旅舍等，在火炉上烤红薯，烧红薯粥度日，坚决要熬到元宵节之后，直到老师接见为止。

当然，他也并未一味傻等，他找到现在曾府充当幕僚的丁未科会试同年、前翰林院同事、好友陈鼐，请他代为打听。陈翰林听了同年的一番叙述，十分同情，答应尽力玉成。

"少则三天，多则五天，最迟除夕之夜，定当和老弟在军营饮酒畅叙！你就等着我的好消息吧。"说完，他立即进大营对曾国藩道："大帅，少荃愿意侍奉，跟随老师，借此增加历练。"

谁知曾总督却说："少荃是翰林出身，志大才高。我这里局面狭窄，只恐窄浅小溪容纳不了艨艟巨舰。他为何不回京师供职呢？"

"少荃历经磨折，再不像以往那样年少气盛，目空一切了。老师为何不试一试呢？"

曾国藩问："少荃现在哪里？"

陈鼐回答："还在旅馆里。他盘缠将尽，已靠吃红薯粥度日。"

"红薯粥好，养人呀，我也喜欢呢。"曾国藩笑着说。

过了三天，曾国藩又问起李鸿章。

陈鼐回答："现在只吃烤红薯，米也没有，红薯粥也吃不上了。"

"哈，烤红薯也不错，又香又甜呢。"曾国藩又笑道。

陈鼐心里骂道："真是铁石心肠。门生如此艰难，你还笑，师生情如纸薄呢！"

又过了两天，已是除夕的傍晚。天空白茫茫的，大雪一个劲地下，暴风呼啸如狮吼狼嗥。

这回陈鼐默坐在营帐里，不发一语。

曾总督问："你那同年还在旅店吗？"

"他已上当铺当掉棉衣棉裤，准备再买一筐红薯，吃到元宵节之后，等老师有空接见他为止。"

曾国藩大为感动，也大吃一惊："如今大雪纷飞，天寒地冻。当掉棉衣棉裤，岂不要冻出病来！"他立即吩咐："你快去把他接到军营，我要和他好好谈谈。"

陈鼐兴冲冲地奔出，正要出军门之际，忽听曾总督喊了声："回来！"不禁僵立在原地，心中纳闷道：怎么，又改变主意了？

"你去领一套新的军大衣，再叫几个兵士抬一乘小轿，去把他接来。"听了曾总督吩咐，陈鼐心中的一块石头终于落地。

于是，李鸿章成了曾氏幕中一名高级幕僚。

二、一语解开曾大帅"北上勤王"难题

李鸿章入曾幕，无疑是一件大事。只不过曾、李两人，当时都未意识到罢了。

这件事，对曾、李两人，甚至对中国近代史的发展，都是一个至关重要

的转折。

此时的湘军成了清廷镇压太平军的唯一希望。曾国藩的才学、魄力、意志等等，都是李鸿章以前在安徽所遇到的大员中首屈一指的。曾国藩幕府，集中了当时包括政治、军事、经济、洋务、科技等方面的大批最优秀人才。李鸿章置身于这个群体，受益匪浅。而对曾国藩而言，接纳李鸿章入幕，也使自己有了一个理想的接班人。

第二天一早，当李鸿章来到湘军总督大帐报到时，曾国藩总督亲自接到大帐门口。

只听曾总督微笑着说："少荃来助，我湘军如虎添翼哩！"

这令李鸿章几十天来的抑郁不快情绪，一扫而光，他立即要行门生叩拜老师的大礼，却被曾国藩拉住了："军营一切从简。"于是只得揖拜为礼。

曾总督挽着李鸿章的手，与他一起进入军营。

李鸿章一眼瞥见墙上挂着的乾隆版内府图，便笑了笑问道："老师，您这里还用这种地图吗？这种图不够精细，只到乡镇为止，打起仗来，有时要误大事哩！我给老师带来了几幅地图。"

说着，打开随身携带的一个精致的樟木箱，从中拿出一幅地图。"这是安庆府图。"

曾国藩一看，不禁两眼放光：这图比乾隆内府图不知要精细多少哩！连乡镇以下的大小村庄，街巷里弄，小河沟，寺庙，还有小山包，甚至竹林，树林，坟堆，都标注得清清楚楚。曾国藩心里一惊，随即问："少荃，有庐州府的详图吗？"

"有，有！"李鸿章连声不迭地回答，然后又从箱中找出一幅庐州府图。

曾总督急急地接过地图，迫不及待地将它摊放在一张宽大的案桌上。

李鸿章连忙上前帮忙，用镇纸、砚等东西，将地图四角压住。

只见曾国藩两只三角眼专注地盯着地图，右手食指在地图上急速地移动，嘴里说："快帮我找找，三河——三河镇是在哪里？"

"喏，就在这里。"李鸿章一下子便指出了三河镇的位置。

曾国藩连忙拿起朱红笔，用抖动的手，在"三河镇"下面划了一道线，这道线鲜红鲜红，如同一条血的河流。

曾国藩看着三河镇周围的地名和形势：前有界河，马栅河，后有离镇仅四十多里的大湖——巢湖，左侧为金牛岭，右侧为白石山，一条大路从南面进入三河镇。

"这三河镇一带，就像一个天然的水葫芦。"李鸿章见老师看得如此仔细、专注，不禁补充道。

忽然，曾总督两眼紧闭，老僧入定一般一动不动。

他不再看面前的地图，仿佛那是一个火球，刺得他两眼难以睁开。

转眼间，李鸿章便看见大颗大颗的眼泪，顺着曾总督瘦弱而满带皱纹的面颊，无声地流了下来。

突然，他张开口，大嚎了一声："六弟，续宜，我的七千湘军兄弟，你们死得好惨好冤哪！"

见到李鸿章惊愕的神态，曾国藩意识到自己的失态，于是牙齿紧咬住下唇，哽咽着说："少荃，若是早几个月，见到你这幅地图就好了，七千湘勇不至于覆没了！"

原来，他六弟和续宜，因为不了解三河镇的详细地形，前去劫营中了敌军的埋伏而全军覆没。

过了一会儿，他擦去眼泪，问："还有其他府的地图吗？"

"有，安徽的八府五州都有。"李鸿章轻声地回答。

曾国藩于是打开其他州府地图看了看。这些地图都像庐州、安庆一样详细。

想到门生李鸿章送来了自己多年梦寐以求的安徽详图，他不禁心花怒放。他仿佛看到一支支进军号角，在一个个山头吹响，一个个城池，被湘军收复。他满意地笑了。

他一把站起来，紧紧地握住李鸿章的手，真诚地说："少荃，你真是雪中送炭啊，这份礼物太有价值了！老师谢谢你！"

李鸿章也咧开嘴笑了。

连日来，曾国藩被"北上勤王"的命令搞得焦头烂额。两天前，朝廷来了一道十万火急的上谕，拆开一看，不禁大吃一惊，上谕令湘军悍将鲍超率五千劲旅，北上京师，保卫皇帝。

这到底是怎么一回事呢？

原来，数年前，为了扩大在中国的特权，英国向清廷提出修改道光年间订立的条约，遭到拒绝后，英国就跟法国联合起来，在中国沿海屡屡挑衅。两个月前，英法联军从天津北塘登陆，击败僧格林沁的蒙古骑兵，占领天津，接着又大败胜保清军劲旅，直逼北京城下。

咸丰帝带着大臣和妃嫔仓皇逃往热河。途中接连发布紧急上谕，命令各地督抚、将军迅速带兵进京勤王。

这道上谕，令曾国藩十分苦恼。

作为新任两江总督的曾国藩，深知肩头责任重大。

两江地面敌情严重，江西、安徽战事吃紧。陈玉成、李秀成所部太平军，早于闰三月，便破掉清军设在南京外围的江南大营，四月攻占常州、无锡、苏州，还兵分两路，对上游的湘军发动了大规模进攻。当时湘军主力集结在安庆及周边地区，以武昌为中心的湖北防务十分空虚。而湖北，是湘军战略基地，武昌尤为全局根本。太平军攻打湖北武昌，既可解安庆之围，又

能在围敌打援中歼灭湘军有生力量，此着十分狠毒。

在江苏、安徽、湖北三省战事危急的情况下，曾国藩的湘军，是泥菩萨过河自身难保，焦头烂额，根本派不出兵力北上京师勤王，更不要说派湘军中战斗力最强的鲍超劲旅了。

但是，如果不派部队“北上勤王”，“抗旨不遵”的通天罪名谁能担当得起？还不得杀头灭族遗臭万年！

左思右想，曾总督进退两难，急得几个晚上不能入睡。

曾国藩召集众幕僚将领讨论，几乎都认为应北上勤王，只有极个别认为，应留下鲍超劲旅对付太平军。

陈鼐提醒曾总督：左宗棠向来称为“今亮”，现驻军江西浮梁，离大营不远，何不派人前去征询他的意见？

几天后，左宗棠的回信来了，他说：“江南长毛势大，正要靠湘军中流砥柱，鲍超营不可北上。”

但不去，拿什么作合理借口呢？左宗棠也没有好主意。

日子又过去了几天，曾国藩简直焦急得要吐血！

忽然，他想起，湘军中“有识之士”几乎全发表了意见，唯独“云中鹤”李鸿章还没表态，他觉得很奇怪：以往李鸿章可是很有主见呀！

他立即派人找来李大个子，只见李鸿章拿起笔，不慌不忙写了八个字：“按兵请旨，且勿稍动。”

曾国藩很感兴趣地点点头，道：“少荃，请你谈得具体一些。”

李鸿章道：“请老师容我单独陈述。”

大帐中只剩下这一对师生时，李鸿章便和盘托出了自己的想法。

“英法联军已兵临北京城下，从数千里之外派兵保卫京师，实属空话废话。况且英法侵华，目的不是灭我清朝，为的不过是索要金钱，因此不必担心有丢失江山社稷之险。而湘军关系天下的安危，稍有差失，便危及朝廷社稷。两相比较，鲍超军不能北上。”

一番话，说得总督心中豁然开朗。

但用什么冠冕堂皇的理由呢？他心中仍然没有底，于是他把矛盾交给门生。

他满带笑意地对李鸿章道：“少荃，那就请你代拟一道给皇上的奏折。”

只有半个时辰，一份奏稿就摆到曾总督的案头。

当曾国藩看到“鲍超人地生疏，断不能至。请于湖南巡抚胡林翼和两江总督曾国藩两人中，酌情选派一人进京护卫根本”，不禁拍手称妙：“这真是拖延观望的一着好棋！”

不久，曾国藩接到廷寄：“和议已成，不必北援。”

时局的发展，完全在李鸿章的预料之中，曾国藩终于松了一口气。

从此，李鸿章也被曾国藩更加器重了。不久，曾国藩保举李鸿章为两淮盐运使并兼办水师。

但不久谕旨下达，黄翼升如愿升为淮扬镇总兵，而李鸿章的“两淮盐运使”肥缺却成了画饼，这给了他当头一闷棍！

三、祁门分歧，李鸿章一气之下出走师门

就在曾国藩渡过“北上勤王”难关，曾、李关系越来越和谐如同鱼水时，却为祁门驻守问题发生了严重分歧，这使师生关系骤然紧张起来。

此时，太平军兵分南北两路，沿江西上，合取湖北，会师武昌，以解安庆之围。

曾国藩识破太平军“围魏救赵”阴谋，坚持不撤安庆之围，将湘军大营设在皖南祁门，加紧猛攻安庆。

“祁门四面皆山，形如釜底，是兵家所忌讳的死角、绝地，不宜驻兵。若是封死进山要道，必成关门打狗瓮中捉鳖之势，其势万分危险。”李鸿章对着烟锁雾罩的黑沉沉的山野小城，忧心忡忡地竭力劝说，“不如及早移军进驻长江岸的东流。这样进可攻，退可守，进退自如。”

李鸿章几次相劝，曾国藩坚执不从：“祈门控扼皖南，是四战之地，虽非争夺战略要地，但退过江流，不远即是长江，有利于调兵遣将，兼顾安庆。”

然而，随着太平军环攻不止，祁门形势日益严峻危险。南路西征太平军路经皖南时，曾攻占宁国、徽州等地，并环绕祁门作大包围之势。在祁门，不但可以听到太平军的炮声，甚至可以听到其枪声。夜深人静时，还可以听到太平军那令人毛骨悚然、如吼如唱的低沉的歌声。

李鸿章好几次在三更半夜，被太平军枪炮声惊醒。祁门大营，日日如在惊涛骇浪之中，随时有被吞没的危险。

李鸿章在一个深夜，再次闯进大帐劝告：“督师，若再不移师，我军危险了！”

“对，总督，快移师吧，这形势太危险了！”数名将领、幕僚也附和李鸿章一齐相劝。

曾国藩火了：“诸位若是害怕，可各自散去，让我一人在此！”

这令李鸿章心头不快，也令他极为担忧：真是听不进逆耳忠言，若是让太平军抄了老底，那就全完了！

一波未平，一波又起。移师驻扎问题还没过去，又发生了弹劾李元度事件，这使两人的矛盾进一步激化，将两人关系推向破裂。

李元度是曾国藩的亲信，时任徽宁池太广道道台，领兵驻守徽州。曾国藩在靖港、九江、樟树镇接连败北后的艰难岁月，得到李元度的有力支持，被曾国藩十分感激地称为对自己有大恩的“三不忘”人中的一人。他长于文学，不懂兵书战事，当太平军李世贤部进攻徽州时，李元度违背了曾国藩“坚守不出”的指令，出城迎战，结果一触即溃，将徽州丢失。曾国藩十分恼火。

更恼火的是，李元度回祁门不久，却暗自应允湘系政敌、浙江巡抚王有龄之约，准备前去统带防军保护浙江。这犯了地域和门户观念极深的曾国藩的大忌。于是，悔恨交加的曾国藩，决定以“不遵号令，败军失地”参劾李元度，将其革职治罪。

得知这个消息，曾幕中许多人都反对，但碍于曾总督的威严和盛怒，不敢出头。

李鸿章也认为，曾老师对李元度的参劾之举过于严厉，仗着老师对自己的信任，一拍胸脯站了出来，带领着一大帮文武官员，前往总督大帐求情。

李鸿章向曾国藩打了一躬，开门见山道：“元度与督师向来同患难，督师不能忘恩负义，因他一时之败而参劾。”

曾国藩见他带头煽动众人前来取闹，已是不满，此刻又听他说出“忘恩负义”这么重的话，不禁三角眼一瞪火冒三丈：“他违反军令遭败迹，丢城失地，损兵折将。如此罪过，我岂可因私交徇情枉法?”接着，立即下令：“你快给我写奏稿参劾!”

当着众人的面受到叱责，李鸿章脸如血喷。我又不是初出茅庐的青年，而是一个深获众望、衔居按察使的正四品道台，你一点儿面子也不留！况且我为的不是自己，而是你的恩人你的朋友！一股拗劲从他心底涌起。

他来之前，曾向李元度许诺过，答应他一定劝老师收回成命，不想老师一点儿也不回心转意。他知道，若是照曾总督的意思参劾，李元度非但会一撸到底革去全部职衔，弄得不好，还有充军的危险，这太严厉了！

为了救李元度，他拿起最后一块挡箭牌：“老师一定要参劾元度，恕门生不敢拟稿。”

曾国藩更火了，于是正颜厉色道：“不劳你动手，我自己拟稿!”

李鸿章悲愤地说：“既然恩师不需要门生，门生只好告辞了。”

曾国藩大感意外，李鸿章竟然拿辞幕出走相要挟，立即怒道：“听君自便!”

李鸿章原想提出辞职，老师会作挽留。他想起自己帮老师解开“北上勤王”难题后，老师的惊喜之情和对自己的器重，谁知老师竟如此绝情！李元度是他的亲信和恩人，一有过失尚且如此下场，我的关系远不如元度与曾总督亲密，在此处还有啥奔头？再说祁门形势危如累卵，不及时离开，说不定哪一天就被长毛包了饺子。那样，自己的远大抱负便会化为泡影。三十六计，走为上计。现在是离开祁门的时候了。

想到此，他恭恭敬敬地向曾国藩鞠了一躬，然后转身出帐，连忙回营收拾行李，连夜离开了祁门。

众文武没想到替李元度求情会闹到如此结局，不禁面面相觑，一哄而散。

望着如云中鹤一般的李鸿章，义无反顾、决绝地走出大帐，曾国藩不禁黯然神伤：此人虽才干胆略过人，但难以共患难，让他去吧。

李鸿章离开祁门大营，一路风尘赶到南昌，准备先在大哥瀚章处停留几天，然后告别母亲和大哥，再转赴福建任延津邵道道台之职。

在去南昌途中，他去拜访曾国藩的密友，对自己很器重的湖南巡抚胡林翼，说明辞幕的原因。

胡林翼语重心长地对他说："你日后必当大发迹，但愿你不要离开曾涤生。你若是不依附涤生，怎能跃上龙门？"

李鸿章正在气头上，于是，在自己敬重的人面前敞开了心扉："我原以为曾总督是天下大英雄，从这次对待李元度的绝情绝义，和固执己见、不听众人良言上，我才知道，他也是徒有虚名！"说完，愤愤地回南昌。

到南昌没几天，忽然接到两封信。

这两信，使他没有继续前去福建就职。

第一封信，是当年会试同年好友江西巡抚沈葆桢写来的。信中竭力劝他不可去福建就职："福建政局糜烂，你若去，将白白浪费自己的才干。"这使他认识到，去闽就职，没有前途。

另一封信，是另一个会试同年郭嵩焘从曾国藩幕府发来。其中几句话，令他怦然心动：

"要在草莽中崛起，必须有依靠。试看今日之天下，舍曾公谁可作为依靠？即使好友有拂逆之意，终应当依靠这棵大树，以成就功业英名。"

李鸿章为替元度求情不允，一气之下走出曾幕，这在曾国藩大帐幕府和众将官中，赢得了"对朋友重义气，为朋友两肋插刀"的好名声，故众人怀念他，委托与李鸿章交情很好的郭嵩焘写信劝说。因此，郭嵩焘想了老半天，锤炼了这两句警句式的话语。

此时，跟曾总督多年的哥哥李瀚章，也竭力为曾总督辩解："曾公绝不是忘恩负义之人！"

母亲听他说完了出走曾幕的经过，动情地说："儿呀，我不懂啥带兵打仗的大道理，只知'一日为师，终身为父'。你父亲已故，他生前将你托付给曾大人，我想他是不会托错人的。"

福建官场的糜烂，众亲友的规劝，母亲的教诲，使李鸿章发热的头脑逐渐冷静了下来。

自己从军以来，先后跟过四个大员，都是平庸之辈。举目眺望中国政坛，满旗大臣少有才干卓越者，而且大多对汉人心存戒备。清军主力八旗、绿营，早已腐烂不堪。能平定长毛，挽救清朝命运的，只有湘军劲旅；能成就大业的，只有湘军统帅曾国藩。

如今曾国藩为两江总督，权高位重，只要他看上的人，只要得到他的信任，在江南地面上提拔个按察使，布政使，是很容易的事；就是举荐巡抚，朝廷也会照准的。上次曾督师保举我为两淮盐运使，虽然朝廷没批准，其中大概因为此职要兼办淮扬水师，而我又无办水师的经验之故吧。若是平定了长毛，曾督师更会荣升直隶总督、尚书和大学士呢，那时权更大位更重，一言九鼎，跟着他一定会大有前途的！

想到此，他决定在南昌观望时局发展，并等待转机。自己愤然离幕，需要一个体面的台阶。

不久，转机终于来临，台阶同时也铺下。

二月中旬，李鸿章接到曾国藩的一封信：

"……抚州、建昌府危如累卵，省城必大震动。不得已调鲍超之军由建德、湖口直接开赴省城。先顾根本，其次援助抚、建……更请阁下力劝李桓（代理江西巡抚）竭力支撑。我又劝阁下亦出山干事，料理江西省城防守事宜……"

其实曾氏对李鸿章的包容和解之态，胡林翼在曾、李之间起到了重要的疏通作用。

胡林翼巡抚自李鸿章离开自己住处后，数次写信，极力劝说密友曾国藩："李鸿章是一只志向高远的鸿鹄，你要剿灭洪秀全贼寇，需要这种奇才。不如提携他前进，使湘军和你的事业得到发扬光大，取得成功。"

曾国藩听了这话，觉得很有道理，自己要剿灭席卷大半个中国，声势浩大的长毛百万大军，确实需要李鸿章这样的奇才、大材，作自己的臂膀，像三国时代的枭雄曹操一样，有海纳百川的胸怀，使天下英雄豪杰都归附到自己帐下。只有这样，才能早日剿灭洪贼。

于是写了这封信，劝李鸿章出任南昌守城之责。

李鸿章对老师的包容和大度，也积极回应："我若无法去福建就职，当跟从恩师到底。为了表示门生的真情，我哥瀚章已前来恩师处效力，以偿还我侍奉恩师不善终之罪。老师所处祁门实在危险，门生深为忧虑。"

他按照曾国藩的要求，积极参与城防，并报告江西的政情、民情、军情，还为湘军代催军饷，代购物资，还写信给曾国荃、胡林翼，力劝曾督师离开祁门险地。

很快，曾国藩接到胡林翼一封说理透辟的信：

“江西为两江总督赐履，又为大军粮饷之道。即使取得徽州，也必须以全军之力，先清扫江西。使节兼三江（江南、江西、浙江），不是专为宣（州）、歙（州）而设。少荃的提议很识时务，但您并未采纳。若能在湖口、东流驻使节，联络南北两岸的兵气，才符合使节的体例，而且功效必然显著。握大权当大任者，应当以力扛大局为重，二三城的得失，不值得计较。”

胡林翼的信，说出用兵之道和制胜长毛之策，曾国藩看了怦然心动。

接着又看到胞弟曾国荃从江宁的来信。信中泣泪力劝哥哥早日离开祁门险地，以免为长毛所暗算。

于是，曾国藩终于在四月初一移营东流。这给了李鸿章一个面子。

不久，官军克复安庆，李鸿章立即写信祝贺。

五月十八日，李鸿章又接到老师曾国藩要他回营相助的一封信：

“阁下久不来营，很不可理解。以公事论，你与淮扬水师各营官有上下级关系之名，怎能无故离去，不管祸福？从私情讲，去年你离幕时，并无不回营的约定。今春祁门危险，我怀疑君有躲避之情；夏天东流稍安，又怀疑君有离楚之意。我全身热毒攻身，内外交病，百事皆废，不能理事已有五十日。君如在江西无事，请速来相助。”

看到这封情辞恳切、又责以大义的信，李鸿章决定动身去湘军东流大帐。

谁知，妻子病重又把他拖住了。

咸丰十一年，春暖花开季节，周芍药病倒了。到了五月，病情越来越严重。

李鸿章知道，妻子这病是长期颠沛流离、担惊受怕造成的。尤其是三年前那场被长毛掳掠、流产的变故，使妻子从此落下了病根。流产、大出血，却不能得到医治，甚至不能静养，东奔西跑躲长毛，因气血大亏得不到补养，她原本健壮的身子从此日见消瘦，丰满的脸庞已如黄花了。整个人形销骨立，几乎一阵风就可以把她吹倒。

李鸿章内心十分痛苦，侍妾冬梅两年前就已去世，儿子的夭折要了她的命。她时常啼哭早夭的儿子，每每从睡梦中还喊着独生子的名字。

李鸿章安慰她：你还年轻，我们还可以再生一个。

可冬梅却带着哭腔道：“我们俩的儿子五岁了却留不住，还说啥再生？再生，就一定是儿子？况且我骨瘦如柴，头晕眼花，还能再生吗？”

冬梅就这么无声无息地去了。

如今妻子又得了难缠的病。自己的前程缥缈无定，他觉得很对不起周氏：“芍药，我原想中进士点翰林，当编修，能给你享福。谁知烽烟四起，我如大海中一叶扁舟四处飘零，不但没让你享到福，相反还因嫁我而受到连累。”

周氏道："老爷，你学富五车，胸藏韬略，是个英雄豪杰。妾能嫁给你，感到心满意足。"她咳嗽了几声，苍白消瘦的脸颊因说话费力而变得通红，"当初我叔爷周先生，知你才学非凡，才将我许配给你哩。"说到这里，她一咧嘴笑了。

周氏的病逐渐加重。李鸿章和母亲、大嫂曾多方求医，仍无多大起色。

正在此时，他收到了沈葆桢和郭嵩焘两位同年好友的信。他准备返回军营，跟老师曾总督建功立业，但看到妻子病歪歪的样子，话到嘴边，又缩了回去。他不忍心在这个时候离开啊！

自从丈夫与曾老师闹矛盾离开军营后，周氏心中很是焦急。半年多来，丈夫待在南昌，虽说给家中增添了生活乐趣，使自己病痛有个照应，使两个女儿得到教育，但也拖累了丈夫，影响了他的前程。

想到这里，她对丈夫道："老爷，曾老师这么诚心邀请你，你的同年好友又这么热心来信劝说，你应该赶紧回军营才是呀！"

"夫人，我也想早点儿回营，可你的病总不见好，叫我如何放心前去？"李鸿章愁容满面道。

周氏笑道："我的病，是慢性病，哪能一下子就好？大丈夫，应以功名前途为重。我还等着你建功立业、封妻荫子呢。"

她挣扎着坐了起来："我觉得这两日已经大有好转了。再说家中有娘和大嫂，还有大女儿镜蓉也长成大姑娘了，小女儿也十四岁，不小了，都可以帮我，你就放心前去吧。"

李鸿章紧紧地抱住瘦弱的妻子，满怀深情地说："既然如此，我近日就动身，先去曾大人那里报到。不过你要答应我好好将息，把身子养好。我一定要建功立业，为你和家庭争光，让全家过上好日子，让你得到封赏！"

五月底的一天，李鸿章告别妻子和母亲，出发了。

周氏硬撑起身子，在两个女儿的搀扶下，将丈夫送到大门口的草坪。

"老爷，你放心前去，我和全家人，都等着你的捷报佳音！"她强忍悲伤，竭力装出一副高兴的样子。

其实，她知道，此番一别，今生今世很难再重逢了。因为她最清楚自己的身体状况，她知道自己已经病入膏肓，很难治好了。说实在的，几年的磨难和上次的流产，加上没有儿子的煎熬，已将她的心击成碎片，要想重新复原，已是不可能了。

丈夫骑上马，边走边回头，刚走到村口，正要扬鞭跃马，猛听得妻子在叫唤："老爷，你回来——"

李鸿章吃了一惊，连忙拨转马头回到家门口，跳下马问妻子："你还有啥事？"

只见妻子把两个女儿推到他的身边，喘着气，有气无力地说："我把……两个女儿交给你，万一我，有个三长两短，你以后，要对她俩好，给她们许个好人家——”

话没说完，泪如泉涌。

两个女儿听到这里，也放悲声大哭起来。

李鸿章连忙把两个女儿紧紧地揽到身边，眼含热泪，动情地说：“夫人，你想到哪儿去了。你的病，只是虚弱，慢慢将息，会好的。至于我们的女儿，我一定会像你一样疼爱她们，对她们好，你一百个放心！”

芍药笑了，笑得如一朵盛开的芍药一般灿烂。

丈夫骑着马走了。马蹄嘚嘚，如同敲击在她的心房上。天气阴沉，像是要下一场大雨。她看到那马越跑越快，最后消失在阴暗的天幕下，似乎与天地合在了一起。一阵悲伤猛地涌上她的心头。

“永别了，我的夫君！”她在心中猛地喊了一声，顿时两眼泪汪汪的了。

远去的李鸿章哪里料到，此番一去，竟是与妻子的永别！

当他鞭着马，回头再看的最后一眼，竟是两个女儿一边一个搀扶着病妻的镜头！它是那么地清晰，那么地动人，直到好多好多年之后，还定格在他的脑海之中，久久难以磨灭。

两个月后，周芍药就病故了。年仅四十一岁。这是后话。

四、一道奏折，参掉门第鼎盛的封疆大吏

六月初六，李鸿章赶到东流，重入曾幕。

师徒相见，格外高兴，两人连续谈了三天三夜。

李鸿章重入曾幕后，老师曾国藩仍像过去一样信任他，器重他。他也寻找机会向恩师展示才华。

不久，机会来临。契机是安徽巡抚翁同书，处理太平军与捻军联合进攻失当，致使丧将失地一案。

翁同书当时驻军定远，太平军与捻军共同攻打定远县城。翁立即弃城远遁寿州，结果定远失守。不久，英王陈玉成攻打寿州，城内团练首领孙家泰、蒙时中等人，与城外淮北团练首领苗沛霖内讧仇杀，结果苗沛霖举旗叛乱反清。皇帝听说，立即命令翁同书务必要妥善解决，否则，其危害性将大大超过长毛和捻匪。接到谕旨，翁同书立即通过苗沛霖朋友——前安徽按察使张学醇劝降。苗沛霖说：“我愿意降清，但必须答应我两个条件：第一，朝廷须饶恕我所犯的罪行；第二，杀掉我不共戴天的仇人孙家泰和蒙时中。”翁同书满口答应。听到这个消息，孙家泰自杀身亡，蒙时中逃跑，却被翁同书派人追杀。但当两人的首级送到苗沛霖营中，苗依旧举旗反清。翁同书白

白损失两员团练勇将，寿州失守，剿寇形势变得更加凶险。

得知这个消息，曾国藩气得半死。“这个翁同书太草包了！策反不成反受其害，赔了夫人又折兵。而且遇敌贪生怕死，弃城失地，如此饭桶怎可任方面大员？我两江地面，决不能让这种人滥竽充数，占据高位，坏我大事！”

他三角眼瞪得鼓鼓的，仿佛要啪的一声掉下来，眼中喷出一股如蛇信一般的火舌。

他拍桌吼了起来：“我要立即参劾他，将他革职，另换巡抚！”

他拿出纸，提起笔准备写奏稿。

突然，握笔的手，像被狠狠打了一棍般垂了下来：打鼠忌器呀。

按理说堂堂两江总督一品大员，参劾辖区内的巡抚，本不需要顾忌。可这个巡抚并非仅仅一个人，他背靠的是一棵枝繁叶茂的参天大树啊！同书父亲翁心存，是皇帝老师，官拜大学士，正得宠；同书弟同和为状元，风头正健，前程无量。一状告不倒，会吃不了兜着走，后患无穷哩！这翁家是个虎窝，打死一只，其他两只会扑上来跟你拼命，将你咬死；若是打伤一只，以后会有三只扑上来吃掉你！

想到此，曾国藩不禁惊出一身冷汗。

难道就此罢手，让这庸吏在我的辖区内占据高位，掣肘、破坏我剿灭长毛的大计不成？不能，决不能！

他召集幕中几个著名的“刀笔吏”，各写一张奏状。但拿来一看，有的威力不够，杀伤力不强，不能使这位巡抚“革职走人”；有的凶相毕露，似乎自己跟翁同书是不共戴天的仇人。奏折上去之日，就是自己降职或革职之时，看后叫人心惊肉跳。

曾国藩摇了摇头。

这时，他忽然想起去查桥催运粮草的李鸿章，连忙派人找回商量。

“好，我试写一份给老师看看。”李鸿章顾不得劳累，立即闭门起草奏稿。

此刻，他也曾有过一丝犹豫：这是我师公翁心存大学士的儿子呢，我可不能下狠手，要“笔下留人”呀！

随即，他又自嘲地笑了起来：“你以为你的笔是皇帝的御批，要谁死谁就能死呀？你放心吧，他树大根深，手眼通天，即使要他死，他也不会死哩，何必杞人忧天？再说，这完全是他咎由自取，我又没有诬陷他，有啥可内疚的？”

此刻，他还想起了数年来的剿寇经历。当我在安徽四处飘零时，翁同书作为巡抚，何曾关心过我？我离开曾幕这么长时间，也未见他只言片语慰问、邀请，分明是自以为门第高贵、鼎盛瞧不起我。他不认我亲，我又何必自作多情要认他？

如此一想，怜悯之意荡然无存，还隐隐生出几分怨气。

“多年来，真正把我当门生看待，不时关心提携我的只有曾督师。如今曾督师非为个人私仇，而是为国家和百姓的剿寇大业而参劾他，我应鼎力相助，促他成功，切不可离心离德！”于是，他全神贯注地写了起来，只用了一个钟点，一份《参翁同书片》，便呈到曾国藩的案头。

这真是一道“奇折”，一颗威力猛烈的炮弹！

此折列举翁同书贪生怕死，弃城远遁寿州，将巡抚驻节的定远城拱手让给贼寇；安保反复无常的淮北团练首领苗沛霖，养虎为患，致使苗沛霖攻陷寿州。而翁同书再次苟且偷生，弃城而逃：“翁同书贪生怕死，弃城失地，养痈遗患，罪孽深重。特请将翁同书革职拿问议罪。”

曾国藩看着看着，不禁击节吟诵起来：

“臣总督两江，肩负剿灭长毛大任，理应纠正弊端，参劾犯罪，不敢因翁同书门第鼎盛，彷徨瞻顾，姑息迁就。”

“这真是一道锋芒内敛、暗藏杀机的奏折！”曾国藩拍案叫绝：“此折一上，翁同书的巡抚必革无疑！我可以高枕无忧了。”

他对李鸿章夸奖道：“少荃天资聪颖，所拟奏咨函批，皆大有过人之处。将来建树非凡，很可能会青出于蓝而胜于蓝呢！”

李鸿章谦逊地答道：“恩师如长江奔腾万里，在老师面前，我只能算一条小溪小河，日后再发展，也只能达到淝水、淮河那样的境地，怎能与老师相提并论？”

曾国藩的预言果然应验，皇帝和太后看了这道奏折，十分动容——为曾国藩对朝廷忠心耿耿而动情，也为翁同书的罪行而发怒。

翁同书于是被判斩刑。同书之父翁心存大学士，得知这道至高无上的“判决”，气愤交加一命呜呼！他的死，换回了儿子的命。后来太后和皇帝追念翁老师训教太子之恩，改判同书流放，发配边疆，到死也没回来一趟。

当然，这是后话了。

第三章　立沪弃镇占苏南

一、上海士绅讨救兵，令曾国藩伤透脑筋

正当曾国藩权势日益显赫时，清廷在长江上游的军情渐趋缓和，而下游的战局却急剧逆转。

经“天京事变”，太平天国被迫放弃北进计划。安庆失守后，更是恐慌。太平军一面固守天京，一面将战略进攻的重心，转向富庶的江浙地区，欲与清廷划江而治各霸一方。太平军在合取湖北、保卫安庆战略失败后，战略重心东移。咸丰十一年（公元一八六一年）秋，太平天国忠王李秀成、侍王李世贤，统率五十万大军，分道进攻浙江，连克浙东、浙西大部，直捣省城杭州，威逼上海，东南震动。

江苏巡抚薛焕部一触即溃。上海四周彻夜火光，形势万分危急，成了名副其实的孤岛。蜗居孤岛的士绅为了免遭覆灭的命运，一边迅速成立“中外会防局”，依赖洋人武力暂保上海；一边选出士绅代表、前清名臣、浙江巡抚钱宝琛的儿子钱鼎铭和庞钟璐，带着募集的二十万两白银，乘几艘外国轮船来到安庆，向曾国藩求援，请求湘军迅速出兵赴沪。

钱鼎铭的父亲与曾国藩、李鸿章之父李文安是同年进士，庞钟璐是李鸿章进士同年。况且又带来二十万两巨款，曾国藩不好一口回绝，只得勉强接待了他们。

“上海危在旦夕，士绅百姓渴望曾总督，犹如久旱盼甘霖，寒冬望日头，请督师早早派兵以解孤岛之危!”钱鼎铭声泪俱下地说。

见曾国藩没表态，又掏出一封信，这信是李鸿章的同年进士冯桂芬所写。信中道：“上海是全国最富庶之地，商业发达，每月可筹银饷六十万两。”

曾国藩怦然心动。这对正缺饷银的湘军，无疑是最大的诱惑。

但当前时局，令曾国藩十分棘手。上海是军事、经济重镇，按理应大力支援，但上海距安庆有数千里之遥，兵少无济于事；多派，又无实力。派兵去上海无异于拆东墙补西缺，对整个战局没一点儿好处。况且，万一大本营安庆出现险情，往回调兵又来不及，岂不糟糕?

他立即找来有惊人洞察力的幕中第一智囊——李鸿章密商。

此刻，庞钟璐已拜访了曾总督面前的高参和红人李鸿章，他与李鸿章是进士同年，且是当年的探花郎。李鸿章答应大力玉成。

“督师，出兵上海可谓一举多得。”李鸿章指着地图胸有成竹道，“攻占安庆这天京锁钥后，若能从南京下游的上海，由东向西上攻，则会牵动长毛整个防御战略，使之陷入东西两面作战的困境，从东面形成对江宁包夹之势，有利于湘军早日剿灭长毛；其二，出兵沪上，可借机挤排掉我湘军政敌、江苏巡抚薛焕，和署理江苏布政使吴煦等人，夺取上海地盘；其三，江浙二省，系中国财赋中坚及外国财货所聚，无江浙则无天下，故争饷源莫如苏杭！上海实为天下最富庶之地，每月厘捐六十万金，掌握上海，湘军饷银将高枕无忧；其四，督师身为两江总督，节制江、浙、皖、赣四省，上海亦属辖区之内，增援上海，义不容辞！”

他直言不讳，侃侃而谈，最后归纳道，“有此数得，我湘军不但应派兵援沪，更应派重兵前往！”

一番高屋建瓴的透彻分析，说得曾国藩连连点头，心中豁然开朗，立即拍板：派兵援沪。

正当他暗暗物色人选，积极做派兵上海的准备时，朝廷也来了一道要曾国藩发兵上海的指令。

他为李鸿章的远见卓识既吃惊又佩服。

此刻他清醒地认识到：派兵上海，不仅仅是上海士绅的邀请求援，而且是朝廷的命令，于是他紧锣密鼓地准备起来。

上海三面临敌，派谁统帅领兵最合适呢？曾国藩绞尽脑汁思考着。

他首先选中的是胞弟曾国荃。论官衔，国荃为布政使，升巡抚是循序渐进；论军事，他战功赫赫，很有指挥打仗的才能：击退太平军劲旅石达开部；围安庆屡败太平军，与太平军名将李秀成激战四十余日，迫使其退兵。只是处世上欠缺些，可派李鸿章同行作高参，为他排忧解难。

然而，当他把这种想法告诉国荃时，国荃却不愿意去上海，对哥哥的提议一再拒绝。

原来，他已把目标牢牢盯准江宁，正积极准备沿江而下进攻长毛巢穴，夺取“攻克天京”的头等军功，因此对东征上海并无兴趣。

其次，曾国藩想到的是手下名将、官居按察使的同乡陈士杰。当曾国藩把东援上海的重任下达给陈士杰时，陈士杰在家乡招募到上万名子弟兵，积极操练，但就是不发兵，他以“老母年迈”为由，力辞不出。

最后，曾国藩赶紧命令距上海很近，驻扎镇江的清军总兵冯子材火速援沪。可军令下达后，如石沉大海一直得不到回音。

曾国藩急得如蚂蚁下热锅。

这时，湘军将领、盐运使衔吴坤修主动请缨。

李鸿章也主动请缨："恩师，若是还没有合适人选，门生愿领兵前往，以解燃眉之急。"

上海士绅来安庆求援以来，李鸿章就密切关注着增援上海的人选。多年来，他一直盼望着有自己做主、建功立业的机会。他知道，湘军大营人才济济，很难等到独当一面的机会，如今这个机会摆在面前，伸手可及，自己要尽力争取。前些日子，他强按住自己的渴望没有提，是因为这个人选十分重要，是独当一面的大员，曾督师首先一定会想到胞弟国荃等至亲和心腹将领，自己不能跟他们争——即使争也争不过。况且提议早了，反而会引起老师的反感。国荃执意不去，他心头一喜；湘军核心将领不去，他心中又是一喜。于是在人选迟迟没有落实，老师为之焦虑时，他便不失时机地提了出来。虽说吴坤修也在争这个位置，但李鸿章相信，在跟曾督师的关系亲疏上，自己和吴坤修可以旗鼓相当。

选择谁呢？曾国藩陷入了深思。

吴坤修是自己嫡系，让他去上海，百分之百放心，可把上海牢牢地掌握在湘系手里。而李鸿章虽说是门生，毕竟跟坤修不能相提并论。况且李鸿章独立性强，桀骜不驯，不会唯自己马首是瞻，若以后在上海甚至江苏站稳脚跟后，能否跟自己一条心就很难说了。

就在此刻，一种偶然的新的政治因素，帮了李鸿章的忙，迫使曾国藩改变了派湘系将领前往上海的初衷。

这天，曾国藩忽接到朝廷发来的一道上谕，其中称：

用兵之道，当以选择将帅为先；求将之道，当衡量其见识之短长，才能之大小，以为器使……堂堂中华，何地无将才？不一定只有湖南之人充勇，湖南之人始能杀贼。今后各直省督抚及各路统兵大臣，务当认真选将，就地取材。

这道上谕，给了他当头一棒喝！也令他吃了一惊，使他清醒地意识到：朝廷已对"无湘不成军"、"湘军统帅半天下"的局面，产生了很大的不满。

想到此，他决定让李鸿章出山。这个人是安徽人，选此人，既可避开清廷对自己的猜忌，让朝廷放心；他是自己门生，派他去，又可以把上海紧紧控制在自己手中。这可说是一石二鸟。

于是，他立即派人找来李鸿章，把东援上海的重任交给他：

"少荃，我决定让你领兵去上海！"

听到这话，李鸿章激动不已，他几乎要高兴得跳起来，这个千载难逢的机会降临到自己头上，他怎能不激动万分，高兴若狂？

从此，自己可以率领部队赴上海大干一场了！

于是，他恭敬地、兴高采烈地向老师表态道："蒙老师器重，门生此番领兵前去，一定不辜负重托！”接着，迫不及待地问：“督师准备派多少兵力前往？”

谁知曾督师说：“现在杭州、苏州、江宁战事吃紧，安庆兵力也不足，各个战场形势都十分紧张。”他眉头一皱，两手一摊，做了一个无可奈何的动作，“你这一去，我没有兵可以送给你。让你做统帅，兵源还得靠你自己设法解决。”

李鸿章顿时呆了：原来自己是个“光杆司令”呀！

他急了，急得心里如同油煎。时间如此紧迫，到哪儿去弄一支部队？

一个大难题摆在面前。难道就让这个千载难逢的良机，从眼前白白溜走？

不能，决不能！

他忽然想起自己和父亲，在故乡庐州办团练那一段军旅生涯。对，那里有许多亲友，同学，同乡，学生，那里一定能招到兵！

于是，他领命后，星夜起程，急如星火地赶回老家招兵。

二、赴庐州举旗一呼，光杆司令招得淮军一支

怎样在短时间内招到一支大军呢？

李鸿章动开了脑筋：要充分利用天时地利与人和，要打曾大帅的牌子，要举父亲和自己的旗子，当然，还要以功名利禄来吸引人。

所以一回到家乡，李鸿章就从四个方面雷厉风行地干了起来。

一是通过父亲的关系，寻找世交弟兄。李鸿章熟悉江淮子弟的脾气，他们带有浓厚的江湖义气，认的是弟兄感情，只要感情深，一切都好说。

他首先去肥西，找当地最有名的团练首领、已因功升为记名道台的张树声。只要他肯答应，就有了一个好的开头。张树声的父亲张荫谷，跟李鸿章父亲李文安，是在办团练中结识的好弟兄。有了这层关系，李鸿章一登门便受到热情欢迎。

张树声自幼跟着父亲历练，很有才干，是一方山大王。他早就听说李鸿章是湘军统帅、两江总督曾国藩的红人，本来就想联系，此番见李世兄带着礼物（说是看望伯母），亲自登门，邀请他出山共谋剿寇大业，二话不说，胸脯一拍：“既然李世兄如此信任我，我立即带兵马跟你走！”

说着，立即派人招来“桃园三结义”的兄弟刘铭传和周盛传、周盛波兄弟，办起一桌酒席，大家一聚会一碰杯，第一支队伍就拉了起来。

接着，李鸿章又去找与他父亲同在一起办团练，而被太平军杀害的吴廷香的儿子，当地响当当的吴长庆。他手下也聚集了一批兵勇。吴长庆正恨长

毛势大，自己孤掌难鸣，为杀父之仇迟迟难报而苦恼，一听说李鸿章准备领兵去杀长毛，不禁喜出望外："李大哥，你说哪天去，只要一声令下，我随时出发！"

李鸿章为自己马到成功而高兴。

二是去找他的学生刘秉璋。

刘秉璋是庐江县人，咸丰十年中进士，任翰林院编修。他的家乡曾遭到太平军洗劫。他觉得这是家乡的奇耻大辱，于是投笔从军，回到家乡办团练，跟太平军作战。他在未中进士前，曾拜已中进士点翰林的李鸿章为师。因为有这层关系，刘秉璋很快便将自己率领的乡勇拉到老师的麾下。

同时，李鸿章还写信给另一门生，驻扎在三河镇的潘鼎新，把他也收编于部下。

三是令三弟李鹤章回合肥东乡联络旧部，成立了张桂芳的桂字营，吴毓芬的华字营，张志邦的志字营，李胜的胜字营等队伍约两千人。

四是在招兵中，还以功名利禄来吸引。

李鸿章在各地张贴的招募兵将的告示中写道：

遵朝廷圣旨，受钦差大臣、两江总督曾国藩之命招兵募将，以担当保卫社稷拯救百姓之大义。参加淮军者，立功，可升官发财，封妻荫子；伤者，可享厚恤；死者，可享受世代福禄……

于是青年投军纷至沓来。

庐州家乡之行，他招募到上万人之多！经过严格挑选，裁汰掉一多半，只留了约四千人。

接着，李鸿章严格选择营官。

他不像老师曾国藩那样，注重身世功名，而是注重才能韬略，轻视门第身世，不拘一格搜罗人才。

刘铭传是私盐贩子，因杀了欺侮同宗女眷的地痞而名声大噪。李鸿章见他勇敢，就任命他为营官，将他所带这营队伍，称为"铭军"。事实证明，李鸿章的眼光很准，他的做法是正确的。刘铭传以后声名卓著，不仅成为勇冠三军的战将，还在国家危难时刻受命赴我国宝岛台湾，成了首任台湾巡抚呢。

正当李鸿章招了兵，准备动身由庐州往安庆开拔时，忽然听到不远处一片吵闹之声。

他沉下脸："谁在军营里吵吵闹闹？还有没有军纪！"

营官吴长庆连忙跑上前禀报："李将军，有个后生不符合当兵标准被淘汰，却非吵着要入伍，死活不肯走！"

"叫这人出来看看。"李鸿章吩咐道。

这后生一出来，便引起官兵一片笑声。清瘦的脸配着瘦削的身体，与旁边那一排排魁梧结实、虎背熊腰的淮勇，恰成鲜明的对照；下巴有颗小而圆的黑痣，长相有如女性般柔媚。走起路来轻飘飘的，全无雄赳赳的军人气质。

营官吴长庆训斥道："你不会刀枪剑戟，手无缚鸡之力，如何能上前线杀敌？"

谁知这个后生却振振有词道：

"韩信、张良也是手无缚鸡之力，却为刘邦打天下立下汗马功劳！"

一句话顶得吴长庆开不了口。他很恼火："嗬，我倒没看出来，你还有韩信、张良那么大的本事！"他禁不住讽刺了一句。

"我虽然没有他们安邦定国、指挥百万大军那么大的本事，但恐怕不会比你差！"

听了这句话，吴长庆气得跳了起来："好，既然你有如此本领，那我们当场比试比试！"说着，立即喊卫兵去拿自己祖辈流传下来的一对竹节钢鞭。

"我不与你比武，要与你比文。"下巴有痣的后生不慌不忙地说："我懂得唐诗、宋词、元曲，《古文观止》烂熟于心，能写文章，而且写得一手好字。你会吗？"

见吴营官张口结舌答不上来，他又很自负地说了起来："我熟读兵书战策，知晓天文、地理、历法、算学。不是我夸口，你招的兵，一个只能顶一个，最健壮的也只能一个顶五个，可我一个，却能顶他们成百甚至上千个！"

吴长庆面色通红，张大嘴巴，好久合不拢，只结结巴巴地说："吹牛，真是吹牛！把牛皮吹到天上去了！"

"来人，拿笔墨纸砚来！"李鸿章一声令下，纸笔齐备。他目光犀利地说："年轻人，先不要夸口，还是看实际吧。"

说着立即给这后生布置题目：默写《陋室铭》和马致远的小令《天净沙·秋》。

刘禹锡的《陋室铭》和马致远的小令，很快写出来了：

"山不在高，有仙则名；水不在深，有龙则灵……"一手清秀漂亮的毛笔书法，令李鸿章顿时一喜。

但他又出了第二道考题："两军相争，如何取胜？"

这后生立即回答："知己知彼，百战不殆！"回答干脆利落，胸有成竹。

李翰林心头又是一喜。他想再考，但出发的号角已经吹响，他立即吩咐这后生："快入列，随我同行，做我的文案和参谋吧。"

后生大喜，兴高采烈地去了。

李鸿章指着吴长庆，对身边的众营官道："你们招兵选择身强力壮的人，当然没错，但更要注重选拔一些有特殊才能的人才，就像刚才这个后生。此人若好好历练，定是一栋梁之才，其功名恐怕不在你们之下呢。"

此话一出，惊得吴长庆愣了好久。

“这么说起来，我真是有眼不识泰山了。”他自言自语嘟囔着。

“此人叫啥名字?”李鸿章问。

这个貌不惊人的后生，名叫周馥，安徽东至人。入幕后，开始做文案和参谋，后协助李鸿章办洋务数十年，一直做到巡抚、总督，成为晚清名臣。

这当然是后话了。

曾国藩十分佩服李鸿章这个安徽佬，在不到两个月的时间内，居然变戏法般招到这么多身强力壮的兵。于是，立即把这些淮勇，根据营官姓名分成五个营：张树声的“树字营”，刘铭传的“铭字营”，潘鼎新的“鼎字营”，吴长庆的“庆字营”，张遇春的“春字营”。五营的营官都是李鸿章老乡，并都和太平军有不共戴天之仇。

曾国藩和李鸿章一起，对淮勇进行了整训，营制都仿照湘军，每营分四哨，每哨分正勇八队，每营五百零四人，另设长夫（类似现代工兵）一百八十名。

虽说招了兵，但看到这些人不会队列，更不会打仗，李鸿章十分担心。

他知道，这五营兵中，除张遇春一营外，都是新兵，不会打仗。远征上海，不是儿戏，没有精兵强将，立刻便有大败之危覆灭之险。于是，想从湘军中挖几营精兵强将。

他首先把目标瞄准程学启部。学启本是太平军英王陈玉成部下悍将，曾国荃设反间计，说程学启已与湘军私通，将于某日某时斩英王首级，作为投湘军的进见之礼。陈玉成不分青红皂白，便根据太平天国残酷的杀降政策，将学启一家老少剖腹剜心剥皮，残酷杀害。于是程学启恨死了太平军，真的投了湘军。曾国藩是儒将，一向对人格品性看得特别重。他看不起投降的将领和士兵。因此，程学启根本得不到曾国藩的信任，心里很苦闷。这些，李鸿章早看在眼里。因此，他在去庐州招兵时，就找到程学启，叫他跟自己到上海，自己一定重用他。程学启欣然同意。

于是，当五营淮勇齐集安庆，李鸿章陪同曾总督阅兵时，他便向曾督提出调程学启部赴沪的要求：“恩师，我所招五营淮勇，除张遇春一营外，都是新兵。远征上海，若无精兵强将，立刻便有覆灭的危险。门生想借调湘军程学启两营兵。这支兵精悍而有纪律，调到淮勇队伍，可作为标兵，不知恩师能忍痛割爱否?”

对程学启，曾督师素无好感，再说李鸿章此话也是事实，于是爽快答应道：“程学启是国荃部下，只要国荃同意，我没意见。”

“九帅（指国荃）那边，我已征求过意见，他已同意。”李鸿章边说边拿出一封信。

原来淮勇在招募成军离开庐州前夕，李鸿章就已写信给在江宁的国荃。淮军一带到安庆，就收到回信。因为学启这两营兵已在大哥曾国藩处，所以国荃接到来信，立即回信："只要大哥同意，我绝无异议。"

曾国藩见到九弟的信，顿时无话，心里说："好一个精明鬼！"

想到新募淮勇全由团练改编而成，未经大仗、恶仗，战斗力弱，调程学启部前往起中坚作用，完全应该，女儿出嫁也应送点儿"陪嫁"呢！于是欣然点头应允。

好像听到曾督师刚才心里所说的"陪嫁"二字，李鸿章忽然又说：恩师，鸿章远征上海，如同女儿出嫁，门生还想讨点儿陪嫁，请把郭松林营作为"陪嫁"如何？

曾国藩一时语塞。

湘潭郭松林，系湘军骁将，是曾国荃旧部嫡系。曾国藩没想到李鸿章会提出这个要求，于是说："郭松林部是国荃旧部，要调它需得九弟同意。再说九弟正与江宁洪秀全鏖战，离不开这支部队呢。"

看到李鸿章有点儿不悦，便道："除这营兵外，你可以任选其他营，我一定不吝惜！"

李鸿章道："那就请恩师调派吧。"

郭松林见李大人指名要他，觉得在此处不如去上海更被重用，于是数月后，单身赴沪投奔淮军。李鸿章立即委以重任。此是后话。

"我既然把鸿章作为继承人，派他开拓上海，今天就干脆让他满意，方显我老师厚恩。"想到此，曾国藩立即道："少荃，我把韩正国率领的两营亲兵送你作陪嫁，你觉得如何？"

李鸿章知道，韩正国的亲兵营，是老师的护卫营，是湘军中精锐，以这两营换郭松林一营兵，值！

他立即打躬作揖，喜悦之色溢于言表："谢恩师重赐！"

曾国藩笑笑道："我的话还没说完。我给女儿的嫁妆还有，你干脆等我把嫁妆说完，全部接收后，再谢恩也不迟。"接着，又爽快地说："我送给你的嫁妆，共有六营，除韩正国两营外，还有四营。"他伸手一指前方：

滕嗣林、滕嗣武统领的"林字营"两营；

陈飞熊统领的"熊字营"；

马先槐统领的"垣字营"。

这样，我送给你作"陪嫁"的礼物共有六个营。你快去验收吧！

李鸿章顿时惊得呆了，张开的大口久久难以合拢。战争年代，送一营兵，就是了不起的恩惠，如今送了六营，这是天大的恩赐呢！他为恩师如此慷慨，如此厚恩而激动不已。人到中年，一向不轻易动感情的领军之将，情不自禁地流出了两行热泪。

他一把上前，扑通一声跪倒在地，语声哽咽道："恩师厚德，千古少有！门生肝脑涂地无以报答。我一定要以辉煌的战绩，报老师大恩！"

曾国藩连忙将他扶起，同往军营点将。

这年的清明节，淮军九千人集结安庆，整装待发。

这么多的兵，如何运送到上海呢？

此时，上海官绅已筹银十八万两，向英国麦理洋行雇了七艘轮船运载淮军赴沪。钱鼎铭、潘馥不等曾国藩同意，即乘其中一艘来安庆接兵。

由安庆去上海，有水陆两条路。走陆路，必须经过太平军占领区江宁、苏州一带，风险大；走水路，也须经过芜湖、江宁等太平军控制区，也存在风险。

最后，钱鼎铭建议走水路：“长毛只打清兵，对洋人的船，不会轻易动手。走水路比较安全。”

李鸿章补充道：“江苏官绅花银十八万两，已雇七艘洋轮运载救兵，不走水路，将拂上海官民翘望之情；再说，走陆路费时长，若与长毛遭遇，更会旷日持久。”他略一沉思，果断地说，“为了确保安全，我提议请英国军舰护航！”

曾国藩道：“好，就这么定，走水路！”

于是，精选出的十三营淮军共九千人，从三月初七开始，至五月十一日，分七批先后送往上海黄浦江码头。

出发前夕，安庆各界举行欢送大会。著名的黄梅戏剧团演了天仙配、木兰从军等戏。那柔婉甜美的歌声，那夫妻对唱，那花木兰替父从军的豪情，令淮军官兵如饮了美酒一般，既兴奋又激动。

满载淮军的英国轮船，顺江而下。进入江宁地面，驻守的太平军，虎视眈眈地注视着有英国军舰护航的英国洋轮。看着这群全副武装的土包子，虽隔岸相望，但始终不敢动手，近万名淮军就在太平军眼皮底下顺利到达上海。

阳春三月，李鸿章坐在高大威武的洋轮上，看着它在一望无际的长江上，劈波斩浪，奔流而下，一股豪情油然而生：

天高任鸟飞，海阔凭鱼跃。我李鸿章人生事业的航船，从此扬帆起航了！

三、乞丐兵亮相上海滩

当脚穿草鞋、衣服五颜六色破旧不整、满口土话的淮军出现在上海滩时，上海民众不禁讥笑道：这帮叫花子兵，能帮阿拉抵抗长毛吗？

英军提督何伯和法国领事来拜会李鸿章。

何伯略作客套后，便直言不讳道：“我耳朵里灌满了淮军是乞丐兵的传言，今日见到阁下军队，果真名不虚传。”他哈哈一笑，讥讽道：也许贵军，真的有大无畏的“丐帮”精神，能征善战呢！

面对洋大人的嘲笑，李鸿章满怀自信地说：“何大人，军队最重要的是能打仗，并非图衣着服饰的好看。等我们吃了败仗，你再来讥笑也不迟呀！”

送走洋大人，他立刻召集淮军训话：

弟兄们，我们来到上海，是要保卫上海，拯救上海百姓。现在，上海民众对我们不理解，称我们是“叫花子兵”，是“土老帽”。今日，驻沪洋大人，也讥笑淮军是“叫花子军。”

接着，他加大了嗓门，用安徽话训开了：

“弄妈，都讲我们安徽佬是土老帽，你们都要给老子好好地搞，为家乡父老争气，决不能给咱淮军脸上抹黑！”他深知，江淮子弟把脸面看得比天大，比性命还重要，于是便用这条来鼓动士气。

“我们淮军要在上海滩打出名气，打出威风，要让上海各界信服，让洋人竖起大拇指夸奖淮军：great！”他说出一个英语单词，见众将士目瞪口呆，面面相觑，便解释道，这句是英国话，意思是：了不起！

众人都咧开嘴笑了。

李鸿章布置部队开展了紧张的练兵。时逢江南酷暑，烈日炎炎，高楼林立、草木缺乏的十里洋场，更是酷热难挡。

“古人练兵强调‘夏练三伏，冬练三九’，平时多流汗，战时才能少流血，”李鸿章告诫众将官，“大敌当前，我们应加紧苦练。”

于是，一个大练兵热潮轰轰烈烈地掀起。

“打出淮军名气，为家乡父老争光！”练兵场上口号震天，喊杀声连天。

官兵们汗湿衣衫。湿了又干，干了又湿，人人的衣裳后背，是一层白白的汗霜。

李鸿章满意地笑了。

李鸿章在加紧对淮军进行整训的同时，详细了解敌情，周密研究作战计划，寻找有利战机，力争打好第一仗。

一天，他忽然听说英国洋枪队战斗力极强，便穿上便衣，化装成一个送粮食的米粮商，混进洋枪队训练基地暗访。

这一访，不禁让他大开眼界。当他看到洋人使用的落地开花炮，杀伤力惊人；洋兵数千，进退自如，枪炮齐发，所向披靡，不禁大为惊叹。

回到军营，他立即密告在广州办捐厘的大哥李瀚章，不惜重金，以最快速度，从香港购买了三千支洋枪，将淮军好好装备了一番。

就在此刻，一场大战——虹桥战役随之到来。

太平军英王李秀成攻占杭州后，集中兵力，五路进兵，攻打上海，想把苏州建成第二个军政堡垒天京。

此时，李秀成部队已击败驻上海的英法军队，击毙法国海军提督卜罗德，歼灭李庆琛部五千苏军，围困青浦、松江，逼近虹桥。

太平军距上海城仅二十公里，整个上海形势顿时紧张万分。

李鸿章想一炮打响来个开门红，于是请洋枪队出阵助战，不料碰了壁。

英军提督何伯阴阳怪气道：阁下说过，“军人最重要的是打仗，而不是看服饰”。阁下的淮军虽衣衫破旧，但具有一往无前的丐帮精神，何用我们帮助？我想一定会旗开得胜的。

何伯执意要看淮军的笑话。

李鸿章心里发狠道：“何大人，你等着瞧吧，想看淮军的笑话，没那么容易！”

他派兵进驻虹桥，并集中在沪淮军的一半兵力，亲自率领程学启、韩正国、滕嗣武等猛将，从七宝向泗泾进发。

太平天国听王陈炳文、纳王部永宽，集中数万精兵前来攻打淮军虹桥营盘。

李鸿章冒雨赶到虹桥，各营分六队进援。

李鸿章对诸将道：“快乘敌军疲乏、扎营未定之际进军，机不可失！”并一马当先，立在桥头亲自督战。

亲兵首领急急上前劝道：“枪炮无情，全军统帅当持重，不可亲冒前锋！”

李鸿章立即回答：“我不亲自督战，谁肯拼命向前？”于是不听劝告，继续督战。

炮火连天，枪弹如雨，吼声如雷。在太平军猛攻之下，春字营张遇春部顶不住了，败退到桥边。

不想李鸿章对身边的亲兵大喝一声：“弄妈，拿刀来，把张遇春的头砍下来！”

吓得张遇春赶忙折回，冒着猛烈的炮火和枪林乱箭，指挥部队，不要命地冲锋。

淮军将士都知道，春字营是淮军嫡系。李督师居然毫不留情，于是全军吼声震天，如洪水猛兽一般一往无前地向前冲去。

淮军援军和被围各部内外夹攻，太平军大败而逃。

此仗，斩首太平军精锐三千多人，俘虏敌军首领四百人，降千余人。而淮军伤亡仅一百余人。

屯扎在松江府外之太平军首领，闻报震骇得手足无措，连夜率兵仓皇而逃。

松江之围遂解。

虹桥之战，是淮军入沪以来第一场胜仗，极大地鼓舞了士气，提高了淮

军声望。上海民众交口称赞道：“别看乞丐兵衣衫破烂，他们还真能打仗！”

然而，就在此时，朝廷的一道谕旨，使李鸿章陷入深深的矛盾之中，其中称：

镇江为南北关键，现在北岸肃清，急宜以重兵驻扎，为进窥江宁之计。

接到这份谕旨，他感到浑身不舒服。

因为他根本不想离开上海。

他知道，淮军离开上海，驻扎镇江，不但要受镇江总兵冯子材、钦差大臣都兴阿和漕运总督吴棠的干扰，更要直接与围攻天京的曾国荃实行战略配合，受曾氏弟兄的直接指挥。

种种羁绊之下，谈何自立？而一旦离沪，则上海的军政大权和饷银怎能遥相控制？一离开上海，自己就将成为无根之木，无水之源。自立也难，怎能施展身手，一展鸿鹄之志？

但是朝廷旨意怎可违背？

他知道朝旨，是根据曾督师的意见而来。按照曾国藩原来的战略部署，创立淮军并援助江苏，是将淮军作为配合上游行动的一支偏师。这支部队应首先赴镇江，待扎稳后，再以其中一部援救上海。这样，既可呼应曾国荃进攻天京，又能控制上海的饷源。

受曾国藩影响，清廷便一直催促李鸿章领军移驻镇江，并告诫他：“苏省绅士为了自身利益，其言恐有偏私。李鸿章必当审察定见，不可过信。”

实际上，李鸿章从一开始，就不同意移驻镇江，认为战胜太平军，平定苏南的战役，战略重点应放在上海。当务之急，是如何劝说朝廷同意自己的战略主张：立沪弃镇。

想到此，他连夜起草了一份奏折：《权衡沪镇缓急片》，提出五条不能去镇江的理由：

一、淮军只有数千人，分两处则兵力均都不足以抗敌，专守一地还可勉强自立。

二、上海只有淮军才能守卫。长毛太军压境后，协防的洋兵畏缩不前，所以上海防敌必须靠淮军自强，不能专门依赖洋人。

三、难以寻找合适人选替代自己留沪主持。刘郇膏难以服众，诸将中无人能独当一面。

四、冯子材要我赴镇江，其真正目的，是要我为他部队筹饷，未必为进剿。我作为江苏巡抚，负有筹款弄饷重责。而上海是二十万饷源之地，作为巡抚，不能放弃。自己担负湘、淮军饷银尚且力量不足，因此，无力担负冯子材部队的军饷，不敢到镇江接应上下游部队。

五、无法进行战略协同。镇江、上海相距八百里，大海风涛多阻，兵势本来难以遥相控制，饷运也容易阻滞。鸿章到镇江不能兼顾两头，若是忽来忽往，则两头都无益。

他还针对谕旨中“对苏省绅士之言不可过分相信”的斥责，首先表示自己“断不偏信绅士之言，仅固守上海而不增援镇江贻误大局”，紧接着明白表示：“军事以得人心为本。”其中的潜台词是：“绅士之言”代表了人心，怎能说我“偏私”？

最后，他反攻为守：若两江总督曾国藩能派合适人选接替我，我一定出沪援镇。

李鸿章的意见，得到了清廷的重视、肯定和曾国藩的同意。于是，他便在上海安下心来。

不久，太平军卷土重来，于是淮军又与之展开了一场激烈鏖战——北新泾战役。

淮军攻占青浦后，太平天国慕王谭绍光率军集结于昆山、嘉定、青浦交界处；紧接着，苏州太平军潮王黄子隆、主将蔡元隆两部又赶来增援。太平军十余万连扑淮军北新泾营盘，短短数天，便攻到距上海城西六七里的地方。

上海又处在“黑云压城城欲摧”的险境。

守卫法华、徐家汇的洋枪队，见敌军势大，都龟缩在营盘里不敢露面，连连催促淮军出战。

李鸿章派大将程学启率多营淮军，与谭部大战。在弹药用尽的危急时刻，程学启一边怒吼，一边指挥官兵用石块瓦片，居高临下向太平军猛砸，太平军死伤无数。谭绍光所部数万人，抵挡不住，只得退回昆山。

接着，又与继续围困北新泾的黄、蔡两部展开决战，太平军伤亡惨重，退回苏州。

不久，太平军又发起四江口战役。

当时英法军、常胜军、淮军联合攻占了嘉定。太平军担心昆山、苏州受威胁，于是集中十万大军，沿运河设屯营，绵延数十里。运河及支流上架浮桥互相往来，夜里看去，灯光如一条火龙，耀人眼目；脚步声，震天动地。太平军由昆山、太仓分路猛攻嘉定、南翔等地，重点是扼守四江口的淮军前敌四个营。

李鸿章率部紧急增援，并召集将领商量对策。

幕僚周馥道：“敌军兵多势众，我军人少力单。擒贼先擒王，我军可猛攻谭绍光帅营，帅营既溃，敌军可破。”

李鸿章赞许道：“周参谋之言，甚为有理，诸将可按此计行事。”于是作了一番周密部署。

由郭松林、刘铭传、程学启，分统左、中、右三路精兵，向太平军发起全线进攻。敌军也强悍善战，拼命反击，淮军几乎支持不住。三将身先士卒挥枪搏击，士气大振，擒、斩太平军万余人，四江口之围被解。

淮军三战三捷，打出了声势，在上海滩立稳了脚跟，令上海各界刮目相看。

傲慢的洋枪队首领，来到淮军营帐拜访淮军将领，一见面便竖起大拇指，连呼："了不起！真厉害！"一家外国报纸在显要位置报道淮军三战三捷，称：李鸿章的乞丐兵，英勇善战，所向披靡，是大清王朝的第一支军队。上海民众夸道："人不可貌相，海水不可斗量。别看淮军衣衫破旧，打起仗来交关（非常）厉害哉！"

于是不少人提议，要为英雄的淮军换装——换新衣，以免损害形象，使这支军队成为崭新的队伍！顿时群起响应。乞丐兵于是变成了服装崭新、整齐划一的新军。

李鸿章抑制不住喜悦的心情，向老师曾国藩报喜。

曾国藩复信大加赞扬：

君侯真伟大，足替我湘军增光添色。本人从军十年，不曾亲临战场，亲手杀一贼。读来信，先是大感惭愧，接着感到痛快之极！让我们对着长江，对着明月，痛饮一杯吧！

很快，李鸿章便由署理江苏巡抚，改为实授江苏巡抚。

四、设计排异己，独掌沪权

就在虹桥初仗胜利之时，李鸿章双管齐下，把扩军与控制政权作为头等大事来抓。

他深知，军队是立足之本，因此拼命扩军，他采取了多种形式：

一是赴皖招募。陆续派人回皖北、淮北添募步队九营，马队一营；在徐州招一营，还到江北募勇丁五营。

二是收编上海防军。将原上海防军五万兵勇，汰去其中抽洋烟油滑之徒，选取其中一万多人。

三是收编太平军降众。李鸿章一直把分化瓦解太平军，作为重要策略，常收编投降的太平军精锐，特别是安徽籍降敌。如：建字、玉字、有字、忠字、群字、义字、昌字、荣字等十多营，分别由原太平军降将吴建瀛、刘玉林、方有才、骆国忠、畲拔群、董太义、周寿昌等统带。

四是收编当地团练。如杨宗濂的濂字营。杨是江苏金匮人，父亲与李鸿章交谊最深，本人又拜李鸿章为师。李鸿章就把濂字营收编麾下。

五是借将带兵。如令覃联升成立"升字营"，杨鼎勋成立"勋字营"。名将郭松林只身投奔淮军，李鸿章立即令其选练一支淮军，委以重任。

在水网地带作战，水师作用十分重要。

李鸿章在着力扩充陆营的同时，还筹建起自己的水师。

首先直接掌握带至上海的“善字营”水师。接着，收编郑国魁、郑国榜等枪船，成立魁字水师二营，还裁减上海原有水师，组成六营。此外，还给陆营主力刘铭传、潘鼎新、张遇春等，也分别配备水师共四营。

于是，淮军水陆从原有十三营六千五百余人，扩至七八万人。

李鸿章到沪后，吏治令他深感头痛。

苏浙官员麇集上海，大多是原浙江巡抚王有龄的宗派。他们勾结把持，内政坏到极点。其中最令他伤脑筋的是，署理江苏布政使、苏松太道兼海关监督吴煦，和盐运使衔、苏松粮储道杨坊。

吴煦出身钱谷滑吏，擅长计算，善于投机钻营。杨坊原是买办，凭通事奸商敛财成巨富。这两人利用职权，贪污牟利，手段狡猾，无法查实，还操纵厘捐。更让人恼火的是，这两人逢迎洋人，对淮军极为苛刻。上海每月关税、厘金、捐税，各项收入银两不足三十万两，吴煦对常胜军四千多人的军饷六万余两，会防局经费三万两及道署等项用银，一概爽快照拨，而对淮军军饷则常常拖欠。

李鸿章认识到，要掌握上海，非撤换吴、杨不可！

但怎样才能将两人赶下台呢？

吴煦位高权大，一身兼三职，一时要将他赶下台，几乎不可能，于是，李鸿章就打杨坊的主意，准备寻个什么过失把他先挤走，使吴煦孤掌难鸣。

但周馥连忙上前劝阻道：“大帅，此人一时动不得，他背靠着一棵大树哩。”

“背靠尚书，还是军机大臣？”李鸿章笑笑，不以为然道。在他看来，除了主持国政的领班军机大臣奕䜣和两宫太后外，其余的大臣都不必顾虑。因为老师曾国藩官居一品，权高位重，手掌兵权，圣恩正隆；自己也掌握淮军，受朝廷重视。因此，若要参劾一个道员，是区区小事。

可是周馥的回答却出人意料：“比尚书、军机大臣的来头还厉害。”

李巡抚正端起水烟筒准备抽，一听这话，不禁手一抖，放了下来。

“难道他真的背靠奕䜣或是两宫太后？”李巡抚问。如果是这三人，那就不好办了。

周馥摇摇头：“那倒不是。”

李巡抚听到这句话，全身顿时松弛下来，又端起水烟筒，马上有亲兵给他点上烟，他悠闲地有滋有味地抽了几口，然后说：“那怕什么？赶快拟奏章，参劾他。”

他的话刚出口，便听周馥摊出了底牌：“他与一个洋人沾亲，他的女婿是——戈登。”

这话虽不重，但在李鸿章听来，不亚于是惊雷，是闪电。

一向遇事不惊、稳坐太师椅的李巡抚，猛地站起身子，把水烟筒砰地丢在桌上。

他无心抽烟了，反抄起双手，如同一只跌进牢笼的虎豹，在厅堂里焦虑地来回走动。

忽然，他停下脚步，逼问一句："你的消息准确吗？"

"千真万确！"周馥愤愤地说，"因为有这层关系，杨坊对淮军各将领态度傲慢，气焰嚣张，经常拖欠军饷，众将都敢怒不敢言哩！"

李巡抚感到问题棘手了。这真是一棵根深叶茂的大树啊！

号称"常胜军"的洋枪队首领戈登，确实是个厉害角色！就连掌握大清命脉的奕䜣和两宫太后，也对他顾忌三分呢。再说洋枪队是友邻部队，是现代化程度最高、战斗力极强的"常胜军"，自己要在上海立稳脚跟，还必须借助它的力量；若是得罪了戈登，与戈登反目，自己日后在上海的日子就难过了。

难道就此罢休不成？

不，绝对不能！他在苦想计策。

他先用"挖墙脚"的办法，参革掉吴、杨二人的心腹爪牙俞斌、闵剑，以敲山震虎。

果然不久，吴煦请求辞去海关道一职，以避富名，李鸿章立即批准。

怎样搬去杨坊这块绊脚石，使淮军饷粮得到保障呢？

当然，最好是抓住对方的重大把柄，让其自动辞职。

他和周馥商量。

周馥道："据不少人反映，杨坊与奸商之间有重大贪污盗窃行为，只是查不到真凭实据。若是查账，要从堆积成山的历年账本中找出毛病，无异于大海捞针呢。"说到此，他满脸忧色。

李巡抚端起水烟筒，沉思了一会儿，吧嗒吧嗒抽了几口烟，笑笑说："我们可以叫他自己送证据上门呀！"

周馥眨眨眼，糊涂了：他又不是傻子，会自动给我们送证据？

"我有一计，叫打草惊蛇，引他出洞。"李巡抚对两眼瞪得老大的幕僚说："你过来，我跟你说。"

然后对凑到身边的周馥，如此这般耳语了一番。

周馥连连点头，立即按计而行。

这天，杨坊被通知查账。"各界对你反应很大，李巡抚决定对你的账目来一番审查，以平息民愤。"

听了周师爷的话，杨坊内心一阵冷笑："苏松粮储道，管辖苏州、松江两府钱粮，账目堆积如山，区区几个查账人，能查个屌！真要查，也得一年半载哩!”

但周馥临走时所说的一句话，却让他担心起来：“我们回去，在淮军中抽调识字懂会计的人，三天后准时来查账。”

他知道，目前淮军已激增到七八万人，其中识字的人何止千百？这么多的人前来，不消几日就能查完，那么我和奸商交易的黑幕就露馅了！幸好有三天时间准备，还来得及。

想到这里，他当天深夜，便把几张有重大问题的单据抽掉，藏了起来。

不料，这一切都被周馥派去暗中盯梢的干练之人，探了个一清二楚。

当盯梢人回来，把藏账单的地方一说，周馥不禁眉头紧锁了。

原来，杨坊把这些单据放在一个精致的小盒里，藏到“闲人莫入”，日夜有人把守的“藏珍楼”里。

他把这一情况向李巡抚一报告，李巡抚果断地一挥手，派人进去偷了它!

“可我们淮军营里，没有孟尝君手下那鸡鸣狗盗的高手呀。”周馥为难地说。

“你去找按察使，听说不久前抓住一个偷盗高手呢。”

周馥连忙赶到按察使衙门。

原来这盗贼绰号“赛时迁”，三十七八年纪，有一身飞檐走壁的好功夫。他作案成百上千，从未失过手，被偷盗行中尊称“盗王”。他盗的多是富豪、官员的不义之财，若碰到清贫、两袖清风的官，或是赶考没有盘缠的读书人，他还倒贴一笔银子。因此，被百姓敬称为“义盗先生”。

不久前，他因把吴煦的小妾，从被窝中赤身露体偷了出来，轰动一时。

原来，吴煦从民间抢了个标致女子做小妾。此女是有夫之妇，其夫是个秀才。妻子被抢后，秀才告没处告，争又争不过，于是一气之下，哭了几声“我的妻啊!”便跳河自尽了，不想被过路的“赛时迁”救了起来。一听诉说，大恼，便使出手段从吴煦洞房中，偷出这个小妾归还秀才。

吴煦得知是“赛时迁”坏了他的好事，便张贴图形发布通告限期捕获。赛时迁一不做二不休，干脆去吴煦衙门中偷盗“布政使”的官印。不过他的胆子也太大了点儿，居然是青天大白日中午去偷。当他盗到官印，正要飞出高墙，不料被一名神枪手保镖的枪弹击中身子，于是被抓。吴煦恨死了他，准备三日后的中午，亲自监斩这个胆大包天的飞天大盗。

周馥以“李巡抚要亲自审讯大盗”为名，将“赛时迁”带回巡抚衙门。

“听说你是义盗先生，”周馥摆起一桌酒席，让被捉七八天来，不见半点儿荤腥的赛时迁饱餐了一顿，然后问：“现在，想派你去一个大贪官家偷盗一样东西，你敢不敢去?”

“偷来了，我有啥好处？可以免死吗?”赛时迁听说偷大贪官家东西，不禁眼睛一亮，不过他更关心的是自己未来的命运。

“成功了，不但能免死，还能赏你一笔安家银，让你远走高飞。”

“真的？”义盗来了兴趣，“要我盗哪一家？”

“吴煦的把兄弟杨坊。”周馥解释，“我们准备搬去这两块大石头，造福上海大众，但缺乏真凭实据。”

听说是偷吴煦的搭档杨坊，让这两尊瘟神罢官滚蛋，义盗来劲了，他霍地站起来，激动地说：“要是为这个，我二话不说，上天入地下油锅都愿意，哪怕办完事立刻把我处死，我也毫不犹豫！”

他摩拳擦掌，牙齿咬得格格响：“要我何时动手？”

“不要急，你好好睡上几觉，将息三天，等我们调开杨坊和藏珍楼的防兵。”

两天后，杨坊被李巡抚派往苏州府督察钱粮。

这天夜里，巡抚衙门一名差官，来到杨坊别墅，宣布抚台命令：四名护卫藏珍楼的亲兵，因护卫有功，每人官升一级，并赏赐一桌丰盛的酒席。差官还亲自把盏庆贺，四名官兵在花园的凉亭里，对着一轮皓月喝了个一醉方休。

于是，赛时迁飞进“藏珍楼”，轻而易举地偷到了那个精致的小盒，拿到了足以置杨坊死地的证据。

当数天后，杨坊回到巡抚衙门交差时，李巡抚对他说：“杨道台，有人把你告了，说你勾结奸商，贪污盗窃国库钱粮。”

“是哪个贼坯血口喷人?!”杨坊气急败坏，一跳三丈高，一撮山羊胡气得直翘，两只大而鼓、如同死鱼般的眼睛霎时变得通红，好像一只要吃人的老虎，“李巡抚，你不能无根无据，无人无证乱怀疑人啊！”

人证很快被叫了出来，是杨坊原手下的一名小官员。

当这名小官拿出那几张“真凭实据”时，杨坊不禁呆了：藏珍楼里的单据，怎么会跑到这位小官员的手里呢？

“你是从哪里弄的？”

他的话刚一出口，便被李鸿章喝住了：“你老实说，有无此事？”

杨坊慌了，若将这些单据呈报上去，自己不要说革职、充军，连性命都有危险呢。

他脸白如纸，口吃地说：“我，我——”他说不上来了。

“杨道台，我跟戈登将军是朋友，该照顾的还是要照顾，”李巡抚一字一顿地说，“我看，你……还是自己辞职算了。免得我们，不好向上面交代。”

杨坊乖乖地辞去这个掌握苏州、松江（上海地属松江府）两府钱粮命脉的肥缺。

李鸿章举荐进士同年、政见相同、懂洋务，又与曾国藩是儿女亲家的郭嵩焘担任此职，使湘、淮军钱粮状况大为改观。

吴、杨权力虽然大为削弱，但仍掣肘着自己。

李鸿章在寻找机会参劾吴、杨，以使沪政大权在握。

不久，曾国藩的一封求援信，使他找到了一箭三雕的好机会。

同治元年（公元一八六二年）九月，李秀成率部回援天京，猛攻雨花台附近的曾国荃湘军大营。国荃告急。曾国藩飞报求李鸿章发援兵，并指名要求派淮军悍将程学启部，暂弃青浦，赶赴江宁。

李鸿章明白，这支淮军精锐一派去，肯定便被收编（原本就在国荃部下）。怎么办？不派肯定不行。

忽然，他灵机一动："派洋枪队去！"

周馥立即心领神会地补充："叫吴煦、杨坊带队前往。"

李鸿章拍掌大笑："你真是我心腹也！"

这的确是一箭三雕的妙计：此举既在名义上满足了曾督师求援兵的要求，让老师无话可说（虽说程学启是湘淮军中著名战将，但常胜军威名赫赫，派这支队伍前去，您老师也应该知足）；又不损害自己的实力，同时，又将常胜军这股祸水西引离沪；而吴、杨离职，又为安插自己人留下空缺。常胜军前脚走，李鸿章便提拔原手下得力亲信官员刘郇膏署理布政使，黄芳署理海关道，从而控制了要害部门大权。

一天，忽传来一个令人震惊的消息：白齐文在松江城率常胜军闹事，痛打杨坊，抢去银元四万多元。

众将领惊得目瞪口呆，可李鸿章却哈哈大笑起来。

众人面面相觑，不解其意。

李巡抚道："彻底搬掉吴、杨两块绊脚石的机会来了！"

说完，立即吩咐周馥起草奏章。奏章中，李鸿章向朝廷起奏，将这个严重事件的责任归于吴煦、杨坊监管不力，从而奏请将二人革了职。

至此，李鸿章完全控制了上海、苏南等处大权。

后来，又将郭嵩焘提拔为两淮盐运使，搬去劣吏江南提督李世忠，严打走私，使湘、淮军粮饷充足。

从此，解除了收复苏南的后顾之忧。

五、八降将面对桂冠兴高采烈，谁知顷刻人头落地

同治二年（公元一八六三年）三月十四日，淮军占领太仓。一个月后，夺取了苏南贴近上海的门户昆山。接着，又攻占隶属江阴的沿江要地杨库，楔进了太平军江阴、无锡、常州的严密防御圈。

五月中旬，李鸿章制订了三路进兵夺取苏州的战略部署：

北路，以其弟李鹤章、刘铭传两部，从常熟进攻江阴、无锡，切断苏州往江宁的通道，彻底孤立、包围苏州。中路，以程学启部，从昆山直攻苏州；南路，以李朝斌部太湖水师，从泖湖、淀三湖进攻吴江、平望、太湖，切断苏州与浙江太平军的联系，拆除苏州南面藩屏，最后，配合中路进攻苏州。黄翼升统领的淮扬水师，策应中路和北路。戈登指挥的常胜军，作为战略预备队进驻昆山，专备策应各路。

以上三路，主要是剪断苏州外围枝叶，再图苏州这一根本。

李鸿章还派潘鼎新、刘秉璋、杨鼎勋等部队，扼守金山卫、泖泾、张堰等地，以防备杭州、嘉兴、湖州地区太平军进攻松江、上海。

太平天国的危险时刻已经到来。

当昆山失守，淮军向苏南腹地进攻时，引起李秀成的高度紧张。他立即纠合无锡、溧阳、宜兴等地八万余人，兵分四路进攻上海、昆山、常熟、江阴，但被淮军击败。

随后，淮军进逼江阴，在叛军内应下，攻占了这个“介江海之冲，拊常州、无锡之背，为南贼北窜咽喉”的战略要地。

七月底，李鸿章亲督淮军，破部永宽部，攻占荡口，开始部署进攻无锡。

在这生死存亡关头，苏州忠王府里一场高级军事会议，正在紧张召开。

忠王府，位于中国名园拙政园的隔壁，这里是太平天国苏浙地区的统治中心。

恢宏气派的忠王府大殿，前面两根枣红大柱上，有一副描金对联，道是：

天锡鸿恩治成一统　朝多骏烈名立千秋

后面大红柱上，也有一副对联，道是：

万象回春福临荣府　三阳启泰善溢玉堂

忠王李秀成，身穿朝服头戴朝冠，威严地走上前，端坐到大殿正中由黄色绸缎铺成的王位上。他戴着美丽的真金王冠，冠上左右各插一支长长而鲜艳的雉毛，显得既高贵又英俊潇洒，仿佛三国周郎再世。这真金朝冠，除天王洪秀全外，只有忠王一人可戴。

此刻，所有到会的各王、各将全体站立，按顺序，走到忠王面前屈一膝行礼后，复归本位。

今日的忠王李秀成，虽然看起来依然英俊儒雅，但没有了以往神采奕奕的风采，面容有些清瘦憔悴，两个眼窝下各有一道宽宽的黑晕，就像“赔了夫人又折兵”后的周郎。

只见他表情严峻地说：

“各位将军，当前摆在我们面前的局势，十分严峻。”他敏捷地站起身子，拿起一根精巧的竹竿指示棒，侧过身子，指着正中墙壁上高挂着的一幅宽大地图，边指点边说：

“清军劲旅淮军已经攻占常熟、太仓、昆山，现在又猛攻无锡。本王率部由天京回军，在无锡外围连续猛攻，但难以突破淮军严密防线。看样子，无锡危在旦夕。更为严重的是，淮军悍将程学启率重兵，伙同戈登的洋枪队，联合攻占吴江的花泾港同里镇营寨，切断我军与嘉兴、湖州道路，使我苏浙大军气脉难通。我苏州、嘉兴部队数次向吴江反攻，都未成功。近日，淮军又攻占了号称‘苏垣锁钥’的宝带桥和五龙桥，苏州外围险要尽丧淮军之手，淮军已完全控制了苏州外围。看样子，淮军用的是‘四面合围’战术。如今，敌军围困，城内粮草将断，苏州最危险的时刻已经到来！我料定淮军必定猛攻娄门，若娄门一失，齐、葑、盘三门也难以坚守。因此，我们目前要千方百计守住此门！”

他放下竹棒环视了一下纳王部永宽，和宁王、康王、比王等四王及四天将，激动地说：“苏州是天京通往浙江嘉兴、湖州的屏障和门户，苏州有失，唇亡齿寒，我太平天国首都天京就危如累卵，洪天王就危险了！”

说到这里，他目光炯炯，声音洪亮：“现在，摆在我们面前只有两条路：一是固守苏州、保卫苏州，二是突围。但敌军势大，加之我方粮草缺乏，因此很难固守，固守只能坐以待毙。我打算走第二条路：放弃苏州，突出重围，保存有生力量！”

他停顿了一下，露出坚毅而决绝的神色：“突出包围我有两条计策：一是派一支兵北攻常熟，大兵冲出浒墅关，直扑无锡，一举夺回无锡，与我后方连成一片，以保卫天京。另一条计策是，派两路兵约二万人，北攻常熟、无锡，十万大兵猛扑同里，吃掉吴江淮军，与湖州、嘉兴太平军连成一气。”

他结束了军事分析，然后征询众人的意见：“诸位讨论一下，我们突围是取北攻还是南下？”

李秀成说完，便坐了下来，用充满信任、期待的目光，环视着各位将领。

慕王谭绍光道：“大王所言极是，我们不能坐以待毙，我们要突围北上，保卫天京、天父！”

“好，既然如此，我们研究一下从何处突围？”李秀成环视诸将，见众将默默无言，便对资历比较深的纳王部永宽道：“部王兄，您的主张如何？开门见山地说出来听听。”

部永宽抬起头，只看了忠王一眼，见到那双清澈的眼睛里那深邃的目光，便立刻把眼光躲开了，他犹犹豫豫，结结巴巴地说：“九，九千岁王爷，我们一切听您的。”

“我说的有三条路，您到底选择哪一条啊?”忠王不禁笑了起来。

“我，我要，保卫苏州。”他终于吞吞吐吐地说出了自己的主张，然后一拍胸脯道：“不成功便成仁，誓与清妖同归于尽!”

话一出口，便有三王及四天将随声附和：“我们要保卫苏州，誓与清妖决一死战!”

李秀成感到惊奇和纳闷了：“这些将领有活路不走，为何偏要走绝路?”

他做梦也没想到，此时，以纳王郜永宽为首的多位将领，已和李鸿章淮军正在暗中进行着一场肮脏的幕后交易：在李鸿章部下副将、原太平军降将郑国魁策动下，纳王郜永宽等四王及范启发等四天将已答应叛变，投降清朝。

慕王谭绍光，见忠王和自己的建议与主张被推翻，很是生气地说：“你们为何要自寻死路，不肯突围?眼前，只有突围才有出路!”

可是他的话，立刻被郜永宽粗暴地打断：“别放你娘的狗屁!你要突围才是自寻死路哩。要知道，整个苏州城已被淮军围得铁桶一般，如何出得去?”

慕王也冒火了：“你说话客气点儿，我当王时，还不知你这浑小子在哪个角落呢!”

郜永宽也不示弱：“别摆臭架子，我和你同样是王，为啥一定要看你眼色行事?”

说着，一把冲上前，两手紧紧抓住谭绍光的衣领：“你骂谁?你不说清楚，今天跟你没完!”

谭绍光也冒火了：“你小子反了，我今天，就要教训教训你!”

两人正要动武，被李秀成喝住了：“大敌当前，却窝里斗，成何体统?!”

两王放开了手。

忠王叹了一口气，说：“在这危难时刻，我们众兄弟要精诚团结，切不可互相拆台。既然各位兄弟不同意我的主张，我也不勉强，请诸位同心协力，一齐抗击淮军。”

他吩咐摆上酒席，举杯对纳王郜永宽等八位将领道：“诸位王兄，诸位天将，你们虽然不同意我的主张，但决心保卫苏州，与城共存亡，也是充满豪气的英雄之举，我敬佩你们!”

他眼里溢满了泪花：“我肩负保卫天京的重任，恕我不能与你们共同战斗了。我很快将赶回天京部署防御，各位兄弟好好保重。”

说完一饮而尽，吩咐散会。

众将领刚散去一会儿，忽见谭绍光匆匆赶到忠王府，对李秀成道：“忠王，大事不好!据我手下密报，纳王郜永宽和天将范启发，与淮军副将、原太平军将领郑国魁有过秘密接触。看样子，很可能要叛变。”

慕王剑眉直竖，发狠道：“他娘的，不如我们先下手为强，把这些叛徒统统杀掉！”

他献计：“大王，您以举办告别晚宴为名，伏下五百刀斧手，掷杯为号，将他们连同家眷一齐斩草除根，然后我们带着十多万大军杀出重围！”

忠王问：“他们要叛变的有几个？又是哪些人？”

见慕王答不上来，便严肃地说：“没有真凭实据，岂可乱杀自家兄弟？再说滥杀无辜，于心何忍？”

可谭绍光坚持道：洪天王说过，一发现叛变苗头，立即斩草除根。“宁可错杀一千，不可放过一个！”大王，您难道忘了？

“天王这话太过残酷。”忠王道：“一人犯罪一人当，为何要牵连无辜，罪及家眷佣人？现在情况不明，不可妄杀自家兄弟。”

他摇了摇头，动情地说，“天京事变的教训太深刻了，若不是那场事变，我们天国也不会落到目前这个局面啊！”他爱惜而不无担心地说：“王兄，你走吧，多保重，保护好自己。要不，我们俩一起走吧。”

慕王坚决地摇了摇头：“不，我倒要看看他们如何要阴谋诡计，我要找出叛变的狗杂种，劈了他！”

这天夜里，在苏州城东北方向的阳澄湖上，停泊着几只小船，湖面上静悄悄的。已是十月中旬，深秋的风吹得人冷飕飕的。芦花飞舞，孤雁凄叫。

郑国魁把郜永宽带到一只画舫上，并把他引荐给程学启和常胜军首领戈登。

程学启总兵首先开言：“郜将军，只要你们杀掉忠王李秀成和慕王谭绍光，献城降清，每人可官封二品武职，你纳王可封正二品，并保证你们的生命财产安全。”

看到郜永宽有些疑虑，便说：“戈登将军可以作证。”

见郜永宽把脸转向自己，目光里充满信任，戈登一拍胸脯，用有点儿变调的中国话说：“是的，我可以担保，请你放心。”

“口说无凭，我要立下契约。”郜永宽坚持道。

程学启点头同意，很快拟出一份契约，其中主要有三条：

一、纳王郜永宽、比王伍贵文、康王汪安均、宁王周文佳，天将军范启发、张大洲、汪环武、汪有为等八将军，自愿降清，特献苏州城，诛杀伪忠王李秀成、慕王谭绍光，以将功赎罪；

二、献降八将，各官封二品武职；四王任总兵之职，四天将任副总兵之职；

三、八将降清后，江苏巡抚李鸿章将保证八将及家眷的生命财产安全。

四、恐口说无凭，特立此约。并以英国常胜军首领戈登将军为佐证。

郜永宽看了契约，对第一条提出异议："请将杀忠王李秀成的条件去掉。因为我坐船出发时，他已经收拾行囊准备回天京，估计现在已经离开苏州了。"

这是一番谎言。实际上纳王知道，不但自己，其他几个王兄和几个天将，都受过忠王的厚恩，得到他的提拔，要杀他，不但自己下不了手，其他几个将领同样于心不忍。

程学启听说李秀成已离开苏州，也只好无可奈何地去掉这一条。

当几个人，尤其是证人戈登将军的梅花篆字鲜红方章，按到契约上时，郜永宽等四王、四天将，一下子放了心。

第二天傍晚，郜永宽等八位将领，目送着李秀成出苏州城。苏州百姓扶老携幼，箪食壶浆，夹道相送。

李秀成带着一万人的部队，乘着月夜，沿着临顿路，折过干将路，胥门外大街，过胥门，通过万年桥，然后出木渎灵岩山一带小路，搭桥而去……

苏州百姓流着眼泪，喃喃地说："忠王是天底下难得的统帅。他英勇善战，爱兵如子，待百姓如同父母。他礼葬自杀的清朝巡抚王有龄，优待抚恤败将降卒，是英明无比的王爷。以后哪里找这样的好首领？"

他们人人焚香，向苍天祷告：愿上天保佑忠王无病无灾……

李秀成一走，慕王谭绍光立即在忠王府召集各将领开会。

慕王今晚准备要将事情做个了断。因为他派去跟踪郜永宽的人，已经得到那天夜晚郜永宽与天将汪有为去阳澄湖与程学启、戈登等人秘密会见的实情，并探知四王和四天将是一个阴谋叛变的大集团，于是预先埋伏下五百名刀斧手，准备将八人一起处死。

四王四天将一进王府坐下，慕王便按捺不住心中的怒气，迫不及待地发话了：

"永宽，你前天夜里干啥去了？我想找你商量事情，可找你半天，连个人影也没有。"

永宽一听便有了底，知道绍光已派人跟踪了自己，不过事到如今，忠王已经走了，即使你知道我跟淮军将领有接触，也没关系，我也不怕你了，于是硬邦邦地说："你既然跟踪我，那你的一双狗眼看到了啥？"

"我听说你约会去了——跟太平军旧将领约会去了。"慕王此刻再也压制不住怒火了，"今天，在大庭广众面前，讲讲你干了哪些黑暗勾当?!"

郜永宽知道自己的阳澄湖之行，已经被谭绍光完全知晓，索性一不做二不休，把主张亮了出来："我们商量要劝你跟我们一起献城投降。李巡抚已答应封投诚的将领为二品之职，做总兵官。"

"嘿，劝我投降，要我像你们一样做无耻的叛徒？你们休想！你们真是瞎了眼!”慕王冷笑道,“要是我不跟你们一起投降呢?”谭绍光两眼圆睁,怒火喷发,活像一只要吃人的老虎。

“那么——我们只好把你杀掉!”说着,郜永宽猛地一下拔出短铳,一个箭步冲上前。

慕王见情形危急,立即将手中茶杯往地上啪地一掼,高喊:“刀斧手何在?!”

正当刀斧手从两厢涌出时,郜永宽和天将汪有为两支短铳已逼住了慕王,命令刀斧手道:“快退下,不退下,立刻打死谭绍光!”这时,各王各天将也都亮出乌黑的短铳。

刀斧手见四王、四天将都是一伙,一时间竟吓蒙了头,不知如何是好,只得听从吩咐,退出议事大厅。

仅仅过了不到一刻钟,聚集在天井里的刀斧手,猛见一个血肉模糊的人头从门口掷出。一看,他们脸色也发白了:是慕王谭绍光的首级!

众王、众天将一齐鱼贯而出。天将汪有为厉声道:“苏州将破,我们顺天意降清。谭绍光抗拒天意,已被我们诛杀!你们还不赶快放下兵器,随我们献城投降?”

大多数刀斧手一哄而散,忽有十多个谭绍光亲兵,执刀斧涌上前拼命,被八将砍瓜切菜一般一齐斩杀。

慕王府一千亲兵,闻讯赶来报仇,被早已埋伏路上的八将领伏兵全部杀害。慕王家眷,也被一起斩草除根。

第二天,郜永宽等八首领,向淮军献上谭绍光首级,请程学启入城。

程学启率领一支淮军沿路走去,只见太平军将士皆全副武装,并在各街巷路口堆石设卡。

程学启眉头一皱,问郜永宽:“你们既然投降,为啥还不解除武装?”

郜永宽笑着说:“程总兵,等我们领功受赏后也不迟呀!”

程学启爽朗地大笑:“不迟,的确不迟!”

此时,他已萌生了杀机:我程学启出生入死为朝廷,好不容易也只封了个总兵,你们鸡巴功劳也没有,只凭杀一个谭绍光献城,也和我平起平坐,还讨价还价不肯爽快投降,看我不收拾你们?

当晚,程学启对李鸿章道:“李督师,我看这长毛八头领,有狼子野心,不可不防。现在城中尚有十多万长毛,淮军只有两万,若他们闹起事来,后患无穷,局势将无法控制。不如乘他们领赏时不防备,将他们斩杀以绝后患!”

李鸿章点头道:“你说得有理。你先去布置一下,若这些人服服帖帖投降,就罢;若是还要讨价还价,甚至要挟,就格杀勿论!听我暗号行事。”

次日,纳王等四王、四天将,带着一千多名军官,应邀来到娄门外领赏。

李鸿章巡抚高举酒杯，满面春风地说："诸位将军，光复苏州城，你们立了一大功，尤其是四王、四天将功劳很大。经皇上谕旨，今天给你们加官晋爵。"

说完，吩咐乐队吹拉弹奏，开始授功论赏。

纳王郜永宽连忙上前道："李大人，我斗胆问一声，大人保奏我们的总兵副将官职，是在何省何处任职？另外，我们还有一个请求，能不能把投降的太平军将士，抽十分之一，立二十营由我们率领，继续为朝廷出力？"

李鸿章不禁心里骂道："弄妈，一个降将，竟敢如此张狂，讨价还价要挟我，看你是活得不耐烦了！"此刻，他忽然想起攻打太仓时，长毛守将会王蔡元隆假投降，三弟鹤章受降时被刺差点儿送命，不少将士被杀伤的往事。如今，李秀成还聚兵江苏望亭，离苏州不远，万一与这八将里应外合，后果不堪设想！

想到此，他头脑里闪过一道电光，心头冒起一股杀气。

但他表面上却笑笑说："你们的要求当然可以考虑，不过这些要求，需要向朝廷上奏，谕旨批准方可。"

郜永宽完全没想到，自己这两句话，会给自己埋下杀身之祸。

他原以为，拥众十多万，有讨价还价的本钱，你李鸿章若不答应，我们还可翻悔。实际上，他太不识时务了，一个失势的降将，只有夹着尾巴，安分守己忍气吞声地做人，哪里还有讨价还价的本钱？

立功受赏仪式开始了。

李鸿章巡抚不露声色道："诸位将军，官服都给你们预备好了，请上前领赏。"然后对程学启说："程将军，请你安排好礼炮庆贺！"

八个武士每人手托一套二品武官袍服，和大红顶花翎。那八个红顶花翎，在灿烂的阳光下，一片鲜红，显得格外耀眼夺目。

武士们跪在八将面前，口里恭敬地说："大人，请解头巾换上冠服领赏。"

八降将不知是计，个个兴高采烈，洋洋得意。纳王郜永宽竟高兴得手舞足蹈起来。他完全没想到自己已临近死期。他们各自解去额上黄巾，跪地接受官帽。

手拿官巾的武士们慢慢站起。

八降将还陶醉在升官发财、封妻荫子的美梦之中，忽听得一声炮声响起，八名武士掣刀突起，八颗血淋淋的头颅已滚落在地。一千多名军官还没回过神来，便被齐起的伏兵一齐斩杀。

程学启立即带兵向全城各处进军。

雁无头不飞。没有了首领的十万太平军遭殃了。服服帖帖缴枪、剃发者，留下性命；稍有不从，便遭枪杀。顿时，苏州城血流成河……

郜永宽是罪人，他不但害了自己，害了太平军八个将领，害了一千多个军官，更葬送了十多万太平军官兵的生命和前途。

此刻，最开心的要数李鸿章。他为解决掉十多万长毛的后顾之忧，从此稳坐苏州城而高兴。

但他高兴得太早了。一股滔天巨浪正向他涌来，令他措手不及。

得知李鸿章杀掉八降将的消息，常胜军首领戈登暴怒了。他为李鸿章的背信弃义而怒火万丈！

他手拿一支乌黑发亮的连发短枪，带着四个屁股吊着短洋枪的勤务兵，气势汹汹地闯进巡抚衙门，来找李鸿章拼命。

一时形势剑拔弩张。

巡抚衙门已搬进李秀成忠王府。这里台亭楼阁，水榭回廊，竹木扶疏，景致幽雅。可今天却充满浓浓的火药味。

“李鸿章，你这个大混蛋！你这个杀人不眨眼的魔王！你叫我作保人，却杀了降将，叫我这保人挨天下骂名！”戈登两只蓝幽幽的眼睛里，喷出两束火红的凶光，就像一只随时准备扑上来咬断人喉咙管的恶狼。

“我今天一定要跟你决斗，不是你死就是我活，跟你势不两立！”他到处找人，寻遍了偌大一个忠王府，又在苏州城苦苦寻找了好几天，也没找到李鸿章的影子。

于是留下书信一封，勒令李鸿章辞去巡抚职位，将大印交戈登保管，以待清政府查办。他还向满清朝廷发出最后通牒：

如果李鸿章不下台，我就率领洋枪队进攻淮军，并把占领的城市全部交给太平军。

他愤怒到了极点，已准备好枪炮，准备与淮军开战。但仔细一想，觉得常胜军兵力远不如在苏州的程学启部，一打起来，要吃眼前亏，才打消了这个念头。

但他咽不下这口气，又将“杀八降将”这个“世上最卑鄙的行径”，报告给英国驻沪公使，请求英国政府出面，与清廷正式交涉，务必要将李鸿章撤职查办。

英国驻华陆军提督柏郎决定，从李鸿章手中接管对洋枪队指挥权。英国驻沪领事又与驻上海各国领事联合起来，签署了一份专呈清廷的文告，谴责李鸿章彻底背叛人性的杀降行动，并向清廷提出警告：若不将李鸿章撤职查办，各国将不再支持大清！

层层围困，重重高压，还有向清廷的恫吓，一齐铺天盖地而来。

李鸿章的前途命运，到了一个极其严重的危急关头。

李鸿章没料到杀降事件，会造成如此大的反响和如此严重的后果。

但事情既然出了，就应找到最佳的应变方案。他想，我多年来出生入死为朝廷出力，才有了眼前这地位，决不能为这么一件事就把好端端的前程丢掉，纵有千难万险，我决不辞职！

因此，就在戈登手持洋枪找他拼命时，他躲起来了——躲到东洞庭山东山陆巷的后花园里，召开了紧急会议，召集幕府智囊周馥、郭嵩焘、潘鼎新等商讨对策。

“当前，最关键的问题，是朝廷对杀降事件的态度，只要朝廷不怪罪，其他问题都好办。”潘鼎新首先开口，“为了说服朝廷，还需要取得曾大帅的支持，他的意见，朝廷是要重视的。”

李鸿章点头称是：“对，争取朝廷支持，是一切问题的中心，是重中之重！”

于是吩咐周馥：“辛苦你会议结束后，连夜起草一份给朝廷的奏折。”并对已任两淮盐运使的郭嵩焘道：“曾督师那里，除了我向他禀报外，还请你代为致信说明。”

他知道，郭嵩焘这位曾督师密友兼亲家的意见，对曾督是很有影响的。

郭嵩焘点头应允：“这个自然，会议后，我立即致书涤生（曾国藩字）。”

“戈登的问题也要及时妥善处理。”郭嵩焘紧接着发表意见，“这个问题不抓紧解决，他天天闹到巡抚衙门，还拿着支枪，的确是个祸害。”

他分析道：“戈登此番如此大动干戈，表面上是为杀降，实际上并非如此简单，还隐藏着深层原因。”

他的话引起李鸿章的重视：“你说说，还有啥深层原因？”

“戈登发火还有两个不便明说的原因：一为银子，二为功劳。”郭嵩焘一针见血地指出，“杀降前，你将常胜军调回昆山，因此，常胜军没有得到夺城的功劳，也没让常胜军抢劫到金银财宝，他岂能不恨？所以借此发泄心头不满。另外，不久前，戈登要求给常胜军发饷两个月，我们只给他发一个月，他当场就大为不满。”

分析原因后，他提议，为了解决戈登闹事问题，我们可三管齐下：“一是在向朝廷奏捷中，为戈登请功求赏；二是补足常胜军正常饷银外，再给他们以丰厚犒赏；三是请戈登老岳父等人从中调停。”

李鸿章连连点头。他为身边有如此洞察秋毫的朋友、同事、高参而欣慰。

看看天色不早，他正想结束会议，忽然周馥说：“督师，我还有一点儿补充。”

“你说，你说，尽管说。”

得到巡抚的鼓励，周馥便说了起来：“被杀的太平军八降将、一千多军官和投降的十几万官兵的事，也将是一个不容忽视的问题。若是这些人的家眷亲友，成群结队来哭诉来闹事，也将十分头痛。不妥善处理，以后会是个大隐患。应解决好善后问题。解决的办法，可以——只是，只是——”

说到这里，他感到局促起来，显然有些顾虑，因为这是一个十分敏感的问题。

他的话引起了李巡抚的重视：“你不要有啥顾虑，大胆地说，有啥好的解决办法尽管提。你要知道，你的意见，是帮我，是帮淮军渡过危机呢。”

这么一说，周馥的胆子大了。“依我之见，要为被杀的将领平反——”

“啥，刚杀了他们又要给他们平反，这岂不是自打嘴巴？”李鸿章皱紧了眉头，但随后又释然了，应让部下畅所欲言，把话说完。

于是他又耐心地听下去：

“第一，给八个降将以官职封诰，给一千多名军官以职衔。至于十多万投降的官兵，解决起来有一定难度，可先给予政治上平反；绝不能当盗贼处理，要让他们的家眷、子女，在政治名誉上不受到歧视。”

李鸿章觉得这番话很有见地，于是赞许地说：“你的意见很好，很有见地。”

会议后，李鸿章雷厉风行地行动起来。

首先向皇上写了一份经过精心推敲的奏折，其中写道：

“查长毛降众实有二十余万，其精壮不下十万。郜永宽等八降将，献城后，还占领阊、胥、盘、齐四门，执意要求准立二十营，并指明所保奏的八名总兵副将官职，在何省何处？而且不肯剃发，不肯解除武装……降将郜永宽等八人，谋踞半城，拥众二十万，意图挟制。臣毅然诛其首领，解散党羽，苏州大局于是顷刻就定。”

接着指出戈登发火原因：“戈登此番对我发火，真正原因并非为杀降，因为在英法联军火烧圆明园时，戈登就是抢劫烧杀的刽子手。他是向我要求厚赏，我无法无权满足而导致的……”

写好后，把报捷连同杀降的奏折，用六百里加急向朝廷报告。

接着，写信向两江总督曾国藩汇报此次杀降经过。很快得到老师的赞赏：“李少荃杀苏州降将八人，特别心明手辣，大快人心！”

他刚拜发了一折一信后，忽报：“英国驻华陆军提督（司令）来到。”

他吩咐：“请接到客厅。”

刚一坐定，柏郎立即提出：“我们要求李巡抚就此次杀降事件，备文认错。”

李鸿章笑着说：“我杀长毛降将，与贵国贵军毫不相干，认错从何说起？”

一句话便将柏郎问得哑口无言，他一怒拂袖而去。

很快，朝廷回复来了。朝旨肯定了他的杀降合情合理，还指责洋人不明事理。

得到朝廷和老师的支持，李鸿章心头的一块巨石落了下来。

但朝廷寄来谕旨中的一句话，又使他的心有点儿悬了起来：“英国公使提出，收回洋枪队的指挥权，不知对我大清有何影响？”

李鸿章立即写信回答：“淮军目前兵力已达五万，东南对长毛防剿，凭淮军及大清防军，实力已完全能胜任。若将洋枪队武器装备粮饷供应淮军，淮军实力将超过常胜军。”

接到奏报，朝廷放心了，于是与洋人据理力争，并下达给李鸿章加官晋爵的封赏。

接下来，李鸿章奏请，给戈登和常胜军请功求赏。

给戈登定制头等功牌（仿外国勋章式样），给戈登奖一万银元，并给常胜军七万银元的丰厚犒赏。还通过英国驻沪公使赫德出面调停，请戈登的私交挚友马格里通融。在多管齐下之下，戈登让步了。他要求李鸿章公布告示，声明“苏州杀降”时，戈登不在场，并在告示中，承认自己“违背盟约，背信弃义”的错误。

但李鸿章只实行了一半：他发了告示，只声明杀降与戈登无关，其余一字未提。

最后，李鸿章参加了郜永宽等人的丧葬仪式，把永宽的义子托人带到昆山，又让郑国魁为八降将设佛事七日，自己亲自前往祭吊。

在八降将的丧葬仪式上，副将郑国魁趴倒在纳王郜永宽的棺木上大哭道：“杀你者，自有人，我并没有欺骗你啊！”

有人把郑国魁含沙射影的话报告李鸿章，建议处理郑国魁。

李鸿章笑笑道：“让他发泄吧，发泄完了心里好受些。”他一笑了之，不但不处理，反而给郑国魁加官晋爵。李鸿章的宽宏大度，使郑国魁深受感动，对李鸿章更加忠心耿耿了。

于是，由杀降引起的巨大风波，很快便平息了。

但杀降事件，深深地刺痛了李鸿章，使他感到常胜军是一尊瘟神。“我一定要早些将这尊瘟神送走！”他暗暗下定了决心。

不久，机会来临。

六、此女不寻常：非将相之才不嫁

杀降风波过去后，李鸿章喜事连连。

他被升为太子少保衔，赏穿黄马褂。

紧接着，又有一件喜事送上门来，娶了个门第高贵、知书识礼、美丽动人的妻子。

同治二年（公元一八六三年）十一月的一天，他处理完几件公事，特意抽出一个下午的时间，来到拙政园游览。

自从咸丰十一年（公元一八六一年），赴庐州招募淮军以来，三年中，仗是一仗接着一仗，要做的事，千头万绪，出生入死，夙兴夜寐，何曾有过一刻空闲？前不久，又为杀降事件，搞得震惊中外，焦头烂额。所幸如今风波已过，不但保住巡抚之位，还官升太子少保。看着眼前这亭台楼阁、曲径回廊、水榭拱桥构成的景致迷人的名园，回想起少时立下的“但愿在七大间明窗净几的厅堂里办公事”，当布政使、巡抚一级大官的夙愿，他暗自得意地笑了起来：少时宏愿已经实现，我可以告慰祖宗了。

为了偷得半日的清闲，他遣去众人，只独自一人在这个名园流连。

在一处水榭旁边，他看着倒映水中的秀丽景致和自己“云中鹤”的潇洒影像，他不禁出神了。

忽然，他看到自己身边，并排立着一个风姿绰约、顾盼生辉的女子，这女子就是当年自己的妻子周氏。想起与妻子相识、相爱、结婚、生子的往事，他不禁为之动情了：周氏，我的妻子，三年前你为何这么早就离我而去？他依稀记得周氏三年前已得病亡故，可为啥如今又在自己身边，难道是怜我中年丧妻孤独凄凉？

想到这里，他一把将面前的女子抱住，口里喃喃地叫道：“周氏，我的好妻子，你叫我找得好苦？”

谁知一句话，竟把妻子说得伤心了，只听她嘤嘤嗡嗡地哭了起来。

他的梦惊醒了，幻觉消失了。原来被他抱住的竟是小女儿琼芝。

她是不放心，尾随父亲而来的。

“爹爹，你又为娘伤心了？”她掏出罗帕，轻轻地擦去父亲挂在眼角的泪水。

看到四十一岁的父亲已是两鬓微白，头上也出现了几根白发，她知道父亲连年征战，太操劳太辛苦了，不禁心疼道：“爹爹，您要保重身体呀！”

李鸿章黯然神伤道：“好闺女，你娘去得太早了。她跟着我担惊受怕，竟没有享到一天福，要是能活到现在，该有多好啊！”

看到父亲为母亲伤感，女儿十分动容，但她劝慰父亲道：“爹爹，人死不能复活，你不能老是沉浸在往事中。我看你，应该再找个阿姨服侍，生个弟弟，以免娘担心……”

父女俩正说着，一个亲兵急急奔来报告：“大人，您的哥哥来了。”

李鸿章来到会客室，见到大哥瀚章，惊诧地问：“哥，是哪阵风，把你从千里之外的大营，吹到这里？你这个大忙人，何以有如此空闲时间？”

“哈哈，我肚子饿死了，快给我弄饭吃吧。”

李鸿章见说，连忙派人到门口的“东吴酒楼”订一桌好菜送过来。

“兄弟之间何必如此客气，随便做点儿吃的就行。”

李鸿章道：“近来，我为杀降一事忧心忡忡，好多天没吃过佳肴了，正好趁此机会犒劳一下自己。”

不一会儿，便摆起了鲈鱼、阳澄湖大闸蟹和板鸭等丰盛一桌，又上了一瓶美酒。

二人开怀畅吃欢饮。“大哥，你到此有啥事？”

“老二，没事就不能来看看你啦？”

李鸿章又问：“安庆、庐州那边有啥新鲜事？”

“新鲜事倒有一桩。”瀚章边吃边打开了话盒，“有个大姑娘，找男人口气大得很。十八岁时，家里人准备将她许人，她说：非县令、进士不嫁，当时因无合适人选，她就没许人；二十岁时，父亲准备将她许人，她说非知府一级不嫁，因一时无合适人选，她只得又待字闺中；二十二岁时，有个知府来求婚，可她又把标准提高了一档，说非进士出身的道台一级不嫁，那个知府只好作罢；又过了两年，那知府升了道台，当他兴致勃勃地来到这个爱挑剔的姑娘家，谁知这个女子又把选姑爷的标准再次提高：非按察使、布政使一级官员不嫁！气得那道台拂袖而去，走时，气嘟嘟地留下了一句狠话：你要是能如愿，我到你家门前倒爬三圈！”

李鸿章被这故事逗乐了：“这女子如愿找到姑爷否？”

“今年春天，还真有一个按察使前来求亲。谁知这女子又附加一个条件，把标准抬高，声言：非将相之才不嫁！而且一定要点过翰林的方才称心；勉强一点儿，翰林学士也凑合。前不久，果然又有一个布政使上门求亲，她还是不答应，嫌对方没有点过翰林。父母亲急了，骂道：我的小祖宗，你如今年已二十六，再不能耽搁啦！男方官居三品，够可以了。你不要再挑三拣四，再拖下去，可就嫁不出去啦！可是这个大龄姑娘硬是不松口，还十分自信地说：一块璞玉，早晚总有人会来雕琢！”

这回轮到李鸿章惊奇了：“此女是何等样人，出自哪家名门？敢说此等大话！难道是月里嫦娥下凡？难道是相府千金择婿？”

但他知道，安庆地面如今没有人在朝中为相呀！

瀚章道：“说起此女，的确不平凡。才貌双全，还是个大家闺秀。祖籍太湖县，其家是名门望族。父亲是咸丰年间进士，署广东高廉道按察使。祖父更是名震全国，嘉庆年间得中状元，官至武英殿大学士兼吏部尚书，说她是相府千金也不为过。”

李鸿章记起来了，嘉庆年间状元、大学士、吏部尚书，只有赵文楷。

“此女叫啥名？”他不禁问。

瀚章回答："叫赵小莲，其父名赵昀。她还说，她找的姑爷，不但要当巡抚，而且以后要能当尚书、大学士方称心如意，因她爷爷是宰相哩！"

李鸿章不禁扑哧一声笑出声来：赵小莲的话，好像是冲着自己来的，自己二十四岁中进士点翰林，接着为编修，如今又是巡抚、太子少保，以后有望成为大学士呢！

但这是他心中的想法，岂可对外人说？哪怕哥哥也不能说。

他忽然有股想见见这个女子的冲动，便问大哥："这女子既然眼界如此之高，那么对年龄有啥要求？她若是要求年龄相仿，几乎没有，四十岁以下做到巡抚、提督一级高官的也凤毛麟角少而又少。"

瀚章道："此女虽对学历和官位上要求高，但对年龄却要求较宽，说四十五岁以下都行，最好是四十周岁左右。"

李鸿章一听到这句话，心里血液不禁沸腾起来：这女子千寻万觅、千呼万唤的郎君，不就是我吗？

他正想得出神，忽听哥哥问道："弟弟，你是否愿意我去探探消息，谈谈这门婚事？母亲大人也希望你早些成家呢！"

李鸿章十分感激哥哥的热心，哥哥总是在关键时刻雪中送炭。那年自己祁门出走师门，大哥为自己和老师曾国藩之间牵线搭桥；初到上海滩，首次虹桥大战前夕，大哥为自己在广州购置三千支洋枪，解了燃眉之急，结果首战告捷，使淮军站住了脚跟……现在，又不远千里为自己婚事奔走操劳。

想到这里，他的两眼湿润了。他感激地喊了一声："大哥，我的好哥哥，谢谢你——"

瀚章立刻乘坐一艘快船启程，连夜风尘仆仆地赶往安庆。

安庆赵府主人赵昀，最近一直心事重重。为的是女儿二十六岁了，再过一个月过了年，就是二十七岁了，可迟迟不嫁。家中只有这个独生女，没有兄弟姐妹，因此，女儿的婚事犹如千斤巨石，压在父母的心头，使得他夫妇喘不过气来。女儿这么高的心气，非将相之才不嫁，还明确提出要点过翰林的巡抚一级的大官，这到哪里去找？

赵昀突然想到了一个主意：如今，全国就数驻节安庆的两江总督曾国藩的湘军营帐里，人才济济，我何不到那里去打听一番，看看汉人中还有谁符合此等条件？

他立刻来到总督衙门，跟曾国藩打听："曾大人，两江地面做到巡抚提督和布政使一级，又点过翰林的汉人有吗？"他想如果没有的话，就告诉女儿，叫她趁早断了这个念头。

谁知曾总督反问道："老先生，您打听这个做啥？"

曾国藩知道赵昀家为名门望族，语气十分礼貌。

赵昀见问有点儿不好意思。他不好说自己女儿择婿，只说："我有个侄女，年已二十六，还不出嫁，不知回绝了多少求婚的官员，弄得我们老两口整日茶饭不香呢！”说完，脸上写满忧愁。

“哈，有意思！”曾总督捋捋胡子，然后掰起指头算了起来：“刘秉璋，现为侍讲学士，但他有原配夫人。还有一个郭嵩焘，任过翰林院编修，现为两淮盐运使，可惜年已四十六岁”。

赵昀见曾总督好久没吭声，知道女儿要求太高，对象难寻，于是连忙补充：“她说翰林学士也可凑合。”

曾国藩逗乐了：“怎样的男人，她才满意呢？”

“她说，点过翰林的将相之才，方才称心如意！”

曾总督道：“人选倒有一个，你侄女所提的条件样样符合，长相又体面，又刚好夫人去世几年了。”

“此人何方人氏？”赵昀急急问。

“就是皖省庐州人。”曾总督回答。

“是否就是人称云中鹤，现为苏抚的淮军统帅李鸿章？”

曾国藩郑重地点了点头：“正是此人。”

但他正春风得意，恐怕眼光也高着哩！赵昀心里说。

回到赵府，赵昀和夫人来到女儿闺房，把在曾总督那里打听到的情况，跟女儿一说，谁知女儿却道：“刘秉璋学士，可算勉强凑合，但他有原配正妻，我是不会去做妾的，这个不用提了！郭嵩焘，两淮盐运使，点过翰林，也还可以，但年已四十六岁，比我大二十岁，”她摇摇头，“年龄大得太多了！”

父亲忍不住了：“那你要多大年纪？”

“年龄当然越轻越好。最大，只能比我大十九岁，若是大二十岁，我不能嫁！”她叹了一口气，“若是年龄相仿的新科状元，那多称心快意啊！”

然后又问：“爹爹，合乎我条件的人还有吗？”

“有倒是有一个，此人样样符合：青年即任翰林院编修，三十八岁为道台，三十九岁就当巡抚，现在四十一虚岁，已当巡抚三年。不久前爵授太子少保，赏穿黄马褂，看样子前途无量呢。”

父亲见女儿满脸喜色，便开了一个玩笑：“但此人身材矮小，而且一脸麻子哩！”

女儿满面喜色、神采奕奕的脸，顿时像遭霜打的花朵一般没精打采了。

忽然，她听到父亲忍俊不禁的哧哧的笑声，随即问：“爹爹，你骗我哩！”

母亲也来到身边：你爹是骗你。此人相貌英俊，且身材颀长，号称“云中鹤”哩！

“莫非是率淮军去上海的李鸿章巡抚？”女儿问。

“对，就是他！不过此人前程远大，恐怕看不上你哩。”父亲这回却是真替女儿担心起来：上海十里洋场，江浙美女如云，且多名门望族啊。李鸿章有如此好的条件，啥样的女子娶不到？若是他愿意，娶个金发碧眼的洋女子也做得到呢！

“还不知是谁看不上谁哩！”女儿这回又恢复了自信，“他是二婚郎，我是黄花闺女，又占安徽籍的地利呢！”

她的自信不是没有道理，因为她曾对此人作过一番研究，知道李鸿章的原配周氏，出身于一般家庭，虽知书达理是个淑女，但跟出身名门、满腹诗书的自己，相差很远。她坚信，只要有人牵线搭桥，此门亲事便十拿九稳。

“这可是个称心如意的郎君！”赵小莲心里说：“机不可失，时不再来，我必须及早抓住他，切不可再错过了！”

她心里很急，于是对父亲说：“此人怎么不来向我们家求亲呀？”

父亲笑道：“此事还得我亲自去才行。爹爹到总督府把这事跟曾大人说，托托他。”

他看了看天，只见夕阳将落，便说：“现在时间晚了点儿，等吃了晚饭，天就黑了，不方便去了。还是等明天吃过早饭再去吧。”

女儿笑道：“总督衙门还能不管你一餐饭？”

赵昀知道女儿急了，自己顿时也急了起来，立刻换了件体面一些的衣服，带了个仆人，匆匆走出内厅，准备赶往总督府。

不想刚走到大门口，便见有个官员模样的大个子，带了两个文武随从，急急来到赵府大门口。此人并非别人，就是前来赵府为弟弟提亲的李瀚章。

瀚章一见恢宏雅致的状元府第走出两个人，连忙上前作揖施礼：“请问赵府赵观察在家否？”

赵昀将来人上下打量了一番，见此人穿着道员一级的官服，连忙回礼道：“在下便是。不知贵道从何处而来？到寒舍有何贵干？”

瀚章道：“在下名叫李瀚章，庐州府人氏，是苏抚李鸿章的哥哥，现在曾总督手下效力。现有一桩事特来贵府请教。”

赵昀心头一喜，自己正要去总督府，不想便来了个总督府的人；自己正要找人与李鸿章那边通消息，恰好来了个李家大公子，连忙施礼道：“李大人请！”

进入客厅，分宾主坐下。佣人端来茶，主客两人便热情地交谈起来。

李瀚章开口道：“无事不登三宝殿。听说阁下有位女公子，才貌出众，尚待字闺中，特来做伐。不知赵府选婿有何标准？”

赵昀摇摇头，似乎有些痛苦又有些羞愧地说：“小女妄想要点过翰林的将相之才哩，而且要求相貌出众。”

瀚章点点头，又问：“年龄上有要求吗？”

“小女说，最好四十周岁左右，最大不能超过四十五虚岁。”

瀚章道："这样的话，我现在倒有一个合适的人选，就是舍弟李鸿章。"

一听这话，赵昀顿时心花怒放，但仍不放心地问："是娶为正室还是做妾？"

瀚章连忙道："老先生说哪里话，岂能把贵小姐娶为妾？当然是正室。舍弟原配已病故三年了。"

赵昀连忙道："如此，小女高攀了。待我到内宅告知夫人和小女，请大人稍等片刻。"

当赵昀把李府大公子李瀚章为舍弟李鸿章特地上门求亲的事一说，赵夫人高兴得合不拢嘴，赵小莲更是满面春风，她喃喃地说："来了，终于来了，我平生之愿可以实现了。"

她一把抱住了母亲，自豪地说："娘，你女儿的眼光如何？"

母亲高兴得泪流满面，一个劲地点头，不住地说："闺女，我的好宝贝，你真是女中英雄，娘为你骄傲！"

赵昀道："那我去告知客人，就说同意这门婚事了。"

谁知女儿道："我要亲眼看看这个李巡抚。"接着又对父亲道："就说是娘的意思。"

赵昀回到客厅，对瀚章道："我们别的没意见，不过内人说要亲眼见见大人之弟，方能最后决定。"

李瀚章道："既然如此，赵大人和老夫人，何不随我去苏州一趟。若是看后同意，我们就可以下聘了，这样更省事方便。赵大人，老夫人，你们看呢？"

赵昀夫妇欣然同意，实际上他俩的心比女儿还急呢。

于是一行人急急上路了。

一路是顺水船，很快就到了苏州。

接进抚衙，赵昀夫妇见李鸿章颀长英俊，气度不凡，满心欢喜，立即同意了这门亲事。李鸿章对未来的岳父母亦是态度热情，礼数周到。

很快，李鸿章在大哥陪同下，带齐媒证，带着十箱上等彩礼和礼金，起两条中等客轮，在两艘水师兵舰的护卫下，启程往安庆而来。

当李鸿章一行人走进赵府，路径荷花池时，坐在月波楼上的赵小莲，把李鸿章看了个够，她满心欢喜道："此人相貌英俊挺拔，气度不凡，真是我的夫婿哩！"

不一会儿，母亲上闺房问道："闺女，李巡抚上门来订婚了，你可下楼，在客厅屏风后面看看新郎，是否称心？"

只听小莲道："女儿但凭父母做主。"

"那你不看看新郎啦？"见母亲问，小莲绯红了脸："不看了，女儿信得过双亲大人。"

母亲突然道："我不同意这门婚事！"

小莲诧异地问："为啥？"

"李巡抚年龄太大，比你要大十五岁呢。"母亲说，"我已把这个意思告诉了李鸿章。"

小莲埋怨道："娘，你怎能不跟我商量就回掉呢？"

她急了，见母亲没往下说，便催问道："那……那李巡抚怎么说？"

母亲扑哧一笑："这人的脸皮厚着呢，他说要见你一面，叫你亲口回绝，他才放弃。他还骄傲地说：当前，在汉人官员中，能在四十岁以前就做到巡抚、太子少保并赏穿黄马褂的，只有我李鸿章一人。赵小姐既然非点过翰林的将相之才不嫁，那我就是她最理想的人选，请她别错过了我这门好姻缘。你听听，这口气大不？叫人气不气？我一气之下就要他滚蛋！"

"娘，你怎么竟对贵客说出这种话？"小莲柳眉倒竖，这回她真的生气了。

"为了气气这个厚脸皮的李大个子，我还说：我闺女说过，要找年龄相仿的状元郎哩！谁知这个骄傲的李巡抚又说：本科的状元郎早已婚配，要配青年状元郎，只有再等三年；而且三年后的状元郎，很可能跟我年龄相仿，相貌又比我差。再说即使找个状元郎，也只授个六品修禩，等做到我这品级起码要等十五年哩！何况等三年，赵小姐就变成老姑娘，不像眼前这样吃香了。他还说：我不相信能说出'非将相之才不嫁'的赵小姐，会白白放弃眼前这伸手可及的雄狮，而去奢望高空中的大雁！看他这份自信、骄傲的样子，跟你真是天生一对哩！"

"美貌才女配英雄，本来就是天生一对嘛！"小莲说。

"真不害羞！"母亲揶揄道。

"娘，你赶快去答应这个骄傲自大的人！"女儿催促，她怕郎君真被气走。

"我才不去呢，我刚才回绝了他，现在又叫我自打嘴巴说同意。"母亲道，"要去，你自己去！"

"娘，你去嘛，你不是最疼女儿，最担心女儿嫁不出去吗？现在，女儿的佳偶就在眼前，你为啥不去促成，反要设置障碍呢？"她眼里含着泪水，"娘，难道我不是你亲生，而是拣来的吗？"

"我可没设置啥障碍。"看到女儿掉下泪来，母亲心疼极了，说："傻丫头，刚才那番话，是我心里在说，并没有当面跟你心目中的英雄新郎说呢。"

哦，原来是母亲开了个玩笑。

赵小姐不禁破涕为笑："娘，你从来不捉弄人，今天为啥要拿女儿寻开心呀？"

她放心了，一下子扑倒在母亲的怀里问。

“七八年来，你折磨得我好苦，搞得我吃饭不香，睡觉不安。我得报复报复。”母亲说，“如今，你寻到如意郎君，去掉为娘的一块心病，我得逗逗你这个骄傲的公主。”

母女俩正谈得高兴，忽见一个丫环匆匆忙忙进来禀报：“老夫人，老爷叫你快点儿出去，接受礼拜和检点聘礼聘金。”

赵夫人下楼来到客厅，只见彩礼箱摆满厅堂：绫罗绸缎，琳琅满目。还有一个精致的小箱，打开一看，只见有金项链、珊瑚项链，金戒指，金丁香，玉手镯。还有一箱银子，里面装着三千两细丝白银，白晃晃的，把赵家母女直晃得眼花缭乱。

酒宴过后，瀚章对赵昀道：“亲家，既已订婚，因战事紧急，舍弟公务繁忙，我想，是否选个黄道吉日，早点儿把婚事办了。不知两位大人意下如何?”

赵昀夫妇连忙答应：“听凭大哥主张。”

瀚章道：“今天已是腊月十二，我们看了一下，腊月二十是良辰吉日——”

赵昀一听忙道：“大哥，只有七八天时间，太仓促了，我们连嫁妆也来不及准备呢。”

瀚章忙道：“亲家一毫也不用张罗。再说路途遥远，即使办了嫁妆，也不容易运到苏州哩。”

二老想想也是，只好从命了。

李瀚章一行在回江苏途中，行到芜湖，李鸿章叫留下一条快船，驶往巢湖，去肥东妹夫张绍棠（记名提督）家，接大妹玉英夫妇和母亲大人，前来苏州主持婚礼。

兄弟一行顺江而下回到苏州。

看到抚衙张灯结彩，准备新婚大喜，李鸿章忽然想起曾被长毛掳掠的数千名妇女，其中虽然不少已被亲人或亲戚领回，但还有许多没人认领，便下令淮军中没有婚配的官兵，可以从中择配。

于是，数百名妇女，有了温暖之家。

转眼间，良辰吉日已到。

新人来到巡抚衙门大门口下轿。只听三声礼炮响过，五十支排枪齐发，赵小莲心里乐开了花。四个丫环陪护着新人，在玉英、玉娥两个小姑的陪同下，走上长长的红地毯，然后拜堂成亲。宴席，足有上百桌之多。

新婚之夜，当宾客散去，李巡抚准备进入洞房时，不想洞房门口紧闭。

只见两个丫环上前施礼道：“请新郎接受新娘考试。”

“嘿，真新鲜，还要考试？难道要来个苏小妹三难新郎不成?”李鸿章嘟囔着，“可别在我李编修面前班门弄斧!”

他问："考啥？"

丫环答道："官人不须心焦，等一会儿便知分晓。"

不一会儿，门缝里塞出一张纸，说是要对对子。

一看上联，道是："女非将才不嫁。"

李鸿章立即写出下联："男须嫦娥方娶。"

过了一会儿，里面又塞出一张纸，道是："名门闺秀逢儒将。"

李鸿章又对："翰林巡抚配淑女。"

大门打开，新郎进去。只见里面又有两个俏丽丫环施了个礼，又递上一张纸，道是"约法三章"：

第一章："男方今后无论地位多高，亦不许离弃妻子，除非妻子犯七出之条。"

李鸿章看后点头道："这个自然。"

再看第二章："男方不得涉足青楼，亦不得招致歌妓。"

李鸿章道："这个我也同意。"

再看第三章："新娘所带四名丫环，系下人，男方只可呼唤做佣，不可陪睡，以免辱没家风身份。"

"这条也同意。"

于是，他在"约法三章"上爽快地签了字。

丫环把约法三章递了进去，第二道门呀的一声开了。

两个丫环轻轻打开第三道内室门，说了声："新姑爷请入洞房。"

待李鸿章一进房间，外面两扇门便轻轻地闭上。只见室内当中红烛高照，另有四盏小灯笼，在四个角落发出柔和的朦胧的光。

李鸿章拿起床前一根小木棒，正准备去挑新娘头上的红罗帕，不想新娘两手紧抓罗帕不让挑。

"李巡抚。"新娘这一称呼令李鸿章感到诧异，他不禁停住了手。

只听新娘道："妾还有一条约法，需加进'约法三章'里，这就是：在我有生之年，你不许娶妾！"

李鸿章不满道："你不是说约法三章吗？怎么又变成四章了？我不能随便答应！"

说着，拿起小棒，一把挑开罗帕，只见新娘满月般的晶莹、白皙的脸庞，雪肌花貌，身材婀娜。

新郎顿时热血沸腾。

新娘还想"约法"第四章，可李鸿章一把熄掉大红烛，轻舒猿臂，不由分说抱起新娘，唱着屯兵安庆时学来的黄梅戏《天仙配》，钻进芙蓉帐里弹奏他那迷人的新婚乐曲第一章去了……

七、朝廷连番敦促会攻天京，李鸿章极度矛盾

攻占苏州、无锡后，李鸿章规划淮军的战略方向是：

一、西攻常州；二、南下浙江境内，与左宗棠、蒋益沣的湘军组成钳形攻势，兜击浙西太平军。

入浙淮军分两路。刘秉璋、潘鼎新一路，很快传来捷报：攻占嘉善，太平军守将投降。

可是进攻嘉兴的程学启部，却遭到顽强抵抗，双方死伤累累。

程学启大怒：我素称“淮军第一悍将”，决不能将英名毁于此城！我一定要迅速拔除此城！

这一天，他亲自打头阵，不顾猛烈炮火，越过护城河浮桥，架起云梯，冒着枪林弹雨往城头猛冲。

他一手拿枪，一手拿刀，与守城太平军展开惊心动魄的肉搏战。

“弟兄们，快打，打死这个叛徒，打死这个刽子手，为千万太平军兄弟报仇！”守将挺王刘得功，见程学启已冲到城墙垛口，一边怒喊口号鼓舞士气，一边带着上百人冲到垛口拦截。

他扬起大砍刀正想把程学启劈落城下，不想程学启怒吼一声，这一声如同晴空一道霹雳，挺王心头一惊，动作只慢了几秒，程学启已用刀背当啷一声将他的大砍刀磕飞，反手一刀，将他天灵盖削去半边，顿时脑浆四溅，血肉横飞。

程学启正想越过梯子跳上城头，忽听容王廖发受大喝一声：“叛贼看弹！”他充满仇恨，瞄准程学启的头部，射出了一颗致命的铁砂子弹！

这颗子弹不偏不斜，击中了程学启的左太阳穴。淮军第一悍将感到，一阵剧烈的疼痛从头部迅速扩散开来，他的手攀不住梯子了，两脚在梯级上站不住了，最后两眼一黑，一道金光一闪，便从云梯上跌了下来。

“程总兵掉下了，快救！”随着几声惊呼，成群的将士纷纷冲上前抢救。

昏昏沉沉、人事不省的程学启从半空，一个跟斗接一个跟斗地往下翻落，往下滚落，往下跌落坠落，就在他即将跌落地面变成肉饼化为烂柿的一刹那，无数的淮军将士，把他稳稳地接住了，他的沉重的躯体，被这床厚厚的活动的“肉被”托住了。

他被迅速送入军营大帐，李鸿章派医术高明的野战医师为他救治。

作为部队最高指挥官的程学启总兵，不顾危险，不怕死亡，冲锋在前的大无畏精神，极大地鼓舞了淮军广大将士的斗志。“程总兵死都不怕，我们为何要吝惜自己的性命？”众将士纷纷道。

程学启部将刘士奇立即代主将督军："攻下嘉兴城，为程总兵报仇！"

他的号召一呼百应，势如怒潮。他飞步上前，冒着弥漫的硝烟，抢先往前冲。全体将士紧跟在后，怒吼着，嗷嗷叫着，如中弹的野猪一般，以排山倒海之势，再次疯狂攻城。他们越过浮桥，在云梯上前仆后继，不要命地往城头冲。

太平军被这洪水猛兽吓呆了，抵挡不住，退却了。

刘秉璋、潘鼎新两支兵也水陆并进，众志成城，一举攻占嘉兴城，容王廖发受被活捉。刘士奇的勇敢无畏，立刻得到李巡抚的嘉奖和重用，很快，他被破格提拔为总兵。

伤势沉重的程学启，躺在军营里，不能吃也不会喝。他双目紧闭着，如同一具死尸，只有微弱的心跳，温软的身体，表明他还活在人世间。

李鸿章放轻脚步，走进大帐，问军医："怎么样，程总兵有好转吗?"

军医摇摇头："很危险，命悬一线。现在需要静养。"

李巡抚立即对中军道："传令三军，从现在起，不准放炮，不准敲锣打鼓，不准大声喧哗！违者，按军法严肃处理！"

从此，军营静悄悄，如同一座空营帐。

过了几天，看到病情依旧，李鸿章下令，把他送到省城苏州，并调来全省最有名的医师，为程学启会诊，商讨治疗方案。程学启的生命在苟延残喘着，偶尔也会翻一下眼皮，失神地呆呆地看一眼，但随即又闭上了。就这样，半死不活地过了十天，稍微有了一点儿好转。

李鸿章大喜，嘱咐医师不惜一切救治。

谁知过了五天，情况越来越糟，到了三月十日，即中弹后的第二十天凌晨，程学启的脉搏越来越微弱。当医师告诉"程总兵熬不过一个钟点"时，李鸿章从巡抚衙门匆匆赶来。他摇着程学启的肩膀，一遍又一遍地呼唤着："方忠（学启表字），兄弟，你醒来，快些醒来，你怎能扔下我，扔下你的开字营兄弟先走呢！你不是喜欢美酒吗？我还盼着等攻克江宁，和你一起痛饮，盼着等打完仗，一起荣归家乡探亲，和家人团聚呢！"

突然，程学启睁开了无神的两眼，嘴唇轻轻地翕动着。

"方忠，兄弟，你还有啥话要嘱咐?"李鸿章俯伏在程学启的身边，耳朵紧贴着他的嘴边。

程学启用尽平生之力，断断续续地说："我……不能再……跟您打常州……打江宁了，我，不甘心哪——"话没说完，便咽了气。

李鸿章下令，全军将士为程学启肃立默哀，鸣大炮十响，一百支排枪三声连发，给英雄送行。李巡抚含着热泪为他亲撰挽联：

坚城垂拔，壮士先摧，当时若失左右手

百战论功，片言制敌，如公可谓文武才

这挽联，在春风中飘荡，也在淮军将士的心头飘扬。

李鸿章还下令割下太平军容王廖发受首级，以祭奠程学启将军。

他立即拟奏疏，为程学启请功："两年之间，程学启将军谋勇兼备，克复江、浙名城十余座。在克复苏州之战中，为东南第一战功……"他用快马加急呈报朝廷。

很快朝廷下诏赐恤，赠程学启太子太保衔，特派朝中官员赐祭一坛，安庆、苏州建立专祠，谥忠烈，封骑都尉兼云骑尉世职，加恩其子三等轻车都尉世职，并为三等男爵。

"打下常州城，告慰程将军！"李鸿章在淮军誓师大会上发出号召。

当天，李鸿章抵达常州城下亲自指挥战事。

话说李秀成得知太平天国四王四天将诛杀慕王谭绍光，献苏州城降清的消息，惊得差点儿跌下马来。他一哭慕王遭叛徒杀害，二骂郜永宽等八人叛变投敌的无耻行径，三笑八叛徒遭诛杀的可悲下场。他为天国今后的前途命运而担忧，于是回府埋头筹划了一套军事方案，急急进宫向天王洪秀全启奏。

他骑着马，往天王宫而去。忽然，他看见对面来了大队人马。前面有十余对铜锣鸣锣开道，彩色旗幡簇拥如云，五色绣龙长有几十丈，三十六个轿夫抬着一顶豪华大轿，远望如天坛的祁年殿。更有美童两人敲击着小钟，报着里数。忠王知道，这么大的排场，定是总理朝政的干王兼国师洪仁玕。过去东王杨秀清也用这么阔的排场，谁想东王之后还有人继承这种奢靡之风！

李秀成摇了摇头，心里叹息道："天国危在旦夕，却讲如此排场，真是醉生梦死啊！"

来到天王宫，宫内女传官十六人，都戴红冠黄帽。听说忠王进见，四名女传官齐声上前通报，接着又有四名女传官引导他进宫。

李秀成来到天王宫养心殿。

天王面色蜡黄，双目无神地躺在一张豪华的龙床里。这床四周玻璃镶嵌，中间贮着水藻，养着金鱼，十分悦目。床旁器物非金即玉，地毯用黄缎做成，连马桶也是描龙画凤，金粉涂饰。时当农历四月中旬，天气已经热了起来。天王躺在忽隐忽现的珍珠帐里。这帐是选取一分以上长短的珍珠数盘，用银丝串联而成。睡在这珍珠帐中，如同在海龙王的水晶宫内一般凉爽。

忠王进见，行了叩拜大礼。

天王躺在龙床上，有气无力地说："卿有何事，且奏来。"

忠王开口道："淮军、常胜军攻势凌厉，已陷我苏福省会苏州和无锡。当前，淮军又兵分两路，西攻常州，南下浙江，企图与湘军构成钳形攻势，兜击浙西太平军。若是常州再失，天京将失去屏障，其势就危险了。当今局势，臣下以为不如放弃天京，另走他乡，以保存实力。我军尚有三十多万精兵，日后东山再起有望——”

话未说完，天王勃然变色道：“你身为忠王，统率全军，怎能说出这种不忠不孝无君无父的混账话！天京，是我太平天国的京城、圣地，是百万太平军将士浴血奋战得来的，怎能轻易放弃？放弃京城，人心摇动；带兵别走，势如流寇，怎能东山再起？”

此刻，他已累得上气不接下气，两眼恍惚迷离。“天京城池坚固，再加我随时可召天兵十万助战，几万淮军怎能奈何我？”说完，气愤地下了逐客令：“你走吧，不要在这里惹我生气！”

李秀成含泪走了，他真想一走了之。他心中有个声音在对他说：“你不应该消极固守天京等死，应再去开拓新局面，以图东山再起。”他很想带领跟随自己多年的十五万精兵，南下安徽，与浙西太平军会合，建立第一个根据地；再提十万精兵南下闽西赣南，攻取南昌，以深山老林为依托，建立广大根据地。然后北进，夺取九省通衢武昌。待到时机成熟，再兵分两路，一路顺江而下，夺取庐州、江宁，再北进山东、河北、天津，直逼北京；一路北进河南、山西，从大同、张家口入北京，两路包抄北京，推翻满清统治。

可是，他又不忍心走。他心中另一个声音在骂他：“你这浑账小子，你从一个穷苦无知的少年，成长为叱咤风云的战将，还被封为忠王千岁，成为指挥数十万大军的太平军统帅。这中间饱含着天王对你天大的恩情，海般的期望，真可谓粉身碎骨也难以报答！可你却在天国最危急的时刻，舍你的大恩人天父而去，将他一个人丢在火坑里不管，你的良心何在？你真是一个忘恩负义、恩将仇报的白眼狼！”

他重重地叹了一口气，心中充满了极度的矛盾。最后，这两种声音中后一种声音占了上风，他决定陪在天王身边，同甘共苦患难与共，与天京共存亡！

李秀成坐在北固山上，向西南眺望。滚滚长江从眼前东去，再远望，他似乎看到了庐州，看到了武昌，还看到了家乡广西。当年这是一条多么辉煌的路！只可惜洪天王、东王，眼光不远，只图霸占半壁江山享福，没有趁兵威北上直捣清廷老巢北京，以致清朝死后还魂，缓过一口气；只可惜天京内讧，互相残杀，翼王出走，实力大衰。

深秋的黄昏，已有很深的凉意，他吩咐卫兵摆下酒菜，喝了几杯，忽然他感到胸中升腾起一股激情，于是一首七律脱口而出：

举觞对客且挥毫，逐鹿中原亦自豪。
湖上月明青箬笠，帐中霜冷赫连刀。
英雄自古披肝胆，志士何尝惜羽毛。
我欲乘风归去也，卿云横亘斗牛高。

他站在山上，向东望，丹阳、常州隐隐在目。当务之急是守住常州，以确保天京东部的屏障。常州兵力雄厚，有十多万。护王陈坤书擅长守城，如今天京至常州沿线都还掌握在太平军手里，只有镇江被清军所占。因此，淮军李鸿章不会贸然攻打常州，必然会采取打苏州的战术，先剪去枝叶再挖根合围。我应亲自赴丹阳布置，以策应护王。

想到此，他立即起身，策马下山，连夜赶往丹阳。

第二天，当李秀成带着几个将领，出现在丹阳至常州一段路上时，只见前方出现“护王”大旗，他与陈坤书相遇了。

“护王，我正要到常州城与您商讨保卫常州之策。”李秀成满面笑容道。

“感谢忠王关心。不过，常州城固若金汤，不需忠王费心。”陈坤书板着个脸，“若淮军胆敢侵犯，定叫他有来无回!”他以前曾与李秀成为争“忠王”封位有过矛盾，因此对忠王总是不理不睬。

“护王，我看常州至丹阳中段，有个叫‘奔牛’的地方，应派重兵防守。此处如同三国时诸葛亮用兵的街亭，地方虽小，关系重大，若丢失，会给常州带来致命打击呢。”

陈坤书心头冒火了：我是久经沙场、赫赫有名的战将，还要你教训!

于是立即回敬道：“这奔牛，是我的辖区，用不着你瞎操心!”顶了一句他还不解气，又道：“马谡失了街亭，被诸葛亮斩了；若我丢了奔牛，你也可以杀我呀。你现在是最高统帅，大权在握呀!”

忠王气得说不出话来。眼看陈坤书坐在有三十个轿夫扛抬的豪华大轿里，前呼后拥而去，心情很是忧郁。他叹了口气，现在都啥时候了，还要为私人小意气而危害天国大事!

他回到丹阳，想想对眼前局势不放心，准备前往金坛、溧阳、宜兴一带视察，与当地几位王兄、将领商讨防守战略。

正准备出发，忽然手下将官报告：“王韬老先生前来拜访。”

对于这个老先生，李秀成打过两次交道，很熟悉。此人是吴县人，曾经好几次写信给忠王，洋洋数千言，都是怎样置湘军、淮军于死地的策略，但忠王没采纳。如今此人又来献啥计策呢?

李秀成在客厅接待了客人。

待沏上茶，几句寒暄后，李秀成开口道：“王老先生今番从何方而来，有何见教?”

王韬捋了捋胡子，徐徐开言道：“我由西方而来，闻忠王将死，特来相救!”

“太平天国如日薄西山，何以能救?”忠王心情沉重地问。

“有两条计策可救：一是‘弃城别走’，保存实力，往皖南、浙西运动，去闽西、赣南深藏，以图东山再起；二是率精兵一支，挥师北上，设谋吃掉僧格林沁骑兵，直捣京师，推翻满清。”王老先生喝了一口茶，润了润嗓子，解释了一番原因：“太平军当前主要劲敌是湘军和淮军，只有避开这两支兵，才能转危为安。待到推翻了满清，这两支兵就不会与太平天国作对了。”

“天京至北京，路途遥远，又有层层阻截，推翻满清谈何容易？”忠王充满忧虑。

“兵贵神速，全力以赴大有可能。”王韬充满自信。他心里说：如果听我之谋，我将助太平军成功。

“让我回天京与天王和众王兄好好计议一番，再作决断，谢谢老先生。”忠王吩咐亲兵：“赏给老先生一百两银子作盘缠。”

王韬连忙拒绝：“我为天国安危而来，非为银子。”说完立刻起身告辞，走出门口，长叹一声：“谨小慎微，缺乏魄力。看起来，太平天国无可救药了！”

王韬走了。当他回到家乡苏州吴县时，立刻被吴县官府差役带走了。

“为啥要抓我？”

差役道：“不是县衙，是李鸿章巡抚大人要我们带你！”

王韬吃了一惊，知道以前给忠王写信，为太平天国出谋划策的事暴露了，此回恐怕是凶多吉少了。他拜别了老母，与兄弟话别，便跟着差役来到抚衙。

李鸿章正在抚衙，看王韬献给忠王李秀成的《与清军较量十策》。其中有对付湘军十策，对付淮军八策，还有对付僧格林沁亲王蒙古骑兵的战策。

李鸿章翻开“对付淮军”一章，马上看到，早在咸丰十年四月，当李秀成破清军江南大营，连克常州、无锡、苏州、昆山时，王韬即建议李秀成：

乘胜夺取上海，交好各国驻沪领事，与洋枪队共同对付清廷；取上海滚滚财源，以发展太平军，支撑天国用途；学习洋枪队战法以为己用，可纵横天下。

看了这第一章，李鸿章就坐不住了，不禁浑身冒汗：若李秀成早纳此言，哪有我的淮军？

听说王韬带到，李鸿章一见他进来，劈头就声色俱厉道：“王韬，你胆大包天，竟敢帮助匪首李秀成出谋划策！你说该当何罪？”

王韬也豁出去了，朗声答道：“清朝腐败，民不聊生，血腥统治，怨声载道。李秀成义薄云天，智勇绝伦，心系百姓冷暖，礼葬敌国巡抚，优恤败将降卒，此真豪杰也。我助有道伐无道，有何罪可言？”

他摇了摇头，沉痛地说：“可惜李秀成虽仁勇，但胆魄不足，不用我的谋略，枉费我一番心血！假使他早听良谋，恐怕今日我俩的位置要颠倒过来呢！”

李鸿章十分赏识王韬的胆魄和胸中的谋略，连忙改容下座，拱手道：

“请王先生上座。”

他令仆人泡上碧螺春香茶，并设宴席招待。

酒过三巡，李鸿章诚恳地邀请道：“先生宏识远略，奇计良谋，鸿章十分钦佩。欲聘为上宾，以便可时刻在幕中请教，不知先生意下如何？”

王韬起身作揖，徐徐道：“中丞美意，令老朽感动。但此心已灰，老朽难用，同根相煎，于心何忍？李公请保重。”

说罢，匆匆出门，扬长而去。

“此人如此无礼，待我赶去将他一枪毙了！”贴身校尉怒道。

“这是俊杰之士，切不可胡来！”李鸿章叱责道。随后叹息：“张元不被大宋所用，这是谁的过错呢？大清为何让这个博学奇才流失啊！”

这一天，李秀成听到要地奔牛丢失，李鸿章亲率淮军四面合围常州城的消息，连忙告别首王范汝增，匆匆赶往丹阳，组织十万大军攻打，准备夺回奔牛。但多次进攻，都被淮军主力刘铭传、周盛波、张树声等部击退，损失惨重，始终不能与常州十多万突围的太平军会聚。

望着淮军密不透风的火力，和凶狠的一往无前的气概，李秀成叹息道：“淮军真是太平军的克星哪！”

不久，他又得到常州陷落，护王陈坤书与佐王黄和锦被擒就义的噩耗，不禁大叫一声：“苍天哪，既生瑜何生亮？既有李鸿章何必再有李秀成？”

说完，昏倒在地。

常州克复，李鸿章因功得到骑都尉世职，他很高兴。

不久，又一桩开心事来临。

一天戈登来到巡抚衙门，说准备遣散常胜军。

李鸿章不解其意真假，便说：“将军，常胜军屡立战功、攻无不克，所向披靡——”

谁知话未说完，便被戈登拦住了：“巡抚李，常州克复，太平军已是兔子的尾巴长不了啦！以后没有多少仗打了。再说洋枪队已今不如昔，名不副实——”

李鸿章一听戈登是真的想解散洋枪队，心中大喜，立即抓住这一良机，竭力促成。

李鸿章为此立马办了两件事：其一，立即奏请授予戈登提督衔。并因他在攻克苏州后辞赏银一万两，而仿制表功旗帜，和外国金宝星式样传旨送给，以示回国后荣宠。并建议清廷颁布特旨，赏给戈登黄马褂；其二，筹措遣散经费，补发常胜军欠饷共计十八万多两白银。

常胜军终于被裁撤。

洋人染指中国兵权的野心落空了，李鸿章多年来的一块心病解除了，而且还将洋枪队中的精华洋枪队三百人，炮队六百人，充入淮军，进一步壮大了淮军力量。他无比开心。

然而，他还没高兴几天，朝廷的连续数道谕旨，又使他的心情处于极度矛盾之中。

清廷在五月初八至十九日，接连四道谕旨给李鸿章，要他迅速派兵会攻天京。

这使李鸿章处境尴尬，心情矛盾到极点。

曾国荃一军，自同治元年四月围攻天京以来，久攻不克。为了攻克长毛巢穴天京，独吞这剿灭长毛的"旷世奇功"和富可敌国的天京财富，他放弃了进军上海的机会，把好端端一个封疆大吏——江苏巡抚的高位，拱手让给了别人。

李鸿章知道，曾国荃为夺取天京首功，付出实在太多。两年时间，无数次的激战，使国荃脱皮换骨，老了十岁。如今，苏州、常州克复，浙江克复，仅剩天京一座孤城，克复在即，岂容他人染指？若是淮军抢了国荃的头功，国荃会把我恨之入骨，跟我拼命的！那样，我跟恩师曾国藩的关系，就完了。没有曾老师的培养提携，便没有淮军，便没有我今天的高位！我应当知恩图报，不能忘恩负义！

想到此，他立即给朝廷上奏，以各种理由推托不去会攻天京：

……前廷旨令淮军会攻江宁。我想淮军长久苦战，应当稍微休整。如今正逢盛夏酷暑，不适宜使用常用火器，加之枪炮也需操练。臣因湖州贼势还嚣张，实是江苏省近邻的一大隐患，应先派劲旅进攻长兴，协助左公宗棠夺取湖州府。等湖州克复门户稳固，然后分兵共图江宁，才无后顾之忧……

他一再拖延进攻天京。

直到六月十七日，接到朝廷严旨，实在拖不下去，才向朝廷报告，准备派四支部队会攻金陵，并把情况迅速通知曾国荃。

而李鸿章自己及淮军主力，一改以往雷厉风行的作风，仍在天京外围一带如老牛拖破车般，缓缓推进。

当曾国荃收到李鸿章的来信，得知援兵将来的消息，立即传示众将道："外人来了，我们苦战两年，准备把大功让给外人吗？"

众将齐声吼道："我们愿意拼命！"

正月，曾国荃领兵攻打钟山。李秀成连忙赶回设防，但已经来不及了。钟山用巨石筑成的堡垒，被湘军用大炮轰碎、清除，险隘已失。天京被合围，从此内外不通，粮道断绝，城中没有粮食了。

四月的一天傍晚，李秀成正往一处筹粮，猛听得天王宫来人报告："天王病危。"

连忙赶到天王宫，天王已死，原来是喝药自尽。

李秀成含泪与众将拥立其子洪福。

城中断粮，军队断粮，宫中断粮。这如何是好？

五月十五日夜，李秀成亲率死士数百，从太平门缺口突出，又派勇士数百穿官军服饰冒充官军，从朝阳门突出，两军猛扑曾国荃大营中军，边放火边高呼："活捉曾国荃！"

湘军因连日打仗疲劳，突然遭遇此袭，顷刻四散逃窜。

曾国荃来不及穿外衣便逃窜，正遭追杀，忽遇彭玉麟等将率兵来救，方才脱险。

丧魂落魄的曾国荃叹道："李秀成真虎将也，若他有一支精兵，此回我命休矣！"

李秀成抢回一批粮食，按人均定量分发给全城百姓。因粮少，就采集野菜搀点儿粮食充饥。

"决不让外人分功得益！"曾国荃以此为口号，率领湘军疯狂猛攻天京。

六月十六日中午，万雷轰击，天京城墙被湘军炸崩二十多丈。湘军如潮水奔涌而入，天京陷落。

当晚，李秀成拜别母亲，泣别妻子，保幼天王从太平门破城缺口处，突围奔广德。因马力困乏，误入天京南郊方山避难，被奸民贪财出卖，被俘。

李鸿章因功晋封一等肃毅伯，赏戴双眼花翎。

江宁克复后，曾国藩移总督署到江宁。

听说李鸿章前来拜会，曾国藩亲自出城迎接。

李鸿章滚鞍下马，要行参拜大礼，曾国藩急忙上前扶起，激动地说："我们兄弟的薄面，都靠你保全，真应该感谢的是我们啊！"

李鸿章骑着马，在这座千年古城中慢慢前行。大街小巷到处是断壁残垣，到处是御敌石垒，到处是暗红的血迹，其中还有一处太平军三千多将士战死和自焚而死的现场。听说全城十多万男女百姓，无一投降，他感慨万千：当存亡危急之际，全城上下命在旦夕，还能驱使健儿成百上千，突围决战，几乎歼灭敌军主力，真令人骇然。

大队湘军，推着囚车。

须发飘飘的李秀成在站笼中，拿起叫他写自白书的笔，慷慨激昂地，一边记述个人生平自传，一边高歌：

鼙鼓轩轩动未休，关心楚尾与吴头。
岂知剑气升腾后，犹是胡尘扰攘秋。
万里江山多筑垒，百年身世独登楼。
匹夫自有兴亡责，肯把功名付水流。

看到李秀成慷慨挥毫，大义凛然的气概，李鸿章不禁赞叹道："李秀成真是豪杰啊！我们李姓为出了你这样的英雄而自豪！"

接着，又摇头重重地叹息："若叫李秀成处洪秀全的地位，则今日中国大地，怎知是谁家的天下啊？”

八、“大福星”首次相会“倒霉蛋”

同治三年（公元一八六四年）。在天津大悲禅院旁一条冷落小街，有一间破旧的农家小屋。一棵老干虬枝的大树，如一把巨伞罩着小屋。屋前的凉棚挂着三五颗苦瓜。一条小河港缓缓地流进北运河，环境显得非常幽静，简直幽静得有点儿凄凉。

小屋里租住着一个年过四旬的读书人。大概由于做学问太辛苦，竟然早早地两鬓斑白了。因为是租住的外来户，他在这里没有亲戚，没有朋友，甚至也没见他有妻子儿女，只是一个人独自住着。

他每天的工作，便是早起在门前一块不大的地里，给蔬菜浇浇水施点儿肥，接着，去巷口的大饼店里，买两个大饼一碗豆浆带回家吃，然后，便整日伏案看书写字。盛夏酷暑，挥汗如雨，毫不停歇。到了傍晚，听到小巷那头传来“卖豆腐”的叫卖声，便从小屋里出来买半斤豆腐，晚上烧菜吃。

周围的邻居看他如此用功，便判断他是从远方乡下来的一个穷秀才，准备乡试。

这天，房东傅家有个二十八岁后生傅家驹，和表兄顾秀才，急得团团转。他们到处找先生没找到，后来，从先生留的急信中，才得知先生因老父病故，回家治丧去了。他俩叫苦不迭：乡试在即，不少问题需先生解答，数篇文章需先生批改，谁知先生却在这节骨眼上回家，偏偏得不到指点。这可怎么办？

“你家那老书虫，整日看书写字，好像很有学问的样子，我们何不问问他？”傅家驹一听有理，便结伴来到破旧小屋里找书虫。

老书虫听了两人的要求，微微一笑，只用了一个钟点，便把他俩累积的疑难全部解决，喜得两人手舞足蹈。从此，两人有什么疑难就来请教，还时常给他带来一块肉，一块豆腐，几根麻花，一条海鱼。

过不几天，来请教的人中又多了好几个秀才，小屋顿时热闹起来，所带的东西也丰富起来。有的还带来糕点，带来美味可口的天津特产虾米，孝敬这位自称是“霉先生”的中年秀才。霉先生极力推辞，但学生们丢下便走，弄得他也没办法。

但很快，霉先生出事了。

因为这班学生的先生——年过五十的高举人，闯上门来兴师问罪了。他从家中回来，见学生影踪全无，得知原来是去霉先生家请教了，把东西也孝敬了别人，顿时火冒三丈。

“你为啥要哄我学生，抢我饭碗？”他咄咄逼人，“你以为你有多大学问？一个臭秀才，有啥能耐？还想在我这举人老爷面前班门弄斧，简直太不自量了！”

“别说得这么难听。学问不光凭功名，也不在年龄高低。”

高举人见对方敢与自己辩论，更火了，叫嚷道：“别恬不知耻，王婆卖瓜自卖自夸了。”他看了一眼这个年仅四旬即已两鬓斑白的酸秀才，挖苦道：“我看你这一斤豆腐要分两餐吃的穷酸相，今生今世也甭想中举。要知道，举人老爷就是天上的星宿，是文曲星下凡哩！”

霉先生有点儿冒火了，但他强压住怒火，不硬不软道：“说我穷酸相不假，但说我今生难中举，却是瞎话！凭我的学问，考个举人如探囊取物，就是中个进士，也不是什么难事哩！”

“别把牛皮吹到天上，让人笑掉了大牙！”高举人冷笑了几声，并下了断语，“你这熊样若能中进士，我在你面前扮王八倒爬三圈！”

“请问老先生，你是哪年中的举人？”霉先生不动声色地问。

“本人是咸丰四年，即十年前，便中了举人哩！”高举人炫耀道。

“我是道光二十四年中的举人，”霉先生不慌不忙地说，“这或许比你要早些吧。”

高举人蓦地一惊：此人比自己还早十年中举哩。换句话说，眼前的酸秀才，二十出头就中了举人！

他像看一个怪物似地看着霉秀才，见他一本正经，不像开玩笑的样子，再看看他气度恢宏的模样，半信半疑地问：“请问高姓大名。”

霉先生平静如水地说出两个字：“俞樾。”

高举人顿时大惊失色，一转身便溜走了。

这个俞樾，可不是等闲之辈。他二十三岁中举，二十九岁中进士，历任翰林院编修、国史馆协修，三十八岁即出任河南学政，可谓春风得意。

不料，在任乡试主考时，栽了个大跟斗。

古代科考出题，均需从儒家经典“四书五经”中抽出。由于书总共就这么几本，又是几百年上千年地从中选题，题目已经出滥了。为了不使考生猜题押宝得中，主考官总是绞尽脑汁从中选题。

这年，主考俞樾便从《孟子·梁惠王》中，搜出了两道试题：一是将“王令速出，反复姹侻”，改为“王令速出反”；一道将“何患乎无君，我将去之”，改为“何患乎无君我”。但乡试刚过，便遭到监察御史曾泽狠狠弹劾：“王令速出反”，其意是：“君王命令大家迅速出来造反”；“何患乎无君我”，可解为：“无君而有我”。这都是大逆不道的话，朝廷下旨：立即革职查办！

亏得河南巡抚英桂及朝中同年好友，极力营救多方保全，才免去牢狱之灾。结果谕旨下达："革职回籍，永不任用。"

接着，他居苏州饮马桥讲学，不久因太平军破江南大营，他返回浙江德清故乡避难。后来，辗转绍兴、上虞、宁波、上海等地。同治元年春，来到天津闲居，如一叶浮萍漂流。

一个秋天的下午，秋雨淅淅沥沥地下，秋风卷着秋雨，往破屋的漏洞里灌洒。缩头缩脑的乌鸦，在树上不时地挤出一声怪叫，令人汗毛直竖。真是秋风秋雨愁煞人的时节。

俞樾口占一小令："枯藤老树昏鸦，小河，陋巷，人家。破屋，秋风，苦瓜，秋雨飘洒，失意人在天涯。"

此时，他想起远在故乡的父母、妻子和儿女。已经几年未见，浙江又遭长毛乱，不知一家可平安？最近，他听说湘军已攻克江宁，太平天国已经灭亡，不禁一阵高兴：我可以回浙江与家人团聚了。但他只高兴了一阵，随即又烦恼忧愁起来：战乱刚平，民不聊生，谁能重视教育？纵有满肚学问，哪里有我养家糊口、著书立说的地方？

想到此，他不禁又怨恨起寻章摘句断章取义无限上纲的文字狱，也懊悔当年为出一道新题，煞费苦心、割裂经文的做法，以致弄得自己满腹学问无用处，连粗茶淡饭的清苦日子也混不下去，更不要说养家了。

他正在胡思乱想，忽然门窗外响起一阵乒乒乓乓的敲门声，开门一看，他吃了一惊，原来是两个荷枪实弹的衙门差役。

他顿时愣住了：难道试题案还要复审？难道皇上对我的处罚还要加重？向来天意难测啊！一代诗宗沈德潜，生前受到乾隆何等荣宠？可是，就是因为在他《咏黑牡丹》诗中，发现了一句"夺朱非本色，异种也称王"的所谓反诗，死后还要遭到掘墓戳尸的严处呢！

"俞先生——您是浙江的俞樾先生吗？"

俞樾见问，木然地点了一下头。

谁想差役恭恭敬敬地递上一封信。

会是谁写来的呢？他接过信封一看，只见上写：

请交俞樾年兄亲启

落款是：江苏巡抚衙门

他一阵欣喜：是当年举人同年，现任江苏巡抚李鸿章的来信。

他很感激这位身居高位的同年对自己的关心和照顾。两年前，李鸿章托人将二百两银子带到他德清家乡。靠着这笔银子，一家老少才免于冻饿之苦。现在，这位同年又将带给我什么呢？他没有立即拆开信，心里在猜测：说不定会再带给我一张银票接济我呢！

撕开信封，几行潇洒遒劲的毛笔字赫然出现眼前：

俞樾年兄，因忙于战事，久未通讯，不知身体可好？甚念！闻足下闲居天津，望接信后，速来苏州抚衙一会。弟有要事相商。切，切！

另附银票一张（百两），聊作起程盘费。

李鸿章匆草于同治三年秋月

接到这封信，他立即收拾行李，搭乘京杭运河客轮南下。

一路上，他在猜测：什么事这么要紧？推荐自己做官，有皇帝那道“永不任用”的禁令挡住，不可能。

不几日，他便到了苏州。

来到巡抚衙门，将官一通报进去，不一会儿，便见李鸿章巡抚在幕僚周馥的陪同下，迎到大门口。

“俞年兄，躲在世外桃源，叫我寻得好苦！”一句话，便把俞樾的眼泪催下来了。

接着，李鸿章与他挽手同行。

进入客厅，上了碧螺春香茶，李鸿章便对周馥吩咐道：“周道台，你去准备一桌酒席，要丰盛一些。我和俞年兄先叙一会儿，便开饭。”

俞樾忙道：“不必太麻烦，同窗好友，便饭就行。”

李鸿章说：“你远道而来，我做东道主，理应为你接风。”

然后又道：“俞年兄，你的道德文章天下闻名。本来我想推荐你当江苏省学政，但由于那道禁令阻挡，没法如愿。”话虽平淡但很诚恳，“因此，只好委屈你出任苏州紫阳书院山长（院长）一职，希勿推辞。”

俞樾没想到会给自己安排这么好、这么合适的位置！

有了这个位置，薪俸比在河南当学政还高，以后便有了安身立命、著书立说的好去处。从此，一家老少生活可以无忧无虑了。

他激动得热泪盈眶：“李年兄，您待我太好了！”

他顿时语声哽咽，眼泪情不自禁地流了下来：“您的恩情让我终生难报啊！”

“俞年兄，今天是你出任紫阳书院领袖的日子，应该高兴才是。”李鸿章说着，随即下令开宴：“我叫他们弄了几个好菜，好好招待你一番，以补偿几年来的颠沛流离。”

一桌丰盛的酒菜上来了。

两人在几个亲兵服侍下，开怀大吃痛饮。

“李兄，你创立淮军，所向披靡，威名远扬，我真钦佩呀！”俞樾夸道。

“老师曾总督当年对你那句‘落花春常在’赞许不已，也令我佩服得很呢！”李鸿章也夸赞起俞樾。

两人边饮边谈。

忽然，李鸿章开玩笑道："年兄，我考中进士的那届丁未科，只比你庚戌科早一科，为啥我们这科有数人出任督抚封疆大吏，而你这一科却门庭冷落？是否真有啥'榜运'？"

俞樾连忙回答道：其实，"榜运"也因人而异。丁未科有您这位"大福星"，榜运岂能不佳？庚戌科有我这个"倒霉蛋"，榜运怎能得好？

听了俞樾的话，李鸿章同情而又带鼓励地说："年兄不必忧伤，塞翁失马，安知非福？苏东坡虽不幸遭贬，却成就了他一代大文豪的英名。年兄著书立说，研究学问，必将成为清朝一代文豪！"

"若是真能搞出点儿名堂，一半功劳应归于您啊！"俞樾诚恳地说。

"我们情同手足，就别说这客气话了。"李鸿章道，"这两天，你就宿在抚衙。你明天去幕府领书院聘书，再去财务处领五百两银子，作为安家费用，把嫂夫人和儿女等家人接到这边来。为了路上安全，给你派一队武装官兵。"

俞樾的眼圈又一次红了，心情又一次激动起来。

他刚想说句感激的话，不想李鸿章说："年兄是大学问家，我们官府理应筑巢引凤，让大才子安心。"果然，俞樾以后著作等身，不但后代名人辈出，而且学生中，也出了国学大师章太炎。光绪廿九年，在他中举六十周年时，朝廷下旨恢复了他翰林院编修之职。

这年十月底，李鸿章迎来一桩家庭喜事：

夫人赵小莲，为他生了个白胖小子，他取名叫：经述。

第四章　接手剿捻建奇功

一、慈禧刚搬去心头巨石，不料又传来一声惊雷

太平天国的灭亡，使垂帘听政的慈禧太后，搬去了压在心头十四年的巨石，她的心情痛快到极点。从此，她吃得有味睡得也香甜了。

她对饮食十分讲究，每餐山珍海味，应有尽有。往常，长毛未灭时，那么多东西，她略动动筷子就不想吃了。今天，她吃得很有滋味，胃口大开，吃了佳肴，又吃了八宝玲珑粥，吃了粥，又吃点心小食，惬意极了。

搬去了心头巨石，她对穿着打扮也更加讲究。

今天，她打扮得美轮美奂，分外妖娆。上衣用孔雀毛织成凤凰，每只凤凰口中含珠璎珞一串，约长三寸，略一走动，前后左右都放异彩。头戴凤冠，颈项下是披肩，形似渔网，用无数粒珍珠连缀起来，每粒大如鸟卵，圆而光亮。两手各带一只珠玉镯，右手第三指、第五指，都罩着金护指；左手两指，罩着玉护指，各长三寸，又带数枚宝石戒指。鞋上绣凤凰，也有珠络，镶着各色宝石。

她今天喝了点儿法国葡萄酒，平常白皙得有点儿苍白的脸美如胭脂。这华丽宝贵，这高雅气质，真是倾国倾城！

吃了美味佳肴，她又点了歌舞和戏曲。

霎时，数十名美女，在箫笙鼓笛、琴瑟铮竽等各种乐器伴奏下，翩翩起舞。她一边品尝着干鲜果品，一边欣赏着美妙的歌舞。

正看得兴致勃勃，忽然，一个太监急匆匆地进来报告：

僧格林沁王爷帐下的荣参将，有特急军情禀报！

“唉，真令人扫兴。”她很不情愿地说，“宣他进来吧。”

随着一声吩咐，一个身穿带血战袍却没戴头盔，满脸污黑，左脸斜着一道深深刀伤，结着血痂的八旗将军，踉踉跄跄如同游魂一般来到面前，啪的一声跪下，颤颤抖抖地启奏道：“太后娘娘，僧王没了！”

“什么？你再说一遍！”慈禧不禁一下子从龙椅上站了起来。

“僧格林沁王爷，在山东曹州（今菏泽）遭捻匪伏击身亡！蒙古骑兵全

军覆灭。内阁学士全顺，总兵何建鳌一同遇难！”话音刚落，荣参将已泪流满面。

如同当空打下一个惊雷，慈禧全身猛地一震，一下子跌坐到龙椅上。

她觉得胸腔里有一个东西，啪的一声掉了下来。她顿时脸如白纸，怔了，呆了，傻了，过了好一会儿才回过神来。

“消息可靠吗?”她仍不相信地问。

“千真万确！”荣参将道，“我亲眼看到，王爷的头，已被高挂在曹州城头示众了。”说着不禁呜呜地哭了起来。“王爷死得太惨了。”

这回，慈禧再也忍不住了，她猛地叫了一声：“王兄，你死得好惨呀！”

僧格林沁亲王，是清廷唯一被倚为长城、声威卓著、权威最高的八旗大将。他奉命总统山东、河南军务，所有鲁、豫、晋各省督抚提镇和团练大臣，都归他节制。他直属的一万多蒙古骑兵，剽悍异常，所向披靡。这支铁骑，活捉太平军沃王张乐行，大败宋景诗黑旗军，堵截太平军北伐军，使京师转危为安，立下赫赫战功。可说是战无不胜攻无不克势如狂飙。

这支皇族嫡系最精锐部队的覆灭和僧王战死，意味着：从今往后，朝廷手里再也没有一支能打硬仗的军队！从此只能依靠湘淮军的力量，朝廷的地位更是危如累卵。这是满清王朝的大不幸和悲哀哪！

她觉得眼前金光四溅，忽地从龙椅上跌落了下来。

她被一拥而上的宫女和太监，众星捧月般围住，搀扶住。顿时，揉胸的，捶背的，一阵忙乱。

她苏醒过来了，眼里涌出了泪水。

洪秀全长毛灭亡后，刚过了几天安稳日子，睡了几个安稳觉，现在又冒出个捻匪，而且居然打败骁勇异常的蒙古骑兵，杀掉亲王，可见捻匪不可等闲视之！

她立即传旨：速召奕䜣和军机大臣文祥、沈桂芬晋见！

“啥是捻军？头目是谁?”慈禧一头雾水，对捻军历史很不了解。

她不明白，名不见经传的所谓捻军，何以能置八旗劲旅僧王的蒙古骑兵于死地！

军机大臣文祥一听太后询问，连忙躬身启奏：

捻匪起源于山东游民。“捻”是安徽一带方言“聚众成股”之意。咸丰三年，洪杨长毛攻陷安庆、江宁，皖省震动，捻匪也乘势起于宿州、亳州、寿州、蒙城等地，横行皖、豫、苏、鲁数省，到处掠夺，官军不能制。咸丰五年，捻匪已演变成军，形成黄、红、白、黑、蓝五旗。咸丰六年正月，捻军各旗在涡阳县雉河集会盟，公推黄旗旗主张乐行为盟主，正式确立五色和五色镶边旗军制，从此结束了各自为战的分散状态，开始了统一行动、出境作战的阶段，并与洪杨长毛相呼应。咸丰十年八月，皇帝北狩热河，捻匪乘机侵入山东，大掠济宁。同治二年，僧格林沁亲王率大军攻陷雉河集，将张乐行俘虏斩首。江宁克复后，西北长毛匪首遵王赖文光，率残部数千零散捻匪，重新组合，将捻匪着力组建成一支精锐骑兵。

“精锐的蒙古骑兵，为何竟遭覆灭？僧王又是怎么死的？”太后充满疑问。

沈桂芬躬身回答道：“捻匪拥轻骑数万，出没于鲁、豫、皖、鄂各州县，来往飘忽，如急风暴雨不可捉摸。官军疲于奔命。僧王勇悍有余，韬略不足。今年春，僧王率轻骑，追剿匪首赖文光，一昼夜奔驰三百里，到了山东菏泽高楼寨。四月廿五日，中捻首诡计，被围困，大败。力战不敌，落马被俘，不屈而死。”

慈禧听了两位军机大臣的启奏，已大致了解捻军的基本情况和作战特点。

她面色凝重、十分忧虑地说：“原来这捻匪是长毛余孽，如今，捻匪如此猖獗，各爱卿有何良策？”

用兵打仗，本是军机大臣分内之事，但文祥和沈桂芬都没发言。

他们明白，朝廷启用僧格林沁亲王，征剿惶惶四窜、不堪一击的捻军，用牛刀杀鸡，意在提高皇家嫡系军队八旗、绿营的威望。这次僧王之败，除了战术不当外，还和军纪败坏，所到之处淫掠残暴，民众失望大有关系。但僧王暴行不能对太后说，若启用汉臣征剿，又怕一向“扬满抑汉”的太后不高兴，因顾虑重重，便闭口不言。

奕䜣洞悉两位汉臣军机心中的顾虑，于是开言道：

“八旗、绿营军中，唯独僧王蒙古骑兵最为强悍，不想竟丧于赖文光之手，如今这两支兵再难派出劲旅。洪杨长毛，拥众数百万，蹂躏半个中国，猖獗蔓延十多年，却被两江总督曾国藩为首的湘军剿灭。臣以为，治顽疾须用猛药，剿灭捻匪，非用湘军不可！曾国藩英雄盖世，效忠朝廷，可启用为钦差大臣，北上剿捻，以淮军统帅李鸿章署理两江总督，以提供兵力和筹饷策应前方，则剿灭捻匪有望。”

“卿言之有理。”慈禧点点头，“那就按此办理吧。”

五月三日，清廷任命两江总督曾国藩为钦差大臣，调其北上剿捻，以李鸿章署理两江总督，江苏布政使刘郇膏护理江苏巡抚。

担任剿捻统帅的曾国藩上任后，认真吸取僧格林沁灭亡的惨痛教训，根据捻军流动作战的特点，改变僧王“威力追剿”方针，与手下幕僚制订出一套严密的剿捻方案，采用“以静制动”的战略，和“四镇六游”战术，用拦截与追剿相结合的方法，聚歼捻军。

所谓“四镇六游”，即以江苏徐州为老营，以河南周口、安徽临淮、山东济宁为行营，各驻重兵防守。一省有急，三省往援；划鲁、豫、苏、皖四省相关十三府州为战区，并增设六路“游击之师”跟踪追剿。在此基础上，又实行河防之策，防守运河、黄河及豫东的沙河、贾鲁河，企图将捻军圈制在一定范围内，同时辅以坚壁清野，予以围歼。

捻军在此种毒辣阴谋下，深感独立难支，独立难久，于是分为东西两支：赖文光、任化邦的东捻军，继续在山东和中原坚持作战；张宗禹西捻军挺进甘陕，联结回民，以为犄角之势。

就在曾国藩指挥大军，撒下天罗地网捕剿捻军，李鸿章坐镇金陵，在两江地面，为前方积极提供兵力、努力筹饷之际，没想到两封弹劾奏章到了朝廷，一场严重的政治危机，顿时降临到李鸿章的头上。

内阁中书、侍郎、苏州吴县籍的殷兆镛，和给事中、江苏常熟籍的王宪成，联合猛烈抨击李鸿章，其中称：

> 江苏巡抚李鸿章战功虽显著，但恩惠并未令人信服。大批百姓流离失所，没得到抚恤；大量田地荒芜，没得到开垦。没听到他有什么政绩，只听到他横征暴敛的恶名。江苏地面哀鸿遍地，怨声载道，李鸿章罪不容诛。苛捐杂税，多如牛毛。茶棚桌、赌场桌、点心担、粪担等，每日捐数千文或数十文，甚至还有色捐——妓女捐色的奇事。江苏各项捐款及各县田捐，收银竟达四千万两之巨……

另有一折，弹劾他滥用劣绅，擅用令牌，胡作非为：

……在李鸿章支持纵容下，官亲幕友，游客劣绅，争充委员、董事，擅用令箭旗牌，作威作福……

在这两折的弹劾下，朝廷下达谕旨：

……若真像该侍郎所奏，江苏各种捐税就未免太过于琐碎。至于官亲幕友、游客劣绅，争当委员，擅自用令箭旗牌等事，绅士董事稍借事权，擅作威福，恐也在所难免。着李鸿章将品行不好的委员严加裁汰……据另片所奏，江苏各项捐款加以各项田捐，每年可收银四千万两。江苏捐款虽多，也断不能如所奏之多，究竟可得多少，如何开支，着李鸿章造册报部复核注销。该巡抚受朝廷重任，当体察朝廷恫瘝在抱之念，与民休息，以期日臻上理……

接到这道谕旨，委屈、恼火、怨恨、痛苦等各种情绪，一齐袭上李鸿章的心头。

这个谕旨，有两道命令，一个敲打：一是命令“将不肖委员严加裁汰”，二是命令将有关账目“造册报部复核”。末尾，则是敲打他：应体察朝廷有病之躯，与民休养生息，以使国家政通人和，昌盛发达。

得知这道谕旨后，曾国藩为李鸿章这位高足十分担忧，立即写信劝李鸿章，只对少数极有关系的指控，如设粪桶捐、岁入厘捐四千万等相争外，其余可置之不问，多留余地。

面对严重局面，李鸿章经慎重思虑，认为，若如此，等于默认了弹劾奏章中所指控的部分罪责，给政敌以可乘之机，于是决定以攻为守。

他放下手头其他公事，一反以往给朝廷奏折简明扼要的习惯，花两天两夜，精心撰写了一个长达三千字的奏折。

此折一开始就咄咄逼人，公开亮出自己观点：

“臣忝任疆吏以军务为急，不能要结绅士招致物议”——自己因忙于军政大事，没工夫和当地士绅拉关系，得罪了地方绅士，才引起种种非议。

接着进一步对朝廷表白：“既带兵不得不筹饷，既筹饷不得不任怨。殷兆镛以我恃功朘民相讥，又以岁收四千万耸听，未免意存倾陷。”——军饷本来应由朝廷供给，可你们丝毫不管，只好由我这个带兵首领自己设法艰难筹措，你们为何还要说三道四呢?

而所谓“每年收厘捐四千万”的说法，未免危言耸听，目的为了蓄意陷害!

接着语气中带点儿威胁：“若朝廷仍偏听偏信，以后谁还敢为朝廷做事?”并反问;“虽廷臣常有人奏请停减厘捐，但外省无一处停减，难道这些督抚大臣皆不良，皆居功吗?”

开篇两三百字就不同凡响!

在开篇给弹劾者定下“蓄意陷害”的结论后，接着李鸿章在奏折中，细列账目，陈述本省多抽厘捐的原因和具体情况，客观而恰到好处地逐条激烈反驳政敌。

首先，针对殷奏折所说的厘捐太滥，连粪担、妓女都收捐的攻击，他愤怒地反驳：“江苏商业发达，捐目确多，但何至有此等荒唐之事？造谣诬蔑，骇人听闻，不知居心何在?”

接着，对官亲幕友、游客劣绅，擅用令箭旗牌的指控，给予坚决否定：“令箭是行军所用，旗牌告示用来晓谕商贾，炮船弁勇用来保护行旅，从未用于厘卡。”

然后，对江苏各项捐款及各县收银四千万两的说法，此折干脆从清朝建立以来说起，论证这是绝不可能的事。

最后表示，为了报效朝廷之恩，而不考虑个人名誉得失，仍决定不撤厘卡。同时，对政敌再次愤而反击：“厘卡之事，商民尚不甚怨，殷兆镛是江苏属地巨绅，又是贵近之臣，不但不以国家大局为重，反而倡为浮议，肆口诋毁诬陷，对上以眩惑朝廷，对下以鼓动愚民，远近传播，使我背上违背国家藐视法律的恶名，臣因此不能不寒心，以后，在此地为官者，更手足无措了。”以此再将朝廷一军。

公鸡已是第三遍啼唱，天快亮了。但李鸿章仍无半点儿睡意。

他在继续书写结尾部分。他决定向那些以清谈误国的政敌，再刺一枪，将其挑落马下。

他呼应开头的结论，把批驳矛头直指只会清谈责人，其实不熟悉实际的士大夫：

“中国已是如此虚弱，可一些士大夫学得一点儿文字，就以能治国治民自鸣得意，以攻击揭发别人作为时尚。他们对利国保民一切实效，全不研究，错误地诋毁理财之道为减利，胡乱地议论带兵之人多是依仗势力。颠倒是非，混淆名实，评论事务十分苛刻，而办事则偏向虚假，一旦有危急大事，便惊慌失措，这种人最值得担忧。”

想到朝廷偏听偏信，李鸿章便有点儿不客气地提醒朝廷：

“惟于用人，听言二端，推求实济，坚持定见，务为远大之谋，深维富强之术。消内患，杜外萌，无不由此。”

他看了看整道奏折，觉得对朝廷的“刺”太多了点儿，怕朝廷说自己狂妄自大，于是最后，情真意切地表白心迹：

“鸿章十三年来，出生入死，忍辱负重，以军实未充，民生未安为惧，要其设施，无非为公家筹划，绝无一毫自私自利。”

天亮了，李鸿章在书房的简易木床上小睡了片刻，然后匆匆洗脸吃早点，便去总督衙门。

他知道，这三天为了起草给朝廷的奏折，应付对自己的弹劾，洗刷自己的罪名而没去衙门理事，现在，该有多少事等着自己去处理啊！但愿自己这道奏折能帮自己跨过这道坎，渡过这个难关。

不久，朝廷下旨，责备殷兆镛和王宪成等人，假公济私，邀誉乡党；同时，又以“开言路”为名，对殷、王免于严处。

李鸿章终于渡过了一场严重的政治危机。

他长舒了一口气。

但仅仅过了三个月，即署理两江总督只五个月，朝廷又一道命令，使他的神经再次高度紧张起来。

同年九月初，李鸿章突然接到朝廷一道命令：

着李鸿章督带杨鼎勋等军，驰赴河洛一带防剿，兼顾山（东）陕（西）门户，以漕运总督吴棠署理两江总督，李宗羲、丁日昌署漕督、苏抚。

河洛，即黄河、洛水，指河南洛阳、开封一带。

一接到这道圣旨，他不禁吃了一惊。

他立即意识到，这是清廷企图控制两江总督要缺，而采取的一个花招。若是实行，湘淮军利益将受到极大影响。

杨鼎勋等部，是由洋枪队精华组成的“淮军之冠”，若奔赴河洛，淮军在东南重地的力量必然受到削弱；两江总督是天下大缺，吴棠是湘淮集团之外的人。任命吴棠，便夺取了李鸿章手中的两江地方实权。

清廷企图一石二鸟，用心险恶。

“哼，想得美？”李鸿章冷笑道：“我们湘淮军为你们清廷出生入死消灭了长毛，夺回了江山，可你们却想让毫无功劳的庸碌之辈占据要津，没有这么便宜！”

他不肯乖乖就范，决定奋起抗争！

想到此，他立即写了一个奏折：

谕旨命臣带兵赴河洛。目前捻匪主力已趋重东路，窜往山东、江苏，河洛一带现在已无可剿之贼，淮勇亦别无可调之兵。臣视师河洛，兵势难以远分，饷银难以依赖，军火难以经常接济，对江山社稷有损无益。

“此等大事，我应与老师曾总督联手方更有力。”接着，他又写了一封信给老师曾国藩，恳请老师对两江人事安排熟筹密陈，反对吴棠署理江督，表示最好是维持现状。

曾国藩一接到信，立即上疏抗争：

臣今剿捻匪，全赖淮军诸勇供我指挥。李鸿章若果入洛，亦怎肯撤去臣布置已定之兵，带着西行，坐视山东、江苏之糜烂而不顾?

他还对人事安排有异议：李宗羲谦正有余，才略稍短，担任封疆大吏，未免太快；丁日昌熟悉洋务，但资格太浅，难以胜任其职。

曾国藩和李鸿章南北呼应，联手抗争，令清廷感到十分棘手：曾国藩德高望重，李鸿章淮军威震中国，若是惹恼了他们，清朝江山将有倾覆之危！于是，只得下旨维持现状：曾国藩仍任两江总督、钦差大臣，主持剿捻；李鸿章继续署理两江总督。

一场严重的政治风波，在李鸿章和曾国藩联手抗争下，平息了。

李鸿章感到很开心。

不久，李鸿章又迎来了命运的重大转折，一桩令他更意想不到的事情在等着他。

二、捻军三败李鸿章

剿捻钦差大臣，德高望重的曾国藩病倒了。

他是忧愤成疾。剿捻一年半来，他殚精竭虑，艰苦备至却一事无成。

他那“四镇六游”和“河防之策”的老辣战略，并未成功。同治五年八月底，捻军在开封城南十多里处，一举突破他苦心经营一年多的豫军卫河防濠东去，打破了他企图将捻军压缩在豫东沙河以南、贾鲁河以西的狭小地带，予以围歼的如意算盘，使所向披靡的湘军统帅一世英名付之东流。

与此同时，朝廷的指责，大臣的弹劾，同僚的讥讽接踵而来，令他的心绪坏到极点。

尤其令他难受的是，在这讥讽浪潮中，还有高足李鸿章的声音。自己沿河堤筑长墙设防，阻挡捻匪的做法，众人都笑他迂腐，连李鸿章也不理解，致书办理曾国藩军务、并建河防之策的刘秉璋讥讽道："古有万里长城，今有万里长墙，不想秦始皇千年后却遇到公等知音！"

曾国藩忧愤交加，称病请求开缺。

清廷顺水推舟，走马换帅，授李鸿章为钦差大臣，接手剿捻。

李鸿章一上任，所做的第一件事，就是向朝廷奏请曾国藩回两江总督原任。

当朝廷任命李鸿章为剿捻钦差后，曾国藩不肯回两江原任，一再提出要以散员身份留在剿捻军中效力，以挽回剿捻彻底失败的形象。

这令李鸿章感到非常难办：老师留在剿捻大营，对自己掣肘太大，如果两人意见发生分歧怎么办？是听老师的还是不听？听，自己的决策得不到贯彻，于剿捻不利；不听，师生就要反目。

若老师能回两江原任，一能稳固后方，保障淮军的饷源根本重地；二是让老师体面下台，以维护双方根本利益，和师生之谊香火传承之情；三、免除曾氏的掣肘，自己可放开手脚大干一场。

在他的力争下，朝廷果然同意了他的一系列人事安排：曾国藩回两江原任，他被任命为湖广总督、剿捻钦差。并调湖南巡抚、李鸿章大哥李瀚章为江苏巡抚，命署理湖广总督；以李鸿章僚属郭柏荫、丁日昌，分别署理江苏巡抚和江苏布政使；又以曾国藩好友刘昆为湖南巡抚。

李鸿章大喜。

朝廷这种安排，既安抚了湘淮两系，又使三江、五湖连为一体，便于筹措剿捻军饷，稳定后方基地。这是李鸿章努力筹谋的战略大计。

现在如意算盘终于打成，剿捻计划有了可靠保障，怎不令人欣喜万分？

他高兴得情不自禁地唱起了家乡的庐剧：

三河镇十字路口，开了门面，
东边卖的是瓜子，西边卖的是香烟，
中间卖的酒和面，针脑线头样样全。

他越唱越动情：

到春天，茶叶子六安瓜片，
到夏天，绸缎客杭州乌眉，
到秋天，骡马客湖广福建，
到冬天，皮货客西口北边……

然而，他那有点儿沙哑的嗓音，在静寂的冬夜，却显得有些刺耳，把睡梦中的妻子和小孩也吵醒了。

孩子哭了起来。赵小莲恼火道："你疯了，半夜发什么颠呀！"

一句话，把他的唱腔打断了，但他还是压抑不住满腔的喜悦。

是呀，他怎能不高兴呢？巡抚升总督，又成钦差大臣率军剿捻，从此，我的淮军要扬名天下，真正成为大清第一军了！他带着建功立业的宏愿，踌躇满志地走上剿捻前线。

他抑制不住兴奋地给母亲写信报告："曾夫子自称剿捻无功，精力大衰，不能当此大任。现蒙圣上照准，命曾夫子回任两江总督，授儿钦差大臣、湖广总督，专办剿捻……"

但事实证明，他未免高兴得太早了。

他披挂上阵，到达了剿捻前线。

当他审情度势、思谋制捻方略时，才体察到曾国藩"以静制动"和"划河圈地"战略方针的深刻用意，意识到自己以前对老师在河边筑长墙嘲笑的幼稚。

于是，在曾国藩原有战略的基础上，他制订了一套更为完整毒辣的剿捻计划，上报朝廷：

"捻贼已成流寇，要逼之不流，须蹙之于山深水复之处，弃地以诱其深入，然后合各省之兵力，三四面围困之。"

针对捻军狡猾善走的特点，他大力扩充骑兵，增至二十八营七千多匹战马，其中约十三营三千五百多匹，配备给著名战将刘铭传指挥的铭军，专门用来追击捻军。另外，利用投降的捻军，和在捻军老巢徐州皖北一带招募训练新军，以扩充实力，逐渐增至八万多人。

完成这些准备工作后，李鸿章便展开了对捻军的强大攻势。

他打算放手缚蛟龙了！他首先攻剿当时对清廷威胁最大的东捻军。

但他没想到，首场战役便碰了个硬钉子。

同治六年（公元一八六七年）一月，飘忽无踪的东捻军，突然从东面进入湖北钟祥，兵力达十万之众。

"东捻打算干啥？"李鸿章急召高级将领和幕僚分析。

"弄妈，东捻此来，明显是上雄踞晋豫秦三省要冲的关隘重地潼关，准备进军川陕，与远在西北的西捻张宗禹匪部，造反的回民联合起来。"悍将郭松林道，"大帅，让我率军，切断捻匪前进川陕之路！"

"郭将军，你的判断有误。"周馥连忙开言道，"捻匪大军入鄂，目的是为了突入四川，居天府之险，以四川为中心，以陕、鄂、黔、湘等省为外围，像当年三国时期的刘备一样，妄图建立太平天国一样的政权。"

可潘鼎新却不同意前面两人的看法：捻匪此举很可能是想夺取"九省通

衢”的武昌。

“这野心也太大了。”众人发出一片惊叹声。

智勇双全、已升任山西布政使的刘秉璋，此刻也站了起来，沉稳地说：“不管捻匪有哪种企图，消灭它，乃是当务之急！”

他用小木棒指着墙上的军用地图，胸有成竹地说：“这臼口镇，前有长江、汉水阻挡，后有大洪山之险，捻匪骑兵不能在山径交错、河湖交叉的地方发挥长处，我们可以借此‘扼地兜剿’，与其决战，一举将它歼灭！”

“好一个‘扼地兜剿’！”李鸿章击掌叫好，“好，我军就与捻匪在此决战，力争一举歼灭其主力！”

他双眼圆瞪，充满杀气，如同一头雄狮。他用冷峻的目光一扫，问众将：“哪位将军愿任此次追剿先锋？”

曾国荃新组建的新湘军头领郭松林，首先闪出：“我愿打头阵！”

李鸿章嘱咐道：“此次是剿捻第一仗，你一定要打好，来个开门红！”

“督师放心，长毛劲旅、号称英王的陈玉成，和智勇双全的忠王李秀成，都成了我们湘军手下败将，量漏网的长毛贼赖文光又有多大能耐？”郭松林斗志昂扬，“我若不旗开得胜，决不回营！”

他带着抢头功的迫切心情，出发了。

他四处寻找捻军主力决战。一出战，便用分进合击的“包饺子”战术，吃掉捻军五百多人。

郭总兵的兴致更高了。他摇摇头，不无惋惜地说：“可惜只是只小鱼虾，太不过瘾了！”

他继续率兵四处寻找敌军主力，但终究见不到捻军大部队。

日已衔山，朔风更加凛冽，如同狮吼狼嚎。没有纷飞的战火，找不到决战的对象，将士们沮丧了，拿枪的手指冻得麻木了。

当他们来到臼口镇附近的罗家集时，郭松林忽听到远处传来清晰的马蹄声。这声音越来越响，转眼间，便变成了千军万马。

郭松林大吃一惊：捻匪真神出鬼没呀！他大声喊：“向捻匪出击！”

湘军官兵开枪了，但对方只零星倒下几匹战马，那敌骑越来越多越来越猛，如滚滚洪流排山倒海般冲过来，包抄过来，湘军只打了一仗便抵挡不住了。

“捉住郭松林，赏银一千两！”捻军的口号越来越响，凶狠的马队，直向湘军中军所在的统帅部冲来。

郭松林连忙指挥部队后撤，但已经来不及了，自己的队伍已被冲得七零八落，接着，便被捻军分割包围，一个一个被有滋有味地吃掉了……

郭松林从昏迷中醒过来，发觉自己独自一人倒在死人死马堆里。

环顾周围，没有湘军，没有弟弟芳珍，甚至连个亲兵也没有。他觉得身

上百骨疼痛，仿佛到处是枪眼，一摸手脚，有七处伤口，幸亏心脏、头颅没被打中。但要命的是，有颗子弹竟打中了他的最暗处，削去了一块肉，他不禁暗暗叫苦："命根断绝，后半生岂不成了太监？"但此刻，已顾不上这么多了，能留下性命，就是天大的幸事！

他用尽全力挣扎起来，想走，但一步也难以挪动：左足几乎断了，脚后跟的筋也割断了。忽然，他听到马队嘚嘚而来，火把灯笼越来越近。

"哦，自己部队来了。"他一阵惊喜，但马上又感到不对：几个大声口音，显然是徐州、淮北一带的捻子声。

"不好，不是自己人，是捻匪！"他刚脱去自己外罩的将官服（顶戴早已不知去向），火把就照到他的身上，他被两个捻匪抓了起来。

"你是啥人？叫啥名字？"

他撒了个谎："我是湘军中一名哨长，叫黑鱼。"

听说是敌军哨长，两个捻军过来要绑他，他奄奄一息地说："我的脚骨断了，全身是伤，你叫我跑也跑不了。"他哀求道："你们快救救我，找几个人抬抬我，等我伤好了，参加你们的队伍。"

马队队长轻蔑地看了他一眼："你别做梦了，还想上前线！我们打仗要紧，没有人抬你！"

说完，喊了一声"快走！"一阵疾风，便消失得无影无踪。

这个捻军队长，根本没想到刚才放过的是个赫赫有名的湘军战将，他白白地放过了一个立功受奖、获得一千两白银的好机会。

不久，郭松林又见到有人打着灯笼过来了。他连忙钻进死人死马堆里躲藏起来。

忽然，他看清了，此人衣服上有清晰的"湘"字，他高兴起来，轻声喊："老乡，老乡——"

湘勇听见死人堆里，发出一个有气无力类似幽灵般的声音，正想跑开，不料脚却被"鬼"拖住了："不要跑，我是郭松林。"

湘勇猛地站住了："是郭总兵！"他高兴极了，是自己部队的主将。他二话没说，立即背起总兵就走。

刚走了一段路，便有一队湘军亲兵找了过来，于是救回军营。当郭松林看到弟弟芳珍的灵柩时，他如同头上挨了重重一榔头，顿时便失去了知觉。

此番臼口之战，郭松林部大部被歼，曾国荃的新湘军从此一蹶不振。

李鸿章气得两眼直喷火。他率淮军精锐四处找捻军复仇，但敌方如同上天入地一般不知去向。

十多天后，他终于在德安府杨家河一带，又捕捉到敌军大部队骑兵活动的踪迹。

"此番哪位将军愿担当追剿重任？"李鸿章话音刚落，便有一位将军昂然挺立，嗷嗷直叫，声音震得大帐嗡嗡响：“我愿往！我要为郭总兵复仇，打出淮军的威风！”

大家一看，原来是淮军大将、亲兵营铭军统领，现任广西左江镇总兵张树珊。

“张总兵，千万不可轻敌。”满身绷带的郭松林，慢慢地睁开肿得几乎只剩一条线的两眼，有气无力地说，“捻匪行踪不定，诡计多端，我就是中了他们诈败诱敌，和骑兵包抄的奸计而溃败啊！”

张树珊轻蔑地看了一眼对面这个左足断裂，右手吊着绷带，面色蜡黄，闭着双眼，如同死人一般睡在躺椅上的新湘军主将，心里哼道：“你这草包新湘军！等我打了胜仗，捉了捻匪首领，惭愧死你！”嘴上却道：“郭将军，你安心养伤，待我替你报仇雪恨，不活捉一个贼首，决不回营！”

李鸿章见他大意，很不放心，于是唤出以稳健著称的名将周盛波道：“你和张将军两人一同前往，东西分进，互相配合，切不可重蹈郭将军覆辙！”

此话刚落，张树珊便大叫道：“督师，你也太小看张某了！我战安徽，攻无锡，克常州，何曾打过败仗？我的一品封典，是靠赫赫战功获得，绝不是靠风白白吹来的。此番若再遭溃败，愿受军法处置！”

李鸿章严肃地说：“军中无戏言！”

张树珊朗声应道：“愿立军令状！”

说着，在军令状上签字画押：“若本军失败，甘愿军法从事，血祭大旗，以警众军。”

李鸿章再次嘱咐道：“张将军，此番行军非比寻常，捻匪比长毛剽悍，也更来去无踪，务必小心谨慎，与周将军保持协同，切不可轻易冒进。”

张树珊应声而去。

张树珊率大队骑兵飞速前进。为了抢头功，他号令全军仅带点儿干粮，远远抛掉周盛波的盛军，马不停蹄，向德安府杨家河一带疾进。但树军只碰到零星几十匹一股的敌军小马队，便不加理会。树军来来去去寻找了老半天，也没找到敌军大部队。

他心里正焦躁，忽见前面有支数百骑的敌军马队，顿时兴奋起来，率部上前追击。敌军骑兵队伍好像跟树军捉迷藏一般，树军追得紧，敌军骑兵跑得急；树军速度慢下来，敌军骑兵也跑得缓。

张树珊火了，下令，抛下辎重轻装前进，务必抓住敌军狠狠打击！

树军如急风暴雨往前追赶，谁知追着追着，那支捻军忽然消失了踪影。

此时，天色已黑了下来，树军个个又冷又饿。

正准备埋锅做饭，张树珊忽问：“此处是哪里？”

向导答道：“倒树湾。”

张树珊大惊失色道："这可是对我军大不利之地！"连忙吩咐部队立即开拔，谁知已经迟了。

此刻，只听得号炮三声，火把千百，喊声四起，捻军成千上万从几个山谷里冲了出来。为首一员战将，是号称项羽的任化邦。只见他骑着一匹高大白马，两手各持一支短铳，高喊：树珊我儿，快快下马投降，免你一死！若顽抗到底，今天这"倒树湾"就是你的葬身之地！

树珊怒喝道："别逞能，看弹！"他连开两枪，都没打中，原来被任化邦"镫里藏身"躲过。

天黑了，大雪纷飞，敌人骑兵利用天黑作掩护，早已聚集了两三万骑兵的绝对优势，把张树珊一军围在中心，狠打猛冲，万弹齐发。

周盛波的盛军听到前方大战，立刻不顾一切地赶来救援，但最终只能望河兴叹，因为跟树珊部队中间隔着一条宽而深的河流，又是黑夜，根本无法相救，只得干着急。

很快，捻军便将张树珊一军击溃，分割包围。

忽然，一颗枪弹打中了张树珊，他晃了晃身子，坐立不住，便一头栽下马，很快被千百骑兵踩为肉酱。

此仗张树珊一军，除两千多骑兵乘天黑冲出包围圈，被赶来接应的大部队救回外，其余全部覆灭。

雪，越下越大；风，越刮越猛。

捻军早已没有了踪影，只留下千万已经丧生的人马。

李鸿章望着这个"倒树湾"战场，无可奈何地下令收军。

第二天一早，李鸿章带着淮军，来到昨夜的战场。

寒风仍在怒吼。只见厚厚的积雪，已把大地封得严严实实，很难找到张树珊的尸体。李鸿章只得叹了口气，拿出那张"军令状"，一把火点着烧了。淮军将士个个肃立，脱帽默默致哀。这纸灰，纷纷扬扬地飘洒向"倒树湾"，算是对昔日淮军名将的祭奠。

李鸿章铁青着脸，口里喃喃地说："树珊，我的好兄弟，你放心地去吧，你的仇，我们淮军将士一定会替你报！因为淮军是无坚不摧、所向披靡的！"

淮军大将半月内一伤一死，令李鸿章不寒而栗。

他哀叹："任化邦，骁勇善战，项羽之辈，人中怪杰，我与将士不幸而遇此磨难！"

东捻首领赖文光和任化邦，开心极了。

半个月内，连赢两仗，把新湘军打得落花流水，敌勇将郭松林差点儿命丧黄泉；只可惜当时情况不明，让他漏网了。更可喜的是歼灭了树军，阵斩清妖一品将军张树珊。

"看来，闻名天下的淮军也不过如此！在我神威的捻军面前，只能是手下败将！”遵王赖文光哈哈大笑道。

于是立即下令：“明天是正月十五，元宵节。全军大摆宴席，庆祝三天！”同时吩咐：“加强警戒，以防淮军偷袭。”

而同一时刻，清军大营李鸿章钦差，正召集众将商讨剿捻大计。

新湘军统帅、湖北巡抚曾国荃道：“捻匪集结徘徊于襄河流域，及附近的德安、京山之间，队伍绵延百里，此正是歼敌良机。我军应派出主力决战，一举摧毁捻匪！”

李鸿章点头道：“九帅之言很有道理。”

于是立即派遣湘、淮军两大最精锐的王牌军：鲍超的湘军和淮军中刘铭传的铭军，联合进攻捻军。

鲍超号称湘军第一悍将，官授一品提督，以凶狠著名。而刘铭传，自幼喜读兵书战策，少时即雄心勃勃，曾发誓：“在生不封爵，死后不得皇帝封谥，不是大丈夫！”他自随淮军兴起，因屡立战功，官授直隶提督，赐黄马褂。曾国藩指挥剿捻时，所采用的那套“长墙圈制，扼要设防，分道兜剿”的极为毒辣的战略，就是刘铭传所提出。该部装备了新式枪炮，采用西式战法，是淮军中最精锐、近代化程度最高的劲旅。

李鸿章布置道：“此番大战，由湘淮军两大劲旅的鲍超将军和刘铭传将军，担任主攻重任，其余各位率部负责包围、堵截。正月十五，趁敌军过元宵节防备松懈，辰刻同时发起攻击！”

他两道浓眉一耸，咬牙发狠道：“望诸位发扬湘淮军雄风，奋起神威，务必将捻匪赖文光、任化邦主力，一举摧毁于尹潅河畔！”

诸将齐声吼道：“愿效死力！”

正月十五日卯时，刘铭传率领铭军，提前一个时辰出发了，因为他要抢夺这次战役的头功。

他知道，这次湘淮军两大王牌联手进攻，李钦差已在尹潅河周围要隘布下淮军精锐，此番捻军必败无疑。这次战役，将在剿捻历史上，留下辉煌的一页。如果在这次大战中得到头功，那肯定会加官晋爵。自己如今已是堂堂提督，若得头功，便会升为巡抚一级的封疆大吏，成为人人羡慕的文官一品呢！

促使他抢头功，还有一个原因，就是淮军与湘军的比试较量：两大王牌、两支号称湘、淮军第一劲旅的较量。此刻，刘铭传耳旁还回响着鲍超那句刺耳的居高临下、自以为天下第一的话。

昨日下午剿捻军事会议散会后，鲍超说：“铭传小弟，明天追剿捻匪，我们两军谁先上？若是同时上，仗打胜了，头功算谁的？”他拍拍铭传的肩膀，笑着说，“我让你先上，把头功让给你。谁让我是你的大哥呢？”

刘铭传听后，心里很不好受，翻腾开了：鲍超你这家伙，瞧不起我呢！

你口口声声称我小弟，处处以大哥自居，分明是说：淮军来自湘军，湘军是淮军的老子，别看你淮军现在势盛，但我鲍超身经百战，屡立战功，你刘铭传小子不过是后辈新贵，有什么资格，与我这湘军第一悍将老鲍平起平坐？在我鲍超面前，你永远只能是一个小字辈的“弟弟”！

刘铭传冷冷一笑，轻蔑地哼了一声：“其实你鲍超有啥了不起？你不过是一个脑袋简单、胸无点墨的无谋匹夫，有何能耐，与我这智勇双全、胸藏韬略的治军治国雄才相提并论？今日进攻，我铭军精兵强将，火力旺盛，没有你鲍超莽汉，照样马到成功！”

于是，他提前一个时辰便向前方运动。当他抵达京山县尹滗河畔，忽然发现捻军就在对岸大吃大喝。于是，留下五营兵看守辎重，亲自率领十五营七千五百多人，分三路渡河进攻。

此刻，他根本没想到对方已集结了数万精兵，正张开大网严阵以待，等着打头阵的清军主力自投罗网呢！

捻军此时正在饮酒狂欢，见敌军来到，立刻列阵以待。

“待铭军半渡，立即枪炮齐发，务必要他们葬身大河！”赖文光立即兵分三路迎敌。

铭军骑兵在河中虽遭捻军枪弹阻击，但由于炮火猛烈，很快突破捻军防线，往前猛攻，捻军抵挡不住，纷纷后退。

“活捉赖文光，赏银两千两！”刘铭传高喊着，率部不顾一切，拼命朝捻军的帅字旗追赶。正追得起劲，突然三声号炮轰隆隆响起，两万多骑兵，从左右包抄过来，狠打猛冲，原来往后退却的捻军，也回身反击，顿时将铭军围在垓心。

铭军左路军见此情形，掉头杀回，边打边冲，撤退过河。右路唐定奎部见中军统帅被困，立即不顾一切回援，却被捻军铁骑冲得七零八落。

捻军将铭军中军团团围住。

“别放跑刘铭传，抓活的！”捻军吼声震天动地，铭军全军辎重被夺，刘铭传的玛瑙红顶花翎也被夺走。

刘铭传看到四周捻军把自己中军围得铁桶一般，左冲右突如碰铜墙铁壁，叹气道：“今日老命休矣！想不到我刘铭传一世英名，淮军王牌，竟命丧尹滗河！”

想到此，他不禁后悔起来：我不该为抢头功提前进攻，不该与湘军名将鲍将军争风吃醋！若两支劲旅同时出击，绝不至于今日遭此下场！

他准备自杀，但一想到鲍军将到，于是强打精神固守待援。他下令全军布成防守阵势，依托山头、高地等有利地形抵抗，等待鲍军。

当鲍超听到铭军与捻军鏖战正急，方知铭军已不守约定提前出击。

他明白，这是刘铭传要抢头功，心中很是生气：这小子运气好，年纪轻轻只有三十郎当岁，就爬上提督的高位。现在又想抢头功，好加官晋爵。既然如此，你就上吧。如今捻匪势盛，有十几万大军，光精锐骑兵就有好几万，我不相信你独支铭军，就能把捻匪一口吞掉！

他不慌不忙地下令各营将士吃饱早饭，等待命令再出击。

约定的时辰——辰刻已到，他没有下达出击的命令，直到再过了一个钟点，到了辰时中，见到捻军杀声连天，铭军哑无声息时，才意识到情况不妙，铭军可能凶多吉少！

他立即吩咐鸣放号炮，从捻军背后发起冲锋，并朝捻军帅字旗方向猛烈攻打。

赖文光、任化邦指挥着骑兵逐渐缩小包围圈，正得意忘形地准备将淮军第一劲旅“包饺子”吃掉时，忽听背后枪炮呼啸，杀声连天，吼声如雷，以为中了敌兵埋伏，被清军大军包围，顿时慌了手脚。

他们边打边退，但湘军攻势凶猛，直冲中军。

“活捉赖文光，赏银一万两！”

“抓住任化邦，赏银五千两！”

清军口号此伏彼起。

“你快走！”赖文光妻子见情形危急，催促丈夫赶紧突围。

见赖文光不走，唯恐丈夫被捉，她在马车上掀帘高呼：“快杀出去，不要管我！”

随后又说：“你放心，清兵若行非礼，我就以死报答你！”说完，抢过车夫的鞭子，尽力一鞭，丈夫的马飞奔而去。

赖文光含泪向妻子投去深情而凄然的一瞥，他心里默默地说：“贤妻，我会永远记住你。我发誓，定要推翻满清黑暗统治，来报答你的深情厚谊！”

被围困的刘铭传，听到清军号炮，又见捻军阵势大乱，知道鲍军已发起攻击，连忙高呼：“杀敌突围！”

铭军见绝处逢生，人人勇气倍增，立刻拼死猛冲，突围而出。

突如其来的变故，使捻军晕头转向。他们慌忙后退、逃窜，结果被鲍超的霆军歼灭一万多人，俘虏八千多人，还将铭军所丧失的辎重，包括刘铭传的红顶花翎全部夺回。

捻军被穷追五日，死伤累累，被俘众多。

剿捻统帅李鸿章，同时接到两份报告。

第一份是淮军名将刘铭传送来的捷报：铭军和霆军先后出击，击败捻匪，击毙、活捉捻匪共两万多人，缴获骡马辎重无数。铭军按时出击，但因鲍超贻误战机，开始曾遭不利。望督师将鲍超查办。

霆军送来的也是报捷加指责刘铭传的：……刘铭传企图独吞全功，早出一时辰，以至大败被围。幸我霆军及时赶到奋力厮杀，救出刘军门，并连败捻匪于直河、襄河各地，活捉捻匪首领赖文光婆娘，现已追到枣阳唐县，不日可获全功……

面对两份报告，两种说法，李鸿章感到十分为难。

两人谁是谁非？显然，鲍、刘两人，必须有一个记大功，有一个记大过。给谁记大功？若给鲍超记大功，那就褒扬了湘军，而损了淮军。这样，不但打击了淮军将领的积极性，还会损及我这个堂堂淮军统帅的威望信誉，弄不好，我本人也将受到朝廷的责备和处分。

想到这里，他心里顿时明朗起来："鲍超老弟，为了淮军的利益，只有对不住你了！"他还对着远方，心里默默地说："曾老师，为了我李鸿章的前程，只好委屈湘军，叫湘军作点儿牺牲了。"

于是，他亲拟给朝廷的奏折：《铭军尹灕河挫败片》：

正月十五元宵节这天，我军与捻匪十余万骑兵，决战于尹灕河，大获全胜，击毙、俘虏捻匪达两万余人，其中有贼首赖文光之妻。获敌辎重无数。然我方也阵亡总兵副将七人。刘铭传部于卯刻先至尹灕河，在追击捻匪时，忽后路惊传有贼，迭次飞报，不知系霆军亦由此进。铭军接仗过猛，又因鲍超出击时间偶然耽误，以致有此失败……

清廷新任军机大臣、左副都御史汪元方，接到奏报，立即拟旨严斥：

鲍超虚报战功，罪责非轻，并应负铭军战败之罪责。

接到朝旨，性情刚烈的鲍超感到无可辩解，一气成病，坚决要求辞去霆军统帅之职。

此刻，湖北巡抚曾国荃为部将鲍超鸣不平。他根据捻军俘虏的供词，写了一份奏报：

尹灕河之战，捻匪有南北之分，北强而南弱。与铭军交锋系北队，与鲍超接战系南队，所以战绩不同。

回任两江总督的曾国藩了解实情后，一面快速发信劝慰鲍超，解他怒气，一面向李鸿章说明奏报不符实情。

李鸿章看事情闹大了，怕影响和师门的关系，更怕朝廷了解实情后要责备，于是重写奏稿，陈述鲍超英勇善战功劳大，请朝廷给予奖励。

于是，朝廷下旨表扬鲍超并赏赐上等人参以示慰问……

然而此刻，鲍超执意告退。

霆军名将唐仁廉，挑选霆军精壮，建立"仁字营"，成为淮军一支。

正当湘淮军为争功卸过，闹得不可开交之际，东捻军乘机重整队伍，在黄州府蕲水县的六神港，击毙湘军记名布政使彭毓橘及将领多人，击败该部，冲出臼口包围圈。然后挥师北上，于四月下旬北进河南。鉴于陕西粮草困难，四川路途遥远，于是放弃了原定西进川陕的计划，改向山东运动。

在山东郓城起义军接应下，捻军在戴庙附近，攻破山东防军王心安部所守的运河防线，进入山东半岛。

李鸿章苦心经营多时的臼口大包围战略，至此归于失败。

听到东捻挣脱罗网，挺进山东的报告，李鸿章跌足叹苦道："捻匪是盗匪中的小偷，人中的怪物，我与兵将真是不幸，遇到这等磨难之星！"

三、面对朝廷严责、权臣诽谤，李鸿章坚持既定方针

最近，李鸿章的心情坏到极点。

湖北臼口围歼计划破产，新湘军主力全军覆没，使剿捻实力减弱了不少。更令人感到压力重重的是，围歼计划落空，引起清廷极大震怒，有关各省大员皆被严加处罚，自己更被斥为"办理毫无起色，特别辜负了朝廷重任"，要他"戴罪立功"。

接到朝廷的谕旨，他顿时感到手脚冰凉，虽然是炎热的暑天，但他却觉得如同浸泡到冰窟中一般冷得发抖。

他感到朝廷的冷酷无情。

更恼人的是，朝野上下对他的指责、讥讽滚滚而来，一致斥责他的运防战略毫无用处，应迅速改变。这又令他心情烦躁、怒气冲天，如同放在烈火中烧烤一般。

就这样，他一会儿冷，一会儿热，在冷热交织中，他感到自己快要垮了。

他睡在躺椅里，了无生气。

此刻，他真想把这副重担抛给别人，谁有能耐谁上，我当我的湖广总督算了。

但转念一想，又抛开了这个念头。他想起北宋名臣范仲淹的博大胸怀："居庙堂之高，则忧其君；处江湖之远，则忧其民。"当前，剿捻关系到国家和百姓大业，也关系到个人升迁大计，我怎能轻言放弃？捻匪作乱，扰州掠县，社会动荡，百姓痛苦。国家不稳，我的官位也不牢靠。若我能剿平捻匪，一利国家，二利百姓，三利个人。到那时，我就能官做得更大，大概能升大学士，两江总督，说不定还能升尚书，或全国总督之首——直隶总督，与老师并驾齐驱呢！到那时，我将可以自豪地向对自己寄予厚望的祖父和父亲交代，向名门望族出身的夫人赵氏夸耀，向倚门而望、日夜等待着听到剿捻前线佳音的慈母报告。

这么一想，他整个身子仿佛又从冰窟中出来，回到大地上，温度逐渐升高；又从烈火中跳出，热度逐渐下降……他的体温正常了，混浊昏暗的眼睛明亮了，百无聊赖的全身，顿时如吃了人参一般有劲了。

他一下子从躺椅上蹦了起来，走到地图面前。

他打开一幅精细的山东地图，找到梁山县附近的“戴庙”——这个捻军突围而去的地方。

他的手指游移着。

忽然，眼前出现了两条粗粗的蓝曲线：一条是世界上最长的人工河京杭大运河，还有一条，就是中华民族的母亲河黄河。看东面，被莱州湾、渤海、黄海包围的山东半岛，再看南面，又有六塘河。

他猛然转忧为喜：东捻虽突围而去，却进入山东半岛。这里三面环海，北有黄河天险，西有大运河，南有六塘河，捻匪此回岂不是自投罗网！清军正可以利用强大的火力优势，将捻匪围困于胶东这块狭窄的丘陵地带，予以歼灭！

此刻，他觉得眼前那半岛地图，已化为一只凶猛的豹子，这豹子已落入汪洋大海之中。

他高兴得再也躺不住了，立刻叫醒旗牌官，通知各将领和幕府高参来大帐开会。

当李钦差将自己的战略构想一说，立即引来众将领齐声叫好。

“各位将军多提提意见，力争把计划想得更周全。”一听到李钦差的号召，足智多谋的淮军将领、山东布政使潘鼎新立即开言：

“督师，您的战略很好，但我觉得防剿的范围还是太大了。”他从案上拿起指示棒，指着胶莱平原上一条由北而南贯串的河流，胸有成竹地说，“这是胶莱河，我们除了实行李督师所说的战略大包围外，还可以此河构成更小的内线包围圈，把捻匪从运河往东北，从黄河向东南，挤压到胶莱河以东的登州、莱州的狭小地带，予以歼灭！”

李鸿章一听连声赞扬道：“有道理，有眼光！”

诸将受到鼓励，纷纷在想计策。

淮军名将、直隶提督刘铭传道：我补充一条计策，名叫“倒守运河”，或叫“反守运河”：即把原来在运河东岸构筑的长墙防线，移到西岸，把防东捻入鲁，改为在运河西岸设防，阻止捻匪突入山东西部和中原。

议事厅里鸦雀无声。

“诸位谈谈上述两条战略的可行性。”李督师一说，全场气氛顿时活跃起来，众人纷纷议论。

“两省地段五百多里，西岸长墙难以迅速修筑，若有一处漏洞，捻匪早跑得无影无踪了。”一将笑道。

“此计虽好，却难以实行。即使能按期筑成五百里长墙，禁捻匪于登、莱之地，但山东、江苏这八府二州之间，战线长达一千五百里，层层山岭，要用多少兵力？而且这个地带处处富裕，捻匪怎会挨饿受冻？此计不可取。

湖北德、黄、安、襄四府，任凭捻匪盘旋五个月，也无办法可以制服，已是前车之鉴。”

“此计虽好，但捻匪不是猪羊，而是虎豹，不会任你驱赶。你赶他进登州、莱州，但恐怕他们未必能钻入登莱腹地。若是刚进就出，我军防线还没全部完成，怎么办?”

还有熟悉山东半岛地理、气候的将领，提出疑问：“根据以往情况，胶莱河大半淤塞，兴工筑墙，需要很长时间。捻匪怎能乖乖地等待我们织成罗网?”

还有的说：“守住胶莱河，也难保捻贼不外逃。据说明朝咸丰年间，捻匪由登州、即墨、高密山地之险，南窜日照、赣榆。若是最终窜出，十一府二州危害太深啊!”

众说纷纭，莫衷一是。

李鸿章在犹豫。

他写信把此种新战略报告恩师。曾国藩很快来信，认为地段太长，兵力不足，难以实行。

李鸿章将“倒守运河”和“胶莱之防”的战略，与幕中谋士周馥等人反复论证，研究了好多天，最后觉得这种战略，是当前最保险、最完美、能制敌于死地的一步妙棋。

他站起高大的身子，两眼通红熠熠发光，如一只欲置老虎于死地的雄狮，最后握紧拳头往桌上一砸，一锤定音：“就这么干!”

于是，一个宏伟而又保险的剿捻战略终于形成：北以黄河，西以运河，南以六塘河为外围防线，以胶莱河与海构成内层防线。逐渐缩小包围圈，将捻军逼到胶莱河以南的滨海地区，予以歼灭！万一捻军突破胶莱防线，还有运河防线作屏障。

他提出两个方案：一、按“倒守运河”之议，铭、鼎二军，将东捻逼入登、莱，予以歼灭；二、如胶、莱不可守，则将东捻逼入里下河、东海滨一带歼灭。对，先防运河以断归路，次扼胶、莱以断咽喉!

他当机立断。

紧接着，他按计划设立运河西岸防线：以东平为中心，南起六塘河，北至黄河段，调遣豫军、皖军、淮军各部防守；漕运总督张之万，率部横守苏北六塘河，发现缺陷，随时调整；向清廷奏请三口通商大臣崇厚，直隶总督刘长佑率军防守黄河；江苏阜宁一带，也派驻部队，以防东捻从莒州、沂水一带南奔。还商调浙江巡抚马新贻，湖北巡抚曾国荃派兵助战。另外，又调派豫军和淮军二十二营，在胶莱防线策应。

不久，东捻由莱阳入招远、黄县境内，李鸿章随即部署胶莱河防线：莱州海口至海仓三十里因沙滩难守，改由新河至潍河东岸挖濠筑墙。

朝廷同意了李鸿章这个庞大的天衣无缝的构想。

一张投入几十万大军，调动全国人力、物力的大网已经织成，一个把东捻赶到大海喂鲨鱼的胶莱口袋也已张开，正等候东捻将士往里面钻呢！

李钦差笑了，踌躇满志地笑了："孙悟空跟斗云再快，也跳不出我如来佛的手掌心！"

他捧起精雕细镂的黄铜水烟筒，吧嗒吧嗒有滋有味地吸了起来，霎时轻烟袅袅。他欣赏着这道由蓝变白的好看的细烟，品味着令人心醉的吕宋烟，等待着前线的捷报传来。

然而，他等来的并不是什么好消息，而是令人震惊的报告：

七月二十日，捻匪由防线北端的海神庙北面海滩，突破鲁军王守安部队防线，向西南急进到淮县境内。

原来，赖文光和任化邦很快识破了清军"扼守胶莱，歼之海隅"的毒辣阴谋，便不顾一切地在清军防守疏漏处，撕开了缺口。李鸿章苦心经营的胶莱防线再次崩溃。

李鸿章惊奇了：捻匪何以能漏出这张密网逃遁？

他一调查，很快弄清了真实原因：是山东巡抚丁宝桢，破坏了自己的计划！他不愿把辖境变为战场，对自己的方案只是表面应付，甚至蓄意破坏：丁宝桢对淮军进行粮草封锁，淮军所到之处，城寨全部关闭，不供粮草。

李鸿章火冒三丈，他愤怒地上奏：

山东巡抚丁宝桢，破坏攻捻大计，仅顾一己之利，不管全国之危，不愿变辖境为战场。臣意在严防胶莱河西岸，而丁宝桢却率军深入胶东蓄意驱捻出境，并对淮军封锁粮草。若不予以惩戒，则剿捻大局堪忧……

而丁宝桢也上奏章推卸责任，攻击李鸿章颠倒是非，并指责胶莱之防是战略错误。

李鸿章原以为朝廷会处分并调开丁宝桢，谁知谕旨下达，竟将自己与丁宝桢各打五十大板：丁宝桢摘去顶戴，革职留任。同时，严厉责备李鸿章"徇私诿咎，倒置是非，意存忌刻，纵贼误事"。

清廷最高统治者慈禧太后，对李鸿章非常不满，称李："贻误全局，尽弃前功，深感痛恨！"于是，谕旨下达：李鸿章及部将潘鼎新交部议处。

这给了李鸿章当头一闷棍。

在此种形势下，对李鸿章的弹劾和攻击再度腾起。朝廷被舆论所迷惑，也认定"河防不可凭借"，就连恩师曾国藩也劝李鸿章早思退路。

李鸿章再度陷入窘困境地，跌入水火煎熬之中，他心情痛苦极了。

他，来到了人生的又一个十字路口。

怎么办？当前应该怎么办？是退缩，还是坚持？

此刻，他想起了古往今来那些英雄豪杰：三国官渡之战时的曹操，火烧赤壁的周瑜，淝水大战的谢安、谢石，还有三次濒临绝境、最终剿灭长毛、功成名就的恩师曾国藩……他们哪一个不是历经危难？沧海横流方显英雄本色，艰难险阻更能考验豪杰智慧！目前，我是指挥全国战局的统帅，有淮军这支无坚不摧的劲旅，有全国各方的大力支持，我不能无功而返！我必须成功！只有成功，才是最重要的，其余都是次要的。只要成功了，朝廷的谴责，群臣的弹劾、攻击甚至诽谤，都会随着剿捻胜利而烟消云散。我要用胜利，上报朝廷，下报父亲地下之灵，向慈母报喜！

他翻身而起点上灯，审视着山东、苏南地图，也再次审视着自己和众将领论证了几十次，心里琢磨了无数遍的“倒守运河”和“胶莱之防”的战略。

“是自己的战略决策错了吗？”他摇了摇头，坚决予以否认，“不，战略没错，此番计策落空，主要是鲁军疏于防范造成，否则，现在可以喝庆功酒了。”

他又一次紧盯着地图：捻匪虽然突围而去，但未突出外围防线，仍在我的掌控之中。现在的关键是，再不能让他们挣破运河、黄河之防！

想到此，他立即命令前线，加固黄河、运河之防，务必把捻匪关在山东半岛！

他给朝廷写了一份奏稿：《不罢运防片》。片中摆出了不能撤“倒守运河”之策的数条理由：

一、不能向捻匪示弱。贼正妄想突出运河，万一力堵不住，也是兵家偶然的胜败；若是先撤运河之防，正是向贼示弱，让其势占了上风。

二、不挫士气，不惑军心。守运河各军，早晚修筑防线，尚不疲倦，比起长年累月追剿捻匪的军队，轻松得多。若是忽令防守又忽令不守，这必使军心惶惑。

三、运河之防，损失较轻。运河东、南、北三面，捻贼来往窜扰，官军分路兜追，地方必受蹂躏，但只涉及数州府；若让贼逃到运河以西，则将流毒数省，后患无穷。

四、大局未溃。运河防线与胶莱防线的关系是：外围大防线与内围小防线的关系。以前议守运河，原恐胶莱防线仓促难成，画远圈以扼制外逃归路。现在，胶莱防线虽破，但外围防线仍在，大局未溃。

看到这份分析透彻精辟、理由充足的奏折，清廷被打动了。

而李鸿章顽强不可动摇的态度，也坚定了清廷倒守运河的决心，于是批复支持。

得到朝廷对自己战略的认可后，李鸿章又忍辱负重，给山东巡抚丁宝桢写信，主动讲和改善关系：

……我与丁抚台，是同一条战线的密友，一根藤上的两个苦瓜。唇亡齿

寒，我们应精诚团结，互相支持……

接到李鸿章这封亲笔信，丁宝桢十分感动，于是放弃私虑，大力配合，从而加固了第二道运河防线。

接着，李鸿章由济南、济宁驰到台儿庄前线，就近指挥战役。在运河防线重兵把守，数支精锐之师跟踪追击，使东捻军始终无法突破运河、黄河、六塘河防线，也无法摆脱淮军追击，步步陷入被动，不断遭受严重损失。

话说当赖文光和任化邦突破胶莱防线，再扑渡潍河，打破李鸿章钦差的如意算盘，在胶莱河以西的胶莱平原上驰骋时，有一种雄鹰在天空自由翱翔的舒畅和惬意。

“遵王陛下，下一步我们怎么办？往北还是往南？”东捻军副统帅鲁王任化邦，对最高统帅赖文光道。这统帅是前太平天国英王部下悍将，曾在河南指挥捻军袭杀护军统领恒龄，副都统舒伦保等七员大将，又在山东曹县消灭不可一世的蒙古亲王僧格林沁的铁骑劲旅。

此时见问，他抬头望了望北面那一望无际的平原地带，坚定地说：“往北河流众多，有弥河、淄河、小清河拦阻，更有天险黄河，不利于骑兵前进。再说清妖头目李鸿章，必然会在那里设重兵防守，张开罗网，等我们去钻，我们切不可上他们的当！我们应该插到鲁南，在苏北，冲破运河和六塘河，那样，我们就杀出包围圈了。”

然而，他们的计划没有成功。

九月初四，捻军在苏北海州阿湖镇突击，遭到淮军劲旅鼎军的连续打击，伤亡惨重，被迫退回山东境内。

十月十七日，捻军在安丘、潍县突围，再次遭到淮军王牌军刘铭传部打击。

赖文光和任化邦，预感到不妙。

十月二十五日，这对于捻军最高统帅赖文光和副帅任化邦来说，是个刻骨铭心的日子。

这天，他们准备突破苏北重镇赣榆，谁知，当率军来到赣榆时，突然，清军送来了一封书信，拆信一看，赖文光顿时变了脸色。

原来，这信是妻子写来的，是劝他弃暗投明降清。信中说：“若你不投降，妾和十四岁的儿子，将命丧黄泉……”

赖文光心里难受极了。

第二天，他如约来到阵前，果然见到妻子和儿子，他心如刀割。

“赖将军，你妻子劝你投诚，你若降清，不但家人性命可以保全，你还可以封为将军呢。”淮军将领张树声道。

“夫人，是你写信要我投降吗？”赖文光跳下马，准备来见妻子，见妻子莫名其妙，便拿出一封信，“这是你写给我的吗？”

“你不要过来——那信是假的。”梁氏喊。

是的，她写的信，叫丈夫不要投降：

“别人都可降，只有你这首领，被称为太平天国余孽的人不可降！”

而这封劝降的信，是模仿她的笔迹写的。

但话音未落，枪声便响了。儿子扑上前想去救母亲，但只跑了两步，也中弹倒下。

赖文光见妻子和儿子都命丧黄泉，一跃上马，怒吼一声：“弟兄们，跟清妖拼了。”便指挥骑兵猛扑过来，但被呼啸的枪炮击退。

任化邦与天将军潘贵新并肩前进。

潘贵新原是任化邦的老部下，一次打仗受伤，被俘降了清军。不久前，在臼口之围中，带一支兵重回捻军队伍。在最近数次战斗中，有勇有谋，多次出谋划策屡立战功，被遵王封为天将军。

“疾风知劲草，路遥知马力。”任化邦叹道，“值此捻军困难时期，潘将军能弃暗投明，真是好样的！”他鼓励说：“跟我们好好干，若以后夺得天下，天国遵王一定会封你为王的！”

“全仗鲁王提拔。”潘贵新感激地说。从此，鲁王与潘贵新形影不离，有时甚至同吃同住。

此时，任化邦根本没想到，自己在世的日子已经无多了。

话说这天，任化邦指挥军队拼命冲杀，终于杀出一条血路。回顾后面，副将潘贵新紧紧相随。

鲁王道：“潘将军你对我真是赤胆忠心。”

“保护大王的安全，是我的职责，也是我的荣耀。”他朗声回答。

“弟兄们，拼命杀敌，冲出包围圈，杀回老家去，杀到西北，与梁王会师！”任化邦的话音刚落，他突然感觉到，从背后自己的营垒中，飞来一枪，嗡的一声钻进了他硕大的头颅里。

妈的，是谁打来的冷枪？难道是自己原来的老部下潘贵新所为？他为啥要打我？我与他无冤无仇呀！

但他没来得及想清楚原因，便一个倒栽葱，倒下了——捻军最强悍善战的大将，轻而易举地倒下了。

原来这一枪，正是任化邦旧部、已降清的将领潘贵新所为。他最近从清营跑回来，是清军花两万两白银收买的内线叛徒。

当得到任化邦的死讯，赖文光一下子从马上跌落下来。

数年来，任化邦辅佐自己南征北战，战功赫赫。可以说，捻军杀清妖七将，灭僧格林沁骑兵，每场胜利都有任化邦的汗马功劳。没有任化邦，就没有威名赫赫的东捻军！

赖文光愤怒得几乎要发疯了。

他要向叛徒讨还血债。可是潘贵新早不见了踪影，他气得一口血猛地涌了出来。

当任化邦被击毙的消息传到台儿庄剿捻统帅部李鸿章的耳朵，他高兴得几乎跳起来。因为捻军中最强悍善战的一代战将消失了，从此赖文光失去一只右臂，孤掌难鸣了。

恩师曾国藩给李鸿章来信祝贺："捻军中去此悍寇，与当年长毛中去一只四眼狗（太平天国英王陈玉成），情势相同，何等欣慰啊！"还说：我以前不认为"倒守运河"之策正确，现在或许将依靠这个战略建立奇功呢！

朝野的风向，随着数战的胜利，和捻军悍将任化邦的被杀而转向了。

四、东捻首领赖文光命丧瓦窑铺

自从任化邦牺牲后，赖文光觉得自己失去了一只臂膀，仗也打得越来越不顺利了。

十月二十七日，他率领捻军，在海州上庄镇遭到鼎军的迎击，损失一万多人。没有办法，只好再入山东诸城、高密、潍县、寿光一带；十一月二十日，在胶州，又被鼎军打得大败，奏王赖世就战死。

形势越来越不妙。捻军每日在减少，如今只剩下五万人马。

当他从海州转战日照、诸城，落脚在寿光境内，第二天一早醒来，发现局势更加严重。

探马四处来报：淮军刘铭传、杨鼎勋、潘鼎新、唐仁廉四大精锐之师，强力追击，已将我捻军合围于寿光海滨洋河、弥河之交的狭小地带！

赖文光心情沉重地登上一处高地。举目环视：一边是洋河，一边是弥河，还有一边是茫茫大海。难道我，捻军最高统帅、英雄盖世的赖文光，就要葬身此地，就要在此地束手就擒吗?！不，决不能！

他咬紧牙关。满清朝廷，是个血腥、腐败、没落的王朝！自从自己懂事以来，就看到官府腐败，百姓遭殃，食不果腹，民不聊生，举目四望，哀鸿遍地。从跟着天王开始，就发誓与满清势不两立！今天，我要背水一战，与清军决一雌雄，要突围出鲁境，与梁王张宗禹会师！

他对广大将士慷慨激昂地动员：

"弟兄们，现在大批淮军已追到我们屁股后面。我们面临的形势很不利，前有淄河，后有弥河，东有大海。现在，我们的出路只有一条，就是往南杀出一条血路，直插潍坊、诸城、日照，突破北六塘河或运河，才能冲出包围圈。这一路，险阻重重，若是有弟兄不想走，我也不反对，要留要降随你们便。"

话音刚落，便响起雷鸣般的吼声："我们跟大王走，大王打到哪我们跟到哪！"

遵王大喜："好，让我们有福同享，有难同当！"

赖文光迅速兵分四路，一路由首王范汝增率领，往左攻；一路由列王徐昌先率领，向右攻；另有一支阻挡后路，他自领一军往前攻。只听三声号炮，三支兵马，一齐猛攻猛打。

但是很快，第一排兵，在淮军先进而猛烈的枪炮面前，像割麦子般倒下了。紧接着，第二批又倒下了。

很快，首王范汝增倒下，接着，列王徐昌先也倒下了。

"冲上去，为两王报仇！"赖文光一手拿短统，一手拿白晃晃的砍刀，向前猛冲。

他已杀红了眼睛。

他组织部队潮水般朝前猛打猛冲，他冲过了弥河，将上岸前，忽然有一颗炮弹打过来，打中了他的马，他人仰马翻，跌落水中。

就在数名淮军官兵扑上来捉拿时，他挥刀砍翻一个，眨眼间，拽住一匹奔驰而过的骏马的尾巴，上了岸，然后一纵身跃上马背扬长而去，直把淮军将士看得目瞪口呆：

"真神将也！"众人发出一阵赞叹。

十二月初七，当赖文光突破重重围困，来到苏北沭阳时，发现身边只有一千多骑。

他泪流满面道："东捻弟兄，是我无能，害了你们。我有罪，我今后还有何面目见家乡父老！"

说着拔出佩剑就要自杀，却被几个将士紧紧抱住："大王，你不能死！你一死，我们一千多弟兄怎么办？你一死，梁王张宗禹和西捻军，其势更危！"

赖文光叹了一口气："想我东捻自起兵以来，节节胜利，打出威风，何曾有如此惨败？没想到那淮军妖头李鸿章，利用洋枪洋炮之坚，施以河防毒计，把我们逼得狼狈不堪，无处藏身。李鸿章真是捻军的克星哪！"

他抚着跟随他多年的军师的背，沉痛地说："我悔不该当初没听你良言，以为东南富庶便东向，若是冲出臼口包围后，直上陕西，与梁王会师，就不会落到今天的下场了。"

军师道："大王不必过于自责，不怪大王无能，只怪李妖头的计策太歹毒。"他打开地图，边指划边说，"现在赶快行动，冲破六塘河之围，过了这道河，沿运河一路南下，到达扬州，只要越过运河，我们就如鸟入山林，鱼归大海，安全了。"

"如何突出南面这最后一道防线呢？"赖文光满面忧虑。

军师在他耳边嘀咕了几句，赖文光点头称是。

不一会儿，一列穿着清军服装的队伍，来到六塘河边。

浙江守军一名军官喝问："哪路队伍经过此地？"

"我们是淮军——准备来贵部换防的。"对方答。

"换防的？"军官怀疑道，"你们是哪支淮军？我们可没接到换防命令呀！"

守军军官看对方人马走近，喝道："快拿出令牌，说出番号！不然我们要开枪了！"

然而没等验看，这队假扮成淮军的捻军，只听一声"杀！"赖文光便指挥人马一齐开火，将这数百名防军一齐报销，待其他防军听到激烈的枪声赶来，捻军早已不知去向。

告警的号声吹响了。刘秉璋、李昭庆两军和黄翼升水师，水陆并进，沿运河紧追不舍。

四天后，十二月十一日，淮军将这几百人的捻军逼进高宝水乡。

很快，几百骑捻军，在上万淮军的搜捕下，一个个像老鹰抓小鸡一般被活捉，或击毙。但他们没抓到关键人物——东捻军统帅赖文光。

据一个捻军说："遵王已投河自杀。"

但上司的命令是："活要见人，死要见尸！"于是，运河边，高宝水乡，一场大搜捕展开了。

在扬州北面邵伯镇湾头附近，一个叫瓦窑铺的地方，聚集着几十支砖瓦窑。这里原是烧制青瓷器的官窑，自明代开始，一直兴盛不衰。但自从公元一八五一年太平天国造反以来，随着时局动荡，官窑便衰落了，变为私窑。

这天，一小队清军绿营兵，在营官带领下，来到这里搜查。只见地面上空或白烟袅袅，或浓烟滚滚，或火焰张天。他们已接连搜查了五支砖瓦窑，没有发现可疑踪迹。

这是第六支砖窑。此刻正在进窑，大伙来回运砖，忙得不亦乐乎。虽然是寒冬腊月，仍个个满头大汗，灰头土脑。窑前灰尘飞扬。

官兵正想走开，忽见砖窑一侧的稻草堆上，坐着个头戴破帽、胡子拉碴、年约五十的男子。他蜡黄的脸上，依稀有紫红的外伤。只见他拿着一杆老烟枪，一个劲吧嗒吧嗒地抽烟，全不顾眼前官军的严格搜查，仿佛是一个不问世事的僧人。

营官问："你是啥地方人？叫啥名字？"

可是这个中年男子如同聋子一般，仍是不闻不问，只管吧嗒吧嗒抽烟。

营官火了，骂道："抽，叫你抽！"顺手抡起大手抽了他一个耳光，可这大胡子仍不吭声。

营官更火，又抽了一巴掌，这人还是不吭声。

正在此刻，搬砖的窑工中有个人急急跑出来，点头哈腰，用当地乡音说：“长官，这是个哑巴。”

说着，从腰里摸出一块东西，塞到营官手里：“长官，我们都是清白良民，请高抬贵手。”

营官一接到这块东西，就觉得它体积虽小，却沉甸甸的，知道这是黄金。

他站在窑门口，仔细地观察搬运砖坯的七八个人，心想，哪怕这七八个全是捻匪（显然刚才这人是当地人），自己也可以放他们一条生路，因为他们已花了一笔数目不少的买路钱，只要其中没有捻匪统帅赖文光就行。但这七八个人中，显然没有赖文光。赖文光身中数枪，且小腿摔断根本无法行走哩！

想到此，他吩咐这队绿营兵，赶快到其他地方查看，以免匪首被其他部队抢走。

这队绿营兵走了。刚拐过一个转角，有个哨官忽然对营官说：“长官，我觉得那个坐在窑门口抽烟的哑巴，有些可疑，他，很像缉捕文告上匪首赖文光的图像。”

“有啥可疑？”营官不屑一顾道，“此人若是赖文光，我连抽两巴掌，他能不发火不还手吗？”

哨官固执地说：“按照常理，连抽两耳光，即使是哑巴也会有反应，也会叽里呱啦叫呀！为啥此人不叫？这只能说明此人忍耐力极强，身上藏着巨大的秘密，怕一说话露出口音，暴露了身份。再说脸上好像有刀伤，窑工何来刀伤？”

他嘴巴贴在营官耳边轻声道：“不是捻匪首领，何用黄金收买？”

营官顿时一惊。哨官已知道我受了金砖贿赂，若以后事泄，说我放走捻匪首领，罪责不轻。再说，哨官的分析确实有道理。若让匪首赖文光从眼皮底下溜走，岂不太可惜太不划算了？

此刻，他似乎看到自己捉到赖文光后，连升三级，又领巨赏的风光场面，于是立即下令回原地查验。

这队绿营兵卷土重回刚才那支砖瓦窑，发现窑门口那个抽烟的大胡子哑巴不在了。

他，已经被一个窑工背在身上，七八个人簇拥着，正急急往别处走，眼看就要拐过一个窑角。

“站住！”营官一声猛喝，这支十多人的小队已奔上前，把七八个人围在当中。

“把他放下！”哨长吆喝一声，把大胡子拉到地上，命令道：“把外衣脱了！”

此刻，一个窑工出来道："长官，你们也太不讲道理了吧，寒冬腊月，脱了外衣，还不把人冻病了？"

"别废话，快脱，不脱，就打死你们！"哨官趾高气扬道，"我知道你们都是捻匪，你们赶快束手就擒吧！"

哨官的怀疑没有错。这七八个人，只有那个出来劝阻通关节的是当地人，其他都是捻军将士，而那个被抽两耳光仍一声不吭光抽烟的大胡子，正是威名赫赫的捻军统帅赖文光。他的左臂、肩膀、臀部多处受伤，一只小腿也已跌断。

此刻，看到身份将要暴露，赖文光立即对手下的副将，使了一个冷酷而决绝的眼色。

副将便对哨官怒喝道："你这混涨，欺人太甚！"说着当胸一掌将哨官打倒在地，还没等众清兵醒悟过来，已纷纷做了刀下之鬼。

但有两个跑走了，一个是营官，一个是营官手下的亲兵。

亲兵端起枪，就向捻军队伍中开了一枪，接着营官又边跑边拔出短枪，向天空连开三枪报警。

绿营兵蜂拥而至。

淮军华字营统领吴毓兰，刚在不远处搜查，一听到枪声，立刻命令全营亲兵将出事地点团团包围。

他亲自来到现场，忽见绿营兵的营官和一队兵，架着一个大胡子中年人，兴冲冲地走来。

这大胡子戴着脚镣手铐，被两个兵士架着，一瘸一拐地走着，脸上都是血迹。

"这是啥人？"吴毓兰问。

绿营营官兴冲冲地回答："这是匪首赖文光！"

吴统领心中一惊，脸上却不动声色道："有啥凭据？"

"据他的亲兵交代。"

"亲兵在哪？"吴统领又问。

"亲兵刚才拒捕，被我们击毙！"营官道。

"真是乱弹琴！"吴统领斥责道。他走近犯人身边，轻声问："你真是赖元帅吗？"

那人轻声地回答，声音小得只有吴统领能听到："你把那营官杀死，我不愿让满人活捉。"

吴毓兰点点头，随即命令手下几名官兵："把这个不明身份的人，押到军营审问。"几个官兵立即上前要将犯人带走。

"且慢！"绿营营官眉毛一扬，有点儿愠怒了：

"吴将军，匪首是我们绿营活捉的，你们淮军不能不劳而获，抢朝廷要犯!”绿营营官立即上前，拦住了淮军，不让带走犯人。

吴毓兰冷笑道：“哈，笑话，强悍的捻军，只有我们淮军才能歼灭！你们绿营兵有这个本领吗？你们只会吃喝嫖赌抽大烟!”

说完，两眼圆睁，怒喝一声：“快给我让开!”

但绿营营官却挺胸上前，横挡住去路。

“让不让开?”面对吴统领咄咄逼人的口气，绿营营官毫不示弱：“我们皇族嫡系，凭什么要让你们这群鸡巴士兵?”

“我就凭这个!”吴毓兰一把掏出乌黑发蓝的短枪，对准绿营营官，砰砰连开两枪。

绿营营官晃了晃身子，怒目圆睁，接着两眼一发黑，如一截儿木桩砰地倒了下去，但两眼死死地睁着，一直不肯闭上。其余绿营兵一哄而散。

淮军统领带着战利品，向剿捻统帅部报告特大喜讯去了。

当李鸿章得到东捻统帅、太平天国遵王赖文光落网的报告，兴奋得血液沸腾。

他当时正在洗脚，不禁一脚蹬掉脚盆，哈哈大笑了一阵，接连说了三个好字：“好，真好，太好了!”

他立刻升帐，他要亲自审问查验，以确保万无一失。

他没有用任何刑罚，只传令将犯人带去洗浴更衣，换上新棉衣，还办了一桌酒席，请犯人吃饱喝足。然后两人有了一番有趣的对话。

这是两人第一次面对面。

“您真是灭掉僧格林沁铁骑、威震华夏的遵王赖文光将军?”李鸿章首先开言。

“您就是创立淮军、威名远扬的剿捻统帅李鸿章钦差?”赖文光接着开口。

双方几乎不约而同地点了点头。

“您是我的磨难星，您让我殚精竭虑，少活了五年。”李鸿章又说。

“您是我的克星，您让我东奔西窜，走进绝地，少活了十年。”赖文光也说。

“让您受苦了。”李鸿章看着赖文光满身伤痕又说，“将军有啥要求尽管提，我一定尽量满足，除非将军的性命不由我掌握。”

“也让您受苦了。”赖文光道，“败在李钦差手里，我心悦诚服。”

接着他提出一个要求：“我想早点儿结束生命，不愿去京师受满清朝廷审判，免得多吃苦头。我愿死在你手中。”

李鸿章点点头：“尽力而为。”

李鸿章正为如何处置赖文光而犹豫，准备跟众将领和谋士商量一番再定。不料绿营兵运防统领闯营的行动，促使他终于下定了决心。

绿营军运防统领来告状了："淮军华字营统领吴毓兰，枪杀我绿营将领，抢走朝廷钦犯、捻匪首领赖文光，请钦差大人严惩！"

李鸿章吃了一惊，便问："有何凭据？"

统领朗声回答："一队绿营兵都可以作证！"

李鸿章的心顿时安定了下来，说："好，我要调查此事。"他传来了吴毓兰。

"听说你们从绿营兵手里，抢走钦犯赖文光，并杀死了绿营营官。"李鸿章严肃地问吴毓兰，"到底有无此事？"

"是他们从我们手里抢去赖文光。"吴毓兰理直气壮地说，"我们淮军南征北剿，出生入死，赖文光是淮军手下的败将，理应是淮军的俘虏。"他冷笑道："活捉捻首赖文光的大功，只有我们淮军配得，草包绿营兵根本不配！"

"好你个吴毓兰，不愧为淮军中的真英雄！"李鸿章不禁从心底喝彩起来。

老实说，剿灭东捻，淮军出了多少力，死伤了多少将士？是当之无愧的第一功。可是绿营兵在栽培桃树的时候不来，等桃子成熟了，却来抢，这难免叫历尽千辛万苦的淮军愤愤难平哩！但绿营兵虽草包，毕竟是皇家嫡系，打死营官罪责不轻呢，这如何交代？

想到这里，李钦差紧皱眉头问："你打死绿营营官，又有啥说法？"

"他来抢特等军功，我代表淮军枪毙了他！"吴毓兰义愤填膺地说，然后，把绿营营官的死因，解释得合情合理："绿营营官带一队兵搜捕捻匪首领，捻匪拒捕，把营官和一队人马都杀了，只逃走一个绿营亲兵鸣枪报警。"说着，从怀里掏出一张纸条："这是捻首赖文光的亲笔供词。"

李鸿章接过一看，是这样一句话：

绿营营官及一队官兵，是我和捻军众弟兄将其杀死。

"弄妈，吴毓兰，你真是一个人精！将事情做得滴水不漏，天衣无缝！这样杀人一事就可交代，即使绿营兵作证，又顶屁用？"李鸿章用欣赏的目光注视着吴毓兰，严厉的目光霎时变得柔和，紧皱的眉头顿时舒展开了。

他和蔼地说："吴将军，你可以走了，我会给你记上活捉赖文光这笔大功的。"

吴毓兰一走，李钦差便亲自起草给朝廷的报功奏折。

"同治六年十二月十一日，长毛遵王、东捻匪首赖文光，在江苏扬州城北邵伯镇湾头附近的瓦窑铺，被淮军华字营统领吴毓兰捕获。绿营营官×××及一队兵勇，在搜捕中，遭拒捕的赖文光及同伙反扑，不幸殉职，请给予封恤。"

安顿了绿营兵，接着他想到，不能将赖文光解京。一解京，路上出差错，自己要负责不说，若叫绿营兵对质，重审此案，杀绿营营官一事，有可能会暴露。

于是，他写道：

捻首赖文光究竟如何处置？是押解京师，还是就地正法？请朝廷圣裁。臣愚意以为：押解京师正法，虽能昭告天下，显天庭威严，但迢迢数千里，强盗，劫匪，更有西捻虎视眈眈，加之江河湖泊，车马劳顿，实难保证万无一失。若有差池，岂不放虎归山，遗患无穷？……

此折一上，很快谕旨下达：春节前将贼首赖文光验明正身，就地正法。

吃饱喝足的赖文光，带笑走上刑场。

一场看不见硝烟的争夺一等军功的搏斗，就此落下帷幕。

五、围魏救赵，西捻军智斗淮军

风向转了。

由于剿捻的成功，朝野对李鸿章的一片指责声，现在变成了一片颂扬：赞扬他坚持正确方针不动摇，任凭风浪起稳坐钓鱼台的大将风度；颂扬他不怕艰难险阻、坚忍不拔的意志；称赞他为了剿捻大局，与冤家对头握手言和肚里能撑船的雅量。

当然，朝廷也没忘记他这位剿捻大功臣，给他赏加骑都尉世职。

他写信向母亲报告了这个大喜讯，也把“骑都尉”这个特殊礼物，献给新夫人赵氏和她生养的儿子经述。

可是，他这顶桂冠，戴了没几天，便被阴晴无常的朝廷收回去了，害得赵氏夫人好长时间不痛快。

这起因于西捻军威逼京师。

话说梁王张宗禹，自从在河南杞县、陈留，与捻军最高统帅、遵王赖文光分兵已来，已有整整一年多没和遵王见面了，心中常常思念赖、任两王。一年前，遵王在湖北德安府派人送来书信，说是突围后准备来西北跟西捻军会合，可是等待了好久也没有消息。后来，听说东捻军已突围去了山东，梁王不禁跌足道：“遵王，你去那里就危险了。”

这天夜里，他和绰号小诸葛的军师，在院子里纳凉。

“不知道遵王现在哪里？处境怎样？”梁王动情地说，“真想念他们啊。”

军师抬头望了望灿烂的星空，用手指了指东部那颗暗淡的星星，不安地说：“你看将星暗淡，最近遵王处境不妙，将有大难降临呢。”

张宗禹半信半疑。忽有流星探马来报：“遵王有信。”

拆阅来信，只见上面写道：

东捻现在山东境内。两江总督、湘军妖头曾国藩，因剿捻无功被罢职。另调淮军首领李鸿章为钦差，接办剿捻。他用“倒守运河”，坚壁清野毒计，南起六塘河，北至黄河，西至运河，层层设防，劲旅追剿，我部局面非常危险，望接信后，速领兵东进相救……

张宗禹看完信，心急如焚，立刻就要统兵前去救援。

小诸葛急忙拦住，劝道：

“东捻被困已有一月，其势危在旦夕。如今我军虽已冲破左宗棠劲旅的堵截，但千里跃进山东，要杀透淮军劲旅等十几万清兵的重围，几乎是不可能的。到时候，若淮军回身截杀，左军从后追剿，东西夹击，非但救不了东捻，连我们自身也难保哩！”

一番话，说得张宗禹不禁呆了：“那你说怎么办？难道我们就眼睁睁看着东捻兄弟遭难，而见死不救？”

“救是一定要救，问题是怎么个救法？”小诸葛在旱烟枪上按了一绺烟，点燃了，吧嗒吧嗒吸了几口，过了一会儿烟瘾，然后不慌不忙地说出一个计策：

目前，清朝大军，一在鲁苏，一在陕甘，直隶一带必然空虚。若我军乘此良机，以迅雷不及掩耳之势挥师北上，直逼京畿，直捣满清巢穴，鲁苏之境淮军和其他各部清军，必然撤围以救京师。这样，不但可解东捻军之围，而且可以惊煞慈禧老妖怪。若是东捻还在，必然尾追淮军，与我军造成南北呼应前后夹击之势，将淮军击败。这就叫“围魏救赵”之计。到那时，我军还可能占领京师，大王您还有坐龙廷做皇帝，享九五之尊的天大福分呢！

一席话，说得张宗禹拍手称妙，眉开眼笑，飘飘欲仙，连忙封官许愿：“若我能坐上龙庭，本王就封你为一品宰相兼国师！”

说完，立即按计而行。

捻军由宜川龙王庙渡黄河入山西，连克吉州、乡宁，一路南下，进逼解州、运城。紧接着，由垣曲入河南济源，攻卫辉府。同治七年正月，又由临漳、内黄渡漳河进入直隶境内，再由邯郸、顺德（今邢台）进攻定州。保定戒严。进入直隶后，只用了短短七天，就兵锋直指保定直隶总督驻地。

西捻军来势疾速凶猛，清廷惊慌得急调各支大军勤王。

严峻急迫的形势，一下子把李鸿章推到剿捻的前头。

春节前一天，他接到了进军命令。

此时，清廷最注重的是李鸿章、左宗棠，尤其是剿灭东捻的英雄李鸿章。所以在同治六年十二月二十九至同治七年正月初八日，朝廷连下五道谕旨，令李鸿章率军北上，辞气一次比一次严厉。

正月初十，朝廷又下了一道威严无比的圣旨：

李鸿章身任钦差大臣，素为朝廷所倚重。当此匪踪北扰，宜速派援军同心剿灭，及叠奉谕旨……至今无一字奏复，是何居心？现令李鸿章即日驰赴直境截剿，不得片刻迟延。

朝廷震怒。将他“交部严加议处”，降三级留任；十二日，更将他拔去双眼花翎，剥去黄马褂，革去骑都尉世职。

李鸿章有苦难言。他知道，一年多的征战，将士们脸无人色，疲劳到极点，急需休整；为将领请功的报告送上去好久，却一直没有批复。

此刻，济宁府大营，庆功贺岁的酒宴正在举行。

淮军第一战将、直隶提督刘铭传，酒醉壮人胆，大发牢骚道：“朝廷对汉臣薄德少恩，常有功不赏，有过先罚，我不干了！”

说完带头请了病假，一走了之。

李鸿章劝说众将道：“众位劳苦功高，我怎会不知道？但不立即出征，就是抗旨！抗旨就要严惩：革职，充军，坐牢甚至杀头！我们出生入死，血战沙场得来的功名利禄，就会付之东流！”

他动情地说：“如今捻匪横行，烧杀抢劫，山河破碎，百姓遭殃。我们淮军岂可袖手旁观，坐视不救？”说到这里，他霍地站了起来，激昂地说：“弟兄们，军人的生命在战场！为了保家卫国，为了黎民百姓，为了加官晋爵封妻荫子，青史留名，我们应该立即走上前线，打出淮军的威风，把耀武扬威的捻匪打败、剿灭，让淮军的战旗，在中国的大地上高高飘扬！”

一席慷慨激昂的话，说得众将领热血沸腾。

山东布政使、淮军骁将、足智多谋的潘鼎新首先表态：“拯国家于危难，救百姓于水火，我们淮军义不容辞！我立即整顿兵马，随时听候督师调遣！”

接着，众将领纷纷表示：为了国家完整，百姓安居，我们赴汤蹈火，在所不辞！

李钦差心里终于长长地松了一口气。

很快，潘鼎新的鼎字军，周盛波的盛字军，杨鼎勋的勋字军，郭松林的武毅军，四大支及吴长庆十一营，共有马步军五万多人，启程前往征剿。

李鸿章也抵达德州大营，亲自指挥。

鉴于攻灭东捻军的成功经验，李鸿章在直隶、山东战场上，仍使用“圈制”战略。他密切地关注着西捻的行踪。

当西捻进入河南怀庆（今沁阳）、卫辉一带，李钦差高兴地打起了如意算盘：怀庆、卫辉北阻太行山，东北有卫河，南逼黄河，地形狭小，可以设法圈制。于是决定，在东面打树桩圈制。这被捻军探马探到。

军师小诸葛，看到此处地形，大感不妙。他对张宗禹说：“若淮军挤过卫河，将我军压迫至太行山、卫河与黄河之间的狭小地带，我军就危险了！如今，淮军在东面打高大的树桩，其意就准备行此毒计。”

张宗禹一惊，立即命令马裹足、人衔枚，趁夜里突围！

于是，淮军的“打桩”计划还未完成，一天夜里，西捻军就借着夜色掩护拼力冲扑，至第二天早晨，全部突围而过。

“看样子，人力设圈不能轻易使西捻进入圈套哩！”李鸿章看着西捻军骑着剽悍战马，在树栅上飞跃而过的雄姿，听着战马那嘶鸣的吼声，摇头叹息道。

他突然想到：捻匪万骑迅速而飘忽，如果能制止住骑兵的战马，使它疲弱飞跃不起来就好了。夜已深了，他还在苦思冥想。

“如何使流寇不流？”他连夜召开军事会议，商讨对策。

众将领和谋士，纷纷献计，提出了“坚壁清野”和“筑圩寨”报警两条对策。

于是，李鸿章立即奏请朝廷，在直隶、山西、河北、河南一带捻匪活动地区，坚壁清野，筑起圩寨，一有警报，立即收藏粮食、牲畜，使捻匪难以掠食。

这确实是一条行之有效的计策。果然，捻军马队的势头缓了下来，速度慢了下来。

接着，淮军专打捻军辎重，尤其是粮草，能夺就夺，不能夺就烧。很快，捻军六七万人马，就被粮草所困扰。形势迫使捻军不得不由卫河，向东北方向移动。

淮军立即派杨鼎勋、唐仁廉部截击，然而淮军失败了。

“报告督师，捻匪在河南滑县击败鼎、仁两支淮军，阵斩记名提督陈振邦、总兵衔副将刘正国、游击衔都司鲁朝斌、铭营马队守备高峻岭等多名将领。”

李鸿章闻报大吃一惊。他感叹捻匪的狡猾剽悍，立即下令重兵把守卫河，决不让其偷渡。

五天后，流星快马报告：由于我军截击，捻匪未能由内黄渡过卫河，改由东昌城南李海务东渡运河，驰向山东境内。

李鸿章简直不相信自己的耳朵：“你说啥？把捻匪现在的去向，再报告一遍！”

当他再次听到“捻匪已东渡运河，驰向山东境内”时，不禁拍掌大笑：

“张宗禹，你已重蹈东捻覆辙，入我圈套了！”

他随即下令淮军，迅速重兵封锁运河、黄河、贾鲁河，实行“扼河圈制”！

然而，他的“扼河圈制”战略，再次引起各方面的攻击，特别是遭到另一剿捻钦差大臣、陕甘总督，自称“老亮”的左宗棠的极力反对：“黄河以北，平坦千里，无以为险，战线太长，兵力有限，难以奏效！”并讥笑道：“引黄河水灌运河，设想很妙，但黄河水快干了，拿什么再分流？”他主张：

调集精锐骑兵，强力追剿！

“强力追剿？这就是诸葛亮的神机妙算？”李鸿章不以为然地摇头冷笑道，“你左军还比不上当年僧格林沁的蒙古骑兵剽悍迅速，再行此策，岂不是重蹈覆辙？”

他有滋有味地吸着水烟，烟筒上冒出一股袅袅白烟。他胸有成竹地说：“我以静制动，不信捻匪不入我的圈套；我以守待变，不愁天气不变！如今阳春三月，正是北方旱季，再等一段时间，老天自己会送水给我淮军的！”

就在这漫长难耐的等待中，西捻军却声东击西，摆出南下鲁中的架势。等到淮军重兵南向之际，忽然调头北进，急攻天津，前锋迅速进抵天津濠墙外的稍直口。

这里距天津仅十二里，咫尺之遥！

清廷大惊，慌得淮军武毅军迅速北援天津，与崇厚洋枪队一起，猛攻西捻，迫使捻军退回山东境内。

受到惊吓的清廷，一面急令各军增援天津，一面怒斥李鸿章“驱捻北上”，“给予降二级留用”的处分，同时限李鸿章在一个月之内，剿灭西捻！

“这是一道多么荒谬的命令！”李鸿章心里十分不满道，“既然朝廷赞成我以静制动的圈制战略，却为何定下一个月的灭贼期限？不知道这又从哪里说起？这不是你们贵族老爷老娘，在豪华舒适的皇宫里，凭空设想的一派胡言吗？”

他决定不理睬这道荒唐透顶的命令，我行我素，依然坚持自己的既定方针。

他一边命令淮军将士与民夫，抓紧时间兴筑堤坝，清理张秋至临清两百多里的运河中的淤积泥沙，一边密切关注着天气、水文的变化。

他以极大的耐心，等待着天降大雨时刻的到来。

但好几次，乌云来了，闪电也来了，结果仍是失望：始终没有雨。但他仍令筑堤清淤毫不放松地进行。

他坚定地，毫不动摇地走着自己预想的步伐。

四月中旬，正当淮军将士完成运河的清理和筑堤工作，个个干渴得嘴唇开裂、气喘吁吁时，天空突然乌云密布，接着亮起了闪电，刮起了大风。紧接着雷声滚滚，闪电如游龙般奔走，雨，一场久盼的雨，终于从天而降。大粒大粒的雨，砸到干涸的沙土上，窜起一道道尘土。接着，大雨便铺天盖地而来。

正在巡视堤防的李钦差，看到天空下起了雨，仍骑着马，不紧不慢地走着。他要用这雨填补几个月以来等雨的饥渴，洗刷内心极度的焦躁。

几个亲兵见雨来得猛，连忙喊：“大人，快跑，看样子大雨真的来了。”

可他说：“你们先回营地，我等会儿再走。”说完，竟鞭着马，在大地上驰骋起来。

雨下得更加猛烈。

李钦差早已变成了落汤鸡，但他的心情却是几个月来最好的一天。

为了等到这一天，自己忍受了多大的委屈，多大的讥讽，多大的痛苦?现在暴雨终于来了，他怎不高兴万分！他对着苍天高喊："老天爷，谢谢你天大的恩赐！请你下得更大、更猛，下它一个通宵，不，下它三天三夜！"

他一边高喊，一边鞭着马，在大地上驰骋，尽情地驰骋。

"看，李督师疯了！"亲兵说："我们去拉他回来，免得他淋病了。"

可谋士周馥叫住了亲兵："你们不要管，让他疯吧！"

是的，今天的李钦差的确是喜疯了。此刻，不知为什么，他竟泪流满面。

暴雨一直下了两天两夜，干涸的河床顿时洪水滔滔，往外漫溢。

"快传令各军将领巡逻河道，以水为险困虎豹！"随着李钦差一声令下，各军迅速行动起来。

巡逻河北沧州的郭松林、潘鼎新，为阻止捻军回扑天津，指挥军队将沧州以南的捷地坝掘开，引运河水灌入减河，顿时减河水深四五尺，从而增加了一条从捷地坝至海滨牧猪港全长百余里的水上防线，缩短了运河防线，为实施"圈制"战略，迈出了关键一步。

正当李鸿章调遣军队，在临清、东昌城至寿张河口，分段把守，限期筑墙扼要驻扎之际，黄河提前涨水了，而且一涨三尺。

于是淮军又在张秋开坝引黄河水灌入运河，使原来张秋至临清两百多里的浅水河段，大水漫溢。此后，黄河几次暴涨，运河至马颊河盈堤拍岸。

李鸿章笑了，开心地笑了。他处心积虑筹划的南以黄河，西以运河，北以减河为凭借的包围圈，已经形成。我们可以张开大网擒虎豹了！他踌躇满志道。

这天晚上，他美美地吃了一顿好饭菜，喝了一瓶好酒，并香甜地睡了一觉。

第二天一早，他正想出营察看军情，忽亲兵来报："陕甘总督、钦差大臣左宗棠大人，前来拜访！"

李鸿章知道，一向目空一切的老亮亲自登门，必有好事，连忙吩咐："快快有请！"

自从直、鲁大地开始下雨，原先对李鸿章利用地形、扼地圈制战略嗤之以鼻，自称"老亮"的左宗棠，就密切地关注着雨势。当大雨连续下了几天几夜，洪水漫溢、江河暴涨时，不禁叹道："李少荃真是福将哩，老天爷竟能帮他如此大忙！"

他知道，目前，李鸿章"以水为险"的战略构想已经实现，对捻军的包围圈已经形成。此刻，我若再固执己见，将会被人嗤笑了。于是立即从彰德府（今河南安阳）驻地赶到李鸿章德州府大营。

李鸿章在城北的桑园镇，热情地接待了左宗棠。

两位剿捻钦差，在一处风景宜人的高台上边饮边谈。

“左公不辞劳苦，大驾光临，让弟感动之极。”李鸿章首先开言，诚挚地说。

“少荃，你真是一员福将啊，古话道：有福之人天来凑，连老天也来帮你大忙哩！”左宗棠仍是一副爽直脾气。

“左公，河水暴涨，运防之策可成，还须大哥鼎力相助。若能早些剿灭捻匪，我们俩的千斤重担就可卸下，朝廷对我们的处分也可早点儿解除。”李鸿章忧虑地说：“朝廷给我们的限期只有一个月啊！”

“哼，甭理睬那个毫无根据的限期！”左宗棠看着西面那滚滚的运河，诚恳地说：“圈制一策，实为制捻良策。只因从前减河没灌水时，地段太长，费时又久，哥不能不疑。如今捷地坝开，工程又省，我也不疑了。”

“大哥，虽然运防已成，但百密必有一疏，望不吝赐教，多多指出弊端。”

左宗棠看了看前面已经从运河东岸移到西岸的居民，直言道：“可借用民力筑堤自保，而以官军协守，腾出各军剿贼。”

“对，对对，大哥的见解十分精辟，真不愧为诸葛再世！”听到李鸿章夸赞，左宗棠自嘲道：“诸葛亮能借东风，我却不会算雨，哥与他差得远了。”

他爽朗地笑起来，“还是老弟你有先见之明，算准天降大雨，河水暴涨。看起来，老弟可称‘今亮’矣。”

“不不不，大哥是真诸葛——即使诸葛亮也有算漏的时候呀。这就叫做智者千虑，必有一失，小弟只是偶尔碰上罢了。”李鸿章谦虚了一阵，立即手举酒杯，“来，大哥，为我俩早日剿平捻匪干杯！”

接着，两人边饮边谈，从战场指挥到各个具体计划，越谈气氛越融洽，意气越相投，不多一会儿，一只肥壮的德州扒鸡，只剩下一堆骨头，一壶高粱烧也喝了个底朝天。

服侍的亲兵见他们喝得如此之快，吃惊道：“两位大人真是海量！”

李鸿章笑道：“这叫酒逢知己千杯少。”随即吩咐：“快添酒来！”

酒来了，他满斟一杯：“来，大哥，为胜利完成剿捻大业而干杯！”

“好，为我们兄弟俩的精诚合作干杯！”左宗棠也痛快地举起酒杯，一饮而尽。

这夜，两人都喝醉了。

紧接着，李鸿章与左宗棠联合写奏折上报朝廷。由于这两位关键人物意见一致，朝廷很快批准了李鸿章的剿捻战略。

六、水淹南镇，张宗禹荏平遭大难

自从天开始下雨，张宗禹的心情，就像天上厚厚的铅块般的乌云一样，变得沉重起来；当雨越来越猛，后来江河暴涨，变成茫茫汪洋时，他简直要急疯了。

他好后悔，悔不该没听小诸葛的忠告，以致如今，老虎被围在汪洋泽国中，坐以待毙。

几天前，小诸葛曾提醒张宗禹："大王，据流星探马报告，清军正在阳谷县的张秋镇至临清县一带，清淤泥筑堤坝。其意图很明显，准备以后涨水时围困我军，我们不可不防！"

他态度严肃，有点儿紧张地说："依我之见，我军可乘此未涨水之机，率大兵借夜色掩护，偷袭李鸿章德州大营，若能擒得清妖头目李鸿章，则淮军迅速瓦解；若不能成功，我们立即转向西南，直冲临清至张秋这段干涸的河床，一举突破重围，在华北平原上驰骋。然后相机行事，重新杀回西北等地。"

可是张宗禹听后，哈哈大笑道："张秋至临清运河两百多里，向来往黄河倒灌，淤积成平陆；即使下暴雨，最多不过积水一尺。区区小水，对我们英勇无畏的马队又有何妨？再说冲出去，清军搞坚壁清野，我军粮草大成问题。你不要暑天怕没日头，瞎操心！"

"如今，已经晚了，运河防线已成，叫我们怎么办？"他两眼无神地望着阴雨天，抽着一点点鸦片烟，死气沉沉地说。

小诸葛见梁王情绪很低落，劝慰道："大王不必过于忧虑。江湖虽暴涨，但天一放晴很快便会消退。我们只要坚持数天，等水一退，立即冲杀出去，还能来得及。若是等运河边长墙一筑成，那我们就真的危险了。"

天一放晴，张宗禹过了鸦片瘾，便率军突围。

他首先选定河北沧州以南的减河，想从这段平日水最浅，防守力量较薄弱的地方冲出。

但当捻军突破河防，向北运动时，立刻遭到严阵以待的直隶军队的迎头痛击，只得转而向西奔运河方向，又立即遭到先进枪炮的猛烈阻击。

那炮弹，划破长空，呼啸而来。这是最先进的落地开花炮，一落地便炸死一大片。

捻军将士一听到这炮声，立即心惊胆战，还没等避开，便被炸得人仰马翻。那炮弹接连呼啸而来，人人丧魂落魄，不敢向前。

张宗禹大吼："弟兄们，快往前冲！不冲出包围圈，我们就没命啦！"

于是捻军潮水般地往前冲，但立即遭到密集而猛烈的弹雨。那啁啁的枪声，如同春天森林里的鸟声一般此起彼伏，清脆悦耳，但冲上去一排便倒下去一片。

张宗禹大惊：“这是哪支清军?”

好像是回答他的疑问，很快对方飘出一面大旗：武毅军。是淮军劲旅郭松林的部队。

张宗禹急令后撤，但已经来不及了，只见武毅军、鼎军、盛军三支淮军劲旅紧紧追来，在吴桥，被周盛波军队追杀近两千人，掳去骡马两千匹，无奈，只得退回山东境内马颊河以南。

这天夜里，捻军宿在德州城郊外的杨诗庄。他们抢了粮食做饭吃了，因连日奔逃三昼夜未睡，疲困已极，一躺下便如死猪。

张宗禹正沉入梦乡，忽被一阵山摇地动的大炮声惊醒，连忙跳起，率军往后逃。当来到沙河与商河之间时，遭武毅军和鼎军截杀，又丧三千多人。捻军如没头苍蝇一般四处乱奔。

“弟兄们，不要慌，跟着我往外冲！不听号令的军法从事！”张宗禹大吼一声，挥佩剑斩掉两个乱逃乱窜的官兵，弹压住部队，立即指挥最精锐的黑旗军，往外猛冲。

突然，一发炮弹在他身旁爆响，把他连人带马炸翻在地，弹片削去他屁股上一块肉，顿时流血不止。

他立刻换了一匹马。但发觉右手疼痛钻心，抬不起来，他知道自己受了枪伤。他鞭着马率军奔逃，逃到济阳河套地区，被淮军追上，三支淮军主力将捻军团团围住。

张宗禹指挥人马拼死冲突，等杀出包围圈，计点人数，又损失将士一万多，战马上万匹。

张宗禹知道，东边是滔滔的黄河天险，加之有清军严守，根本不可能突出；往东北方向，尽头处是大海，不远处的沙河与黄河之间，有一个狭窄的瓶颈，也是绝地；往西南，是重兵把守的运河，还有往来巡逻的清军水师，也插翅难飞。只有往北冲过徒骇河，向马颊河方向运动，才有生路，于是他迅速率几万军队拼命往前闯。

可当他来到陵县马颊河边，不禁大吃一惊。

他突然发现马颊河边，已蜿蜒耸立起一道森严壁垒的长城——高高的长墙，且有重兵防守。墙上到处是垛口，枪口黑洞洞的；再向西南一看，从德州至陵县、临邑，也耸立起高大坚固的长墙。看样子，李鸿章这妖头，是准备把我捻军隔在长墙与运河、大海之间，瓮中捉鳖一举歼灭了。这计划真恶毒！

张宗禹不由倒抽一口冷气。决不能进入高墙河圈内！张宗禹心里说，于是指挥军队连忙回身，打算奔涉过徒骇河往运河运动。

小诸葛劝阻道："大王，不要过徒骇河。一过，我们的回旋余地就太狭小了。"

张宗禹道："不过怎么办？难道我们准备乖乖钻进清军的长墙里?"说完，立即率军涉过徒骇河。

谁知这一过河，更使李鸿章找到一个绝佳的机会。他立即命令再次缩小包围圈，在徒骇河边布置重兵，把捻军压缩到徒骇河、黄河、运河这狭长的河套地带。

这时，淮军悍将刘铭传病休期满重返铭军，淮军战斗力进一步增强。在淮军各支劲旅的严厉打击下，西捻军精锐部队几乎全部被歼。

颧骨高耸、面容瘦削的张宗禹，躺在一块草地上，贪婪地吸着最后一点儿鸦片烟，好不容易过了一会儿烟瘾。这时，便感到肚里饥饿得慌，觉得肚里仿佛有一只大老虎，正张开大口，鸡鸭鹅，都满足不了他的胃口，他要吞吃一只羊，一头猪，甚至一头牛！

一个月来，他没吃过一顿饱饭了。妈的，这都是李鸿章那妖头搞坚壁清野造成的！他下令把战场上刚死的骡马，胡乱烧烤，半饥半饱地吃了一顿，然后向众捻军发出出击命令。

他把部队分成三支，一齐冲向东阿、聊城防军，往运河猛扑。

但一到河沿，只见水流仍是满河，无法过渡。

"冲过河去！"张宗禹一声令下，千军万马往前奔去，但被河防军猛烈的枪炮击退。

捻军再次冲锋，潮水般涌上去，眼看已冲到河边，但又被密如雨点的枪林弹雨一次次挡回。

张宗禹仍不死心。我梁王是豪杰，决不能束手就擒，即使死，也要死得壮烈！

他孤注一掷疯狂地朝前扑，但除了留下大片人马尸首外，前进不了一丈。直到捻军大部队几乎丧失完，才不得不败下阵来。

一年前威震中华，有六七万兵力的西捻军，如今只剩下区区一千多人。清军开河放水，他们被困在一片水乡泽国之中。

六月半抢渡运河不成后，捻军辗转来到山东茌平县南镇一带。他们已经一整天没吃到东西了，个个饿得两眼发绿。有的一倒在乱草堆上，便手脚绵软，如一堆棉花再也起不来。

"不行，再不搞点儿吃的，清军一来，我们只有束手待擒。"张宗禹对小诸葛道。

于是，小诸葛挑选出三百人，领着这支兵，借着月色悄悄靠近南镇。这镇上，只有一直一横两条小街，直街是主街，只有二三百米长。

他们想到街上的馍馍店抢点儿馍吃，谁知刚一进庄，便被圩寨巡逻放哨的发现了。

他们一见有大队人马夜里行动，哨兵知道不是官兵，便鸣枪告警。顿时全屯上下处处鸣锣放炮，百姓纷纷关闭门户，藏起粮草和牲畜。圩寨团防兵，也纷纷向这支来历不明的不速之客，连连开枪。

小诸葛一边组织部队打圩寨防民，一边迅速派一支小分队，直插镇上直街，敲开几家饭铺和馍馍店，抢了一些吃食就走。饥饿难耐的士兵刚往嘴里塞了块抢来的食品，便被大队清军团团包围，不到一顿饭工夫，这支队伍便无影无踪了。

张宗禹两眼深陷，面色黄中带黑。他死气沉沉地躺在一个破庙的麦秸垛上。

烟瘾上来了，难受得眼泪鼻涕横流，但鸦片早已吸完，无奈只得拿起一个亲兵手中的老烟枪。他连抽了两袋劲大味足的老烟，稍稍过了一下烟瘾，便觉得肚子越发饿得慌。见小诸葛好久没回来，他感到情况不妙。

看到庙里庙外东倒西歪的捻军将士，他毅然下令杀掉三匹战马。

他举起枪，那马眼里流出了泪水。他哽咽着说："马啊马，你没死在战场上，却死在主人的手里，我对不住你！"他不忍心看到马中弹倒地挣扎的凄惨一幕，顺手一枪，便回转了头，马挣扎几下便扑地倒下。

正当他们剥掉马皮，点着火烧烤时，突然听到了枪声和锣鼓鞭炮声。他们还没来得及吃到马肉，便发现已被清军包围了。

"快投降吧，你们已被包围了！"清军在外面喊。

张宗禹高声问："弟兄们，你们愿不愿投降？"

"不投降！"众人齐声回答，"我们决不投降满清！"

张宗禹突然道："对，投降是死，战斗也是死。与其死得窝囊，不如死得辉煌！"

他费力地攀上了战马，喊了一声："不怕死的跟我冲！"便义无反顾飞骑而出，带着这最后近千人的队伍往外冲。

不一会儿，这支队伍，便被千军万马歼灭，只有八骑冲出包围圈。

张宗禹和八位弟兄，来到徒骇河边。

河水中，有水草，有芦苇在摇曳。那婀娜的身姿和盈盈的水波，使他想起了自己那动人的妻子芦花。那是多么水灵的女人，可惜死于徭役和该死的绿营军官之手。

那年，家乡来了一队绿营兵，监督挖河道。张宗禹正好生病在床，没法应徭役。

一个独眼绿营军官气势汹汹地赶到张宗禹家，一下子扒开被子，举鞭就要抽张宗禹："你这贱骨头，不抽你就要偷懒！"

芦花出来求情："长官息怒，我夫正病着哩，请宽限几日。"

话音如画眉般好听。军官一见内房出来一个芙蓉般美丽的女子，紧锁的双眉，更增添了一种忧郁的美，军官被迷住了，高举的马鞭啪的一声掉到地上。

"好说，好说。"独眼说，"你若从了我，给我当小妾，我就把你家几年的徭役都免了。"说着便来调戏芦花，摸她的脸庞。

芦花不从，独眼就动粗。芦花在独眼手臂上咬了一口，恼羞成怒的军官便将她丢到河里淹死了……

这是一笔血海深仇哪！我怎能忘记！怎能投降与我有不共戴天之仇的满清?

张宗禹绝望地看了看身旁八个出生入死、相濡以沫的弟兄，说道："是我大哥对不住你们，你们现在各自逃生——或去投降吧，不要跟我一块送死。"

八个弟兄纹丝不动。

他下了马，对马说："你助我转战南北，历尽艰险，是我的好伙伴。你快跑呀，不跑很快就没命啦!"但赤兔马仍一动不动，眼中流出了泪水。

他扬起马鞭，狠抽了一鞭，那马纵入河中，很快便被汹涌的洪水冲走了。

千军万马包围了上来。千万支乌黑闪亮的枪口，几十门高耸的大炮，都对着他们八个人。每个清军将士，尤其是淮军，都想捉住梁王张宗禹，夺取这剿灭捻匪的特等军功。

张宗禹回头轻蔑地看了一眼冲在最前面，号称天下第一的淮军，愤怒地吼叫道："李鸿章，你做满清走狗，残杀自家兄弟，我恨你!"

千军万马又紧逼了上来。

整个战场鸦雀无声，只听见河水的澎湃声。

钦差李鸿章也从统帅部骑着一匹高头白马，来到战场的最前线。他听到张宗禹那声老虎般的吼叫，心中不禁一震，然后喊："活捉张宗禹者，官升三级，赏银一万两!"

但他喊声刚落，便听见众将士呐喊起来："跳水了!"

冲在最前面的将士目睹了这悲壮的一幕：张宗禹喊了一声："赖遵王，我来了!"便纵身一跳，画出一道漂亮的弧线，然后一个猛子扎入奔腾咆哮的徒骇河。

几乎同时，随同他的八个勇士，也跟随他们的大王，一起跃入汹涌的波涛之中。

这天，是六月二十八日。

追到岸边的淮军将士，顿时个个目瞪口呆。

水师来了，没有找到张宗禹的尸首。直到河水退去，千万淮军在两岸如寻针般搜寻，也始终没找到。

西捻覆灭了。

李鸿章面对滔滔河水，不禁吟起苏东坡的豪放词："大江东去，浪淘尽千古风流人物。"他喃喃地说，二十二个平捻统帅未能剿灭捻匪，今日被我李鸿章做到了！他心里在欢呼："我，只有我，才是当今中国第一军事家！自称老亮的左宗棠，比起我李某，还差一截呢。"

清廷接到捷报，先赏还李鸿章双眼花翎、黄马褂和骑都尉世职，取消处分，并加太子太保衔。

七月初十，又下旨："李鸿章平捻功伟，列为第一，荣升协办大学士，留任湖广总督。"

想到圣旨对自己"平捻功伟，列为第一"的评价，李鸿章心里打着如意算盘：随着自己被授协办大学士，加太子太保衔，应该再次升官了，起码是两江总督，说不定是直隶总督，也许能入军机哩！

刚回到帅府大营，京师一道圣旨便来到了。

这是一道喜忧参半，出乎他意料的圣旨。

第五章　逢凶化吉督直隶

一、首次朝圣听出弦外之音，李鸿章虚晃一枪

原来，这道圣旨是："谕令剿捻功臣李鸿章来京陛见。因剿捻而进入近畿的淮军撤回黄河以南。"

此番进京能得到什么样的封赏呢？"协办大学士"是个虚衔。有了这个头衔，可当尚书，可入军机，江督，直督都可当。现在我已经是湖广总督，再加官我能当啥官呢？他心里在盘算：在当今汉臣中，就数我和曾国藩最出名，功劳最大。曾老师虽说德高望重，毕竟剿捻失利，最多只能保住两江总督原位，因此，我若是不进京当尚书，入军机，直隶总督这个位置就非我莫属了！这么一想，他就兴奋起来。

不过，为啥要把近京淮军撤到黄河以南呢？他又在思量。看样子，是对我这个手握重兵的人不放心啊！但不管怎样，我毕竟又将更上一层楼，当更大的官，这就够了。

正当李鸿章为自己将要加官晋爵而兴高采烈之际，朝廷发布了重要的人事变动命令：任命曾国藩为直隶总督，原闽浙总督马新贻为两江总督。

而他非但没当上京官，就连这两大总督，一个也没得到。这着实让他感到意外：威望很轻的马新贻，进入天下两大总督行列，而被朝廷誉为剿捻"功劳第一"的自己，官职却原地踏步，毫无进展，浩浩功劳付与流水，这岂不是良莠不分阴阳颠倒了吗？他不禁热血奔涌，为赏罚不明而愤懑：满清朝廷真是忘恩负义！

"飞鸟尽，良弓藏；狡兔死，走狗烹。"他忽然想起中国这印证了数千年的古话，身上顿时感到阵阵冷意。此刻，他着实感到清廷对手握兵权的汉臣猜忌之深，和自身处境之险。

怎么办？他在问自己。

他想起老师曾国藩，在平定长毛后，主动裁撤湘军，几乎裁光。但他不愿学老师。因为英雄不能自剪羽翼，一剪掉羽翼，就飞不起来，也硬不起来了。此刻，他想起曾老师当初对他说过的一句话："淮军兴，则阁下安；淮军败，则阁下危。”对，淮军决不能裁撤！他心里坚定地说。

同治七年（公元一八六八年）金秋，李鸿章带着忐忑不安的心情，来到了京师。

他被安排在东安门外的贤良寺。它与紫禁城只有一墙之隔。这里是李鸿章人生的起点。早在他刚做官——做翰林院庶吉士时，就住在这里。他从这里起步，如今再来到这里，已是手握重兵的湖广总督、协办大学士。看起来，贤良寺与我有不解之缘，是我的福地哩！

他刚在贤良寺安顿好，吃了中饭，圣旨便到了：“赏李鸿章双眼花翎珊瑚红顶戴，紫禁城骑马，明日养心殿召见。”

赏双眼花翎，紫禁城骑马，这是皇上对大臣很高的的恩宠。

李鸿章激动得热血沸腾。但他立即提醒自己：来到紫禁城，一切需小心谨慎，万不可得意忘形。要知道，天颜就像云彩一样变化无常呢，所以中国有句古语，叫“伴君如伴虎”。我一定要摸清朝廷对我和淮军的真实想法，再确定行动方向。

第二天，他来到皇宫参见小皇帝和两宫太后。

慈安太后只说了句“淮军能战善征，剿捻功劳巨大”，就不说了。忽听得另一个女人的声音，李鸿章知道，这是执掌朝政的慈禧太后开口了，于是他把耳朵竖起来，全神贯注地倾听，只听慈禧突然问：“李总督，淮军现驻何处?”

李鸿章头脑中闪电般地考虑了一下，谨慎地回答：“大部分在安徽、江苏境内，一部分在山东。”

实际上，因淮军剿西捻，实行以运河、减河、黄河构成水险“扼河兜剿”的战略，大部分在山东境内，数支劲旅还驻扎在黄河以北的山东东昌府；在德州大营，靠近京畿还有一支劲旅，剿捻后，仍驻防在河北吴桥至沧州、减河一带。

“淮军为国立了大功。”西太后又开口了，这回语气变得和蔼可亲，“你打算怎么奖赏他们呀?”

“奖赏将士，这应是朝廷考虑的事，太后怎么反倒问起我来了?”李鸿章心里带着怨气想，“再说以前上报的封赏，朝廷至今还没批复呢，真是刻薄少恩!”他一直对朝廷把两江总督的高位，给了才能平庸、毫无威望的马新贻，而战功赫赫的自己却得不到而不平。

但这些话怎能说？怨气怎能流露？一说一流露，岂不成了居功自傲、要挟朝廷封赏了？岂不自讨苦吃？当务之急是，应给朝廷吃一颗定心丸！于是他立即态度明朗地回答：“捻匪已平，将士思念故乡。臣准备裁撤大部分军队，让他们告老还乡。”

听了这句答非所问的话，慈禧竟然没有再问下去，只说：“你剿捻辛苦，在京城尽情游玩一番，再回任上。”

回到贤良寺，李鸿章把慈禧太后的话，在心里过滤了许多遍，但仍摸不透朝廷的真实意图。

他决定去拜访权贵，摸清情况，并把自己的想法影响他们。

满族权贵，首屈一指的，就是议政王、军机处领班大臣奕䜣。他是咸丰帝异母弟。英法联军攻北京，他临危受命，任议和大臣。咸丰去世后，他协助慈禧太后发动政变，处置了咸丰帝临终前立的八个顾命大臣。自此，总揽清朝内政、外交，权势显赫。

傍晚，李鸿章打轿来到恭王府，他叫跟班拿上他的名刺，并奉上两大锭银元宝给门房。

门房一见"太子太傅衔、协办大学士、湖广总督"，如雷贯耳的淮军统帅李鸿章，前来拜访，又见白晃晃的百两细丝纹银，立即毕恭毕敬地把他领进王府。

进了客厅，一见到奕䜣，李鸿章刚准备下跪，要行叩拜亲王大礼，但立即被奕䜣拉住了。

奕䜣知道，李鸿章起家翰林，又是淮军统帅，文武双全，以后必定是出将入相的人物。自己正应借此机会结下友谊，无论为国为家必定大有益处。想到这里，立即道："李督师来访，令敝府蓬荜生辉哩！"说着，连忙命人上烟泡茶。

他问："你喝啥茶？我这里有上好'龙井'，不知你喜不喜欢？"

李鸿章忙道："杭州龙井，天下闻名。可惜以前因浙江被长毛占领，这茶又极其稀少，连皇家也喝不到，我们做臣子的就更没有这个口福了。现在正好沾王爷的光，品尝品尝这道名茶。"

在袅袅的香气中，李鸿章品尝了两口，连道："好茶，好茶！果然名不虚传。一喝，便神清气爽！"接着，马上转入了话题：

"前些年，学生忙于打仗，无机会拜访。今借进京面圣之机，拜见王爷，请多加指点。"李鸿章殷勤地说，"另外，学生还带了一点儿礼物，请王爷笑纳。"

说着，拿出一幅《牧牛图》，和一张一万两的银票。

亲王暗吃一惊：这礼太重了！

这画是唐朝名画家戴嵩的力作。从那牛眼里隐约可见的牧童的身影，可以知道这是真迹无疑，其价值不菲。他虽然管着宗人府和内务府，见过大宗金银珠宝，但因十七年来，战祸连绵，洪杨长毛和捻匪铁蹄，踩踏全国大地，朝廷财政入不敷出，捉襟见肘。自己年俸不过万两，家中开支庞大，手头也不宽余。但他是个很正派的王爷，今见李鸿章出手宽绰，便推辞道："我收你五百两，其余你带回去吧。"

李鸿章诚恳地说："这是淮军在山东半岛河套地区，击败西捻张宗禹主力时缴获的战利品。我们本来悬赏一万两，奖励活捉张宗禹的将士，谁知他投河了。我们淮军虽不富有，但在战场上总有额外收入，不像王爷您光凭朝廷发的俸禄度日。”

他叹了一口气：“其实，我们攻陷苏州、常州、嘉兴等长毛巢穴，都得到不少金银。只是湘、淮军的军费开支庞大，只好将这些金银都充了军饷。”

这番话说得很实际，恭亲王很能理解淮军统帅自筹经费解决军队将士薪俸的难处。

李鸿章品尝了一口龙井，又道：“至于这张画，是我在署两江总督时用百两银子，在古旧市场上买的，根本不值什么钱，只能算土特产。”说到这里，他的态度更诚恳，神态更虔诚，“前几年，我东征西战，如今又远在湖广为官，进京一趟很不容易。王爷家的各种喜事，我又无法及时到场庆贺，因此，只好乘此机会作一次性处理，请王爷别再推辞！不然，就是瞧不起我这个学生了。”

恭亲王再也不好拒绝，只好收下礼物。

他见李鸿章这个封疆大吏，威震中国、名扬海外的淮军统帅，虽比他年长许多，却毫无骄傲之色，谦虚地称他为老师，不禁十分感动。

“李督师，你既然这样瞧得起我，那今后再不许称我老师，我们就做知己朋友吧！”恭亲王诚恳而爽快地说，“你们汉族不是有个高山流水遇知音的故事吗？我愿做你的知音。”

李鸿章大喜，于是便把今天上朝面圣时的情况谈了一下，然后探听王爷口风：

“王爷，连年征战，淮军将士早有归乡享福之意。如今捻匪已平，我想学老师曾国藩，尽撤淮军，您以为如何？”

“捻匪虽平，但西北未安宁；再说直隶京畿和两江重地，也须留兵方可，故湘淮军不可尽撤。”奕䜣毫不犹豫地说。

李鸿章心头一喜，但又说出自己的疑虑：“若是圣上调八旗、绿营镇守直隶和两江呢？”

恭亲王连连摇头说：“僧王之师一丧，八旗、绿营已无兵可用。”

李鸿章此刻方吐出心底的肺腑之言：“鸿章想留几万淮军镇守疆土，为朝廷驱驰效劳，但又怕朝野议论诽谤，一时难以定夺，望王爷指点迷津。”

恭亲王想了一会儿，说出了一番令李鸿章颇费思量的话：“淮军兴，阁下亦危亦安；淮军衰，阁下亦安亦危。”

话一说完，立即吩咐总管：“快排酒宴，为李总督接风，我今晚要与老李一醉方休！”

回到贤良寺，李鸿章辗转反侧不能入睡。

他反复思量恭亲王的话，觉得这话说得话中有话，很奥妙，深藏玄机。

看样子，淮军过于兴盛，像现在这样拥精兵八万，朝廷必然感到威胁，怕你黄袍加身，推翻满清，那自己处境就危险了。轻则，削职罢官；重则像当年雍正待大将军年羹尧那样，加你一个谋反罪名杀掉你，或是派人暗中谋杀，除去祸患。

但反过来，如果全部裁撤，表面上看起来朝廷对你放心了，自己安全了。但手中没有了一点儿实力，朝廷随时可将你玩弄于股掌之中，甚至言行稍有不慎，便立刻将你绑到砧板上宰杀，就像汉朝的韩信。这样，虽一时安全，但从长远角度看，仍不安全。

这么一想，他心中豁然开朗：对，淮军既要撤——不撤不能使朝廷安心；但又不能尽撤——全部裁撤，自己没有一点儿实力，命运全部掌握在别人手里，自己也不安全。

他当即定下主意：淮军留下一半或三万精锐，至少应留两万精兵。这样，自己就可进退自如，高枕无忧了。

时已中秋，桂花香气阵阵而来，沁人心脾。秋虫唧唧，青蛙咯咯，在弹奏着夜的催眠曲。他在这美妙的氛围中安然入睡，一觉到天明。

接下几天，他又拜访了军机大臣文祥、宝鋆等权贵。

当然，去时也给他们带去两千或三千两的礼金。与他们结识，获得了不少有用的信息：朝廷对淮军是既欣赏又惧怕。他们深知皇家亲兵八旗、绿营，已不堪一击，因此既想借重强大的淮军，对付内忧外患，又怕淮军过于强大，对朝廷构成威胁。

他立即把这一情况报告江宁的老师曾国藩。

李鸿章办完了正事，还骑马在京师尽情地游览了一番：巍峨壮丽的紫禁城，规模宏大的古代祭天建筑群天坛，皇家避暑行宫、最完整的古典园林建筑颐和园，还有势若游龙、气势恢宏的八达岭长城。他忽然觉得，北京，是全国的政治、文化和经济中心，只有紧靠这个中心，才能在政治上求得更大的发展。

离开北京时，他暗暗发誓："我要回来，我一定要做京城的主人！"

离开京师，他经德州、东昌、济宁，沿途视察淮军各支部队，与诸将领商讨驻防和遣散大计，然后按照约定，来到江宁，与曾国藩、马新贻一起商讨湘淮军裁军事宜。

曾国藩此时，已接到朝廷谕旨："……曾国藩待议定裁军事宜后，再赴直隶任上……李鸿章着保留部分淮军，以备需要时，帮助左宗棠平定回民叛乱。"

"恩师，您说淮军保留大部还是小部？"李鸿章问。

"内乱未平，外扰未除，应保留大部分精锐。"曾国藩道，"目前淮军共有精锐多少营？"

"有七十五营。"

"那就裁撤五十营，把这精锐都保留下来。"曾国藩捋捋胡须道。

"湘军两支精锐也保留下来吧。"李鸿章提议。

"不，一个不留！"曾国藩满怀深情地看了一眼李鸿章这个得意弟子，斩钉截铁地说，"湘淮本一体，保淮即是保湘，再说湘军暮气沉沉，不宜再留！"

李鸿章又一次感动得热泪盈眶。

"少荃，你准备将这些淮军驻扎在哪些地方？"曾国藩问，显然在考考眼前这个几乎可以和自己并起并坐的高足的智力。

"首先是恩师的直隶地面，接着是马总督的两江地面，还有山东济宁这南北要冲之地，另外，我任职的湖北九省通衢，四战之地，也需带亲军前往。"

"好一个精明鬼！"曾国藩心里赞叹道，"剿捻扩大的地盘全部占住，防区从原来淮军起家时的江苏一省，扩大到湖北、直隶、山东四省。直隶、山东为京畿重地，江苏、湖北为财富旺盛之区，这样一来，淮军势力大发展，你李鸿章今后还会再升迁。看样子，几年后，你真的会青出于蓝而胜于蓝，超越我这个老师了。"

此刻，他为自己精心培养的衣钵传人，有如此雄才大略而高兴而自豪！

接着，曾、李、马三人，具体商讨了应驻兵的地点和数量。

等一切就绪，李鸿章启程回安徽省亲祭祖。

临走前，曾国藩嘱咐："少荃，遣留淮军的奏折，由你出面写。"

"还是恩师写，您德高望重呀。"李鸿章谦虚地说。

"你是写此奏折的最佳人选。"曾国藩爽朗地说，"你忘了，我那北上勤王的难题还是你帮助解决的呢。"

十一月十七日，李鸿章奏准一个月的假期，扫墓省亲。

几天后，他从江宁坐船往安徽庐州走。在回家乡的船上，他很快便写好给朝廷的奏折《会筹分别遣留各军折》。

奏折先用一组具体数字，详细地汇报了淮军精锐部队铭军、鼎军、武毅军、盛军及唐仁廉、张树屏、杨鼎勋等军，共已遣散、裁撤马、步队五十营，兵丁达三万多人，尽量打消朝廷的顾虑。接着，提出此折的关键：淮勇只可根据实际情况裁减，不能全撤，须保留一部分。紧接着，论证必须保留淮军的理由：

"中原及东南各省，遭洪秀全长毛和捻匪扰乱近二十年，耗费了无数的人力、财力，艰苦经营方才平定。但这众多省份降兵散勇，无业可归，会匪游民到处勾结，只是慑于军威才不敢再次造反。若不留劲旅镇压，一有警变，招募远调，都来不及，必将不可收拾。"

——面对这种危机四伏的局面，他想，朝廷肯定不会裁撤淮军了。

紧接着，李鸿章再提出另一个敏感问题：不同意朝廷要撤淮军到黄河以南的命令。

他知道，有一部分淮军劲旅，驻扎在黄河以北的沧州、减河、东昌、张秋等地，靠近京畿，最引人注目，因此不便自己直接陈述。于是，他就打出曾国藩的牌子：

直隶总督曾国藩认为直隶防军尚未商定，此路不宜太空，因此这部分淮军，供曾国藩用来镇守京畿；而山东济宁，因居南北要冲，留了七营两哨驻防，其行动随时与山东巡抚和济宁府道官员协商，不会轻举妄动。

——这些淮军供直督调遣，护守京畿重地，等于控制在朝廷手里呀。

“江苏徐州，比连山东、河南、安徽边界，土匪出没无常，是最要紧的重地，故留马步十五营，择要驻扎；又因江苏沿江千余里，潜伏的草寇特别多，防务更为空虚，故留淮军五营择要移驻，与长江水师联络巡逻缉捕；江宁为东南关键，城大兵单，拟留开花炮队一营。以上二十一营淮军，都由两江总督马新贻调遣。”

——这二十一营精兵，不掌握在我的手里，供两江总督马新贻使用，朝廷尽可放心。

自己将到湖广上任，当然应该有自己的精锐部队。但易地做官还要带自己军队，且数量多达十九营，朝廷一定会有顾虑，我应该好好解释，让其放心。

于是他写道：

“湖北居长江上游四战之地，游匪横行，防兵尚未撤完，非带亲军前往难以钳制。因此带淮勇十九营前往。目的一是为了裁弱留强，二是如将来江苏、安徽再出现作乱，立即调回策应，以照顾全局。”

很快，满族权贵和慈禧太后接到了这份奏折。

他们在研究淮军动向。一看到已裁军五十营，三万多人，压在胸口的一块千斤巨石，顿时搬开了，对李鸿章的疑虑霎时去了一半；看到驻扎黄河以北的淮军，已交直隶总督曾国藩用来防守京畿重地，顿时大大松了一口气，心头疑虑又去了几分；看到二十一营淮军精锐驻扎苏境，也交两江总督马新贻调遣，心头疑虑又去了两分。就在清廷对李鸿章的疑虑将要烟消云散之际，最后在奏折上看到李鸿章去湖广做官，还要带十九营精兵，心头顿时疑虑又起：“易地做官，为何要带这么多兵？”当了解到是供朝廷将来的特殊用途时，军机大臣文祥赞叹道：“真是深谋远虑啊！”

看了这份奏折，几位满族大臣和西太后态度很明朗：为了应付当前国家危机四伏的局面，保留适当的淮军，是完全必要的。否则，大清江山难以稳固！

“李鸿章主张保留淮军精兵，的确是为了朝廷的长治久安，而不惜自己出钱的大公无私之举啊！”恭亲王奕䜣对西太后夸奖道。

西太后高兴地点了点头。

李鸿章很快回到阔别多年的家乡——庐州府磨店乡群治村祠堂郢。

李鸿章母亲李氏老安人，早好多天前就已接到老二的信，和几名亲兵送来的两千两银子，早早就预备开了。

自从五年前二小子新婚，她去苏州主持婚礼后，母子五年来一直没见过面。她很想念二小子。儿子代替曾老师走上剿捻战场后，她无时无刻不在担心儿子的生命安全。她知道，捻军很厉害，号称天下无敌的蒙古亲王僧格林沁被他们杀了，德高望重、叱咤风云的湘军统帅曾国藩老师，也损兵折将毫无办法。二小子领军去打，也是很危险的。战场上情况千变万化，子弹炮火不长眼睛，处处有危险啊！她曾好多次做了噩梦，梦见儿子战死在沙场，伤心得哭醒过来。

现在好了，儿子终于得胜回朝，荣归故乡。实际上，她对儿子能当巡抚就觉得很了不起，她不需要儿子当更大的官，只要平平安安就行。现在，自己马上就要见到儿子了，她心里别提有多高兴了。

儿子信中说，这次回家是探亲扫墓，有一个月的假期，她就更高兴了。

自从丈夫文安去世后，儿子由于国家不太平，忙于东征西战，还没回家乡扫过墓。这回，国家太平了，回来扫墓，儿子说要隆重祭奠一番，要把七姑八姨、四亲九眷都接来。这可忙坏了李氏老母亲。更令她发愁的是，连日来，从磨店乡到合肥县，再到庐州府的官员，还有省城里的布政使、按察使和道员等官员，甚至还有巢湖、芜湖、铜陵和徽州府等各地官员，一拨一拨地前来打听儿子哪天到家乡，都说等李大学士祭祖这天，前来同祭，表示敬意。

这么多宾客前来，饭菜怎么招待？显然，家里的儿媳妇或是村里的女人，烧菜、递茶都上不了台面。这可怎么办？幸亏庐州府知府排忧解难，把这个麻烦差使接过去了，说是专门派府衙的烧菜大师傅前来掌勺，自己亲自带人来搞接待。另外，儿子还嘱咐祭奠祖宗这天，全群治村，家家户户都要送去三斤猪肉两斤酒。到哪里去买这么多的猪肉和酒呢？幸亏合肥县知县，又把这个差使揽过去了，说是派合肥东面几个乡的屠户，把猪宰了送到村里，按三斤一份搭配好；再派酒坊老板送酒来村里，使老太太心里一块大石头落了地。

腊月初的一个下午，李鸿章终于回到阔别多年的故乡。

在惊天动地的鸣锣开道声中，威风凛凛地推出两块高高耸立、红底黑字的官牌：

协办大学士　一品顶戴

湖广总督

随着一顶八人抬的豪华暖轿的出现，随着一顶接一顶官轿的到来，随着一队威武的左腰插短枪，右腰佩短剑，高腰马靴雪亮的骑兵的亮相，整个磨店乡轰动了，整个合肥县轰动了，小小的群治村更是人满为患。

“李家老二真阔气，大轿八抬八绰，还带了一哨的骑兵。”有人赞叹。

“这算啥？李老二现在是全国兵马大元帅，手下有几十万精兵！”李氏族人更是吹嘘：“听说他到湖广当总督，还带去十万精兵哩！”

几句话，把人们惊得张大了口，半天合不拢。

李鸿章来到一幢新建的漂亮的楼房前，稳稳地下了绿呢大轿，顿时鞭炮齐鸣，鼓乐喧天。

李氏太夫人听说儿子已到家门，高兴得连忙奔到门口，夫人赵小莲在丫环的搀扶下，一双三寸金莲也匆匆跟着出来。

李鸿章一见母亲的面，喊了一声：“娘！”

正要跪地叩拜，却被母亲一把拉住：“一路辛苦，免了，免了。”

说着拉住儿子，左看右瞧儿子的脸：“唉，比以前瘦了，黑了。”再摸摸儿子的鬓角，“你看，也有白头发了。”

她这么唠唠叨叨，把全场的宾客都堵住了。进不得退不是。

小女儿玉娥拉住母亲道：“娘，你让客人都进去休息吧，二哥又不是马上就走，你以后再仔细瞧瞧，看看他身上缺了啥东西？少了几根头发？”

一句话提醒了老夫人，连忙叫儿子进屋。

赵氏夫人只跟丈夫打了个照面，寒暄了一句“你回来了”，便跟着婆婆回屋。

一家人，兄弟姐妹妯娌，热闹了一夜。

第二天上午辰时，李鸿章在兄妹的陪伴下，前往数里之外的于湾村，祭扫父亲李文安和祖父李殿华坟墓。

祭礼由庐州府知府主持。当他宣布祭礼开始时，只见一百零二名骑兵队伍，在哨长一声口令下，立即朝天鸣放排枪三声。那整齐划一的声音，在平原的上空汇成清脆热烈的交响，接着鞭炮齐鸣，鼓乐震天。

接着，身穿一品朝服，帽插双眼花翎的李鸿章宣读祭文：

……父亲大人，您当年临终前，曾教导孩儿：“贼势猖獗，民不聊生，我们父子世受国恩，此贼不灭，何以为家？你们兄弟应努力以完成我未完的志愿。”您的教导，儿子时刻记在心头。数年来，战长毛，平苏南，剿捻匪，建奇功。现在全国已经平定，您老的遗愿儿子已经为您实现。大哥和我都荣任封疆大吏，我还官授协办大学士，赐衔太子太保，其他几个兄弟也分别授道台和按察使，就连小弟昭庆也因征战有功，官授记名盐运使，您老在天之灵，请安息吧！

接着，他又重新点燃一炷香，来到祖父、祖母的墓前，动情地说：

爷爷！您老人家一直对我寄予厚望，说我是财神送来的，长大以后一定有大出息！您所说的“财神送子”的说法，鼓舞着我，激励着我，使我从不懈怠。如今，我已创淮军，平苏南，剿捻匪，扶社稷，立下盖世大功，官授湖广总督、协办大学士，授衔太子太保。您老对我的期望，孙儿已经实现，您就含笑九泉吧！我将努力争取百尺竿头更进一步，争取当直隶总督，争取做武英殿大学士，拜相封侯，与曾国藩老师平起平坐。到那时，我一定向朝廷请旨，为您老人家求得伯爵、侯爵的封赏！您就等着听孙儿的佳音吧！

二、调查二参案如履薄冰，要滑头化险为夷

同治八年（公元一八六九年）正月初十，李鸿章带着母亲、妻子儿女等一行人，从合肥县磨店乡起程，赴湖北武昌上任，十九日正式接任湖广总督。

然而，他总督的交椅还没坐热，便接到了一桩令人头痛的调查参劾官员的案件。

正月三十日，朝廷谕旨，要李鸿章调查核实湖南布政使李榕被参各款。

李鸿章微服到湖南长沙，一了解，很快查清了此案的来龙去脉。

原来，李榕是个清正能干的官员，曾长期在湖南为湘军招募兵士，筹措饷银，是曾国藩总督十分得力的助手和好友。这次之所以被人参劾遭到革职，是因为他曾逼令朝中权贵之家捐银助饷，遭到这位权贵的嫉恨。

李榕听说李鸿章钦差来到长沙调查，连忙哭诉到李鸿章驻节的公馆：“我是被栽赃陷害的呀，望李钦差为我做主，洗刷冤情！”

李鸿章感到十分为难。

按道理和做人良心，无疑应该为李榕洗刷冤情，使之复职。但这样做，不但要费九牛二虎之力，更会使自己陷入被攻击的困境。因为老师曾国藩在朝中的政敌强大（不然，也不会将老师的助手加好友革职查办了），背靠满清皇帝这棵大树。他知道，朝廷对汉人掌重权历来心存顾忌，尤其是对权高位重、手掌兵权的曾国藩更是猜忌很深，而自己又是曾国藩的学生。若保护了李榕，朝廷必然认为是自己在包庇他。

二月中旬的夜晚，依然很阴冷。他披着大衣，坐在公馆里吸着水烟，已吸了好多袋，夜已逐渐深了，依然想不出妥善的办法。

这时，高参周馥进来，对他说了一句话，就是这句话，使他下了一个决心。

“这案子恐怕是朝廷对你的一块试金石呢——试一试你在老师和朝廷两者之间，更倾向于哪一头？不然，为何不把此案交给都察院或吏部处理，却要交到你的手里？”周馥的一番话，不禁令李鸿章蓦地一惊，顿时冒出一身冷汗。

他知道，此案处理不慎，自己的总督就当到头了，那“协办大学士”的头衔，也很快会不翼而飞。明白了其中的奥妙后，他决定明哲保身。

在给朝廷的复奏中，首先对李榕的行为进行掩饰和保护，以处理好与老师曾国藩的关系，给他一定的面子：“李榕平时议论很知道讲求勤政爱民，在任湖南藩司时品德和气节还好，被官员和绅士共同认可。”

写到这里，他把笔锋一转，指出李榕确实存在问题：

“李榕不注意端正自己约束部下。招戏子为家丁，始终被其蒙蔽；对上司禁止和革除之事，任意轻率地允许施行；对部下乱定陋规、罚钱不报等不良行为，长久没有觉察。米捐是藩司主要政事，经调查，虽无因捐逼命之事，但招募的办事人员过多，捐税太重，舆论确实有此不良反应。”

最后，他提出处理意见，维持朝廷原有处分，不作深究：“李榕既然已经革职，是否可以不再追究？”

奏折上去，朝廷准奏，于是李榕被罢官回籍。

清正廉明的好官李榕，带着家眷，在凄风苦雨中，神色黯然地走了。

他心里在骂：“李鸿章，你这十足的官迷——大官迷！为了自己做官，竟不顾是非曲直！”

曾国藩得知处理结果，感叹道：“少荃没对李榕落井下石，还算有道德良心。”并不置褒贬地说：“少荃是拼命做官啊！看样子，凭他如此圆滑，此生一定会超过我的地位！”

李榕走时，由于为官清廉，没有私蓄，他和家人没有回家的盘费，甚至连轿马也雇不起，几乎回不了家。最后，幸亏百姓借给他几匹瘦驴，另有几个穷苦的轿夫，自愿带着几顶小轿前来相送，才勉强成行。

李榕一案刚刚处理完毕，谁想又接到一桩更为棘手的案件。

五月二十八日，李鸿章又接到朝廷一道命令，要他去四川，查办云贵总督刘岳昭参奏四川总督吴棠贪污受贿案。

接到命令，他匆匆收拾行李，准备启程赴四川调查吴棠，却给周馥拦住了。

“大人，吴棠此人背景很深哩！”周馥道，“此人口碑不好，才干平庸，办事屡出差错，却为何能从一个四品知府连跳数级，升为四川总督？就是因为背靠着一棵大树！”

“啥样的大树？难道比参劾李榕那个朝中权贵还高大？”

“高大多了，是天下第一棵参天大树！”周馥道，“是慈禧太后。”

李鸿章吃了一惊："消息可靠吗?"

周馥点点头："绝对可靠！当年，吴棠曾对未发迹的慈禧太后有恩。"

接着便讲起了吴棠阴差阳错资助慈禧家庭的事。

咸丰年间，江苏清河县知县吴棠，一天忽得到消息：老友黄州张副将在任病故，家人扶柩回乡，经过清河，停泊在运河码头。吴棠想起张副将以前对自己的知遇之恩，便取出三百两银子，对家人吴福吩咐道："你去河边，将此银送给张副将家眷，取个回执，我明天亲自去祭奠。"

吴福是个老实人，刚从家乡来到清河，对当地情况不熟悉。他捧着三百两银子，来到运河码头。

这清河县位于清江浦运河南岸，既是水陆交通要道，又是漕运集散地，商业发达，市场繁荣。吴福一到码头，只见舟楫密布，桅杆如林，不知哪一只是张副将家载运灵柩的船，不禁傻了眼。

他东寻西找，好不容易看到一只运载灵柩的船，便立即奔上前，向着灵位跪拜行礼，并取出吴棠知县的名刺和礼金，交给两个穿旗装的姑娘，说："我家吴老爷，与协台大人是故交，先派小人来慰问，明天他还要亲自前来祭奠。"

吴福回到县衙，递上回执。吴棠接过一看，见上面全是满文，顿时疑心，便问："你把银子送给谁了? 这是什么人家?"

"是官宦之家，丧家有两个小姐，身着旗装。"

吴棠一听，跌足叹道："错了，错了！你怎么搞的? 那张副将是汉人，他家哪来的旗装小姐?"

想到一注大礼送给了一个毫不相干的人，白白打了水漂，他冒火道："你赶快去那里，把礼金讨回来!"

吴福十分惊慌，连忙拔腿就走，刚下台阶，忽听一声大喊："回来!"

转身一看，却是县衙的毛师爷。他对正在生气的吴棠劝道："近日朝廷正在选拔秀女，船上两位姑娘定是进京参加选秀的。万一这两位闺秀被皇上选中，说不定会给大人带来大福。若是把送去的银两追回来，那以后的祸就大了!"

他见吴棠有些动心，便说："依我愚见，干脆一个人情做到底，明天大人还是亲自上船祭奠，来个将错就错。至于张副将那边，另外再补一份就是。"

第二天，吴知县大摆仪仗，亲自上船祭奠，向灵位恭恭敬敬地行跪拜之礼。临走时，又送了一份礼物。

原来这两名满旗姐妹，姓叶赫那拉氏，父亲惠征，原在湖南任副将，后调任安徽宁池广太道道台，上任不久便一病去世。家中经济十分拮据，向父亲生前好友筹借了一点儿银两，草草治丧。这次进京，一是护送灵柩回京安葬，二是参加皇宫秀女选拔。旅途中正愁盘缠不足，突然收到吴棠送来的一注丰厚的银子，如同雪中送炭，两姐妹十分感动。

送走吴知县，姐姐将吴棠名刺小心地放进套奁匣，对妹妹说："这位吴知县是我们姐妹的大恩人，今后我们若是得志，一定要好好报答！"

后来，这两姐妹果然都被皇家选中。姐姐被咸丰帝看中，封为贵妃，就是当今垂帘听政、独掌清朝大权的慈禧太后；妹妹也嫁给醇亲王为福晋。

李鸿章原先也隐约听说吴棠朝中有些背景，却不想背景是如此之硬！

提起慈禧，李鸿章不禁胆寒。此人虽是女流，但野心很大，手段极其狠毒，比起汉朝的吕后，有过之而无不及。咸丰帝死后，她联合恭亲王奕䜣发动宫廷政变，诛锄了肃顺等顾命八大臣，夺取了最高统治权，令人刮目相看，不寒而栗。

那是咸丰十一年（公元一八六一年）七月十五日，咸丰帝在热河病重，遗命由怡亲王载垣、郑亲王端华、协办大学士肃顺、御前大臣景寿及军机大臣穆荫、匡源、杜翰、焦佑瀛等八人，为赞襄政务大臣，辅佐幼主载淳。

帝临终前，赐给慈安皇后一方"御赏"印，赐给小皇帝一方"同道堂"印，小皇印由其生母慈禧代掌管。皇帝谕旨，开头处盖"御赏"印（即"印起"），结尾处盖"同道堂"印（即"印讫"）。只有盖了这两方印，才说明谕旨得到皇帝批准认可，否则无效。

咸丰帝赐这两方印，本来有着深刻含义：皇太后和幼主为一方，八大臣为一方，不突出任何一方，使之相互制约，搞权力平衡，以达到稳定政局之目的。

咸丰帝自以为此计划无比周密，天衣无缝，实际上这种安排，包含十分危险的因素，结果事与愿违。因为咸丰帝并未指出两宫皇太后（慈安和慈禧）与顾命八大臣是什么关系？所以，为日后双方争夺最高统治权埋下了祸根。

顾命八大臣认为，一切权力，应归属他们这些托孤大臣，朝廷谕旨由大臣拟定，太后女流之辈只能按印，不能改换，奏疏不呈送内览。照此办理，咸丰帝所赐两方御玺，等同于两块橡皮图章，两宫皇太后，只不过是被操纵的木偶或盖印工具。

以吕后、武则天为榜样，胸怀大志的慈禧怎能受人摆布甘为傀儡？她决不能容忍八大臣总摄朝政。她坚持朝政国事须由八大臣和皇太后共商同裁。她首先利用郑亲王端华、协办大学士肃顺，因事务繁忙打算减去兼职的良机，立即发旨，将怡亲王载垣撤去銮仪卫、上虞备用处事务，撤去端华步军统领、肃顺管理的理藩院和向导处，轻而易举地夺取了京城禁军兵权。

此刻，咸丰帝的灵柩还在热河。热河由八大臣势力所控制，慈禧没敢轻举妄动。她知道，要想除掉八大臣，非返回京师不可。

她密召恭亲王奕䜣商议后，命其昼夜兼程赶回北京，为政变布置一切。

九月二十三日，起程回京，九月二十八日，两宫太后和皇帝抵京，立即召见恭亲王奕䜣商量步骤。

三十日，两宫召见奕䜣、大学士桂良、周祖培、贾桢、侍郎文祥等奕䜣一党人，拿出由醇亲王奕譞于九月十八日在热河拟就的谕旨，交奕䜣当众宣布：解除八个顾命大臣的职务，并宣布八人三大罪状：一是筹划无方，失信各国，咸丰帝被迫巡幸热河；二是三奸勾结，阻止回銮，致使咸丰帝龙驭在外宾天；三是阳奉阴违，擅改谕旨，反对垂帘听政。因此将载垣、端华、肃顺解职，命景寿等五人退出军机处，

谕旨在八大臣不在场的情况下宣布，刚宣读完，载垣、端华就闯入宫内，一见奕䜣等五大臣在内，很感意外，大声责问："外廷臣子，为何擅入内廷?"

奕䜣答："皇上有旨，你们有三大罪状，已被革职。"两亲王立即被擒拿。协办大学士、户部尚书肃顺，此时正护送咸丰帝灵柩，行至京郊密云，对京师政变全蒙在鼓里，夜里正拥两小妾在床，突然遭捆绑……

慈禧太后，这是大清的绝对主宰。得罪了她，自己的总督就当到头了，李鸿章想。

吴棠既是慈禧太后的恩人，慈禧太后发迹后，对吴棠又如此恩宠，若查办了吴棠，那么慈禧会有好果子给自己吃吗？看起来，吴棠的案件，不能认真查，只能睁一只眼闭一只眼。

想到此，他决定拖。他先写了一份奏折，说明湖广事务繁忙，等自己大体处理完再前往四川。他整整拖了一个多月，直到七月初三，才从武昌起程。他带着一个副将几个亲兵，从长江水师调来一艘小轮船前往。

"大帅，此去四川，逆水行舟，速度很慢呀!"副将心中疑虑道。说是奉旨赴川查办案件，李总督怎么一点儿也不着急？他哪里知道总督大人此刻的心思。

轮船一路前行，李总督一行一路观光赏景，还不时停船上岸观赏。直到八月十五日中秋节，才到宜昌，接下去便是著名的长江三峡。轮船不能行，要换小船才能走。

"李总督，下面请你们走陆路吧，不然，长江三峡，西陵峡，巫峡，瞿塘峡，每一道都是鬼门关，危险得很哪!"听完当地官员的话，李鸿章笑笑说："不怕，我还是坐船，我前半生，不知遇到过多少惊涛骇浪，我倒要看看，举世闻名的长江三峡，到底有多么凶险?"他以前没到过三峡，打算趁此机会，好好领略一番三峡的神奇风光。

于是换了一只小船前行。

听说钦差大人要过三峡进四川，宜昌知府立即派出当地几个手段高强、经验最丰富的水手。

船在急流险滩中行驶，众人都为李总督捏一把汗，可他却指点着神女峰等著名景致，谈笑自若。他的情绪感染了部下，也感染了撑船的河工，河工便像往日一样施展出浑身撑船本领，因此，虽然惊险，但顺利过渡。

船工们得到了百两银子的重赏。贫苦的河工们何曾见过这么一注大银？何曾见过这样好的大官？只知以前的官吏欺压百姓，鱼肉河工，如今见到这位钦差待百姓如此之好，都非常激动，差点儿喊出“李钦差万岁”的话。当李钦差坐马车走后，他们还各拈了一炷香，默默为他祈祷平安。

李钦差从泸州开始走陆路，直到九月十八日才抵达成都。

四川总督吴棠早派布政使到五里长亭迎接，并把他接到总督府。

“为敝人的区区琐事，劳驾李钦差冒着酷暑，亲自长途跋涉，来道路艰险难于上青天的四川，实在抱歉。”吴棠抱拳道。

“区区琐事？”听到这句话，李鸿章心中有些不快：你贪赃枉法，却如此轻描淡写。看样子，这吴棠是仗着朝中背景硬，不把此番参劾当回事呢。

吴棠先排开宴会为李鸿章接风洗尘，又在总督府安排豪华厅堂，作为钦差驻节之处，被李鸿章连忙谢绝：“为了避嫌，我还是住公馆为宜，免得别人说闲话。”

李鸿章通过暗中调查，很快摸清了吴棠贪污受贿的事实。云贵总督刘岳昭所参奏弹劾吴棠的数条，条条属实。

李鸿章心中很是气愤。他真想学同乡名人——自己从小就仰慕的北宋名臣、铁面无私的包拯，严办此类贪官！

但他摇了摇头。包拯审出“狸猫换太子”宫中大案，为流落民间、沦为乞丐的皇太后平反昭雪。他背后有皇太后这棵参天大树，我哪有这样的背景？

他知道，前脚查了吴棠，接着自己便会倒霉，轻则丢官，重则坐牢，甚至杀头也有可能。因为自己得罪的是天字第一号的慈禧太后呀！我历经千辛万苦，才获得如今这地位，千万不能因此事处理不慎而毁了大好前程！但对此类贪官，我必须敲打敲打，叫他以后收敛些，不能太肆无忌惮！

想到此，他心中有了主张。

一连数天，他在公馆办公，门前挂着“奉旨调查四川官员”的牌子，每天不是微服私访，便是坐在驻地接待前来投诉告状的官民，从不与四川总督府人接触。总督府派人邀请他赴宴，也被他婉言谢绝。

到了第七天傍晚，吴棠坐不住了。想起自己虽有背景，但这李鸿章是个手握重兵的实权人物，对这人，连慈禧太后也要倚重他。若我惹恼了他，他铁面无情，先斩后奏，将我严办杀了，再奏朝廷，既可在天下博得好名声，朝廷也对他无可奈何。想到此，立即派人携带重礼前来。

“李钦差，我家大人叫小的送来两样东西，说是给您和尊夫人的一点儿礼物，望大人笑纳。”李鸿章打开一看，是两件宝物：一串钻石项链，一个鼻烟壶。这壶用五色玻璃制成，雕镂极其精致，在辉煌灯光下，闪烁变幻，可爱无比。

李钦差翻看壶底，只见题着“古月轩”三字。

“这壶价值不少吧？”

见到李钦差问，总管马上答道：“价值千金以上。”

李鸿章点点头，吩咐道：“你回去告诉吴总督，叫他明天上午来这里一趟。”

吴棠见李鸿章收了礼物，一颗久悬的心顿时放了下来。第二天上午，如约来到驿馆。李鸿章屏退左右，与吴棠单独相见。

“吴总督，你到四川任职，时间不算长，可各界反映却不少哩。”

“百姓反映大多属道听途说，捕风捉影。李大人，你可千万别受他们蒙蔽呀！”

“是吗？”李鸿章干笑了两声，“可人家怎么说得有鼻子有眼呀？”说着，从案桌上拿起一份东西递给吴棠。

吴棠一看，原来是云贵总督刘岳昭参劾他的原件：

吴棠贪污成性，民愤极大。赴四川就任总督时，征用民夫三千多人，四人轿一百多顶，每过一站就大肆挥霍，共耗费二三千两白银。到任时，收受官员礼金十多万两银子，还命令成都首县县令造木桶几十个，作为盛礼金之用。吴棠声称所收银两留作公用，但据说早已陆续兑换成银票，拿回安徽盱眙老家，买田产盖大厦。吴棠还卖缺卖差，挟私报复，目无朝廷法规。到任不久，因向提督胡中和等官员索要不成，将其视为眼中钉肉中刺，竟将胡提督和驻防军全部裁撤。数月以来，云南巡抚毓英派官员入川有七八次之多，每次都有金银财宝厚赠，数目非常巨大……

吴棠看着看着，汗水从头上不由自主地冒了出来。他感到口干舌燥，说不出话。过了好半天，才结结巴巴地憋出一句话：“这，这是血口喷人！”

李鸿章又拿过一个案卷袋，推到吴棠面前。

吴棠没看几份，脸便变得雪白。原来这些都是吴棠贪污受贿巨款的人证物证。

吴棠再也说不出话来。

李鸿章又拿出一张请愿书推到他面前，这是成都百姓的“万民书”，其中列举了吴棠贪赃枉法的许多事实，最后写道：

如此巨贪，是成都百姓的祸害，是全四川百姓的祸害。百姓恨之入骨，真想喝其血，剥其皮，食其肉，以泄心头之恨！恳请钦差大人奏明皇上，将其斩首正法，以平民愤！

吴棠扑通一声跪倒在地，连连叩头道："李钦差，请您格外开恩，救救我！"

李鸿章连忙将吴棠扶起，亲切地说："你跟我老师曾国藩总督是同年，是先辈，晚辈自当关护。以前有些事，只要引以为戒，此次，你放心，我一定为你遮瞒。"

说着，拿出一份拟好的准备给朝廷的奏折《查复吴棠参折》给他看：

四川舆论只称吴棠忠厚廉洁，办事谨慎，没有议论他贪赃的。近来，四川官场钻营成风，遇有大官新任，多方尝试，稍不如意，就编造竹枝词等私行散布，以错传错，使人难辨从何而来。吴棠上任后，广收呈词严批痛斥，派员分赴各处查禁私设班馆，饬裁州县夫马局捐费。吴棠被参，实系认真整顿得罪贪劣官吏造成。若不是朝廷知人善任，力为主持，即使忠贤也难免自危，而使奸猾之徒得志……

最后，李鸿章的结论是："吴棠善政爱民，可为四川造福，请皇上扶持正义以伸公道。臣详查事实，密查舆论，该督被参各条，皆是空穴来风，毫无根据。"

吴棠看了奏折，感动得热泪盈眶，他再次下拜："李大人再造之恩，吴某终生难忘！"

李鸿章笑了，当吴棠谢恩将要出门时，李鸿章道："吴总督，你差人送来的礼物，请叫从人带回。我自到上海任巡抚以来，还从未接受过如此重礼呢！"

此话一出，把吴棠吓得面如土色，以为李钦差又要变卦。他结结巴巴地说："李钦差，莫嫌我礼轻——"

李鸿章正色道："吴总督，你把我想成啥人了！为老师的同年做点儿事，难道还要报答吗？"

见吴棠死死不肯收回，便道："吴督若是非要我收，那就请你拿出三千两银子，救济成都一带的穷苦百姓，给缺粮的发点儿粮食，给无冬衣的做套冬衣，给无家可归的孩子办个孤儿院。这样，我在奏折中为你说的'善政爱民，可为四川造福'，就找到了有力的证据。"

吴棠恍然大悟，连连称是。

云贵总督刘岳昭，站在昆明雕梁画栋的大观楼上，一边凭栏远眺波光浩渺、群鸥飞舞的滇池，一边击节吟诵气势磅礴的大观楼长联："五百里滇池，奔来眼底。披巾岸帻，喜茫茫空阔无边！……数千年往事，注到心头。把酒凌虚，叹滚滚英雄谁在？……"

最近刘总督的心情很好。经过自己夙兴夜寐的治理，云贵地面，盗匪不起，社会太平，加上风调雨顺，百姓安居乐业，他被誉为“精明良吏”，声播朝野。有消息传，他将调任要害重督或进京任职。而自己参劾的川督吴棠和云南巡抚毓英连锁贪污受贿大案，朝廷委派的钦差大臣，手握重兵、叱咤风云的李鸿章大学士已到成都，据说驻节驿馆开始严查。刘岳昭是个疾恶如仇的人，眼里揉不得沙子，看到巨贪将要绳之以法，怎不痛快万分？

他不禁笑出声来：“吴棠，毓英，别看你们权高位重，手段狡诈，在洞察秋毫、心狠手辣的淮军统帅面前，这回，你们两只大老鼠难逃厄运啦！”

“刘总督，请快回衙，朝廷有谕旨。”

“据李鸿章钦差亲赴成都调查，川督吴棠善政爱民。云贵总督刘岳昭参劾各条，皆是空穴来风，毫无根据。特给予申斥，并降为巡抚。总督之职由原巡抚毓英升任……”

这个闷棍，打得他措手不及。

他痛心疾首，一边摇头，一边骂：“李鸿章，我原以为你是顶天立地的豪杰，谁知却是贪生怕死、官迷心窍的奸雄！你对巨贪如此敷衍了事，清朝的官场如此腐败透顶，看来，这个老人已病入膏肓，难以起死回生了。”

他很快便告老还乡……

三、用痞子手段了结“天津教案”

同治九年（公元一八七〇年）正月初七，李鸿章正在湖北武昌官邸与家人过着春节，突然，一道谕旨打破了他生活的平静。

朝廷命令他立即赶赴贵州督办军务，剿灭贵州苗民造反。这道谕旨令他很不开心。

“老爷，你的淮军威震天下，谅平定苗民造反根本不在话下，为啥不高兴呢？”听了夫人的话，李鸿章叹了一口气，道：“此番是不宜去呀。首先，贵州是个无足轻重的地方，去了那里，就等于远离了政治舞台，对今后前程没有一点儿好处；其二，令我督办军务，整顿川湘援黔各军，却没发给一点儿饷银。这庞大军费开支，叫我如何筹措？其三，云贵总督刘岳昭正因处理吴棠一案，受到处分，对我恨之入骨。如果现在入黔打仗，刘岳昭肯定不会好好配合，说不定还会从中捣乱呢！因此我不想去贵州。”

“但谕旨不能违抗呀！”赵氏担忧了。

“你放心，我自有办法。”于是，他又采取老办法——拖延：他以兵饷未备，地势军情未明，采办转运困难为由，要求朝廷允许他从容布置。

就这样，他拖延了一个多月。

二月十六日，朝廷又给他下达了一道谕旨：

着李鸿章率军赶赴陕甘督办军务，援助左宗棠剿灭回民造反势力。

原来，此时陕西形势发生突变，左宗棠在西北剿回民造反遭到重大挫折，手下悍将刘松山在金积堡战役中被回军击毙。回民势力正向榆林、绥德、延安一带进逼。

面对这道谕旨，李鸿章更是牢骚满腹。

因为不久前，在平定西捻时，他与左宗棠关系恶劣。当时，左宗棠怀疑他奏报中所说的“张宗禹投水自杀”的结论，以张宗禹下落不明为由，强令刘松山、郭运昌等军到处搜捕、骚扰。两人关系如此恶劣，自己怎能赴陕甘与他合作？再说，那个自比诸葛亮、目空一切的左宗棠，也不会甘心让我去分功劳。

他发牢骚道：“淮军只是支救火队吗？哪里起火，就赶往哪里。这哪里是天下第一军应做的事？”

想到此，他又一次采取了拖延战术。

三月二十日，他从武昌起程，足足过了两个月，方才抵达潼关。住了半个月，到六月十日，再从潼关出发，整个行程用了三个多月，才到达西安。行动速度比老牛拖破车还慢，简直如蜗牛爬行。到西安后，他又以同左宗棠湘军互为犄角为由，干脆在西安驻扎下来不走了。

他想用拖延等待变数，等待有利时机。

果然，他在西安驻下仅仅过了五天，一个重大的转机就来到他的面前。

七月初四，他接到朝廷于六月二十八日发出的一道密谕：

“着令李鸿章即日起程，速到近畿一带布防。”

“近畿一带”这几个字眼，令李鸿章眼前一亮，心中十分惊喜。

他立即意识到近畿一带发生了重大事件，朝廷急需他去处理。

进入近畿，接近政治中心，这是千载难逢的机会！机会稍纵即逝，我应以最快速度赶往，决不能让它错过！他令部队将士分秒必争，作好长途跋涉去北京的准备。

只过了短短两天，七月初七，他便带淮军劲旅出发，昼夜兼程往北方赶。三天便行三百里，抵达潼关。当他离开陕西，便得到了调他到近畿的重要原因。

原来，五月二十三日，天津发生了火烧教堂，打死法国领事丰大业的“天津教案”。英、法、美、意等国已调派军舰到天津、烟台海口，对清廷进行武力恫吓。于是清廷急调李鸿章淮军赴京畿驻扎，预防法国水师侵扰。

然而，就在李鸿章率淮军急急向直隶进发时，朝廷又在七月十八日和二十日，连下两道密旨：着李鸿章将淮军远扎在河南、山西与直隶交界之地，勿走漏调兵消息。

原来，朝廷是生怕淮军离京畿过近，会刺激洋人。

朝廷这种软弱态度，令李鸿章感到啼笑皆非，也把他逼到一个欲进不能、欲退不得的尴尬境地。

远扎在晋豫边境待命，不知要等到何时？自己急如星火日夜兼程马不停蹄，难道就为了落得眼前这进退维谷的下场吗？不能，决不能！我决不能在此停住脚步！他心里说。离京越远，离权力中心就越远，只有率部队进入直隶，才能有所作为！

于是，他立即上奏折，向朝廷表明自己的不同看法。

首先，他坦率地陈述大规模调兵不可能不走漏风声：……由陕西进入直隶，两千余里，人马两万多人，后路调拨饷械军火，前路筹办车马粮草，有一样不具备，就不可行军，加上洋人教民布满内地，怎能处处掩人耳目？

接着，阐述议和须有实力作保障："用兵之道与驾驭洋人之法，都必须虚实奇正交替使用。洋人喜欢说大话，情弱而多疑。遇事专讲利害强弱。臣以前在江苏办理棘手事件，往往兵威一强，他们气焰就减弱，因此议和更容易成功。只有做好充分军事准备，才有谈判的筹码。"

接着，他论述率部进入直隶的重要性，进一步打消朝廷对洋人的顾虑："洋人已调兵船要挟，我们当然也有调兵的权力。如果洋人先开炮，战端就由他们开启，理亏在他们。即使此次和议成功，仍应调兵防备。"

最后，他提醒朝廷："臣虽遵旨远驻晋豫边界，但远扎很有危害，一旦有紧急情况，呼应不及。"

八月初三，当他来到直隶的获鹿县（今鹿泉县），突然接到调补他就任直隶总督的一道谕旨，他的老师曾国藩则调任两江总督。

他感到很惊讶。

直到两天后他才得到确切消息，搞清了原因。原来这两项任命，有两个直接原因：其一，曾国藩因对"天津教案"处理不妥，引起朝野普遍反对，故而改调李鸿章任直隶总督；其二，七月二十六日，中国政坛出了惊天大事：两江总督马新贻被张文祥刺杀。于是，调德高望重的曾国藩担此重任。

李鸿章既感到命运的无常，也庆幸半年多来的数次拖延战术，至今总算熬到头了。

八月二十五日，李鸿章抵达天津，九月初六，正式接任直隶总督。

直隶总督，这是天下第一督，是多少封疆大吏梦寐以求的职位。接到这项任命，李鸿章无比惊喜。

他很快来到武昌，与湖广新任总督交接。

母亲李氏安人着急道："你马上要北上，还是把我和仆人搬出总督衙署吧。"

李鸿章虽立即答应道："好，好。"但只说不见行动。

交接日期越来越近，李氏安人更急。

一天，忽听门前有人报告："新总督到了！"

李氏安人慌忙奔入后堂，但随即见一位头戴大红顶，身穿花蟒袍的新任湖广总督，直入后堂，奔到李氏安人面前。

李氏安人正慌得手足无措，忽见新总督啪的一声跪倒在地，连连叩头道："母亲大人在上，瀚章来接二弟一职，容儿一拜。"

李氏安人定睛一看，原来这新总督不是别人，正是自己的长子瀚章，才恍然大悟，转愁为喜。

她嗔怪地骂李鸿章道："你这浑小子，敢糊弄你老娘！"然后竟流出了喜悦的热泪，她无比幸福地说："我李氏是哪辈子修来的福，一家竟出两个总督！"

湖北巡抚郭柏荫在武昌依山俯江的黄鹤楼上，设宴送旧迎新。

"郭大人，这座位怎么安排？"负责宴席的官员请示道："这首席安排谁坐？"

郭巡抚一听，也愣住了，发了愁：按级别，李鸿章官大，是天下第一督，又是协办大学士，应坐首席；可按排行，李瀚章则是大哥，应坐首席。正在左右为难之际，忽然有个聪明人，号称智多星的官员提议："大人，不妨把首席空着，由他们兄弟俩自行决定。"

巡抚点头道：这个主意甚妙。

开宴前，郭巡抚把李氏兄弟恭敬地迎到宴席上，亲切地说："二位总督大人请入席。"

郭巡抚心里说："我今天倒要看看这出戏，看你们兄弟俩谁坐首位？"但没让他想多久，他的话音刚落，李鸿章便一屁股坐在首席上。

他看了看滚滚而去的长江，爽朗地对众官员道："今天是举行公宴送迎我们兄弟，我官职大，品级高，自然要坐首席，不能坏了朝廷的法度。"他轻松地笑了笑，"你们若是对我大哥过意不去的话，等我走后，改天再办一桌，请我大哥坐首席就是了。"

一番话，说得众官员面面相觑。

新任湖广总督李瀚章虽表面上没显露不快，但心里却有一种又甜又酸的滋味：他既为弟弟做大官而高兴，又为自己位居其下，受争强好胜的弟弟冷落而心酸。

李鸿章把母亲留在武昌，由大哥照顾，自己很快北上天津。

到任的第一件要事，便是接替曾国藩了结天津教案。

他先去拜访曾国藩，与老师交接。

"少荃，你现在到了外交第一要冲之地。如今我大清国势衰弱，常遭洋人欺负。外交处理上有一点儿小失误，就危及大局。你与洋人打交道，打算怎么办？"

李鸿章小心回答："门生正是为此，特来请教。"

曾国藩道："你既然来我处，必有主意，且说给我听听。"

李鸿章半认真半开玩笑道："门生也没有啥特别好主意。我想，与洋人打交道，不管啥，我只同他打痞子腔（即油腔滑调）。"

曾国藩沉着脸，好一会儿不作声，然后慢慢开口道："嗬，痞子腔，痞子腔，我不懂得怎么打？你试着打给我听听！"

李鸿章一听不妙，急忙改口道："门生信口胡说，错了，还求老师指教。"

曾国藩不停地捋着胡须，过了好久，才两眼紧盯着李鸿章，说："依我看来，还是用一个诚字。圣人讲，忠信可感化野蛮不开化的少数民族，这断不会有错的。要推诚相见，与他平心说理，脚踏实地，想来比痞子腔总靠得住一些！"

话虽如此说，但李鸿章并未按老师的话办理。

他清楚，天津教案是目前全国焦点，处理不当，自己也会重蹈恩师覆辙。他虽遭到老师的批评，但心中却不以为然："外国列强是虎狼，他们只讲强弱，不讲信义，我们单方讲信义有啥用处！"

他首先对教案作了认真细致的了解和调查。原来，五月初，天津望海楼法国天主教育婴堂多名幼童因病死亡，天津同时不断有小孩被拐。所抓疑犯武兰珍，供述迷药是望海楼教堂王三所给，民众中也流传着传教士将小孩剖腹剜眼制药的谣言。

五月二十三日下午，法国领事丰大业在清朝三口通商大臣提审王三后，与在望海楼抗议的群众发生冲突，并向随后赶来的天津知县刘杰开枪，打伤其仆人高升，从而引起众怒。大批民众将丰大业及随从西蒙当场打死，随后火烧望海楼教堂及法国、英国、美国等多所教堂，打死洋人、传教士二十人。

事件发生后，法、英、美、俄、比、德、西等七国联合向清政府抗议，各国兵舰聚集天津、烟台威胁。曾国藩拟将天津知府张光藻、知县刘杰革职交部治罪，并惩办凶犯，赔偿损失，派人赴法道歉。此议引起朝野一片反对。

李鸿章经过一番调查，认为有关教堂迷拐儿童的说法，是谣言，不可信。发生此案的主要原因有两个：一是中国民间对基督教存在错误认识，以至以错传错，激成事变；二是三口通商大臣崇厚，平时过分吹拍洋人，乡绅民众积愤已久，遇到此事一触即发。

李鸿章认为，这一案件主要责任在中国一方。

高参周馥十分担心地说："大人，此事很棘手，若处理得让法国政府不满意，法国将会起兵报复；若是满足了法国的要求，则会进一步激起民变。

真是如履薄冰啊！”

李总督点了点头，笑道：“我们要动动脑筋，力争把‘如履薄冰’变为‘如履平地’才好！”

这天，法国新领事罗淑亚怒气冲冲地来找李鸿章。

“李总督，中国匪民打死我堂堂法国公使，是对我法兰西王国的严重挑衅，应将这批狂徒全部处死！”

李鸿章道：“对于此次中国公民火烧教堂，打死外国人的行为，我代表中国政府深表道歉。对不法之徒，我们正按照其犯罪轻重程度，依照中国法律给以严肃处理，请贵公使放心。”

他苦笑了一下，说：“至于此次事件，纯属少数不法之徒的行为，并不能代表中国民众，因此，把它说成是对法国的挑衅，未免言过其实、牵强附会了。”

“天津知府张光藻，知县刘杰，纵容狂徒闹事，酿成此番震惊世界的流血事件，应将这两个狗官处死抵命！”罗淑亚又气势汹汹地提出第二条。

李鸿章道：“此次事件发生在天津，地方官固然有不可推卸的责任，但只是失职之罪。按中国法律，不能处死刑，最多也只能判流放。”

他见对方很蛮横，就反将了一军：“罗公使，以后若是你手下有人犯了死罪，请问也将你与罪犯一同处死吗？”

一句话，问得罗淑亚张口结舌，无言以对。

但他只尴尬了一会儿，又立即提出第三个要求：“此番事件，毁教堂，杀洋人，给法国和多个国家造成了严重的经济损失。我们几个国家共同商讨了一下，中国需赔偿我们各国抚恤银八十万两，教堂修建费七十万两。合计一百五十万两白银！”

“教堂修建费，我们会派人进行踏勘、估算，作合理赔偿的。”李鸿章说。

“合理赔偿，就需要七十万两白银。”罗淑亚毫不通融。

“那我们就按被毁教堂的原图纸，由我们重新修建。”李鸿章也不退让。

“抚恤费最少需八十万两白银，因为领事的身份高贵，赔银自然应高。”罗淑亚又道。

“我们也会按国际法规定，给予抚恤。洋人死二十个，平均每人一万两，已经够高的了。您要知道，中国人的抚恤金，死一个只有百两银子呢。至于领事的抚恤金，我们也将按国际法规定给予。”李鸿章缓了一口气，“罗公使，中国穷，财力有限，这已经是通天的数字了，请勿狮子大开口呀！”

罗淑亚火了：“你们中国人杀了人，我们要抚恤金，可你还要跟我们讨价还价！要知道，世界上人命最值钱，再多的钱也换不来性命！我们这里是礼貌提出，若不答应，我们各国决不罢休！只好占领一处地方作为抵押，直到你们清国吐出银子!”

“我们诚心与贵国及各国和好,决不想因此次事件,伤了国家之间的和气。但你们也不能漫天要价呀。”说到这里,李鸿章态度变得严肃,语调变得强硬起来,“贵国若定要以武力相逼,把刀兵强加到中国人头上,我们只好决一死战!”

他笑了笑说,“谅法军远涉重洋,死一个少一个,而我们却在本土越打越多;再说,六万淮军精兵对付贵国派遣军队,还是绰绰有余的。”

其实,李鸿章在谈判之前,早已把刘铭传等多支淮军劲旅布防在京畿一带,另外,长江水师也正在进入渤海湾。

听了李鸿章的话,罗淑亚怔了片刻,再次恫吓:“我们并非一国,而是七国联军!”

“七国联军?请问有哪国愿意跟你们联?”李总督面露嘲讽,“俄国、美国、英国已与我们达成协议,别的国家也不会跟在你们后面跑。再说,你这样做,法国政府也未必会支持!”

罗淑亚没想到李鸿章不知不觉中,就把法国的同盟军给瓦解了,顿时泄了气,心里骂道:“你李鸿章真是个痞子!办事不按章法,用的尽是痞子手段,比那曾国藩老夫子狡猾多了。”

李鸿章很快便将“天津教案”处理完结。

他了解到俄国人并不要求一命抵一命,只想索取高额银两,于是对杀死俄国人的四名案犯判以缓刑。共判死刑十六人,流放二十一人。原天津知府张光藻、知县刘杰,发往黑龙江效力。赔偿修理教堂银两二十一万两,抚恤银二十五万两,另派崇厚赴法国赔礼道歉。各国见目的基本达到,又见中国京畿重兵严阵以待,便见好就收,兵舰都撤回本国。

李鸿章深知在处理这一事件时,若杀人过多,就会进一步激起中国人对洋人的仇恨,导致这类仇教事件的继续发生,甚至进一步蔓延,于是又拿出了痞子手段。

这天,他召来天津新任知府,问道:“你们死牢中有多少死刑犯等待‘秋决’?”

“报告大人,天津全府大约有七八个吧。”

李鸿章摇摇头道:“不够,不够,不够数字。”

看到知府不明白的样子,他立即下令:“你马上去直隶范围走一趟,找十六个死刑犯,最好跟这次杀洋人判死罪的十六个犯人有几个相像的。给他们一点儿银子,叫他们供认是杀洋人的,然后开个会,造个声势,把他们处决。注意,处决时叫上法国等国公使馆洋人监斩。”

“原来是偷梁换柱之计呀。”知府终于明白了李总督的意意图,心中顿时乐了。

但不一会儿又眉头紧皱了：“总督大人，那这笔银子从哪里开支呀?”

李总督见问，笑道：“你说从哪里开支合适？反正不能由官署出。”

知府点点头，立即心领神会地说：“羊毛出在羊身上，大人您说对吗?”

李鸿章哈哈大笑，但知府一下子又为难道：“但杀洋人的罪犯中，还有一些很穷，拿不出银子呀。”

李总督只说了一句话：“一条性命可值好多银子呢!”

知府马上开了窍：有钱的主子，可以叫他出几百两甚至上千两，至于实在没钱的，就不叫他出了。

李总督道：“不能太便宜这些人，应该给他们一些教训，或罚钱或坐牢，使他们长点儿记性!”

十六个杀洋人的罪犯，被“秋决”的死刑犯调包。这痞子手段既糊弄了洋人，又赢得直隶一片叫好。李鸿章由于妥善处理了此案，初步站稳了脚跟。

不久，三口通商大臣被裁撤，由直隶总督兼任此职。

原来，第二次鸦片战争时期，清政府被迫签订了《天津条约》、《北京条约》，增加了一批新的通商口岸。咸丰十年十二月，清廷设立总理各国事务衙门，下设三口通商大臣一职，规定该大臣驻天津，办理天津、牛庄（后改营口）、登州（后改烟台）三口通商交涉事务，兼办海防，并管理天津关税，职位与督抚平级。为了避免掣肘，办事灵便，朝廷便裁撤了此职。

于是李鸿章的权力更大了。

四、与老师联合做了一件开天辟地的大事

李鸿章任直隶总督不久，便收到了一份不同寻常的提议：

中国要富强，必须派学生出洋留学

提建议的人，名叫容闳，广东香山（今中山）人，早年受美国传教士的资助到美国留学，毕业于耶鲁大学。曾国藩处理“天津教案”时，容闳担任外文翻译。他曾通过巡抚丁日昌，向曾总督提出派人出洋留学的具体计划，并表示愿意带队前往。

曾国藩离任移交时，把容闳的报告转给了李鸿章。

李鸿章看了很感兴趣。“这是一个振兴国家、很有远见的计划。”他赞叹道。

于是马上约见容闳。一见容闳来到，李总督马上出座相迎，亲切地拉着容闳的手，说：“容博士，快坐，你是中国留洋回来的特殊人才，今天约你来，就想听听你对派人出国留学的意见。”

容闳早在咸丰年间，便曾怀着图中国富强的一腔热血，为派留学生出洋留学四处奔走，但到处碰壁，搞得心灰意懒。三年前，他又通过江苏巡抚丁日昌向朝廷上了个派遣留学生出国的报告，但如石沉大海杳无音讯。接着又通过丁巡抚向曾国藩总督提出具体计划，据说，曾总督要找自己谈话，但至今未见动静。

他正在失望之际，不想权高位重的李鸿章总督，在百忙中亲自接见自己，心中很是感动，于是抱拳作揖道：“谢谢李总督关注国家人才培养。”

“不客气，不客气，这是理所应当。请坐。”李督吩咐仆人泡上名茶碧螺春，并摆出几盘精致的糕点和水果。

“容博士，你说每年派多少名学生出国合适？年龄以多大为宜？去哪国留学最好？”李总督一连提出几个问题，问得很细很具体。

“每年可派三十名十二三岁的幼童赴美，分四年共派一百二十人。”容闳回答得很简练亦很干脆。口气不像下级对上级，而像是同级间的对话，也没有丝毫卑谦之词，这令李鸿章心头滑过一丝不快。但一想到平日见惯的那些唯唯诺诺的人，便又释然了。

他又问：“留学期限是几年？时间长了会不会有变化？”

“留学期限为十五年，毕业后必须回国听候政府派用，不得入外国籍，不得在国外逗留或私自先回国另谋职业。”容闳胸有成竹。

“好，好，两个不得，就大体杜绝了人才流失国外和学非所用。”李总督连声称赞，接着又问：“自幼出国，在国外又这么久，留学生会不会全盘西化，而对中国漠不关心了？”

容闳佩服李总督考虑问题周全而深远。确实，幼童长期在外，很容易西化，变成对中国感情不深的人。

他答道：“留学课程中，有一条重要规定，必须学习中国儒学传统经典，并定期由正、副监督宣讲《圣谕广训》等内容，若发现品德不端或身体不健康的，随时送回国内。”

看来，容闳对幼童出国留学问题，深思熟虑已久，考虑得很周全了。李总督赞许地点点头，然后道：“容博士，现在我们兵分两路，由我和曾总督联合向朝廷请旨，并和总理各国事务衙门沟通，力争朝廷早日批准你提议的这个计划。”

他略停顿了一下，目光炯炯充满信任地说：“现在由你负责物色预选首批聪颖的出国幼童，先暂委你为留学生经办委员，品级与知府相同，从四品，等朝廷批准，我再上奏正式委任。”

容闳顿时呆住了。

他没想到这位李总督办事效率竟是如此之高，对自己是如此的信任！想起自己回国后满腔报国热血，却到处碰壁壮志难酬的情景，此刻，再也抑制不住内心的激动，他热泪盈眶地说："谢谢李总督的信任，我明天就起程赴外地预选，定要选一批好苗子出国留学！"

很快，李鸿章和曾国藩将《论幼童出洋肄业》报告总理衙门，谁知马上在朝臣中涌出一股强烈的反对意见："中国已办有新式学堂，不必耗费巨资派人出国留学。"

李鸿章和曾国藩联合多次上奏朝廷，强调派人出国留学的重大意义，驳斥陈腐观点：

"设局制造，开馆教习，是图谋中国振兴的根本，而出国留学，集思广益，能收到长久的大功效。中国不可能尽购外国兵船机器，只能派人出国留学。古话道：百闻不如一见。要学齐国话，必须去齐国。派人出国留学费用虽然巨大，但时间二十年，所以每年负担并不算大。再说出国留学，储才备用，更不能以经费偶然缺乏而中止。"

李鸿章还亲自写信给恭亲王奕䜣，力陈自己观点。因为派人出洋留学属总理衙门管理。所以，他要打通恭亲王思想。恭亲王与他私交很好，因此，无论为公为私，都很支持。

经过多方争取，朝廷终于批准了李曾的联合报告。

当李鸿章把朝廷已批准出国留学计划告诉容闳时，容闳高兴得手舞足蹈，四十多岁的人，成了一个老小孩，他选幼童的劲头更足了。他想有朝廷撑腰，有李、曾两大总督的支持，三十名首批人选很快就可完成。

但他太乐观了，没想到现实给了他当头一棒。

当容闳拿着朝廷的批文，在全国发布招收幼童出国留学的通告后，反应竟是一潭死水，连个报名的人也没有。

首先，士绅家的孩童，连国内"洋务学堂"也不上，认为有辱祖宗门楣，出国更不去。容闳去动员一位士绅送适龄儿童出国留学，谁知这位士绅横眉冷对，没好气地说："什么？要我的小孩背宗叛祖，到番邦拜洋鬼子为师？这万万不能！"一句话，便把他顶回来了。

招不到一个学生，他急得嘴唇冒泡。这可怎么办？没想到这偌大的北方数省地面，竟无人问津！

为了完成首批幼童出国留学任务，他只得马不停蹄地，赶往穷人一向有出洋传统的东南沿海广东、福建一带。

但广贴告示，多方动员，应召者仍寥寥无几。他只得央告当地府县派官吏，挨家挨户劝说。

"孩子出国留学，所有费用，全由官府负担，不用家庭掏一文钱。"有的穷苦人家迫于生计，听说有如此好处，便带孩子来报名。

见报名者仍寥寥无几，地方官又许给一些穷苦人家更多好处："出国留洋的学生家里，可免除三年赋税，也免除徭役。"这样，又有一些幼童报了名。

“我家里穷，人口多，劳力少，大孩现在十三岁，个子高，再过三四年，就能成为家庭的有力帮手。他一出国，我家就失去一个全劳力了。”有的穷人又这样提出，于是地方官只好许诺，给这家以一定经济补贴。

经过数月奔波，容闳高兴地看到，已选拔了二十多名。

这天，当他怀着无比喜悦的心情，准备把这批幼童带往省城集中时，不料，家长纷纷要求退学，他们都冷冷地回答道：“不去了，我们的孩子不出国了！”

容闳很奇怪：“为啥不去呢？你们总得给我说说理由吧。”

经再三打听，原来这些送小孩出国的人家，都听到了一个可怕的传闻：“洋鬼子野蛮得很，孩子去了，会被他们活活剥皮，再把狗皮贴到身上，当怪物展览赚钱。”

“这是造谣！是绝对没有的事！”容闳气愤得两眼冒火。

“容长官，孩子出去，我们又没在身旁，谁知道安全不安全……”

煮熟的鸭子又飞了，容闳气得两眼流泪。

他又气又急道：“你们这些无知的人，官派留学利国利家。国家出钱为你家培养人才，可你们为啥不同意啊？”

容闳当即决定，回老家广东香山县（今中山市）一带，说服动员。

他在去香山的途中，转车时无意间在南海县，发现了一个聪颖非凡的幼童。

这天，他坐着轿子走在河边，猛听得轰隆一声巨响，忙下轿一看，不远处的一座石桥顿时断为两截，倒在水中。他连忙赶到现场，只见伤亡了好几个军人。

“要是连长听那少年的话就好了——也不会死人了。”人们议论着。

容闳一打听才明白原委。

原来，刚才一连士兵，正步伐整齐地走在这座石桥上，忽听不远处有个中年男子在呼喊：“停步，快停步！”

连长问：“为什么叫我们停步？”

中年男子指指身旁一个约十二三岁的孩童道：“我儿子叫你们不要吹着哨子过桥，说这样走，桥会断的。”

连长一听，不耐烦道：“我们大人不听小孩子胡言乱语！”

不料这个孩童立即上前，涨红了脸，十分认真道：“我不是胡言乱语，我是有科学根据的。”

连长不禁哈哈大笑：“这石桥，有上百年的历史，走过成千上万的人，从来没出过断桥事故。我不信，今天我们走过就要崩塌！”

说完，仍吹着哨子，一连士兵跨着整齐威武的步伐，喀嚓喀嚓神气地前进。

谁知到了中间，突然轰的一声，石桥真的断了。数十名士兵纷纷落入水中，多名伤亡。现场一片纷乱。

听了这件事，容闳感到十分惊奇：这个孩童竟有如此智力，小小年纪居然懂得力学共振原理。

他顿时来了兴趣，他准备亲自对这个孩童测试智力。

“小朋友，前面这条河，你不过河，能测量出它的宽度吗？”

孩童认真地点了点头，一脸自信地说：“能！”

说完，找了根木棒和尺子，在河边摆弄了几下，在河滩上画出一个几何图形，算了一会儿，很快就测出来了。

容闳一看，就知道这是根据相似三角形对应边成比例的原理，测出来的，顿时十分兴奋。他为自己发现这个聪颖非凡的孩童而兴高采烈。

于是，立即对小孩的父亲詹兴洪道：“如今，朝廷选材，将赴西洋留学，你家公子若能前往，日后必将成为俊才！”

谁知兴洪听了他的话，竟丝毫不为所动：“我儿子九岁会做诗，十岁会对对，十一岁便能提笔写文章，如今已读完四书五经。他读书过目成诵，记忆力惊人。我要他走科举正道，博取功名，封妻荫子，光宗耀祖，不去西洋学那些杂七杂八没用的东西！”

接着又将了容闳一军：“容先生，你说孩子从西洋留学回来，能算举人进士，能做官吗？”詹家虽不算富裕，但吃用不愁，一心只想孩子博得功名，出个县令一级官员，风光风光。

容闳诚恳地说：“留学回来，虽说不能直接做举人、进士，但一点儿也不比中举人、进士差，在某种意义上说，可能比走科举求功名还有更大用场呢！”

詹兴洪固执地摇了摇头：“在当今这科举社会，还有什么比中举人、进士更有用的呢？”

容闳失望而归，但并不死心。经多方打听，他了解到，詹家有位叫谭不凡的结义哥哥在香港做事，刚巧近日回来。

他立即登门拜访，说明来意：“詹天佑这孩子，特别精于平圆三角算学，若能出国留洋，必定大有出息，成为栋梁之才，肯定比中个一般的举人进士，当个县令强得多。”

谭不凡长期在香港做事，担任部门经理，对西方比较了解，见容委员如此求贤若渴，立即答应去劝说。

谭不凡特地来到詹兴洪家。

“阿弟，听说最近我们家乡有官派出国留学名额，不知天佑侄子能不能轮得上？”

“出国留学有啥好，能比得上中举人中进士做官吗?”詹兴洪仍很固执。

“你说考上举人能当啥官?考上进士又能当啥官?”谭不凡单刀直入地问。

詹兴洪答道：“中举人便是乡绅，可以当乡长镇长；若是考上进士，立刻就能当县尉甚至县令呢!”

谭不凡哈哈大笑：“我以为能当多大官呢，区区芝麻绿豆官，就把你两眼遮住看不见别的好东西了！古话说：物以稀为贵。现在出国留学的极其稀少，这次全国总共只有三十人。若等学成回国，人数就更少。你说这么少的人，一回来，全国四面八方都争着抢着，若是喜欢当官，最差的也能当个县令。”

他见詹兴洪似乎有点儿不相信，便举实例证明：“就说这次来我们家乡招人的容委员吧，李总督一委，就当了个知府一级的大官，比中状元当修撰的官还大好几级，若等朝廷正式委任，当上出国留学生委员，那就是道台一级的大官。你想想，若他不是留过洋，没中举人进士的人，哪能一下子当这么大的官?!”

詹兴洪没想到连个举人也没中，只出国留过洋的容闳，却能做如此大的官，他一下惊呆了。

“阿弟，不是我做哥的说你，”义哥继续劝说，给詹兴洪泼了一盆冷水，“你一门心思只想走科举道路，也不想想，这条千万人拥挤的独木桥，要挤过去有多难吗?写‘三言’小说的著名才子冯梦龙，写《聊斋志异》的蒲松龄，少年就有神童之称，都天资非凡，可一生连个举人也没考上，更不要说进士；才高八斗的大诗人李太白，只中了个备取举人，也没考上进士。若不是他一封书信吓退几十万番兵，至死也难以出名!”

他语重心长道：“古话说，天上的大雁不如手里的麻雀，你现在白白地放跑稳当到手的麻雀——不，是大雁，却去追求那毫无把握、在天上飞的麻雀，你也太不实际了。走科举路，即使走通，考中进士，通常也得几十年，社会上不是说‘五十少进士’吗?意思是说，五十岁中进士还算是年轻哩!在香港，没有留过洋的人，即使举人、进士，也得不到重用。可以预见，今后，凡留过洋的人，会大大吃香，比走科举道路一定有出息！看今后的发展趋势，科举这个被当今社会看作正途的东西，很可能会不吃香，甚至会被淘汰，改学或改考其他门类呢!”

一席话，如电闪雷鸣，把詹兴洪震醒了；如重锤把他敲醒了。

但他还有些不放心：“国人都注重科举正途，不理解、也不看重出国留学。儿子如今出去，等学成回国，已是二十七八的大龄男人，回来想找个好一点儿的姑娘都难哩!”

谭不凡哈哈大笑道：“留学回国的俊才，还怕找不到如意之人?恐怕好姑娘要排队等候他挑选呢?”

见这个小老弟还不放心，便道：“我家还有两个小女儿，一个十一岁，一个九岁，你若是不放心，现在就可任挑一个，先订婚，等侄子回国再完婚。”

能攀上这位在香港港务局当处长的有钱有势的义哥家知书识礼的美千金，詹兴洪终于露出了笑容。

詹谭两家正式订了婚，詹兴洪终于彻底放心，同意让儿子出国留学。

公元一八七二年八月，第一批三十名幼童终于启程，踏上出洋留学之途。

启程前，他们在天津码头集合，李鸿章总督举行了隆重的欢送仪式，并亲自讲了话：

年轻的学子们，你们是中国有史以来，第一批出国留学生。送你们留洋，耗费相当惊人，据说，国家培养你们一个人所花的银子，要等于你们自身的重量，即一个银人的代价!

听说要用这么高的代价，小留学生们都伸长了舌头。

李总督接着提出了希望和要求：

我们的国家很贫穷落后。振兴中华的重任，就落在你们的肩头!希望你们珍惜这来之不易的出洋留学机会，卧薪尝胆，发扬古人“悬梁刺股”的精神，勤奋刻苦，学好本领，报效国家!祖国，期待着你们早日学成归来!

忽然，他指着台下一个精瘦的学生，亲切地问：“小博士，你留学回国后，准备干啥?”

“我要造轮船!”

“好，有志向!”李总督夸奖道。

忽然，他又大声问道：“哪个是詹天佑?”

一个壮实的小老虎般的少年，霍地站了起来。

“听容委员说，你很聪明很有天赋，你留学回国后，准备干啥?”

“我要造铁路，造一条很长很长的铁路，为中国人争光!”詹天佑朗声回答。

“好，我们等着你，全国人民等着你!记住，许下的诺言可一定要兑现哦!”李总督两眼满含着殷切的期望。

小留学生们，在出洋局委员陈兰彬、副委员容闳的率领下，坐上轮船出发了。

中外文化交流史上重要的一页掀开了。

两位委员和小留学生们纷纷招手，向祖国亲人告别。轮船渐走渐远，慢慢融入秋日那色彩缤纷、无限美丽的夕阳中。

李鸿章喃喃地说：万事开头难。有了第一批，以后就容易一些了。可惜中国太穷，没能力多派，若是以后每年能有成千上万名出去，我们中国的富强就有指望了。

这批幼童中的詹天佑，以后果然成了中国科技史上大名鼎鼎的铁路工程师。他以后担任京（北京）张（张家口）铁路总工程师。京张铁路，是由中国人自己修建的第一条重要铁路，它在中国铁路史上写下了光辉的一页。这是后话不提。

五、特殊贺礼和一场奇祸

同治十一年（公元一八七二年）二月初，李鸿章正在保定直隶总督府忙于水灾救灾，忽接到老师曾国藩寄自两江总督府的一封来信。因忙于特大水灾救灾，已有不短时间没给老师写信了。李鸿章感到很内疚。

老师的信很长，足有十多页纸。

他迫不及待地阅读来信：

"……忆古思今，叹人生短促，我如今老朽已是朝不保夕。今生有缘，实得公之才华……你东挡西杀，南征北战，功劳汗马。你如今已是显赫之材，足可以名标史册。这是我今生无遗憾之处；你才能胜我数倍，以后必当是国家的重臣，万古流芳。这是我今生得到极大快乐之处……"

看到这封对自己赞赏有加的信，李鸿章并未在意。

数天后，当他处理完公事，一个晚上重读来信，看到"叹人生短促，我如今老朽已是朝不保夕"一句，忽然心头很有些不安。

他知道老师自"天津教案"后，因遭国人责骂，名誉被损，大病一场，接着一直郁郁寡欢。如今不知病体康复否？想到此，他准备给老师写信，再次劝慰劝慰。他刚提笔写了个开头，忽然接到原来老部下、现任河南巡抚钱鼎铭，抵京公干从京城寄来的一封加急信，信中传递一个噩耗：恩师曾国藩总督，已于二月初四病逝。

他不相信这是真的，因为老师年仅六十一岁呀！直到数天后，读到朝廷的优诏："……兹闻两江总督曾国藩突然逝世，深感震惊痛悼。曾国藩追赠太傅，照大学士例赐给抚恤，赏银三千两治丧……"他才知道恩师确实已驾鹤西去。

他悲痛欲绝，有一种丧魂落魄的感觉。

此时此刻，与恩师交往的种种事情，纷至沓来地涌现到他的眼前。

早在道光二十四年，自己二十岁中举后不久，便以"同年儿子"的身份，随父亲拜曾国藩为师，从此开始了长达二十八年的师生情谊。

第二年，自己会试落第，但老师赞赏他所作的诗文，给以热情鼓励。接着，在老师的指导下，除攻读经史，还狠下书法工夫，经两年奋斗，终于金榜题名，考中进士。朝考后又改授翰林院庶吉士。三年后，庶吉士散馆，又以优异成绩改授编修。

回顾这段历程，李鸿章深深感到，若没有曾老师的教导，自己绝不可能年纪轻轻便中进士、点翰林，爬上少年科第的顶峰，使自己从此抛掉科举这一敲门砖，不必为求功名而浪费时光。从此，在仕途上登上一个通向将相之位的高起点。

最令自己难忘的是咸丰十一年（公元一八六一年）底，曾督师令自己招募编练淮军，并密荐自己出任江苏巡抚，派自己率淮军赴上海抵抗太平军。从此，自己由一个手中无兵、无权无势的一介书生，摇身一变，成为手握重兵、权势很大的封疆大吏。

他清楚地记得，赴上海前夕，淮军在安庆集结时，自己正为太平军势大、淮军仅数千，实力相差悬殊而忧心忡忡，没想到曾老师雪中送炭，送给自己八营湘军精兵作为“陪嫁”，使自己如虎添翼。从此，淮军由小到大，由弱变强，不断发展壮大，成为中国第一劲旅，也成为朝廷的一张王牌。从而使淮军收复苏南，进而剿灭强大凶悍的东西捻军，自己也登上湖广总督高位，进而成了天下第一督。我的春风得意，我的权高位重，全是曾老师栽培提携的结果。曾老师对我恩重如山哪！

此时此刻，他甚至还想到了咸丰八年冬，自己怀着失意的苦恼，到江西建昌湘军大营拜访曾老师时，老师对自己搁置不理，故意冷淡；想到在曾国藩幕府时，自己装病睡懒觉不想早起，遭老师无情斥责；更想起自己与老师那次严重的“祁门分歧”，老师对自己的严词厉色……这一切都是老师恨铁不成钢，对年轻气盛的我故意挫折锻打，目的是为了百炼成钢，把我培养成为国家的栋梁之才呀！曾老师对我李鸿章可谓恩深义重。没有恩师，便没有淮军，没有我的飞黄腾达，没有我如今的权高位重！曾老师是我的再生父亲！

此刻，他还想起自己之所以能在艰苦卓绝的剿捻中取得成功，与曾老师在两江总督任上对淮军提供兵力、财力、粮草等全力支持分不开。在一些重大问题上，恩师与自己彼此呼应，保持一致。自己有了疑难困惑，都可敞开心扉向恩师诉说。

可是现在，恩师走了，不在了，从今往后，自己若遇到危难，再也没有谁能撑开巨伞，为我遮风挡雨，给我全力保护了！

想到此，他泪如泉涌，心如刀割：天哪，恩师已经故去，不能复生了！今后，叫我李鸿章有苦向谁倾诉？有难向谁求救？

此时此刻，他想立即起程，奔赴江宁，亲自去祭奠吊唁最最敬仰的恩师。

但是他知道，自己处在直隶总督这个京畿要害位置上，若为私事，离开两三天，就得向朝廷报告，得到批准方可成行。而从保定到江宁，千里迢迢，往返没有八天难以成行，非一朝一夕就能到达。而朝廷肯定不会批准他离京畿重地这么长时间，因此只好望洋兴叹。

我若是一个闲人多好！他感叹道，那样就可以像闲云野鹤一样，自由自在地去江宁吊唁恩师了。可现在身处高位行动就难以自由了。

他无可奈何地摇了摇头。

自己不能去，只好叫人代劳了。于是他立即召来亲信幕僚、已是按察使衔的周馥，派他去金陵吊唁。

江宁两江总督府。

曾纪泽、曾纪鸿兄弟，在父亲曾国藩去世后，很快便接到由周馥送来的直隶总督、协办大学士李鸿章的亲笔挽联：

师事近三十年，薪尽火传，筑室忝为门生长

威名震九万里，内安外攘，旷世难逢天下才

——直隶总督、协办大学士李鸿章敬挽

纪泽兄弟虽为父亲的早逝感到无比悲痛，但接到德高望重、威震中国的李鸿章总督的亲笔挽联，感到无比欣慰。因为在父亲的所有学生中，就数李鸿章的地位最高，而且李督年纪还轻，风头正健，今后还会高升。

周馥除了送来挽联外，还带来一箱银子——两千两作礼金。

这银子恰如雪中送炭，使纪泽兄弟安下心来。因为曾国藩一生清廉，家中并无多少积蓄，加上此番葬礼开销大，朝廷的抚恤银一时还拿不到。现在有了这笔银子，丧事的前期应酬，就可以不用发愁了。

令周馥感到意外的是，陕甘总督左宗棠也寄来挽联，道是：

谋国之忠，知人之明，自愧不如元辅

同心若金，攻错若石，相期无负平生

周馥知道，左宗棠相当骄傲自大，常自比诸葛亮。官场上盛传曾与左不和的事。

一日曾与左讨论事情，意见对立，左宗棠口若悬河，面红耳赤地与曾争辩。

曾国藩戏作一联道：“季子敢鸣高，与予意见辄相左。”联中嵌着左宗棠的表字“左季高”三字。

左宗棠不假思索立即回敬道：“藩臣徒误国，问他经济有何曾？”讥讽曾总督。

其思维敏捷异常，令曾自叹不如，也令左十分得意自豪：“对对子是我的专长，你想戏弄我，没门！”他心中冷笑道。

早在青年时期，他就曾因一佳联获得名人高官的赏识呢！

那年，他考进士落榜，非常失意地回到湖南老家。为了生活，无可奈何地当了醴陵书院山长（院长），薪俸十分微薄，以至一日三餐也难以保障。

一日，两江总督陶澍请假回湖南老家扫墓，经过醴陵。县令借书院作陶总督行馆，并嘱咐左宗棠书写一副楹联，欢迎陶总督。

陶督来了，看到山门一副醒目的对联：

春殿语从容，廿载家山，印心石在

大江流日夜，八州子弟，翘首公归

“印心”是陶家一方古石，陶家书斋称“印心石屋”。

看到这副对联，陶总督赞赏不已，问：“此妙联何人撰写？”

县令答道：这就是功名失意，却自比诸葛亮的左宗棠所撰。

陶督一惊，立即派人用轿马将左宗棠接到行馆，与之长谈。左宗棠在陶督面前毫不胆怯，对答如流，口若悬河，顷刻之间，能出数策。

陶总督叹道：“君日后英名事业必当在老夫之上！”于是，立即请进幕府，聘为上宾。

曾左不和，在同治三年五月，到了白热化的程度。

当时，湘军攻克太平天国巢穴天京，左宗棠为争洪秀全长子幼天王洪福瑱，夺取大功，与曾国藩结下很深的矛盾，从此左宗棠就与曾国藩断绝了音信……

当周馥参观完吊唁活动，回到保定总督署，把左宗棠也给曾国藩写了挽联的事一说，李鸿章心里蓦地一动。

他知道，左宗棠虽未拜曾国藩为师，但他做过曾的幕僚，受过曾的教诲，从广义范围讲，也可称为曾的门生。自己撰写的挽联中，称自己是曾门弟子中第一人，从目前看，自己是总督之首，沈葆桢和左宗棠都还未超过自己，但左宗棠有后劲，恐怕会更上一层楼当上大学士，入阁拜相。

想到此，他暗暗下定决心：我要步步高升，力争早日登上大学士高位，让自己成为名副其实的曾氏门生中第一人！

李鸿章没想到，自己做更大官的愿望，没过多久便实现了。

曾国藩亡故后仅仅过了三个月，这年的五月中旬，他便荣升武英殿大学士，成为宰相。

顿时，天津三口通商大臣衙门门庭若市。部下官员，京官和地方督抚纷纷前来拜贺。

李鸿章怕耽误公事，更怕招惹朝廷的嫉恨，便在衙门前贴了一张告示：“谢绝一切祝贺，请见谅。”

并对门房吩咐，除了总督巡抚一级以上官员不好不见外，其他一律谢绝。

这样一来，祝贺活动清静了下来。

这天傍晚，李总督办完公事，走出督署三堂的内签押房，正准备往四堂起居室走，忽听门房报："李中堂，四川有人前来祝贺您高升。那人声称是您的表兄，所以我就领他进来了。"

"乱弹琴，我哪里有表兄在四川？快叫他回去！"

话音刚落，只听一人昂然而入，大大咧咧道："李中堂，难道您不认我这个表兄？"

来到面前一看，李鸿章立即紧抓住此人的手，亲切地说："是哪阵风把您给吹来了？"

原来此人，是四川总督吴棠。只听吴棠道："李中堂，我进京有事，听说您高升，我不敢坏您的规矩，没带金银财宝，就准备了一份小礼物，料想您不至于拒绝吧。"

李鸿章含笑道："好，吴大哥的礼物，只要不是金银珠宝，我就破例收下。"

此话刚落，吴总督就对外面一声吩咐："快把礼物带进来。"

李鸿章暗笑：这吴棠水平实在不高，送礼物却用了一个"带"字！

谁知，带进来的却是一个大姑娘，没有其他东西。

李鸿章奇怪道："你这是做啥呀？"

"哈哈，这是我表妹莫氏，从四川带来，送给中堂当侍妾。"

李鸿章顿时惊呆了。

"不不不。"李鸿章连连摇头，可是吴棠说了声："我要赶路"，便匆匆走出大门，打轿快快地去了。

看到面前这个身材颀长、唇红齿白、美艳惊人的姑娘，堂堂李总督一时没了主张，感到十分为难。

他顿时想起数年前一桩往事。

一天，赵氏夫人因坐月子，派了个丫环来服侍自己。因数月未与夫人同房，这夜他便留这个丫环过夜。谁知第二天早晨，被赵氏锁了门，出不来。他要去总督署坐堂处理公务，可赵氏硬是不开门。直到干儿子盛宣怀，在门外长跪好久，赵氏方才开门抛衣，丢出一串钥匙。宣怀开了门，自己才穿着短裤，狼狈而出。

"你这个不要脸的东西，竟跟家里丫环胡搞！"

听了夫人责骂，李鸿章不服气道："你爷爷不也有好几房妻妾吗？为啥我就不能纳妾？"

"你怎能跟他相比？"赵氏哈哈冷笑道："我爷爷是武英殿大学士，别看你人模狗样，却只是个协办大学士，跟他还差一大截呢。"

李鸿章心里很冒火，他为此次之辱耿耿于怀，他咬牙道："此生，我非要当武英殿大学士不可！"

因此，当他荣升为大学士后，看到美如白牡丹、宛若杨玉环的莫氏，便决定先留下来。

他来到夫人赵氏的卧室，对她道：“四川有个官员送来一个姑娘，说是给我作侍妾，服侍我饮食起居，你看怎么样？”

谁知话音刚落，赵氏就发火了：“我还没死，你就纳妾？要知道，我们当初可订过约法三章的！”

“谁答应过你不娶妾？你那约法三章里可没有这一条！”李鸿章也不甘示弱，“你不要忘了，你以前说过，我若是跟你爷爷官职一般大，就同意我娶妾。我现在，已经跟你爷爷平起平坐了！”

一句话噎得赵氏说不出话来。她虽生气却无可奈何。

李总督一脸不悦地回到自己的卧室，闷闷不乐地坐到太师椅上。

莫氏连忙轻移莲步把一杯金银花凉茶，递到李总督的手里。

“大人，赵夫人同意了吗？”她忐忑不安、怯生生地问。她知道李总督刚才去夫人屋里，一定是商量自己的事。

“这事由不得她，我自己可以做主！我跟她商量，是给她面子。其实，我真的很需要一个温柔体贴的妻子。直隶督署和北洋衙门，公务繁忙，真可说是日理万机呀。”他端起杯子喝了一口茶，一股清凉沁人心脾。

他很满意莫氏的体贴周到，热天这凉茶驱火哩。

“对我饮食起居生活上的事，赵氏从来不管，总摆起公主的架子，从不沾手，全部抛给丫环。丫环为我做事时，她又像牢头禁子一般在旁边看着，监视着，生怕发生不轨的事。”他叹了一口气，“没有法子，我的饮食起居，只得靠卫兵。但这样也不方便，因卫兵晚上不跟我同睡一屋，有时深更半夜，遇到头疼脑热，连找个人也没有。”

他不知自己为什么竟把家庭秘密，也对新来乍到的莫氏说了出来。

莫氏吃惊了：人家县官、府台，也有三妻四妾，真没想到贵为一品的中堂大人，却连身边服侍的亲人也没有。

“真是太——太可怜了。”她同情而又有点儿不平地说。

“大人，请更衣，洗脚。”莫氏莺燕般的声音，令李鸿章感到有点儿迷醉。

莫氏给他脱去官袍，换上便服，然后端来一盆洗脚水，为他脱袜洗脚。水温不烫也不凉，恰到好处。莫氏的手轻软而温柔，李督觉得十分舒服而惬意。

洗完脚，莫氏拿起干布巾，为他揩擦。

忽然她发现李总督左脚心，长有一个朱砂痣，不禁惊奇地脱口而出：“真奇怪，大人脚底心也跟我一样，生有一个朱砂痣呢！”

李总督觉得好奇，立即令她脱去鞋袜验看，一看，果然莫氏的右脚心，也生有一个和自己相仿佛的朱砂痣，顿时感到非常稀奇。

忽然，他想起家乡流传的关于脚底生痣的一个民谚：“男左女右，前世姻缘。”他想将莫氏留下，但心头还有一把锁没打开：莫氏可是吴棠的表妹，娶了她，等于给自己身边安了个定时炸弹。身边有个吴棠卧底的人，以后麻烦大了。

想到此，不禁问：

“你真是吴棠总督的表妹？”

谁想这一问，莫氏格格地笑了起来：“我出身平民百姓家，哪有这么显赫的亲戚？我从小因家穷兄弟姐妹多，被卖当了童养媳。一个州官看我聪明伶俐，相貌标致，收为义女，教我读书识字，琴棋书画。不久前，四川吴棠总督又把我带到成都，谁想，是送给您。他大概是怕大人不接受我，才故意这么说吧。”

这下，李鸿章放心了。

他看了一眼莫氏，花季年龄，雪肌花貌，娇艳如同芙蓉，真是倾国倾城啊！他心中赞叹。

“大人，请宽衣休息吧。”说着就上前准备为李总督脱长衣长裤。

“不不不，小姑娘，我还是收你做义女，以后为你找一个年轻英俊的夫婿吧。”

“您不喜欢我？嫌我小户人家出身？”

李鸿章摇了摇头：“你年轻美貌，配我这半老头子，太可惜了！你要知道，你跟我整整要差三十一岁呢。”

“美人配英雄，这是女人的最大福气。十六七岁的秀女，被皇帝选进宫，人人羡慕；三国时孙权的妹妹十八岁妙龄，嫁给年已半百的刘皇叔，谁说可惜？”

“但他们都是皇帝，是全国主宰，可我不是呀。”

“你如果是皇帝，我还真不愿意呢。因为皇帝大多靠世袭，没有什么真本领。再说，皇帝的妃嫔太多了，女人进了皇宫等于进了牢笼，十有八九享不到福。”莫氏侃侃而谈，“而你是天下的大英雄，身边女人少，跟着你，女人一定会享福的！”

一番话，令李鸿章总督心中大为感叹：这女人年纪虽轻，却大有见识，才貌双全呢。

他对莫氏道：“有你这样的姑娘为妻，老夫真是艳福不浅哪！”

“是我交了好运哪！”莫氏连忙上前服侍。当她为李总督脱了长绸衫，只见里面短袖衫已被汗水湿透了。

“大人，我给你洗洗澡。”她温柔体贴地说。

“不，等我选个日子娶了你，再——”他压低声音，在莫氏耳边说，

“洗澡，这可是男女间很亲昵的事。只有等成了夫妻才能做。”

“那——那你，”她绯红了脸说，“你现在，就——收了我吧。”

李鸿章总督此刻再也忍不住了，一把便将面前这千娇百媚的姑娘抱上床，三下五除二便把她变成了一条美人鱼。

“大人，灯，吹灯——”

但李总督却说：“不，我要看看，好好看看。”

“大人，我怕——”

听到莫氏一声哀怜的啼声，李总督马上把耳朵贴近她的唇边：“小宝贝，你怕啥?”

只听莫氏呢喃道：“我要你取宝贝时，动作轻轻的，不要太猛。因为，因为我那藏珍楼的门，从来也，没有人开过，很紧很紧……”

李总督大喜过望。他没想到，莫氏经过这么多曲折和风波，竟然还一身清白，保留着这么珍贵的东西！他无比爱怜地点了点头。

这一夜，他们如鱼得水地亲密了一番。

李总督娶了莫氏为侍妾，但赵夫人也从此开始了对莫氏的虐待。经常指使她干丫环粗活，泡茶时，一会儿嫌太满，一会儿又嫌太烫，动不动便把茶碗摔了，还罚跪。莫氏也只得忍气吞声，眼泪往肚里倒咽。后来，李总督看看实在不行，干脆将妻妾分开，妻子赵氏在天津港口通商大臣衙门，莫氏在保定省城，这样才相安无事。

一天，李鸿章进京朝见皇上和太后，因与日方谈判，达成了几个协议，受到朝廷的赞赏。

退朝走出宫殿，他正暗自得意，忽见户部尚书翁同和，笑眯眯地来到他的身旁，对他轻轻地说了一句话：“你五弟昭庆长得标致风流，真是当代宋玉哩!”

李鸿章马上道：“你说啥胡话，他早死了!”

“不，昭庆活得好着呢。”翁同和的话虽不重，听起来似乎还有点儿轻飘飘的，但在李鸿章听来，却不亚于身旁爆炸了一颗重磅炮弹：

五弟昭庆被翁同和发现了！这可是了不得的大事！

原来，五弟耐不住寂寞，竟到天津总督府游览小住。不知被哪个耳报神报到翁同和那里。这可如何是好?

一向遇事不惊的李鸿章，此刻也不禁心头扑扑地跳，慌乱起来。

这件事还要追溯到六年前。

那年，李鸿章剿灭了西捻军，随后被朝廷授予湖广总督、协办大学士，入京朝见。正好五弟昭庆也被赏加记名盐运使，随哥一起进京谢恩。

谁知这一进京便祸起萧墙。因为昭庆当时只有三十来岁，生得面如敷粉，风流倜傥。加上穿一身戎装，脚蹬雪亮马靴，更是英气逼人。

一上朝，便引来众人一片喝彩：“好一个当代的潘安、宋玉！”

李鸿章带他上朝谢恩，慈禧目不转睛地上下打量，满口夸赞，传下圣旨：

李鸿章回去候旨，李昭庆暂留宫中，赐予游宴，以示恩宠。

李鸿章回到住地，如坐针毡，坐卧不安，盼着五弟早些回来。

他知道，慈禧太后与五弟年龄相仿，才三十来岁，又是孀居，若是闹出点儿风流韵事，那可遭了，将会大祸临门呢。

就这样，李鸿章在寝食难安中度过了三日，五日，直到第七日，昭庆方才回来。

一回来，昭庆就兴致勃勃地谈起宫廷趣闻：“太后的服饰奢侈绝伦，常穿的衣服是黄缎袍，上绣粉红大牡丹花，珠宝满髻，左垂珠络，中盘粉红牡丹，都用宝石配成。脖下披肩，形似渔网，用三千五百粒珍珠连缀，每粒大如鸟卵，圆且光滑。一看，真像王母娘娘一样高贵哩！”

李鸿章大为稀罕：太后见汉臣，均要垂帘，不让人看到真容，为何却让五弟尽览风采？这岂不是女为悦己者容吗！

“太后的饮食常吃哪些东西？”李鸿章不禁好奇地问。

“太后的饮食非常豪奢。每餐约有精食一百五十多种，列成长式，大碗小碟，相间排列。另外有两个小茶几，放置果盘，都是糖、莲子、瓜子、核桃等干鲜果品，作饭后随便食用。米饭，用全国最有名的玉田稻米做成，长有一寸，有胭脂、碧粳等名称。每餐必有粥，这粥也很讲究，有五十多种，稻米、高粱、豆、麦，无所不有。”

“这么多东西，怎么吃得了？”

“对，一百五十多种，最多也只能吃、尝二十多种，大多数连动也没动，就被倒掉了。”

李鸿章听了，心头突然涌上一个词：“暴餮天珍，挥霍无度！”

此刻，他突然问了一个迫切想了解的事：“太后相貌漂亮吗？”

“美，太美了！真可用花容月貌来形容。”李昭庆眉飞色舞道：“她脸色娇嫩，像美玉又像花朵；两眼顾盼生辉，如闪烁的明星；眼睫毛长而浓密，犹如丰茂的水草下流动着两汪清泉；两条粉臂雪白细腻，如同两支荷藕。尤其是身上的肌肤，不但白嫩细腻，还有令人心醉的桂花香气——”

听到这里，李鸿章大吃一惊，“五弟，你……你，进了太后的卧室？”

“我，我……”昭庆有点儿口吃了。此时他才知道自己说漏了嘴，但否认是没用的，于是他只得点了点头。

李鸿章全明白了，再也不必问下去了。这种事，可是要遭灭门大祸的呀！

李鸿章不禁大汗淋漓。

"五弟，你赶快动身回老家吧。"李鸿章眉头紧蹙，十分严肃地说。

可昭庆却洋洋得意道："二哥，太后对我十分恩宠，叫我随时进宫侍候——"

话音未落，便被二哥劈头打断："你没听古话说，伴君如伴虎吗？宫廷里处处刀光剑影！一句话说不好，一个行动不谨慎，立刻有灭门大祸。你，还是赶快走吧！"

于是昭庆真的回老家躲藏起来。

不久，当慈禧再次宣召昭庆进宫游宴时，李鸿章奏道：五弟昭庆得急病而亡。

太后叹息了几声，封给昭庆一个"护花郎"的称号，还赐了五百两银子作安葬费。

谁知如今却被翁同和发现了。这如何得了？翁家与我有仇。那年自己为曾国藩老师写奏折，不但使翁同和哥哥翁同书革去安徽巡抚官职，还使他充军新疆死在异乡，活活气死了他那赫赫帝师的老父亲，从此结下了家仇。如今他若告我一个欺君之罪，不但我的官当不成，还要遭灭门灭族大祸呢！此刻，他仿佛看到全家被抄，数十口男女老少被押赴刑场，哭声一片，看到白发老母就刑时那悲痛欲绝、呼天抢地的场面。

想到这里，李鸿章惊出一身冷汗。

他连夜派家将召来昭庆。

昭庆一听二哥有令传他前来，以为自己能得到朝廷更大封赏，从此可以不再隐世，冠冕堂皇地在世间风风光光地过日子，于是立即骑马赶来。

当他哼着安徽黄梅戏"树上的鸟儿成双对"，踏进为他准备的一个四面不透光的地下室时，他感到很奇怪：为何要带我到这个鬼地方？难道要商谈绝密事情？

二哥踱着方步进来了，他为不远千里而来的弟弟准备了一件见面礼：一小瓶毒药，并指出他的去向——服毒自杀。

昭庆惊得目瞪口呆：

"二哥，你，你为啥如此残忍？"他说话口吃了。

见二哥面容冷酷，不为所动，知道二哥是个说一不二的人，于是扑通一声跪倒在地，紧紧抱住二哥的两膝，声泪俱下道："二哥，我不想死。你就放我一条生路。从此，我保证隐姓埋名，哪怕去做和尚与深山冷庙青灯古佛为伴。"

可是二哥的口气严酷得吓人：

"五弟，你太不谨慎了，居然到这里来亮相！你若是不出现，不让翁同和那家伙发现，还不至于死。"他叹了一口气，"现在，一切都晚了！顷刻将大祸临头。我因谎称你已死，犯欺君之罪，将会立即革职查办，祸及灭门！你难道能让我们兄弟出生入死得到的荣华富贵，付之东流？难道能忍心让我们白发苍苍的老娘亲，被五花大绑押赴刑场？又难道能眼睁睁地让上百口李家兄弟子侄，和数十个天真活泼的李家后代断种绝代?!"

"哥，除了死，你要我干啥我就干啥。"

听了这话，李鸿章也扑通一声，在昭庆对面跪了下来。

他抚摸着弟弟的头："你不死，我们满门全灭；你舍身一死，换来我们全家荣华富贵依旧。"

可昭庆依然嘤嘤嗡嗡地哭着不肯自尽。

李鸿章霍地站了起来，怒喝道："道理都已经给你说透，你若是真下不了死的决心，那我叫几个家将灌你喝!"

昭庆此时方才绝望。

他泪眼婆娑地说："二哥，我家中儿女尚小，妻子年轻，我死后，无有依靠，我怎能放心前去……"

"五弟，这个你不需担忧。我将你长子过继为长子，视同己出，承袭爵位。还会取一笔银子给你家建房，供养你一家。五弟，男子汉，走得要壮烈，就权当在战场上壮烈牺牲一般!"他提笔写好承继昭庆大儿子李经方为长子的契约，按上手印，交给昭庆过目，并吩咐家丁，立即赴合肥取经方来天津总督衙门听命。

昭庆此刻，两手才抖抖索索地端起那瓶毒药，两眼一闭，一仰脖子喝了下去……

半夜时分，一条小火轮载着昭庆的尸体，从京杭运河，神不知鬼不觉地上了路。

第二天早朝，翁同和果然递上一本，参劾李鸿章：

"臣查李鸿章之五弟李昭庆仍健在，李鸿章却谎奏已死，犯了欺君大罪。请圣上严加查处，以正法典……"

果然，慈禧龙颜大怒，传旨刑部尚书："立即严查此事!"

李鸿章立即出班奏报："翁同和听信谣言，诽谤朝臣……"

慈禧接到奏报，仔细一想，想到此事关系到自家的脸面，于是再次下旨把"严查"改为"调查"，并去掉"立即"二字。

刑部尚书鉴于太后态度缓和，李鸿章手掌兵权又兼大学士，威势赫赫，不愿与其结怨。于是，只例行公事，作一般性的调查，没接受翁同和提出的"六百里加急，传檄各地关卡绘图严查缉拿"的建议，让李鸿章赢得了时间。

等刑部官员来到合肥县磨店乡，果见"记名盐运使李昭庆之墓"，坟头上荒草依依。回京一汇报，天大的事便化解得无影无踪。

翁同和虽没照"诽谤大臣罪"议处，但也因"听信谣言"而遭申斥罚俸的处分。

一场大祸化为烟尘，李鸿章长长地舒了一口气。

六、启蒙老师上门找差使，李鸿章送给他一副镣铐

李鸿章非常惬意地做着他的直隶总督，享受着武英殿大学士的殊荣。

一天，他忽想起当年的结发妻子周氏，想起把周氏许配给自己的当年启蒙老师——周氏的叔爷周老先生。于是便写信给故乡的周老师，邀请他在春暖花开季节，到天津总督衙门聚会。

年过花甲的周老师接到邀请，无比高兴，逢人便夸李鸿章情意深重。于是，向人借了点儿路费，选了个三月初三的吉日良辰，便向北方进发。不久，便到达天津。

李鸿章热情地接待了周老师。先办了一桌高级酒宴，为他接风洗尘，又在总督馆驿，给他安排了一个高级房间，每天有佣人服侍，并派专人陪他游览。没多少天，便把天津周围名胜古迹游了个遍。

一天，周老师忽想起北京的繁华，想去游览一趟。

李鸿章十分爽快地答应了他的要求，派一辆马车，由一位记名道台陪同，送他到京，住在高级公馆。游览了紫禁城，大前门，天坛，地坛，八达岭长城和白云观等几十处名胜，把周老师高兴得像小孩般手舞足蹈。

回到天津后，李鸿章发现老师闷闷不乐，唉声叹气，便询问道："老师有啥不快之事，尽管对我讲，只要我能办到——"

可老师提出的要求，却让他啼笑皆非，很感意外："高徒，您督署里，大大小小都是大官，连管家也是七品县令。能否给我安排个差使，封个小官，哪怕八品、九品的县教谕一类也行啊，让为师回家也风光风光！"

李鸿章听了，有些为难："我们这里凡做官，都要考试哩。"

周老师马上道："这有何难？我能教出翰林宰相弟子，还怕考试？"

李鸿章不好拒绝，只得亲自陪老师到管理官员考核和任用的部门。

主管官员一看考生是李中堂的老师，中堂大人对他如此殷勤，便准备出个最简单的对子，应付一下公事，卖个人情。

主考看看权高位重的李中堂，又看了看科场失意、至今仍是一介秀才的老先生，灵机一动，脱口说出一条上联："为何徒中师不中？"

周老先生多年没上过考场了，一听考试便紧张，顿时汗流浃背，张口结舌，无言以对，只得慌慌张张地退下。

李鸿章扶着周老先生走出大门口，忍不住埋怨道："恩师，这个对子并不刁钻，凭您的学问，应该脱口而出呀，可为啥对不上来？"

周老师捶胸顿足，连连摇头叹息，喃喃自语道："只因才高命不高。"

李鸿章惊问："这不是对得很妙吗？刚才为啥不说？"

周老师仍是如痴如癫，喃喃自语：“只因才高命不高。”

李鸿章既可惜又同情地说：“老师，回去吧。您年过花甲，还是在家颐养天年吧。”

住了几个月，享了许多福，周老先生起程回乡了。

走的那天，李鸿章除送了几盒御用糕点外，还出人意料地送给老师一副手铐和脚镣。

并派了两名差人佩刀护送，像押解犯人一般跟着他。

周老师满肚不高兴，不知李鸿章葫芦里卖的啥药。

他想不叫差人相送，可话刚一出口，便被两名凶神恶煞的差人一口拒绝：“这是中堂大人命令，我们怎敢违抗？”说着，把手铐脚镣弄得叮当直响，吓得周老师再也不敢吭声。

他想，这两个差人或许是到庐州抓人犯，顺便捎带我吧。

所幸一路上，晚了住驿馆，饿了进饭馆，还有一辆马车护送。总之一路上，吃住行都不用他操心，他才安心了一些。

一路上晓行夜宿，这天傍晚，来到山东阳谷县一处山林，就是武松打虎的地方。

忽听一阵梆子响，杀出一队强盗。

这伙人亮出刀斧，大叫：“老东西，快留下买路钱！”原来，这一伙强盗在天津地面，就听说李鸿章总督的老师从天津探亲回家，估计一定会送给他很多金银财宝，大有油水可捞，于是一路尾随而来，一到阳谷县荒凉地带，便动手了。

两个差人一见强盗立即逃走了。

强盗搜查了马车，搜查了周先生，但除镣铐、衣服和糕点外，只有十几两散碎银子。

强盗头目不相信地喝问：“为啥只有这点儿银两？难道你们一行连盘缠也不带？”

周先生道：“一路住宿用餐和马的草料，均有驿馆预备，不需我们付账，自然不用多带。”

强盗头目见没有油水，大失所望，不禁恼羞成怒，拔出刀准备杀了周老先生。

不料，原被吓得心惊胆战、瑟瑟发抖的周老师，这回却在心里慷慨地默诵着“人生自古谁无死，留取丹心照汗青”的诗句，一反常态地开口了：“我奉劝你们不要杀人。若杀了我，李中堂怎肯罢休？一定会调兵剿灭。他手掌淮军，天下无敌。剿灭了声势浩大、已占半壁江山的太平军，又灭掉百战劲旅东西两大捻军。你们区区几十个人，怎能与大军相抗？大军一到，立即化成齑粉！”

强盗头目道："我们可以逃呀！"

周老先生哈哈笑道："一出事，当地官府会立即与周边府县派兵缉拿，你们怎能逃得出官府的天罗地网？"

一席话，说得强盗哑口无言，于是抢走了碎银子和几盒糕点，便逃之夭夭。

周老师坐上马车，风尘仆仆，颠沛流离，靠沿途官府的接济，总算回到合肥县磨店乡家中。

周老师本来指望李鸿章送一笔丰厚仪程，回家养老，谁想如今连出门时借的六七两银子也还不掉，不禁越想越来气，一边大骂李鸿章忘恩负义，一边拿起那不吉利的倒霉镣铐，准备抛到水塘里。

正在此刻，恰巧合肥县令坐轿前来拜访，看到周老先生如此气愤，连忙拦住了他："老先生，李中堂来了一封给您的信。"

说着，恭恭敬敬地呈上。周老师拆信一看，原来是一首诗：

老师启蒙育鸿章，邀请北上来天津。
启程回乡无宝送，只送一副铁镣铐。
满腔感激心中藏，师生情谊赛黄金。

周老师看了这首诗，如坠五里雾中。看到这首毫不押韵的诗句，不禁摇头道："翰林宰相竟作如此歪诗，真令人笑掉大牙！真是官越做越大，诗越写越差！"

县令见周老先生只顾摇头，不解其意，接过信看了两遍，猛然心有所悟，说：周老先生，恐怕这镣铐里面藏有东西吧！

周老师拿过信，又重新看了好几遍，也没看出有啥名堂。

县令道："这是一首藏尾诗，您老再仔细看看。"说完便打道回衙了。

这回周老师恍然大悟。原来藏尾诗提醒他：

鸿章天津送镣铐藏黄金

周老师立即找来钳子，剥去外面的铁皮，里面果然露出了黄澄澄的金子。原来镣铐中整整藏着黄金百两，高兴得老先生合不拢嘴。

这回，他才体会到李鸿章送镣铐的良苦用心：怕一路上千山万水遇到盗匪抢去，就设法把金子包在镣铐里面。

从此，周老先生过着丰衣足食的生活。出门会客，走亲戚，便风风光光地坐上马车。他过了二十年舒心日子，直到八九十岁高龄，无疾而终。

第六章　中国近代化之父

一、大工程丑闻，使李鸿章找到反对修园突破口

李鸿章总督最近寝食难安，他心中正在酝酿着一个重大计划。

这计划和设想，来源于不久前发生的一个特大事件。

同治十三年（公元一八七四年）五月的一天夜晚，在茫茫夜色的笼罩下，一支舰队载着三千多名全副武装的军人，气势汹汹地扑向中国宝岛台湾。这就是由日本陆军中将西乡从道指挥的日本侵略军。他们在台湾琅峤实施登陆后，便炮击台湾中国守军阵地。

当月，中国清朝名臣沈葆桢被清廷委派为饮差大臣，主持台湾政事。李鸿章速调一万精兵部署在台湾，又派淮系提督唐定奎部铭军枪队六千五百人航海赴台，严阵以待，才使日本吞并台湾的阴谋未能得逞。

日本侵台的炮声，再次震醒了李鸿章。

此刻，他还想起十多年前，英法联军炮舰由渤海登陆，攻陷北京那页惨痛的历史。“这都是我们清朝国力衰弱，海军不强的缘故啊！若是我国有一支强大的海军，小日本和外国侵略者，就不敢轻举妄动了。”

想到此，他暗暗下定一个决心：“我国必须加强海防，建立一支强大的海军！尤其是靠近京畿的直隶地面，更需要建立一支强大的北洋水师！”

他一面向总督衙门陈说海防之重要，一面寄信给正在广东家居的老部下——原江苏巡抚丁日昌，要他写一份关于海军建设的章程，报告给朝廷。“我要以南北夹攻，中央地方联合之势，促成朝廷把建立海军威慑之师正式提上议事日程。”

然而，李大学士的如意算盘没有打成。他的“南北夹攻”妙计没有奏效，他向总理衙门的提议，皇帝和太后根本没心思看，即使看了，也根本没心思理会。这是为啥呢？

因为同治皇帝和慈禧太后的整个心思，都倾注到圆明园上。

此时，圆明园的重修工程正在如火如荼地进行。慈禧太后和同治帝在财政捉襟见肘的情况下，哪有心思理会李鸿章建立海军的要求？

李鸿章万分焦虑。

自雍正帝以后，园居成为宫廷风尚，尤其咸丰帝更是常年住在此，几乎以此地为宫廷。住在这中西园林之萃、景色宜人的圆明园，要比住在森严沉闷的紫禁城更自在舒适。无奈咸丰十年（公元一八六〇年），圆明园被英法侵略军一把火焚毁。以后，由于太平天国和捻军相继兴起，战乱频繁，清廷摇摇欲坠，顾不得重修。

公元一八六八年九月，深受慈禧宠信、不可一世的大太监安德海，知道奢侈成性的慈禧一直想修复圆明园，便指使御史德泰奏请修复圆明园，以讨好慈禧。因修园费用浩大，安德海又指使内务府库守贵祥拟出筹款章程，准备在京外各省，按户、按亩、按村收捐。

此议一出，奕䜣等大批满汉大臣坚决反对，认为派饷会民怨沸腾，动摇邦本。在奕䜣的坚持下，德泰、贵祥二人受到革职和充军的严厉处分。

但安德海并没有因此收敛。公元一八六九年秋，以为太后置办龙衣为名出京南下，大肆搜刮钱财，被山东巡抚丁宝桢以“太监出宫违反祖制”之名捕杀。

慈禧闻讯又惊又气，但碍于祖制，无可奈何，结果大病一场。

不久，内务府以太后休养为名，重提修园之议。内务府力主修园，既为讨好慈禧太后，更为了从中发财。

同治帝在公元一八七三年秋，以颐养太后为名，发布重修圆明园的圣旨，并要王公以下京外大小官员报效捐修。

公元一八七四年三月，圆明园正式动工重修。

但此时边患不断。法国加紧侵略越南，作为北犯中国的跳板，直接威胁中国西南边疆；日本开始发动侵台战争；新疆又爆发阿古柏叛乱，左宗棠率军西征。清廷日夜为庞大军费发愁，根本拨不出款修园，而官员个人捐款，只是杯水车薪无济于事。

正当内务府为修园经费发愁之际，一个名叫李光昭的候补知府，声称愿为修园报效价值三十万两银子的木材应急。此人原是贩卖木材茶叶的小商贩，后来用银子买来一个“候补知府”。

内务府臣一听说有如此好事，大喜过望。

李光昭在来京贩卖木材时与内务府大臣相识，知道修园是发财的大好机会，于是两者一拍即合，相互勾结起来。经内务府出面奏请，李光昭便打着“奉旨采办”的大旗，南下办理此事，而且私刻“奉旨采办圆明园木植李衔”的关防。

由于此事办得不顺利，他只得到香港向一位法国商人购买，签订购买三船价值五万四千多元木材的合同。李光昭回京后，却向内务府谎报已购买了价值三十万元的木材，报效朝廷。

货船到天津后，同治帝闻讯大喜，急令直隶总督、北洋大臣李鸿章免税放行，迅速运京。

不料李光昭根本无力付款，便称木材尺寸与原议不合，拒绝提货付款。法商大怒，由法国驻天津领事出面，照会天津海关和天津道，提出李光昭私自废约，有意欺诈，要求清廷扣留李光昭，令其付款并赔偿法商损失。

七月，李鸿章接到一份朝廷谕旨："候选知府李光昭报效修园木植，现与美、法两国商人互相控告，望立即查清。"

收到这份照会和朝旨，李鸿章一查，便查出了李光昭的劣迹。发现他不仅无力购买这批木材，而且欺骗朝廷多报了二十多万元的货价。更为严重的是，他竟私自以"圆明园李监督代大清皇帝"的身份，与外商立约，险些酿成外商与"大清皇帝"之间的诉讼，引发一场严重的外交纠纷。

"这个事件，是阻止修建圆明园的难得机会！"强烈反对修园、又不敢公开阻止的李鸿章心里说。

于是，他立即将此情奏报同治帝。帝很恼火，责令将李光昭先行革职。

"我要煽风点火，把此事尽量扩大。"于是，李鸿章又给皇帝写了《李光昭欺罔招摇折》，详细介绍了李光昭一桩桩诈骗细节，在历数李光昭罪状的同时，写明律法所规定的相应刑罚，提醒皇帝：这是犯了"假传圣旨"和"诈称内使近臣"两大罪，按律应拟定"斩监候"。

最后他满怀义愤道："此等险恶狡诈之徒，只图奸计得逞，不顾国家体统，其欺诈朝廷煽惑商人民众等种种罪恶，实在是人神共愤。若不从严惩办，怎能整肃纲纪而匡正人心？"

李光昭诈骗案迅速传开，舆论大哗。

恭亲王奕䜣等王公大臣联名上疏，痛陈修园之大弊，恳请急停。军机大臣、吏部尚书、大学士文祥上殿哭谏，大臣李鸿藻上疏慈禧，详论缓修圆明园的种种理由；一些御史又上折参奏内务府大臣与李光昭狼狈为奸，中饱私囊的种种违法事例。

由于群臣都主张停工，同治帝无奈之下，只得发旨停修圆明园。

李鸿章终于舒了一口气：我建海军的计划有望实施了。

他立即趁热打铁，专程去了一趟北京总理衙门，运动奕䜣等王公大臣加强海军建设。当然，走时他也没忘记带了一笔银子，作为孝敬和交际。

这年的十月初，李鸿章接到朝廷发来的一道谕旨，和两个奏疏，一个是总理衙门《海防亟宜切筹武备必求实际疏》，另一个就是，原江苏巡抚丁日昌拟订的《海洋水师章程》六条。谕旨要求李鸿章详细筹议，并将逐条切实办法，限于一个月内复奏。

总理衙门的奏章，强调筹办海防的必要性和紧迫性，提出练兵、简器、造船、筹饷、用人、持久等六项具体措施。丁日昌的《海洋水师章程》六条，提出海军分区设防、统一指挥的主张。具体说来，设立北洋、东洋、南洋三支海军，分辖北海、东海、南海三面海城。清廷将总理衙门和丁日昌的条陈，交临江沿海各省督抚、将军讨论，限一个月内复奏。

于是，关于海防、塞防的大讨论轰轰烈烈地展开了。

中国历史上的边患，主要来自西北边境。鸦片战争使中国第一次遭到从海上来的大规模入侵，一向比较安全平静的东南沿海成为国防前线。此时，沙俄在西北侵逼活动日益猖狂，小日本竟敢发兵侵略台湾，并迫使中国赔款了事，东南海疆危机再现。

财政极其困难的清廷，面临东、西两面边防的艰难选择，从而引发了“海防”和“塞防”的大争论。

在这场大讨论中，有关官员纷纷上奏，大体提出三种观点：注重塞防放弃海防；专事海防经营，放弃塞防；海防塞防并重。

李鸿章看到总理衙门给朝廷的奏折，和丁日昌的《海洋水师章程》，十分高兴。自己数年来的主张和努力，现在终于通过总理衙门和丁日昌，正式提到议事日程，他很开心。

其实，丁日昌的条陈，就是他授意写的。但他提醒自己：不要高兴得太早，因为在参加讨论的督抚和将军中，有人强烈主张注重塞防放弃海防。重视塞防论中，还有那个目空一切，处处以诸葛自居的陕甘总督左宗棠呢！我要借此机会严密论证，好好陈述，促使朝廷把加强海军建设，列入重要议事日程！

于是，他立即召集周馥等高参，商讨奏折。

很快，他破例拿出了洋洋万言的《筹议海防折》，对总理衙门原奏及丁日昌条陈，逐条进行述评、发挥，系统地阐述了对海防问题的看法。

他首先指出当前海上形势之严峻，强调海防之重要：

历代防备边患，多在西北。如今，则东南海疆万余里，各国通商传教来往自如，聚集京师及各省腹地，明托和好之名，暗怀吞噬之计，一国生事，各国构煽，实在是数千年来没有的变局。列强凭近代的坚船利炮，实在是中国数千年来没有的强敌。中国想用现成的老办法来应付，好比病人不论生何种病，都用古老方法疗治一样，肯定不能见效。

接着，提出整顿海防的两种途径：

当今要想整顿海防，除变法和用人两种途径，没有别的好办法。变法，就是变革军事制度，建立近代陆海军；用人，就须改革八股取士制度，培养新式人才。

最后，他主张，专事海防，放弃塞防：

建立近代陆海军，需要巨额军费。因此，筹饷方面，拟停止进军新疆，改用招抚办法处理阿古柏叛乱。

他认为：新疆不复，对一个人的肢体元气无大伤害；海疆不防，则是心腹大患。因此，可把西北停撤之饷，用作海防之饷。另外，筹饷的一个重要方面，就是要发展各类近代民用企业。

不料，李鸿章提出的暂缓西征、全力经营海防的主张，遭到陕甘总督左宗棠的竭力反对。他从清廷安危和湘系利益转移到西北考虑，认为，现在西北塞防派驻军队，有一定基础；若是停饷，将前功尽弃，不仅西部被侵略，北方也将受到更大威胁。因此主张：东则海防，西则塞防，二者并重。

经过反复斟酌，清廷决定，采取海防、塞防并重的方针。一面任命左宗棠督办新疆军务；另一方面，任命李鸿章督办北洋海防事宜，沈葆桢督办南洋海防事宜。

但由于财力实在困难，清政府只得放弃同时创建三支海军的构想，决定先创设北洋海军，等有财力时，再扩张为三支。

讨论一结束，李鸿章就紧锣密鼓地开始了北洋水师的创建。

这，成为中国海军史上的一个里程碑。

同治十三年（公元一八七四年）十二月初三，李鸿章又官升一级，被授予文官最高一级——文华殿大学士，成为首相。时年五十一岁，是当时重臣中最年轻一位。

他春风满面，得意之色溢于言表：恩师曾国藩对自己的预言实现了！他记得恩师说过："李少荃很可能会青出于蓝而胜于蓝。"现在，自己终于超越了老师。

回到督署，众人齐声祝贺，母亲李氏老夫人喜笑颜开地叫着他的小名。

他当众挥毫，志得意满地写了一副对联：

已无朝士称前辈

尚有慈亲唤小名

他叫几名丫环，捧着一品侯爵夫人的封诰和衣冠，送给夫人赵氏。他扬眉吐气地对赵氏说："夫人，我现在的官，比你爷爷大了！"

一句话，使赵氏怒放的心花，顿时凋零了。

她知道丈夫绝顶聪明，但没想到能如此官运亨通，步步登高，居然能爬上首席大学士的高位。说实话，这既令她兴奋又令她沮丧。爷爷是状元，是天下第一。爷爷不但是整个安徽省的骄傲，也是全国读书人的榜样。因此，爷爷在她心目中，是一座不可逾越、如同莽莽昆仑般的高山，是滚滚东去的中国第一大河长江。她一直认为，只有像爷爷这样中状元的人，才能够达到当武英殿大学士、拜相的高位。可谁知，只中第八十四名举人，考进士也只中二甲十三名，跟爷爷天差地远的丈夫，不但能跟爷爷平起平坐，而且能成为一人之下，万人之上的首相！因此，她的心里如同打翻了五味瓶酸甜苦辣五味俱全。她既为丈夫荣升首相，自己成为首相夫人，天下百官及其眷属都

要在她的面前恭敬、奉承而兴奋，又为丈夫超越爷爷，从此自己再也不能拿爷爷这尊天神，这尊如来佛祖来压制丈夫而沮丧。从此，丈夫替代爷爷成了天神，成了佛祖，自己再也难以像以前那样轻易地驾驭丈夫了，以后，只能在丈夫面前温言软语，再也不能横眉冷对耍威风了。

想到此，她不禁叹息了几声："女人嫁丈夫，窝囊的不行，太优秀太出色官太大了，也不行啊!"

忽然，一个主意从她心底冒了出来：我虽不能压制丈夫，但可以压制那莫氏呀!

于是，她立即吩咐手下准备出门远行，乘海河封冻，丈夫移署省城保定办公之际，去保定。

保定直隶总督署，到处洋溢着喜庆气氛。男女老少都是满脸喜气。尤其那莫氏，脸笑成了一朵千娇百媚的花，整个人更是喜成了一棵婀娜的玉树。

赵氏夫人穿着一品诰命夫人的服饰，来到莫氏的居室，不动声色地问："你为啥这么高兴?"

莫氏答道："老爷荣升我当然高兴呀，你难道不高兴?"

"你这是傻笑！老爷高升，你又能得到啥？连屁东西也得不到!"赵氏摆弄着一品夫人的华丽衣服，和头上的簪饰，有点儿恶毒地说。

莫氏脸上的花朵顿时像遭霜打一般枯萎了。这句话，如同尖刀一般刺进她的心脏，使她非常痛苦。对呀，老爷升得再高，也没有我这个做妾的风光，得不到封号，得不到赏赐。她的脸色暗淡下来，心酸起来，只是在赵氏面前，她硬是咬住嘴唇才没哭出来。

待赵氏摇摆着凤冠霞帔，扭着腰肢，走出房间，莫氏再也抑制不住心头的酸楚，不禁嘤嘤嗡嗡地哭了起来。

李总督来到莫氏房间，看到莫氏在抹眼泪，不解也不高兴地问："上上下下都高高兴兴的，你为啥要抹眼泪？难道我加官晋爵你不高兴?"

莫氏连忙跪下禀告："老爷，我本来挺高兴的，大奶奶来了，说得我伤心了。"于是说起了刚才发生的事。

李总督道："你呀，真有点儿傻哩。现在，有她在，你当然得不到封号赏赐，但你比她年轻了整整十六岁，你有的是时间等待呀。有朝一日，你若扶正了，就可以得到封赏。"

一句话，令莫氏恍然大悟，破涕为笑。对呀，我比赵氏夫人年轻得多。按正常算，我必定会走在她的后面。因此现在应高兴开心，决不能自寻烦恼死在她的前头。她现在拿话气我，我就更应该开心，我一定要坚持到得到封赏的那一天！从此，她又高兴起来，开心起来，欢声笑语充满了总督署，还不时地哼起"太阳出来喜洋洋"那支优美动听的四川民歌。

一次，赵氏听到莫氏欢快的歌声，和一说话便漩起一个美丽酒窝的娇美模样，心头便非常地恼恨和难受。

她对莫氏道："你把如花似玉的青春，献给一个比你大三十一岁的老头，又得不到任何封赏，值得吗？你难道不觉得委屈吗？"

可莫氏却笑吟吟地说："我是一个穷人家的女儿，连嫁个举人老爷也困难。现在能进总督署，服侍中堂大人，这是一步登天！我高兴得要命，连做梦都笑出声来。"

她顿了一顿，随即将了赵氏一军："可我觉得，你是状元宰相家的金枝玉叶，你嫁李大人，不算稀罕，算不上高升。你应该嫁给皇帝或嫁给太子，做娘娘，至少也得嫁个王爷当福晋，才算得上高升哩。"

一席话说得赵氏紧皱了眉头，心里酸溜溜起来，然后一脸不悦地动身回了天津。

二、办电报的奇谈怪论，和世界铁路史上奇闻

光绪四年（公元一八七八年），李鸿章准备在辖区直隶、北洋、山东架设电报以达天津。

此刻，他不禁想起了以往试设电报夭折的经历。

早在同治四年（公元一八六五年）三月，剿灭太平天国不久，自己还在苏州巡抚任上，就曾致函总理衙门，提出："架设电报线花钱并不多，但传递信息却非常迅速。现在洋人正想方设法在中国架设电线，若不能永远禁止，不如中国现在开始创办电报事业。"然而，这一提议，因没得到总理衙门的支持，和曾国藩、崇厚、左宗棠、刘坤一等洋务派大臣的响应，认为"是劳民伤财的无益之举"而搁浅。

同治十三年（公元一八七四年），日本侵台，洋务派官员沈葆桢被朝廷任命为钦差大臣，赴台抵抗日本侵略。抵台后，他深感台湾孤悬大洋，与大陆通讯联系极不方便，会贻误军机。他看到外商能越洋架线，信息往来无阻，便正式奏请朝廷准予架设福州陆路到厦门，厦门海路到台湾的电线，却遭到顽固派的强烈反对。

工科给事中陈彝，在一道奏折中，坚决表示要禁止架设电报线，其根本理由是，架设电报线，会导致不忠不孝：

铜线的危害，不胜枚举。中国和洋人习惯不同，洋人只知有天主耶稣，不知有祖先，因此，凡入教的人，必定先毁掉自家先人的木主。中国视死如生。绝了地脉，侵灌风水，做子孙的于心何安？古话说："寻找忠臣，必在孝子之门"，若是中国百姓肯不顾祖宗坟墓，听凭架设铜钱，还怎能做到忠孝二字？中国人架设铜线必是不孝，不孝必然不忠，架设电线必然导致不忠

不孝！

奇怪的是，这种可笑论调，竟引来众多大臣的响应和支持！

在这滔天浊浪下，台湾电报线最终未能架设成。

想到以往架设电报线在中国的遭遇，李鸿章不禁紧皱眉头：架设电报线，这在中国，可是一个禁区啊！阻力如此之大，怎么办？他在苦思冥想。

忽然，他心头豁然开朗：我可以选取辖区内一小段作为试验呀！这样做没有人能够牵制阻止我。取得成功经验，以后更有说服力。

于是，他向总理衙门报告：试设大沽、北塘海口炮台至天津这短短的百里电报线，做试验。获得同意后，他立即下令开工，很快便架设完成。

公元一八八〇年五月，中俄伊犁交涉，军情骤紧，有一触即发之势。李鸿章敏锐地感到机会来了。我应借此机会，再架设长段电报线。

他再次上奏，架设天津到上海的电报线。

他先以西文电报之迅速，中国驿递之落后，阐述架设电报线的紧迫性。这奏折出自高级幕僚，号称“古文宗匠”的吴汝伦之手：

用兵之道必以神速为贵。所以泰西各国在讲求枪炮之外，水路有快轮船，陆路有火轮车，以此用兵飞行绝迹。而数万里海洋要想通军信，则又有电报之法。于是和则以玉帛相亲，战则以兵戎相见，海国如户庭焉。近来俄罗斯、日本国均效而行之，故由各国以至上海，莫不设立电报，瞬息之间可以互相问答。独中国文书尚凭借驿递，虽日行六百里加紧，亦已迟速悬殊。查俄国海线可达上海，旱线可达恰克图，其消息灵捷极矣。即如曾纪泽由俄国电报到上海只需一日，而由上海至京城，现系轮船附寄，尚需六七日到京。如遇海道不通，由驿必以十日为期。上海至京仅两千数百里，较之俄国至上海数万里，消息反迟十倍。倘遇用兵之际，彼等外国军信速于中国，利害已判若径庭。且其铁甲等项兵船，在海洋日行千余里，势必声东击西，莫可测度，全赖军报神速，相机调援。故电报实为防务必需之物。

接着，以自己年前在天津的试验探索为例，具体说明架设电报线的好处：

臣上年，曾于大沽北塘海口炮台试设电报，以达天津。号令各营，顷刻响应。从前传递电信犹用洋字，必待翻译而知，今已改用华文，较前更便。如传秘密要事，另立暗号，即经理电线者，亦不能知，断无泄漏之处。现自北洋以至南洋，调兵馈饷在在俱关紧要，亟宜设立电报以通气脉……如由天津陆路循运河以至江北，越长江由镇江达上海，安置旱线即与外国通中国之电线相接，需费不过十数万两，一半年可以告成。约计正线支线横亘须有三千余里，沿途分设局栈，常年用费颇繁。

李鸿章深知经费、经营管理方式与主权，是朝廷最关心也是最担心的问题，于是在最后，提出了具体解决办法：

（旱线）十数万两，拟由臣先在淮军军饷内酌筹垫办，等办成后仿照轮船招商局的办法招募商股，分年缴还本银；经营方式为“官督商办”。因中国目前，没有这方面的人才，又不能雇佣外国专家，所以需要设立电报学堂，培养中国学生，自行经理。

看到这份理由充足，分析透彻，有具体事例和明确方法的报告，面对当前险恶的现实环境，清廷终于批准李鸿章着手办理电报局。

李鸿章接旨大喜，立即于这年十月，在天津设立电报局，同时设立电报学堂，从而揭开了中国近代电讯业发展的序幕。

话说李鸿章在直隶境内建立起来的开平煤矿，自开办以来，煤炭产量逐年递增，他很开心。但高兴劲还没过去，他又不得不为它发愁了。因为运输不便，靠人拉马驮，煤炭到了天津，还是比外国的煤要贵。

他手下的重要助手、总办唐廷枢，建议修一条唐山至北塘的铁路，以便将煤炭运到北塘后，再经水路外运。

一提到修铁路，李鸿章就头痛不已，他想起了以前的数次遭遇。

公元一八七二年，俄国出兵伊犁，自己曾借机提出“改土车为铁路”的主张，但这种符合实情的救时之策，遭到一片反对而落空。公元一八七四年，日本派兵侵略我国台湾，海疆告急。自己又乘机提出修建铁路的主张，并进京面见恭亲王奕䜣，力陈中国修建铁路的重要，请先造清江到北京的铁路，以便南北交通。恭亲王同意他的观点，但因顽固派强烈反对，修铁路阻力重重，连两宫太后也不能定此大计而作罢。

在中国修铁路，怎么就这样难呢！李鸿章连连叹息。

我国要自强，要御敌，必须造炮造船。如果自己开采煤矿，修建铁路，列强侵华就会有所收敛。否则，新疆等西北边境就无法运兵以抗沙俄，云南、四川等西南也同样不能抗击英国入侵。

这天傍晚，他正为铁路事而苦恼，忽听家将来报：

“大人，刘铭传将军前来拜访。”

“快请到书房。”

李鸿章一听禀报，心中大喜，高兴地对心腹幕僚周馥和吴汝伦道：“修造南北交通大动脉——清江至北京铁路的希望，就寄托在此人身上了。”

“刘鸣传将军为何进京？”吴汝伦不解道：“难道是朝廷专为修造铁路召见他？”

李总督道：“朝廷哪有如此大的热情造铁路？他一定是为边境危机而来，我可趁热打铁，促使朝廷下决心修铁路。”

李鸿章的估测没错。

自年初以来，中俄两国因伊犁问题而关系紧张，两国间大规模军事冲突一触即发。

军情紧急，淮军著名将领刘铭传应召进京，为朝廷提供防务对策。

李鸿章与昔日老部下、淮军名将刘铭传在书房长谈了好几个钟点。

刘铭传在天津住了一夜，第二天一早便直奔京师。

他前脚刚走，李鸿章就召来唐廷枢，对他说：“你从现在开始，就可着手准备唐胥铁路，以取得修铁路的经验。等朝廷一批准清（江）京（北京）铁路计划，我们立刻就可上马！”

“是，大人。”唐廷枢兴冲冲地走了。

很快，刘铭传的一份《筹造铁路以图自强折》，便放到清朝总理衙门领班大臣奕䜣的案头。

此折正式提出修建铁路的主张，认为这是国家自强的关节点。具体提出应修从北京分别到清江浦（今淮安市）、汉口、盛京、甘肃四条铁路。因经费紧张，不可能四路并举，建议先修清江浦到北京线。

清廷看了这份奏章，命令北洋大臣李鸿章和南洋大臣刘坤一，就此发表意见。

李鸿章决定抓住此次良机，使这一利国利民的主张得以实现。

于是连夜召集周馥、吴汝伦等高级幕僚，进行商讨。并由吴汝伦执笔，洋洋洒洒地写了一篇约四千字的奏折，将压了多年的想法倾吐而出。

他首先从中国古代圣人刳木为舟、剡木为楫、服牛乘马、引重致远，目的是以济不通，以利天下写起。接着，针对顽固派认为机器使人心败坏的论调，强调：“机器能使人心由笨变巧，器用由朴变精，风尚由分变合。”

然后，概述国际局势，强调铁路在列强兴起、强盛中的作用，从国际形势再谈到中国面临的险境：

由此，欧美两洲六通四达为路，达到数十万里。征调则旦夕可达，消息则呼吸相通，只用四五十年时间，各国之所以日趋富强，它国难以匹敌，就是因为海上通轮船，陆上通铁路的缘故……俄国从欧洲起，造铁路渐近浩罕、恰克图等地，又打算由海参崴造铁路至珲春。中国与俄接界达一万数千里，假使早修几条铁路，用现有兵力完全可以满足调遣。如果无铁路，即使增兵增饷，也是防不胜防。值当今各国皆有铁路，而唯独中国没有，这就像用车船的中古时代，又放弃车船，回到茹毛饮血的蛮荒时代，必然要落后于人！

接着，他指出修建铁路有“九利”（便于国计、军政、京师、民生、转运，便于邮政、矿务、招商轮船、行旅），分条详述，并指出经济与军事是富国强兵的要点。

具体修路方案，他完全赞同刘铭传的主张：先修清江浦到北京线。

对于修路经费和主权问题，他坦率地陈述：“因所需资金庞大，无论官商都难以凑集，只能向洋人借债。”但他强调，借洋债时，须在合同中写明一切招工、采购材料及铁路经营等事，都独立自主，借债人不得过问，并规定不许洋人附股。借款由日后铁路所收之利归还。

至于修路主持之人，他提出由名望很高的淮军名将刘铭传主持，还提出可用淮军帮助修筑。但令他没想到的是，此时，一股反对修建铁路的浪潮，席卷而来。

以大臣张家骧为代表的反对派，向朝廷上了一个奏折，坚决要求停止修建铁路。

他提出一个怪论：修铁路会使市镇繁华，民众富裕，因此会更加刺激列强侵略中国的野心。

这真是一种谬论！

针对张家骧这一论调，李鸿章又上《议覆张家骧争止铁路片》，义正词严地逐条加以有力地反驳：

> 洋人是否要挟，看我们中国国势的强弱。我们如能自强，百姓富裕，洋人越是不敢轻举妄动；相反，若我们不能自强，百姓贫穷，那么国势更弱，将更容易受外人欺凌。

针对反对派提出的“修铁路，将妨碍民间车马及来往行人，导致拥挤磕碰，滋生骚扰纠纷”的观点，李鸿章描述了国人当时闻所未闻的，铁路与普通道路交叉时的两种解决方法：一是“旱桥”（即今天的“立交桥”）；另一个是，在两边设立栅门瞭望，火车将到时，关闭栅栏以止行人，等火车过去，然后开启。

奏折最后，李鸿章十分激动地写道：

“我朝处数千年未有的奇特局面，自应建立数千年没有的特殊事业。若是事事定要墨守现成的法度，恐怕只能日趋危险贫弱，最终不能自强了。修建铁路利国利民，可使国家强大江山永固，望朝廷速下决心！”

然而，顽固派的反对浪潮，更加汹涌，棍子、帽子一齐飞来。

有大臣上奏折，指责、攻击李鸿章和刘铭传：“观该二臣筹划措置之迹，似为外国谋，非为我朝谋也。”意思是说，观察这两人筹措造铁路的行为，似乎不是为我大清，而是专为外国人谋划。

——把修筑铁路说成是汉奸、卖国贼。帽子大得吓人！

有的大臣奏称：铁路在外国可行，在中国则不可行。为什么呢？因为外国以经商为主，国君与百姓共同谋划；中国以养民为主，国君将利分给百姓，而自己不图利。在中国修铁路，则是害民的邪说歪理。

——把修铁路归结为害民。

还有的大臣的上奏，更为荒诞：“铁路逢山开路，遇水架桥，是惊动山神、龙王的不祥之物，会惹怒神灵，招致巨大灾难……”

——把修铁路视为洪水猛兽。

面对顽固派的汹涌浪潮，李鸿章把希望寄托在大臣刘坤一身上。

“只要刘总督旗帜鲜明地赞成修路，南北响应，造铁路还有希望。”是的，只要南方重臣两江总督兼南洋大臣刘坤一，和自己合力主张修筑铁路，朝廷一定会重视的。

他满怀希望地等待着。

一天，李鸿章忽接到京城一封快信，拆信一看，他不由得变了脸色，骂道：“这个老滑头！修路的希望毁在此人身上了！”

原来，刘的奏折，态度模棱两可，认为修与不修各有利弊。

因此，支持修路的只有李鸿章一人。“独木难支，孤掌难鸣。”李鸿章叹息道：“修路难成了！”

果然，由于反对派力量强大，清廷最终发表上谕：

根据朝廷大臣连续陈奏，均认为铁路断不宜修筑。刘铭传所奏，不必再议。

一场修筑铁路的大争论，最终以洋务派失败而告终。

李鸿章气得摘下顶戴摔到桌上：“这帮误国害民的混蛋，我恨不能将你们统统革职充军！这昏庸无能的朝廷，简直是有眼无珠！你们以后一定会为此愚蠢之举，付出沉重代价的！”

李总督病了——气得生了一场大病。

听说李总督生了病，总办唐廷枢匆忙前来探望。

看到百无聊赖的总督，他绝望地说：“大人，唐胥铁路怎么办？如今朝廷不批准，反对派声势如此浩大，看样子，只能胎死腹中，难以修成了！”

话音刚落，只见李总督强睁开微闭的双眼，那眼红红的，仿佛是一只大虫。

他一边喘气一边说：这么办吧，老夫上个折子，特别声明，只修以骡马为牵引动力的“快车马路”。哼，这样，谅谁也提不出个子丑寅卯来。你照修铁路，出了啥事，一概由老夫顶着！

唐廷枢喜出望外地走了。

经一年紧张施工，约十公里长的唐山至胥各庄铁路通车了。

建成后，他才正式奏报朝廷：为便于运煤，现修成近十公里长的快车马路。

唐胥铁路举行通车剪彩仪式时，出现了一件怪事。

一位英国工程师，利用矿上的废旧锅炉，改造成一台蒸汽机车，准备用做牵引车。这事，立刻像京城上空突然落下一个火球，震得朝野舆论纷起，顽固派大臣乘机兴风作浪。

当第一列运煤车将发时，成千上万的百姓一面联名上书，说铁路迁了百姓祖坟，使用机车会毁坏庄稼，一面坐卧在铁轨上抗议不让机车通行。

更有大臣上奏："使用机车，会震动皇陵。"

于是朝廷下旨："不得使用机车，以免震动了皇陵。"——其实，清东陵远在几百里外的遵化县，而西陵，更是远在千里之外的易县呢。

没有办法，在剪彩仪式上，唐廷枢只好下令，第一列运煤列车，用马和骡作动力牵拉。

当数十匹骡马，在漫天大雪中，拉着火车滑行时，那位改造蒸汽机的英国工程师不禁惊得目瞪口呆。他怎么也不会想到，自己这种在西方可申报专利、获得奖赏的发明创造，在地大物博的中国，不但得不到褒奖，就连施展的机会也没有。

他摊了摊双手，喃喃地说：大清中国，太不可思议了！这条古船太古老太陈旧了，陈旧得连人的脑袋都锈迹斑斑。看样子，它快要沉没了。

西方舆论道："马拉火车"这天方夜谭的故事，真可称为世界铁路史上的奇闻！

李鸿章得到剪彩仪式上"马拉火车"的消息，简直气得要晕过去，他长叹道："在中国，做一项有利国计民生的改革，真是难如上青天哪！"

他立即上奏："火车运行，只是数百米内有震动，比大队骑兵和战车，影响要小得多。而皇陵远在几百公里之外，怎能受到震动?"

最后，在不鸣汽笛、限速的前提下，终于改成用蒸汽机车作牵引动力。当然这是后话。

修建南北交通大动脉的事，虽遭朝廷否决，但李鸿章不愿就此罢手。

他微笑着对唐廷枢说：开平矿务局要运煤，可以将唐胥铁路延长呀！

于是铁路便延伸到芦台附近的阎庄，总长从十公里延长到四十多公里(改称唐芦铁路)。

李鸿章又趁热打铁，成立了开平铁路公司，招集商股二十五万两白银。并特地邀请海军衙门总理大臣、醇亲王奕譞前来视察。

总理大臣真的来了。

他坐在高级火车软席上，亲自体验了一番快速、平稳、舒适的火车。四十多公里，他只喝了一杯茶，抽了一袋水烟，便到达了。

他摇晃着脑袋遗憾地说："我还没过瘾呢。"

"这好办，将线路延长到大沽、天津，不但可以过瘾，更利于调运兵源军火，巩固大清江山。王爷觉得好，请奏明圣上，一经批准，我们立即施行。"

王爷深爱感动，回京后，果然亲自出面，强调为"调兵运军火之用"，奏准动工修建唐山到天津的铁路。

竣工剪彩盛典前夕，李鸿章总督派人专程来到京师，邀请醇亲王奕譞：

"王爷，值此唐山天津铁路建成之际，特邀请您亲自前来剪彩，并过过坐火车之瘾！最好，邀约一些王公大臣同时前来过瘾！”

朝中多位王公大臣来了。这回，不但奕譞亲王过足了瘾，就连同行的几位王公大臣也高兴得手舞足蹈。

接着，在公元一八八八年十一月，李鸿章又通过奕譞主管的海军事务衙门，奏请修筑天津到北京附近的通州铁路，以便将沿海与内陆联结起来，以利于军事防务。

这一次，朝廷终于批准了。

李鸿章一听到这个消息，高兴得几夜没睡着：“这回好了，可以堂而皇之地修建铁路，再也不用偷偷摸摸了！”

然而，他高兴得太早了。

因为他的这一奏请捅了马蜂窝，一时弹章蜂起。

反对派首先指责修筑铁路是开天辟地没有过的、祖宗没开创过的大事，清皇宫太平门失火的天灾，就是老天对修建铁路的警告与惩罚。

接着攻击：修筑铁路有利外敌入侵。若是修筑津通（州）铁路，一旦外敌入侵，即可经铁路直达京师，危及京师安全。

其三，修路扰民。铁路所经之地，要拆毁民间屋舍坟墓，造成民怨沸腾。

其四，修筑铁路，夺百姓生计。导致成千上万水手、船夫、客店主贫困失业，断了生计。

面对众多位高权重大臣的强烈反对，李鸿章针锋相对地进行辩驳。

对于铁路“资敌”的责难，李鸿章反驳道：敌人前来也必须先用机车和车厢用兵，我方可先将机车和车厢撤回，使敌无车可乘；再说，到时还可以拆毁铁轨或埋下地雷，使敌人不可能利用铁路长驱直入。相反，铁路将使中国运兵更加快捷。

针对铁路“扰民”的观点，李鸿章以修筑唐山到大沽，大沽到天津的铁路为例，认为修路应尽量避免拆毁民间房屋坟墓，万一无法避免时，只要给居民以“重价”，民众就不会反对修路。

对于铁路“夺民生计”的论调，他认为是无稽之谈：从国外和国人已修通的铁路来看，铁路沿线生意发达，修铁路通火车，只会增加各种职业。

由于赞成与反对双方力量旗鼓相当，慈禧发布圣旨，要地方大员发表意见。

但地方官知道两派各有势力，不能轻易得罪，结果大多含糊其辞。而两广总督张之洞，经中法战争后，意识到铁路的重要，明确表态支持修筑铁路。

于是，朝廷同意修筑铁路。这样，历时半年的大争论宣告结束。

然而李鸿章此时的心情，却怎么也高兴不起来。

一方面，从公元一八七二年自己提出修筑铁路主张起，至今已近二十年，白白耽误了二十年的宝贵时间；另一方面，朝廷同意的张之洞的方案是，停修津通铁路，改修从卢沟桥到汉口的卢汉路。这明显是为限制北洋势力进一步扩张。他为朝廷明显扬张抑己而不快。

他决定等待，等到有利时机再行动。

不久，他终于等来了机会。

其时，沙俄加紧修建东方铁路，直接威胁到清廷“龙兴之地”东北的安全。

李鸿章立即提出缓建卢汉路，先修山海关内外的“关东铁路”，以加强防备。立即得到朝廷批准，并令他督办一切事宜。

他大喜过望，迅速派人施行。

可惜的是，当滦州林西镇至山海关一百多公里铁路于公元一八九四年春建成通车后，户部决定挪用关东铁路经费，给慈禧太后作六十寿辰庆典之用，工程不得不停建。

三、宫廷发生“甲申易枢”，李鸿章却去巡阅水师

就在唐胥铁路通车之际，津沪电报全线竣工，北洋水师大沽炮台建成。在事业蒸蒸日上时，李鸿章迎来了六十华诞的大喜日子。

正月初三，他正在保定总督署庆祝六十大寿，忽报侍妾莫氏为他生下一个壮健的儿子。高兴之余，他立即将莫氏升为姨太太。

赵氏夫人听说莫氏生了儿子，连忙差人从天津北洋大臣衙门，送来许多小孩穿的衣服，还有不少给小孩吃的牛羊奶和给莫氏的补品，如人参、鹿茸之类，还说要亲自过来探望。

李鸿章为妻妾之间和睦而满心欢喜。

但到了第三天傍晚，李鸿章从督署大堂回后厢房，忽见莫氏屋里的两个丫环，各提着两大箱东西，匆匆往外面走。

李鸿章认出这两大箱，是赵氏夫人送来的牛羊奶，连忙问：“你们把这东西拿到哪里去?”

丫环夏莲连忙回答：“大人，莫姨太叫我们把它丢到督署门口的垃圾堆里。”

李鸿章此刻心里很不高兴，连忙走到莫氏卧室，有些生气地说：“赵夫人好意送来牛羊奶，你为啥把它倒掉?”

莫氏见丈夫生气，连忙道：“老爷，赵夫人送来东西的当夜，我因为奶水不够，就煮了一瓶牛奶给小孩吃。谁料，小孩没吃几口就吐了。我把小孩喝剩的大半盏喝了，不料肚子一直不舒服，还拉了肚子。”

她轻轻地说，“我不敢说这牛奶里面有毒，但我娘俩吃了肚子不舒服，所以我就叫夏莲她们扔了。”

李鸿章半信半疑，连忙把牛奶取出两瓶，煮沸后，分别给夏莲和烧火的陈师傅吃了，谁知两人也是上吐下泻。

于是立即化验，发现牛羊奶确实已经变了质，于是立即统统扔了，并雇了一个奶娘。奶娘的奶水充足，不到一个月便把小孩喂得白白胖胖。

他为自己已有两个儿子而高兴。

忽然有一天，从远方传来一个噩耗：母亲大人在武昌大哥李瀚章处逝世。

母亲年已八十，是老喜丧。他立即赴鄂奔丧，扶母亲灵柩回合肥县磨店乡，并守制。按朝廷律例，他被开去各项官职。

在为母亲守孝期间，李鸿章心中一刻也不安宁，他时刻关注着朝中的动静。

好在他离开天津时，曾交代过北洋大臣衙门和直督衙门亲信，朝中若有大事，须迅速告知。他知道，在守制三年里，不知会有多少变数？历朝历代，有多少高官重臣，在守孝中丢掉官职，被扫地出门，有的甚至充军坐牢，更有的命丧黄泉！

因此，当他离开直督任上时，便奏准心腹淮军将领张树声署理直隶总督、北洋大臣。只要手中掌有军队，就不怕朝廷不启用我！

过了不到两个月，直督衙门来了密电：

朝鲜发生“壬午兵变”，京城侍卫部队兵变，袭击日本公使馆杀死几个日本官员，并闯入王宫。国王父亲太院君李昰应乘机入宫，出掌政权。日本立即派舰队赴朝，进行武力威胁，企图胁迫朝鲜政府答应赔款、增开商埠、割让土地等许多要求。

李鸿章接到消息，便吩咐心腹将领，收拾行装，准备动身。

他知道，朝鲜兵变，日军侵朝，朝廷必定会调淮军前往。自己作为淮军统帅，必然会被朝廷迅速征召。

很快，清廷果然连续发电报给李鸿章，要他速回天津接署北洋通商大臣，处理危机。

他立即驰抵天津。

此时，署理北洋大臣、直隶总督的张树声，已调军舰三艘，淮军将领、广东水师提督吴长庆所部六营东渡，诱捉李昰应，捕治“乱党”。

不久，邓承修、张佩纶等清流派健将，极力主张以兵威慑服日本，加紧控制朝鲜。两人相继上疏朝廷，建议乘镇压“壬午兵变”取胜之机，对日本采取攻势。

“我堂堂大清地大物博，比小日本既富且强，小小扶桑三岛不堪一击，可乘此胜利之兵威，立即东征，日本必望风披靡。”张佩纶纵论道。

“征日论”得到朝中不少大臣的支持，但立即遭到李鸿章驳斥、否定：“日本明治维新以来，学习西方，国力迅速变强。中国当前实力与日本相较，很难断定超过日本。加之跨海远征，以我大清海军之短与日本海军之长，亦难操胜券。当前最佳打算，应以充实海军，力图自强为重。”

清廷同意了他的主张。

二月初，李鸿章奏请派袁保龄、汉纳根兴建旅顺军港各项工程。

二月二十一日，李鸿章回籍葬母。

可是，营葬还没全部完毕，便接到朝廷电谕，要他迅速回任，有急事处理。以后，又接连电催。

四月初七，当他一行人正走出安徽到达徐州，忽然又接到朝廷谕旨：“迅速前往广东督办越南事宜，所有广东、广西、云南防军，均归节制。望勿避艰险，筹划调兵事宜。”

接到这道上谕，李鸿章嘴里如同吃了一只苍蝇，心里像一锅开水沸腾开了：

受命南征，不但要离开自己经营已久的大本营——直隶和天津这些京畿的势力范围，且将与法军作战，使淮军遭受损失。

想到此，他立即下令停止前进的脚步，并上奏，列举多种理由力辞不受，提出暂驻上海，以观察考虑南北方军情，再决定去向。

得到朝廷同意后，他坐船沿京杭运河和长江缓缓南下，到达上海。

不久，他又接到圣旨：“速回天津，署理北洋大臣，筹备海防。”

他很高兴，立即北上抵津。不久，又署理直隶总督。

至此，他才松了一口气。

第二年开春时节，李鸿章从保定省城回天津没几天，京师便传来“甲申易枢”的重大消息。

西太后下旨：“总理衙门领班大臣恭亲王奕䜣革职；全体军机大臣撤换。”

其理由是：在对法国的战斗中，中国军队连连大败，中国的藩属国越南的山西、北宁、太原、兴化相继失守。因此，以奕䜣为首的军机大臣，负有不可推卸的责任。

这个消息，好比晴天一声霹雳，令李鸿章十分吃惊：西太后真是个狠毒的女人！连当初帮她夺取最高权力的最亲信大臣奕䜣，也不放过！

他破天荒在大白天关起衙门商讨对策。

“这是在越南战事中，中国大败，国内舆论大哗，为了推卸失败责任，慈禧便将奕䜣一派当替罪羊处理掉。”吴汝纶道。

“慈禧此举，主要目的是为了剪除政敌。慈禧性喜奢华，她要大修圆明园，奕䜣多次阻拦，没让她随心所欲。此举，就是为了搬掉奕䜣为首的几块绊脚石。”周馥亦指出其中要害。“看来，不久，慈禧就要大修圆明园了。”

“众所周知，李相您是大力推行近代化的洋务派首领，而恭亲王奕䜣，是朝中支持您最有力的王爷。此番将恭亲王革职，看来对大人很是不利呀。”李鸿章的外事代表和法律顾问伍廷芳不无担忧地说：“看来，大人不可不防。”

机要秘书、内勤总管罗奉禄，提出了与众不同的看法：“太后罢免奕䜣，是否准备让李中堂组阁？”

不久前曾任李总督特使，赴朝鲜参与处理太院君叛乱的马建忠也附和道：“李中堂是首相，这样做，才名副其实！”

李鸿章把头摇得拨浪鼓一般：“朝廷不让我入军机，当会试主考，岂能让我当领班大臣掌朝廷实权？再说，这要害位置，历来非满族王爷莫属啊。”

幕僚散去。

这天夜里，李鸿章仍坐在书房里，毫无睡意。

眼前，自己朝中的后台，那个正直而有魄力，十分支持自己搞洋务运动的奕䜣亲王倒台了。自己今后怎么办？刚刚起步的北洋海军怎么办？

从西洋进口的自鸣钟，在墙上当当当地连敲了三下。夜已经很深了，但他仍无睡意。“甲申易枢”这件宫廷大事，煎熬得他异常不安。

忽然，一个重浊的湖南口音，在他的耳旁响起，这声音愈来愈清晰：“淮军兴，阁下安；淮军败，阁下危。”

对，只要手中掌有强大的军权，就能任凭风浪起，稳坐钓鱼台！

想到此，他当即决定：以静制动，巡阅北洋水师！

五月二十九日至闰五月初五，连续多天，李鸿章在北洋水师统领丁汝昌，和海军总教习、英国人葛雷森陪同下，第一次巡阅北洋海军。

他先视察了天津水师学堂、天津大沽水雷学堂，接着相继视察了旅顺海军基地的水雷、鱼雷营，威海鱼雷局，机器制造厂。看到镇北、镇南、镇东、镇西、镇中、镇边八艘军舰，和数艘鱼雷艇在大海中快速航行，劈波斩浪，长方形军旗在风中猎猎翻卷，他非常开心：自己经营数年的海军终于初步建立起来了！

“李鸿章眼下在忙什么？”京师的慈禧——大权独揽的西太后，一天，忽然问新任总理大臣奕譞。

“正率领海军将领，出洋巡阅北洋海军呢！”

“好威风，好雅兴！”西太后说完一句话，随即下旨。

不久，李鸿章重授武英殿大学士、直隶总督兼北洋大臣。

仅仅过了两个月，又重授为文华殿大学士，成为大学士之首。

李鸿章不禁长舒了一口气，然后无比得意地笑了。

四、慈禧丢给李鸿章一个“烫手山芋”

最近，慈禧太后被皇宫外的一幢房子，搞得寝食难安。

这幢房子，规模宏大，高达八丈四尺，如同建造在半空中。它居高临下，窥视着中南海皇宫。宫内的院落、厢房、花园，都在这幢房子的视线之内。它如同一个摩天巨人，两只眼睛一睁，宫内的一切都暴露无遗。西太后似乎觉得自己的穿着打扮，吃饭睡觉，甚至一举一动都掌握在这个“巨人”手里，使人十分不自在。尤其令人感到头痛的是，那种音乐——如同给死人唱挽歌的音乐，令她毛发直竖，神经几乎都要崩溃了。

或许有人会说，慈禧是中国第一主宰，她想要怎样就怎样，这幢房子令她不舒服，下令将它拆掉或搬迁掉，还不是一句话的事?

事实上，此事并非这么简单。因为这幢建筑是一个外国教堂，位于皇城西安门内的蚕池口，叫蚕池口教堂，俗称北堂，归巴黎天主教会管理。

慈禧谁也不怕，就怕洋人。洋人船坚炮利，动不动就以刀兵相见呢。

慈禧清楚地记得，二十多年前，英法联军攻陷北京，逼得皇上西逃热河，最后竟客死他乡。那是一场多么可怕的灾难!

这幢房子不移，她吃不好，睡不香。可它是洋人的教堂，你怎么移?

她找来总理大臣奕譞商量，奕譞愁眉苦脸，一筹莫展；召来军机大臣，个个摇头叹息。

忽然，她想到了李鸿章，顿时一幕幕往事在她的眼前飘过：

十多年前那场“天津教案”，中兴重臣曾国藩因处理不当，招来国人谩骂。结果李鸿章施展“痞子手段”，用了掉包计，三下五除二，便把此案搞得八面玲珑各方满意，国人叫好。

接着发生“马嘉理事件”。一八七五年二月，英国驻华公使威妥玛委派翻译马嘉理擅自闯入云南境内，与当地少数民族发生冲突，马嘉理与数名随行人员被打死。英国驻华公使威妥玛借此事件向清政府施压，声言要派兵入滇。英国军舰开进烟台，对大清国进行战争威胁，局势十分严重。醇亲王奕譞主张跟英国决裂开战，可李鸿章却不赞成，认为：“大清国不能一有事端便开战，一战便失败，一失败就议和，一议和就赔款割地，结果国势越来越衰弱。”因此极力主张议和。

朝廷把这个难题交给李鸿章。此时，正值盛夏酷暑，他请各国大使偕夫人到山东烟台避暑，让威妥玛去烟台谈判。他每晚宴请各国驻华公使和夫人吃饭跳舞，令他们非常满意。白天，他和英国公使谈判，一面将消息通报给各国驻华公使。于是公使和夫人们都认为威妥玛得理不让人，没有绅士风

度，使威妥玛不得不作出让步，结果签了一个对英国来说“既不明智也不实用，毫无意义”的中英《烟台条约》。

李鸿章只花掉一些交际费，却办成了一件让对手哑巴吃黄连、好看不中用的事……

李鸿章的鬼主意最多，最有办法！或许他能有什么高招处理这件事。

想到这里，慈禧太后立即下旨，宣召李鸿章，把移掉蚕池口教堂这个“烫手山芋”丢给了他。

由李鸿章任命的特别代表——英国籍传教士敦约翰，很快起程前往意大利罗马和法国巴黎处理此事。

李鸿章密嘱他不要让法国政府知道。

敦约翰和罗马教皇见面后，告诉教皇：“大清朝廷愿意和教皇商讨互派使者。”

“真的?”教皇一听到这个消息，不禁心花怒放。因为这样一来，不仅罗马天主教可以和法国一样，在中国享有特殊的“保教权”，而且在中国的天主教会档次也将会大大提高。

“不过，这样一来，北京的天主教堂，就相当于国家的大使馆级别，位置也应相应改变。我准备向大清政府报告，把教堂移到更加瞩目的西什库一带，不知教皇意下如何?”

听了敦约翰的话，教皇立刻表示：“特使，这是求之不得的事，请阁下回中国立即落实。”

敦约翰满口答应，立即密电向中国报告。

李鸿章满心欢喜，立即动手拆迁。

罗马教皇立即派人去巴黎协调此事。然而令他没想到的是，法国政府对教皇与清朝互派公使的事竭力反对。因为这样，会打破法国在中国的“保教权”。其他列强本来就不满法国在中国独享“保教权”，得知此事，纷纷抨击法国政府，支持教皇往中国派驻使者。

法国总理大为恼火，于是拿出了一个绝招，对教皇特使威胁道：“教皇若真要和中国互派使者，我们也没办法，只好解除法国和教皇所订立的条约，并停发法国天主教年俸五十万兆法郎。”——这将是一个巨大的经济损失！

教皇特使傻眼了。

接到特使密报的“法国要废约停款”的电文，罗马教皇也傻眼了，无奈只得停止派驻中国使节一事。

鹬蚌相争，渔翁得利。就在法国政府和罗马教皇及其他列强吵成一团之际，蚕池口教堂早被拆毁，迁移到西什库一带了。

李鸿章得意地笑了。

赶走了身边的魔鬼，从此解除后顾之忧，可以吃得好睡得香，慈禧太后龙心大悦。她竖起拇指由衷地夸赞道："李中堂高招真多，天下没有你解决不了的难题哩！"

李鸿章谦虚道："还不是托太后的齐天洪福！若没有圣上赋予我派遣敦约翰为特使的超级大权，臣纵有飞天本领，也难以办成此事哩！"

一句话，说得太后哈哈大笑起来。

光绪十一年（公元一八八五年）八月下旬，李鸿章应召进京，停留二十多天，前后被皇帝、太后召见五次，讨论海军建设大计。

"太后娘娘，臣带来一套铁路模型，请您过目，看看中意不中意？"

慈禧以前听说火车速度快，坐着舒服，有一次对境内已有铁路的李鸿章说过想在中南海里面安装火车游赏。此番一听说已制出模型，不禁大喜过望："快拿出来看看！"

当李鸿章拿出了美国精制的全套铁路模型，太后和光绪帝看到模型小火车在"铁路"上，汽笛长鸣，开得欢快，不禁大为开心。

太后随即道："李爱卿，铁路模型，终究不是实际，若是中南海真的铺上铁轨，通上小火车，那该多好！"

李鸿章忙道："既然圣上同意，那我就着手物色铁路工程师，到中南海测量，第一步先铺上铁轨。"

"好，那就请李爱卿多操心。"

李鸿章连忙回答："臣抓紧筹办就是！"

九月初五，清廷鉴于中法战争福建水师遭重创，及海防、海军缺乏统一指挥造成的弊端，经过一番筹划，正式设立海军事务衙门，以总理大臣奕譞为总办，亲王奕劻和李鸿章为会办，汉军都统善庆和兵部左侍郎、曾国藩之子曾纪泽为帮办。

李鸿章明白，此计划有削弱自己独揽海军大权之意。

离京前夕，李鸿章上朝辞别皇帝和太后。

慈禧突然问："李爱卿，你们淮军中有个叫袁世凯的将领吗？你觉得此人德才如何？"

对袁世凯，李鸿章当然很了解。此人系河南项城人，原是淮军将领吴长庆部下，后捐得同知衔。此人胆大包天，行动常乱来一气。因此李鸿章对他没什么好感，不喜欢。实际上此时他已经拟好奏折带在身上，准备参劾袁"胆大妄为"，将其降职呢。此回见问，正想把意见上奏，忽转念一想，世上的事情错综复杂，若袁某人跟太后有特殊关系，我这么一奏，岂不搬起石头砸自己的脚，自讨苦吃？还是先探探太后的口气再说。

于是开口道："太后，您觉得袁世凯这人怎样？"

他原以为太后跟自己的看法一致，谁知太后却说出了这么一句话："这人有胆有略，是个干大事的人！”

李鸿章吃了一惊：太后居然很赏识袁世凯！亏得自己没有表态，于是马上回答道：“既然太后赞赏，此人肯定是个人才，臣回去重用便是。”

走出皇宫，李鸿章身上出了一身冷汗。虽然凉风吹拂，可他却是满脑门汗珠。

退朝后，他将参劾奏章换成提职奏章，把原来对袁世凯评价“胆大妄为”改成“胆大有为”，奏保袁世凯驻扎朝鲜，总理交涉外交事宜，成为驻朝通商大臣。

五、恶邻居把矛头对准了北洋海军

最近，李鸿章为北洋海军基地选址的事，可谓殚精竭虑，伤透了脑筋。

他先在大沽海口征地建造船坞。但规模比较小，仅能修理小型兵船，无法修理大型战船。地理形势也不适合大舰长期驻泊。

他想起数年前，出国留学生监督李凤苞，曾向他提到辽宁旅顺，战略地位十分重要。旅顺自古就是登州（今山东蓬莱）、天津的咽喉，南面的门户，自然条件十分优越：口小肚大，地形险要，不淤不冻，是黄海的天然良港。港区丘陵环绕，隐蔽良好，有利于构筑防御工事，与附近湾澳锚地可组成完整的驻泊体系。它与山东半岛的烟台、威海港南北响应，紧锁渤海海峡，成为守护京津的重要门户，有着重要的战略价值，是京师东北的要害。建议他趁早准备。

于是，他派得力幕僚马建忠前往旅顺勘察。

马建忠考察后，对此地作出了肯定的回答。

接着，李鸿章亲自乘舰勘察旅顺口，发现果然如李凤苞和马建忠所说，而且与天津大沽犄角对峙，对拱卫京师作用重大。

于是决定，将旅顺口建成北洋军第一重要捍卫军港。

谁知，旅顺海军基地刚动工兴建，便遭到中外不少重要人物的异议和反对。

大臣朱一新，提出反对意见，认为旅顺不适合建海军基地。他列举了旅顺建港有五大缺陷：（一）口门过狭，仅能容一船进出，易被敌人封堵；（二）口内浅沙胶滞，战舰难以成列，疏浚则费用太大；（三）口外陡岸深水，无沮洳（低湿地带）无浅滩，敌军容易登陆以偷袭我方后路；（四）无内河通腹地，转运非常艰难。三面环海，若突遭封堵，陆军难以聚集；（五）金州、大连港作为旅顺后路，颈地太狭，敌船便于寄碇断我运送道路。因此，旅顺不是运兵打仗和防守的理想地方。

朱一新的意见，令李鸿章大为恼火。

弄妈，胶州湾距我天津和直隶太远，对京津安全无直接关系，对发展我淮系势力没一点好处。此人想拆我的台！哼，休想！

他立即向朝廷上奏章，进行针锋相对的驳斥。

首先，他谈了当时西方发达国家选择海军基地的六大条件：水深不冷，往来无阻；山列屏障，可避台风飓风；路连腹地，易过粮草；近山多山，可修船坞；濒临大洋，便于操纵；地出海中，以拒要隘。北洋海滨想找具备上述六条的理想地形，非常困难。

接着，他论述：自古以来，设防的战略是：先近后远。旅顺与天津大沽掎角对峙，形胜所在之地，因此必须先下手。

大臣许景澄，是著名的外交家，任出使法德意奥荷五国大臣，兼摄比国使务。他除反对在旅顺建基地外，特别提出了另外一个建海军基地的最佳地方：

山东胶州（今青岛）。它具备了四大优点：（一）从地理形势看，胶州湾海口宽二三里，口内水深面广；面积达四五百平方公里，可容纳大舰队；口外形势盘亘，岛屿林立，号为天险；（二）从整个基地战略位置看，胶州湾地处南北洋之中，上可顾旅顺，并掩蔽登州、莱州，下可控制江、浙，都是一二日内可以到达，便于南北洋两支舰队相互联络，相互支持，地势扼要。若在此建海军基地，敌人军舰必然畏惧我方截其后路，不敢进犯北洋。因此尤其可以作京师的外围遮蔽；（三）胶莱河南北流向，全长三百多里，一旦外敌入侵，可运送北洋的军队和物资以救济胶州，使敌人骚扰的阴谋难以得逞。又可以通过漕运，将粮食直接运到供应驻军，使入侵之敌封港阴谋不能施展；（四）不需花费扩大口门和疏浚澳地这一浩大工程开支，基地建设费用可以大为减省。

英国驻华代办格维纳等人，则支持许景澄的观点，提出："作为大舰队的海军司令部，胶州和威海卫都要比旅顺强得多。一方面，旅顺缺乏足够的空间容纳大舰队；另一方面，水势过浅，不适合巨舰停泊。如加以疏浚，势必消耗大量金钱。此外，虽旅顺形势天然险要，仍不能保证足以阻止敌人的水陆攻击。"

李鸿章对许景澄和格维纳等人的意见，进行了坚决反驳：

胶州湾虽很重要，但在北洋海军兵力、财力不足的情况下，只能先近后远，断难远顾胶州。退一万步来说，胶州即使被敌军占领，仅危及肘腋，无关大局；而北洋大局，京师以天津为门户，天津又以旅顺、烟台为锁钥，万万轻视不得！至于胶州，等以后旅顺防务就绪，若有余力，才可商讨距直隶一千三百多里的胶州。

——说白了，这与我直督兼北洋大臣有何相干？他心里说。

他还主张在旅顺基地建成后，再建威海卫军港。

他指出：刘公岛，北与旅顺、大连呼应，构成守卫渤海的左右两翼，对控制海峡各水道，确保京津安全，有重要的战略意义。因此，威海卫，是黄海北部的天然良港。陆上山峦起伏，与刘公岛可以配置完美的水雷火炮阵地。附近有麻子港、马兰湾等天然湾澳，是舰艇良好的疏散、避风锚地，可以跟烟台等港，共同组成山东半岛北洋海军的驻泊体系。

李鸿章选择旅顺，而不选胶州的打算，正好跟清廷关于海军着眼于拱卫京师的战略相一致，因此，虽然中外要人纷纷反对、抨击，仍然被敲定，并很快动工建设。

而威海卫，始终因经费困难，没被列入议事日程。

直到两年后，清廷才决定从江海、浙海两关洋药加厘内，年拨白银三十万两，以十年为期，逐渐经营威海卫、大连湾。

旅顺基地，因清政府拍板而尘埃落定。

听到这个决定，一些有识之士忧愤而一针见血地指出："北洋海军，不是中国沿海的海军，乃是直隶、天津的海军；不是海军衙门的海军，乃是李鸿章的海军!"

清政府作出这个决策时，并未意识到，从中国有漫长海岸线的现状考虑，他们对海军基地的决策，尚处于低层次。他们对军港本身的自然条件考虑得多，而从客观战略着眼得少。大沽、旅顺、威海远离粮食产地，主要依靠海运、漕运；军舰燃料来源和后勤供给线过于漫长；与内地交通不发达，还有饮水困难等等，弊病很多。

而李鸿章在说"胶州被占，仅仅是肘腋之患，无关大局"这番话时，也完全没有意识到：数年后的中日海战，日本恰恰是从中国海军最薄弱的环节——山东荣成湾偷袭上岸，占领了北洋海军的心脏重地刘公岛，从而使北洋海军遭受灭顶之灾。李鸿章将为他这个带着严重私心的决策，吞咽一枚难咽的苦果。当然，这是后话了。

光绪十三年至十六年，是李鸿章为海军建设殚精竭虑的年头，也是非常开心的年头。

因为北洋水师建设，都按他的意愿发展：从西方最发达国家订购的七艘两千吨级以上的大型战舰，全部来到北洋水师效力；旅顺、威海基地顺利建成，旅顺还设立了鱼雷学堂。至此，大沽口成为军火供应地，威海卫成为北洋海军驻泊之区，旅顺成为海军船只修理之所。北洋海军防御体系基本形成；天津水师学堂、武备学堂学生和教习人员，已择优参加乡试，取得科举出身；第一部海军大纲《北洋海军章程》，已得到朝廷批准并正式颁行；奏报的心腹幕僚周馥，已被朝廷任命为北洋沿海水陆营务处总理。

李鸿章正暗自得意，忽得到消息：自己选定的北洋水师提督（海军司令）一职，在朝中引起很大争议。

有大臣称："丁汝昌才识不足，毫无韬略，对现代海军和现代军事全不了解，对复杂的海军专业知识很少知道，因此，指挥海战难以胜任。"

还有人上奏，海陆军区别很大。以陆军将领统率海军，外行领导内行，难以取得各舰官兵的信服。丁汝昌在视野和能力上，远比不上船政学堂毕业、留过洋的刘步蟾，提议让他担任统帅。

这些论调，令李鸿章大为忧愤。

北洋海军统帅，是第一重要的大事。这个人要绝对可靠。

他信奉一条原则：提拔人要对自己绝对忠诚，否则，无异于自搬石头砸自己脚。

我一定要让丁汝昌当提督！他咬紧牙关。丁汝昌，庐江人，是安徽老乡。更重要一条，他是跟自己转战南北的淮军将领，自己对他有知遇之恩，他对自己忠心耿耿。而刘步蟾，跟自己关系不深。若以他为帅，肯定不会像丁汝昌那样对自己言听计从，俯首帖耳！

想到此，他顶住各方压力，力排众议，向总理衙门和海军总理衙门呈奏：

"刘步蟾虽为英才，但资历太浅，年纪太轻（仅三十六岁），难以服众。"否决了刘步蟾为提督的方案。

但海军总理衙门和总理各国事务衙门告诉他：因此事争议很大，我们不能贸然决定，须请示皇上和太后圣旨。

于是，为此事，他特地去了一趟北京。

一天午后，慈禧正睡了一觉起来，来到花园游赏，忽听太监奏报："直隶总督兼北洋大臣李鸿章进京陛见。"

"我并没有宣召他呀！"慈禧感到有点儿突然，不知道日理万机的李总督因何专程亲自进京。

"他说特地前来进献七辆小火车，用于太后和皇上中南海乘坐。"一听到这个消息，慈禧大喜，连忙吩咐："快快有请！"

中南海的铁轨已在数天前安装就绪，如今小火车运到，可谓一场及时雨。

慈禧和光绪帝，在李鸿章和总理衙门大臣奕谖等大臣陪同下，坐上明窗净几的小火车。一声汽笛长鸣后，小火车快速平稳地行驶在中南海。

太后一边观赏着沿路的优美风光，一边吃着珍美点心，不禁高兴得心花怒放，连连称赞道："这火车真好，真好玩！"

李鸿章不失时机地说："以后太后若是能抽出时间，去我们北洋坐轮船，检阅海军，那壮观场面一定会令您龙心大悦。"

慈禧忽然问："北洋海军何时成立？"

“打算十一月中旬成立，就等水师提督一职朝廷定下来，马上举行成立大典。”李鸿章放下茶杯，恭敬地回答。

“大典日期快了呀，为啥提督还不赶快定下来？”慈禧把目光转向海军总理大臣奕譞，眉毛一竖，如同两把柳叶飞刀。

奕譞连忙回答：“北洋海军首领，李总督报上三个人：以淮军名将、原天津镇总兵，近年一起参加海军事务的丁汝昌为提督，以林泰曾和刘步蟾为左右总兵。本来早就准备批复，”他略为停顿，似乎在考虑，然后字斟句酌地说：“只因近来有大臣提出不同意见，提议说让船政学堂毕业，留过洋的刘步蟾任提督。不过我们觉得刘步蟾原为定远舰管带，一下子提拔当统帅，资历太浅，且年纪太轻，仅三十六岁，历练太少，难以服众。故此未定，想等奏明太后和皇上再作决定。”

慈禧立即道：“你的考虑很周全嘛！此事重大，不宜拖延。”

走出中南海，李鸿章终于长长地舒了一口气。他看了看天，只见阳光灿烂，心里说：今天天气真好！

丁汝昌立即被任命为北洋水师提督。李鸿章如愿以偿。

光绪十七年（公元一八九一年）三月，是北洋海军成立三周年。按海军章程，奏准海军衙门，李鸿章与山东巡抚张曜会校海军。这是海军章程制定后的首次大检阅，李鸿章安排好督办关东铁路事宜后，动身巡阅北洋海军。

四月十六日，他率领水陆营务处总理、直隶臬司周馥，天津海关道刘汝翼等，从大沽乘轮船出发，去旅顺、大连、威海卫、胶州和烟台等地，检阅北洋海军袭船施放炮弹，视察各地炮台、船坞、鱼雷学堂，及各口陆军情况。

这一天，李鸿章来到烟台，刚在基地客厅坐定，忽报：德国驻东亚海军提督乘坐巨舰前来拜访。

李总督热情地接待了他。

德国提督满脸堆笑，极力称赞道：“李中堂名扬五洲，我早就仰慕已极。明天，鄙人在舰中聊备薄酒疏茶接待，请光临以示宠信。”说完，忍俊不禁地走了。

德国提督一走，李总督对慕僚杜静轩说：“你知道德国提督邀请我的用意吗？”

杜静轩猜测道：“莫非如当年楚汉相争时的鸿门宴，暗藏杀机？”

李总督摇摇头：“这个倒不必担心。德军只有一只军舰，而我军有大舰七艘，中小舰上百只，力量对比如此悬殊，德国将领不会轻举妄动，鲁莽行事。再说当今中德不是敌国，他们不会如此仇视我。”

周馥道：“莫非德将有戏弄大人之意？”

李总督点点道：“正是。我观察这个德国将领，表面看起来客气谦恭，骨子里却狂妄自大。你看他目光阴险如狼，笑起来皮笑肉不笑，是个奸诈之徒。走时又暗笑不已。我料他邀请我赴宴必然不怀好意。他想出我洋相，看我笑话哩！若有失体面，不但毁我一世英名，更有损中国人尊严脸面，这不可不防。”

于是，他召来亲兵营营官和卫士面授机宜。

李总督的估计没错。

原来，德国海军提督向来轻视中国人。听说李鸿章是淮军统帅，现为大清首相兼总督，权高位重，威名赫赫，朝野赞颂，很不服气。暗想：李鸿章出身陆军，擅长骑马爬山，在海上肯定不行。他若登上我们军舰，准会东倒西歪。待我略施小计，管保叫他和手下一帮人洋相百出，让各国观操的人引为笑柄！

第二日，李总督率领一班人登上德国军舰，与德国提督对面而坐。卫士分别排列在两旁，他们肩并肩挨挤在一起，垂手而立，一会儿又相互握手。

不一会儿，各国海军武官来到。饮酒数回，猛然炮弹震天，如同山岳崩裂，顷刻舰身摇晃，海水沸腾，宴桌上杯和盘都翻倒在舱板上。

德国提督看大清李总督和手下众人，仍像原来一样分列两旁，依然屹立如同一堵城墙，没有一个惊扑倒地。

李总督手捋胡须，神态自若，目光炯炯地看着德国提督微笑。

德国提督不好意思，勉强掩饰道：“有劳李中堂光临，特地鸣放大炮以表示致敬。”

李鸿章笑笑说：“谢谢你的美意。向来听说贵国克虏伯大炮闻名于世，如今听来果然不错，能不能再多发射几颗，让我们听听它的震天巨响，以一饱耳福？”

德国提督既惭愧又沮丧。自此以后，他常竖起大拇指对人说：“中国李鸿章，很像我们德国铁腕宰相俾斯麦！”

此番巡阅海军，往返共计十八日，参加会操的除北洋提督所率十一艘军舰外，还有广东舰队和南洋舰队等舰艇。舰队沿途操演阵法。

李总督首先在一个夜里，观看了六艘鱼雷艇演习偷袭敌营的阵法。

只见黑暗中，鱼雷艇一驶入“敌营”重地，各军舰立即开枪开炮，猛烈射击拒守之敌。多次奇袭均被挡住。北洋水师的定远、镇远、济远、致远、靖远、经远等七艘大型军舰，与广东舰队的广乙、广丙两舰，在大连青泥洼演习鱼雷，发发命中，喜得李总督拈须欢笑。

在威海卫，北洋舰队作登陆演习枪炮阵法。只见七艘大舰灵活纯熟，快捷无比。夜间合操，各舰万炮齐发，动作起止如一。

李总督看得心花怒放。他还专门在刘公岛、日岛观看地阱大炮轰击靶牌。只见各炮射击准确，灵活非常。

此行，李总督还视察了各地所设的海军学堂，海口炮台，沿海陆路各防营、船坞、厂库等。只见龙旗招展，巨舰在灿烂阳光下遮天蔽日。

面对壮观异常的北洋海军，李总督陶醉了。他骄傲地向朝廷报告：“北洋海军堪称亚洲一流。从渤海门户防备而论，已经有固若金汤不可动摇之势！”

此时，他根本没想到，一水之隔的邻国日本，正在加紧扩军，把矛头死死地对准中国。他们从那个耻辱的“长崎事件”中得到警醒，发誓要训练出强大的海军，彻底打败大清国，以泄心头之恨。

两年前的公元一八八六年，丁汝昌率领四艘军舰来到日本长崎。

日本人从没听说过大清帝国也有相当规模的舰队，于是纷纷在岸上议论、谩骂。

八月十三日，清朝舰队士兵上岸休假，其中有一班人先在酒楼喝酒，酒后去逛妓院。结果因价格等问题，与老板发生争吵。老板立即叫来警察，清兵当街将这名袒护老板的警察捅伤，随即肇事水兵被捕。没想到，两天后，北洋舰队水兵放假上岸，与日本警察发生了冲突。数百名警察将街道两头堵住，日本警民挥动大刀，见到清朝官兵就砍，住在楼上的日本居民，纷纷向逃窜的大清水兵浇开水，投石块，把手无寸铁的大清水兵打得溃不成军。这场冲突，大清水兵死五人，伤四十四人，失踪五人。日本警察死一人，伤三十人，市民伤多人。

报复，这是日本人为“八·一三”所吃小亏而进行的报复！

于是，大清与日本人展开谈判，最后定性为：因语言不通，彼此误会。结果，日本按标准赔偿中方五十二万五千日元，中方赔付日本十五万五千日元。中方赚得三十七万日元。另外，双方受伤者就地在长崎医院治疗的费用，由日方支付。

对于前来嫖娼的水兵闹出这种事件，大清政府居然理直气壮地讨要损失。这件事深深地刺激了日本政府。日本军官集中在一起，发誓复仇：“我们一定要训练出一支无敌的海军，打败大清海军，以报仇雪恨！”

“大清海军如此强大，要报仇难哪！”一名海军军官叹息。

“你别长他人威风，灭自己志气！”海军高级军官伊藤冷笑道：“这有何难？不出几年，我们准会赶上并超过他们。”

“你有何凭据？说得如此轻巧！”有人不相信地问。

伊藤用手一指大清军舰：你们看，军舰炮架上，晾晒着衣服，零乱不堪；甲板上供奉着关羽神位，神像前是乱七八糟的供香，还散着吃剩的食物；水兵们吵闹不休，还常上岸嫖妓。这样的军人岂能打胜仗？必败无疑！

他的话，数年后，果然被言中。

第七章　春风得意的日子

一、流放犯张佩纶踏进李府，没想到交了桃花运

光绪十四年（公元一八八八年）秋，北国才子、清流派中坚张佩纶，带着一身的创伤和疲惫，从边疆流放地回来了。

他首先来到天津北洋大臣衙门。他要向李鸿章总督感谢当年的举荐之恩和此番为他说情之恩。他知道，没有权高位重的李中堂推荐，当年自己不可能外放任福建船政大臣，成为二品封疆大吏；没有李中堂说情，自己也不可能这么快就从不毛之地、死寂之地回来，说不定只有老死边疆了。他觉得欠李中堂太多太多。光绪五年生母去世，李总督赠银千两，充军期间，全靠这笔银子度日。不然，真不知道能不能活着回来呢！

人生真是祸福难料啊，他感叹道。

四五年前，自己事业多么辉煌，人生多么得意！先是从四五品翰林院侍讲学士，升为署理都察院左副都御史，不久被任命为福建海军会办，加三品卿衔，接着又被升为署理福建船政大臣，官居二品，正式进入封疆大吏行列。被任命为船政大臣，他简直高兴得发狂。可当他得知举荐自己的，竟是直隶总督兼北洋大臣、正一品首相李鸿章时，不禁惊诧得目瞪口呆：

李中堂是自己和清流党同仁多次攻击、弹劾过的洋务派首领啊！他为何要如此极力推荐自己？

光绪五年至七年，张佩纶在直隶丰润老家为母守孝期间，曾到李总督幕府做过两年军事参谋。李总督非常赏识张佩纶的文章，认为他是天下奇才；见张佩纶常带《孙子兵法》翻阅，认为他是将才，所以推荐了他。谁知自己不争气，在光绪十年（公元一八八四年）七月初中法马尾海战中，自己不懂海战，调度无方，不到一小时，七艘船全被击沉。自己弃舰逃命，被罢官流放新疆……

走进北洋大臣衙署，一见到李鸿章，张佩纶便倒身下拜：

“中堂大人提拔、求情之恩，佩纶永不忘记。可惜我胸无实学，不争气，不但辜负了您的期望，还害得中堂为我受过。”

他知道，自己遭革职流放后，李中堂也因荐人不当受到连带惩罚，被剥夺黄马褂，摘去双眼花翎。

李督连忙将他扶起，安慰道：“人生不可能一帆风顺，吃一堑长一智，不必太悲伤。我虽受到惩罚，但并不后悔。因为你确实是一个难得的人才。”

接着关心地问：“你今后有啥打算？”

张佩纶知道，随着清流党人不断出事倒台，清流派早已失势。光绪八年秋，清流中坚、“四谏”中的宝廷，在主持福建乡试后，北上回京途中，违例私娶浙江江山县船娘被撤职，给了清流派当头一棒；光绪十年（公元一八八四年）三月十三日，军机大臣李鸿藻被罢官，更使清流派失去靠山。依靠清流派东山再起，显然是不可能的了。而李中堂这边，因自己罢官流放，名声已臭，加上李中堂为举荐自己，已遭朝廷严肃处理，再也不会相信自己了。

想到此，他语带伤感地说：“晚生已遭革职流放，仕途上已无奢望，也没地方可去。在我充军期间，妻子病故，因回不了家，至今未能安葬。我想先回家安葬妻子后，再慢慢考虑今后去向。”

“好，你先回去处理家事。若是愿意到我这里，我随时欢迎。”说着叫管家取来两百两银子，给张佩纶作安葬费。

张佩纶见说大喜，立即回直隶丰润县老家。处理完家事，已是隆冬。他没在家多作停留，便顶风冒雪赶到省城保定直隶总督府。

此时，正是狂风呼啸、大雪纷飞的时节。

当张佩纶来到总督署前下轿时，心绪是悲凉的。事业上壮志难酬，家庭生活上，父母逝去，妻子逝去，只身一人流落江湖，缺少温暖。当他看到督署大门上“直隶总督部院”，和第二重仪门上“威抚畿疆”两块匾额时，心里顿时浮起一种深深的酸楚：原先署理都察院副都御史和福建船政大臣时，都有自己独立的衙署，可如今昔日的辉煌，早如过眼云烟飘逝而去，这正如一句古词所叹息的那样：“流水落花春去也，天上人间！”

此刻，当张佩纶踏进直隶督署的二堂时，他根本没意识到，也没想到，一件幸运事，一桩桃花运，正悄悄地降临到自己这个失意人的头上。

李总督在二堂接待了这位北国才子。

看到昔日仪容俊伟、能言善辩、议论风生的翰林学士、副都御史，如今面容憔悴、沉默寡言时，李鸿章心头也有些担心。他说：“佩纶，你来到这里，就把这里当成你的家，有啥需要尽管说。”

于是，叫管家在四堂上房——总督和家眷居住的大院里，给他安排了一间坐西朝东的清静厢房，供他住宿。这令张佩纶感到十分温暖。因为房内有供暖设备（地龙），还给配备了一个佣人。

从此，张佩纶就在李总督手下，开始了幕僚生活。办完公事，回到住处，他足不出户，整日闷在房子里，或看书写字，或吟诗作画，有时还会吹一阵洞箫。

话说李总督有个小女儿，名叫菊耦，年已二十二岁。这天，雪后放晴，阳光灿烂。她吃了早饭，正准备和丫环小青打轿出门，去近郊的古城墙观赏，却被母亲赵氏夫人喊住了。

“哦，我的小祖宗，今天有三家名门望族的媒人，说好要来议婚，你千万别出门，好好待在家里，选一个如意郎君。”

菊耦眉头一皱，口气十分干脆：“你把他们全部回绝！”

赵夫人生气了：“你去年回绝了多少好人家！如今这三家，可都是朝中大臣和封疆大吏家少爷，可说门当户对。你嫁到这些人家，也不辱没了你！”

菊耦冷笑道：“这些人家，是老爷子出色，并非少爷本身出色。”

接着，她数落开了：“张都堂家儿子，如今只是个举人，连个进士也没中；王将军的公子，虽说相貌魁伟，又是个游击将军，骑马射箭固然好，但连个举人也没中，纯属一介武夫，况且不通琴棋书画，正是《红楼梦》中所说那样‘纵使生得好皮囊，腹内草莽’的货色！至于那位满清王爷家的贝勒，是满族。满汉通婚，以后风俗习惯不合，怎么共同生活？我可不想嫁到那里，处处要遵循满族的规矩！”

赵氏生气道：“那么前些日子，刘尚书家公子呢？他要才有才，要貌有貌，年纪轻轻就中了进士，现在不到三十岁，就当了知府，琴棋书画亦佳，难道也不合你意？”

菊耦道：“此人各方面条件是不错，但此生恐怕没做省部级大臣的福分。因此女儿不想嫁。”

赵氏道：“你不要瞎说！此人按现在情况预测，前途无量，恐怕到四十出头就会升到省部级大臣呢，你有啥根据下如此断语？”

菊耦徐徐道：“我看过刘知府写的一篇文章，全文语气短促而急迫，就像一匹狂奔的野马。你想，心气如此短促急躁之人怎能长寿？”

赵氏皱眉道：“自从你十七八岁长大成人以来，多少名门望族、富豪子弟来求亲，可你都不答应，我看你是森林里挑树木，把眼挑花了。你如今年纪不小了，再这么挑下去，我看你总会变成老姑娘，怎么嫁得出去？”

菊耦自信道：“娘，你女儿诗词曲赋，样样皆精；琴棋书画，件件俱能。文才比你高，又会西方算学，容貌比你更漂亮；而且俺爹的官职不知比你爹大多少，凭啥你能找一个好姑爷，我就不能？”

她叹了一口气，十分遗憾地说：“可惜女的不能科考，使我空有满肚才学！不然，我定要考入三鼎甲，自己去当翰林学士，当个省部级大臣甚至拜相，让你瞧瞧。”

一席话，说得赵氏夫人目瞪口呆，张口结舌，心里倒吸一口冷气。她没想到女儿心气竟是如此之高！

过了好一会儿，她问："这么说来，你是一定要嫁个省部级大臣啰？"

女儿道："这个倒不一定。但我选婿标准有三条：（一）必须是点过翰林的；（二）须是闻名全国的大才子；（三）须是按察使以上级别的官员。三者缺一不可！"

她略沉思了一下，补充说："当然留洋博士，官职在按察使一级的，也可以。"

赵氏带着嘲讽的语气道："符合你这条件的人少而又少，可说百里挑一。听说吏部有个侍郎符合你提出的三条，相貌也不错，就是年龄偏大了点儿，如今已经五十开外，夫人刚去世不久，想续弦。"

菊耦道："我一个妙龄女郎，岂肯嫁那年过半百的枯木？我要求的年龄，最大不能超过四十三岁。"

"为啥四十四岁不行？"赵氏觉得奇怪。

菊耦道："四十四岁就是我的两倍，说起来难听。"

"你既然要求这么高，还不赶紧叫你爹托人寻找！"

"不用你瞎操心！"菊耦道，"我要亲自把关考试。"

说完，便和丫环出门走了，气得赵氏夫人干瞪眼。

傍晚，菊耦游玩回来，走进总督署二堂，忽隐约听到几声悲凉的箫声。

当来到四堂大院里，这箫声就更加清晰，也更加动听了。

"这是谁在吹？"她驻足问。

丫环答道："这人是李中堂招来做幕僚的。听说不久前刚从新疆流放地回来，名叫张佩纶。"

"啊，这可是个挺耳熟的名字。"这名字如一道电光在她眼前闪过，菊耦想起来了：这就是那个清流党中的著名人物，就是那个当福建船政大臣时打了败仗被革职流放的官员。这可是全国响当当的大才子哩！她很想站在左耳房门口仔细地倾听，但世俗不允许她这么做。

于是，到闺房后，她打开半扇窗户倾听。

那箫声真是动人心弦。它悲凉得如同呜咽的北风，缠绵得犹如情人在低低倾诉，时而又如孤独无靠的老人在哭泣，那曲词好像是《凉州曲》。

她被那箫声深深地打动了。这洞箫吹得如此悲凉动人，不知此人相貌如何？

她忽然产生了一种想立刻见到此人，一睹相貌的强烈愿望。但处于深闺中的姑娘，哪能这么容易？

这么一想，她不禁又诅咒起"男女授受不亲"的古训——这条禁锢男女接触的陈规戒律！

她在寻找接触机会。忽然，眉头一皱计上心来。

机会很快来了。

正月初五，是李鸿章总督生日，亲朋好友和众多幕僚为他庆贺生日。在生日宴会上，菊耦果然见到张佩纶。

她是在张佩纶向父亲敬酒时，见到张佩纶的。

“恩相，祝您福如渤海深，寿比泰山高。”

李小姐一见这个不认识的客人，便问父亲：“爹爹，这位客人是谁呀？”

李鸿章道：“这就是闻名全国的大才子，翰林学士张佩纶呀。十年前，他在我幕府参赞军机时，你应该见过他的。”

张佩纶连忙接话道：“哦，那时你是小姑娘，现在可变成漂亮大姑娘了。”

“你以后在诗词曲赋上遇到疑难，可以向张学士请教。”李总督吩咐女儿，然后又对张佩纶道，“小女菊耦在文学上略懂一二，抽空可给她指点指点。”

张佩纶连忙答：“孔夫子门前叫子曰，学生怎敢？恩师学贯中西，门下群英毕集，小姐耳濡目染，学问一定非比寻常，恐怕是李清照一般的人物了。”

菊耦一见佩纶，心里喝彩道：好一个英俊儒雅的人物！但不知学问到底如何了得？爹爹要我向他请教，我正可借此机会考考他，是否当得起“大才子”的美誉？

她心里盘算：既然爹称他为大才子，又是翰林学士，诗词曲赋和书法功夫肯定了得，自己不能班门弄斧；他既然把箫吹得如此动人心弦，出神入化，音乐方面造诣也不会浅。中国科举中走出来的人才，最大缺陷便是算学和洋文。对，我就抓住这个缺陷考考他。最好是能让他出点儿洋相！

于是立即开口道：“张学士，你指挥过海军，肯定懂得算学，请问1加2加3，一直加到1000，总数是多少？”

这可是个庞大的数字，一时怎算得出？

众宾客都把目光一齐对准张佩纶。

只见他不慌不忙道：“五十万零五百。”

“是怎么算出的？”

“有简便方法：首项+末项，乘以项数再除以2。”

菊耦见没有考倒他，又问：“有一座高塔，爬不上去，你能测量出它的高度吗？”

“最简便的方法，就是在塔下的地面，竖一根标杆，当标杆高度跟日影高度相等时，塔影便是塔的高度。若没有日光，可用人作标杆，利用相似三角形原理，很容易测出。”

李小姐正准备再问，不料被父亲拦住了：“你连连提问，叫满座客人都站着，太不礼貌了。”随即吩咐：“诸位快坐下，边吃边谈。”

就在张佩纶将要坐下之际，菊耦忽冒出一句：“Thank you very much（非常感谢你）。”

正当众宾客丈二和尚摸不着头脑，傻怔着，不知这洋话是什么意思时，早听张佩纶笑容可掬地答道：“Not at all（别客气），Miss li（李小姐）。”

张佩纶当船政大臣期间，因要与洋人打交道，学了不少常用英语对话，对如此简单会话，更是烂熟于心。

“他不但会英语，还会日语和德语哩，你就甭考他了。”

听了父亲的话，骄傲的菊耦不禁佩服得五体投地：好一个才思敏捷、学贯中西的大才子，真是名不虚传！若能嫁得此等人，也不枉了我这一生！但不知他有夫人否！

这时，她再一次无比柔情地看了张佩纶一眼，忽然发现张学士也正在专注地看着她。于是两颊顿时飞上两片红霞，低下了头。

此刻的张佩纶，也被眼前这才貌双全的李家千金，弄得迷迷糊糊，心里赞叹道：

这小姐容貌如同广玉兰花般华贵美丽，学识又是如此广博，听说才艺又很精湛。她不像通常的高官子女，学识平平却盛气凌人。若是能娶这样的女子为伴侣，真是三生有幸。

突然，他看到众宾客纷纷向李中堂敬酒祝福，众多豪门望族的公子少爷，众星捧月般地围着李小姐大献殷勤，而她却像高贵的凤凰一般接受群鸟的朝拜，心里猛地警醒了：若时光倒流五年七年，自己是都察院副都御史，是船政大臣，哪怕只是个翰林学士，自己就可向这位仙女般的姑娘求婚。可如今，我是遭革职流放的罪人，充其量不过是李中堂手下的一个幕僚，而且年过四十，哪有资格想入非非娶中堂大人的千金？我真是昏了头！

如此一想，顿时在宴会上说话、行动自如起来：

“李小姐，十年前，我在恩师李中堂手下当幕僚时，你还是一个爱哭鼻子的小姑娘，常叫我这个叔叔为你上树捉鸣蝉下河抓游鱼，想不到如今成了亭亭玉立的大姑娘，而且学识如此广博。真是士别三日当刮目相看哩。”他有意把自己跟李小姐从年龄上拉开距离。

可话刚出口，便被菊耦抓住破绽，将了一军：“张学士此话未免欠妥。你既然称我爹爹为老师，那么我无论年龄比你小多少，都是你的师妹。你要我叫你叔叔，你这是在占便宜。看样子，你是想跟我爹爹平起平坐哩。”

“不不不，”张佩纶连连摇手，“李中堂是我的老师，又是德高望重的首相，我岂敢与他平起平坐？你这是冤枉我了。”

“既然如此，我就只能叫你大师哥。”于是当着众宾客之面，亲热地叫了一声：“张大师哥，以后请多多指教，也请你对我的一些不当之处多多包涵。”

张佩纶只得含糊地答应了一声。

从此以后，菊耦每逢张佩纶在四堂大院晒太阳，散步，或是到父亲书房请示时，经常借机请教一些文学、算学等方面的问题。两人的关系也一步步亲近密切起来。

不料，很快便遭到赵氏夫人的禁止。

“菊耦和佩纶经常接触，早晚要出事。我看趁早叫佩纶搬出督署，以免今后真要弄出事来，可就晚了。”赵氏夫人一次对李鸿章道，“你这做爹的也不管管！”

“佩纶如今失意，为了安慰他受伤的心灵，我才让他寄居督署，让他感受到家庭的温暖。现在让他搬出去，他会怎么想？可能会更加痛苦，自暴自弃呢！”

赵氏不满道：“为了挽救他，就把我们如花似玉的宝贝女儿作牺牲吗？”

看到丈夫不以为然的神态，她愠怒了：“我看你当初把这个人安置到督署，本来就没安好心——想把女儿往火坑里推！”

“张佩纶是天下奇才，女儿真要嫁给他，未必就是跳火坑，说不定是珠联璧合呢。”

丈夫的话令赵氏更是怒气冲天，她手指直戳丈夫鼻梁，如同一把手枪：

“啥？珠联璧合?！女儿金枝玉叶，正含苞待放，可那张佩纶是啥货色？一个流放犯，一个年过四十、简直可以当菊耦爹的小老头，又是二婚头。我不会把女儿嫁给这种人的！他别白日做梦痴心妄想！”说完，立即吩咐佣人去叫女儿。

不一会儿，菊耦来了，母女俩当着李鸿章的面，进行了一场决定菊耦婚姻大事的有趣对话和较量。

“你和——张先生，”赵氏夫人谨慎地选择着对张佩纶的称呼，不称他都堂，也不喊他学士，而是选择了一个毫无光彩头衔的“先生”，以免给女儿可乘之机，“最近接触得多了些。孤男寡女在一起，人家会说闲话的。”

赵氏首先拉开了架势，但仍被女儿抓住了进攻的机会：“学生请教疑难，先生传道解惑，这是很正常的事情，谁会说闲话？”

“你这么勤往张先生处跑，不会是想嫁给他吧。”

“这件事，我还没考虑好。”女儿从容地回答。“若是张学士真中意我，爱我，没准我真会嫁了他。”

“你是大姑娘，他是年过四十的小老头，且是二婚。”母亲步步紧逼，“你若嫁他，有共同语言吗？会幸福吗？”

“爹爹当初也年过四十，且是二婚。”女儿不甘示弱，“你们俩不是过得很好吗？你封为一品夫人，成为人人仰慕的女子，过得无比滋润无比舒心

呀!”她冷笑了一声:“娘,你用实际行动,给女儿树立了好榜样。”

一番话噎得赵氏透不过气来。

但她仍不死心:“你爹当初是创立淮军的巡抚,又是精通文学的翰林!”

“张先生也曾经是翰林学士,都察院堂官,是闻名全国的大才子。”

“张佩纶是个流放犯!”母亲祭起最后的法宝。

却被女儿一句话顶了回去:“英雄也会遭受磨难!官场险恶,最有权势的大臣,也难保会一世风光!”

母亲被气走了,李总督则浮起了笑容。

他亲切地问女儿:“你真的愿意嫁给张学士?”

女儿道:“我还不知道张学士的态度呢,不知他对我中不中意?”

“刚才这么有主张,这回又怎么不自信了?”李督道:“我这个才貌双全的妙龄女儿若肯嫁给他,他准会高兴得心花怒放,把你当仙女宠着哩!”

女儿不解道:“那他怎么没对我表露过一点儿意思呀?”

“你真不懂他的心思。他遭罢官,年纪又大,怎敢痴心梦想你这朵牡丹花呀?你若是有意,可主动表露你的心迹。”

菊耦明白了。随即写了一首诗。

于是,李总督在一个傍晚,将张佩纶叫到书房,对他说:“小女写了一首诗,你拿回去看看,有不妥之处帮她修改修改。”

张佩纶在书房的灯光下,看起菊耦的诗:只见秀丽的笔迹写的是一首《马江感事》。

他吃了一惊,李小姐是怎么看待我丧师辱国这件事的?肯定会嘲笑我!

他认真地看起来:

鸡笼南望泪潸潸,闻道元戎匹马还。
一战岂容轻大计,四边从此失天关。
焚车我自容房管,乘障伊谁任狄山。

房管是唐朝将领,他领兵打了败仗,连战车也被敌军烧掉,只有本人脱逃。看到“我自容房管”一句,知道李小姐对自己寄予理解、同情。自己一腔热血报国,谁知因纸上谈兵遭败绩。革职、充军后,自己曾后悔、伤心、自责,可李小姐非但没嘲笑我,相反同情劝慰我,不要因一战失利而消沉,要振作。

张佩纶的心头顿时涌上一股暖流,这暖流,融化、消解了全身的悲伤,全身的委屈。他如同找到知音般,把这张薄薄的纸,紧紧地贴在胸口上,喃喃地说:“菊耦小姐,你真是上天下凡的仙女,美丽、聪明、善良,你如同牡丹般华美高贵。若能得到你的青睐,此生还有什么所求?但你能接纳我这个无权无势,又几乎大你两倍的二婚郎吗?”

想到此,他拿起小楷狼毫笔,写了一首诗作为回复:

鸡笼南望泪潸潸，书生无计匹马还。

罢官流放赴边关，身心更比三九寒。

春临大地驱寒流，愿得春风永相伴。

当菊耦接到父亲转来的张学士这首诗时，心里明白了张学士对自己的渴望，于是精心编织了一个同心结，叫父亲转交。

李总督叫来张佩纶，把同心结交给张佩纶，他当即跪倒在地：“岳父大人，请受女婿一拜。”

赵氏夫人见女儿铁了心要嫁张佩纶，无可奈何地骂道：“你们父女俩联合起来捉弄我，嫁此人，总有你们后悔的一天！”

菊耦与张佩纶结婚后，互敬互爱，生活得很愉快，后代出了不少名人。孙女张爱玲，在十九世纪四十年代的上海滩一夜之间横空出世，成为文坛夺目明星。这是后话。

二、一人得道，鸡犬升天

光绪十八年（公元一八九二年），是李鸿章七十华诞。

因此，早在年前的冬天，李总督还在天津北洋大臣衙门办公时，就有不少官员送来寿联、寿礼。等到天津港口封冻，李督移到保定直隶总督署办公时，送贺联、贺礼的人更是络绎不绝。

随着李中堂的寿辰越来越近，浙江巡抚刘树棠的心里越来越焦急。李中堂是他的老师。恩师如今权高位重，什么都不缺，我必须精心撰写一副令他中意的寿联，方显我的诚心。

于是，他召来幕府中擅长文学的幕僚撰对，叮嘱：“此联务必要在众多对联中名列前茅，鹤立鸡群，获得李中堂的赞赏！”

这些幕僚接连数日，苦思冥想，绞尽脑汁，茶饭无心，精心撰写了十来副，但都不能使刘巡抚满意。

巡抚催逼得更紧，几位幕僚心里简直要急疯了。

这天傍晚，他们一起登上六和楼，在“天外天”酒楼饮酒解闷。他们边饮边商讨写寿联的事。

蓄着一部漂亮胡须、号称“小东坡”的幕僚道：“祝寿主要是送寿礼。送副寿联差不多就得了，刘巡抚何必要求这么高？”

一个矮个子幕僚道：“李相何等显赫之人，送寿联的人数不胜数，天下才子太多了，要求我们所写对联鹤立鸡群一鸣惊人，真比登天还难哪！看起来，我们是黔驴技穷了。”

还有一个愁容满面道：“若是我们能碰见像李白一样的诗仙就好了，就不用发愁了。”

“碰上诗仙还不一定行，得碰上一个像李贺那样的鬼才，方能解除眼前困境。”另一个接应道。

大家正愁眉苦脸，唉声叹气，忽然，坐在角落里，有个穿着旧长衫戴着破帽，脸如黄蜡的秀才模样的人，向前作揖道：

“各位高贤刚才所说的话，我已听到。我试着代拟了一副对联，请你们呈给巡抚大人，若能获得他肯定，你们须送我五百两银子，作为润笔费，以解我当前困境；若不合意，我一文不取。”

众人见此人才思如此敏捷，而境遇却如此潦倒，十分惊奇，便暂且答应他的要求。

于是，此人便写出一联。

众人回到抚衙，便将穷秀才所撰写对联誊抄一遍，呈交巡抚，说：“中丞大人，我们昨夜又思得一联，请过目，看看可用否?”

刘巡抚打开一看，此联仅十二个字：

天生以为社稷

人望之若神仙

这联字字贴切，尤其上联用李晟典故更妙。唐代名将李晟因平定众藩和朱泚叛乱，匡扶社稷，被封为西平郡王。此联把李中堂比作功高盖世的李晟。

刘巡抚一看大喜，边吟诵边拍案叫绝。

然后，慢慢说道：“这对联不是你们所能撰写出来的，到底是请哪个高手代笔?”

众人知道瞒不过，便告诉了实情，于是中丞拿出私银五百两，叫幕僚送给那位穷秀才。

苏州紫阳书院山长，大才子俞樾，早早就专程赶到保定祝寿。他向举人同年，对自己有知遇之恩的李中堂，献上自己精心撰写的两副寿联。

第一联为：

五百年名世之才，上纬天维，下理地轴

七十载从心所欲，西摩月镜，东弄日珠

第二联为一幅长联：

以黄阁老臣，兼青宫太傅，九畿坐镇，五等尊封；德威及万里遐陬，翻笑唐李郭，宋范韩，勋业事功不离寰宇内

先元宵十日，祝上相千秋，梁案齐眉，谢庚继武；恩礼自九天下逮，远轶汉张巷，魏罗结，富贵寿考再届古稀年

李鸿章紧拉着俞樾的手，感动地说：“感谢同年千里跋涉送来妙联！你过奖了，我受之有愧啊！”

他边看边品评，当看到四川总督刘秉璋的寿联，不禁点头赞赏：不愧为翰林手笔！

南平吴越，北定齐燕，二十年前人羡黑头宰相

西辑欧洲，东绥瀛海，三万里外共推黄发元勋

两广总督张之洞的贺联，闪入他的眼帘：

四裔人传相司马

大年吾见老犹龙

“言简意赅，不错。”李督评价。

忽然，外面大声禀报：“太后和皇上送寿联到！”

于是，众人全部离席恭敬迎接。

李鸿章跪接，打开一看，是光绪帝和太后的亲笔贺联，光绪帝的寿联是：

奎卤思荣方召望

鼎钟勋勚富文年

贺幅是：钧衡笃祜。

“大才子，皇上这联是什么意思呀！”

俞樾见有人问，便解释道：这既颂扬李中堂官显福厚，又褒奖他为大清帝国所作的巨大功绩。

慈禧太后赏赐四个大字：“调鼎凝厘”。并送一副寿联：

栋梁华夏资良辅

带砺山河锡大年

——盛赞李鸿章在大清帝国的中流砥柱作用。称李既是国家栋梁，又长寿。太后的书法，墨色浓淡相宜，柔中有刚，巾帼中含须眉之气。

太后除了送贺联、贺词外，还送来一件特殊赏赐。这礼品用精致的盒子装着，打开一看，竟是一件行龙补服。

李总督顿时热泪盈眶：这是太后把自己放在比亲王郡王贝勒贝子更高的位置啊！

原来，清朝官阶的大小，主要从官服胸前、背后补服上面的徽识来区别。文官最高一品，补服为仙鹤；武官一品为麒麟。公侯伯爵补绣“四爪五蟒”，以上均为方块。皇帝、太后为“行龙”，亲王郡王贝勒贝子为“蟠龙”，都是圆形。

李鸿章明白，这是太后为提高他的规格，而煞费苦心特制的啊！

因为自从清朝初期，平定吴三桂、耿精忠、尚之信“三藩之乱”后，立下“汉人不得封王”的祖制。现在太后特意把我官服上补子，绣为跟皇帝、太后一样的“行龙”，其形状设为方块，用心良苦。其意很明显：是把我李鸿章作为未封王的王啊。

看到太后对自己这特殊赏赐和恩宠，李鸿章内心在呼喊：太后对我真是恩重如山哪！

众大臣宾客，见到皇上、太后给李总督送来亲自撰写的贺联、贺幅，感到对李中堂恩宠异常，如今又见到赏赐的“行龙”官服，更是惊心，不禁一齐起立，拱手行礼，无比恭敬地齐声高呼：敬祝李中堂福如东海，寿比昆仑！

李督满面春风地点头道：感谢各位嘉宾厚意，请举杯痛饮！

接着，只见觥筹交错……

宴会结束后，李鸿章在客厅里，饶有兴趣地品评着朝野送来的各有千秋的贺联。

此刻，他看到一副十分中意的寿联：上联是：“上相太师，一德辅三朝，功光日月；下联为：元戎钦使，只身行万里，学冠天人。”

——把我比为功劳可照耀日月，学问为天下之首的元老。“写得好，写得好。”他捋捋胡须，满意地说。

他走着，踱着。

忽然，他只觉得眼前一亮，一副寿联闪到眼前：

天生以为社稷

人望之若神仙

“此联甚妙！”他对陪同自己欣赏对联的门生、浙江刘巡抚夸奖道：

“想不到你衙门里竟有如此高才之人！”

此语一出，刘巡抚满心欢喜。回浙江抚衙后，连忙吩咐将那位撰写妙联的落魄秀才招至幕府，负责奏章一类撰写。从此，这人摆脱了霉运。

三月初，天津海河开冻。

李总督刚从保定督署移衙到天津北洋大臣衙门，有个中年男子，便急不可耐地追着他的足迹，从保定风尘仆仆地赶到天津。

这天傍晚，李总督正在后花园散步，忽见一个黑影闪进上房——总督和家眷住的厢房。

李督喝问：“谁这么大胆，竟敢私闯我上房？”

话音刚落，只见那人早扑通一声跪倒在地：“二舅，我是张士珩。我先从老家赶到保定省城，听说你们车马刚走不久，就匆匆赶来了。”

“哦，是士珩，快起来。”李总督连忙吩咐人，到街上饭馆叫来一桌酒菜。

士珩狼吞虎咽地吃着。士珩是李鸿章大妹玉英的儿子，以前见过面的。

“你不在家乡读书，到这里干啥？”吃了饭，李督略带责备地说。

“二舅，我不想再考了。从二十多岁中秀才后，一连考了六届，现在年过四十，连举人的边也没摸着。因此，我想到你这里找份差使干干。”

“你有啥特长？会写文章吗？书法怎样？”李督连问了几个问题。

他想，若是文的能凑合，可给他一个文案或幕僚当。

但士珩见问，不禁皱紧了眉头。他从少年起，读书怕动脑，又懒惰不勤奋。因此文的一样也不行，只得摇了摇头。

李督又问：“你爹官至记名提督，想必你骑马打枪一定不错吧，也懂得兵书战策吧。”李督想，若是会武艺，可给他在军队里谋个军官的位置。

士珩又摇了摇头。妹夫张绍棠见儿子读书不是料，便请人教儿子武艺。但儿子夏怕热冬怕冷，吃不得皮肉之苦，连三脚毛功夫也没学会。

“那你难道连一点儿特长也没有？”

士珩见舅舅有些生气，忽然脱口而出：“我会打麻将，藏牌偷牌手段巧妙，而且连打三天三夜也不困不糊涂。”

李督感到又好气又好笑，不禁恼火道：这算屁本事？难道叫我堂堂总督署为你开设“赌博科”不成？我要的是有用的特长，比如讲外国话之类。

士珩再次摇了摇头。

这回李督气恼地责备道：“我说士珩，你这么多年，究竟在干啥？难道整日花天酒地声色犬马不务正业吗？”

李督真想扇这个不争气的外甥一个耳光，叫他清醒清醒。

但想到大妹早早去世，妹夫早几年又患病而亡，就强压怒火：“你既然不读书，又不打算学武，总该干点儿正经事吧。我问你，这么多年你都干啥去了？都在鬼混吗？”

“二舅，我没读书、习武是事实，但没鬼混呀。”四十岁的大个子外甥扑地一声跪倒在地，哭诉道：“因孩子多，为了维持生计，我跟五舅断断续续做了几年生意。因不喜欢生意场上的黑心欺诈，便回家承袭了父亲的职衔。但只有虚衔没有实职，没有俸禄，仍是不能养家糊口，所以就赶到这里。我媳妇说：你二舅是当朝一品宰相，哪怕给你一个小差使，就够我们一家快活度日了！”

“这么说来，你会算账做生意了？”

听到二舅问，这回士珩真的点了点头：外甥别的不行，这个倒是内行。不是我吹牛，我能把算盘打得飞快，不但右手能打，左手也能打，即使把算盘放到头顶打，也不会出差错。人们都称我“铁算盘”呢！他半是真实半是吹牛道。他能把算盘顶到头上打不假，但只能慢慢打。他知道算账时，谁也不会真的叫他把算盘放到头顶上去打。

这回，士珩见到二舅终于露出了难得的笑容：“好，有特长就可以委你一个差使。这几天，你别的一概不用干，就是温习珠算，把它练得滚瓜烂熟。”

接着忽然想起一件事，问：“你把朝廷给你承袭的文书凭据带来没有？”

“这个外甥倒是带在身上。”士珩连忙从包裹里取出递上。

没过多少天，李鸿章按照张士珩承袭的记名提督职衔，给他保举委任了一个职务：天津军械局委员，总办管理北洋海军的枪炮军火。官衔从四品，相当于知府。

张士珩立即回家去接家眷。

当他坐着四人抬的大轿，在庐州府鸣锣喝道，与庐州知府称兄道弟时，直把李鸿章一个远房的侄子李国欣，羡慕得眼珠几乎要劈啪一声掉到地上。

听到表哥的发迹史，李国欣立即卖掉一间旧屋，打点了盘缠，急如星火地赶到天津，来找表叔李总督。

李国欣要求表叔李总督，也给他弄个官当当：“我不要求当士珩哥那么大的官，只要当个知县或县尉一级就行了。”

李督笑道：“这可不好办。你不像士珩，他父亲官封总兵，享受记名提督职衔，你父亲是个农民，怎能跟他比？”

“俗话说，宰相管家七品官，你就让我当个管家也行。”李国欣哀求道。

“那你有啥特长？”李国欣见问，便道：“我的特长就是喜欢读书。我二十岁中秀才，虽连考四届未中举，但我学古人悬梁刺股，下狠心非考上举人不可！”他斩钉截铁地说。

李督见说，连忙夸道：“好，有志气！那你就走科举道路。我可以资助你读书费用。”

他出了几个对子考他。发现这个侄子比外甥士珩文才确实强许多，就对他说：“你就留在这里，我找个学问高的帮你温习功课，然后就参加直隶乡试吧。”

于是，叫女婿张佩纶作指导。

不久，直隶乡试将要举行。

主考杜侍郎前来拜访李鸿章，说道：“中堂大人，乡试在即，不知您有何教诲？”

李总督道：“认真选才，杜绝作弊，多选贤才。特别是注意多选拔一些留过洋的学生，他们是国家的未来和希望。”

杜侍郎连连点头称是，临走时又问：“中堂，您此届发现有好的苗子吗？”

李总督道：“倒是有个侄子李国欣，参加本届乡试。前段时间，由佩纶在指导，学问不能说多么优秀，但还说得过去。若是运气好，榜文末尾，大概会有他的名字。”

杜侍郎把李国欣的名字默记在心。

他想，此番若是把李国欣取个比较高的位置，必定会得到李中堂的赏识，以后何愁不飞黄腾达？相反，若是没把他录取，我以后的前程就危险了。

很快直隶乡试结束。当判卷完毕准备发榜时，杜侍郎却把李中堂侄子的名字忘记了。

他绞尽脑汁地想了两天两夜，也没想起那个埋藏在心底、念叨了数十遍的名字。他惊得不知所措，痛苦得如同受了酷刑。他不敢向人诉说实情，更不敢再去问李中堂。回到衙里，饭吃不下，觉睡不着，常常一个人独坐书房苦思冥想。但想破了脑袋，也想不起那个钻心咬肺的名字。

贴心师爷看他整日闷闷不乐、神魂颠倒，便问道："大主考，您主持直隶乡试，是何等荣耀风光的事，可我看您好像很不开心，究竟为什么呀？"

杜侍郎长叹了一声，想到周师爷是心腹之人，说出来也无妨，便忧心忡忡地说："本届考生中，有个人是李鸿章中堂的侄子，我忘记了他的名字。此人录取与否，直接关系到我今后的前程呢！"

周师爷一听，眉头一皱，然后哈哈笑出声来："大人，您是何等聪明之人，处理过多少大事，怎么竟给这桩小事难住了？这事有何难，依我看——"

他嘴巴附在杜侍郎耳旁轻声说："何不把庐州（今合肥）李姓考生全部录取？"

杜侍郎豁然开朗，连夸："好主意，好主意！"

榜文出来，庐州姓李的七名考生全部上榜。当年过花甲，连考十二届没有录取的"李昏头"，今年也中了举，前来拜访大主考恩师时，杜侍郎看到此人头发雪白，驼着背，一把眼泪一把鼻涕，连跪拜都有困难，心里说："你这老童生，是沾了李姓的光啊！"

李国欣中了举，立即向大伯中堂报喜。

李鸿章又给他在直隶衙门吏科，安排了一个"书吏"的职务。于是，李国欣回家省亲，也摆起了县太爷的排场和威风来了。

李中堂极重乡情的名声传开后，庐州人纷纷往保定、天津跑，求李总督安排。

一次，他那退养在家的管家老刘的儿子，带着父亲的信，和一个同伴来到天津。

李总督给刘管家中了秀才的儿子，在军营中安排了一个把总的位置，穿起闪亮的马靴，背起威武的短枪。就连那个路上偶遇，跟老刘儿子一起来的庐州小老乡，也背起洋枪当了兵。

于是，庐州流传起一首乡谚：

只要会说庐州话，马上就把洋枪挎；

只要认识李中堂，马上长枪换短枪。

一个秋日的傍晚，李总督正在书房练字，忽然门房通报："湖北杨道台

求见。”

李督连忙吩咐传进。

此人名叫杨宗濂，任湖北候补道台，是李督老朋友之子。

杨宗濂一进督署书房，立即上前叩拜：“中堂大人，年伯——”一句话没说完，便哭出声来。

李总督连忙扶起：“别哭，别哭，有话好好说，年伯一定会尽力帮忙的。”

杨宗濂边流泪边叙述了事情的大致经过：

“我辖区内有个勤政爱民的陶县令，因顶撞上司府同知遭革职。我看到此人正气有魄力，就为他在省里活动，使他官复原职，那个顶头上司遭了降职处分。陶县令为感谢我，硬送给我两千两银子。我因当时父亲在外地任上故世，要运回灵柩办丧事，费用大手头紧，就收了这笔银子。不想遭到府同知的同年进士、御史邓承修的参劾。”

他停顿了一会儿，又说起了另一件事：今年春，陶县令挂帅修一段河堤。河堤修好后，一查账，还有一千两银子的款项无处落实，邓御史便以贪污罪论处，革职。因我当时挂了个“修堤总理”的空衔，便将这罪名也挂到我的头上。我和陶县令各退赔了五百两，但他们仍不放过我。

哦，原来杨宗濂是以“贪污”、“受贿”两大罪，被御史告了。

他知道，清朝官员俸禄低，仅凭这点儿收入，根本不够用，因此官场上贪污受贿成风。杨宗濂为正气县令打抱不平，所收银子是人家自愿，不是索贿，相比起来，性质并不恶劣。而所谓河堤贪污案也十分牵强，明显有公报私仇的嫌疑。不过，此事闹到京城，还真有点儿麻烦。

此时，他想起当年关系自己政治命运的那场会试：

道光二十七年，顺天府会试。前两场，李鸿章考得很顺利，也很满意。可是在第三场考“策论”时，突然肚子疼痛，上吐下泻，策论只写了大半，便写不下去了。他只觉得手脚酸软，头脑发晕，肚子疼痛难忍，两眼模糊一片。

他知道，自己此番完了——不能完卷，胸中才学再好也没用了。与自己同号舍的杨延俊，看到因高烧双目紧闭，说着胡话的同窗，冒着作弊取消资格的风险，挥笔帮他完成了后面的篇章……自己终于绝处逢生，取得二甲第十三名的优等成绩……

这个帮他完卷的杨延俊，就是杨宗濂的父亲。

当初同窗好友杨延俊冒着很大风险帮我考试，我才有中进士、点翰林的春风得意，才有如今当总督、任首相的辉煌。如此大恩怎可不报？尤其是故友已离世，我作为年伯，更应保护、提携宗濂。

想到此，便说：“你先在这里安心住段时间，待我向朝廷上奏，把你调到直隶来。”说着，立即抽出公文纸，写起奏折。

很快，李总督便在直隶给杨宗濂安排了一个相应职务。

谁知，正当杨宗濂动身上路，兴冲冲地前来上任时，不想接连遭到太仆寺少卿延茂和御史屠仁守轮番弹劾。结果被革职，永不启用。

这回，连权高位重、一言九鼎的李中堂也爱莫能助了。

李督数次跟吏部大臣说情，想求他们解除杨宗濂的处分，重新任命，但没有成功。

吏部推托道：“宗濂的处理由总理衙门所下，我们无权过问。”一句话，便将事情推得一干二净，还鼓动御史弹劾他，他只好作罢。

“贤侄，你的事目前很棘手，还是等过段时间，待革职处分冷一冷再说。”

五月的一天，天津北洋大臣衙门，来了一位尊贵的客人——主持大清朝政的总理衙门大臣醇亲王奕譞。

李督亲自迎出郊外，把醇亲王接到公馆。

“王爷，北洋海军已做好准备，等待您大驾光临，前往巡阅。”

“这事暂时放一放。我此番来，要和中堂商量一件十分重要的事情。”

听了王爷的话，李鸿章不禁一愣。此番醇亲王专门为巡阅北洋海军而来，不知还有啥事比这个中心大事还重要？

难道是关于自己的职务有啥变动，还是朝廷重臣或太后对我有不利的反映？

他正在猜疑，忽然醇亲王诡秘地一笑。尽管他身处公馆最幽深处能隔音的高级房间里，但仍是压低了声音说道：

“太后多次想修颐和园，作归政颐养天年之所。皇上已下旨整修。估计整个工程耗时需八年，所用经费将近两千万两白银呢。”

他停了停，接过李督为他点燃的水烟筒，忧虑重重地说：“国家财政捉襟见肘，入不敷出。我想先借一部分北洋海军经费，不知中堂意下如何？”

李鸿章一听，顿时明白了醇亲王的如意算盘：

他的亲生儿子光绪皇帝登基后，因年龄小，一直是西太后“垂帘听政”。眼看小皇帝一天天长大成人，醇亲王想早些修好颐和园，让太后颐养天年，早些归政，以便儿子早点儿接班。这海军经费，醇亲王现在说是借，但一借去就肉包子打狗难以回来了，我难道能向皇上和太后去要吗？再说，海军经费筹集费尽心机，而且数目有限，北洋海军建设刚刚开头，还需要大量款项，可以说是泥菩萨过河自身难保，哪里有银子用到修建园林用于享乐上去呢？

想到这里，他十分为难地说：“王爷，海军筹款相当不易，平常抽捐税，朝廷有规定，不能多加一毫一厘，因此所得十分有限，全年只有三百万两银子。不瞒王爷，我们虽费尽九牛二虎之力，所得款项还建不了半支海军，我还正为它日夜焦虑呢。再说，若移用之事一旦泄露，朝野声讨，我们两人就会坐在火上烤，哪能受得了?”

看到王爷脸色暗淡下来，很不高兴的样子，他语气一转，十分同情地说：“王爷，我也理解您的难处，我现在有一个办法，可通过全国各省大小官员展开募捐，不知可行否?”

醇亲王一听大喜：“好，中堂的话有道理，这样就可以公开搞，再也不用偷偷摸摸。就按您的办法做。”

李鸿章沉吟了一下，补充道：“另外，我看还可以采取过去曾经用过的办法，拿银子捐官，按银子多少决定官职大小，不过得规定道台以上官员不能捐。”

醇亲王连连点头：“我回去就发谕旨。”

这天夜里，杨宗濂突然被李鸿章总督急召到衙署内堂。

李鸿章问他：“贤侄，现在你的事有个机会，不知你手头有多少积蓄?”

杨宗濂道：“年伯，实不相瞒，十多年来，也曾积得三万多两银子。老家买田产花去四五千两，父亲丧葬花去两千多两，为母亲造楼房和赡养费花去约两千两。这次遭弹劾罢官，为谋复职，四下打点，又花去几千两。现在手头还有一万八千两。原准备去武昌买幢房子，因革职，还放手头没花。”

李督道：“你此番革职情况严重，因有‘永不启用’一条，所以谋取复职难度很大，需要通过主持朝政的总理大臣醇亲王亲自批准才行。现在醇亲王正好来天津，为修建颐和园紧急筹款。你若能乘机捐献两万两银子，醇亲王和太后一高兴，重新复职必定大有希望。”

他端起水烟筒，咕噜咕噜地吸了几口，咳嗽了几声：“这样吧，你立刻取来银子，不足部分的两千两，我给你垫上。你必须在王爷回京前把款献上。”

杨宗濂连忙道：“不足的两千两，年伯不必费心，我还有一些金器、玉器，随便当掉几件，即可筹齐。”说完，连忙告辞。

只过了一天，他便将两万两白银交到醇亲王手上：“亲王殿下，闻您正为国家修建颐和园筹款操心，晚生为了响应号召，特地将家中所有积蓄，并卖了祖传金器、玉器，全部献上，以表寸心。”

醇亲王正为筹款伤透了脑筋。李中堂虽号召北洋大臣衙门官员踊跃捐献，但大多只是敷衍应付，好像割身上的肉一般。如今杨宗濂雪中送炭倾囊而出，竟然捐献了两万两银子，喜得心花怒放，连声道：“好，好！你真是一个大忠臣！”他想，这是一个典型，我要大张旗鼓宣传，一宣传，准会产生轰动效应。若全国群起仿效，何愁燃眉之急不解?

于是对杨宗濂道：“你有什么要求，尽管提。”

杨宗濂于是借机说："御史弹劾我的事，还请王爷派人重新调查核实。平心而论，我接受亲友部下馈赠是有的，但说我贪污、受贿却是冤枉的。有人想借我的事，打击李中堂呢！"

对杨宗濂的事，王爷马上审度了一番：

杨宗濂是因朝臣弹劾他贪污受贿银子四千两而革职的，就算所劾全部是事实，现在他已倾家献出两万巨款，也可将功赎罪。何况参劾之事总有虚情，御史邓承修是著名的清流党人，显然，想借此事打击积极推进洋务运动的李中堂。杨宗濂是李中堂同年故交之子，李中堂是我大清倚为柱石的重臣。开复杨宗濂，就更能取得他的支持、合作。

想到此，便对杨宗濂道："你对朝廷赤胆忠心，待我回京奏明圣上，我想，重新启用是大有希望的。"

不久，朝廷下达谕旨：……湖北候补道台杨宗濂贪污受贿一案，证据不足。在任期间，曾有一些失误，此番在朝廷募款修建颐和园中，倾家捐献，堪为表率，准予将功补过。杨宗濂即日重新启用为道台，交直隶总督北洋大臣李鸿章委用。

谕旨一下，杨宗濂立即被李督安排了一个肥缺美差。

看到故人儿子重新复职，李鸿章长舒了一口气。

他面向南方，默默地念叨道："杨年兄，侄子已重新启用，你的英灵在地下安息吧！"

正当李总督为杨宗濂的事松了一口气时，不想一个夏夜，他正在后院纳凉，一阵急促的叩门声，又让他的心悬了起来。

原来，敲门的是手下亲信、天津海关道道台周馥。

他一进门便神色有些紧张地说："中堂，户部刚派人突击检查天津海关道，发现短少火药厘金。我想他们肯定会借此大做文章！"

"厘金缺多少？"李督连忙问。

"缺少一千多两银子。"

李督吩咐："你责成有关部门立即补上。至于火药，逐级检查，看问题出在哪个环节？"

他立即起身到书房，写了一封书信给户部翁尚书，进行解释说明，但周馥仍被再次弹劾，遭革职。

周馥的革职，令李督仿佛失去一只臂膀。他是自己安徽老乡，自组建淮军以来，一直跟着自己南征北战，是最可靠的幕友。自己任职直隶后，他跟着自己参与直隶防洪治河，筹建电报局、天津水师及武备学堂，立下许多功劳。他在军界任职同时，又充任自己主要外交顾问。李督明白，户部此番突击检查，目的是为了打击自己，因户部尚书是结过怨的翁同和。翁老刁看目前动不了我，便来挖墙脚，想夺走天津海关道这个肥缺要职，以便把天津经济大权收归户部。我决不能让他的阴谋得逞！

他首先奏调可靠亲信执掌天津海关道，杜绝翁同和觊觎的位置，然后向总理衙门奏请周馥总理北洋营务。几个月后周馥复职。

一天，因病辞职回乡的淮军名将、直隶提督刘铭传因事到天津，来北洋大臣衙门，拜见当年的老上司李鸿章总督。他参观了各处衙门和军营，忽然发现，这里老乡遍地，乡音满耳。

这天，他穿着便服，走在天津街上观看市容风情。忽听得一阵鸣锣开道，一顶四人大轿威风凛凛地晃过来，上面打着新任天津知县的牌子。他想看看这个天津知县到底是啥样的人？是科举出身，还是留洋回来的后起之秀。

谁知他这么一看，脚下便慢了几步，没有闪到路旁，立即遭到一马鞭。

刘将军火了，一把夺过马鞭，回敬了一鞭。

这下可坏了事，他立即被围在核心。接着一帮差役接连上阵，都被刘将军一条鞭揍得抱头鼠窜，围观百姓喝起彩来。

众衙役见他本事了得，一时不敢向前，立即禀报新知县。

知县打起轿帘，操一口庐州土话："弄妈，是哪个这么凶？看我不领兵取你的狗命！"

谁知面前这人非但不怕，相反哈哈大笑："弄妈，是谁瞎了狗眼，敢纵兵欺侮老子！"新知县听到乡音，又听此人这么大的口气，不知是哪路神仙，怕是李中堂本家或是亲戚，随即道："快通名过来，依仗谁的势力？"

"老子没有谁可倚仗，至于姓名嘛，"他拖长了声音，"老子坐不改名，行不改姓，名叫刘——铭——传。"

乖乖，就是那个如雷贯耳的淮军名将、堂堂台湾巡抚，官封兵部尚书衔的刘铭传吗？

知县大惊，连忙下轿，打躬作揖不迭道："小人是庐州汤三毛，有眼不识泰山，望大人恕罪！"

"汤三毛？你就是那个贩盐的汤三毛？"

刘巡抚见对方点点头，不禁惊得两眼滚圆。他简直不相信眼前的天津知县，就是几年前在老家合肥县的私盐贩子。大字识不了几个，怎能当知县？

他疑惑地问："你这官是怎么来的？"

盐贩子得意洋洋地说："我花银子向朝廷捐了个府同知，然后通过我的亲戚——李中堂一个弟弟的关系，安排进来，当了知县。"

刘将军揶揄道："像你这种没功名、没军功，连秀才也没中的人，竟当上天津知县，大概是全安徽省第一个吧！"

"不，连庐州第一也算不上。"盐贩说，"有个庐州老乡，也跟我一样连秀才也没中，竟在北洋衙门当堂堂知府一级的大官，比我官大好几级呢。"

刘铭传惊得目瞪口呆，心里叹道："李中堂如此滥用乡人，一味讲江湖义气，我看必败无疑！"

他立即找到自己在北洋衙门当差的几个亲戚，暗暗告诫说："北洋海军不久必有大乱。你们等挣得银子稍有充裕，便可及早回家，不要等出了事，累及自身！"

三、贵夫人荣耀还乡

一品夫人赵小莲越来越消瘦。她本来就体弱多病，过年后，更觉身体越来越不对劲。

最近几个月，已经不能吃东西，肝部隐隐作痛，有时竟痛得脸如白纸，在床上直翻卷。中西医结合治疗，也是效果甚微。

一天，李鸿章问西医院的哈德林博士："早几年，有一次内人重病，西医几针就见效，为啥这次就没效果呢？"

医学博士道："中堂大人，您是想听实话还是假话？"

"博士，你有啥话，尽管直说无妨。"

博士徐徐道："尊夫人此番得的是不治之症——肝硬化腹水，在世的日子不多了。我现在所能做的只能是尽量给她减轻一些痛苦，延缓些时日。"

李鸿章惊得目瞪口呆。

到了暮春五月初，赵氏的病情恶化。

弥留之际，李总督道："夫人，你还有啥事要嘱咐我呢？"

此刻的赵夫人，已洗了香浴，换上一品夫人的华贵朝服，脖上垂挂着一条长达腰部的珊瑚项链。她紧靠床背，一字一顿地说：

"我嫁了你，赐封一品侯夫人，享尽荣华富贵，此生心愿已足。所遗憾的是，我比你年轻十五岁，却不能和你白头偕老，只有五十多岁便要离你而去。"

她喘息了一阵，积攒起全身的力气，继续说：

"老爷，我还有几件事不放心。第一，老爷百年后的爵位，要让我们的儿子经述承袭。"

李鸿章考虑了一下，大儿经方已经崭露头角，出任外交使节，很有出息，早就表示不承袭爵位，便点头道："我答应你。"

赵氏接着又问："老爷百年后，准备与谁合葬？"

她想起按照先后位置排，周氏是原配夫人，他怕丈夫与周氏合葬。

李督一愣：这个问题，自己倒还没有考虑。不过他连忙道："当然要与你合葬，因为你是一品诰命夫人呀。"

赵氏点点头，但一会儿似又有些担心地问："是与我两人合葬，还是和周氏三人一起合葬？"

这可把李督难住了，因为周氏是原配，有合葬的资格。

赵氏似乎看穿了丈夫的心思，立即说："古训道：不孝有三，无后为大。周氏只生两个女儿，没有儿子，传不了宗，接不了代，没有资格与我分享跟你合葬的荣誉！"

见丈夫点头答应，接着又问："那你以后会与姨太太莫氏合葬吗？"

李督一下子被问住了。

赵夫人见丈夫没有明确态度，想起以后莫氏若扶正，封为一品夫人，死后也和自己平起平坐，顿时情绪激动起来："我现在有个最后的要求：我死后，老爷不能将她扶正！她出身婢女，身份低微。将这种卑微之人扶正，会跌了你的身份。"

她喘了几口粗气，积攒起最后的力气，口气变得更加严厉、尖刻："这小狐狸，我一看到她就来气！在生时，她与我争夺丈夫之爱，死后又要同享一品夫人的殊荣，还要与她一起陪伴你的身边，与她轮流分享一个丈夫，我一百个不愿意！一千个不答应！"

李鸿章感到又好笑又好气：人临终还要争死后的荣誉、地位，何必呢？但嘴上却道："你不要激动、生气，这样病情会加重的。"

可赵夫人两眼瞪得大大的圆圆的不肯闭上。

李督连忙安慰道："你出身高贵，皇封一品夫人，又为我传了后代，最有资格与我合葬，莫氏哪有这个资格？你就一百个放心吧。"

听了这句话，赵氏脸上终于露出了满意的笑容。然后，慢慢地合上了眼睛。

赵氏夫人的临终遗言，不料被前来送茶汤的姨太太莫氏听了去。

莫氏是得知赵夫人身患绝症，不久于人世的消息，特地从保定赶来探望的。虽说赵夫人以前待自己不好，但她还是来了。她盼望能在赵夫人最后时刻和好。她常听人说：临终之人，其言也善。心想，赵夫人大家闺秀，度量也大。离世之际，一定会嘱咐丈夫善待自己，早点儿将自己扶正。谁想到这位在生时仗着门第高贵趾高气扬、盛气凌人的赵夫人，居然在最后关头，还要与自己过不去，向丈夫提出不给我扶正，百年后，不让我与老爷合葬的过分要求，她心里气坏了。她真想上前理论几句，争吵一番，但转念一想，我跟一个将死的人还要斗啥气呢？

于是立即退出房子。

想到若是留在此地，赵氏一死，自己还要给她叩头礼拜，她死了，我还要受她之气，于是，她跟管家交代了一声，就坐马车回保定省城去了。

赵夫人去世后，李鸿章的身体每况愈下。

咳嗽、失眠，也困扰着他。亏得温柔体贴的莫氏，给了他以过去从赵夫人那里从来没有享受到的温情、柔情。他有病，莫氏衣不解带，整夜汤茶侍候；他睡不着觉，莫氏就陪他说话，讲一些奇闻轶事，陪他下棋；烦恼时，莫氏就多方劝解，还唱歌、弹琴给他听。

“你真好。”每当李督这样夸奖时，她总是说：“以前有两个人疼着你，如今赵夫人走了，只有我一个人了，我不疼你谁疼你？”在妻子的温情柔情中，李督度过了一个又一个不眠之夜，烦恼之日。

没过多久，李总督便将莫氏扶正了。

一天夜里，李总督突然对莫氏道：“夫人，趁如今秋高气爽，你回老家四川探亲一次，看望看望家人吧。”

李督的话，让莫氏兴奋不已，也激动不已。她不禁喜极而泣。

自从自己被送到李总督家做侍妾以来，她日日夜夜连做梦也想着盼着和家人团聚的机会。十多年音讯断绝，不知家人可好？为了不让李老爷为难，自己总是在压制着这个愿望。如今总算熬过严冬，时来运转，成为主妇，扬眉吐气了。

但过了一会儿，她又不放心了：“老爷，我的家乡路途遥远，远隔千山万水。我这一去要不少日子，你没人照料身体又不太好，叫为妻怎么放心得下？”

李督笑道：有你这份心我很高兴。家中有多个佣人，我又有贴身护卫，你就放心去吧。也代我向二老双亲问好。这二十年，叫你受委屈了。你此去可以选择快捷、安全的方式。坐船，坐马车，坐轿，由你选，你带一张关防，沿途可以住驿馆。苏州、杭州号称天堂，可以去游览游览，一来免得旅途疲劳，二来也可增添知识和乐趣。到家给二老留些银子，让他们安度晚年。若是家中有年轻力壮读书习武的后生，也可带几个来，在我们身边做事……

莫氏一听，感动得热泪盈眶：“老爷，您待我真是太好了！”

四十岁的她，激动得像个大姑娘，两颊鲜艳如芙蓉，弄得李总督爱怜地把她拉入怀里亲吻……

莫氏夫人带着两个丫环和四个护卫，出发了。

一路上，她以最便捷的交通工具，毫不停留，只盼快些到达四川老家。

经过约半个月，便来到老家巫溪县。因为日已西斜，离家还有不少路程，她便在县城驿馆住了一宿。第二天一早，便迫不及待地赶往老家塘坊镇。

多年没通音讯，不知家中可好？二老健在否？当她站在记忆中那依山傍河的两间老屋门前时，看到屋塌墙倒，一片萧条破败景象，不禁呆了。

她正想走开，忽听里面有隐隐的哭声。

走进院子，只见一个白发老太婆在嘤嘤哭泣。

“大娘，请问这莫家——还有人吗?”

这镇上姓莫的只有很少几户，哭泣的老太婆连忙抬起头，问：“你是谁?打听莫家人干啥?”

这回莫氏看清了。虽然相隔二十年，母亲白发苍苍，但音容笑貌，她怎能忘记?

“妈，我是你女儿芙蓉啊!”

“啊，芙蓉，我的好女儿！这么些年，你在哪里?”妈连声不迭地说，“我难道是梦中与你相见?”说着，她伸出枯瘦的两手乱摸。

原来，母亲已经双目失明了。

“妈，不是梦中相见，是真的。那年，我因家中兄弟姐妹多，生活过不下去，被送去做了童养媳。不久，一官家见我聪明伶俐，便收为义女，并延师教我读书写字和琴棋书画。后来，将我辗转献给直隶一官家为侍女。我现在，就是从北方来探望你们的。”

齐氏一听，马上擦干了眼泪。

“妈，你为啥在这里哭泣呀？爸呢？哥哥弟弟呢?”

谁知这一问，母亲又哭开了。她边哭边诉。

原来，哥哥因欠钱粮，被关进县牢；中过举人副榜（备取）的弟弟去评理，也被一同关押。

“你爸就是去送牢饭的。”

莫夫人对母亲道：“国家的钱粮，哥哥为何不交足，竟然拖欠过年呢?”

母亲道：“这钱粮，原定每亩三钱银子，已经交过。可那狗官又另加两钱银子，大伙气得要命，就抗拒着没交。县官说你哥哥为首，就把他抓走。不料船破偏遇顶头风，一阵暴风雨又把家中屋吹倒。亏得你爸去送牢饭没在家，我到河边洗菜，才没砸着人。现在屋倒人被抓，叫我们怎么活呀?”

莫夫人连忙劝慰道：“妈放宽心，我去县里救人，你在家等一会儿。”

说着，留下一个丫环照顾母亲，自己领着几个护卫直奔县城。

当她午后在县衙前擂响那面牛皮大鼓时，被百姓称为“剥皮虎”的县令，正搂着第四房姨太太在睡大觉。

鼓声越来越响，越来越急，剥皮县令气得猛地翻身下床：“妈的，谁搅坏我的午睡?”

他当即升堂，气势汹汹地吩咐巡检：“将击鼓人押到堂前，先痛打四十大板，杀杀威风!”

可是，一会儿那巡检跌跌撞撞地跑来报告：“大人，有位贵夫人，带了四个威风凛凛的保镖呢。”

县令不禁惊得呆了：“好，那就请他们进来吧。”

当县令看到一个贵夫人，在四个一身戎装、斜挎短枪、马靴闪亮的军人护卫下，神气十足地来到面前时，顿时傻眼了。四个军人手按短枪，似乎随时要拔枪射击。

县令知道这短枪，可不是平常军人能佩带的，于是连忙满脸带笑道：“请问几位老总从何方而来？到此有何贵干？”

此时，只见一个护卫把一张证件一展，县令看到是北洋大臣衙门的关防，四品参将的职衔，吓得打躬作揖不迭：“将军有何吩咐？”

此刻，莫氏夫人发话了：“听说，我家兄弟被关押在县牢里，不知为了何事？”

“请问夫人，您家兄弟姓啥？”县令问。

“姓莫。”

县令立即唤来巡检：“听说你们抓了姓莫的两兄弟，有这回事吗？”

巡检一听糊涂了，心里说：“不是你命令我抓的吗？”但他不敢说，只得满脸委屈地点了点头。

“你们真是瞎了狗眼！怎么乱抓人？把清白良民也抓了！”县令训骂了几句，随即命令：“立刻放人！”

话说莫家大儿莫有金，原判永远监禁。当巡检到牢中提出他时，以为要枪毙他，吓得脸色发白，两腿发软，说话也直打哆嗦。

忽听巡检宣布：“你兄弟俩可以回家了”，还不敢相信自己的耳朵。

“你家来了救星，是个贵夫人，看她派头十分尊贵呢。”

两兄弟来到大堂一看，原来是多年没音讯的姐妹，顿时抱头痛哭。

“好了，我们回家吧。”

县令一路打躬作揖将他们送出县衙。

他们一行打轿急急回到家里，只见父亲也已到家。一家人见面，又抱头痛哭了一阵。

莫夫人拿银子在镇上租了两间干净楼房，安排一家人住下，然后取出五百两银子，叫哥哥负责，立即动工造三间新楼房。

“莫家女儿嫁了个朝中大官”的消息，在镇上引起轰动。亲戚朋友，邻居熟人纷纷赶来帮忙。年轻力壮的帮助造屋，妇女帮助做饭烧汤。众人七嘴八舌讲起剥皮县令私加钱粮，贪污受贿，霸占民妻等劣迹。

莫夫人立即派护卫军官赶往府里告了一状，剥皮县令很快便被革职查办。为抗粮而坐牢的乡亲也全部释放，顿时欢声雷动，盛赞莫夫人美德。

这天下午，莫夫人正和当年众姐妹在谈天，忽然有人报：“知府大人驾到！”

一阵鸣锣开道之声随之而来，吓得众姐妹神色慌张，正准备躲藏，莫夫人道：“莫怕，知府也要讲道理，不会强抢你们做姨太太的。”一番话把众姐妹逗笑了。

莫夫人吩咐护军参将前去门口迎接，自己端坐不动。

不一会儿，况知府进屋参见："不知尊夫人驾到，有失远迎，望恕罪。"

他客套了几句，坐到为他准备的太师椅上。

"剥皮县令罪大恶极，本府已申报省按察使衙门，将他定为死罪。一等上司核准，便将他正法。"

"蒙府台秉公执法，我代表全县乡亲深表感谢。处理贪腐县令一事，还须按律而行，不要因我家老爷在朝为官便将他重判。"

知府道："夫人美德，本府钦仰。剥皮县令私加钱粮五万两银子，贪为己有，按《大清律例》已犯死罪，何况还有其他多条罪行！这是他咎由自取，夫人不必宽恕这种鱼肉百姓的罪人！"

说完，又吩咐手下衙役送上两百两银子。

莫氏夫人变色道："府台秉公执法，雷厉风行处理犯罪县令，令我钦佩。我觉得贵府是一等良吏。如今你送我银两，使我家老爷有受贿之嫌，却令我生气。"

况府台忙道："夫人误会了，这不是我给您的馈赠，而是夫人家应得——确切地说，是您坐牢的兄弟应得。您哥平白无故被关押吊打，打成伤残，这是官府给他的赔偿金哩！"

莫夫人大为感动："况府台判案如此彻底，真不愧为朝廷的良吏，百姓心目中的好官。就像当年彪炳史册的况钟知府哩！那我就代表兄弟谢谢府台了。"

说完，随即吩咐手下军官，摆一桌酒宴相请。

"夫人，不必费心，我府上事多，暂请告辞。"府台道，"临走前，想向夫人讨一张名刺，以便今后若是上司报复我，也好有个讲理的地方。"

莫氏诧异了："哦，请府台说明白一点儿，谁要报复你，为啥事?"

况知府道："其实，剥皮县令劣迹，我一调到贵地已有所闻，也曾向上司报告准备严查，但上司压住不批。其中原因，就因县令的妹夫即是我的顶头上司——道台，我怕这次他又从中作梗，使此事不了了之。令哥赔偿金之事，我也怕此案虎头蛇尾夜长梦多拿不到，便先从府库中支出。"

"哦，原来是这么回事。"莫夫人抱歉地笑笑道："内眷不用名刺，叫黄参将给您一张。"

况知府拿过一看，只见是：北洋大臣事务衙门都司、正四品衔黄××。

接着，莫夫人又特地给知府写了一张字条，说："我家老爷，平时在北洋大臣衙门理事，冬天海河封冻后，回保定直隶省城办公。你若有事，可写信到我府第，紧急情况，也可拍电报。若是府台有机会，请来我府上作客。"

况知府接过莫夫人所写的府第条子，不禁疑惑地问："不知夫人家老爷是朝中哪一位大臣?”

莫夫人微微一笑，轻轻道：“我家老爷姓李，名叫李——鸿——章。”

我的天哪，原来是直隶总督兼北洋大臣，堂堂文华殿大学士李中堂!

如当空劈下一个响雷，知府顿时吓得扑通一声跪倒在地：“是李中堂家贵夫人，失敬失敬。”

他想行叩拜大礼，被莫氏制止了：“府台切莫如此，你是我家恩公哪!”连忙吩咐黄都司扶起他。

况知府匆匆告辞，兴冲冲而去。此刻他感到腰板硬了起来。其实，他来时虽已拟好给省按察使的报告，但还不敢发出，因为根据通常程序须报告道台，经道台签署意见，方可再呈报省里。否则越级上报，要冒革职风险，道台得知，便会首先将他参劾。这回不怕了!他立即将参劾报告发了出去。

莫家建房开工后没几天，新任县令便派县里有名工匠前来筹划，县尉亲来调派监督，亲友邻居熟人纷纷送来木料砖瓦，工匠轮班日夜施工，没多少日子便完工了。

她还请了府里名医为母亲看眼病，不久也重见光明。

当莫氏一家人住进新屋，莫夫人便起程了。

乡、县甚至府里也派人前来送别。

临走时，莫夫人拿出六百两银子，给父母作养老之银。

她说：“李中堂原想叫我带你们去天津享福。我想路途太远，怕你们经不起折腾，你们就在家乡安度晚年吧。若以后生病等特殊需要，就写信或打电报来，我再给你们汇银子。”

新县令道：“贵夫人请放心前去，您路途遥远照顾不便，您家父母就是我的父母，家中有事，只要告诉一声，我们立刻派人前来!”

他转身对当地镇长道：“莫老太爷家的事，你多操心，有重要事向我报告，由我来处理。”

莫夫人此回，带走了中过副榜举人的小弟，和中了秀才的年轻侄儿，还带走一个在福建船政学堂毕业、没安排差使的外甥。

轿马正要动身，忽听外面报：陕西省新任布政使鲁大人偕夫人求见。

原来，巫溪县地处鄂、陕、川三省交界，朝中来了贵夫人莫氏的消息，早传到鲁布政使夫妇的耳朵，于是便赶来相会。

鲁布政使是莫氏夫人的恩公、义父。当初就是他把莫氏收为义女，教她读书和琴棋书画，后来又通过川督把义女送给李鸿章总督当侍女。当初鲁公是知州，他学问好又很精明能干，加上李鸿章不时关心提携，现已身居方面大员。他进京时往往要过天津或保定拜访李中堂，看望莫氏。近来听说莫氏扶正，成为李中堂正式夫人，更是喜不自禁。

“莫夫人，五年未见，真是想煞我们了!”鲁布政使夫妇亲热地说。

“哎呀，爸，妈！”莫氏迎到大门口把贵客接到客厅，“孩儿有二十年未回家，恨不得插翅飞翔。正准备回程时到爸妈府上拜访，孩儿也有好多年没见双亲之面了。”

说罢，立即上前要行叩拜大礼，马上被鲁布政使夫妇搀扶住了：“使不得，使不得。”

于是莫氏只得弯腰行礼。

礼毕，莫氏立即吩咐护卫取出西洋自鸣钟一座，羚羊犀角两支作礼物。

“孩儿一路匆忙没带啥好礼品，这点儿东西不成敬意，请笑纳。”

“您和中堂大人的提携，就是对我们的最贵重礼物！”说着鲁布政使叫手下捧出三百两银子，“这是给您二老，我们两位哥嫂作养老之资。”

接着又道：“莫夫人，您是否可去古都西安我们那里游览一番，也好让我们略尽地主之谊。”

莫氏本想退回鲁布政使的银子，但又怕他们心里不痛快，于是便道：“谢谢双亲的重礼！”

接着解释道：“孩儿此番回乡，因路途遥远，已费时一月有余，心中时刻牵挂着我家老爷。再说此去西安路途不近，现在既蒙双亲登门见过面，请恕孩儿失礼，就不去府上了。还是请爸妈到直隶保定或天津作客吧！”

说着，又写了一张最近新住宅的地址交给鲁夫人。

“莫夫人，你家中还有何事需要交代？”

一句话提醒了莫氏，她立即压低声音，将况知府的担忧说了出来。

鲁布政使忙道：“这个无妨，我有个学生，如今正巡按此地，待我修书一封，将此事委托他办理就是。”

莫夫人一行终于起程了。

成千上万的人前来送行，人们如众星捧月般围着莫氏。

莫夫人与鲁布政使夫妇及众人洒泪告别，然后一路船、车往天津赶。她在号称天堂的杭州和苏州两地停留了几天，观赏了杭州西湖和苏州园林，又惊动了浙江、江苏一班官员，纷纷前来迎接、亲热。所以，她打消了游古都南京和名胜扬州的念头。

刚回到天津衙门，便见到鲁布政使的来信，说况知府已被升为道台，原道台、剥皮知县妹夫因包庇罪已被革职，剥皮知县已被处决。

莫夫人高兴得长长地出了一口气。

她把此番官场的事向丈夫一说，不久，那况知府即被提拔为省城按察使，鲁布政使晋升一级，为巡抚。莫氏带回的弟弟和外甥，也随即被派到北洋衙门和直隶总督署当差。侄儿被放在直隶府学读书，由名师辅导，第二年便中了举，第三年中了进士，不久被派到直隶做了五品知州。这是后话。

第八章　小日本打败大清国

一、小日本在黑船事件中警醒

公元一八五三年七月八日凌晨。日本江户幕府首席老中（相当于清廷军机处领班大臣）阿部正弘，还在睡梦中，便被一阵急促的敲门声惊醒。

顷刻，他听到了一个不祥的消息：有四艘全身漆黑的大船，无视日方海军的多次警告，冠冕堂皇地闯入了江户湾的浦贺海面，不一会儿又进入了内湾。

原来是美利坚合众国舰队司令佩里，率领一支舰队来到日本。

阿部感到事态的严重，因为日本国主宰——幕府征夷大将军德川家庆刚死十四天。他立即下令调集海军十二艘木质战船前往迎敌。

日本海军司令指挥战船，包围了黑船，并拿着纸喇叭筒对大船喊话："这里是日本领海，望外国船舰速速离开！"

见黑船上没人理睬，他立即下令做好战斗准备，歼灭来犯之敌。

但是，当他渐渐靠近敌船，看到黑色军舰如擎天巨人，全身钢铁，昂首挺立，炮弹足有十英寸粗，估计有上百磅重时，顿时吓得目瞪口呆，手足冰凉。他清楚，若日本的木船与对方一对阵，马上就会散了架；对方只要一开火，日本海军顷刻就会遭受灭顶之灾，几千名日本海军官兵连同自己这个司令，统统会被"海葬"。

在对方的坚船利炮面前，他只好派副司令前往美方指挥船，客气地询问对方来日本的意图。

佩里黑着脸，用拳头敲着面前的案桌，气势汹汹地说："日本人抓了靠岸的美国船员，野蛮地将他们关在笼子里。美方严正要求：日本政府必须承认此次事件的暴行，解释理由，作出道歉！否则，我们将采取正当的行动，以讨回公道！"

原来，是远在大洋彼岸的美国前来兴师问罪！

当天夜里，日本海军司令便放出信鸽，把黑船到来的消息送往京都。

孝明大皇大惊失色，一筹莫展，只得一面下令幕府军队严阵以待，一面

亲往神社连连祈祷，乞求神灵保佑。阿部正弘只得勉强同意美方上岸递交国书。

佩里准将递交了美国总统米勒德·菲尔莫尔给日本天皇的信。

信中要求：保护美国渔民，给予购买煤炭和开放一个或多个港口，供两国贸易使用。

公元一八五四年新年刚过不久，美国大型舰队，再次进入江户海湾。

阿部正弘企图拖延答复，但美国人不答应。美舰竟深入到江户湾内，堂而皇之地进行测量。

阿部正弘无奈，只得和佩里举行会谈，并签订了《日米和亲条约》，从而迈出了开埠第一步。

条约核心有三条：（一）日本开北海道的函馆和下田两港，并提供粮食、水、煤等，给前往这两港的美国船只；（二）美国可派领事驻下田；（三）美在日享有最惠国待遇。

不久，执政两百多年的德川幕府被推翻，天皇重新掌权。

“黑船事件”如晴天霹雳惊醒了日本民族。

明治天皇紧咬牙关，开始了轰轰烈烈的社会变革。

明治天皇上台不久，就制定了一个征服南洋、征服亚洲乃至整个世界的雄心勃勃的“大陆政策”。

大陆政策的矛头，首先指向朝鲜和中国，并把朝鲜看成侵略中国的跳板。因此，明治维新后，日本政府特别注重海军建设。公元一八七〇年，兵部大辅前原提出，要用二十年建立起一支强大海军，平均每年要投入全国收入八分之一用于海军建设。公元一八七二年，日本取消兵部省，分设陆、海军两省。

令人遗憾的是，此时的中国政府，仍把日本看作一个弹丸之地的小国，把自己看作位居世界之中的大帝国。

近来，李鸿章总督越来越感到自己正在一步步走下坡路。

首先是翁同和所管的户部，停拨了海军经费。几年来，再也没购置过一艘军舰，更换过一门大炮；接着，户部又把修筑关东铁路的专款——每年两百万两白银，移作慈禧太后六十寿庆之用，致使已修到山海关，购地已到锦州，具有重要战略意义的东北交通大动脉——关东铁路停建。

李鸿章忽然想起赵氏夫人生前多次对他说过的一句话：“我这人有旺夫相。从我嫁你起，你官越做越大，爵位越来越高，事业越来越辉煌！这都是因为你娶了我的缘故。”

他不相信这些，可说来也怪，自从赵氏去世后，各方面越来越不顺了。

他不知接下去，又有啥倒霉事，要降临到自己和北洋海军的头上。

光绪十九年（公元一八九三年）初冬，当机要幕僚、内勤总管罗奉禄把一本《讨伐清国策》的报告书，和北洋海军总兵刘步蟾撰写的《日本扩充海军的大方针》放到李督的案桌上，他看着看着，不禁浑身冒汗了。

《讨伐清国策》是日军参谋本部第二局局长小咱又次中佐到中国调查后，向日军参谋本部写的报告书。书中主张在公元一八九二年前，即完成对中国的战争准备。此后，日本军费开支，由原来已经高占国家预算总额的百分之十，猛增到百分之三十。

刘步蟾报告中指出：公元一八九〇年，明治天皇下旨拨出内币三十万元，作为添置军舰费用；公元一八九二年八月，伊藤博文第二次出任首相，通过了建造十艘军舰的计划；不久，又宣布扩充海军，年度经费进一步增加，竟超过国家预算总额百分之四十一；公元一八九三年初，天皇又下谕旨，决定在六年间，再次从宫廷内库中每年拨发三十万元，同时下令从文武官员薪金中，再抽出百分之十征纳国库，均用于建造军舰。日本还频繁进行以中国为假想敌的陆海军大演习，海军则以北洋海军舰队的“定远”、“镇远”两艘东亚最大铁甲战舰，作为主要目标。

刘步蟾在所撰的“最近日军动态”中，还提到日军参谋本部次长川上操六陆军中将上半月的一次中国和朝鲜之行：此人曾到过我国山东半岛和天津、上海、南京等地，在天津参观了机器局、武备学堂，观看了炮兵操演炮术，并亲自登上北圹炮台，观看山炮演习，还对天津周围地形偷偷考察。回日后，又密令公使馆二武官侦察渤海湾航道，及山东半岛、辽东半岛、天津塘沽设防情况。

刘步蟾在报告中明确指出：“目前，日本海军总体实力已大大超过北洋海军。日本海军主力舰平均功率，比北洋海军要多1885匹马力。北洋海军使用的都是旧式后膛炮，射速和准确性差；而日本海军则以速射炮为主，发射速度是北洋海军的四至六倍。日本海军在速射炮和时速上的优势，已对北洋海军构成重大威胁……”

李鸿章知道，北洋海军的不幸，便是中国的不幸，也是自己个人的不幸，于是立即向朝廷上奏：

> 据北洋海军总兵刘步蟾报告，日本大力扩军备战，目前，海军总体实力已大大超过北洋海军。日本弹丸小国，还能节余经费，每年添置大型军舰。而中国自光绪十四年北洋海军建立以来，五年没能添置一艘军舰，也没添置一门火炮。如此状况，臣深为忧虑。

然而报告上去，如石沉大海，没有丝毫回音。

此时，主持朝政、总理海军事务的醇亲王奕譞，两眼全力盯着儿子的亲政大事，正加快修建颐和园的步伐，想早点儿修好颐和园，让“垂帘听政”的太后，早日住进景色宜人的名园，以便让亲生儿子早些接班，亲自掌握朝廷最高权力。这是重中之重，他哪有心思理会李鸿章的奏报？

不久，李鸿章又接到朝中有人弹劾海军提督丁汝昌，要求另委刘步蟾为海军统帅：

丁汝昌虽为陆军骁将，但对海战茫然无知，且一上舰即头晕，怎能指挥作战？北洋海军军纪废弛。《北洋海军章程》规定，自总兵以下，须在舰上生活，不另设衙门。但北洋海军自上而下，争先带家眷居住陆上，军士也常离开舰船上岸游玩。每年北洋封冻，按条例应赴南洋，谁知却去上海、香港赌博嫖娼。一些舰船不务正业，平时不训练，却忙于商业运输，挣钱肥己。定远、镇远等大型战舰炮架上晾晒五颜六色的衣裤，看去如同小孩的尿布……

李总督见到御史弹劾北洋海军军纪败坏，海军提督不称职，大为恼火：这些人分明嫉妒我的权力，要把我在北洋的军权夺走！汝昌是我的老乡，老部下，对我忠心耿耿；可是刘步蟾那些新人，既非淮系，又非门生，我让他任总兵，已够重用他了，让他任海军统帅，我以后指挥起来怎能得心应手？

想到此，他立即上奏章，以“刘步蟾学生出身、资历太浅、海战方略只能纸上谈兵，无实际经验”为由，驳回御史意见，继续让丁汝昌任海军提督。

他此时压根没想到，丁汝昌统领海军，是北洋海军的不幸，也是李鸿章他本人的不幸，他必将为这一任命付出惨重代价。

光绪二十年四月初三至二十三日，直隶总督兼北洋大臣李鸿章第五次巡阅海军。

他与买办潘二江进入轮船舱门时，突然，啪的一声，李总督大帽上那闪闪发亮的顶珠砸落在船板。

船刚开行，忽然，迎风飘扬的帅旗被大风吹落海中。船上水手连忙去捞，但哪里捞得着？早被吹到远处，随之沉没。

潘买办大惊失色道：“这两件事都非吉兆，难道北洋将要遭遇不祥的事情吗？”

李总督笑道：“帽珠砸落，是我人长，不小心造成；帅旗落海，是因为没绑牢，又遇大风。这些皆平常之事，与今后命运有何关系？”

话虽如此说，但他心头隐隐有些忧虑。

公元一八九四年一月，朝鲜内乱，朝鲜政府请求清朝派兵助剿。

六月四日，中国派兵赴朝。日本即于六月五日成立大本营，也派重兵入朝，从此拉开了北洋海军灾难性年头的序幕。

六月九日，李总督接到太原镇总兵、淮军骁将聂士成发自朝鲜牙山前线的一份战报：

日军已派重兵入朝，数量大大超过清军，并迅速控制各战略要点。我军本奉命平定朝鲜内乱，不是与日军交锋。日军乘机调水陆大军压朝鲜，据险要以寻找借口，看来蓄谋已久。敌众我寡，地利人和均被日本占先。若与日本开战，正落入日本圈套。现朝鲜内乱已平息，正可趁此机会派轮船内渡接回部队，以免给日本以开战借口。这就是老子所说的不为人先之谋，也是带兵者避实击虚之计。否则，日军先发制我，战场一开，大局危险了。

李鸿章觉得聂士成言之有理，立即电告清朝驻日公使李凤藻照会日本：

朝鲜内乱已平，中日双方宜各撤兵。

然而日本坚决不撤兵。

日本海军大臣陆奥宗光接到清国照会，冷笑道：真好笑，你们以为我们日本插手朝鲜事务，是为了帮助朝鲜平定内乱，促使朝鲜改革吗？我们是想借此题目，把中日关系重新协调；若不能协调，索性促使其彻底决裂，使阴霾笼罩的天气，或变为暴风骤雨，或成为我们的艳阳天！

日本决心动武了。

六月二十一日，日军闯入朝鲜王宫，劫持国王，组织傀儡政权。

消息传到清廷，大臣们乱成了一锅粥。清廷决策重臣、户部尚书、帝师翁同和，帝师李鸿藻等一帮光绪帝党羽，主战呼声高涨。

李鸿藻启奏道：

日军如此行径，说明小日本已完全不把我堂堂大清国放在眼里。这是对大清的蔑视，我们决不能容忍！皇上亲政不久，应打击其嚣张气焰，以立国威！

光绪帝一听，不禁热血沸腾，大受鼓舞。

李鸿章不想与日本开战。他知道大清国力贫弱，根本玩不起战争这个奢侈品。

于是连忙上奏：

“北洋海军实力根本不如日本海军。舰船老化，枪炮落后，如开战一定损失惨重。与其打不胜硬打，不如不打以保存实力。”

翁同和急急闪出朝班，大声斥责道：

“李鸿章主和，实际是为一己私利，说穿了就是为了保存北洋海军实力，保存淮军实力。这种把个人利益凌驾于国家利益之上的行径，跟卖国贼有何区别?”

他给李鸿章扣了一顶大帽子，仍觉得不过瘾、不解气，接着又煽风点火，极力挑起皇上的不满：“这军队，是大清的军队，不是你李鸿章的私家军，岂可由你一人支配?”

光绪帝一听，果然上了火。

他对李鸿章在国家利益和威信受到挑战时，仍故意保存实力大为不满。

此刻，在他内心深处，还有一个不能明言的解不开的疙瘩：

自己亲政已有好几年，可是太后一直像以前自己小时那样“垂帘听政”，控制着全国政治、军事、外交和财政大权。他心中很不满，但又无可奈何，因为太后有李鸿章的淮军和北洋海军撑腰。如今，日本在朝鲜挑衅，我正可借此良机，命令李鸿章淮军和北洋海军与日本决战。胜了，则大长我大清威风，树我皇帝的威信；即使败了，对我也有利无弊——损伤的是李鸿章和太后。损失了军队，等于折断了李鸿章和太后的翅膀，他们就硬不起来，我就可以趁机独揽国家大权。这叫作坐山观虎斗，也就是古话所说的鹬蚌相争，渔翁得利。

想到此，他立即下达圣旨：

着李鸿章积极备战，务必打掉小日本威风。

李鸿章无奈，只得接旨。他下令雇英国商船三艘运送部队，往牙山接应叶志超。

六月二十三日，完成护送任务的济远、广乙两舰，返航途中，在丰岛附近海面，突然遭到日本舰队袭击，并击沉了由天津驶至的高升号。

同日，日军四千多人又攻击清军。叶志超率部逃至平壤，聂士成部在成欢驿与日军交战不利，也撤往平壤。

面对日军如此猖狂，光绪皇帝立即下旨："向日本宣战！"

这正中日本下怀，于是兴高采烈地向中国宣战。因为日本已做了精心准备，就等着中方先宣战呢。

其实，在突袭清军舰队和淮军之前，日本大本营早已制订了详细的作战计划：

作战目标，在于以主力在渤海湾头与清军决战。作战过程，分为两期。第一期，先以第五师团进入朝鲜，牵制清军，同时以联合舰队扫荡清朝海军，力夺黄海、渤海制海权。第二期，则视海战结果而定：（一）如能取得制海权，则逐次输送陆军主力至渤海湾头，在直隶平原进行决战；（二）如未控制渤海，清军亦未控制日本近海，则应向朝鲜输送陆军，以击退在朝清军，力求扶植朝鲜傀儡政权；（三）如清军取得制海权，则应尽可能增援第五师团，并加强国内守备以击退来袭之敌。

日方甚至在出兵前，还做了两种不测的准备：一是小输。大军退回日本，等待大清军队东渡后的报复；二是大输。全国军民退到北海道，甚至西伯利亚荒芜之地……

看到这份详尽而周密的作战计划，日本首相伊藤博文笑了，日本天皇也笑了。

他们知道，对面那个一水之隔，号称大清帝国的巨人，实际是个病得不轻的病人，已经不起精明强干的日本小老虎的铁拳！

此时的清朝，什么准备也没有做好，兵力占劣势，舰船陈旧，枪炮落后；因铁路未贯通，运送兵源、粮饷十分困难；却凭一时之气对日宣战。

光绪和那些主战派大臣们，大国情结太深，总认为日本是弹丸小国，是小蜜蜂，中国是大象，是老虎，就是睡在地上让你啃，让你吃，也得吃上一年半载。实际上小蜜蜂钻入大象的鼻孔、耳朵，就叫你乖乖投降；用刺一戳，纸老虎就破了。

此时，还有一个更为糟糕，令清廷根本没有料到的情况是：日本在宣战前，早已破译了清廷军方的密码，而清廷还蒙在鼓里呢！

这是一场有充分准备的国家，对毫无准备的国家所进行的战争；是头脑无比清醒的人，对利令智昏、歇斯底里的人的较量；是体力强健之人，对身患重病之人的角斗！

难怪中外有识之士在事后评论这场战争时说："大清是在错误的时间，错误的地点，打了一场错误的战争，其输赢早在开战前就已决定了。"

正如一位哲人所说的那样，真正的战争，永远发生在战争开始之前。

近日，驻守朝鲜平壤的清军总兵、淮军将领卫汝贵日夜提心吊胆。他怕日军真的攻打平壤，因为自己所率盛军马步兵十三营，号称六千余人，其实只有四千多人，有两千人是吃空饷，有名无实。又闻日军人数众多，且都是精兵强将。同时，不久前叶志超提督奉李鸿章总督之命，前来查点过军队人数，他怕吃空饷的事暴露，受到处罚。

很快，担心的事，还是发生了。

这天，他接到李鸿章总督一封口气严厉的电文："……盛军点名后，究竟可以裁并几营？为何至今未接回音？叶提督来电告知，盛军只剩四千人，缺额极多。你才能平庸，贪污严重，坏我淮军声名，良心何在？若再违抗，定当严参治罪！"

看到这份电报，他顿时觉得脖子和双手都不灵了——仿佛披枷带铐一般难受。看样子，还是早些解甲告老回乡享清福为妙！

忽然勤务兵给他送来一封信。一看封面那字，他就知道是少夫人白玉兰写来的。

拆阅来信，一手娟秀的小楷毛笔字展现眼前：

"君起自兵家，位居总兵。家中财产丰足，享用不尽，何必驱驰军营？应及早告老还乡，安度晚年。况且你年岁已高（时年六十岁），望谨慎行事，切切不可担当前敌，冲锋陷阵，以免妾在后方挂念。切记，切记！"

妻子的来信，促使他更加巴不得战事立即结束，好回家安享荣华富贵。

可是该死的战争爆发了，日军分四路猛攻平壤。在牙山，他的部队与日军一接触，他就感到遇到了劲敌。敌人的速射炮如雷霆万钧，我不能把命丧在战场！

这么一想，他立即率兵逃到成欢驿，接着又逃回平壤。

就在此刻，一件让他意想不到的事发生了。

这天夜里，他把克扣粮饷所得的五千两银子，正藏进一个绝密去处，忽被一片喊声惊醒了：

“卫汝贵，快把侵吞的粮饷吐出来！”

“卫汝贵，贪污军饷罪该杀头！”

“找卫汝贵算账去！”

咒骂声，喊声，夹杂着洪水般的脚步声。原来是士兵哗变了。

他惊出一身冷汗，连忙带领亲兵营连夜逃走。先退至辽宁岫岩，再退至盛京（今沈阳），方才安下心来。

前敌总指挥、提督叶志超，见日军四路进兵，守卫平壤的提督左宝贵中炮阵亡，卫汝贵率部节节败退，于是急急下令：“撤兵速退！”

他怕日军围困城池，便在城墙遍插白旗，请求日军放他逃生。

但被日军前敌指挥一口拒绝：

“淮军，是清军第一劲旅，我们要先较量较量再说。”

叶志超明白日本统帅的险恶用心——要玩“猫抓老鼠”的游戏：日军务必要把驻守的淮军歼灭，以取得先声夺人、挫败清军锐气之目的。

他吓得魂不附体。幸好当夜的天气帮了他大忙：大雾茫茫，夜深人静。他下令：人含枚，马裹足，借着浓重的夜雾，迅速奔逃。

当撤退到一百里外的一处崇山峻岭时，有个军事参谋献计道：“叶帅，我军可在此地埋伏一支奇兵，待天明日军追兵来时，打它个人仰马翻！”

“你别自作聪明！”叶帅喝道，“你以为日军都是傻子，会钻你圈套吗？若再乱我军心，定当斩首示众！”

说完，立即下令继续大踏步撤退！直到这支兵狂奔三百里，渡过鸭绿江，进入中国境内的九连城、凤凰城、盛京一带，突突直跳的心，方才稍稍安定下来。

此番，清军丢弃大小炮四十尊，快炮及枪万余杆，将官的私人财产无数。

与陆军几乎同时，北洋海军被迫与日军，在黄海展开了一场惊心动魄的海战。

二、邓世昌与爱犬同沉大海

公元一八九四年九月上旬的一天，北洋水师提督丁汝昌接到直隶总督兼北洋大臣李鸿章指示：“严防威海、旅顺门户，不必与日本海军拼搏，只令游弋渤海内外，作猛虎在山之势”，于是指挥北洋舰队从威海基地出发，前往旅顺，接着再往与朝鲜相邻的大东沟一带巡逻。

此刻，他根本没想到一场危险已经临近。

因为此时，日本间谍宗芳小太郎，已将北洋舰队开赴朝鲜的具体日期，电告日军大本营。日本强大的联合舰队，已到达朝鲜黄海道大东河口附近以逸待劳，拦击北洋舰队。

九月十五日夜，日本陆军已占领朝鲜平壤。但北洋海军全然不知。

十六日中午前，丁汝昌仍按原计划，指挥舰队十八艘舰艇，向大东沟进发。十七日拂晓前，日本舰队驶抵距大东沟一百三十公里的海洋岛，并向大鹿岛方向搜索前进，寻找北洋舰队主力决战。

此时，北洋舰队对日本海军的到来，仍是全然不知。

一场激烈的海战已迫在眉睫。

十点半左右，北洋舰队定远舰一名实习生，突然发现茫茫海天之际，出现了一支庞大舰队。

“日本军舰！”他一声惊呼。

丁汝昌闻报，忙与右翼总兵、定远舰管带（舰长）刘步蟾，总教习汉纳根，登上舰的飞桥瞭望敌情。

此时，日本联合舰队已组成单纵阵势，以四艘快速巡洋舰为全军先导，六舰紧随其后，两舰置于战阵左侧，向北洋舰队气势汹汹地猛扑过来。

丁汝昌也立即命令舰队摆开“人字形”阵势：定远舰居中，右翼为镇远、来远、经远、超勇、扬威五舰，左翼为靖远、致远等四舰。

总兵刘步蟾见状，急急上前劝阻道：“我方海军实力明显弱于日本，人字阵形虽能有效发挥各舰舰首主炮威力，却不能发挥一舷齐射的炮火威力，不能最大限度地集中火力；另外，超勇、扬威等舰速度慢，火力小，排在阵尾，得不到主力铁甲舰的保护，很容易遭到敌舰攻击。”

丁汝昌怒斥道：“海上大战急如星火，不要在此噜唠扰乱军心！你要指挥等以后当上提督再说！”

一番抢白，刘总兵顿时无语。

话音刚落，日本主力舰、新式巡洋舰吉野号，指挥四艘军舰，绕阵疾驶，直扑北洋超勇、扬威二舰，集中火力猛攻。

不一会儿，两舰相继中弹起火，很快超勇舰沉没。扬威舰无力再战，只得向大鹿岛方向退却。

此刻，几发炮弹相继击中了北洋旗舰定远舰。正在瞭望台上督战的丁汝昌负伤，无法指挥。旗舰上的信号装置也被毁，舰队顿时失去了指挥和联络。

在这危急关头，管带邓世昌指挥致远舰，和林泰曾的镇远舰、林永升的经远舰、叶祖珪的靖远舰、邱宝仁的来远舰，一齐奋勇上前，将日本舰队六艘军舰横断，使敌四舰成了孤军，并立即迎头痛击。日军两舰受重创，赤城舰长被击毙。

“瞄准敌舰‘西京丸’号开炮！”刘步蟾一声令下，定远、镇远大炮齐发。

日本海军军令部长桦山资纪海军中将乘坐的西京丸号巡洋舰，霎时中炮起火，仓皇逃生。

而北洋平远舰也被击中起火，退出战斗，广丙舰也脱离战场。

此时，北洋舰队已处于日海军联合舰队本队与第一游击舰队夹击之中，形势十分危险，但北洋舰队官兵仍同仇敌忾，面对险境毫不退缩。

水师提督丁汝昌身负重伤。弹片划去了他头上一块皮，打伤他的手臂和大腿，脸和手脚血迹斑斑。

进行简易包扎后，他拒绝进舱躲避，仍坐在甲板上指挥。舰上信号装置已毁于炮火，指挥和联络系统失灵，他就坐在甲板上声嘶力竭地喊叫，激励官兵："弟兄们，为国立功、献身的时刻来到了。我们要团结一心，与敌奋战，直到流尽最后一滴血！"

可是他的话语，立刻被隆隆的炮声，劈劈啪啪的枪声，和舰船鏖战时所激起的奔腾呼啸的浪涛声所吞没。

总兵刘步蟾见形势危急，立即劝道："督师，你快进舱躲避，指挥的事由我来——"

话未说完，便遭到一顿斥责："保疆卫国，是军人的天职，我宁可马革裹尸，决不临阵脱逃！"

刘步蟾既钦佩丁提督在战场上视死如归、毫不退缩的勇气，又对这位顶头上司一味盲勇、不讲科学的举动感到好笑，连忙说："如今联络中断，当务之急，你应早定一舰代替旗舰指挥才好。"

可丁督恼道："我还没死呢，你就想抢班夺权了！"一句话噎得刘总兵无言以对。

看到丁提督不顾伤痛，在声嘶力竭地指挥吼叫，刘步蟾感到既伤心又有一种莫名的悲哀。

正当危急时刻，邓世昌指挥致远舰，在猛烈炮火和令人眼花缭乱的阵势中，首先冲向敌舰。他对全舰官兵道："我们从军卫国，早已置生死于度外。今日战斗，只有用一死以报国！"

官兵见管带站在舰头瞭望台上大义凛然，不顾生死指挥战斗，个个齐呼："听命管带，决不后退！"

猛烈的炮火和密集的枪弹射向敌舰，致远舰东击西闯，威风凛凛，犹如一头雄狮。

多艘敌舰起火冒烟，纷纷退却，逃跑。

正在日本先锋舰队旗舰吉野号指挥的日军司令官井航三海军少将，见北洋致远舰来势凶猛，如一只猛虎，立即命令："各舰集中炮火攻击致远舰！"

于是成百颗炮弹一齐呼啸着射向致远舰。致远舰顿时多处创伤，弹痕累累，但它仍不后退，枪炮猛烈还击。

不一会儿，致远舰归于沉寂。

“报告管带，炮弹没有了。”

“报告管带，子弹打光了！”

听到官兵的报告，邓世昌不禁露出决绝的神态。

他迅速地观察了一下周围，忽然，他像猛喝了烧酒一般兴奋起来：前方不远处，就是日寇旗舰吉野号。

他立刻对大副陈金揆和众官兵喊道：“日舰就是凭借吉野耍威风，若能击沉此舰，我军可以成事！”

陈大副心中一震：管带今天要用自己的血肉之躯，以致远舰的铮铮铁骨，与敌人拼命同归于尽了！既然堂堂管带都能舍弃性命，我一个大副的命又算得了什么？

他随即朗声答道：“遵命！愿和管带同生死！”

全舰官兵也一齐吼道：“冲向敌舰，拼死敌首！”

日军各舰见原来北洋威风凛凛的致远舰停止了炮火，知道它已失去自卫能力，纷纷上前准备接受战利品。

旗舰吉野号上的司令官、海军少将井航三登上瞭望台，耀武扬威地命令道：“迅速向致远舰靠拢，活捉北洋官兵，缴获枪炮和文件资料！”

正当井航三乘坐吉野号得意扬扬地向致远舰逼近时，猛然发现北洋致远号非但不逃跑，相反开足马力向他乘坐的军舰呼呼冲来，不禁大惊失色，惊呼道：“致远舰要跟我们拼命了！快逃！”

他一边惊慌地喊，一边疯了一般，命令各舰集中火力向致远舰攻击。

致远舰乘风破浪向吉野舰追击，眼看距离越来越近，井航三面如土色、手足无措地大喊：“快，快放鱼雷！”

就在致远舰将要与吉野号相撞时，一发鱼雷呼呼地从水底钻向致远舰，轰的一声，致远舰肚皮被掀开一个大窟窿，很快沉没在汪洋之中。二百多名官兵壮烈牺牲。

邓世昌被抛入海中，随从副官连忙抛下一个救生圈相救。

邓世昌说：“我立志杀敌报国，如今死在海中，是为救国大义而死，我虽死无憾，为何还要求生？”话语刚落，便被卷入波涛。

当他再次露出头时，他心爱的太阳犬，见主人有难，立即箭一般不要命地奔过来。它把主人一下子托起，用口衔着主人的手臂，向远处北洋舰船奋勇游去。

邓世昌无比慈爱地用手抚摸了一下爱犬，然后用无比悲凄的语调说：“太阳，太阳，我早就发愿，誓与军舰共存亡，你为何还要来救我？”太阳犬见主人爱抚自己，更加卖力地衔紧主人的臂膀，死命逃生。

“太阳，你快放下我，让我实现生前的诺言吧。”邓世昌一把推开爱犬，

“今天我用不着你救，你只顾自己逃生吧！”

太阳犬见主人快要沉入波涛，又一次奋不顾身地扑上来，死死地衔住主人的臂膀不放。但它的忠心没有好报，又一次被一掌打回来。它有点儿恼火甚至有点儿怨恨了，它汪汪地嚎叫了两声，又一次冲上前紧抓住主人死不松开。

邓世昌悲伤地发怒道：“太阳，我的爱犬，你为何如此死心塌地缠着我不放？你若是再不放手，我就要与你一起上西天了，你难道不怕死，愿意与我一同去死，无怨无悔？”

太阳犬仍死死抓住他不放。

邓世昌叹了一口气：“好吧，既然如此，让我们死在一起吧！”

他紧抓住太阳犬的头，太阳犬毫不反抗，温顺地抱着主人。主人紧抱住太阳犬，太阳犬紧抱住主人，一同沉入大海汹涌的波涛之中……

济远舰管带方伯谦见战斗惨烈，便躲到舰上钢板最厚处。

致远舰爆炸沉没，吓得他魂不附体。若不及早逃生，我舰完了！

他这么一想，于是急忙下令转舵，并挂起白旗逃跑，不想砰的一声，将已搁浅的自己一方军舰扬威号撞沉。

北洋操江号见济远逃走，也立即调转船头往回逃。

日舰在后紧紧追赶。操江号炮队队长铁汉要求道：“龚管带，我们开炮吧，打它一个措手不及！”

龚管带冒火道：“胡闹！一开炮，敌舰必怒，我舰就绝跑不掉了。”

可队长不听，大声道：“敌舰追逼，欺人太甚！养兵千日，用兵一时，大敌当前，岂可求生逃跑？”

他指挥几个官兵：“快填充炮弹，朝敌舰开炮！”

谁知龚管带大怒：“太狂妄了，胆敢不执行命令！来人，把他捆起来，丢到大海里喂鲨鱼！”铁汉队长被捆绑住手脚，就在他要被抛向大海的一刻，他咬牙切齿地高喊：“怕死鬼，可耻的叛徒，我恨不能生吃你的肉！”

日舰快速追赶，呼呼而来，只发一炮，便震破龚管带之胆，乖乖投降。

一船将官全成俘虏，饷银二十万两也落入日军手里。

夜半时分，吴敬荣带着广甲号逃到大连港三山岛一带海域，心中稍稍安定。如今只要一进入岛内，就安全了。

想到此，他立即对手下军官命令道：“快，以最快速度冲进岛内躲藏！”

就在此时，一场意外发生了。广甲号砰的一声触礁搁浅。管带吴敬荣连忙抛掉军舰，迅速登上陆地而逃。次日，广甲舰被日寇击沉。

日本军舰见北洋军舰四散逃走，只有经远舰还在顽抗，便一齐转而围攻。

该舰管带林永升，下令拆掉船舱木梯，将龙旗悬挂在桅杆顶端，镇定地指挥官兵，以一舰之力，抗击有“帝国精锐”之称的吉野、高千穗、秋津洲、浪速四舰。

经远舰发出猛烈炮火，击中了吉野、高千穗两舰，但不久，自己也中炮起火。

林永升站在甲板上，挥动旗帜，毫不退缩。

突然，轰的一声，一发炮弹呼啸而来，林永升晃了晃身子，再也站立不住，倒了下来。

众官兵立即上前，围在他身旁，纷纷哭着喊着：“林管带，林管带，你醒醒。”但声息全无。仔细一看，只见脑袋开裂，脑浆流出，他，再也醒不过来了。

帮带、大副陈荣和二副陈京莹大呼道：“为林管带报仇雪恨！”

全舰官兵怀着满腔怒火，立即枪炮齐作，把一发发炮弹射向敌舰。

但很快，陈荣和陈京莹也中炮牺牲。接着军舰被日本重炮炸出几个窟窿。

“北洋海军，快快投降，免你们一死！”几个日本官兵见北洋军舰没有了炮弹，立刻手舞令旗，骄傲地大喊。

但刚喊出一句，马上被经远舰上的枪声像割麦子一般割倒了。北洋军舰在渐渐沉没。

日舰上有人又一次喊话：“快举白旗投降吧！”但又招来一阵枪声，又有几个人倒了下去。

经远舰终于沉没了。两百余名官兵，仅十六人在定远、镇远二舰搭救下生还，其余全部壮烈牺牲，没有一名投降。

日军司令叹道：“想不到北洋官兵，也跟我们大日本帝国最优秀的军人一样，具有武士道精神，真是可敬可佩也可怕！”

此时，北洋舰队只剩下定远、镇远、靖远、来远四舰，日本还有吉野等九舰。北洋军舰被日海军分割包围，五舰围攻定远、镇远，四舰死死咬住靖远、来远。

北洋舰队处境异常危险。

提督丁汝昌强睁开失神的双眼，忍着疼痛，竭尽全力，有气无力地鼓励官兵。

刘步蟾急道：“提督，你快进内舱。指挥的事，还是赶快委派一舰为旗舰代替吧，若再拖延，北洋水师将有覆灭的危险！”

丁汝昌看了看四周如虎狼般包围上来的贪婪狠毒的日本军舰，叹了口气，无可奈何地说：“好吧，你看着办吧。”

丁提督一被抬进舱内，刘总兵立即命令“靖远”号代替“定远”号旗舰指挥全队。

靖远舰管带叶祖珪接到命令，立即下令升起司令旗。

靖远与来远结成姊妹舰相互依持，掩护定远、镇远两舰撤退。它们奋力抵抗日舰疯狂进攻，靖远中弹数十处，三次燃起熊熊大火；来远中弹两百多处，也重伤起火。

靖远与来远冲出重围，向大鹿岛方向且战且走，一面抢占有利地形，用舰首主炮猛轰紧追不舍的吉野等四舰。

来远舰拼死作战，受了重伤，烈焰升腾，几十间房舱接连被延烧。

管带邱宝仁指挥官兵，一面抗敌，一面救火。机器室内烈火熊熊。

“密闭通风管！”邱管带下令。于是，黑暗中，由上甲板向焚火室传达命令仅靠通风管。官兵们的衣服着火了，就地打个滚儿再战；头发眉毛烧了，依然坚持战斗。终于扑灭了烈火，继续抗击敌人的疯狂进攻。

两舰的主动撤退，吸引了日本四艘主力舰，大大减轻了定远、镇远两舰的压力。

定远、镇远两艘北洋海军最大军舰，遭日本联合舰队总队旗舰松岛舰等五舰围攻。

“击毁定远，活捉北洋水师首领！”随着旗舰号上联合舰队总司令伊东右亨的一声命令，只见定远、镇远前后左右药弹狂飞，烈焰腾空。

但刘步蟾指挥定远舰官兵毫不退避，英勇作战。

刘步蟾下令：“擒贼擒王，快靠近日本总队旗舰松岛号，用重炮猛攻！”

松岛号正耀武扬威，突然一发三十多公分口径的大炮弹呼啸而来，轰的一声，命中松岛号右舷下甲板，霎时敌舰第四号速射炮被毁，左舷炮架全坏，堆积在甲板上的药包爆炸，炮台指挥官海军大尉志摩清直以下一百多人，顷刻见了阎王。军舰燃起大火，完全丧失了指挥和作战能力。

此刻，日本扶桑舰已重伤退出战斗，本队五舰剩下三舰都带伤，第一游击队四舰远离本队，情况不明。

舰队司令伊东只得带着舰队，万般无奈地退出了战斗。

约五时，靖远、来远舰修毕归队。叶祖珪立即命令收队。六艘鱼雷艇和两艘炮艇，从四面八方赶来会合，北洋舰队声势重振。日联合舰队司令伊东见形势对日方十分不利，便率领各舰向南撤退。北洋舰队尾追十余公里，见追不上才回港。

至此，黄海大战结束，北洋海军驶回旅顺港口。

英、法、美等西方各国人，见到北洋来远舰伤势沉重，全身烧得如同焦炭，官兵个个乌黑如墨，都十分惊奇，赞叹道：“北洋官兵，真是钢筋铁骨铸成哩！”

三、寿诞大典中，一封十万火急的信送进皇宫

黄海之战，北洋舰队十舰中，沉四艘，逃回二艘，伤亡八百多人。其中致远、经远的沉没，使北洋舰队失去一翼，实力受到致命打击。日本海军虽多舰被创，伤势严重，却一艘未沉。

由于水陆两军惨败，弹劾李鸿章的奏折，雪片般飞进皇宫。

朝廷对李鸿章处分：拔去三眼花翎，剥去黄马褂。

李鸿章在上奏中不服道："以北洋一支海军与日本全国海军交战，自知不敌。且建军后，六年未添置一舰，未购置一门火炮，舰船陈旧，枪炮落后，北洋海军战舰最高时速仅十五至十八海里，而日舰高达二十五海里……"

朝廷于是电令南海大臣刘坤一：

速调南瑞、开济、环泰三舰来北洋助剿。

刘坤一接电后，冷笑道："我们助战，打赢了是北洋的功劳；打输了，损失南洋的实力。我没有这么傻，你李鸿章也别想得那么美！"

于是给朝廷回电："南洋仅有五舰，应担当保卫东南财富责任。若派三舰，恐防守有失。臣再三考虑，各舰实难调离。"拒绝调派。

下一步怎么办？当总理衙门跟李鸿章商讨时，李鸿章又想起对付洋人的老办法：

以夷制夷——用列强对付列强，用狮子对付老虎。

正当他们与美国打得火热，请其居中调解时，日本已制定了将战争扩大到中国本土——决战直隶平原，彻底击败清朝的战略方针。

一场更大的战火向中国扑来。

日军分两路大规模进攻中国。

日军陆军大将山县有朋，指挥第一军近三万人，集结朝鲜义州，准备攻破清军鸭绿江防线，进军中国辽东；陆军大将大山岩，指挥新组建的第二军，计划在辽东半岛实施登陆作战，进攻大连、旅顺。

十月二十四日，鸭绿江江防之战爆发。驻守江北清军八十二营四万多人，与日军兵力对等，但一触即溃，纷纷后退或逃跑。日军很快攻陷安东（今丹东）、九连城、凤凰城、岫岩等要地。为阻挡日军向辽阳、奉天（今沈阳）推进，淮军名将聂士成等率淮军，进驻本溪南面的摩天岭，及东侧的连山关，扼守由凤凰城通向辽阳的道路。

十一月十一日，日军发动大规模猛攻，攻占连山关。

太原镇总兵聂士成，将守关将领连降三级。他痛心道："连山关，是凤凰城通往辽阳的咽喉，此处有失，辽阳危险了。我军应奋力夺回，方可保辽

阳安全。哪位愿担此重任?”

众将领教过日寇连射炮的威力，吃过日军凶悍的苦头。据险而守尚且没守住，怎敢虎口拔牙?于是人人摇头，个个脸色发白，不敢应声。

聂总兵见众将皆有惧色，便激动地说：“食国家俸禄，当为国家分忧，为百姓解难！养兵千日，用兵一时，军人当血战沙场，马革裹尸！我们不是孬种，为何竟贪生怕死?”

他环顾诸将，微微一笑道：“日本小鬼子无三头六臂，我们为何要怕他们?我如今要挑选一支精兵，打个漂亮仗，给凶恶的日寇一记响亮耳光!”

他眉头一扬：有哪个胆小怕上前线的，立即报名站出来，我准他回家守着“老婆孩子热炕头”。

一席话说得众将一齐笑起来，众将激昂地说：总兵大人都有为国捐躯之志，我们愿听调遣，虽赴汤蹈火，在所不辞!

聂总兵大喜，连忙派遣数支小分队；每队数十人，带着锣鼓、鞭炮、信号弹，按计而行。此时，日军正为夺取通往辽阳的要隘连山关而高兴，却不料从此日夜不得安宁了。

这天深夜，日军指挥官正做着占领辽阳的美梦，忽听枪声四起，杀声连天。不好，来劫营了!

他连忙爬起，命令迅速集合迎敌，但等集合好队伍奔出来，却不见了清军踪影。

可当他们重新上床睡了一会儿，枪炮声又起，还响起咚咚战鼓。听说多支清军前来偷袭，于是又起来御敌。但忙碌了一阵，清军又退去。

白天，他们想睡觉，以补睡眠的严重不足，但清军大炮吼了起来，大队清军前来攻打，他们只得上阵应敌。

就这样，清军白天攻击，夜里骚扰，接连数天，日军官兵个个头昏脑涨。更要命的是，城里的粮食将要吃完，面临断粮的威胁，日军指挥官龟田不禁慌乱起来。

这天下午，龟田拿着望远镜观察，忽然发现关外有一支小股日本运粮队，正遭清军拦截，于是立即下令日军，出动一支精兵前往接应。

在援军打击下，清军退了回去。大批清军涌出要向日军攻击时，粮食早已被日军抢进关内。龟田见得到粮食，长长地舒了一口气。傍晚，守关日军吃着喷香的大米饭，又一次安下心来。更令他们安心的是，从上午开始飘落的雪花，越下越大。

龟田高兴地吩咐大家：“清军用疲劳战术骚扰我们，如今大雪封山，我军再也不用担心清军骚扰。各位好好安睡，养好精神，等明天下午，我大军前来，向辽阳进军!”

他布置了关口几个岗哨，果然安心睡觉。

晚上，当清军的枪炮声和咚咚鼓声重新响起时，日军再也不理不睬。此刻，他们做梦也没想到，死亡的阴影，已笼罩到他们头上。

这天深夜，清军大部队踏着厚达一尺的积雪，在弥漫的风雪中，向连山关运动。然后又分为两股。

此时，正门、后门城上的哨兵，早已被扮成运粮兵的清军两组官兵解决，然后他们从城墙垛口放下绳索，接应人上楼，并迅速打开关门，接着大部队一拥而入。

睡梦中的日军闻警连忙起身，早被缴枪。

顽抗的龟田拿起军刀大吼："八格牙鲁，有种的清军，谁敢跟我决斗！"

聂士成抄起一把钢刀，龟田气势汹汹地扑上来，用尽平生之力举刀便劈，只听当的一声，虎口震裂，手中的刀早握不住掉到地上。还没等他拔出另一把军刀，已被聂士成秋风扫落叶般的钢刀挥为两段。连山关，重新回到清军手里。

聂士成部在闪殿魁、唐仁廉等淮军和清军的配合下，占据有利地形，凭借严寒气候，把日军阻挡于摩天岭至赛马集一带。紧接着，聂总兵又率部袭击日军分水岭，打死指挥官佐富冈山造。

接到战报，李鸿章大喜。这是淮军甲午战争中一场成功的阻击战。

他立即上奏为聂士成报功，聂士成被朝廷提拔为直隶提督。聂提督又指挥大军向日军第一军发起猛攻，迫使日军退回凤凰城。

就在聂士成等部与日军第一军激战的同时，日军大山岩部第二军，从辽东半岛花园口登陆，揭开了金州、旅顺、大连战役。日军三万余人包抄旅顺后路，日军以浮码头运送大炮。战马登岸，困难很大，登陆历时十二天之久，但旅顺守军朱靛国部一万余人，眼睁睁地看着日军登陆，不敢抵抗。

日军占领皮子窝后，向金州进犯，攻击旅顺要塞后路。正定镇总兵徐邦道孤军奋战，伤亡惨重，很快，金州失陷。第二日，日军又攻陷大连湾炮台。

十一月七日，日军分三路进犯大连湾。见到这里悄无声息，日军不敢贸然前进，怕遭到埋伏。谁知拘了几个当地人一问，得知清军将领赵怀业一日前就已逃往旅顺，炮台无一兵一卒。于是日军唾手而占大连。

很快，日军在联合舰队配合下，向旅顺猛攻。

清军统帅、北洋沿海水陆营务处会办龚照屿逃往烟台，守军大溃。徐邦道总兵率军抵抗，大炮齐发，顿时炮声隆隆，但日军如铜墙铁壁，死伤极少。

清朝官兵十分纳闷：日军都穿了钢铁衣裳吗？

日军喊："清军的炮弹打不死人，我们甭理它！"

原来射出的竟是大豆或土砂，根本死不了人。

清军官兵还没弄明白是怎么回事，便纷纷当了炮灰。很快，旅顺失陷，日军大屠杀四日，血流成河。

农历十月十日，是慈禧太后六十华诞的大喜日子。辽东半岛战火连天，北京城内却是笙歌沸天，沉浸在慈禧太后庆寿大典中。这个生日，慈禧特别看重。二十年前，她四十岁生日之际，本想好好庆贺，谁知儿子同治皇帝生梅毒，弄得她毫无心思。五十岁生日时，储秀宫布置得焕然一新，准备热闹庆祝一番，不料法国人在南方捣乱，烽火突起，搅了好日。如今这个六十大寿，她把心一横：纵使遇到天大的事，也要过好！

于是，她把国事推给皇帝和军机处，推给李鸿章和海军衙门，安心地过起生日。

她咬牙切齿地说："谁让我生日过得不痛快，我就叫他一辈子不痛快！"

于是掌宫太监李莲英宣布："一切让老佛爷不快乐的奏折，都不许递进宫！"

看到辽东半岛形势危急的电报，清廷电告两广总督张之洞："速调南洋四舰前来北方助战。"但没有答复。

北洋海军要求把南洋海军两艘大型急需艇调到北洋助战，得到回答是："艇中存煤不够远行烧用。"

李鸿章长叹道："北洋如此孤军奋战，如何对抗日本海军！"

旅顺失陷，从此北洋门户洞开，北洋军舰深藏威海卫，战局急转直下。

正当北京城内文武百官庆贺慈禧太后六十华诞之时，大太监李莲英接到李鸿章总督一封插着鸡毛的十万火急的信。他不知道该上奏还是不上奏。上奏吧，太后早就说过一句充满杀气的话："谁让我生日过得不痛快，我就叫他一辈子不痛快！"冒犯了天颜，自己一定没好果子吃，说不定会将自己责打一顿，或撤掉职务；但不上奏，这军情紧急，非同儿戏。再说李鸿章当朝一品，手握兵权，得罪了他，以后也没好日子过。况且太后、皇上也可能要怪我。我还是上奏吧，太后怪罪，也只能怪李总督。

想到此，他便等到百官朝贺完毕，悄悄地将信交上。

慈禧太后一看，得知旅顺失守，不禁勃然大怒："在我大喜的日子，非但没有喜讯相贺，相反败军失地惹我生气，真是可恨！"

立即下旨：李鸿章摘去顶戴，革职留任！

十二月十三日，李鸿章命令宋庆的毅军、刘盛休的铭军及部分新湘军，对日军占据的海城进行反攻，但终未克复。随后日军反攻，清军全线溃败，六天之内，连失山海关外的牛庄、营口、田庄台等军事要地，辽东半岛被日军全部占领。

消息传来，光绪帝、慈禧太后惊慌失措："太祖起家的龙兴之地有失，这可如何是好？"立即责成军机处商讨对策。

军机处经过一番紧急商讨，给帝、后的奏报是：

日军第一、第二军将合力攻取奉天（今沈阳），然后再以主力打通锦州走廊，进逼山海关，最后与渤海湾登陆日军会攻北京。

于是，军机处立即给直隶总督李鸿章和淮军下达命令：速调腹地清军，以重兵驻守奉天、辽阳以及天津至山海关京津一线。

很快，京津大兵云集，有清军二百二十营（约十一万人），还有七十八营正马不停蹄地陆续赶往京津。

山东巡抚李秉衡和李鸿章总督，此时心里很焦急。因为整个山东三面环海，三千多公里的海防线上，守军仅四十一营，约两万人，防务十分空虚。

清廷先是下令山东巡抚李秉衡、曹州镇总兵王连三统带所部马步军北上，扎于北镇后路的军械城，以保护京畿重地；接着，又严令李巡抚调登州、莱州、青州镇总兵章高元，率八营东渡增援辽宁，使山东半岛防务更加空虚。旅顺失守后，李巡抚请求调章高元八营回山东威海防守，被朝廷拒绝。当威海战事吃紧，李抚再次电告清廷，恳求增派大支援军，但军机处以“日军已由旅顺出发，意在直达山海关，以攻北京”，将其要求驳回。

新年初，日军猛扑威海，形势十分危急，李抚又致电清廷，再次详述威海防情，请求务必增兵：

威海东南至荣成县成山头一百数十里，西至宁海州（治所在今牟平）一百二十里，又西至烟台六十里，东西共三百多里，都是威海后路。最著名的有荣成的倭岛、里岛、石岛、龙须岛等岛，和宁海的酒馆、金山寨、上庄、养马等岛，此外，可登岸的小岛还有几十个。如今，新旧营除分防登州、烟台外，只有刚招募的十多营。如此少的兵力，分布威海后路三百里处处可登的岛岸，实有顾此失彼、难以周密的态势。

但清廷仍不肯增调一兵一卒。因为他们认为，京畿的防务乃是关键所在。

然而，日军主攻方向，与清廷处心积虑的正好相反。日本大军并未进攻津京，而是把矛头直指清军防务最为空虚的山东。

一月二十日（农历十二月二十五日），这是北洋海军一个永难忘却的日子。

这天清晨，二万五千名日军，从山东半岛荣成湾成山头登陆，随即分两路包抄北洋水师基地威海卫的后路。

李抚再次恳求清廷，调驻京的董福祥率部支援，钦差大臣刘坤一也请求朝廷命令程文炳、董福祥二人驰援威海，但均遭拒绝。

李巡抚绝望了，只好一面电令徐州镇总兵陈凤楼马队五营，及皖南镇总兵李占椿步队十五营北上，直赴烟台救援威海被困守军；一面急调河防军五营增援。河防兵一到营地，便迫不及待地抽出烟枪抽起大烟，只见烟火如一片星光，烟雾缭绕。但还没等他们过足烟瘾，便被日军包围做了俘虏。

“快起来！”日军恶狠狠地命令清军俘虏站起来。见他们磨磨蹭蹭，有个日本兵便顺手打了一个清兵一巴掌，可这清兵却若无其事地说：“慌什么，等我过完烟瘾再打也不迟。”

日本兵笑道：“靠这种废物守阵地，纵使千军万马有何惧？我一个能顶一百个！”

日本陆军，在联合舰队配合下，从陆海两方面，将北洋舰队封锁在港内。

北洋海军到了危急关头。荣成失守后，威海炮台告急。丁汝昌提督视察海防基地，看到龙庙嘴炮台，不禁一惊，说：“这个炮台非但毫无作用，反而有害。若日军从后路包抄过来，这炮台被敌人占据，必然对我军构成危胁。”下令拆除。

但遭到驻军首领的一致反对：“有炮台总比没炮台好。”南帮驻军总兵刘超佩道。北帮驻军统领戴宗骞也说：“修建炮台花了不少钱，怎能浪费？”

丁汝昌提督又提出了另一种方案：“预先在炮台上埋炸药，用电线通到刘公岛。一旦炮台失守，立即爆炸，以免留给敌人用作凭借。”可两位统领仍不同意：“你就把我们陆军看得如此无能，连一个炮台也守不住？”

丁提督道：“这是以防万一，并非说你们无能。”

“没有这种万一！”两位统领几乎异口同声道：“你是海军司令，只要管好舰队就行了，陆军的事你甭操心！”

丁汝昌提督长叹而回，不料却看到了令人无比痛心的一幕惨剧：北洋最大的战列舰——镇远舰，因躲避水雷浮标，误触礁石，自舰后伤至机器舱，裂口三丈多长，五尺多宽。因旅顺船坞陷入敌手，此舰已无法修复。

丁提督传来北洋副帅、左翼总兵、镇远舰管带林泰曾，指责道：“大战在即，丧此一舰，如鹰折去一翼，战局更危矣！”

镇远号堪称亚洲第一巨舰，排水量7670吨，功率7200匹马力，舰速1514节，续舰能力4500海里/10节。此舰损失，严重地削弱了北洋舰队的实力。

林泰曾羞愧无比，惶恐地说：“卑职知罪，卑职知罪，请提督严厉处分，我绝无怨言。”

丁督气恼而回。回到督署，刚洗了洗脸，泡了一杯铁观音，正准备差人找两副帅商讨镇远号损坏后如何调整海战战术，忽听手下军官急急地进来报告：“林泰曾总兵服毒自尽！”

他急急来到林总兵住处，只见泰曾已经气绝。

他抚尸大哭：“镇远之丧，如丧我一个大拇指；君之丧，如丧我一只手臂。你怎么如此傻呀！”

日军分两路，向威海卫南帮炮台群发起总攻。日本海军支援陆军进攻。防守摩天岭战役中战功卓著的营官周家恩，率部沉着应战，打退了日军一次又一次进攻。日本陆军前敌司令、少将大寺安纯，见到南帮炮台如此坚硬啃不下来，恼怒得火冒三丈，指挥部队漫山遍野往上冲，蚂蚁般爬上炮台，但不一会儿便被枪炮打回。大寺戴着钢盔，手举军刀龇牙咧嘴，像狼般嗷嗷叫着："给我往上冲，大日本帝国，是不可战胜的！"

周家恩对身边两名特等炮手命令道："瞄准那个挥舞军刀的指挥官，狠狠打！若打死他，日军就群龙无首了！"当大寺第二遍的叫嚣刚喊出口，只听轰的一声，整个人如坐了飞机被抛到半空，炸得粉碎。

统帅死亡，日军的攻势只停滞了一会儿，很快又组织了新的攻势。他们攻打更加疯狂，报复更加残酷。海陆大炮同时发射，炮弹倾泻，进攻的军队密集如蚁。

周家恩的五百官兵在十倍于己的强敌面前，越战越少，最后弹药断绝。

"缴枪不杀！"日军指挥官小山大喊道，但周家恩没有理睬，只是从炮台掩体里从容不迫地走出来。

小山率兵冲上炮台。"举起手来！放下枪。"小山命令。

但周营官依然毫不理睬，只是端起刺刀，作劈刺状。"再不投降，就打死你！"周家恩冷笑道："死有啥可怕？你别吓唬人！"

小山指挥兵士把周营官团团围住，步步紧逼。

突然周家恩挥起手中刺刀，冲向小山中佐。小山开枪了，一枪打在周家恩的胸口上。猛然，火光一闪，轰的一声，一阵震耳欲聋的声音响起，只见这队日本官兵和周家恩同归于尽。原来，周营官捆在身上的炸药爆炸了。

南帮炮台失守了。为免大炮助敌，威胁港内，丁汝昌只得命令鱼雷艇载着敢死队，忍痛将威海卫最大的海岸炮台——南帮炮台的皂埠嘴炮台炸毁。

南帮炮台一失，指挥六营、保卫北帮炮台的绥军统领戴宗骞就慌了神。因为他统领的队伍，缺额太多。他所在的统领营正营，虽名义上员额是五百五十人，但实际还不足三百人，其他大多也是十额缺五。

"丁提督要来视察查验，怎么办？"听到手下报告，戴统领立即命令："给营中工匠发枪补缺。"

军需官苦着个脸："哪有这么多工匠？"

"那就招当地百姓充数。"

"不少人在婊子店过夜，还有的在陆地做生意没回来。"手下军官忧虑地说，"要是给丁提督知道，大事就坏了！"

"若有哪个王八蛋泄了密，立刻把他抛到海里喂鲨鱼！"戴统领瞪起一双红红的豹子眼，恶狠狠地说。

这大夜里，他正拿出一只皮箱，数点着弄虚作假、克扣军饷得来的一大沓银票。看到最近几个月来，竟积聚了几万两银子，他不禁眉开眼笑了：买田置产，还可再娶一房美妾呢！

他正做着美梦，忽听到一阵阵如洪水冲来的声音——那是军营里的喧哗声。他慌忙爬起床，只听一片吼叫：

“戴贼克扣军饷，罪该万死！”

“我们冒死打仗，他却趁机发洋财。决不替他卖命！”

众人见他出来，纷纷拿着刀枪冲上前：“杀掉戴贼，冲出去！”

六营官兵全部哗变。等日军第二天早晨发动进攻，却发现炮台上炮不吼，枪不响，偌大的炮台群已空无一人，只留下一排排高耸的大炮。它们死死地瞪着一只只深不可测的大眼睛，犹如一个个盲人；听到贼寇登陆的粗暴的脚步声，默默无言地流下了串串热泪。

日寇不费吹灰之力便占领了北帮炮台，当天即出兵占领威海卫城，陆上战斗至此结束。接着便全力围攻刘公岛、日岛炮台和北洋舰队。

北洋舰队最危险的时刻，已经到来。

四、北洋水师覆灭，丁汝昌灵柩被三道铜箍捆锁

二月四日夜里，日军出动两艘鱼雷艇实施夜袭。

北洋损伤镇远舰后，实力大损。右翼总兵刘步蟾，指挥此时北洋最大的定远舰，全速转舵，但马上听到报告：“煤是碎煤，动力上不去！”军舰需要的是高质量的块煤，谁知地方后勤竟拿这种次煤糊弄人。

他十分恼火。不一会儿，忽又听到报告：“煤将用完！”

刘总兵奇怪道：“不是刚进了七百吨吗？只有两天呢，怎么这么快就没有了？”

手下军官无奈地说：“我们军舰进五吨只有三吨。此舰说是装了七百吨，其实只有四百二十吨呢！”

刘总兵大骂：“缺德鬼，发国难财！真是死有余辜！”正骂着，突然听到轰的一声，原来军舰被敌人鱼雷击中，紧接着，又遭多艘敌舰围攻，被击成重伤。

此时，来远等三舰也被击沉。

“王平管带，情况紧急，你快快率鱼雷艇队出口袭击敌舰。”天大亮时，丁汝昌提督下达命令。

“是！”王平慌忙带鱼雷艇队驶出威海卫口。

丁提督等了好久，也没听到鱼雷艇与敌舰战斗的消息。

正在诧异，忽听到报告：“王平率队已往烟台逃跑！”

丁提督气得暴跳如雷："等你回来，我非宰了你不可！"

不过，王平用不着丁提督来宰。王平的鱼雷艇队，没逃出多远，便被日军快速巡洋舰追击，除一艘逃出，王平所在的鱼雷艇和其余几艘鱼雷艇都被击沉，葬身在茫茫大海之中。

七日，日海军发动大规模进攻。北洋海军和守军苦战终日，击退进攻。但日本陆军炮火摧毁了北洋日岛炮台，守军只得退至刘公岛。

"誓死扼守刘公岛，以待援兵！"丁汝昌提督下达命令。

驻岛官兵打退了日军一次又一次进攻，坚守了一周。他们望眼欲穿，心内如焚，度日如年，但久久等不到援兵。北洋海军士气十分低落。

实际上，当威海南帮炮台守军与日军大战之时，烟台及以东还有清军三十多营。见威海势危，清廷曾急电山东巡抚李秉衡："速调孙金彪一军赴威海协防。"

接到电令，李抚私下打起了小算盘：防守威海卫，是李鸿章北洋海军的责任。即使有失，与我有何相干？若将烟台防军调往威海，对我来讲，不但没有好处，相反却有两种危害：一者烟台有失，是我的责任，罪责非轻；二者孙金彪若有不测，丧我实力。

想到此，他立即复电予以拒绝：

烟台仅孙金彪一军，若再调往，无军防守，烟台亦危。

这支兵难以盼望。

不过，正当北洋海军坚守刘公岛，与敌激战时，有一支生力军接到命令，正马不停蹄地往威海赶来。这就是徐州镇总兵陈凤楼率领的五营马队。这队援兵此时已经赶到山东淮县，与威海只差不到一天的路程。

正当陈将军率部风驰电掣，急急地往威海卫赶时，忽接到清廷一道急电：

"速赴天津，听候调遣，勿稍延误，违者重责。"

原来，清廷一者害怕日军在天津沿海登陆，侵犯京师；二者误信了日军散布的"北洋舰队已经覆灭"的谣言，于是发出了这个荒唐而又可悲可叹的命令。陈凤楼将军捧着这封严令急电，只好无可奈何地拨转马头，致使刘公岛将士和北洋舰队在最急需增援时，失去了支援。

当然，此时若南洋舰队能北上山东半岛，就可对日舰队形成夹击之势，造成威慑力量，分散日舰注意力，减轻北洋舰队压力，北洋海军还不至于覆灭。

然而，任凭北洋舰队，任凭李鸿章，任凭清廷千呼万唤，南洋舰队总不前来。

此时的北洋大臣李鸿章，心急如焚。

早在一月二十三日，当日本陆海军将北洋舰队封锁港内时，他就急电丁

汝昌提督："如海军力不能支时，不如出海拼搏，即使战斗不能胜利，或许能保留铁甲军舰等退往烟台。"

但丁提督回电却认为："海军如败，万无退烟台之理。只有船没人死罢了。廷旨屡催出口决战，但海军一出海，陆军将士必定心寒，大局更难以设想。"

"看样子，丁汝昌想把舰队驻守港内被动挨打了。若如此，我殚精竭虑十多年，亲手缔造的北洋海军便危险了。"李鸿章心中一阵悲叹。

直到此刻，他才意识到，自己全力推荐，任命丁汝昌为海军统帅，确实是一步失着，很不明智。

他想起去年御史安维竣对丁汝昌的参劾："丁汝昌性情浮华，毫无韬略，虽为海军统帅，但军纪松弛，自总兵以下将士纷纷带着家眷晚间住岸上，每船过半数。更严重的是平时不在营中居住，去宿娼聚赌。况且丁汝昌一登舰船，就患头晕毛病，怎能指挥作战？左右翼总兵林泰曾、刘步蟾都瞧不起他，不服从调度。"

还有张罗澄曾给自己上书："公所用丁汝昌、卫汝贵、龚照屿诸将，无一个堪当指挥战事之人。"

想到此，他又一次电令丁汝昌："冲出威海口，尽力多保全舰船！"

此时，日军司令伊东致书丁汝昌劝降，丁督拒绝投降。

他说："北洋只有战死的水师提督，没有投降的水师提督！若败，我只有一死以报国家！"

他吩咐几个木工，给自己连夜赶做了一口八尺长的棺材，还躺到里面试了试，爽朗地说："正合适！"

随即吩咐官兵严阵以待，等待援军到来。他满怀信心地说："堂堂中国，军队百万，是绝不会没有救兵的！"

二月八日夜里，总兵刘步蟾见形势无法挽回，为免军舰落入敌手，下令将受重伤搁浅的定远舰爆破，并用水雷将船身轰散。随着一声轰响，见到与自己朝夕相处、自己为管带的舰只，炸得铁片横飞，刘总兵的心头，像被轰了一颗重磅炸弹。

他呆了，傻了，不禁泪流满面："永别了，定远，我的亲如骨肉的兄弟！永别了，我的可爱的儿子！我怎么如此没用，连你都保护不了呀！"

此刻，他眼前掠过这样一组镜头：自己跟定远一同操练，一同出国访问，一同在万里海疆里巡逻游弋……他的心内在汩汩地流血。他想起自己的誓言："舰在人在，舰亡人亡！决不偷生！"

于是，拿起毒药一饮而尽……

日军接连两天猛攻，守军此时已弹尽粮绝。丁汝昌登上刘公岛山顶，拿起望远镜，搜索威海口，只见大海上尽是日本军舰，环视威海城，也无一丝纷乱的迹象。

他知道救兵已经不可能来到了。牛昶炳等军官与洋员，再次请丁提督下令投降，但丁汝昌下令："沉掉军舰！"众将官不同意。

丁提督又下令："驾舰冲出威海卫，逃往烟台！"也无一个官兵响应。官兵得知援军已绝，有数百人呐喊哗变。

最后的时刻到了。

丁汝昌取出提督印章，抽出佩剑，一剑将它削掉一角——以防有人盗印降敌。他下令炸沉快船靖远。

十二日凌晨，他坐在提督署，满怀义愤、痛心疾首地写下一封遗书：

"登、莱、青州道台刘含芳，当南岸未失以前，我与张文定等人，曾挑勇士准备事急时立即毁坏炮台。不料守台官既不守，又不许勇士入台，结果炮台竟被敌所用，反击我舰船和岛屿，危害不浅。这就是船、岛不能长久支撑的原因。此情实在可恨！"

他躺进几天前预备好的棺材里，心里默诵着中华民族的千古名句："人生自古谁无死，留取丹心照汗青"，突然，他猛喊了一声："丧师辱国，我丁汝昌，有何面目苟活世上?!"说完，一把抓起早就预备好的鸦片，一仰脖子，吞了下去……

二月十七日（农历正月二十三日），日军登陆刘公岛，北洋海军向日军投降。被俘陆海军五千多人，舰船十艘。

至此，李鸿章用尽后半生心血，苦心经营起来的淮系新王牌北洋海军全军覆灭。

丁汝昌、刘步蟾视死如归的精神，令日军司令官钦佩，他吩咐：将丁、刘两将军的灵柩运往烟台。

此时，日海军司令接到中国南洋海军首领一封信。信中说：

"贵军所俘获舰船中，有广丙号军舰，系南洋船只。此次中日海战，与南洋无关，故请贵军放还此舰。"

日军司令手挥来信，笑着对来现场视察的各国使者说："如此看来，日本果然只与北洋海军作战，只与李鸿章一人作战，中国岂能不败?"

最近，保定直隶总督署的李鸿章总督，一直茶饭不思，提心吊胆地挂念、关注着远在千里之外的威海卫保卫战，关注着北洋海军的舰队能否安全撤离到烟台。

忽然，他听到大院古柏上，传来一群猫头鹰的凄厉叫声。

"你们是吃老鼠的益鸟，为何叫得如此凄凉?"他忽然想起当地的一个传说：乾隆年间，方观承任直隶总督时，保定鼠害横行，引起鼠疫肆虐。方总督养猫头鹰捕捉老鼠，从而控制了鼠疫。见到这么多的猫头鹰，李督心中不禁暗喜。猫头鹰灭老鼠制服鼠疫，如今日寇群鼠在中国大地横行肆虐，猫头鹰群出，这岂不是预示着日寇在刘公岛不能得逞吗？

此刻，他想到南洋舰队，又想到烟台那支一万五千人的清军，还想到正马不停蹄赶往威海的徐州镇总兵陈凤楼的五营马队。他们前去救北洋舰队了吗？是的，这三支海陆军只要有一支赶到威海增援，北洋舰队就不会覆灭，就可转危为安。但是，万一这三支兵都不听调遣呢？不，不会，决不会！这是朝廷的命令，南洋大臣岂能不听？山东巡抚怎能不从？而陈凤楼的马队，据说数日前已到达潍县，估计早已到达刘公岛了呢。

这么一想，他又稍稍安下心来。就这样，他在惶惑焦虑中过了两天。

这天，他在书房里，手捧着水烟筒，一边吸着烟，一边心神不定地想着威海的战事。

忽然，手下将官送来一封加急密电：

"北洋水师提督丁汝昌吞鸦片自尽，刘步蟾、林泰曾两总兵均自尽。北洋水师已向日军投降。威海卫基地，已于十七日上午陷落。"

如同当空打下一个霹雳，李总督顿时呆了，傻了，脑子里一片空白。

捧在手里的镀金水烟筒跌了下去，正好砸到案上的金鱼缸，砰的一声，金鱼缸打得稀烂，顿时满地是水，满地是金鱼。这些金鱼在地上蹦跶了一会儿，很快便奄奄一息地躺在地上，那张小口可怜地一张一翕……

一行行电文，如同一把把利剑，向他的胸口猛烈地刺来：

丁汝昌自尽

北洋水师投降

威海卫陷落

他感到心口一阵剧痛。

十多年的心血付之东流，强大的海军一下子毁灭，一向坚强无比，战长毛，剿捻军，从来有泪不轻弹的他，这回再也忍受不住这天大的打击，伏在几案上猛然放声大哭。

谁知一张口，却吐出一口鲜血。

莫氏听到哭声，连忙跑进书房，连呼："老爷，老爷，怎么啦？"

一看丈夫倒在地上，嘴唇沾满鲜血，她立刻指挥丫环佣人把李督七手八脚抬到床上，一边急忙差人去请医师。

"大夫，老爷得的是啥病？有无危险？"莫氏问医师。

"是急火攻心，无大碍。服点儿药，注意休养。"

丁汝昌的灵柩，被停在烟台基地广仁堂。德国、英国等国舰队司令，驻中国使节前来吊唁、慰问。官民络绎不绝地涌到灵堂，来瞻仰这位舍生取义的不屈的海军将领。人们正要上前作揖吊唁，突然，听到一声高叫：圣旨到——

一个官员宣读了朝廷谕旨：

北洋舰队全军覆灭，导致降敌失地，水师提督丁汝昌罪不容赦，不必给予抚恤。

接着刑部侍郎又宣布刑部命令："丁汝昌灵柩加铜箍，不准下葬。"

吊唁活动被取消和禁止，人们惊得目瞪口呆。

丁汝昌的灵柩，立即被加了三道铜箍捆锁起来，犹如一个仰卧的大汉身上被死死地捆绑了三道黑色绳索。棺材和铜箍都用黑漆涂抹，以表示戴罪。

丁汝昌的灵柩装在马车上，由几个兵丁护送，寂寞地，孤零零地，冷冷清清地，在冰天雪地中，踽踽独行。没有飘扬的旗帜，没有豪华的冠盖，没有护兵队伍，没有官员相送，甚至连鞭炮也没有一声。昔日赫赫有名的淮军将领，被朝廷赏加尚书衔、威名远扬的北洋海军司令，就这样，冷寂无声地被送往他的老家——安徽省巢县。

灵柩运到巢县，家人正要将他下葬，谁知刑部官员和当地知府赶到坟地，声色俱厉地宣布："丁汝昌罪不容恕，死有余辜，不得下葬！须停柩露天，以示惩罚和警戒。"

无奈，家人只得在棺柩之上，盖了几张稻草帘了事。

他的灵柩旁，竖着一块石碑：

"甲午海战罪人丁汝昌之墓。"连个官的身份也不给他。

多少年来，他的名字，一直被故乡人引为荣耀和骄傲。

想当年，作为武职最高一级，兵部尚书衔，官居从一品的北洋水师提督，回故乡省亲，地方官场趋之若鹜，当地县令想跟他说句话、见个面也很困难。知府对他的一个笑脸受宠若惊，巡抚也为能与他称兄道弟而感到荣光。

可如今，当地知府、县令甚至连乡长，也不理睬他。

故乡人搞不明白，屡立战功为清朝出生入死的丁将军，为啥死后连下葬的权利也没有？他不是通敌的汉奸，不是出卖国家和民族利益求荣的卖国贼，为啥死后不能下葬？中国大地上，埋葬过多少强盗、小偷、土匪、杀人犯、放火犯，又埋葬过多少汉奸、卖国贼一类千古罪人，可为啥不允许埋葬一个在中日海战中宁死不屈、视死如归、大义凛然的海军司令?!

看样子，清廷对有功之臣真是刻薄少恩！

丁汝昌的灵柩，就这样，在大地上经受着风吹日晒，雨雪摧残，经受着雷霆轰击。

过了整整十四年，在清王朝即将灭亡的宣统二年（公元一九一〇年），在朝野"力尽献身，情节可怜"的强烈呼声中，丁汝昌才被开复原衔；他和魏夫人的灵柩，才移葬到无为县严桥镇小鸡山的山冈上，与原先葬于此地的钱、徐二夫人合墓相毗邻。中国历史上最早的海军司令，总算葬入地下，享受到与普通老百姓同样的待遇。当然，这是后话了。

在遭朝廷惩处的罪人中，还有一个名叫龚照屿。

他是北洋前敌营务处会办兼旅顺船坞总办。因在旅顺陷落前私逃，被朝廷判处斩监候。这是一个重刑，相当于死刑缓期执行。当他镣铐加身、被推进重刑犯牢房时，顿时从头顶冰凉到脚底。想起不久前那种前呼后拥、花天酒地、富贵如同王侯，以及十个侍妾众星捧月般围着他转的荣华富贵和威风，看看眼前的处境，他真想哭它三天三夜！

“这牢饭，没有酒，没有肉，我怎么吃得下？”他紧皱眉头对牢头禁子说。

“这好办，你拿出十两银子，我就给你办一桌酒席。”牢头敲诈说。五两银子足够办一桌，他要克扣五两。

“真的吗？”龚照屿不相信地问。因为自己是重刑犯，哪能如此随心所欲？

可牢头斩钉截铁道：“这里我说了算，你只要拿出银子就行。”

龚总办大喜。立即通知家人拿来二百两银子，交给牢头：“老总，这银子先预留你处，作为近日的酒菜银。以后日子再奉上。麻烦你每天中、晚两顿，都准备一桌酒菜。”

牢头喜不自禁地连连点头：“好的好的，龚总办放心。”

从此，果然天天有两顿酒席。吃不了的赏给周围监房犯人，喜得这些人感激涕零。

过了数天，龚照屿又皱起了眉头。

牢头问：“龚总办，您老又有什么不开心事？”牢头小心地询问眼前这个财神爷。

龚照屿叹了一口气，道：“想我以前身为显官，春风无限，道台见了我也要弯腰行礼。可如今身为囚犯，戴着镣铐，这种不自由的日子，真还不如死了的好！”

此话一出，把牢头吓了一跳：你若寻了短见，我必然受到惩处。再说叫我以后到哪里去弄每日十两银子的进账？

想到这里，牢头开言道：“你要去掉镣铐也非难事。但这事我不能完全做主，需得监狱长同意，方才行得。”说着他伸出三个手指，“得有这个数目，才能办成。”

龚总办立即送信回家，拿来三百两白银，牢头自己留下一百五十两，将另外一百五十两拿到监狱长那里，果然得到批准。

监狱长报告上级：“龚照屿手脚腐烂，不宜戴镣铐。”——将他的镣铐卸去了。

“这牢房冷如冰窟，冻得要死，夜里睡不着。要是有白炭火烤就好了。”龚照屿虽然穿上貂皮大衣，羊毛毡靴，还叫冷。他又提出这个要求。

于是牢头又叫他交了百两银子，很快满足了他这一不难做到的需求。

但龚照屿的笑容只挂在脸上没几天，又不高兴了：“我以前夜夜有侍妾服侍，如今，没有一个人在身边，生活实在不方便，无乐趣！”

“哈，这家伙坐牢居然想美妾同居侍候，想把牢房当新房，真他妈太不知好歹了！”牢头知道，这是严重犯禁的事，若是给上司和御史知道，自己不但要敲掉饭碗，还有坐牢的危险。这可不是闹着玩的！他不敢冒这个大险。这件事，不要说自己根本办不到，甚至连监狱长也没这个权力，若是做了，连他也有革职充军的危险呢！

“龚总办，你别想得这么美了，牢房毕竟是牢房，不是新房呀！”牢头一边揶揄一边说起此事的重重困难，“带家眷住牢房，这是历朝历代都没有过的事。你想想，这事要是一传出去，我们这些管牢监的人，从监房到牢房，到整个监狱，都要受到牵连，面临革职、坐牢的危险，谁愿意冒这么大的风险？”

“难道再想不出办法来了吗？”龚总办无比渴望地说。他相信有钱能使鬼推磨，于是说，“多花点儿银子我无所谓。”

牢头心中一动，他沉吟了一会儿，慢慢道：“这种事要办成，除非你能出大钱，把牢监里上上下下，官场上有关官员，一一打点好，把他们的后顾之忧全部解除。这样，他们才愿意孤注一掷去冒险。”

“好，你给算一下，全部打点加上解除他们的后顾之忧，一共需要多少银子？”

听了龚总办的话，牢头既吃惊又无限欢喜。他立即跑去找监狱长商量这件事。

当他半夜叩响监狱长的卧室门时，监狱长很恼火。

原来，他正把一名犯事的青年女子金屋藏娇，成其好事呢。

于是一开门，便把牢头骂了个狗血喷头：“你这猫头鹰，深更半夜不睡觉，死到这里干吗？”

但当牢头小心翼翼地说出要向他汇报“龚总办一个重要请求”时，监狱长连忙穿衣起床，又连夜找到管狱郎中，三人一起到狱中公署，商讨策划起为龚照屿在牢房设洞房的大事。他们知道，管军需的前敌营务处会办和船坞总办，是肥得流油的差使，这回，可以狠狠地敲他一笔了。

晨光初露时，牢头就将全部费用告知龚总办：监房、牢房、监狱长、副狱长、管狱郎中等大小官吏，下半辈子薪俸加在一起，需要九千两银子；另加打点上面按察使和刑部有关官员，至少得六千两，总共约需一万五千两白银。其实，监狱长把数目翻了一番，从中克扣大头呢。

当牢头把这个庞大的数字（约相当于如今两百万元）告知龚照屿后，他略想了一下，便爽快地答应道：“好，我马上派人去家里取。”

果然，当天黄昏，龚照屿家人就拿来了一万五千两银票。

管狱郎中扣下八千两，说是给刑部等衙门四位官员每人两千，实际每人只一千。其余拿给监狱长处理。很快上上下下官吏都得到想要得到的重金。

管狱郎中给刑部官员汇报的是：“龚照屿家属来狱中每星期探监一次。”

从此，狱中官吏都成了龚照屿的知己朋友。

于是，每天夜里，老龚的监房就成了洞房。龚照屿的八个姨太太，便轮流来到牢房侍奉陪伴。而从此，狱中也就搞得鸡犬不宁了。因为老龚的脾气大得很，稍有不如意，就发火，就拿起鞭子抽打姨太。茶太烫不行，太凉也不行，洗脸洗脚水烫了不行冷了也不行，端来的饭菜不可口不行，琴弹得不合意不好听又不行，舞蹈不赏心悦目更不行。他的惩罚分三等：最轻的，打耳光；比较重的，脱去裤子，拿竹笞抽打屁股；最重的，全身脱光，赤身露体，由卫兵拿鞭子狠抽，抽得全身青紫，皮开肉绽。因此，他的牢房中，常常夜里听到妇女的哀嚎声，令人们毛骨悚然。

一天傍晚，狱卒带进一名年约四十的放火犯，也被关在重犯牢房，与龚照屿在同一个号子里。他听到龚总办囚室里的女人哭声，便问：“这是谁在哭?”

狱中囚友告诉他：“这是龚大人生气，又在打姨太太了。”

此人在狱中关了三天，就被转移到另一个地方的监狱。很快，关于龚照屿在重刑牢房有八名姨太轮流日夜陪伴侍奉，并遭毒打等种种骇人听闻的丑行，被一名御史上奏朝廷。原来，关进监狱的“放火犯”，便是微服私访的御史。他听说传言龚照屿牢中逸闻，立即入狱探听，从而洞悉了其中的秘密。

龚照屿的丑行，激起朝野强烈反响。于是朝廷下令：“严查此事。”一查，便查清了监狱中黑幕。

于是朝廷下旨：龚照屿家财产全部没收充国库，龚照屿本人行贿谋私，目无国法，在牢房为所欲为，罪加一等，判处死刑，秋后处决。而贪赃枉法的狱中官吏，也被严处。管狱郎中革职回乡，追回受贿款；监狱长和牢头，没收非法所得，革职、流放三千里。

听到这个消息，李鸿章气得直摇头：“这个畜生，在狱中还如此张狂，真令人发指！都怪我瞎了眼，错把茅房椽子做栋梁，对部下管教不严，以至出现这种丑闻!”

这天，李鸿章总督，一连接到多份来自甲午战争前线将军的报告。

“前线部队所领的子弹，十有六成不响，即使能响也打不远。折断一查看，发现火药已变成灰土。”

毅军统领宋庆报告中，神枪手的命运令人痛心：“我军一名号称神枪手的游击将军，持枪跃马与日寇激战，连打四枪不响，结果被敌人一枪击毙。”

曾驻守旅顺的徐邦道将军报告："所领一千二百支进口毛瑟枪，打开一看，却是完全不能用的旧货。"原来是以次充好。

北洋海军某炮台守军首领，则寄来日军所发的一份战报，上面登载了一则骇人听闻的消息："北洋海军海岸各炮台发射的大口径炮弹，虽响声隆隆，震耳欲聋，却是一只纸老虎。我军将士在敌猛烈炮火下伤亡极少，因为炮弹中大半填装着大豆或土砂，而且炮弹粗细，大多与大炮口径不符不能使用，成了空摆设……"

李总督越看越气愤，不禁怒火中烧，立即命令家将带四名亲兵，拿着他的手谕，火速赶往天津军械局，将总办张士珩拘来！

家将一呆："大人，那张总办，不是您的亲外甥吗？"

李督把牙一咬："不错，我今天要拘的正是这小子！"

张士珩是李总督大妹李玉英与记名提督张绍棠的儿子，当初妹子早逝，父有荫功，所以将他带到自己身边做事。开始尚能认真谨慎办事，想不到如今会变成这个样子！

张士珩很快便被拘到了。

"你说，你倒卖过多少军火？"李总督坐在太师椅上，严厉地质问。他两眼圆睁怒火直喷，如一只吃人的老虎。他知道炮弹里面填大豆、砂土，说明火药严重短缺——必然是盗卖军火导致。

"我……我没有。舅舅，这是造谣污蔑。"张士珩想，自己倒卖军火的事，做得很谨慎很秘密，可说是天衣无缝，即使查也查不出，于是干脆矢口否认。

"事到如今，你还抵赖！"李鸿章霍地站起身，扬起手掌劈啪两掌，扇得张士珩眼冒金花，随即拿起日军那份战报，摔到外甥脸上，吼道，"你睁开狗眼好好看看，难道日本人会造你的谣？"

张士珩捡起一看，知道事情已败露，只得承认，嗫嗫嚅嚅道："我……记……记不清了。"

"你任总办几年来，从中贪污了多少银子？说！"李督又吼道。

"我……我在老家造了一幢房子，在天津买了一套别墅，另外，在老家买了五百多亩水田。"张士珩只好吐露家底。

话音刚落，又啪啪挨了两鞭。"你立刻卖掉别墅，把银子缴回国库！另外再罚你三千两银子！"李总督斩钉截铁地说，"你立刻搬出军械局，北洋不要你这只大老鼠、蛀虫！"

"舅舅，舅舅，你饶了我吧。"张士珩哭泣着哀求道，"我全家都住天津。你要我卖掉别墅，我一家住哪里呀？"

李督吼道："立刻滚回老家，守你那房屋、田地！"

"舅舅，你又逼我卖屋，又罚我银子，你可真狠毒呀！"张士珩怨怒道，

"我可是你的亲外甥啊!"

李总督冷笑道:"我对你够客气了。要不是看在你死去的爹娘面上,你罪当杀头!"

他强忍怒火,悲愤地说:"不要多讲了,你这个坏我大事的混账东西!快走吧!我,再也不想见到你了。"

五、深夜传旨进宫,李鸿章战战兢兢闭门写遗书

李鸿章如今到了生死存亡的严重关头。

甲午中日战争,北洋海军覆灭,号称"天下第一"的淮军,也败军失地。于是,弹劾奏章雪片般飞进皇宫,皇帝、太后的案头足足有一尺高。都说他:罪当杀头死有余辜!他被革去直隶总督兼北洋大臣的职务,拔去三眼花翎,没收了象征殊荣的黄马褂。他一落千丈,从天堂跌到了地狱。于是,天津、保定,他再也住不下去了。他不愿意急流勇退告老还乡,他知道告老还乡的严重后果:一旦失去兵权,将有被人宰割的危险。

于是,他又重新住进北京王府井冰盏胡同的贤良寺。

李鸿章吃不下饭,睡不着觉。

因为举国上下都把败军失地的责任,归结到他一人身上;都把矛头对准了他,向他猛烈开火。有舆论说他:在日本银行存了八百万两白银,怕一旦北洋海军打胜,这笔巨款泡了汤;有人传,日本天皇儿媳,是他的干女儿;还有的说他儿子李经方,娶了日本女子为妻,仗是故意打输的。更有人斥责他用人不当,指挥不当,淮军将领贪生怕死……种种离奇说法,恶毒谣言,使他百口莫辩。

他整日提心吊胆,生怕自己也会像失败的淮军将领一样,遭到坐牢、杀头或者流放等严厉惩处。

这天夜里,他做了一个噩梦。

他被召进宫,皇帝向他宣布:"你毁军失地,罪大恶极。现判你死刑,立即执行!"马上就上来两个凶神恶煞的将校,将他捆绑起来。

他顿时浑身大汗淋漓,正想辩白,只听太后说:"不过,念你过去平匪剿捻功劳不小,治理直隶也有成绩,给你一个全尸吧。"随即吩咐手下人拿出白练一条,叫他上吊自尽。

他连忙启奏,提出异议:"上吊是柔弱女子的死法,我堂堂男子汉,不愿意这么死。"

"看样子,你是嫌这种死法不酷烈。"光绪帝冷冷一笑,便说:"既然如此,那就安排你下油锅。"

他吃了一惊，说了句：“这种死法，酷烈无比，怎受得了？”

这一下，光绪帝发怒了：“犯罪之臣还如此挑肥拣瘦，快拉出去，丢到油锅里炸！”

一声令下，不由分说他便被拖到宫外一处油锅旁。

只见那油锅下，烈火熊熊；油锅里，油水沸滚，热浪逼人；刚一靠近，须发尽焦。

他连忙高喊：“我不要油炸！”

恰在此时，一阵紧急的敲门声把他惊醒过来。

只听守门人进来通报：“李中堂，朝廷有旨，令你即刻进宫见驾！”

他连忙穿衣起来，只见贤良寺门前尽是车马，纷纷攘攘。长长一条巷的百姓，被这突如其来的大场面惊动了，纷纷过来观看，个个预言：“深更半夜上门，定是祸事来临！”

寺里那几棵高大的柏树上，传来猫头鹰的叫声，令人毛发直竖。

李鸿章猛地一惊：“我的老命休焉！看样子熬不过今夜了。”

他知道，清朝皇帝召见大臣，通常都在清晨早朝。若是深更半夜召见，大多凶多吉少，性命不测。

于是，接旨后，他立即回到书房，用微微颤抖的手，写下一份遗嘱：

我起自翰林，一生戎马，出将入相，位极人臣，可谓一人之下万人之上。然而仍难以逃脱被人当鱼肉宰割的凶险命运。望子孙后代今后世世代代不得再去做官。切记！切记！……

写完，对急急而来的莫氏夫人吩咐：“我今夜进宫，恐有不测。我去后，若到明天早晨卯时中还没回来，你带三千两银票立刻出逃，切勿有误！”

莫夫人激动地说：“我虽未饱读诗书，但也初识大义。夫唱妇随，有福同享，有祸同当。如今既然老爷有难，我决不独个人溜之大吉，也不苟且偷生！我要陪老爷一同进宫。”

她决绝道：“老爷若遭不测，妾一根白练了结残生！”

说着，真的取来白练带在身上，就要坐轿同行，无论怎么劝也劝不住，只好由她。

李鸿章穿着朝服来到宫殿前下了轿，莫夫人留在门口。

他刚走到宫门口，正好遇到一位亲王从宫里出来，一见到李鸿章，马上拱手作揖，连道：“恭喜，恭喜！”

李鸿章听后不禁魂飞魄散。因为以往朝中大臣遭诛杀，称为“赐死”，行刑的官员也常常称“恭喜”。

他长叹一声：“我李鸿章，今夜必死无疑了！”然后流出两行浑浊的老泪。

但事已至此，是祸躲不过，流泪也枉然，大丈夫应做到宠辱不惊，生死自若。

于是，他重新打起精神往宫里走去。

进了养心殿西暖阁，只见慈禧太后与光绪帝，正点亮大蜡烛，在焦急地等待。

李鸿章立即跪地叩见："太后、皇上星夜召见老臣，不知有何谕旨？"

他边说边微微抬头察看帝、后的态度。

太后被一道帘幕隔着，看不清庐山真面目；皇上沉着脸抿着嘴一脸不高兴。

他的心不禁往下一沉，冷汗情不自禁地冒了出来。

忽然，他听到了太后的微笑声。

"今有大事，因事紧急，故召中堂前来。"此话一出，李鸿章如坠五里雾中，因为自己早被革去一切职务，何故太后还以"中堂"相称，看样子，这是讽刺。

他连忙道："甲午之战，北洋海军尽毁，老臣罪不容赦！"

"甲午败绩，你是有重大责任。"光绪帝很不高兴地说。

但很快被太后打断了："现在不是追究责任的时候，难道李中堂愿意将几十年的心血付之东流吗？"

接着，马上开门见山地说："李中堂，今夜召卿前来，就是要你作为大清国头等特命全权大臣，赴日本谈判，与日本商定和约。"

她顿了顿，然后道："日本是虎狼之国，此去责任重大，望你万勿推辞。"

李鸿章一颗高悬的心，顿时砰地放了下来。

他不禁热泪盈眶，连忙伏地谢恩："太后和皇上如此信任，此去日本纵有千难万险，我也万死不辞！"

原来，甲午败绩后，清廷派总理衙门大臣、户部侍郎张荫桓赴日本谈判。日本嫌他品级不高，没有什么声望而不予接待。昨天，慈禧看了美国驻华公使田贝转来的日本东京来信，知道日本要求必须是清朝军国重臣才可。

此时，慈禧想起在清朝大臣中，只有李鸿章具有与洋人打交道的丰富经验，于是，刚革职的李鸿章又被开复一切职衔，被任命为全权大臣，重新赏戴三眼花翎与黄马褂这一清国贵族最高荣誉。

这令李鸿章很意外也很激动："天恩浩荡，老臣粉身碎骨也难以报答！"

由于皇帝和太后对李鸿章恩赏有加，由于皇上拟旨宣读，由于太后跟他征询商讨此次东渡日本的有关事项，等到李鸿章出了宫殿，早已过了卯时。

莫氏夫人自丈夫进宫后，在宫外的厢房望穿秋水，急如星火地等待。随着时间一个钟点一个时辰地流逝，她心中的担心、忧虑，也越来越重，简直是度时如年。等到天亮时，丈夫还没出来，心想丈夫真的凶多吉少了，因此便流泪了；到了七点钟卯时末，见丈夫还没出来，她绝望了，便不作丈夫生还的妄想了。

此时，她一边流泪一边拿出随身携带的白练，准备上吊。

她在寻找一个能上吊的地方，但四处寻找也找不到地方。大院里虽有树木，但有侍卫警戒，难以吊成。那就只好在柱上、石头上碰死了，她心中在计划着。

随身丫环小荷劝她："你真要自尽，也须等听到李大人的确切消息，看到他的尸首吧。万一他只是坐牢，夫人一死，谁来照应？"

莫氏想想有道理，于是决定等丈夫尸首一旦抬出，自己立刻撞向前面那大石柱……

她正心急如焚、忐忑不安地等着，猛然听得有声音喊："李大人出来了！"

莫氏夫人立即战战兢兢，两腿打战地上前。她想看看到底是尸首出来，还是戴着枷锁出来？

此刻，她已看到丈夫，似乎踱着方步走出来。

"我是眼花了还是梦中相见？"她擦了擦眼睛，发现丈夫真的踱着方步来到眼前。

丈夫真的是活着回来了！

此刻，她不顾宫门外众目睽睽，立刻扑上前，一把抱住丈夫，哽咽着说："老爷，果真是你吗？您真的活着回来了？"

李鸿章一愣，想起昨夜的情景，想起自己对妻子所嘱咐的话，一下子明白过来。

他对泪流满面的莫氏道："夫人——贤妻，好了，没事了。不但没杀头，没充军，还官复原职，被任命为特命全权大臣，赴日本谈判呢。"

"真的？"

"那还有假？"

看到妻子脸上缤纷的泪珠，李鸿章心疼得把莫氏紧紧地揽进怀里。

他用手爱怜地擦去妻子腮边那颗晶莹闪亮、快要跌进脖颈里的泪珠，亲切地说："走，快快回家。我们要办一个宴会，好好庆贺庆贺！"

此刻的莫氏，百感交集，禁不住咯咯地笑出声来。这笑声，如同一串银铃，仿佛少年时那天真烂漫的笑声。

回到贤良寺，李鸿章发觉自己已汗流浃背，浑身内衣湿透。

他洗了个澡，立即摆起一桌庆贺宴，他要为夫人压惊。

从此，李总督更爱莫氏了。

出使日本一回国，他就向朝廷上奏，给继任夫人莫氏以封典。于是，莫氏得到了诰命夫人的封号。直把莫氏高兴得泪流满面。

第九章　马关订约千夫指

一、日方提出的停战条件，让中方大吃一惊

李鸿章明白，此番赴日本和谈，弄不好，耻辱和骂名会一齐落到自己的头上。光是那位光绪帝老师、主战派代表翁同和的攻击，就够自己受了。

想到此，他立即进宫，向慈禧太后和光绪皇帝请求道："请派朝中柱石大臣翁同和尚书挂帅，与臣同行。"

翁同和一听，急忙出班启奏："臣年迈力衰——"

话音未落，便给李鸿章顶了回去："你比我整整小了七岁，岂可说年迈？且精神抖擞，老当益壮，怎说力衰？"

翁同和再次启奏："我不精通洋务，不懂外文，怎可前往？"

"堂堂帝师，学贯中西，即使洋务略有欠缺，我可作你助手协助。至于不懂外文，更是小事一桩，我们随员中有高级翻译，不须操心。"李鸿章不依不饶地驳斥。

"你，你，你——强人所难，是何居心？"翁同和面红耳赤，说话也结巴了。他死活不肯同行。

太后见状，微微一笑道："李中堂，你就不要为难翁师傅了，他不肯去，就算了。此事非你莫属啊！"

公元一八九五年三月十四日，李鸿章带着年届四十的大儿子、外交家李经方等一行三十三人，赴日本谈判。随行重要成员有：

外交家、法学家伍廷芳，担任法律顾问；

外交顾问兼英文翻译罗奉禄；

轮船招商局会办、上海机器织布局总办马建忠。

一行人乘坐德国商船公义号，驶离天津，向日本而去。

一路上，李鸿章的心情异常沉重。

坐在甲板上，看到怒涛起伏，一个接着一个向船头扑来，撞来，他感到前途叵测，心底涌出一首诗：

晚倾波涛离海岸，天恩浩荡白鸥闲。

舟人哪识伤心处，遥指前程是马关。

经过五天航行，一行人终于到达日本山口县下关（今马关）。

清朝首相兼北洋大臣李鸿章亲自到日本求和的消息，早已传遍了大街小巷，人们感到无比自豪。有个日本诗人用汉字、汉韵写下一首七绝，登在日本的报纸上：

四亿人中第一翁，败余来仰圣恩隆。

卑辞厚礼请和议，不似平生傲慢风。

三月二十日下午二时半，双方全权大臣首次会谈。

李鸿章和参议李经方、参赞罗奉禄、伍廷芳、马建忠，及日本翻译卢永铭和罗庚龄等人，坐轿来到坐落在红石小山上的“春帆楼”。

这里地势临海，居高临下，风景宜人。山丘下的海边，即是日本的军港，军舰冒着浓烟鸣着汽笛往来于海面，给人以一种兵临城下的威压感。

“春帆楼”这名字，是日本首相伊藤博文起的，其意是：春天之海的帆船。故亲笔命名。“春帆楼”以河豚菜闻名全日本，伊藤常光顾此处吃河豚。据说当时谈判场所还有长崎、广岛等地供挑选，但临会前一周，伊藤最终决定在下关的“春帆楼”。看来用心良苦，有一番深意。

李鸿章一行在楼下略事休息，于三点零五分步入楼上会议室。

日本出席的有首相伊藤博文、外务大臣陆奥宗光等七人。

谈判开始，双方首先交换了全权文凭，接着伊藤博文开言道：“十年前，我曾向中堂进言，贵国须改革图新，然而十年过去，贵国依然如故，以至造成今天的局面，实在遗憾啊！”他边说边摇头叹气，一副痛心疾道、恨铁不成钢的样子，就像一个最亲密的知已朋友。

李鸿章接话道：“贵国之长足进步，使我国从长夜的迷梦中觉醒，得益匪浅。我曾审时度势，上疏论述，但未能像贵国一样收到实效，深以为憾。如今中国人虽多数怨恨贵国，而我对贵国反多感激，因为我国有识之士，鉴于今日的大败，必然会有所觉悟！”

第一轮的谈判，在比较轻松的气氛中结束后，日方设宴招待。

日方让客人品尝了河豚后，第二道菜来了。

众人一看顿时傻了眼，原来，这是一道“人头宴”：它有鼻子，有眼睛，有耳朵，有嘴巴，还有胡须。特别是那双大眼睛骨碌碌地转动不停，令人心惊肉跳。但各处严丝合缝，不知该从哪里下箸。

“咪西咪西，”日本外长陆奥宗光微笑着摸了摸小胡子，然后打了个手势，“请中堂先开箸。”

他笑里藏刀，想乘此机会，试探一下李鸿章的智能，出出中国人的洋相，以证明日本大和民族是最优秀的种族，而中国人则是劣等民族。

“请，请，请主人先品尝……”李鸿章一边推辞，一边观察。但日方坚持要客人一方——中方全权大臣李鸿章先开箸下手。

李鸿章知道日方不怀好意，等着要出他洋相，以证明中国人愚笨。

因此，他在推辞时一边迅速思考，一边密切注视日方各人的表情。人头上各器官哪个最重要？他脑子在高速运转，闪电般地思考：嘴用来吃，鼻子用来闻，耳朵用来听，可眼睛用于看，观察。俗话说，眼睛是心灵的窗户。望穿秋水，眉目传神，一目十行，不都是形容眼睛的吗？看起来，人头上器官眼睛最重要。没有眼睛，就没有方向！

当他看到日方代表、外相陆奥宗光向首相伊藤眨眨眼睛，另外几人全神贯注地盯着“人头”上那双骨碌碌转动的眼睛，心中顿时恍然大悟。他猜测，这开鱼的诀窍，十有八九是在眼睛上，眼里定藏着秘密！

因此，当日本外相第二回推让他先开箸品尝时，他自信地拿起了筷子。

此刻的气氛十分紧张，十几双眼睛一齐盯着中国首席特命全权大臣李鸿章。

只听他说了声“那我就不客气了”，便不慌不忙地站起身子，两手握筷一齐出击同时用力，一下子叉住“人头”上那两只眨个不停的大眼睛。动作之敏捷，神态之安然，令全场喝起彩来。

说也怪，当两只眼睛被筷子一叉住，那人头便啪的一声豁然大开。

里面净是各种珍肴美味。

李鸿章对着日方外相陆奥和首相伊藤，连声招呼“请，请——”

日方代表，尤其那外相顿时惊得目瞪口呆。他们惊叹年逾古稀的李大人还有如此敏捷的动作，更惊叹他居然有如此聪慧的头脑。

首相伊藤连声道：“李中堂不愧为翰林出身，果然聪慧非凡！”

三月二十一日，举行第二轮谈判。

这一轮是实质性的谈判。伊藤提出了停战的先决条件：

“大沽、天津、山海关等地清军，必须全部向日军缴械；天津至山海关的铁路交日本管理，而且停战期间，日本的一切军费由中国承担。”

李鸿章听完心腹幕僚、英文秘书、外交顾问罗奉禄口译后，简直不敢相信自己的耳朵，不禁倒吸一口冷气，口中连呼：“太苛刻！你们这些条件太苛刻了！”

他根本没想到日方的野心如此之大，招数如此之狠！

天津、大沽、山海关，是北京的咽喉，直隶的锁钥，若这三个地方被日方占领，岂不等于将京师拱手让给日军？

想到此，他连连摇头道：“我为直隶总督，三处都是直隶所辖，若将其拱手交出，我的脸面何在？”

他感到咽喉冒烟，于是拿起茶喝了一口，润了润喉咙，又咳嗽了几声，继续分辩说：“中日是一衣带水的近邻，怎能长久相争？日后必须和好。既

然和好，必须为中国预留一些体面，否则，我国上下伤心，和平也难持久！”

“现在两国相争，中国忽然要求停战，对日军士气大有妨碍。所以我方要先占据险要之地作为抵押，才不会吃亏。”伊藤口气威严，声音震得会议厅嗡嗡作响。接着，他骄横地说：“就这个条件，你再考虑三天，然后给予答复！”

这真是强盗逻辑，土匪行径！李鸿章气得连连咳嗽。

但光气也没用，他立刻把日方的要求电告大清朝廷。

清廷上下大为震惊，认为这个条件太苛刻。

于是，李鸿章决定暂时将停战问题搁置一边，先谈和约条款。

二十四日，第三轮谈判开始了。

日方提出中国赔款数额为：白银三亿两，并提到割让台湾。

李鸿章大为震惊，他真想骂出声来：“弄妈，你小日本真是人心不足蛇吞象！”但他明白，千万不能凭一时之气。一骂固然自己内心舒服些，但对国家不利啊。

于是强压怒火，忍气吞声道：“赔款三万万两，数额太巨大，我国国力空虚，实在无法承受。至于割让台湾，这在外交上从无先例。”

他据理力争：“仗打败了，可以赔款，但从来没有哪个国家提出割地的要求。我想你们日本国，总不会坚持这种过分的要求吧。”

“别敬酒不吃吃罚酒！这种事由不得你们！”陆奥宗光拍着桌子威胁。

“你等着吧。”伊藤也冷笑道。

李鸿章不知道日本又要搞些啥名堂，回到住处，接到国内一份电报，得知头天，日军已占领了台湾附近的澎湖列岛。原来，日本在谈判的同时实行军事行动，借以增加谈判的砝码。

在这种情况下，谈判是十分不利的，李鸿章决定拖一拖。

就在谈判陷入僵局之际，一个谁也没有料到的重大变故，令谈判形势急转直下。

二、挨了一子弹，少了一万万

当天下午谈判结束后，李鸿章像往常一样，乘轿从“春帆楼”返回净土宗引接寺下榻之处。

这是一个夕阳西坠的傍晚。看到这衔山的夕阳，李鸿章不禁想起《水浒传》中那荒凉冷落、令人毛骨悚然的景阳冈，顿时生出一种深深的隐忧。当年武松在景阳冈，奋起神威打死吊睛白额大虫，可我李鸿章，却被日本这只恶狼咬噬毫无办法，真是可叹可气又可恨！

一路上，不少日本人围观，想看看大清特命全权大臣、首相李鸿章的模样。

此刻的李鸿章，正忧心忡忡地想着两天来的谈判，思考着如何使中国的赔款数额降到最低，如何使宝岛台湾不被割去。

他全神贯注、绞尽脑汁地想着，根本没料到一场横祸，正向他步步逼近。

轿子在苍茫的暮色中，不紧不慢地往前走。当来到一条七弯八拐的小路上，离住处不远时，突然，在围观的人群中，窜出一个长发青年。

“李大人，等等我——”话音刚落，他已奔到轿前，一把掀开轿帘。

车夫和随从警卫还没弄明白是怎么回事，此人已拔出枪，朝端坐在轿里的李鸿章头部开了一枪，随即抽身潜逃。二警卫立即追赶凶手。

李经方等一行人慌忙停轿，纷纷上前围住李相。

“爹，爹爹——”经方第一个冲到父亲的轿前，掀帘一看，不禁吓了一跳。

只见父亲用手掩着伤口，鲜血不停地从指缝间流溢出来。他很快被送到住处，抬下轿时，憔悴的脸上满是鲜血，官袍也被鲜血染红了。他昏倒在床，人事不省。

随从医生和日本派来的医生很快查清，子弹射在左眼下方的骨头缝里。医生们怕他年纪大，不敢贸然取出伤口内的子弹。

“亏得中堂福大命大，若子弹往上移一点点，打到眼眉上面，性命就危险了！”听了医生的话，经方和众助手都感到一阵后怕：若是李相性命不测，如何得了？

李鸿章苏醒过来，见袍服上都是血，见儿子和几个助手都在身旁流泪，不禁爽朗地一笑，说：

“你们不必悲伤，此血可以报效国家了。若舍我的鲜血和生命，能有益于国家，我心甘情愿，无怨无悔！”

时已过午夜，李鸿章突然想起一件事还需要去办，便喘着粗气，对儿子经方道：“快拿纸笔过来，我要写信，给伊藤写信。”

经方急忙劝道：“爹，您伤势很重，子弹还没取出，还处于危险期。再说，你左眼受伤，肿得眼睛全闭了，右眼也浮肿起来，只有一条缝，怎么写？有啥事，还是我来代笔吧。”

“不行，我有重要事情需要与日本首相交涉，非我出面不可！你代不了笔。”听了父亲的话，经方连忙叫人拿来纸笔。

李鸿章叫经方搀扶住，挣扎着坐了起来。

当他拿起笔准备写字时，果然发觉看不见了。左眼一点儿也睁不开，右眼尽力睁开，也只有细细的一条线缝，根本看不清。

“这可怎么办？这可如何是好？”李鸿章连声说，“对了，有办法了！”

他随即用左手拇指和食指，尽力撑开那只仅剩下一条缝的右眼，然后抖抖索索地提起笔，气喘呼呼地在面前的一张小茶几上，一字一停，十分艰难地书写着给伊藤博文的照会：

日本首相伊藤博文阁下：

本人于昨天傍晚回住处途中，突遭一刺客持枪行刺，伤势严重。明天不能出席会议，望见谅。接下来的谈判，由李经方代替我作为谈判全权代表。特此敬告。

写好后，他又仔细看了一遍，确信无多字漏字和错别字，便吩咐经方：“你盖上我的印章，天一亮便派人送去。”说完，只觉头脑一阵天旋地转，眼前一黑，又晕了过去。

接到这封不卑不亢的照会，伊藤惊叹道：“此人遇刺后，还能如此从容处理国事外交，其忍耐力真是天下少有啊！”

凶手很快被抓获，此人名叫小山丰太郎，二十六岁，是个无业游民。他受日本军国主义思想毒害极深，是个狂热的爱国分子。他认为李鸿章是阻止日本征服中国的主要障碍，发誓要为日本清除。他曾想去天津刺杀李鸿章，但因买不起船票而未能成行。此番得知李鸿章自己送上门来，可谓踏破铁鞋无觅处，得来全不费工夫，于是，每天在这段路上等候，寻找机会。这天终于趁防备放松之际，下了手。

李鸿章在日本遇刺的消息，很快传遍全球，国际舆论纷纷谴责日本人的不义之举。

陷入被动的日本，为了平息国际舆论的谴责，很快单方面宣布无条件停战。

四月二日，日本提出了和约初稿，要求三日内给出答复：

一、承认朝鲜独立，即结束朝鲜作为大清附属国的历史；二、割让盛京南部及台湾、澎湖列岛；三、赔偿日本白银三亿两；四、增开沙市、顺天府、杭州、重庆、湘潭等七处为通商口岸。

看了这个初稿，李鸿章气得差点儿晕倒，骂道：“弄妈，小日本真是狮子大开口！若答应这些条件，中国就危险了！”

他吩咐秘书，立即将这初稿电告清廷总理衙门，并对经方道：“立即召集代表团核心成员，来我这里紧急商讨，草拟一个答辩状。要据理力争，给日本以有力驳斥！”

经方看到脸色苍白，左手不停地抚摸着脸颊创伤、无力地靠在床头上的父亲，担心地说：“爹，你有伤痛，就安心躺着，等我们拟就初稿，再叫你过目吧！”

“不，国难当头，我岂可因个人小病痛耽误大事！起草答辩状，刻不容缓，我须亲自到场，免得耽误时间！”

经过一个通宵的夜战，第二天八点，一份中方的答辩状，放到日方代表的面前：

一、关于割地。日本与大清国开战之初，即一再阐明，是为了朝鲜主权问题，根本没提到过大清领土。此番提出割让台湾、盛京等地，这是为何？若日本仗着一时兵胜，任意强索，则势必引起大清国人卧薪尝胆，以图将来复仇！

二、关于赔款。日本此番用于战争的经费一共才多少钱？而和约中却要求大清赔偿三亿两白银，而且限制在若干年内赔偿，还计算利息，这是很难办到的。

三、关于通商。日本要求开放七处通商口岸，且要求在该地设工厂。顺天府是京师之地，湘潭为内陆府，不适宜通商；若日方工厂造出土著各种产品，则大清民族工业势必会被挤垮。这样，大清国是无法做到的……

日方对中方答辩状进行紧急商讨。

外相陆奥宗光恼火道：“大清是战败国，有何理由讨价还价？他们若是不同意，我们就再给他们点儿颜色，继续扩大战争，像当年英法联军一样兵临北京城下！”

伊藤道：“别夸海口，中国重兵云集京津，欲兵临北京城下，谈何容易？此次用兵，我国的战争费用与三万万差距甚远，大约只有它的一半。”

他苦笑了一声，道：“再说，李鸿章在我国遭刺，中国举国痛恨，世界各国谴责。我们也应减少数目，以抚慰中国使团，平息中国人的举国仇恨和世界舆论。”

伊藤的话一锤定音。于是把数目减至二亿五千万两白银。接着，又把开放口岸减去顺天府、湘潭等三地。

四月十日，李鸿章带着伤痛，亲自出马，他想尽力为大清争回些权益。

伊藤道：这已是第四次谈判了，我不希望再拖延时间。中堂对我提出的意见，只能回答“可以”或“不可以”！

李鸿章反问道：“难道不允许我分辨？”

伊藤口气强硬：“分辨可以，但不要再缩小我提出的数目！”

李鸿章紧皱眉头道：“赔款二亿五千万两白银，数额还是过大，大清实在无力偿还。”

伊藤道：“我们已经减去五千万两，如今这数目，已经是最低限度。如果战争继续，赔款数额将不止这个数。”

李鸿章又继续力争：“现在我国实在困难到极点，希阁下给予充分同情与体谅。赔款二亿五千万数目太巨大，必请再减去七千万！金额如此巨大，我国必将陷入更加困难的境地。”

他用手抚摸着疼痛难忍的枪伤，声音嘶哑着，如同一只重伤的老虎。

看到李鸿章不屈不挠，一副不达目的决不罢休的样子，伊藤只得无奈地说："好吧，我们再减去五千万两。现在，再也不能减去分毫了！"

李鸿章见赔款一项谈判，已到山穷水尽地步，于是把话题一转："其次，愿就土地问题一谈。历观欧洲各国交战，未有将占据之地要求全部割让。以普法战争为例，德国所占领的法国疆土，虽非常广阔，而实际所提出的割让要求，却非常宽大非常有限。如今条约内要求将奉天南部所占之地，全部割让，此外，还对未被占领的台湾也要割让，岂不是太过分？"

伊藤道："毫不过分。世上事例很多，不能与普法一例相提并论。"

李鸿章继续据理力争："英法两国兵临北京城下时，他们也没要求割让一寸土地。"

伊藤道："他们另有意图，不能用那个例子来相比。"

李鸿章又讨价还价："营口，是通商口岸，东西南北货物云集之地，实是我国政府一大财源。贵国一面命我国负担苛重赔款，同时又夺取我国的收入源泉，岂不是过于残酷？"

他冷笑了一声，接着打了一个比方，"譬如养儿子，既要他长得快，又不喂乳汁，这儿子岂不是要活活饿死？"

伊藤边笑边说："中日岂可与孩童相提并论？"

李鸿章又道："台湾全岛，日本兵尚未侵占，何故强要割让？"

伊藤立即反驳道："阁下的话似乎说，未占领的土地，即无要求割让之理。既然如此，贵国何故将东西伯利亚割让给俄国？"

李鸿章马上道："将东西伯利亚割让给俄国，并非战争的结果！"

伊藤道："割取台湾，在和谈上也是合理要求。"

什么合理要求？是合你们盗匪的歪理，不合世上的正理！但李鸿章不能在桌面上说，只得郁闷在肚里。他咳嗽了好一阵，脸色潮红。

他声嘶力竭地做着最后的抗争："总之，现在我讲两大点：营口还请退出，台湾不能相让！"

伊藤拍案而起，怒容满面。他头发一甩，犹如一只发怒的狮子：

"若如此，我大日本立即遣兵攻取台湾！只要我一声令下，日本强大无敌的联合舰队，会立刻如猛虎下山，蛟龙出海，扑向天津海岸，逼近京津地区！"

他大步跨到窗前，嗖的一声拉开窗帘，军港立即呈现在中方代表的眼前。只见数艘军舰冒着滚滚浓烟，往来游弋。似乎为了配合伊藤的谈判，增加其赫赫声威，此刻又传来一阵阵汽笛威风凛凛的长鸣。

伊藤骄横而不可一世地吼道："请阁下明白，现在我们大日本帝国是战胜国，你们大清是战败国，不存在平等论理！今日的事，你们没有其他选择，只能回答‘割’或‘不割’！”

弱国无外交，战败国是根本没有讨价还价余地的。李鸿章气得半死，说不出一句话。他知道，在豺狼面前，羊没有道理可讲，只有被吃的下场。

他只得把谈判结果电告北京。很快收到清廷复电：“如不能商改，即与之定约。”

于是，李鸿章与伊藤博文签署和约。

四月十七日，正式签署《中日马关条约》：

一、中国承认朝鲜自主独立，由日本对朝鲜进行控制；

二、中国割让台湾、辽东半岛及澎湖列岛给日本；

三、赔偿日本军费两万万两白银；

四、开放沙市、重庆、苏州、杭州为商埠；

五、日本人可以在通商口岸，任便设立领事馆，建造工厂及输入各种机器……

李鸿章颤抖着双手，在条约上正式签字。

签完字，他感到浑身无力，如同一摊泥，扑通一声滑倒在谈判桌下……

签约当晚，日本举行盛大宴会，招待中方代表团。日本代表人人吃得喜笑颜开，津津有味；中方代表个个吃得心事重重，味同嚼蜡。

忽然，满面春风的伊藤对脸色灰暗的李鸿章说：“中堂出身翰林，是瀚墨高手。如今我有一联，不知中堂能对否？”

说着，微微一笑，随口吟出一个上联：

内无相，外无将，不得已玉帛相将

李鸿章在中国是出将入相的人物，此联嘲笑他无将相才能，只好割地赔款。

一句上联便将他堵得胸口发闷，气塞丹田，一时间竟无以对答，只好愤愤而退。

回到住处，他想了好久，也没想出一个贴切的下联。

这天夜里，他苦思冥想仍得不到好对。想到第二天与伊藤相见仍交不出对联的尴尬，心中又急又恼。

忽然，几声叩门声打断了他的思绪。

“谁？”

回答他的是一个随员的声音。这人是浙籍人士，进屋后，说：“中堂大人，我试拟了一副回复伊藤的下联，您看看行否？”

“好，快拿给我看看。”李鸿章接过一看，此联是：“天难度，地难量，这才是帝王度量。”

“好，此联十分贴切，不但摆脱了自己的窘境，还讽刺了对方，真是妙对！”李鸿章称赞道。“谢谢你！”

这个浙籍随员，以前一向不被李鸿章看好，这回看到此联，不禁叹道：“千里马常有，伯乐不常有。我以前一向以能看人识才自称，如今看起来，我看走眼了。”然后对此人道：“君沉下僚，是我的过错啊！”于是立即将此人，由一个七品衔，提拔为正四品道台。

大清使团结束在日本的使命，踏上轮船，起程回国。

悲愤交加的李总督心里暗暗发誓：“从今往后，我一辈子再也不踏上虎狼之国日本！”他对几位顾问道：“我李鸿章名在全球，决不受此等奇辱，日后必当报仇！”

三、仰天长叹：割地赔款，难道都是我一人的过错？

李鸿章回来了，带着丧权辱国的《中日马关条约》回来了。他立刻成为众矢之的。

帝师、户部尚书翁同和一马当先疾呼：“李鸿章迁延误国，应该严办。首先应拔去三眼花翎，剥夺黄马褂；交吏、礼二部惩处！”

礼部右侍郎、宗室大臣志锐等三十八名廷臣，一起上书皇上：“请杀李鸿章父子以谢天下！”

翰林院编修梁鼎芬、新补翰林院编修蔡元培等三十五人联名上《请罪李鸿章公折》，弹劾李鸿章战败误国，有六条可杀之罪。

都察院御史安维峻上疏，疏中咬牙切齿道：“恨不得食李鸿章之肉，以解天下臣民弥天大恨！”

台湾巡抚唐景崧上书朝廷，强烈抗议割让台湾，其语言掷地有声：“与其生为降虏，不如死为义民！情愿人人战死而失台湾，决不愿拱手而让台湾！”

当时正逢各省举人赴京会试，康有为联合全国一千三百多名举人，向朝廷上万言书，要求拒签和约，迁都抗战，变法自强。这就是著名的“公车上书”事件。

南通才子、晚清状元张謇，将自己书写多年的《淮军志》书稿当众烧毁，并义愤填膺地宣布：“淮军误国，我今生不再写此类书！”

有人还把李鸿章与京剧丑角刘三相比，作对联骂他：“刘三已死无京丑，李二先生是汉奸！”

京城安徽同乡会会长、合肥举人徐子苓给李总督七十四岁寿诞送来一块贺匾：“当今宰相，朝中一品，乌纱盖顶，贵客盈门。”

李鸿章一看，明白这是骂自己为“当朝乌龟（贵）”。他无法发作，只得苦笑一声，默默承受。

面对四十七道弹劾奏折，和全国民众的一片声讨，光绪帝龙颜大怒：革去李鸿章直隶总督兼北洋通商大臣职位，摘去三眼花翎，剥夺黄马褂！

李鸿章欲哭无泪，仰天长叹："割地、赔款，难道都是我一人的过错吗？悠悠苍天，谁知我心？"

无比失意的他，带着面颊上的枪伤，带着心灵的巨大创伤，在家人的搀扶下，再次回到了贤良寺。他写了"马关奇耻，雪报有时"八个大字，贴在书房正面的墙壁上。两旁贴了一副对联："受尽天下百官气，养成胸中一段春。"他以此自励：我千万不能倒下去！

就在此时，一个老朋友来了。

从河北专程前来探访的吴汝纶道："大人，我大清贫弱，屡签不平等条约，臣民不能怪罪皇帝和太后，只好拿经办人出气。皇上为了推卸责任，总得找个替罪羊，大人为国九死一生，忠心苍天可鉴！"

"还是你这老友知道我的心啊！"李鸿章紧紧地拉住汝纶的手，两眼顿时湿润了。

贤良寺的后院，有一棵高大的桑树，树冠遮天，浓荫覆地。赋闲的李鸿章会经常坐在院里一角的藤椅上，看着桑树，看着桑树上的虫鸟出神。

一天，他看到桑树的一条斜枝上，有一只形状十分丑恶的大青虫，正起劲地向枝叶繁茂的另一头爬去。它边爬边疯狂地咬食桑叶，桑叶在它的进攻和狂食中颤抖摇曳。那种贪婪、凶狠的劲头，令人联想到狼。他猛然觉得，这青虫不就是日本吗？它的形状狭狭的，长长的，如同日本这个岛国。

转眼间，一根小枝条上的数片桑叶被吞噬光了，变成了光秃秃的枝丫。他很担心，若照如此速度，用不了多少日子，这棵参天大树，将会变成难看的秃子。到那时，她会遭受烈日的暴晒，狂风的抽打，暴雨的肆虐，霜雪的摧残，然后很快枯干，死亡。想到这里，他的心情不禁沉重起来。

青虫踌躇满志，依然气势汹汹地向另一条繁茂的树枝扑食。

忽然，他的眼前一亮，一只黄莺如同一道闪电扑下来，很快这条大青虫便成了它口中的美食。

李鸿章看得出神，他不禁为眼前的一幕惊呆了。

"螳螂捕蝉，黄雀在后。"他猛然想起中国的一句成语。对呀，大青虫虽凶，但有更凶、更敏捷、更强大的对手制约着它。自然界如此，人类社会何尝不是如此呢？小日本虽凶狠得不可一世，大清国奈何不了它，但其他列强可以对付它。我要报马关之仇，何不利用洋人？日本吞吃辽东半岛，直接威胁俄国在中国东北的利益，我何不利用俄国对付日本？

对，就这么办！他一拍大腿，裂开嘴得意地笑了起来。这声脆响和笑声，把陪伴在旁的莫氏夫人惊醒了。丈夫自日本归国，遭满朝弹劾攻击、被革职以来，常常夜不能寐，茶饭不思。莫氏十分担心，怕丈夫想不开会走绝路，因此时刻不离左右地守护着他，哪怕自己上趟厕所，也必定叫佣人看住他，以免发生意外。

此时，当她惊醒过来，看到往日情绪低落、面色沉重的丈夫，这回有了活气、喜气和神气，顿时也高兴起来，连忙问："老爷，你有啥吩咐？"

"你快叫人把儿子经方找来，我有重要事情吩咐他。"

不一会儿，经方来了。

李鸿章派经方连夜赴东交民巷使馆区，请来俄国驻清国公使喀西尼。

经方首先介绍了《马关条约》的内容，指出："贵国历来主张要保护大清国领土完整。如今，小日本逼中国割让辽东半岛和台湾。这是对贵国的藐视和挑战！"

李鸿章见喀西尼果然眉头打结，呼吸急促起来，便再添了一把火："况且辽东——被日方占领，就将成为日本今后进攻俄罗斯的桥头堡，危害匪浅哪！"

一番话，把喀西尼的情绪完全鼓动起来，他果然发怒了。

他在客厅里焦躁地来回走动，仿佛是跌落陷阱的困兽。"妈的，我立即向皇上报告，定要制止小日本的阴谋！"

日本割让中国辽东半岛的重大事件，果然引起俄国的高度关注和强烈震动。俄国对辽东半岛这块战略要地，垂涎已久，因此对日本抢先夺走这块肥肉不能容忍。日本占了辽东半岛，下一步目标必将是整个满洲。若是满洲被日本占领，俄国就难以在中国寻得一个不冻港，也就难以向中国、朝鲜和太平洋发展了。

俄国新皇尼古拉二世在御前大臣会议上，一锤定音："我们绝不能让小日本侵占辽东的阴谋得逞！绝不能让俄国在中国东北的利益受到影响！"

为了避免与东方强国日本直接对抗，沙皇又派遣外交大臣罗拔诺夫前往法国、德国游说，共同对付日本的扩张。法、德对日本独享一块肥肉也很不满意，便加入反日同盟。

于是，以俄国为首的三国政府，联合向日本发出照会，要求日本退还中国的辽东半岛。不但在口头上恫吓日本，三国的海军舰队同时出现在日本附近的海面上，一时间，气氛紧张到极点，一场大战一触即发。

日本这只狼，在虎、豹、狮的面前，吓得手脚冰凉，只得乖乖就范。于是中国付出三千万两白银（原定为一亿两），赎回辽东。

李鸿章看到自己"以夷制夷"的策略成功，心头出了一口恶气，心情畅快如暑天吃了冰水。他得意地笑道："日本恶狼，你现在为啥不龇牙咧嘴了？可恨的伊藤，你不是以出将入相的伟人自居吗？为啥又把吞进肚里的东西重新吐还给中国？哼，我也要让你尝尝吃屎的滋味，让你看看我李某人的手段！"

光绪二十二年（公元一八九六年），是李鸿章无限风光、无比开心的一年。

这一年，他作为大清国头等钦差大臣，带着清廷“联络西洋，牵制东洋（日本）”，增加中国海关进出口税收的使命，携同经方、经述两个儿子，带着由十八名文职、十名武职、五名外籍客卿，及勤杂人员组成的四十五人的宠大代表团，也带着棺木（怕路上仙逝），悲壮出行。

从正月十八日出发到九月十一日返京，历时二百三十天，经过四大洲、横渡三大洋，水陆行程十万里，遍访俄、德、法、英、美等八个欧美国家。他风风光光地访问回来，朝见太后和光绪皇帝，详谈了欧美的繁华强盛，提出强国的设想。

但他的意见并未得到重视，他也未重新得到重用，只被任命为“总理衙门上行走”。这只是个见习大臣，没有实权，被人称为无用的“伴食宰相”。从日理万机的直隶总督兼北洋大臣，到饱食终日无所事事，形同虚设，如同行尸走肉的吃饭官员，他的心情很不愉快。但令他更不愉快的事情还在后头。

一天，他在总理衙门点了名，坐了坐，看看没有人向自己请示汇报，自己成了一个多余的人，便回到贤良寺住处。

他正和幕友吴汝纶闲谈，忽听门房报告：“新建陆军统领袁世凯前来拜访。”

他十分高兴。袁世凯以前是淮军老部下，经自己推荐，曾任大清驻朝鲜通商大臣，从此得到朝廷信任。不久前，又被任命为新建陆军训练大臣，驻天津小站训练这支新编陆军。在门可罗雀的日子里，李鸿章对昔日老部下的到来很是欣慰，连忙吩咐：“快请袁统领进来。”

吴与袁世凯不熟，便躲进书房里。

“今天，是哪阵风把你吹来了？”自甲午败绩以来，袁世凯还没来过自己的住地。李鸿章不知袁世凯是特地来此拜访安慰，还是另有事情。

袁世凯见问，连忙上前行礼道：“早想拜访慰问中堂，只因天津练兵，任务繁重，忙碌异常，所以迟至今日。还请多多原谅！”

“你是我老部下，你知道我的性格。我一生戎马，以练兵为第一要事。甲午一战，北洋覆灭，我朝思暮想，有朝一日，能有一支纵横天下的精兵，防御外敌。如今，你肩负训练新建陆军的重任，使我淮军后继有人，这是我的最大欣慰啊！”

“中堂近来身体如何？”

李鸿章见问，便答道：“年纪大了，以前操劳过度，加上抽烟，近来咳嗽很厉害，夜里睡眠也不好。枪伤子弹留在面颊内，经常隐隐作痛，视力也大不如前。”

袁世凯立即为老上司打抱不平："中堂平长毛，剿捻匪，有重造大清的汗马功劳。而现在朝廷对您的待遇如此凉薄，只挂一个首相空名，跟跟班，上上朝，如同一个旅客，太不合情理了！"

他叹了一口气，劝说道："中堂，依我看，您还不如暂时隐退。等国家一旦出现大事，烽火起而思念将帅，闻军警而依靠老臣，到那时，朝廷派特使，驾着华贵的车马，前来紧急征召，才足以见中堂大人的贵重身价呢。"

李鸿章一听，顿时明白了袁世凯此番前来的真正目的：原来是为巴结政敌户部尚书翁同和，为他做说客！

不禁心中很是气恼，于是大声呵斥道："停！停！你快给我停住！你是来为翁同和做说客的吗？他急急忙忙想得到协办大学士，盘算着让我隐退开了缺，依次推进，空出一个协办大学士位置，他就可以自然替补。你告诉他，叫他休想！别人要是开了缺，他得到协办大学士位置，那不干我的事情，他想补我的缺万万不可能！诸葛武侯说：'鞠躬尽瘁，死而后已'，这两句话，我还配得上说！只要一息尚存，我决不无故退隐，也决不奏请开缺！臣子对国君，难道有哪种计较？啥叫合与不合？此等花言巧语，别在我面前卖弄，我不受你愚弄！"

一番话把袁世凯闹了个大红脸。他只得低头谢罪，诺诺连声而退。

吴汝纶见李督一脸怒色，便道："中堂为何事生气？"

李鸿章道："袁世凯，你知不知道？我这个过去的老部下，竟然跑来要我让位置给我那个对头翁同和，真是一个小人！"

他对吴汝纶伤感地说："我办了一辈子的事，练兵、战长毛、剿捻匪，修造铁路，建立海军，造枪炮，开矿藏，办电报，如今看起来，何曾能够实在放手让我办理？一切都是纸糊的老虎，只不过勉强涂抹，表面好看，不揭破还可敷衍一时，如同一间破屋，经裱糊匠东补西贴，成为一间干净好看的房屋。遇到小小风雨，打了几个小洞，随时修补还可以勉强应付。如果将它全部撕烂，又没准备哪种修理材料，哪种改造方式，自然真相败露，不可收拾。这能怪裱糊匠吗？墙倒屋塌的责任，难道能算到他的头上？"说着说着，眼里含满了泪水。

一天，他实在闲得无聊，便想出去走走。去哪里呢？

忽然，他想起自从公元一八七〇年担任直隶总督、北洋大臣和大学士以来，日理万机忙于政务，二十五六年，竟一次也没去过那个称为"万园之园"的圆明园，便命轿夫打轿前往。

他知道，当年那个有"万园之园"美称的圆明园，早已毁于公元一八六〇年英法联军侵略军的战火。里面的奇珍异宝早已被洗劫一空。但他仍想从残存的废园中追想当年的风采，也想看看当年这场战火的酷烈。

来到圆明园大门口，已是傍晚时分。

这里过去是皇家御苑，供皇帝、宫妃游览，把守森严。如今劫后，满目疮痍，虽有人守护管理，但早已松弛。他下了轿，拿出名刺。守门人一看是“总理衙门”来的，系当朝一品文华殿大学士，连忙恭恭敬敬地请他进去。

他带了一个跟班，在这废园里踯躅徘徊。

月夜下的圆明园旧地，树木森森，到处是断碑残瓦。他站在西洋楼遗迹前，那高高耸立遍体鳞伤的大石柱、大水法，令人可以想见当年那场英法联军焚烧了三日三夜，还未停熄的惊心动魄的大火——中华民族历史上的灾难性的烈火。这场大火，烧掉了世界上独一无二的“万园之园”。

想当年，这里有造型千姿百态、美不胜收的天下四十美景；有陈设考究、装饰华美的殿宇楼台；有无数奇珍异宝、古玩字画和各种稀有工艺品。这里坛寺庙观、戏台、藏书楼、船坞、码头及街区，山居水乡，农家小院，无所不包。

然而这一切，统统被一把无情恶火烧得精光，把一个雍容华贵的东方绝色美人，变成了一个丑八怪。这把火还烧掉清廷设在里面的内阁六部、军机处、南书房等朝廷的中枢机构，结果连君临天下的皇帝也狼狈出逃。这是多么大的屈辱啊！

望着月光中一片惨白的断柱残石，他心头不由得阵阵战栗！

然而，就是这样一次游览，竟给他带来了很大麻烦。

有人弹劾他私入圆明园。

光绪帝立即下令严责：“李鸿章擅入圆明园皇家禁地游览，跟体制特别不合，着交部议处。”结果“罚俸禄一年”。

李鸿章知道，这种小题大做，实际上表明朝廷，尤其是光绪帝，对自己已是很不满了。于是他索性做一天和尚撞一天钟，躲在贤良寺里很少出门了。

这年秋天，李鸿章忽然接到慈禧一道谕旨：“山东黄河工程，着派李鸿章前往，会同任道镕、张汝梅，周历河干履勘情形，统筹全局，拟定切实办法。必须确有把握，仍将各项工程分别核实，估计应需经费，奏明请旨办理。”

李鸿章立即意识到，这是太后对自己的一种变相惩罚。

上个月发生了宫廷政变，太后依靠掌握军政实权的荣禄，将光绪帝囚禁，再度掌权训政。自己因对康有为、梁启超维新派比较同情，因此遭此处罚。自己七十六岁高龄，已是风烛残年，却要担任如此苦差。这是出力不讨好的事。他知道，治理黄河，工程浩大，积重难返，不是一朝一夕可以奏效的。可谕旨却告诫自己必须“确有把握”，一旦办不好，就会受到责罚。上次只进圆明园看了一回，便罚俸一年，还差点儿被革职。若眼前这样大的事办得不妥帖，处罚会更重。

想到这里，他立即写了一份《恳恩另简勘河大臣折》：

臣年将八十，精力衰弱，步履艰难。请求朝廷，责成山东巡抚或委派他人担此重任。

但他的要求并未得到慈禧批准。

十月中旬，他带着比利时工程师卢法尔等一行人离开北京，准备往山东进发。

儿子经述见父亲带着大批工程人员即将出发，不禁诧异道：“爹，你既然对去山东勘查有意见，为何如此兴师动众？只要随便走一趟，应付应付，回来交差就是，何必如此认真？”

不想父亲瞪起眼睛，训斥道：“我虽对朝廷派我勘察黄河有意见，但黄河工程关系山东数十县百姓的安危，我怎可等闲视之？我既然接受了任务，就应该尽职尽责，尽自己最大的能力把它搞好！”

他知道，黄河自古以来就水患无穷，地处下游的山东更是深受其害，时常决口。两年前的夏天就曾决口，灾害严重。今年夏秋之交，山东黄河再次决口，数十县被淹，遭难百姓无数，甚至浮尸蔽水。

到达济南后，李鸿章会同当地官员，召开会议，讨论办法。“卢工程师，请您先谈谈勘察意见，你是专家嘛。”

“李大人，我们西式测量方法，首先测绘全河情形，研究沙从何处而生，水由何处而减。只有这样，才能寻找到根治的办法。”

卢法尔话音刚落，治河官员任道镕立刻摇头道：“不可，断不可！李大人，中国有五千年的灿烂文化，人才济济，何愁没有治黄良策？我们不能按西方那一套搞！”他的话引来不少中国官员的附和：“对，我们要按中国方法治理！”

李鸿章心里叹道：中国官员大多保守，死抱住“地大物博、文化灿烂”的空架子不放，不肯虚心向西方学习，以致国力越来越贫弱，这是多么可悲！这种官员往往坏事。

想到这里，便对任道镕说：“任观察，那请你把勘查黄河的好办法，详细介绍一下。”

这一下，把任道镕难住了。他为难地说：“这，这……我还没具体想好。”

李鸿章顿时勃然变色道：“你既然自己没有高见，为何又反对别人的办法？”

一句话，便将任道镕呛得说不出话来。然后他语重心长地对众人道：“中国若是什么都好，为何还要买洋枪洋炮？买军舰？这说明西方许多科学比我们先进。我们要虚心学习人家的长处。”

他环视了一下众人：“你们各人有好的办法，尽管提出，以便群策群力，搞好勘察。”

他见众人提不出具体意见，于是一锤定音：“既然大家提不出更好的办法，那就按卢工的方法办！”

黄河每年输沙造陆高达三万五千亩。为了探究沙的来源和运动规律，寻找治理黄河的有效办法，李鸿章带着官员和卢工一行人，冒着风雪严寒，沿利津、垦利两县往黄河入海口探寻。

山东黄河段，对于李鸿章来说，非但不陌生，而且深有感情。当年，为了平定捻军之乱，自己曾在山东黄河段，担当剿捻大任。可如今，二十六七年过去，这片土地不但没有变样，而且依然水患不断，百姓流离失所。举目望去，阴沉的天幕下，到处是倒屋烂瓦，到处是逃荒要饭的百姓，一片凄凉景象。此刻，他更感到责任的重大。

这一天，他来到垦利县一个叫“十八户”的村庄。因为黄河决口，原来一个有数百户的大庄，如今只剩下十八户。这是个前不着村、后不着店的地方。

李鸿章勘察了大半天，左等右等，中饭还没送到。他把随从都派去跟卢工勘察了，此时身边只剩下一名随从。

随从见饭没送到，冒火了，就要去找供应伙食的官吏：“我要问问他们，为啥把大人给忘了？”

李鸿章连忙制止道：“千万别声张。这次勘查路线长，人员多且分散，伙食供应不上很正常，即使忘记了也情有可原，不值得大惊小怪。”然后吩咐道：“你去村里随便买几个熟鸡蛋充充饥。”

不一会儿，随从回来了，从棉袄里掏出四个熟鸡蛋，带着歉意道：“寻遍全村也只弄到四个。”

李鸿章只拿了两个，爽快地说：“我们一人两个。”

可随从不肯接。

李鸿章道：“二一添作五，最公平合理，你若是不接，我也不吃了。”

随从只好含着热泪接过。他哽咽着叫了声：“中堂——”便说不下去了。

他吃着鸡蛋，大滴大滴的眼泪禁不住涌了出来，不一会儿便泪流满面。在他四十岁的人生中，见过许许多多的官吏，服侍过不少人。他们或威风八面，盛气凌人；或贪污受贿，鱼肉百姓；或饱食终日，无所事事，沉溺于声色犬马。服侍的官员中数李中堂官职最大，居一品宰相，可他却不顾年高体弱，不顾风雪严寒，全心全意勘查黄河，堪称表率。对自己这样一个下人，不摆架子，平等相待，连四个鸡蛋也要分一半给我，这样的好官，全国能有几个？

时间在艰难困苦的工作中慢慢推移。经过四个月，李鸿章终于在第二年的二月，完成勘察任务，回京复命。

根据卢法尔等人的建议，他先给朝廷上了《勘筹山东黄河会议大治办法折》，提出“大治”黄河的十条办法：

一、加宽加高两岸大堤，修复一段黄河故道，使之直达入海；

二、购买专门的疏浚船只，经常疏沙疏淤；

三、两岸要设专门防洪机构，安排武职缺额专门负责；

四、河滩不准建房；

五、设立电话，以便紧急时联系；

六、在险情工段内，酌情铺设小铁路，以便取土运料；

七、设立“迁民局”，以便随时办理移民事项，给百姓占地补偿；

……

李鸿章知道这套办法，虽能“大治”，但需要花大量钱财和相当长的时间，一时难以实现。

“黄河水患迫在眉睫，能否有一个时间短、见效快的紧急办法呢?”他非常信任地望着水利专家卢法尔问，“请您再花点儿时间，仔细考虑一下好吗?”

卢工看着面前这个年近八十、当朝一品、被称为首相的老人，感动地说：“大人，您如此高龄尚且这般殚精竭虑，我岂能不尽心竭力?”

几天后，果然又拿出一套急救方案：《筹议山东河工救急治标方法折》，提出先修堤岸，在主堤种草种树栽藤固堤，购地迁民，疏通入海口等紧急办法。

遗憾的是，这些治河良策，清廷没有重视。

而为勘察黄河鞠躬尽瘁的李鸿章回京后，仍未受到重用，又在贤良寺闲居了。这种生活，对于不甘平庸的李鸿章来说，确实是一种痛苦的折磨。他蛰伏贤良寺，在等待复出的机会。

到了夏天，机会没来；进入秋天，机会还是没来。

就这样，过了大半年，直到冬天来临，终于等来了一个机会。

第十章　没落王朝的裱糊匠

一、创造机会，东山再起

初冬的一天，李鸿章吃过午饭，饮了一杯鸡汁，一盅铁水（铁屑煎过的水，有镇定安神的作用），然后脱去长袍，穿着短袄背着手，沿廊下来回散步。

刚走了五圈，忽见门房急急进屋禀报："军机大臣荣禄大人前来拜访！"

这时，他并未意识到此人的到来，将会对他日后的复出产生重大影响。

李鸿章心里一动：这荣禄可是慈禧太后的亲信。几年前任兵部尚书，不久接替自己任直隶总督兼北洋大臣，很快升为军机大臣，掌握兵权。去年，协助太后发动戊戌政变，幽禁光绪皇帝，捕杀谭嗣同等变法六君子。他此番来究竟有啥事呢？李鸿章猜测不透。但不管怎样，此人目前正走红，再说跟自己私交也不错，此番来一定跟宫中大事有关。

想到此，连忙吩咐："有请荣大人。"说着吩咐从人拿来长袍。

正当他穿好长袍，荣禄已经来到客厅门口。

李鸿章一拱手："荣相有请。"

荣禄连忙还礼："老中堂有请！"

进入客厅，随从献茶。

李鸿章道："今天哪阵风把荣相吹来？"

荣禄道："是西北风把我刮来。"说着便道，"我有要事需跟老中堂相商。"

于是，李鸿章连忙将客人引到僻静的书房。

"老中堂，太后叫我来向您打听一件事——废立大事。"

进入书房，荣禄迫不及待地说。尽管书房深藏后院，房里没有旁人，两人的谈话绝不会被旁人听去，但荣禄还是压低了声音："太后打算废掉光绪帝，想请老中堂打听西方列强对此事的反应。"

李鸿章知道，自从去年光绪遭囚禁后，太后曾打算以"帝病重"为名谋害光绪。没想到各国列强纷纷表示反对，甚至准备派医生到宫中查看光绪是

否病重，还要求慈禧归政，确保光绪平安。面对中外一片反对声，慈禧只得打消谋害光绪的念头，但对光绪一直恨在心头。如今又重提废掉光绪另立新帝的事，李鸿章立即意识到，自己东山再起的机会来到了。

于是，他不紧不慢地回答道：“荣相，废立之事，属我国内政。若先询问外国人的态度，有失我大清的国家体面呀。此事不大好办呢。”

荣禄一愣，连忙请教道：“老中堂，依您之见，怎样才能既不失国家体面，又能打听到各国对此事的真实态度？”

李鸿章沉吟了一下，心里盘算道：废立皇帝，是个异常敏感的话题，牵涉其中，凶险莫测。我应该趁此机会，要求外放。这样，既可重新掌权，又可远离京城是非之地。

主意已定，便开言道：“我倒有一个主意，若是朝廷派我到外地当总督，外国使节必来祝贺，那时，即可以顺便探问外国态度而又不失国体。”

接到荣禄的报告，慈禧心里骂道：这只老狐狸，跟我来做交换了。显然，不答应他的要求，各国的态度探不到，不好决定废立大事。但给他哪个位置呢？她心里在盘算：直隶为天下第一督，已掌握在满臣荣禄手里，不能动；两江、湖广两地，已为刘坤一、张之洞两重臣掌握。两人对清廷忠心耿耿，办事很有魄力，我也不便调动。一般的总督，恐怕李鸿章未必看得上。除此外，就数两广重要。

想到此，她笑道：“既然李鸿章热衷做官，就叫他去两广吧！”

荣禄对太后此举佩服得五体投地：太后此旨实在英明，真有一箭三雕之妙用。

其一，广东紧邻香港，洋商众多，中外交涉日益繁杂。不懂洋务的官员，很难在此地立足。而作为大清重臣、懂洋务第一人的李鸿章，是两广总督的最佳人选。

其二，广东是维新派首领康有为、梁启超的故乡，是侨民侨商聚居地，同情维新派的人数众多，声势浩大。派资望很高的李鸿章前去，可以稳定广东。

其三，李鸿章同情维新派，派他去广东，可以借此机会考验他的态度，又可以借他之手剪除康有为、梁启超为首的维新派。

李鸿章很快被任命为两广总督。

消息公布后，外国使节果然纷纷前来祝贺。李鸿章从中探知：各国言谈中，间接表达反对废立之意。于是，废光绪的事，暂时被搁置起来。

腊月初七，正是隆冬时节。但李鸿章的心情，与去年赴山东勘查黄河工程时，已大不相同。那时，他是悲凉的，苦闷的，有一种“风萧萧兮易水寒，壮士一去不复返”的凄悲；如今，却是高兴的，得意的，是那种“老夫聊发少年狂，左牵黄，右擎苍，锦帽貂裘，千骑卷平冈”的豪情。

他带了莫氏夫人一行，立即离京，马不停蹄，只用了八九天，就到达广州。

仅隔一天，他便接印理事。

同公务繁忙、日理万机的京畿重地相比，这南国广州简直只能算一个府级小城。原督抚早已将为数不多的公事处理完毕。广东巡抚建议道：中堂大人一路车马劳顿，何不趁此机会去一水之隔的琼崖海岛旅游几天，放松放松，那里有著名的苏公祠，有号称“东方夏威夷”的三亚风光。

李鸿章知道，琼崖海岛历来是遭朝廷贬谪官员的放逐之地，交通、经济都很落后，自己作为两广总督，有治理发展的重任；再说自己一年多来，先是冒严寒考察黄河历尽辛苦，接着窝在北京受尽百官讥刺弹劾，身心受到摧残，身体每况愈下，是需要休息放松，于是欣然前往。

他在莫氏陪同下，带着几个亲密幕僚和贴身将校，乘一艘小舰艇出发了。他在琼州（今海口市）参观了苏公祠。宋代政治家、文学家苏轼一贬广东惠州，再贬崖州（今三亚市），但气节不改，抱负依旧，令人肃然起敬。他在苏公祠前伫立良久，心里说：苏轼接连遭贬，仍矢志不移为百姓操劳，如今，我是手握重权的两广总督，又是首相，更应为改变琼崖落后面貌尽力！

舰艇沿岛航行，很快便来到崖州。从天寒地冻、气氛窒息的北京来到鸟语花香、生机勃勃的崖州三亚镇，李鸿章一行，感到生命一下子复活了。这里依山傍海，气候宜人。前望大海，碧波万里，涛声澎湃；近旁，高大油绿的椰林挺立半空，平滩细沙伸展足下。沿海滩前行，只见怪石布列，或峻峭或浑圆，如狮如虎。忽见一块巨石，上刻“天涯”二字，字大如斗，气势非凡。“我们来到天地的尽头了！”李总督哈哈大笑。“这字不知是何人手笔?”见李总督问，崖州知州连忙介绍：这“天涯”二字，乃是雍正年间崖州知州程哲所题。李鸿章赞叹道：这程哲是个才子，但可惜题字含意不全。这里是海的世界，既有“天涯”，就应该有“海角”呀！知州拍手叫好：“绝配，真是绝配！”从此，这里就有了“天涯海角”的称呼。渐渐地，这个景点传遍中华，名扬海外。

李鸿章一行，还纷纷下水洗了海水浴。李鸿章躺在海滨的藤椅上，一身轻松地欣赏着日落海滩景色。这里青山，碧海，白沙，巨石浑然一体；高高的椰林，飞翔的鸥雁，湛蓝透明的天空，和大而浑圆、美丽非凡的落日交相辉映。眼看着赏心悦目的大自然美景，呼吸着无比纯净清新的空气，他仿佛置身于世外桃源，禁不住心旷神怡。他觉得世俗间的一切烦恼和思虑统统化为烟尘，消失得无影无踪。“妙，真妙啊，能在人生之冬享受如此美景，多么令人惬意！这真是神仙过的日子！”他为面前的美景深深地陶醉了。他准备在岛上住上几天，一边享受自然美景，一边了解黎族刀耕火种的农人生活。然而，他只住了一夜，便被朝廷一道急迫的谕旨催回了。

这是一道令他十分棘手的命令。

还在他从北京起程时，慈禧太后就以光绪帝的名义，下达了严密缉拿康有为、梁启超的圣旨：康有为及其死党梁启超，先已逃亡海外，还大肆鼓吹、散布流言，企图蒙骗迷惑百姓，离间宫廷。近来听说这两人狼心不改，仍在沿海一带忽来忽往。现令海疆各省督抚，遵朝廷谕旨，悬赏购买线索。不论任何人，有将康有为、梁启超严密缉拿到案者，必定破格奖赏……

尽管朝廷悬赏缉拿，费尽心机，但康有为、梁启超仍然没被抓到。

这令慈禧非常恼怒，她立即给李鸿章下达了一道谕旨：

将康有为、梁启超的祖坟挖掉铲平！

面对这道谕旨，李总督十分为难。中国几千年以来，只有罪大恶极、十恶不赦之人，才能铲祖坟。而康有为、梁启超，只不过是支持光绪帝进行改革而已。

李鸿章再一次阅览光绪帝在“百日维新”中，所发表的几十道改革命令的主要内容：

“除旧”部分有：废八股，改试策论；各省书院、祠庙，改设学堂；裁减绿营；裁撤詹事府等重叠机构；准满人自谋生计。

“布新”部分是：办学堂，首先筹办京师大学堂；设中国银行、矿务铁路总局、农工商总局，倡办各种实业；奖励新著作、新发明；设立翻译局，编译书籍；准许自由开设报馆、学会；编制国家预算，公布收支情况；广开言路，提倡上书言事，办农会（农业研究机构）、商会……

他一条条地看下去，康、梁的变法改革主张，有哪一条错？这两人是罪人吗？不是，绝不是！他们非但不是罪人，而且从某种意义上说，是百姓的知音，国家的功臣哩！

想到此，他立即电奏朝廷，用了以前惯用的策略——拖延：

康有为、梁启超，系朝廷要犯。作为两广总督，自应遵旨将其祖坟铲平。但其党羽在广东人多势众，臣担心，若措施过激，容易激起百姓乘机起事，局面进一步恶化。因此，铲平康、梁祖坟一事，似应稍缓一步。

但此折一上，立即遭到慈禧痛斥：

所奏一折，语言特别不适当。康、梁逆党罪大恶极，如果真想乘机闹事，难道留一坟墓所能阻止？该督身负封疆大任，自应竭力阻止祸乱萌发，若是回顾彷徨，助长逆贼气焰，一切后果由李鸿章负责！

接到这份口气严厉的谕旨，李督心中大惊。广东的二月底，早已春暖花开，繁花似锦，但李鸿章如同身处冰窖中一般，浑身发冷。园中的鲜花似乎成了层层荆棘。他明白，若再不执行铲除康、梁祖坟的命令，自己遭革职、充军皆有可能。

于是，他只得派两个幕僚，分别前往康有为故乡南海县和梁启超故乡新会县，会同地方官铲掉两人祖坟。

梁启超在香港对李鸿章恨之入骨。

自从慈禧另封皇子、准备废光绪帝，遭到全国一片反对以来，梁启超和老师康有为加紧了在广东的活动，并秘密联络一支人马，准备北上“勤王”，保卫光绪皇帝。却不料被诡计多端的李鸿章，采用严禁和说服的软硬两手，把反对朝廷的力量化解成一盘散沙。更为可恨的是，他竟派人把康、梁两家的祖坟给铲平了。

国恨家仇一齐袭上心头，梁启超发狠道：“此仇不报，誓不为人！”于是，他精心物色枪手，准备暗杀李鸿章。

这天，他精心物色的两名神枪手上路了。

一天傍晚，两广总督署来了一老一少两个男子。老的年约七十，背驼眼花，老态龙钟；少的约二十出头。两人操着安徽口音。

“你们是谁？从哪里来？”门房盘问。

“我们从庐州府来，我是李总督的远房表弟。”驼背咳嗽了一阵，上气不接下气地说，“我们那边去年遭了水灾，颗粒无收。今年春荒实在熬不过，就来投奔李总督，想找碗饭吃。”

他语声哽咽：“不怕官长笑话，我们沿路乞讨寻到这里，已有好几个月没吃到一顿饱饭了。”说到此，不禁淌下一颗伤心的热泪。

门房听说是李总督的亲戚，知道李督素重乡情，便将两人带到伙房，一边叫管伙房的吴妈给两人盛饭吃，一边进书房向李督报告有庐州乡亲来访的消息。

“叫他们到客厅见面吧。”李督吩咐。

当那老者带着那青年男子畏畏缩缩地来到客厅，见门口有两个虎背熊腰、身体剽悍的保镖，足蹬闪亮马靴，腰佩黑亮短枪，威风凛凛地守卫着，不禁发抖起来，嗫嚅着说：“李……李总督，我，我怕……”

李督一挥手叫两个保镖下去。

一进书房，老者连忙要跪地行大礼，被李督制止了：“免了吧。”

并问：“你们有啥事？”

老者连忙道，“李总督，我们在庐州老家活不下去，特地奔您这里想找口饭吃。”

李督打量了一下老人问：“你多大年纪？”

“贱命六十九岁。”

李督觉得此人有些奇怪，何以外貌苍老，声音却如洪钟。“你这么大年纪，不好给你安排呀！你的外甥年轻，可以安排一份差使。他读过书吗？”

“我主要为外甥而来。他是个秀才，还会洋文说洋话——英国话。”

“好，有如此特长，很好安排。”李督一口答应下来。

“我知道自己年纪大，不想求职。我带来祖传的一幅字，想请总督大人鉴别一下水平如何？随便赏我一点儿银子，以度晚年。”

“好，你拿出来看看吧。”

听到李督吩咐，那驼背老人抖抖索索地从一个行囊里拿出一个卷轴，徐徐地打开，就在字轴将要全部展开时，忽然一把玲珑袖珍小手枪出现了。

驼背老人一把抢过手枪，将黑洞洞的枪口对准了李总督，其动作之敏捷令人骇然：“把手举起来！今天我们奉维新党首领梁启超之命，准备处死你！”

李总督先是蓦地一愣，继而哈哈大笑：“梁启超是我的朋友，他怎会行刺我？我不信！”

然后又道：“我知道你是受别人指使，你说吧，别人给你多少？是三千、五千，还是一万两？我可以加倍给你。”

刺客愣住了，是打还是不打？打了，自己就逃不出这戒备森严的总督府；不打，可得到更多钱。但不打行吗？梁先生能饶过自己吗？绝不会！

想到此，他再次将枪口对准了李总督。

正在危急时刻，突然门房急急进来报告：“梁维先生有紧急电报！”

驼背猛然一愣，扣扳机的手指顿时松开了。

梁维就是梁启超的代名，驼背拿过电报一看：“旋风行动立即取消。”

原来，梁启超近日才得知李鸿章总督同情和保护维新派的内幕情况，知道李督为保护维新派，竟受到慈禧的严厉斥责和处罚。所谓挖康梁祖坟，也只是堆上土，做做样子而已，并未真正挖掉铲掉。

此刻几个保镖已经冲了进来，抓住了刺客。他们要将刺客绑起来，李督说：“放了吧。”然后对刺客道：“既然梁编辑自己取消行动，你必然可得到一笔钱，我也不让你空跑一趟，送你一千两银子。”

刺客接过银票，叩谢而去。

“大人，太便宜这坏蛋了！”保镖愤愤不平。

李督道：“这是给梁先生一个面子。”

正当慈禧绞尽脑汁，准备将维新派斩尽杀绝时，北方一场声势浩大的义和团运动，蓬勃而起，接着八国联军侵华，使她再也没有精力南顾康、梁逆党了。

二、慈禧借义和团“扶清灭洋”，主和派遭了殃

公元一九〇〇年，一场急风暴雨式的义和团运动，在中国北方大地如火

如荼地掀起。

义和团又称义和拳，是清朝末年产生在北方的反洋人反洋教的爱国群众组织。当时，随着基督教传教士和外国商人在中国活动日益频繁，天主教、基督教、东正教在中国的外籍传教士已有三千多人，入教的中国人达八十多万，教堂遍布城乡。洋教进入中国，遭到民间的抵抗。以义和拳、大刀会为首的许多民间组织，开始在山东、直隶一带率领百姓攻打教堂，驱逐传教士和惩处不法教民。春夏之交，在一些清朝地方官员的支持下，义和团进入河北涿州，逼近京津。他们焚烧教堂，打杀教民，冲击东交民巷外国公使馆。

慈禧见义和团声势浩大，又听说义和团神功无敌，不禁心花怒放。自从废光绪的计划遭到西方列强的强烈反对而未能实现后，她心中十分痛恨洋人。义和团运动给她点燃了极大的希望。

义和团既然反对洋人，且神功无敌，我何不利用这支力量与列强对抗?若是胜了，我不但可以出这口恶气，还可从此真正当家做主人，不必再看洋人的脸色行事；即使义和团失败，我也可坐山观虎斗，收渔翁之利。

想到此，她不禁为自己的如意算盘打得精明而得意起来。

五月二十四日，各国公使照会清廷，将在使馆驻军。

不久，清廷连续召开四次御前会议，讨论战和问题。主和的大臣有许景澄、袁昶、徐用仪等，得到光绪帝的支持，主张镇压义和团，对外缓和。主战的有端郡王载漪，军机大臣、协办大学士刚毅，吏部尚书、大学士、帝师徐桐等。

颐和园仁寿殿。第四次——最关键一次御前会议，战和双方进行了激烈辩论。

慈禧首先开言道：前几天，为战和之策，进行了数天讨论，但没有形成决定。如今，八国联军两千人向北京开进，京津义和团十万人涌入京师，攻打西什库洋教堂。清军杀死日本使馆书记官杉山彬。据军机大臣兼顺天府尹赵舒翘、都察院左副都御史何乃莹去涿州实地巡视，探得义和团声势浩大，个个都有飞檐走壁、飞镖杀人等神功绝技。军机大臣刚毅、端郡王载漪，也觉得义和团神功可靠。因此，我想利用义和团打击联军嚣张气焰，对我大清是有利的。如今战和形势迫在眉睫，各位大臣都是朝廷栋梁柱石，有何意见、想法，不妨直奏，以便商量一个妥善的办法。

听到太后鼓励大家发言，直性子的翰林院侍读学士朱祖谋，没注意慈禧开场白里的褒贬倾向，便一马当先，表示：“义和团的法术，恐怕难以依赖。”

话音刚落，便立刻被军机大臣、协办大学士刚毅粗暴地打断：“义和团法术能不能依赖，我不敢断定，我只取他们扶清灭洋的忠心可以依赖!”

内阁学士联元，对当初那场英法联军侵华、火烧圆明园的惨剧记忆犹新。他明白，当初僧格林沁王爷的精锐之师，尚且难以抵挡英法联军，如今贫弱的清朝，手持刀棍的义和团，又怎能抵挡八国联军的进攻？若是一开战，必定大祸临头。于是坦率地陈说："当今大清贫弱，若与各国宣战，只怕将来洋兵杀入京城，必定会鸡犬不留！"

谁料此言一出，慈禧勃然变色。

端郡王、总理衙门大臣载漪，因各国公使反对废去光绪帝，使他儿子立为皇太子的天大好事化为泡影，对各国恨之入骨，所以竭力主张攻打各国使馆。此时见联元反对向列强宣战，又见太后变了脸色，立即手指直戳联元鼻子，大声呵斥道："联元，你这说的是什么混账话？你大长洋人威风，大灭我堂堂大清志气。你睁开狗眼好好看看，昨天，在义和团和清军董福祥部队的打击下，八国联军已溃不成军，狼狈逃回天津了。你还为洋人讲话，真是一个道道地地的汉奸卖国贼！"

此时，号称学富九车、无所不通的吏部尚书，体仁阁大学士徐桐，捋捋雪白的胡须，气喘吁吁地开口了："现在西方有国称西班牙、葡萄牙。西班有牙，葡萄亦有牙，牙齿成为国家，历史上从未听说，史册上从无记载，真是荒诞可笑到极点！这些乱七八糟的国名，都是外国人胡编乱造出来吓唬人的！"

他驼着背，老态龙钟，说话声嘶力竭如同狼嗥，因为太用劲，竟把假牙啪的一声掉到地上，于是只得张开瓢子口，用漏风的含混不清的言语，继续他的高论：西方还有个国家称"美利坚"，这真是自吹自擂！中国地大物博，美不胜收，美国还有什么可美？中国什么都顺利，美国还有什么可利？义和团刀枪不入，坚如磐石，大清军队无坚不摧，美国还有什么可坚？如今洋人侵犯我大清疆土，杀我百姓，我们必须以牙还牙，攻其使馆，将他们统统赶出中国！

他是端郡王载漪儿子的老师，因此与载漪一个腔调。

光绪帝知道中国贫弱，一旦跟西方列强开战，后患深重，就像数年前那场中日战争，又将落得割地赔款下场。见主战派占了上风，不禁为国家前途命运而忧心如焚。但他畏惧太后，不敢乱说，只得求助臣子。

忽然，他看见大清著名的外交家、大臣许景澄。他是浙江嘉兴人，曾先后任出使法、德、意、奥、荷、俄等多国使臣，现为总理衙门大臣兼工部左侍郎，是清朝外交事务的权威。光绪帝一见到许景澄如见到救星，立刻从天子龙椅上下来，拉着许景澄的手，亲切地说："许公，你是出过外洋的著名外交家，又在总理衙门办事多年，外国的情势，你通通知道。能不能与各国开战，你今天必须明白告诉我，我就等着你的一句话！"

皇上的信任，令许景澄十分感动。

他连忙说："闹教堂、伤害教士的事，各国以前也有办过，及时处理，还不至于酿成大祸；但若是伤害外国使臣，毁灭使馆，那样，情节就异常严重了，即使在国际外交史上，也很少有这种例子。因此，得格外慎重。若向洋人开战，将后患无穷啊！”

许景澄一番话使光绪心中涌起一股巨大的悲伤。他怕一旦开战，又会像以前甲午战争一样割地赔款，说不定还会有亡国的危险。那样，自己就将成为亡国之君。

想到此，他紧紧地拉住许侍郎的手，不禁哭出声来。许景澄见皇帝哭泣，想到皇上对自己如此信任，而自己作为一个大臣，竟不能为皇上献策，为朝廷分忧，禁不住也跟着皇帝哭泣起来。

站在许景澄身旁的太常寺卿袁昶，曾多次上书，一直反对招抚义和团向洋人开战。此时见皇帝和许侍郎相对而泣，也禁不住朗声陈说：“我们大清决不能向万国开战，一开战则玉石俱焚！当务之急，是压制义和团之势，免得酿成毁灭外国使馆、伤害外国使节的严重事件！”说完，也拉着许景澄的手泪流满面。

慈禧太后见自己利用义和团灭洋人的意图，竟然被光绪帝和其几个同伙阻挡，不禁大怒。

只见她瞪起一双圆鼓鼓如同猫头鹰的眼睛，两眼喷射出两束电光，直刺面前这三个人。她厉声喝道：“宫廷之上，哭哭啼啼，成何体统？”

然后紧盯着光绪帝：“你是三十岁的人了，又是一国之君，怎如此荒唐？”

光绪帝一惊，放开了许景澄的手。

慈禧立即发旨：“许景澄、联元等一伙人散布流言蜚语，蛊惑皇帝，着先行革职，再交刑部查办！”

于是主和派几个大臣，立即被抓了起来。这样一来，朝廷决议很快形成：“向万国开战！”

庄亲王、京师步军统领载勋，立即发表攻打外国使馆和捕杀外国人的奖赏令。顿时，头巾上写着“协天大帝”，红兜肚，背插十二面令旗，头盔飘两根长长野鸡翎的义和团，开始耀武扬威大显身手了。

六月十七日，八国联军攻陷大沽炮台。

二十日，德国公使克林德被清军开枪打死。清廷发放米粮两万石给义和团，清军和义和团开始围攻东交民巷使馆区。顿时，教堂、教会医院和教民家庭，被点火焚烧，浓烟滚滚，如当年列国时的长城烽火。

六月二十一日，清廷向各国宣战。

接着，清廷重用义和团，慈禧奖赏天津义和团白银十万两，并急电各省督抚率兵北上勤王，共同灭洋。

此刻，远在广东的李鸿章总督，一连接到朝廷数封电报：

八国联军侵我中华，现向津京推进，局势危急。朝廷已向万国宣战，望各省督抚接电后，迅速率精兵北上勤王，与义和团共同剿灭洋人！

“朝中掌权的大臣一定疯了，慈禧太后也一定疯了。”李鸿章跌足惊呼道：“外国列强正愁找不到侵略中国的理由，如今你们鼓动义和团烧教堂、攻使馆、杀使臣，还向万国宣战，这岂不是正中列强下怀，自取灭亡吗？”

他立即拟了一份回电：

向万国宣战，是祸国殃民的命令，两广决不奉旨！

他指示在上海的义子盛宣怀，速将自己的意见，告知两江总督刘坤一、湖广总督张之洞。很快，刘、张两督回电：“坚决支持李中堂主张。”于是，以三大总督为核心的“东南互保”运动展开了。

没过几天，保卫京师的清军将领李秉衡在杨村兵败后，退至通州自杀。

七月八日，清军与八国联军战于天津八里台，淮军名将、直隶提督聂士成阵亡。

李鸿章得知消息，不禁老泪纵横。

他拿起手杖，砰砰地叩击地面，悲愤地说：“内乱如何能停止？内乱何时能停止？！”

三、老狐狸悲壮出山

朝廷的接连数封电报，把李鸿章搞得六神无主。

早在七月三日，朝廷即电报宣召李鸿章：“迅速来京，勿有片刻延误。”

仅隔三天，七月七日，又一封电报来到：“前面屡次谕令李鸿章迅速来京，可至今还未接到启程的奏报。若海路难行，即由陆路兼程北上，并将启程日期先行电奏。”

虽然朝廷屡次急电，催李鸿章北上，但他仍未启程。

这是为何？因为自己公开表示反对慈禧太后“联拳灭洋”的旨意，而且朝廷没说明北上为何事？更没有任命自己新的职务。另外，他得知，京津义和团提出一个恶狠狠的口号：“誓杀一龙二虎三百羊”。“龙”指光绪皇帝；“二虎”，一个指主和的庆亲王奕劻，另一个即指自己。“三百羊”，指对洋人主和的朝廷官员。

此时北上祸福难测，我还是再观望一段时间，等情况明朗些再作打算。于是，他虽回了一封“臣将遵旨北上”的电报，但仍滞留广州城。

接下几天，他又连接朝廷数电：

七月八日急电：“命直隶总督由李鸿章调补，兼充北洋大臣”。

仅隔一天，七月九日，电报又到：“如能借到俄国的信船，由海道星夜北上，尤为殷切盼望，否则，即由陆路兼程前来，切勿延误片刻！”

见李鸿章没有回电，七月十二日，朝廷电报更急："如今形势一天紧似一天，李鸿章受恩深重，非其他大臣可比，怎能眼巴巴看着大局艰危而不顾？切望不分水陆，即刻启程，兼程来京！"

面对朝廷这封焦急中带着怨怅，恳求中含有恼怒的谕旨，李鸿章决定出山了。

他捋捋胡须，爽朗而自负地说："哈哈，当今中国除我以外，还有谁能挽救目前的危险局面？"

就在朝廷接二连三地催促李鸿章北上京师，主持和谈之际，一个不速之客突然来到两广总督衙门。此人从香港来，说是为维新派首领梁启超传递一封密信。

李总督在客厅接见了他。此人戴着一副墨镜，举止文雅。

"梁启超主编，请你摘去墨镜，让我好好看看尊容。"数年前，梁启超在上海主编过《时务报》，所以李督如此称呼，"你胆子真大，朝廷下旨到处缉拿，你就不怕我将你解往京师献给太后吗？"

听说是梁启超，李督手下两个保镖立刻拔出手枪，一拥而上，欲擒拿来客。他们知道，梁启超以前一直扬言要刺杀总督，并付诸过行动。

见李总督挥了挥手，保镖只得提心吊胆地退了下去。

只听来客爽朗地笑道："李总督，我知道你不会捉拿我的。要是真有这种打算，你就不会多次冒着风险，保护我和康有为先生了。"梁启超将眼前的西发，往脑袋左边潇洒地一甩，格格地笑了起来，"至于你所说的那个作威作福的歹毒女人慈禧，如今泥菩萨过河自身尚且难保，八国联军一破城，她自己怎么死，死在何处也难预料，哪有心思顾及我们？"

"梁主编，你此番来此有何贵干？"李总督不解地问。

"我一来代表自己和康老师，向李总督表示谢意——感谢你对我们维新党人的宽容和关照。"梁启超站起身，向李总督恭恭敬敬地鞠了一躬，然后言归正传："我今天来，主要是想向大人提几点对当前时局的建议。"他瞧了瞧李督房中的两个佣人和师爷。

李鸿章右手一摆，三人一齐退了下去。

"李中堂，当前八国联军侵华，中国遭难，时局大变。梁某抱着感激佩服之情和救国救民的愿望，特地冒着风险从香港赶到此，想向大人献处理时局策略，以供参考。"

李督颇有兴致道："愿闻其详。"

"在下现有三策，上策为：拥两广自立。以您在国内外的影响力，恢复汉人统治，建立新朝代。"

李鸿章心中一震。他没有应声，只把目光投向窗外。

江中有一艘轮船正鸣着汽笛，向港外驶去。烟囱冒出的白烟，高高的远远的，如同此刻他的思绪。

驱逐清朝以自代，这个方案，并非梁启超第一个向自己提出。早在公元一八八〇年，中俄伊犁战役时，英国将军，当年的洋枪队首领、朋友戈登，就曾向自己直言："中国今日如此情形，终不能在世界上立足，除非君自代之，握全权以大力整顿！君如有意，我当效犬马之劳！"第二次，是在甲午中日战争前夕，广东名士孙中山曾到北洋大臣衙门，向自己递交过《上李傅相书》，大胆提出，要他取满清而代之。如今梁启超又重提这个敏感话题。

老实说，在自己权势盛时，取代清朝不是没有可能，而是大有可能。就说一八八〇年那次吧，自己若有取代清朝的野心，大有成功可能。当时全国掌军权有实力的除自己外，还有左宗棠和刘坤一。当时，自己是直隶总督兼北洋大臣，左宗棠远任陕甘总督，刘坤一任两江总督。自己与京师近在咫尺，当时淮军天下第一，自己若以迅雷不及掩耳之势拿下京师，等到南京的刘坤一和陕甘的左宗棠北上京师，清廷早已完蛋，黄花菜早已凉掉。既已推翻满清，左、刘二人一定不会与自己对抗。再说，他们也没实力与天下第一军淮军对抗。事成后，封二人为重职，就天下太平了。当然，若是自己当时真准备举大事，可以联络刘坤一。他是湘军，与自己同脉，两人联手，即使骄傲自大的左宗棠"北上勤王"，叫刘坤一两江军队阻挡住，必定大功告成！

当然，若取代清朝，最好的机会，应该在公元一八八八年到一八九三年这段时期。当时北洋海军实力强大，淮军占据京畿重地，自己门生故吏亲友遍布要津。门生、亲家刘秉璋为四川总督，侄子李经羲为云贵总督，帝师、吏部尚书孙家鼐，又与李家有七代姻亲。只要自己一声令下，举起反清大旗，清廷必如摧枯拉朽，取代清朝百分之百能成功。

目前，虽然淮军势力大衰，没精兵强将可供自己差遣，但若自己真想取代清朝，还是大有可能。因为京师将破，直隶十分空虚，南方各大督抚，如两江总督刘坤一，湖广总督张之洞，闽浙总督许应骙，四川总督奎俊，都响应自己"东南互保"的号召，采取联合行动，一致对抗朝廷。全国没有哪个实力人物反对我，都拥戴我，我只要起一支兵，或收拾残部揭竿而起，然后剿拳乱并赔款以安列强之心，不愁坐不上天子宝座。

"你想过取代清朝当皇帝或是当总统吗？"李鸿章这样问自己，他很快摇了摇头，"我从来没有想过这件事。"他内心在回答。

似乎猜测到李总督的心思，梁启超道："李中堂，你难道三十年来，从来也没想过这个问题吗？"

"是的，我从来也没想过。"他明确地回答。"我一生的最高目标，就是成为一个治国的能臣。我能从一个农村小子，成为一人之下万人之上的宰相，我已得到最大的满足。我不喜欢过分弄险。俗话说，出头椽先烂。乱世之中，时局不明，变数大，前台之人很可能成为牺牲品，我不愿意让李家兴旺发达的家业付之东流。”

实际上，李督之所以没有当皇帝或总统的野心，还有一个重要的原因，就是顾忌到慈禧太后。

对于慈禧，李鸿章分为两个时期。公元一八八〇年之前，主要是畏惧，怕慈禧心狠手辣。而公元一八八〇年后，特别是一八八八年到甲午战争前夕这段时间，自己有实力取代清朝时，对慈禧主要是感恩。自己当直隶总督兼北洋大臣，以至拜相封侯，掌握重权，都是慈禧太后一手提拔。太后对我有知遇之恩。她对我非常信任，才叫我镇守京畿，保卫京师。我若造反，岂不是太没良心了吗？尤其令我记忆犹新的是：当甲午战争北洋海军覆灭，淮军惨败，自己遭无数朝臣弹劾。在对自己的一片喊杀声中，太后没有杀我头甚至没将我充军、坐牢，这是何等的深恩？若没有太后庇护，我纵有十个脑袋也早就没命了。如今，国家遭大难，慈禧遭大难，我怎能忘恩负义背叛她，赶她下台自己为王？如今太后一次又一次电召我上京，等于哀求我在国难当头力挽狂澜，扶住将倾的大厦，我能撇她在火坑中不顾，光图自己享受荣华富贵吗？

李总督一个劲地摇头：“不，决不能！”

他取下水烟袋，平静地对梁启超说：“请梁主编说说中策吧。”

梁启超道：“中策是：起兵广东，北上剿拳匪勤王，向洋人谢罪，以军事实力给洋人以威慑。”

听梁启超一说完，李督便道：“淮军早已日落西山，能战斗的只有聂士成一部，如今聂提督已阵亡，淮军已无精兵强将。广东于我是客地，纵能起兵，亦是乌合之众，怎能震慑八国联军虎狼之师？况且广东距北京万里迢迢，远水难解近渴啊。”

梁启超道：“现在东南互保，局势稳定。南方各督抚拥戴中堂为主，抽调一支精兵北上亦非难事。”

“京城危急，刻不容缓，组建北上部队要迁延时日，怎来得及？”李督道。

梁启超担心地说：“奉旨北上，实是一条下策。单骑北上，入虎狼之穴议和，危险很大呀！”

“国家遭大难，我岂能顾惜自身？”李鸿章决绝地说，“我要为太后，为朝廷去解除大难，使大清不至于灭亡！”说完，便吩咐拿出一千两银子给梁启超，“感谢你的关心，望你在外国好好考察研究，日后为中国强盛出力！”

梁启超谢绝银子，告辞而去。

走出督署，梁启超喟然长叹：“八股取士，害人匪浅！它加剧了中国知识分子的机械、谨慎，泯灭了虎狼性格，因而不能成为一世枭雄，即使像李鸿章这样思想活跃的洋务运动首领，也难以逃脱这种命运啊！”

七月十七日，李鸿章动身了。招商局“安平”号轮船准备起航。两广大小官员齐来送行，他一概婉言谢绝，只召见同乡后学、南海知县裴景福。

赤日炎炎，李总督穿着蓝色细葛布短衫，脚穿山东风凉鞋，坐在一张小藤床上。

裴知县拱手请教道：“李中堂，您对当今中国局势如何判断？”

李总督吸了两口水烟，然后慢悠悠地说：“百足之虫，死而不僵。当今京师遭难，根基虽已动摇，但是，袁世凯巡抚支撑住山东，湖广张之洞、两江刘坤一两大总督，向来有主见，联络保全，不至于一蹶不振。”

他停顿了一下，咳嗽了几声，又道，“按各国来华兵力而论，京师危急，当在八九月之间。淮军将领、直隶提督聂士成已阵亡，马宋各军牵制敌军必定不得力。因此，我想七八月就将难以保全。”

说到这里，他不禁神色黯然，好久没有说话。

过了好一会儿，裴景福又开口道：“万一京师守不住，公进京打算怎么办？”

李总督沉吟片刻，回答道：“那样，必定有三大问题：一是剿灭拳匪以示威，二是惩治罪魁祸首以泄各国之愤。各国必定先拿上述两点要挟朝廷，其后，索要军费赔款。这是势所必然。”

裴景福又问：“各国索要的军费赔款大约多少数目？”

“这个我不能预料，一定相当巨大。我作为和谈大臣，只有竭尽全力与各国商讨周旋，延缓年份，但不知能否做得到？”李督长叹了一口气，带点儿哀伤地说，“我现在已是近八十的人了，还能活几年呢，只有当一日和尚撞一日钟，尽自己的本分职责。等到钟不响了，和尚也就死了。”说着潸然泪下。

裴景福听了，也心情沉重，眼含泪水。

李督喝了几口茶，润了润喉咙，接着分析道：“事定后，中外局面又是一场大变化，我国只有专心财政。若还不清赔款，就不能立国，但如果求治得太急，反而自己遭困。中国虽说地大物博，但年财政收入还不到西方大国英、美、法、德等的一半，将来理财必须另外想办法。”

裴景福怕耽误李总督行程，连忙起身告辞。

李督略带伤感道：“从今一别，不知以后能否相见，我赠你一张我的影像作为留念。”

立即吩咐随从从箱中取出，然后送裴景福到舱口，仍手执这位老乡的手，嘱咐道：“治理好地方要紧。你精明能干，又能取信于民，为地方消除祸患，以后一定会建功立业的。好好干吧！”

涨潮了，海水拍击着码头。轮船已经起锚，汽笛已经鸣响，船出发了。

裴景福看着远去的轮船，心中感到空落落的，接着又为李督的安危担心起来。

轮船经过香港，港督举行了隆重盛大的欢迎仪式。

在十七响礼炮声中，李鸿章上岸。他拜会了港督和各国驻港领事。

“李中堂，您留在广州，对和平事业最为合适，最为有利。”港督卜力劝说李鸿章重新考虑北上的决定。“如果您与孙中山先生共同缔结一项盟约，两广宣布独立，那南方的安定，就有了保障，而且各省会群起响应。”

“朝廷接连电召，老臣不得不去呀。”李鸿章客气地拒绝了港督的劝告。

他绝口不提两广独立，也没会见孙中山，他不相信孙中山能成事，也不想扎根广东。他在广东没有根基，只有到了北方，才有自己的地盘和人马。

三天后，“平安”轮到达上海。他在这里停住了脚步。

我要在此处观观风头，看看北京的动向，他心里盘算着。因为那里的局势还不明朗，被一团浓雾笼罩着，贸然进去，若是陷阱就麻烦了。他决定等浓雾消散，局势清晰再行动。

很快，他便接到在京密切关注动向的儿子经述接连发来的两封电报。

第一封是：“载漪、荣禄之辈党拳煽乱，慈禧力不能制，围城西幸势所必然。望切勿轻身赴召，自蹈危机。”

第二封告诫：“天津失守，北京必不能保全，万勿冒险北上。切切!”

于是，他给慈禧太后一封电奏，以身体不适为由拖延：“近日盛暑驰驱，感冒腹泻，衰年残躯，寝食俱废。请赏假二十日调养身体，待体格稍有好转，即北上。”

但朝廷急电相催：“现在事机很紧，希仍遵照以前所发谕旨迅速北来，勿再迟延!”

他虽回电称：“将遵旨北上。”但实际并未动身。因为他知道清朝这只破旧的大木船，被载、勋二王和刚毅这些利令智昏的人把持，一定还会发生祸国殃民的惊天大事!

果然，只等了一个星期，慈禧便杀掉了主和派大臣许景澄、袁昶。

李鸿章吃了一惊。不久，朝廷正式任命他为议和全权大臣。

但他仍未启程。“我客居南方，手无军队，不等局势大定，不能前去送死。”他告诫自己。

仅过了三天，他又接到北京儿子急电：“朝廷又处死了反对开战的徐用仪、立山、联元等五位大臣。”

李鸿章此刻又惊又怒，他立即发电报给慈禧太后：

“每读诏书，国是未定，认贼作子，则人心不安。而臣客居江南，手无一兵一旅，即使奉命赶到京师，道路艰险，白白被乱臣贼剁成肉酱，因此小作逗留。”

八月十五日，李鸿章得知八国联军攻破北京城，慈禧和皇帝西逃的消息，他长叹了一声，又长舒了一口气。他既为京师遭八国联军洗劫而痛心，又为那些乱臣贼再也不能怂恿太后作威作福，无故残杀主和大臣而宽心。但一想到朝廷任命他为议和全权大臣，心头便如敲起乱鼓。他想起五年前，赴日本谈判并签订丧权辱国的《马关条约》的事。既然自己推卸不了这个责任，也决不能像上次那样，别的大臣都不担丝毫干系，却让我一个人成为众矢之的，担当千古骂名！

想到此，他立即拟了一个电报奏折，请求在和谈中，加派庆亲王奕劻、军机大臣荣禄、两江总督刘坤一、湖广总督张之洞为议和大臣。

但清廷只派庆亲王奕劻回京，会同李鸿章办理谈判事宜。

九月七日，清廷下旨剿灭义和团。

八日，再次下旨，要李鸿章即日进京，会商各国使臣，迅速开议。朝廷给他的电报中道："当今危局，非卿难解，不特安危系之，而且存亡系之，旋乾转坤，非别人可以担当。"

李鸿章觉得，进京时机已经成熟，于是正式启程北上。

轮船来到山东威海。黄海海面波涛起伏，轮船船头激溅起阵阵浪花。

这海，这激溅的浪花，情不自禁地勾起他对五年前那场海战的惨痛回忆。在那场激战中，北洋海军惨遭覆灭。国力贫弱，军事落后，就要挨打啊！他痛心疾首地说。

四、八国联军兵临北京城，有个老农妇惶惶西逃

正当李鸿章滞留上海时，北京的形势愈来愈急。

义和团团民，个个光着膀子，手挥刀剑等武器，口里高念着"天灵灵，地灵灵，奉请祖师来显灵。一请唐僧猪八戒，二请沙僧孙悟空……"奋勇冲上前，但在呼啸的大炮和密集的弹雨中，像刈麦子般一排排地倒下了。

此时，八国联军总兵力已达七万多人。

七月底，慈禧见到长江水师大臣李秉衡率舰队来到北京"勤王"，十分高兴，立即提拔他为四川总督，并征求他的意见："爱卿，你对当前战和看法如何?"

"既已开战，不能议和！"李秉衡斩钉截铁的一番话，给了慈禧很大的信心和决心。

她立即下令："炮击东交民巷外国公使馆！"并听信主战派载勋、载漪二王爷和刚毅的主张，下旨处死主和派大臣许景澄、袁昶，以免扰乱军心民心！

许景澄根本没想到，自己一心为国为民的主张，会遭到杀身之祸。他被

捕入狱时，还以为只不过要坐一年半载的牢。当朝廷谕旨，宣布他和袁昶“任意妄奏，语多离间”的罪状，判斩首时，他忽然想起一件未了之事。

他对主审官道：“我有一件重要事情要报告吏部。”

端郡王载漪呵斥道：“你是钦定的死刑犯，不要再存什么妄想了！”

一向温和的许景澄骂道：“都是你们这些奸臣当道，搞得国家乌烟瘴气，百姓家破人亡！”

载漪拍桌大怒：“临死之徒，还如此猖狂，快拉出去砍了！”

一名御史上前相劝道：“王爷，你就答应他这个要求吧。”

载漪瞪大一双带着红筋的牛眼，喝道：“你想为朝廷钦犯传递消息吗？你再啰唆，我将你也革职查办！”

御史怏怏地走出了刑部大堂。

许景澄很快被押赴菜市口刑场。就在将要行刑之际，忽见一顶八抬大轿飞奔而来，有人大叫：“等一等，刀下留人！”

监斩官见来人打着“吏部正堂”的牌子，知道此等大官不好得罪，便停了手。原来，孙尚书得到御史禀报，特地急急赶来。

“许侍郎，你这事是王爷审定，太后钦定，我也没法救你哪！”

“孙尚书，我要求见你一面，并非要你救我，也不是为了私事。”

此话一出，孙尚书很感意外：“那你为啥事？”他急急地问。

“我是为京师大学堂办学的事。”

孙尚书一下子关注起来，因为京师大学堂由他负责主办。

许景澄招了招手，示意尚书近旁一些，然后压低声音，对尚书耳语道：“京师大学堂筹集的一笔巨款，存在俄国人的银行里，有四十万两白银。这张存折，我藏在家中保密箱一本字典里，请您立刻派人取走。”他露出十分担心的神色，“千万要防止外国人赖账！”

在临死之际，居然还想到把存折上交国家，这是一个多么崇高的人！

孙尚书不禁老泪纵横：“许侍郎，你，你……”

他哽咽着说不下去了。他恭恭敬敬地给了许侍郎一鞠躬：“谢谢你，我代表未来京师大学堂的学生，真诚地感谢你！”

“时辰已到，为何还不开斩？！”闻讯赶来的王爷载漪吼道，监斩官吓得面如土色。

“这不关监斩官，是我跟许侍郎有事。”

听了孙尚书的话，王爷冷笑道：“你私通钦犯，该当何罪？”

“你去报告太后吧，看看老佛爷能给我定什么罪？”

孙尚书的话把王爷气得面如土色：“你等着！”说完，立即下令：“开斩！”

霎时半空中溅起一道红光，孙尚书向着那道红光，喃喃道：“景澄，你

是好样的，你放心地走吧。我，以后一定要为你复仇！不杀载漪这伙祸国殃民之贼，誓不罢休！”

不久，慈禧又听从载漪、刚毅等人主张，处死了反对向各国开战的徐用仪、立山、联元等五大臣，从而也把自己送进了死胡同。

八月十四日，八国联军逼近紫禁城。

向来不急，信奉“每逢大事有静气”的慈禧太后，这下真的急了。因为她已听见了八国联军攻城的隆隆炮声。此刻，虽然还有一些义和团团民，拿着大刀，高念着“……十请托塔李天王，金咤木吒哪吒三太子，率领天上十万神兵”的咒语，冲出宫门去抵抗联军，但慈禧已经绝望了。她已清楚义和团没有神功。

她一天之内，五次召见军机大臣，开紧急会议，但无一人应召。她想找吏部尚书、大学士徐桐讨主意，却听说：“徐相已自尽。”

她哭着问载勋、载漪两王爷和刚毅：“我们母子俩怎么办？”

几个人面面相觑，惊得说不出一句话。

她召见大学士和六部九卿大臣，仍然无一人应召前来。

十五日凌晨，辅国公载澜飞奔进故宫，面如土色、结结巴巴地向缩在中南海一角凉亭里，暗自饮泣、一筹莫展的慈禧太后报告：“东，东华门，已被攻破！”

慈禧知道大势已去，想到联军一进宫，自己将被当做罪魁祸首镣铐加身受审，便不由得浑身发抖，惊出一身冷汗。与其被联军捉住受辱，不如自尽以保全体面。

想到此，她凄切地喊了一声：“咸丰帝，妾来跟你做伴了！”说着拿出白练就要自尽。

亏得载澜死死抓住她的衣服，“太后，不如先避一阵，再慢慢想办法。”

慈禧知道，继续待在宫里，只有死路一条。当务之急，只有逃走一条路，三十六计走为上计。另外，逃时不能打着皇家的招牌大摇大摆地走。

这时，她忽然看见，离此不远的花木丛中，有几个花木女工，此时正在给花树拔草浇水施肥。她牙齿打战，发出旨意：“快……快备车！”

接着又下第二道旨意：“快叫那些女人脱下衣服，让我们换上！”

花木女工的衣服拿来了。慈禧来不及试试衣服的大小长短合不合身，便连忙换上，登上马车匆匆动身了。

她原来穿的衣服长，换上的衣服短，因此衣裤中间露出一大截白色的绸缎内衣，如同三套龙，很不雅观，惹人发笑。侍女、丫环看她这副模样，禁不住想笑，但又不敢笑。

见慈禧披头散发，这时一个侍女喊：“太后，您头发还没梳哩！”

另一个又叫：“老佛爷，您玉簪忘了戴！”

慈禧一下子火了，吼道："什么时候了，还讲这些？快走！"此时，一向注重仪表、威严岸然的她，犹如一个女鬼，惶惶如丧家之犬，在众人的搀扶下，抖抖索索地上了车，连喊："快，赶快出城！"于是这支逃难队伍，惊惶失措地涌出故宫后门神武门，直窜西直门，然后折向颐和园，出城狂奔而去。

天阴沉得可怕，浓重的乌云，低低的，似乎要把大地压扁压垮。远处，不时传来一阵低沉的闷雷声。它与连续不断的隆隆炮声，嗖嗖的枪声，互相应和着，交织着。不一会儿，那雷声越来越响，风也大了起来，很快，在阵阵雷声风声中，雨点如子弹般向大地猛砸。久旱的土地上顿时溅起一道道高高的烟尘。

逃难的满身大汗的宫廷官员和两宫帝后，开始感到这场雨下得好，下得及时，驱除了他们的暑热，但很快便暗暗叫苦了。这雨竟越下越大，倾泻不停，个个成了落汤鸡，路上很快变成了烂泥坑。车子难行，但他们不能有丝毫停歇，因为后面有追兵。他们踩着烂泥，拼命向前逃命。

根据太后旨意，他们此行的方向是古都西安，路还远着呢！

此番西逃之路，将是九死一生的旅程！

五、条约上的签名，成了一个谜

十月五日，李鸿章在百名俄军护送下，由天津乘船北上，往北京进发。

站在船头上，他望着破败不堪的天津城，望着被毁坏的面目全非的大沽炮台，和东倒西歪的大炮，心头感到异常沉重。他觉得如今的自己，仿佛是大清国这艘破旧的大船上的舵手，他咬牙暗下决心："无论此去北京有多少艰难险阻，一定要把大清这艘航船，从惊涛骇浪中撑到安全的港湾！"

十一日，船到北京。李鸿章看到，到处是断壁残垣，到处是血迹。昔日壮丽辉煌的北京城，已荡然无存。大街上行人稀少，到处是荷枪实弹的八国联军。

国家劫难，民族劫难哪！他心头在悲叹。都是那些误国的大臣，误国的慈禧作的孽啊！他不禁在心里诅咒起来。若是清廷不利用义和拳焚烧教堂，攻打使馆，杀害洋人，怎能有眼前这场八国联军侵华的大劫难？

他仍然住到自己对它有特殊感情的贤良寺，因为这个贤良寺是受荷枪实弹的俄军保护的。眼下，整个北京城已全部被联军占领。联军宣布，北京城只有李中堂住的贤良寺，和另一谈判全权大臣奕劻所住的庆王府，两处是大清国政府管辖之地，其余全部属联军管辖范围，任何人不得擅自进入——它们已被联军划成条条块块各自占领。

我只是受到礼遇的俘虏而已，李鸿章苦笑道。他想早点儿结束谈判，离开这满目疮痍、惨不忍睹的伤心之地，告老还乡。但他根本没想到，这一住下，他就再也走不了啦！

六天后，新任联军总司令、德国陆军元帅瓦德西，率领援军来到北京。他的到来，给李鸿章与各国列强的谈判，制造了很大的麻烦。

瓦德西一到北京，就堂而皇之地把统帅部搬进中南海仪銮殿。这仪銮殿始建于光绪十一年，它和三海工程，历经三年才竣工，是慈禧太后的寝宫。瓦德西就在此地住宿，发号施令，并把此处作为与清国全权大臣谈判的场所。

瓦德西的趾高气扬，让庆亲王压抑，也让李鸿章不舒服。

李鸿章去中南海谈判时，三件宝贝时刻不离身。一是水（旱）烟筒，二是手杖，三是金边眼镜。

看到李鸿章拄着龙头手杖，派头十足地走进来，德国钦差、驻清国便宜行事大臣穆勒禁不住出马了。

"中堂大人，这手杖是您自己购置，还是部下所送？"他猜度，此杖必定为受贿所得，便不怀好意地问。

"这手杖，是一个外国朋友所赠。"李鸿章缓缓道，"这位朋友就是当年美国第十八任总统格兰特。"

此言一出，各国使臣个个瞪大了眼睛，会场变得鸦雀无声。

"这手杖是美国全国绅商各界馈赠给他留作纪念的。"李鸿章娓娓道来："我当年在天津任职时，他来华访问，曾到天津，我们两人结成友谊。可是待我一八九五年访美时，前去拜访，不料他已故世。我去他墓地凭吊，他夫人遵照丈夫遗嘱，征得全国绅商领袖百余人同意，将这珍贵的手杖赠送给我。"

穆勒拿过一看，只见整根手杖都极其精致美丽。尤其手杖头上，镶嵌着一枚比拇指还要大的巨大钻石，周围又用小钻石环绕，就像众星捧月，晶莹璀璨，闪烁耀眼。

"这根手杖价值多少？"有使臣问。

"据说至少值十多万两银子。"李鸿章自豪地说，众使臣大吃一惊。

听完手杖的来历，各国使臣对李鸿章肃然起敬。

谈判开始了。李鸿章戴着金边眼镜，捋捋胡须，沉稳有力地提出："各位公使先生，按照国际惯例，谈判之前，应先停火方能进行和议。因此，我大清国郑重提出，联军应停止各处的军事行动。"

话音刚落，身穿元帅服，胸前挂满勋章，满头短短白发的联军总司令瓦德西，立即暴跳起来："这不行！应该先和谈再停战！"

他态度傲慢，两道板刷浓眉一拧，两只绿眼睛如同饿狼幽幽发光。"我们十一国经过磋商，一致认为和谈前，大清国应首先做到两条：一是必须严惩酿成这场匪乱的一大批罪魁祸首，包括从京师到地方的各级官员，将他们杀的杀，关的关，充军的充军！”

说着，他拿出事先准备好的一长串名单。

“第二条是，慈禧太后和光绪皇帝必须回到京城！这是议和的先决条件。”他的口气十分强硬，“若是做不到这两条，免谈！”

瓦德西的话，令庆亲王奕劻大吃一惊：联军这两条，分明是针对太后和朝中许多大臣。显然，他们是决不会放过对这场拳乱负主要责任的太后了，他们认定太后是罪魁祸首，所以坚持要“两宫回京”。此时，他的瘦脸更长了。看到威风凛凛、满脸杀气的瓦德西大元帅，他不禁浑身打战，吓得连话也说不出来了。

他把求助的目光投向李鸿章中堂。

李鸿章不慌不忙道：“我们中国人以孝为根本，以忠贞治国。太后为一国之母，千万要尊重。这是中国国情，希望各国公使充分理解。因此，我提议和约条款上，应首先写明‘懿亲不加重刑’这一条。”

他咳嗽了几声，扑地把一口浓痰吐到一个器皿中，然后又说，“对于这场拳乱中负有责任的官员，应根据程度严重与否，给以区别对待——”

话音未落，便被瓦德西粗暴地打断：“我们给出的条件，你们没有讨价还价的余地！若是说一个不字，不使各国满意，联军就将一路西进，去捉拿真正的罪魁祸首！”

他骄横地下令：“限你们三天内给予明确答复！”

庆亲王一听，吓得魂飞魄散，一下子晕倒在椅上。谈判不欢而散。

果然，瓦德西领兵两支，一支进犯满清位于河北遵化县的东陵，一支进犯河北易县的西陵，并直逼张家口，还分侵山海关、保定、正定，到达山西境内。

此时，辗转逃到太原的慈禧太后，听到联军西进到达山西的消息，吓得瘫软在地，她连声呼唤担当护卫大臣的刚毅：“刚毅，刚毅，我们怎么办？”

但没有应声，因刚毅已在逃难途中惊愁成病，死于山西侯马镇了。

“赶快预备车马，再向西逃！”她下旨。

裕禄道：“太后莫过于惊慌，等李中堂来电再说，我想他必定会有办法的。”

听到联军西侵的消息，庆亲王吓得浑身发抖，说话也打战了：“这……这可如何是好？”

“王爷莫慌，瓦德西只不过是故作姿态，其实联军并非铁板一块。”李鸿章劝慰道，“列强十一国，看似阵容强大，其实并不齐心。他们个个心里打着小算盘，俄国想的是东北这块肥肉，英、美、日等国对此十分嫉恨。法国

关心的是天主教的顺利传播，德国想的是在中国插进一只脚。他们的步调并不一致，我们只要拖一拖，静观其变，再设法各个击破。”

“好，那就全仰仗中堂大人了。”庆亲王抱拳叮嘱。

李鸿章于是告诉列强各国全权大臣：自己病了，谈判暂停。

一天，李鸿章午休后刚起床，便听见在门房值班的同乡京卿王善荃进来通报：“李中堂，江西婺源籍的李昭炜侍郎前来拜访。”

“好，叫他进来吧。”李侍郎一进来，刚行了个礼，便泪眼婆娑道：“中堂大人为我申冤！”原来，李侍郎家住德国占领区内，当时正奉旨任代理礼部尚书。德国兵进入厅堂内，无缘无故抽了他一鞭。

“德国兵为啥事进你屋里打你？”李鸿章问。

李侍郎满脸委屈道：我正在给皇上和太后写谢恩折子，正写到“恭谢天恩”，突然德国兵进来，不问青红皂白就拿鞭子抽我。

李鸿章笑道：“大概是你写错了吧。”

李侍郎道：“一点儿也没写错。”

“没错他就打吗？那这人不就成了疯子？”李鸿章笑道。

他咳嗽了几声，然后说：“嘉定徐颂阁，前几日被德国兵打了一鞭，立刻当上吏部尚书；如今你被德国兵打了一鞭，又当上礼部尚书。看样子，你们真得好好感谢德国兵呢！”

一席话说得李昭炜无言以应，怏怏而回。他知道跟洋人是没道理可讲的。王公、大臣、贝勒也被洋人入府抓走，逼其抬粪、运尸呢。

李鸿章正说着，只见门房王善荃京卿又来通报：“曾广铨观察有紧急情况报告。”

曾广铨急急地进来了。

李督看见他戴着一副绿眼镜，一晃一晃，立即呵斥道：“荒唐小鬼，你赶快把眼镜摘掉。如此荒唐打扮，将来必定要砍头！”

曾广铨尴尬地笑了笑，只得先摘去眼镜才禀报：中堂大人，我刚从英国使馆回来，八国联军已不再坚持把“严惩祸首”和“两宫回京”作为和谈的先决条件了。

这可是个好消息！李鸿章的心情为之一振：“你快说说，是怎么回事？”

原来，俄国人准备监理东三省的消息，引起英、日、美等国的极大不安。英国首相索尔兹伯里，给坚持把“惩凶”和“两宫回京”作为议和先决条件的瓦德西，拍来一份电报：“元帅阁下，绝对不能否认，如果把皇太后牵入这件事情以内，人们将冒着废弃中国整个国家组织的危险，这也是对欧洲不利的。”

世界头号列强大英帝国首相的意见，瓦德西是不得不听的，何况还有帝国主义新秀美国和日本等国一致坚持这个观点，于是，瓦德西只好无可奈何地撤销了这个先决条件。

听到这个消息，李鸿章立即给西安的太后拍了一封电报，告诉她这个信息，并再次上了一个奏折《请查办拳匪首祸王大臣折》，要求太后丢车保帅，把载漪等一些人抛出去。

经过多轮谈判，在西方圣诞节前一天，十一国公使将《议和大纲》（共十二条款）交给庆亲王奕劻。在李鸿章力争下，这个大纲没有把慈禧列为“祸首”。

《议和大纲》原文电传到西安。惶惶不安、度日如年的慈禧，看到没有把自己列为“祸首”，也没让她交出权力，于是大喜过望，批准了这个大纲。

公元一九〇一年正月十五日，李鸿章和奕劻遵旨在大纲上签字画押。

“请各国尽快撤军。”庆亲王刚一提出，便被瓦德西一口拒绝：“我们各国一致认为，必须亲眼看到祸首被惩办，必须定下赔款数额，否则，决不撤兵!”

没有办法，清廷只得下达谕旨：礼亲王、京师步军统领，发布捕杀外国人奖赏令的载勋，赐令自尽；端郡王载漪，辅国公载澜发往新疆，永远监禁；山西巡抚毓贤处死；庄亲王、都察院左都御史英年，刑部尚书赵舒翘，斩监候；大学士徐桐，协办大学士、吏部尚书刚毅，四川总督李秉衡三人已死，免于追究。

二月十七日，正是农历岁末，李鸿章与奕劻又联名电告清廷，各国对惩凶仍不满意，联军准备进行军事行动。

慈禧大恐。正月初三，她再次发布惩办祸首谕旨，又将庄亲王英年、刑部尚书赵舒翘赐令自尽；礼部尚书启秀、刑部左侍郎徐承煜处死。

四月，李鸿章和奕劻又收到各国要求严惩的地方官员名单，接到这份名单，李鸿章感到为难了。

这份名单不但牵涉的人数多达一百四十二人，而且不少是根据道听途说的证据罗列出来的。

“要严惩这么多人，人一杀不能复生，而且有些是不实的，这可如何是好?”庆亲王愁眉苦脸，直摇头。

“亲王不必忧虑，车到山前必有路。”李鸿章缓缓地说，“我想除去最惹人注目，列强死死盯住不放的几个官员外，我们不妨按西方审判程序，坚持每案必须人证、物证齐全，而且两名人证必须亲自到庭作证，这样，不实或夸大罪责的官员就能保全了。”

“中堂真高明，请早早施行。”庆亲王佩服得竖起大拇指。

果然，这么按西方审判程序一审，就把四十八名清朝官员，挤出了“祸首”名单。然后把列强死死盯住的四人处死，其他分别按情况罪减一等处置，共惩办官员九十六名。至此，列强要求惩办祸首的风波才平息下来。

然而，联军还根本没有撤军的打算，他们提出要把赔款数额定下来。

俄国首先提出，要求赔偿白银一亿三千万两，德国要求赔偿四亿马克。因为瓦德西来华前夕，就接到德皇威廉二世的指令：“要求中国赔款，务必达到最高限度，而且必须彻底贯彻！因为我国急需此款建造军舰。”法国要求的赔款达七千多万两……各国列强如一群饥饿的虎狼，一齐扑向中国这头毫无抵抗能力的老黄牛，拼命咬噬。十一国列强提出的赔款总额，竟高达十亿两白银！并且要求用现金一次性付清。

李鸿章与庆亲王等大臣，到贤良寺紧急商量对策。

“列强要我们大清国赔得一贫如洗，要中国百姓全身赤裸。若如此，中国何时才能还魂。”庆亲王痛心疾首，“况且我国财政入不敷出，哪里能付现金啊。”他抬起头，眼泪汪汪地仰望着李鸿章中堂。

李鸿章沉思了一下，决断地说：“我们可以请在中国海关任职的赫德爵士调停。”

话音刚落，参加谈判的代表、京卿徐寿朋立即提出不同看法：“赫德是英国人，会站在中国一方吗？我想肯定不会！若找他，结果只会更糟！”

李鸿章冒火了：“你懂得啥？乱弹琴！”他根本不想向这个自己的老部下和门生解释什么，见徐寿朋还不服气，嘟嘟囔囔地说个不休，便气恼地拿起身旁那镶着钻石的名贵龙头手杖，往他背上就敲。

徐寿朋马上站起来，边退边喊道：“中堂，你敲痛我了。”

李鸿章冷笑道。“不痛，我何必要打？”

“老中堂，你不可以当着众人的面打我。这样，学生的脸面往哪里搁？”徐寿朋边退边嚷。

“老师打门生，还需要瞒人吗？”李鸿章一边冷笑，一边举杖继续敲打。

徐寿朋抗议道：“我堂堂三品京卿，是来参加和外国谈判的，不是来挨揍的！”

但李鸿章还是追着他打，边打边骂：“你这浑小子，坏我大事，坏国家大事！”直到徐寿朋求饶道：“老中堂，我以后不敢再乱插嘴，惹你老生气了。”并答应马上去请赫德爵士，李鸿章方才住手。

其实，赫德真是个理想的调停人选。他担任中国海关总税务司三十多年，被称为在中国一切事情上，没有一个活着的人比他更有权威。因此，他的话，列强是要听的。

很快，赫德爵士被请到贤良寺。

“爵士，您是德高望重的经济专家，现在想请您出面调停赔款一事。中国的经济，您知道得最清楚，年年入不敷出，捉襟见肘，没有现金偿付。”李鸿章没说几句就咳嗽起来，咳得面红耳赤，气喘吁吁。

他喝了几口热茶，待咳嗽停止，才继续道，“最适当的办法，就是中国政府在若干年内，每年分期摊付。”由于连日拜访各国使臣，劳累过度，他脸上的皱纹更多、更深了，脸色更黄了，但语气却显得很坚决，神态更加刚毅。

他打出一张绝牌：“若一些国家非要狮子大开口，我们没有其他办法，只有增加中国海关税，把它提高到百分之五。这样，赔款才能顺利解决。”

赫德听后一惊，长长的白胡子不禁抖动了一下。他把黑色高司帽脱下来，放在桌子上，双手捧脸陷入了沉思。

他知道，海关税提高到百分之五的额度，到头来，还是由对华贸易的各国支付，特别是对华第一贸易大国的大英帝国支付，它最后必然转嫁到英国国民身上。因此，太多的赔款，不利于英国利益。而作为中国海关总税务司，他对中国经济实际情况了如指掌。每年国库收入共约八千八百万两银子，而支出却需要一亿零一百万两，确实没有支付现金的能力。李中堂所提出的“分年分期摊付”，确实是个两全其美的方案。

想到此，他爽快地答应下来：“好，我去跟各国通气，力争使双方都能接受。”

在赫德的调停下，英、美、日等与中国贸易额大的国家，担心过多的赔款会削弱中国市场的购买力，会损害自身的商业利益，因此同意中国政府在若干年内每年分期摊付，并把赔款总额降低到七亿两白银。

“这个数目太庞大了。我们中国是个农业国，收入极少，不像在座各发达国家收入很大。若是赔这么多，中国将变得一贫如洗，中国大地上将会饿殍遍地。”李鸿章的表情十分痛苦，好像遭到宰割一般难受。

他赶紧拿起水烟咕噜咕噜猛吸了几口，吐出一口白雾，脸色才好看了一点儿：“依我说，各国把这次战争的实际开支，加上使馆损失、人员伤亡抚恤，然后再给每个国家补偿五十万至两百万两白银。”李鸿章设想，如果按此方案，赔款总额最多不超过三亿五千万两。

可这话刚一出口，瓦德西气得拍案大骂：“李鸿章，你这个老混蛋、老滑头，好不识相！你以为是集市上买卖东西，可以由你讨价还价吗？我们从十亿减到七亿两，你还这么不知足，要驳我们的面子！你若是再不同意，我们只好找慈禧和光绪皇帝兵谏，他们会爽快答应的！”一番剑拔弩张、杀气腾腾的话，吓得庆亲王奕劻脸白如纸、浑身发抖。

“总司令一定要仗势欺人，我也没有办法。”李鸿章继续说理，“我并非是驳各国大臣的面子，实在是国家太贫穷，没有法子呀。”

他神色黯然：“如果那样的话，中国越贫穷，就越付不起赔款，请各国给予谅解、宽大。”

于是，几个国家大臣纷纷发言。有的说再减去五千万两，有的说再减去一亿两。李鸿章禁不住望了望大英国钦差全权大臣萨道义等几个关系较好，

他提前拜访过的全权大臣。萨道义因与赫德磋商过，于是提出了一个最低的赔款额——五亿两白银。

众国使臣大吃一惊，随即便唧唧喳喳，会场乱成一锅粥。

“这太便宜大清国了！太便宜慈禧了！大清朝廷当时支持义和拳，还出兵攻打使馆，杀害洋人，烧毁教堂，气焰何等嚣张？可如今赔款却如此不利索。我们应叫万恶的满清朝廷，叫恶毒的慈禧，赔得变成穷光蛋，变成叫花子，才会接受教训！”

“我代表大清朝廷和中国百姓，首先对大英王国等几国设身处地为中国着想，表示深深的谢意！”李鸿章站起高大的身子。他头戴三眼花翎，身穿行龙补服，外套黄马褂。他向英国等国使臣，深深鞠了一躬，各国使臣议论声顿时停了下来。

李鸿章说：“在这场拳匪之乱中，奉行仇视各国洋人的，只是少数顽固分子，他们已经遭到应有的严厉处罚。我李鸿章不但从没有与各国为敌，而且冒着杀头的风险，抗旨发起‘东南互保’运动，保护各国利益呢！”

一席话，说得美国等各国列强代表纷纷点头称是。于是，各国交换了一下意见，把赔款总额定为五亿两白银。

就在此刻，李鸿章又发言道：“由于各国高抬贵手，定下五亿两白银的赔款额，这确实是一个很低很低的数额，请允许我代表大清朝廷和中国民众，向各国大臣致以最诚挚的谢意！”

接着，他把话锋一转：“诸位，我李某曾有幸访问过在座各国中大多数国家，与各国元首结下了深厚的友谊。”他的话，让在座各国使臣如坠五里雾中，但很快便听出此话的弦外之音，“如今，我最后一次请求各国大臣，看在我李某与各国的友谊上，看在我李某的面子上，每个国家再减去五百万两银子，总数为四亿五千万两——全国人均一两白银。这对贫穷的中国百姓，已是一个沉重的负担了。”

他神色凝重，紧接着说：“我李某几十年来，除了国家元首，很少向人鞠躬，今天，我为了感谢各国，我先向诸位鞠躬。”

于是，他正了正衣冠，恭恭敬敬地向大家鞠了三个躬。

各国使臣顿时面面相觑，会场一时鸦雀无声。各国使臣心中顿时响起一个声音：“李鸿章真是一个韧性十足的爱国大臣啊！”

英国大臣萨道义叹了一口气，对各国大臣道：“既然李中堂话说到这个份上，态度如此诚恳虔诚，我们就看在他的面子上，同意了吧。”

于是，赔款数额敲定为四亿五千万两白银。

李鸿章立即给西安的慈禧太后拍去一个电报。

几天前，慈禧接到第一个电报，得知赔款数额高达十亿两白银，不禁大惊失色，流泪道：“若赔了这么多，我以后还怎么过日子？看样子，餐餐山珍海味的日子一去不复返了。”这回，当接到“赔款四亿五千万两”的电报，不禁破涕为笑：“以后我还可以像以前那样，过痛快日子哩！”

北京的谈判还在继续，接下来是赔款的年限。此时，李鸿章生病了。

他是在拜会英、德公使回贤良寺路上受了风雪严寒，加上劳累引起的。右眼下的枪伤，使他刻骨疼痛，并不时发晕，眼冒金花。他躺在病床上，接连不断地咳嗽，整个人像风中的树叶一般发抖。他颧骨高耸，眼光忽明忽灭，如同一盏油将燃尽的油灯。

莫氏给他捶着背，忽然，他吐出一口浓痰，莫氏连忙拿手帕去接，谁知竟是鲜血。

“老爷，血——你吐血了！”

莫夫人惊叫起来，李鸿章摆摆手：“没事，我没事，你扶我——起来——”他有气无力，气喘吁吁地说。

“老爷，你就躺着吧，我叫人去请医生。”

莫夫人想去叫人，却被丈夫喊住了：“不，不要声张。现在不要叫医生，我马上要出门。”

“老爷，你病得不轻，就不要出门了，要叫医生诊治。”

“那怎么行？”李鸿章坚决地说，“我要参加谈判，那里还等着我哪！”

“老爷，谈判的事，庆王爷和各大臣已经去了中南海，你就放心吧。”莫夫人心疼地说，“我见你病了，就没告诉你。”

李鸿章顿时发起火来，不禁骂了起来：“你这个昏女人，怎么能如此乱作主张？你知道这次谈判有多么重要吗？”他一激动，又引起连声咳嗽，又涌上一口痰，一吐，又是一口鲜血。

莫氏自从进李府以来，从来没挨过丈夫的骂，此刻挨骂，心中又委屈又心疼丈夫，不禁哭道：“老爷，你难道连命也不要了？王爷说过有疑难事随时派人来请教。”

“这点儿病算得了啥？咳点儿血，死不了人！”李鸿章道：“谈判桌上，瞬息万变，不临现场怎能放心？”

他见莫氏为自己的病担忧流泪，便拉过夫人的手，深情地说，“此番谈判，关系国家的安危存亡，关系亿万百姓的祸福，我怎能不参加？我就是爬也要爬到谈判桌！”

说着说着，他的话语变得慷慨激昂起来：“军人马革裹尸在沙场，谈判桌就是战场！如今谈判正激烈，我岂能因一点儿小病当逃兵？即使死在谈判桌上，我也无怨无悔！为国为民而死，死得也值！”

接着吩咐：“快打轿去中南海！”

此刻，谈判正进入短兵相接的白热化阶段。庆亲王正愁得六神无主、手足无措，忽听外面报：“李中堂来到——”顿时喜形于色，长舒了一口气：

救星终于来了！

李总督已经不能在谈判席上就座，只得在谈判厅隔壁的一间屋里，临时摆放了一条藤椅。莫氏和医生在旁侍候。

“关于赔款年限，经充分磋商，我们确定为十五年。”瓦德西总司令用宣判一样的口气，朗声宣布，“期限太长，夜长梦多，若一有类似太平天国或是捻军那样的战乱起来，岂不糟了？”

一听说只限十五年，清廷大臣个个惊得目瞪口呆。庆亲王奕劻想摆出几点理由，要求再延长年份，但当看到瓦德西吹胡子瞪起蓝光闪闪的狼眼，顿时噤若寒蝉。他身子发抖嗫嚅着说：“每年三千万两白银，我们怎能付得出？”

谁知话音刚落，便听得瓦德西一声怒喝：“狗东西，你也配讨价还价？！”

庆亲王奕劻顿时吓得扑通一声跌倒在地，手袖一拂，桌上茶杯啪的一声掉到地上，跌成碎片。众国使臣不禁大笑起来。

“请求各国大臣高抬贵手，再延缓一些年份。”他俯伏地上不肯起来，瓦德西看到清朝王爷给自己下跪，感到十分受用，于是道：“可怜虫，既然你给我们下跪求情，那就再延长五年，二十年付清。再不许讨价还价了！”王爷流着泪，连连鞠躬，表示感谢。

正在此刻，各国使臣忽见一个中方官员急急进来通报：

大清特命全权大臣、李鸿章中堂，向各国大臣面呈一份书面意见。

接着，他对着一张纸，朗声宣读起来：

“尊敬的各国特命全权大臣阁下：当今的中国，是个极其贫弱的国家，估算各项收入，每年最大的还款能力，只有一千万两白银。因此，务必请各国充分体谅大清的难处，高抬贵手，尽量延缓年限，给中国以喘息之机。当今中国，如同一个赤贫衰老的穷人。他把一年四季种的水稻、麦子，上交给财主，又把少量玉米、黄豆也上交了，只剩下一点儿用以糊口的红薯。若财主逼他将这红薯也上交，他就只好眼睁睁地等死了。若这穷人死了，财主今后就再也得不到任何东西了。现在，请求各国把期限放宽再放宽，以使穷人苟延残喘地活下去。活下去，对穷人来说，是拣了一条命；而对财主来说，却能够收到租税欠款。我曾跟赫德爵士就每年还款数额问题交换过意见，他也认为，就中国目前现状，每年只能还一千万两银子。”

这封信最后道：“中国有句老话，叫做‘人情留一半，日后好相见’。若是你们能尽最大能力延缓年限，不但中国政府感激你们，中国百姓感激你们，作为各国老朋友的李某，更是感激你们。尊贵的各国大臣，请你们留下最大的恩惠，给予最大的宽容。若我李某能再活几年，我一定会大力发展工商业，大力发展与各国的贸易。中国地大物博，有廉价的劳动力，只要中国发展了，你们在中国的利益，就会逐年提高。”

听了这封信，会议室顿时一片静寂。赫德爵士的意见，各国不得不重视。

英国全权大臣萨道义首先发言："李中堂的意见，大家再议议，重新确定一个合适的年限。"美国代表立即附和。此时，德国全权大臣已得到国家内阁指示：按大清实际偿付能力，决定赔款年限，于是表态："我看可以根据实际偿付能力办。"

但是其余各国使臣没表态，他们还在犹豫着，因为按这个年限，他们国家没法接受。

正在此时，李鸿章突然坐着藤椅出现在会场门口。他被从椅上搀扶起来，一左一右两个儿子架着，走进会议室。他双手抱拳，向各国大臣深深地鞠了一躬。他眼睛深陷，两眼皮肿胀，一边吁吁喘气一边说："李某拜托诸位大臣了，请求尽最大可能延缓年份。"

李鸿章的出场，令各国使臣很感意外。

俗话说，阎罗王只怕对面鬼。有的使臣即使很有意见，当面也不想说，怕得罪大清首相，日后不好与中国合作相处。于是你推我，我推你，不当出头鸟了。

最后还是英国使臣萨道义说："李中堂，按您的意思是要求放宽到四十五年，期限放得这么长，我们回去确实无法向国家元首交代啊！"

"若你们实在不能向各国政府交代的话，那么就减去五年为四十年。"李鸿章又道。

"我们最长只能放宽到三十多年呢。"又有一国使臣为难地说。

"好，那就定为三十九年吧！"李鸿章立刻道。接着不等各国使臣回应，立即一拉庆亲王奕劻，"王爷，我们起来谢恩吧。"列强中虽有几国大臣，对如此之长的期限很不乐意，但见几个大国没反对，也只好强压不满，不做声了。

于是，赔款年限就此确定下来。李鸿章、庆亲王终于松了一口气。

话说慈禧太后，自李中堂和庆亲王与十一国使臣开始谈判以来，一直吃不下饭，睡不好觉。她一会儿害怕赔款太多，国家财政更加捉襟见肘，要重修劫后园林宫殿，拿不出大笔款项；一会儿又担心自己享乐的生活难以继续。当北京来电报告，已将十亿两减至四亿五千万两时，心中有说不出的高兴。"还是李中堂有办法，竟然能将十亿减少一半多，真是谈判高手，国家栋梁！"但当他得到庆亲王报告"赔款年限列强只允许十五年"时，不禁大为紧张。一年要偿付三千万两白银，还要付利息。这样，我们即使不吃不穿，也难以付出啊！正当她为此日夜忧虑时，又接到电奏："经数轮谈判，已将年限放宽到三十九年。"慈禧高兴得眉开眼笑，埋藏心中的忧愁一扫而光，立即吩咐："摆庆功酒宴，庆祝和谈成功！"

此刻，她心中长叹：“李中堂真是大清国的柱石！没有他这次力挽狂澜，大清不知有多少官员要人头落地；恐怕连我也小命难保。”她忽然记起李鸿章对朝廷唯一的一次抗旨：当朝廷向列强各国宣战时，李鸿章坚决不奉旨，并与南方各省督抚联合，掀起“东南互保”运动。看起来，若是早听李中堂的话，不向列强宣战就好了，就可以避免这场京城残破、两宫西逃的国家大劫难了！想到此，她立即下旨：批准这个条约。

然而，当李鸿章和庆亲王接到朝廷谕旨，要他们代表清政府准备与各国签约时，中国东南各省在湖广总督张之洞带领下，掀起了一场抵制签约的运动，极力反对签字画押。

李鸿章非常恼火：当初叫你作为全权大臣参加谈判，你却以种种理由极力推辞，不参加；如今谈判已成，你却中间插一杠，极力反对。在这国家存亡之际，却高谈阔论，是何道理？

于是，他给张之洞回了一电：

湖广总督张之洞（香涛）阁下：此番和谈，你本为全权大臣，为何辞却不参加？致使老夫累得一病不起。现和议将成，实属不易，你应鼎力相助才是，怎可节外生枝，轻言拒签？若谈判破裂，于大清国有何益处？结果只能将大清拖入无休止的战乱。足下要知道，联军总兵力达十万之众，光在京师屯兵数万，虎视眈眈。敌我双方实力悬殊，大清根本不可能打胜。在这国家、民族生死存亡之际，高谈阔论怎能解燃眉之急？

电报末尾附言：“电报每字四角银元，实在太贵。你若再发空论长电，凡事可摘要发出，以节省经费。要知道，此番我国要赔近五亿的巨款啊！”

一番义正词严的话，张之洞便不吭声了。

公元一九〇一年九月七日，在清廷的指示下，李鸿章和奕劻代表清廷，与英、法、俄、美、德、日、奥及荷兰、意大利、比利时、西班牙等十一国钦差大臣萨道义、鲍渥、格尔思、柔克义、穆默、小林寿太郎、齐干、克罗伯、萨尔瓦葛、姚士登、葛络干正式签订《议和大纲》最后议定书——简称《辛丑条约》，其中包括赔款、拆毁大沽炮台、惩罚祸首官员等十二项。

轮到李鸿章签字了。他尽力支撑住虚弱得几乎要瘫倒的身体，在鼻梁上架起一副金边眼镜，他睁大了眼睛，再一次审视着已经看过多遍的条款：

第一条：中国赔款白银四亿五千万两，分三十九年还清，年息四厘，本息折合九亿八千二百二十三万八千一百五十两，以海关税、常关税和盐税作抵押。

第二条：将东交民巷列为使馆界，界内由各国驻兵管理，中国人概不准居住。

第三条：拆毁大沽炮台以及从北京到大沽沿路的炮台，准许外国军队驻扎在北京和北京到山海关沿线的十二个重要地区。

第四条：惩办反对外国的官员。

……

这笔赔款，自己虽费了九牛二虎之力，仍达到四亿五千万两这个庞大而触目惊心的数字，堪称中国历史上的赔款之最！本息竟高达近十亿两，这是勒在中国亿万人民脖颈上的一条绳索啊！中国在自己的领土修筑的炮台，却要拆除；中国京畿重地，却由外国军队驻扎——这是一个多么丧权辱国的条约！签订这个条约的人，在今后几十年，上百年，甚至上千年，都将被国人骂为“卖国贼”！这“卖国贼”三字，如暴雨天的滚滚惊雷，不停地在他的心头轰鸣，令他五内如焚，心里阵阵震颤。

他提起笔，不禁瑟瑟发抖，好几次想签，都没签成。他只觉得手上这管笔，重如千斤。此刻，他听到头脑里，有两个声音在激烈地辩论，在搏斗。

一个说：“你这大傻瓜，张之洞、刘坤一等大臣，都躲避得远远的，你也可以逃避呀！”

可另一个声音叹道：“别人都可以逃避，唯独你逃避不得！你是直隶总督兼北洋大臣，京师是你管辖之地，涉外事务属北洋大臣职责所在。如今京师遭难，列强使臣齐来中国，你岂可逃避？再说，你是文华殿大学士，是文臣之首，是国家柱石。挽救国家，你责无旁贷，岂可贪生怕死做缩头乌龟？”

想到此，他拿起了笔。

但此刻又有一个声音在严厉警告他：“你不能签这个字！一签，就会永远钉在历史的耻辱桩上，要挨‘卖国贼’的臭名、恶名、骂名，要遭亿万中国人，甚至自己李姓子孙后代的唾弃！这就叫做‘一失足成千古恨’，你千万签不得！”

但另一个声音却说：“你现在拒绝签字，行吗？不行，根本不行！不签这个条约，各国列强怎肯罢休？联军必然会进一步扩大战争，必然会尸骨遍地，血流成河，国家要被灭亡，亿万生灵要遭涂炭呀！只有签了这个字，联军才肯退兵，国家才能获得一时的安宁，百姓才能免遭进一步的劫难，西逃的众大臣还有那个对自己有知遇之恩，如今可怜兮兮危在旦夕的慈禧太后，才能保全生命，重回京师。”

此刻，他心头只有一个声音：现在是箭在弦上，不得不发。宁可牺牲自己，也要签这个字！我听说，地狱里黑暗、阴冷，地狱里有“磨人粉”的酷刑，但别人都不愿意下怎么办？那就只有我，只有号称大清重臣的我来下！我知道，火海烈焰腾腾，一上去准化为灰烬，但没人进，只得我进！为了挽救国家，为了拯救千百万同胞于水火，我甘愿进火海，下地狱！哪怕磨成人粉，化为灰烬！

想到此，他终于沉着地拿起了毛笔。

签啥字体呢？自己的字写得遒劲潇洒，但我不能签这种字体！因为，这毕竟是羞耻的事。他忽然有了主意：“把名字签成爵位，这样，所签之字，就不明显不一目了然。”

这么一想，他提起笔，咬紧牙关，用尽平生之力，倾注全部之神，把“李鸿章”三个字，草签成一个长长的“肃”字形——因他的爵位是一等肃毅伯。

突然，他感到胸口无比难受，如同万针齐扎，胸腔内如同翻江倒海一般直往上涌。一张口，一口鲜血猛地喷了出来。他只觉得头脑眩晕，天旋地转，眼前一黑，便失去了知觉。

六、李鸿章气绝时，圆睁两眼久久不肯瞑目

回到贤良寺，他咳痰不止，咯血不停。中西医生轮番救治，莫氏夫人在旁日夜焦虑。

在病床上，李鸿章给远在西安的慈禧和光绪帝上了一道奏折：“臣查近数十年内，每有一次冲突，必多一次吃亏。去年事变以来，尤其仓促，创伤痛巨，薄海惊心。如今议和已成，大局稍定，仍希朝廷坚持定见，外修和好，内图富强，或者可以渐有转机。这就如同一个多病之人，善于自己医治调理，还担心会伤元气，若是再跟人好勇斗狠，必有性命之忧了。”

尽管他病得不轻，医生要他停止一切工作，但他仍不能休息，因为还有一项艰巨的差使——与俄国人的谈判，要他挂帅。这是一项十分重要而紧迫的任务。

去年，八国联军出兵中国时，俄国以镇压义和团为名，大举入侵中国东北地区。沙皇尼古拉二世亲自任总司令，调集十七万大军，分五路进军，仅用两个月，便侵占了整个东北。然后诱逼清朝盛京将军增棋签字，并胁迫清廷全权大臣杨儒签字，以造成既成事实。杨儒拒绝后，俄国就向李鸿章施压，声言：“如果中国听信各国谗言，不愿立约，则东三省必永远被俄国所有。”

面对如此重大问题，李鸿章与俄国使臣，进行了频繁接触和长时间的谈判。

一天，跟随李鸿章三十多年的亲密幕僚、直隶布政史周馥，在保定省城，忽接到“相国病危，嘱速进京”的急电，立即风尘仆仆地赶到北京贤良寺探望。见到李总督双眼深陷，骨瘦如柴，有气无力，却仍与俄国紧张谈判，不禁大声劝说道：“中堂，您不要命了。您应立即停止工作，住院治疗。”

“你看，现在这骑虎难下的局面，我能躲进世外桃源去做神仙吗？还是等这件事过去再说吧。”他挤出一丝笑容，“反正一时死不了。老天爷就是要

收我，也会等我把这件事办成了。”他太乐观了。实际上，他在世的日子已经不多了。

十月三十日，李鸿章再次带病到俄国使馆议事。晚上回来后，便吐了一碗多的血。

周馥问：“中堂，你近日病有好转，怎么今晚又吐这么多的血？你今天在俄国使馆受过啥刺激？”

李督道：“我本来没有力气与俄国公使争辩，可他们太霸道了，一定要我同意他们与那个增棋私自签订的中俄条约。我气不过，便与他展开了激烈的争辩！”

医生诊断，李督是血管破裂。经救治数天，十一月五日，病情有所好转，李鸿章立即找来周馥，谈论了一天的公事时事。

周馥看到李督吐字有点儿不太清楚，精神有些恍惚，便劝道：“中堂您好好养病，我明日再来奉陪。”

晚上，莫氏喂他吃了少量梨汁、藕汁，觉得稍微舒服一些。他对莫氏吩咐道：“此番我的病有点儿凶险，你要预先做好准备。”他无限深情地说，“我走后，朝廷将会封你为一品诰命夫人，以补偿你几十年来对我的照顾，我亦心安。”

他喘了几口气，继续说，“对家中房产田地，我早已作了分配，写了《分家合同》。其中合肥县田产两处，庄田三处，留给我们的儿子经迈。另外，扬州一处房产，分给经迈作住宅。我还给你留了一点儿银子养老。”

莫氏流着泪，说：

“老爷，老爷，我不要一品诰命夫人，也不要银子，我只要与你白头偕老，生死相守！”

听了莫氏的话，李鸿章笑了笑说：“我年将八十，早已白头，你也两鬓斑白，头现银丝，这岂不是白头偕老吗？别说傻话了，我比你大三十一岁，肯定会死在你之前，这是自然规律，任何人也无法改变。”

他叹了一口气：“其实，我六年前出访欧美时，就做过死的准备。我带了棺材板和木匠师傅，还带了裁缝，准备一旦不行了，就死在海外。谁知阎罗王不收，大概是国家有大难，还要我来解救吧。从那时到如今，已经六年，即使现在走了，也赚了六年。”

“不，我们虽生不同时，但可以死在一起。”莫氏决绝地说，“老爷待我恩重如山，我要和老爷一起走，决不愿一个人苟延残喘！”她两眼现出无比深情：“这样，一路上你就有人陪伴，凶险莫测的奈何桥上，我就可以搀扶着你走过去，免得你老态龙钟，一身病体跌下去。”

一听此言，李鸿章大惊，连声道：“不可，不可，你千万莫做傻事！你若如此，我怎能放心前去？”

他喘息了一会儿，断断续续地说："其实，我是不相信有阴曹地府投胎转世这种说法的。若果真有阴间，我家有许多已故的兄弟姐妹，又有千万战死沙场的手下兵将，他们都会保护我，何须你一个弱女子来搀扶？你若跟我一起，只怕不但照顾不了我，相反还要成为我的一个负担，要我派人保护你哩。"

他絮絮叨叨地说了一阵，便吩咐莫氏："你叫儿子经迈来，我有话跟他说。"

经迈来后，父亲暗中叮嘱他："若我此番渡不过难关，驾鹤西去，你务必要时刻看顾好你娘，不可叫她有任何闪失！"

经迈听完，流泪点头而去。

十一月六日，李鸿章已经不能说话。

"老爷，老爷——"听到莫氏的呼唤，李鸿章还能轻声回答。

"中堂，朝廷来了谕旨，赏假十日，叫您安心调理。"听了周馥的话，李鸿章轻轻地点点头，然后做了个手势。周馥知道这是叫他拿笔。只见李中堂从床上挣扎起来，在周馥的搀扶下，用颤抖的手，挥笔写下一首诗：

劳劳车马未离鞍，临事方知一死难。
三百年来伤国步，八千里外吊民残。
秋风宝剑孤臣泪，落日旌旗大将坛。
海外尘氛犹未了，请君莫作等闲看。

他咬牙切齿地说："可恨毓贤、载漪误国！"

继而又长叹一声："两宫怎么至今不肯回京？"

他两眼红红的，圆睁的眼珠里布满了血丝。他的呼吸很粗重，仿佛在烈日下，已劳作了一个长长夏季的极度疲乏的老牛。

他呼噜呼噜地喘了一阵气，似乎在积攒力量，接着，他又给远在上海的义子、总理商税事务大臣盛宣怀写了一封短信和一首诗，向他和上海的友人诀别：

四十年来百战身，几回此地息风尘。
经营庶富羞言我，纽握机权耻授人。
尽一分心酬圣主，收方寸效作贤臣。
诸君努力艰难日，莫误龙华会里因。

写完，他不住地咳嗽起来，儿子经方为他捶背。

李鸿章拿过时刻不离身的镶钻石龙头拐杖，郑重地交给经方，动情地对他说："这根拐杖是我们家的传家宝，你做外交使节，把它带在身边，会有用的。现在把它传给你，希望你把它世代传下去。"

经方抬起双手，虔诚地接住它，就像统帅征战前接受君主的尚方宝剑。他涕泣着说："爹，你为国尽忠，可说是操碎了心，孩儿一定继承您老遗志

——”话未说完，便哽咽着说不下去了。

李鸿章的遗言没有落空。果然，李家人在李经方之后，一代一代地传盛不衰。到了二十世纪末叶，李鸿章后代，又出了一个著名的外交家李道豫，担任了中华人民共和国驻美利坚合众国特命全权大使。当他带着传家宝——龙头拐杖，出使美国时，又重新续写了一段中美外交史上的佳话。当然，这是后话了。

夜里，李鸿章又给莫氏写了一张字条：“好好活下去，让我放心。”

莫氏夫人紧紧地捧住这张字条，泪水止不住刷刷而下。

得知八国联军已经撤兵回国，慈禧太后立即下旨：“即刻起程回京。”

一路上，队伍走得急，她心里更急，恨不得插翅飞回京师。此时，她最想见的人，便是李鸿章中堂。

李中堂对大清，对我慈禧都有再造之恩哪！没有他力挽狂澜，大清将要灭亡，我慈禧也将命赴黄泉，天下百姓也将在战火中呻吟。她的第一个念头便是：我要重赏他！怎么重赏？她在思量。除了不让出皇帝宝座，无论怎么奖赏都不算过分。从此番八国联军侵华的浩劫中，可充分看出：李中堂对朝廷，对我慈禧，都是忠贞不贰的。因此，我要让他担任总理衙门领班大臣，让他成为职权并重、名副其实的首相。

此刻，她忽想起数年前李鸿章访问欧美时，美国《纽约时报》上的一则新闻：

“慈禧太后已和李鸿章首相秘密结婚……”

若是那时真的和李鸿章结婚，将军机处或总理衙门交给他，国家就太平了，就不会像眼前这样灾难深重了。

不知为什么，想起《纽约时报》上那则新闻，一种温馨的感觉立即充溢她的胸间。此刻，她真想做个女人，靠在李中堂那伟岸宽阔，如同莽莽昆仑般的胸膛上，好好地休息。从此后，我正式退出政坛，把军国大事都交给他一手处理，安安心心享几天清福！几十年来，世人都赞赏、羡慕我这个“垂帘听政”、主宰中国的女强人，可有谁知道我的心里有多苦？

“报，京师有急电！”一个值日大臣慌慌张张地跑来禀报，打断了慈禧的思绪。

此时，回銮正途经河南。接过电报，看到“李鸿章中堂病危”的字眼，她立即下旨：尽全力抢救，精心调养。

她相信李中堂只是太累太操心了，只要精心调治，是不会有生命危险的。但此刻一种伤感，一种忧虑袭上心头：“大局未定，倘有不测，这千斤重担，更有何人分担？”

很快她又接到第二封电报，这是李鸿章给上海亲友的一首诗。当看到“尽一分心酬圣主，收方寸效作贤臣”两句时，她的眼泪再也抑制不住地夺眶而出，如断线珍珠般扑簌簌地跌落下来，她不禁失声地说："李中堂，您是大清的柱石，国家的大贤臣哪！"

听到李鸿章病危的消息，俄国驻华公使雷萨尔慌了手脚："中俄满洲条约还未签订，若他真有个三长两短，让我们找谁去？若等慈禧回来重新任命新人，不知要等到猴年马月！"

他急急地赶到贤良寺，风风火火地来到李鸿章床前，只向莫氏问了一声："中堂病体如何？"便迫不及待地拿出中俄交收条约，说："请中堂签字。"

李鸿章闭上眼睛不答话。

俄公使又对周馥道："请你在文件上盖上北洋大臣的印章。"

此时周馥已署理直隶总督兼北洋大臣。"你没看这是啥时候吗？李中堂危在旦夕，你们却如此相逼，你们做得也太过分了！"一席话，把俄国公使轰走了。

"李中堂——老夫子，你醒醒——"周馥轻声呼唤，李鸿章没有反应。

"老爷——老爷，你睁开眼睛，再看一眼，家中儿女都已到齐——"莫氏带着哭腔呼唤。

听到李鸿章没有反应，周馥大哭，莫氏也哭，众儿女一齐放声大哭。

李鸿章被惊醒了。他突然睁开眼睛，紧紧地盯着周馥，竖起手指头，指了指北方，又指了指西南方，似乎有重要的事要说。周馥知道李中堂是对北方的虎狼之国俄国不放心，又对远在西安的两宫未回京忧虑，便安慰道："俄国人说了，中堂走了以后，绝不与中国为难。还有两宫不久就能到京了。"

李鸿章点点头，宽慰地露出了一丝笑容。

公元一九〇一年十一月七日，即光绪二十七年九月二十七日，换上殓衣的李鸿章虽然不能说话，气若游丝，但两眼睁得大大的，一直不肯闭合。

周馥来到身边，一边抚摸着他的胸部，一边带着哭腔说："老夫子，你还有啥心思放不下啊！"

此刻，李经方忽想起一件事：父亲生前曾多次提到对故乡名人包拯的敬仰。当年还慷慨解囊出资白银两千八百两，修包公墓，建包公祠，并亲自撰写碑记，还羡慕地说：若死后能与包拯结伴就好了。如今将离世，是否想把墓地建在合肥城东的夏小郢（今大兴集）的包拯墓旁呢？

他把此事一说，周馥忙说："那就赶快试试。"

经方在父亲耳旁说："爹，你的坟墓我们一定按照你生前的意愿，建在包公墓旁，你就放心吧。"

听了这句话，李鸿章脸上果然露出了欣慰的笑容。

此刻，一脉阳光无力地照到窗户上，树枝狂舞，北风呼啸，李鸿章动了动嘴，想说话但又说不出来，一颗又大又亮的眼泪忽然流了出来。

周馥用手轻轻地擦去老上司那流到腮边的泪水，抚摸着李督的胸前，一边抚摸一边说着告慰的话。

渐渐地，李鸿章的眼睛慢慢合上了。一会儿，李鸿章气绝。

这天夜里，天下起了雪。这雪越下越大，越下越猛，它似乎要把整个贤良寺覆盖，要把北京的紫禁城掩埋。

莫夫人和儿孙们的哭泣声此伏彼起，贤良寺的方丈跟和尚们也哭泣起来。顿时铙钹鼓声在房子周围响了起来。

慈禧太后的回銮队伍，正走到河南辉县，忽接到周馥发来的电报：“李鸿章中堂已经去世。”惊得一下子从马车座位上跌落下来，她语无伦次地说：“这可如何是好？这可如何是好？栋梁断了，大厦如何支撑？李中堂，你走了，今后国家有难，有谁能来挽救？李鸿章，以后，倘若我有生死大难，又有谁能来解救？”

说着，两行眼泪情不自禁地流了下来。她用手绢蒙住嘴，不停地饮泣着。随从队伍听说李中堂去世，个个相顾失色，如同大厦倾倒。

慈禧下令：“每人扯白布一块束手臂上，为李中堂致哀！”

顿时，哭声震天动地。

第二天，恭亲王溥伟受太后委派前来贤良寺祭奠，并宣读上谕：

大学士、一等肃毅伯直隶总督兼北洋大臣李鸿章，器识渊深，才猷宏远，由翰林倡率淮军，戡平发、捻诸匪，厥功甚伟。总督直隶兼北洋大臣，匡济艰难，辑和中外，老成谋国……照大学士例赐恤……谥文忠，追赠太傅，晋封一等侯爵，入祀贤良祠。安徽、浙江、江苏、上海、江宁、天津各建专祠以祀，并命于京师特建专祠。继配夫人莫氏封一品诰命夫人。

恭亲王宣读了谕旨，对莫氏说：“李夫人，李中堂在京师建专祠祭祀，是汉臣中第一人，这个待遇，比他的老师曾国藩还高。”

莫氏连忙跪地谢恩。

当她穿上新封赏的一品诰命夫人服饰，在客厅接待四方宾客，接受礼拜时，不禁泪流满面，她呜咽道：“老爷，老爷，我莫氏卑贱之身，没想到竟能享受如此殊荣，这都是托您的福啊！”

各国使馆降半旗致哀，大街上挂起致哀的旗子。

此时，在天津至京师的路上，奔驰着一辆马车。这马车不顾漫天风雪，只顾一个劲地向前猛赶。这车主人，就是北洋水师学堂总办、翻译家严复。他是听说老上司李鸿章中堂病危消息后，急急赶往京师探望的。

当他马不停蹄、风尘仆仆地赶到贤良寺门口，只见鼓乐喧天，孝幕高挂，心中一惊：不好，李中堂恐怕已经去世！

他匆匆地跳下车，跌跌撞撞地直奔大院，果然见到李鸿章中堂已长眠在灵床上。

他啪的一声跪倒在地，口中连声道："中堂、中堂，我来迟了！您老怎么不等我一下，不跟我说一句话就走了呀？"

他泪流满面："您老胸中饱藏富国强兵的谋略，怎奈受内外掣肘，不能尽平生之志，伸展宏大抱负，真是可气可恨可叹呀！"他一边说，一边咚咚磕头，直到把额头血也磕出来了。

李经方见此情景，忙上前扶起。

严复一会儿便挂起一副挽联：

使先时尽用其谋，知成功必不止此

设晚节无以自见，则士论又当如何

此联激起李经方的强烈共鸣。他为父亲不能施展远大抱负而痛心，也为此联道出了父亲的难处而嗟叹：敌军兵临城下，父亲若不出来主持和议，收拾残局，那么，有些一贯唱高调之人，又会攻击他为保全名节而误国事了。

"严总办，谢谢您对我父亲的理解。您不愧为他的知己朋友啊！"经方紧拉着严复的手，感动地说。

严复刚挂好挽联，忽听外面报：美国和日本公使前来吊唁。

严复看到美国公使挂的挽词是："以文人来说，他是卓越的；以军人来说，他在重要的战役中，为国家作出了有价值的贡献；以从政来说，他为地球上最古老、人口最多的国家的人民，提供了公认的优良设施；以一个外交家来说，他的成就，使他成为外交史上名列前茅的人。"把李中堂誉为政治家、外交家和文章大家，但对他的军事指挥才能，却有保留。严复心想，这大概就是北洋海军覆灭的缘故吧。但若朝廷不把二千多万两海军经费移去修建园林为慈禧祝寿，北洋海军会遭此厄运吗？绝不会！

他正在感叹，只见日本公使来到经方和莫氏面前，恭恭敬敬地鞠了一躬，说："大日本国前首相伊藤博文先生，委托我带来一首挽词。"

严复一看，是这么两句话：

知西来大势，识外国文明，想效法自强，有卓越眼光和敏捷手腕。

严复深知，李中堂效法西方力图自强，然而因为军机处的掣肘，海军事务衙门的掣肘，总理衙门的掣肘，最高统治者帝后的掣肘，还有地方督抚、福建船政大臣等无数道掣肘，致使北洋海军覆没，自强的美梦破灭。可悲啊可叹啊，这没落腐朽的大清！严复内心在诅咒。

此时，严复忽见来了一个年约三十五六岁的英武军人。"老师，中堂大人，学生来了。"他一进灵堂，就啪的一声跪倒在地，然后膝行到灵床遗体前，大放悲声道，"老师！"他两手捧住脸，边哭边叙说："想当年，我留学德国。中堂您出访德国，不忘我这个身份卑微、乳臭未干的小老乡，亲自召见我，勉励我，使我受宠若惊，大受鼓舞。我如今小有作为，这都是您老人家教导鞭策的呀！”他抹了一下快要流到嘴边的泪水，“我如今虽职位不高，但在您精神的激励下，我会努力的，决不给老师您丢脸！”说完，恭恭敬敬地叩了几个响头，然后挂起自己带来的一副挽联：

已筹三千万，竟为添艨艟

不图柄政者，偏作园林供

看了这副挽联，严复顿觉心头一震：此人竟敢明目张胆地讽刺抨击挪用海军巨额经费，修建园林的慈禧太后，胆子也真够大的！此人是谁？一打听，名叫段祺瑞，时任北洋新军江北提督。

忽然外面报：“有日本唁电。”

经方、莫夫人都很感意外。日本除原总理大臣伊藤和日本驻大清公使外，还有谁呢？

拿过唁电一看，原来是那个几年前如雷贯耳的人物——维新派头领梁启超！

经方和莫夫人都吃了一惊：此人可是一直遭朝廷通缉、慈禧太后恨之入骨的钦犯啊！

这人发来的唁电，给李家出了道难题：挂吧，很可能会招致大清最高主宰慈禧的不满甚至恼怒，给家庭带来祸患；不挂吧，又于情于理不合，辜负梁先生一片美意。

李经方正在沉吟犹豫，只见段祺瑞道：“这没啥可犹豫的，应该挂！不然怎么对得起远在日本的梁先生？我想，太后不会有看法的，若是为此事怪罪你家，那就太不近情理了。你们放心好了，保证没事的；有啥事，让我一力承担！”

然后，他压低声音对李经方道：“师哥，这老女人，是秋后的蚂蚱，自身尚且难保，你们怕她做啥？她若再敢对你们要威风，我段某就将她赶出金銮殿！”

经方大吃一惊，连忙掩住他的口道：“段小弟，隔墙有耳，可不能信口开河招祸呀！”

严复此刻正站在经方旁边，听到段祺瑞这番话，也大吃一惊。此人胆识非凡，可谓胆大包天，又如此年轻，以后前程未可限量，很可能会成为全国响当当的人物！严复的预测没有错。辛亥革命后，段祺瑞即任北京政府陆军总长、参谋总长、国务总理。

段祺瑞说出这番话，便立即将梁启超的唁电公布了出来。这道唁电，其实是梁启超精心撰写的一副挽联：

太息其人去，萧条徐泗空，莽莽长淮，起陆龙蛇安在也

回首山河非，只有夕阳好，哀哀浩劫，归辽神鹤意何之

原来，一听到李鸿章总督的死讯，梁启超立即拍了这封唁电，然后谢绝

宾客，闭门写作《李鸿章传》。

有人见他写李鸿章，大惑不解道："你与李鸿章不是死对头吗？他任职两广时，不是四处通缉你，并下令铲掉你家祖坟吗？"

梁启超答道："那都是慈禧所干，李总督是箭在弦上不得不发啊！其实，他是赞成改革的，他是洋务运动的首领。"

过了一会儿，他沉痛地说："现在，李鸿章去世了，我敬他之才，惜他之识，悲他之遇。"

说到这里，他的情绪有点儿激动起来："世人对李鸿章的评价，虽然赞誉达到极点，毁谤也达到极点，但我敢断定，现今五十岁以上的人，三品以上的官，无一人能望李鸿章的项背！"

有人不解地问："李鸿章与张之洞齐名，你为何不写张之洞？"

梁启超笑了笑说："立传是为已死的人，按常规，在世之人不用立传。"接着他态度严肃、认真起来，明确地宣布："即使以后张之洞死了，我也不会为他写传记！"

"这是为何？李鸿章有卖国臭名，张之洞名声好，你写了李鸿章，为何反而不写张之洞呢？"

"哈哈，名声好？"梁启超不禁冷笑了几声，"张之洞怎能望李鸿章的项背？李鸿章是脚踏实地之人，张之洞是浮华虚夸之人。李鸿章最不爱好名，张之洞最爱好名，他虚骄狭隘，残忍苛察，与李鸿章的度量大、有见识，相差很远！"

仅用两个月，梁启超的《李鸿章传》便写成，并很快出版，风靡一时，成为传世之作。此是后话不表。

灵堂大厅里，挽联挽词密密层层，令人目不暇接。

严复一边看，一边欣赏着这挽词中的内容之妙和书法之精。

忽然，他看到这样一首挽诗：

傅相而今已盖棺，国中舆论半悲欢。
北门锁钥同虚设，南渡朝廷误苟安。
西学酿成亡国祸，东床洗尽腐儒寒。
九泉若遇曾文正，莫道燕京已被残。

这是一首嘲讽李鸿章的挽诗。

第一句指的是，李傅相虽然已经盖棺，但朝野的反应，半是悲痛半是欢乐，褒贬不一。

"北门锁钥同虚设"，讽刺李鸿章任直隶总督兼北洋大臣，是京畿的锁钥重地，却在甲午战争中一击就破，形同虚设，结果害得大清王朝像南宋小朝廷一样苟延残喘。

"西学酿成亡国祸"，是说李鸿章学习西方列强之长，大力推行"自强求富”的洋务事业，结果酿成八国联军侵华的亡国大祸。

“东床洗尽腐儒寒”，则是指李鸿章提携女婿张佩纶，使他由充军回来的一个失意潦倒的文人，变为富贵非常的宰相东床快婿。

最后一句提醒李鸿章：你在九泉之下，若是遇见老师曾国藩，千万别告诉他八国联军侵华，订了丧权辱国的《辛丑条约》，北京城已残破不堪的消息，否则，曾公会气死过去的！

在这众人齐颂李鸿章的挽联中，竟有这么一首鸡立鹤群的讽刺诗，如同群鸟的美妙大合唱中，突然出现了一阵刺耳的令人毛骨悚然的猫头鹰叫声，或是狗的尖利的吠叫，于是很快引起人们的关注。

“谁这么缺德呀，在李中堂逝世的悲痛日子，还写诗嘲讽?”有人愤慨不已。

“北门锁钥同虚设”，难道是李中堂的责任？这是朝廷把巨额海军军费挪去修建园林之故呀！严复也愤愤不平。

“这岂不是睁着眼睛说瞎话吗?”段祺瑞眼中喷火道，“把亡国的原因，归结到学习西方求富自强的洋务运动，真是谬论！看起来，此人是一个夜郎自大，不主张学习西方先进文明和先进科技的老顽固！这种人真是该揍!”

忽然，他看到一首由数十名出国留学生共同署名的挽词，其中就有留美归来、著名的铁路工程师詹天佑的大名。这挽词很奇特，它没有通常挽词用语，只写道：

李鸿章中堂为中国开创了无数先河——

首设江南机器制造局，自制枪支弹药；

首开轮船招商局，打破航运业外人垄断；

首创语言文学馆，主张科举专设自然科，单独取士；

首创中国海军北洋水师，建立近代国防军事；

首设开平矿务局采煤；

首设漠河矿务局采金；

首建中国自办铁路；

首设天津电报总局，办理南北洋电报；

首办新式学校，先后建立外国语、机械、电报、水师、武备、军医等学校；

首建机器织布局，启国人机器织布先声；

首次向欧美国家派遣留学生，开出洋留学先河；

首建天津西医院；

首筑旅顺船坞；

首派驻外公使；

首议中外合资银行……

李鸿章中堂兴办洋务，开中国近代化先河之功，不可磨灭！

段祺瑞看了这首别具一格、振聋发聩的挽词，不禁拍案高叫：“这挽词写得好！它说出了我们无数学子的心声！”

严复动情地说：“中国有句老话，叫‘盖棺定论’。但我想，由于李中堂的人生太丰富、太复杂、太传奇，因此，盖棺也很难定论。即使过五十年，一百年，这争论，还会继续下去呢！”

此时，李经方淡淡地说：“武则天贵为皇帝，临死为自己立了块无字碑，是非功过让后人评说。我爹这个人，也让后人去评说吧！”

说到这里，他的心情似乎激动了起来：“我想，历史总会给他一个公正的评判，一百年后，总有人会理解他签订《马关条约》和《辛丑条约》的无奈和良苦用心，会明白他对祖国的赤胆忠心，对中国近代化的独特贡献，绝不会把他当汉奸卖国贼看待的！”

经方的一番话，回荡在死寂的灵堂大厅，在飘雪的冬夜，是那么地清晰，那么地震撼人心，它与贤良寺的钟声应和着，交织着，向大厅外面扩散，袅袅不绝地飘出贤良寺，飘向远方……